ILÍADA

LETRAS UNIVERSALES

HOMERO

Ilíada

Edición de Antonio López Eire
Traducción de Antonio López Eire

CATEDRA
LETRAS UNIVERSALES

Diseño de cubierta: Diego Lara
Ilustración de cubierta: Dionisio Simón

© Ediciones Cátedra, S. A., 1989
Josefa Valcárcel, 27. 28027 Madrid
Depósito legal: M. 7708-1989
ISBN: 84-376-0809-0
Printed in Spain
Impreso en Selecciones Gráficas
Carretera de Irún, km. 11,500 - Madrid

INTRODUCCIÓN

Homero

HOMERO Y LA LITERATURA OCCIDENTAL

Si es verdad, como lo es sin duda, que Homero fue modelo de Virgilio quien a su vez lo fue de Dante y Milton; que la literatura latina se inaugura con la traducción que hizo Livio Andrónico de la *Odisea;* que en Ennio alentaba, al menos metafóricamente, el alma de Homero; y que este eximio poeta griego inspiró ya en tiempos modernos a Tennyson, Kazantzakis y James Joyce, podemos afirmar sin hipérbole que la literatura occidental de alguna manera comienza con Homero y ya no le abandona nunca. En cualquier caso, y esta vez sin restricción alguna, la literatura griega comienza con Homero, que vale tanto como decir con la *Ilíada* y la *Odisea.* Pero Homero no es sólo un importante capítulo de la historia de la literatura griega, no es sólo un excelente poeta que fue capaz en remotos tiempos, en la Grecia del siglo VIII a.C., de mantener la atención de oyentes que escuchaban la recitación de dos poemas épicos monstruosos por sus inusitadas dimensiones, sino que además es el poeta por antonomasia de los griegos, el poeta divino (que así lo calificaron Demócrito, Aristófanes y Platón[1]) que influyó decisivamente en el arte, la literatura, la lengua, la religión y la filosofía griegas. La obra de Homero, en la antigua Grecia, era memorizada por los escolares en el momento más decisivo de su formación cultural, y así, naturalmente, recordaban los griegos cultos ya para siempre las singulares palabras de la épica, los

---

[1] Demócrito... B 21 D-K. Aristófanes, *Las Ranas...* 1034; Platón, *Jon...* 530 b; *Fedón* 95 a; *Las Leyes...* 682 a.

nombres, hazañas y aventuras de los héroes de la epopeya, todo ello envuelto en el ropaje del hexámetro dactílico. De este modo se comprende que la épica homérica haya dejado a lo largo de los siglos una indeleble huella en la literatura, el arte, las lenguas literarias, la filosofía, la educación y la vida de los griegos. Ese mundo poblado de héroes, tan típico de la riquísima mitología griega que Homero convirtió para siempre en constante tema literario, esa representación humanizada de los dioses que es propia de la religión griega, esa fusión de lo divino y de lo humano (Helena, que era originariamente una diosa de la vegetación, pasa a ser la esposa de Menelao seducida por Paris), ese ensamblamiento perfecto de lo histórico con lo mítico, de lo antiguo con lo moderno (los héroes homéricos usan normalmente armas de bronce pero a veces también armas de hierro), de lo mágico con lo real (los feacios de la *Odisea,* por ejemplo, son un pueblo fantástico, pero los fenicios son un pueblo histórico), todo esto aparece por primera vez en Homero, donde realmente todo es humano, tanto lo real, como lo fingido: los dioses y las diosas; por supuesto, los hombres y las mujeres; los monstruos y las fuerzas de la naturaleza, y el perro Argo que antes de morir reconoce a su amo Odiseo, y el héroe Aquiles que llora ante Príamo, y hasta el utópico país de los feacios. Este primerísimo poeta configura un capítulo inconcluso en la historia de la literatura griega y su prestigio se hace notar en otras literaturas. En efecto, a partir de él, en las letras helénicas los autores son más o menos «homéricos», incluso muy homéricos, como Sófocles y Heródoto. Y en el trasvase de la literatura griega a la latina, Horacio le considera el más alto poeta y Ovidio lo define como la fuente en que el numeroso gremio de los poetas bebe el entusiasmo o inspiración[2].

Más modernamente, Goethe fue un fervoroso y apasionado admirador de Homero cuya grandeza, según él, ningún otro poeta podría emular: ésa es la razón por la que tanto en *Los sufrimientos del joven Werther* como en su *Viaje a Italia* acuden constantemente a su memoria pasajes y escenas de los poemas homéricos. Y para Schiller la vida merece la

---

[2] Horacio, *Epístolas...* I, 2, 1 y ss.; Ovidio, *Amores...* III, 9, 25.

pena ser vivida aunque sólo sea para llevar a cabo en ella la lectura del Canto XXIII de la *Ilíada*.

Homero fue desde el siglo VIII a.C., fecha de la composición de los poemas homéricos, patrimonio del mundo cultural greco-latino. Ya en el siglo VI a.C. Teágenes de Regio por vez primera interpretó los poemas homéricos alegóricamente. En el siglo IV a.C. Platón atacó a Homero como poeta autor de una obra que era, en su opinión, nociva para la educación de los jóvenes, por lo que se vio forzado a expulsarlo de su ideal república. Y al siglo IV a.C. pertenecen también tanto el gran detractor de Homero. Zoilo de Anfípolis, apodado «El Azote de Homero», como Aristóteles, que fue, por el contrario, gran admirador del poeta épico. En el siglo IV a.C. lo estudian, comentan y editan en Alejandría estudiosos y filólogos, entre los que destacan Zenódoto, Aristófanes de Bizancio y Aristarco. Es objeto de fervorosa admiración y aun de imitación por parte de los más distinguidos talentos literarios de las letras latinas, y de inigualable estimación goza también en el imperio romano de Oriente. En el Bizancio del siglo XII, cuando Eustacio de Tesalónica (que murió el año 1194) compila largos comentarios de la *Ilíada* y la *Odisea,* Ana Comnena en su *Alexíada* cita a Homero tantas veces como a la *Biblia,* y Tzetzes, el autor de las *Quilíadas* (una mina de datos e informaciones sobre el mundo clásico), compuso, siguiendo fielmente a los alegoristas estoicos, unas *Alegorías de la Ilíada y de la Odisea* a través de las cuales intentaba penetrar y analizar estos poemas y así superar las dificultades de Homero.

En Occidente, contrariamente, las cosas fueron distintas: el Homero verdadero tardó en llegar a nuestro mundo occidental, pues el que conoció el hombre medieval del Oeste de Europa no equivalía exactamente a los poemas homéricos, sino a versiones más o menos libres, vertidas al latín, de historias de la guerra de Troya noveladas, extraídas en su mayoría del Ciclo épico, que había sido, también él, una épica farragosa y un tanto romancesca, cargada de detalles superfluos por causa de un insensato afán historicista y una desmedida afición a lo romántico, fantástico y patético. Y así, entre las versiones latinas de la *Ilíada* hay que contar con la *Ilias Latina,* obra del siglo I d.C., que es una paráfrasis libre del poema homérico, que consta de 1.070 versos y fue compuesta probablemente por un poeta épico menor llamado Silio Itálico, el cual reduce toda la carga dramática del argumento del original a una lucha entre amantes apasionados y amantes fracasados, así como al conflicto entre la pasión y la virtud, todo ello envuelto en el ropaje de la retórica amatoria ovidiana. Surge de este modo una *Ilíada* «sui generis», un importante poema porque será libro de texto en la Edad Media a partir del siglo IX, que su autor elaboró recreándose con fruición en las escenas de amor, pero movido, al mismo tiempo, por un propósito moralizante. Y en cuanto a obras en prosa que recogen leyendas de la guerra de Troya, como antes hicieran los poemas épicos del Ciclo, hay que mencionar el *Excidium Troiae,* relato novelesco en prosa que, basado en un original griego, hay que datar entre los siglos IV y VI, y sobre todo dos obras también en prosa que fueron importantísimas en el Medievo: la *Ephemeris belli Troiani* atribuida a Dictis (nombre de un monte cretense, pero que como nombre de persona correspondería al de un supuesto hombre de armas natural de Creta que habría acompañado a Idomeneo en la expedición contra Troya y escrito un diario en que narraba las vicisitudes y sucesos de la campaña, dando así lugar a una obra que, trasliterada del alfabeto fenicio al griego en tiempos de Nerón, fue traducida al latín en el siglo IV por Lucio Septimio) y la *De excidio Troiae Historia,* de la que pasaba por autor un tal Dares, insignificante personaje de la epopeya homérica, sacerdote de Hefesto en Troya, que había escrito una obra sobre la destrucción de Ilión, que en el siglo VI fue traducida al latín, traducción falsamente atribuida a Cornelio Nepote, que, bajo el título *Daretis Phrygii de Excidio Troiae Historia,* se convirtió en semillero de creaciones literarias a lo largo de la Edad Media.

Pues bien, para hacernos una idea de lo libres que en realidad eran estas versiones de la guerra de Troya, he aquí un ejemplo: Mientras el sedicente Dictis, que se presenta como historiador fiable de la guerra que sostuvieron ante la ciudad de Príamo los griegos contra los bárbaros, acepta y, así lo transmite, la explicación tradicional de los orígenes del conflicto bélico, el supuesto Dares, que relata los acontecimientos de la campaña vistos desde el bando troyano, utilizando como fuente a Ovidio o a la fuente de éste, expone como causa de la guerra de Troya, no el rapto de Helena que perpetrara Paris, sino la expedición naval de Jasón y los Argonautas.

Lo cierto es que la crónica de Dares fue libro favorito en la Edad Media y manantial de creaciones literarias. Dio lugar, por ejemplo, a la elaboración del *De bello Troiano,* poema en seis libros y 3.673 hexámetros de sabor a Lucano y Estacio, compuesto en la Inglaterra de finales del siglo XII por José de Exeter *(Iosephus Iscanus)* quien declara haber tomado su material de la obra de Dares el frigio *(nam vati Phrygio Martem certissimus iudex | explicuit presens oculus).* En el mismo siglo, pero en Francia, la crónica del frigio Dares proporcionó la materia con que Benoît de Saint-Maure compuso en pareados de versos octosílabos y en francés medieval (como el propio autor dice: *en romanz)* el famoso *Roman de Troie,* que por sus reminiscencias clásicas está más cerca de Ovidio que de Homero, poema en el que por primera vez en la literatura francesa aparece el *fine amor* que se profesan Medea y Jasón, quienes, respectivamente, se tratan de «vasallo» y «dama». En la obra de Benoît aparecen Medea con una túnica forrada de armiño, Hécuba llamando Satanás a Eneas, Calcante tratado de obispo y Príamo fundando un monasterio para honrar la memoria de su heroico hijo Héctor. En Alemania, a comienzos del siglo XIII Herbort von Fritzlar hizo una versión del *Roman de Troie* en su *Liet von Troye (Poema de Troya)* y el año 1287 moría sin acabar su *Buch von Troye (Libro de Troya),* asimismo basado en el *Roman,* el poeta Konrad von Würzburg; y este mismo año, pero en Sicilia, el juez Guido delle Colonne compuso una paráfrasis en prosa de la obra de Benoît, que llevaba por título *Historia Destructionis Troiae* y que, unas veces más fiel y otras veces menos al *Roman de Troie,* discurre entre la novela y la historia. Además, aprovecha el autor la ocasión para apropiarse de los magníficos héroes troyanos del parcial Dares, convirtiéndolos en fundadores de patrias italianas: a Anténor, de Venecia; a Diomedes, de Calabria, y a Sicano, de Sicilia. Pero lo más importante de la obra de Guido fue que, por haber tratado éste el tema de la guerra de Troya con seriedad, en latín, y con intención moralizante, y por haberlo aderezado con comentarios

[13]

extraídos de indiscutibles autoridades, como Isidoro de Sevilla y Beda el Venerable, se convirtió su *Historia* en material indispensable para el estudio y la recreación histórica y literaria de tan importante pasaje de la antiquísima historia de Grecia, y, por ello, en fuente inagotable de literatura. En España, por ejemplo, se hacen traducciones de la *Historia* de Guido al catalán (completa) y al castellano (incompleta: *La crónica troyana*). A finales del siglo XIV, en Alemania, Hans Mair von Nördlingen vertió al alemán la obra del juez siciliano, de quien tradujo hasta el apellido, llamándole «Guido von der Colum». Y en Inglaterra de comienzos del siglo XV se hicieron dos famosas traducciones de la obra de Guido: el *Troy Book* de John Lydgate y el *Recuyell of the Histories of Troye* de William Caxton; la primera está compuesta en pareados de versos decasílabos, y la segunda —que fue el primer libro impreso en inglés, hecho que no debe pasarnos desapercibido— es, en realidad, traducción de la traducción al francés que de la obra original hizo Raoul Lefèvre.

Homero llegó a Occidente el año 1354, cuando Petrarca adquirió del griego Nicolás Sigeros el manuscrito que contenía los dos inigualables poemas homéricos que el humanista italiano, con gran dolor, no consiguió descifrar, ocultos como estaban bajo la lengua griega, para él clave impenetrable. Pero pronto se hizo la primera versión latina de la *Ilíada* y de casi toda la *Odisea* (la hizo por encargo de Boccaccio el monje Leoncio Pilato), luego salen a la luz la primera edición de Homero (la de Demetrio Calcóndilas, Florencia 1488) y la Aldina (1504), y no tardaron en aparecer a partir del siglo XVI traducciones de Homero en español, francés, alemán e inglés, y a partir de entonces el autor de la *Ilíada* y la *Odisea,* será sometido sin piedad a la alegoría y a la crítica, como ya lo había sido siglos antes en Grecia, cuando Teágenes de Regio lo interpretaba alegóricamente, y Platón y Zoilo de Anfípolis lo censuraban, y Jenón y Helanico, dos estudiosos de la época helenística, consideraban que Homero no era autor de la *Odisea,* por lo que ambos críticos eran apodados *khōrízontes* («excluidores», o «apartadores»). En cuanto a la interpretación alegórica de Homero en el Occidente europeo, citar el caso de la *Jerusalén liberada* de Torcuato Tasso, poema épico del siglo XVI, que es un Homero pasado por el tamiz de la interpretación alegórica y trasplantado al año 1099, fecha de la Primera Cruzada: Troya pasa a ser Jerusalén, Agamenón se convierte en Goffredo, Aquiles en Rinaldo, y Circe y Calipso en Ismeno y Armida.

LA CUESTIÓN HOMÉRICA

La antigua tesis de los *khōrízontes* o «separadores» y los continuos ataques que desde antiguo sufrieron los poemas homéricos se reprodujeron en los tiempos modernos. Para el «Aristóteles del Renacimiento», Julio César Escalígero, autor de *Poetices libri septem,* la descripción de Eris («la Discordia») que aparece en el Canto IV de la *Ilíada* era «ridícula, estúpida, homérica», porque, en su opinión, el pobre Homero era muy inferior al autor de la *Eneida,* a «nuestro poeta», al «rey de los poetas», al «divino poeta».

A finales del siglo XVII y comienzos del XVIII, cuando, en Francia, en la sesión de la Academia Francesa celebrada el 27 de enero de 1687, Perrault deploró que Homero, «padre de todas las artes», no hubiera nacido en el ilustrado siglo a la sazón en curso, y, luego, un año más tarde comenzaba a publicar uno de los cuatro volúmenes de sus *Parallèles des anciens et des modernes,* se estaba iniciando la «Querelle des anciens et des modernes». Esta acalorada disputa, que tenía como precedente el ataque dirigido contra el neoclasicismo por Du Bellay en su *Défense et illustration de la langue française,* trajo consigo toda una incesante y larga serie de arremetidas contra Homero que, si ya había sido víctima de los humanistas italianos, ahora lo iba a ser de los eruditos y literatos franceses que heredaron de aquellos junto con la admiración por la *Eneida* una actitud de menosprecio hacia el poeta griego, cuyas obras ellos sin el menor recato infravaloraban y subestimaban, porque —como veremos— no las entendían. Bien es verdad que el gran poeta épico contó con defensores de la talla de La Fontaine y Boileau, pero de la «querelle» día a día iban resultando vencedores los modernos, que veían en los poemas excesivas e innecesarias repeticiones, detalles sin importancia, temas poco claros, retórica sobreabundante, epítetos desprovistos de vigor, digresiones inoportunas e impertinencias de todo género, amén de otros muchos imperdonables defectos. Y fue en medio de esta discusión entre partidarios de antiguos y partidarios de modernos donde el abate de Aubignac, François Hédelin, trataba de explicar los defectos que se traslucían a lo largo de la *Ilíada* (el ensayo del abate, publicado en 1715, se titulaba *Conjectures académiques ou dissertation sur l'Iliade*) por el hecho de que el poema, lejos de ser unitario, era el resultado de la compilación de varios poemas independientes llevada a cabo por un incompetente compilador. Así se explicarían las incoherencias, contradicciones, la inmoralidad, el mal gusto, el pésimo estilo y, en general, los muchísimos fallos y defectos que D'Aubignac —un antihomerista más que añadir a la lista en que figuraban ya Platón y Escalígero— percibía en la *Ilíada*. Para el abate de Aubignac Homero no habría existido nunca y sus poemas serían el resultado de la fusión o amalgama de otros poemas anteriores diversos que habrían sido refundidos por Licurgo y más tarde por Pisístrato. Según Bentley (1713)[3], la *Ilíada,* concretamente, fue resultado de una compilación que tuvo lugar en tiempos de Pisístrato.

Años más tarde, Friedrich August Wolf, volviendo a tomar los argumentos del abate de Aubignac y apoyándolos en rigurosas observaciones filológicas, aunque basadas en datos discutibles, inició con sus *Prolegomena ad Homerum* la «Cuestión homérica» e inauguró, de este modo, la línea de investigación analítica del siglo XIX, en la cual se considera que la *Ilíada* y la *Odisea,* poemas compuestos en una época en que se desconocía la escritura, resultaron, no de la inspiración de un único poeta, sino a partir de obras menores compuestas por diferentes autores. La inexistencia de escritura en la Grecia primitiva y la tradición recogida por Cicerón *(De oratore* III 137) según la cual Pisístrato fue el primero que hizo una recensión de los poemas homéricos, hasta entonces desordenadamente dispuestos, de la que resultaron fijados sus respectivos textos tal como hoy se nos ofrecen *(... primus Homeri libros confusos antea sic disposuisse*

---

[3] R. Bentley, *Remarks upon a Late Discourse of Free-Thinking*[7], Londres, 1737.

dicitur ut nunc habemus), eran los dos pilares en que se asentaba la argumentación wolfiana; los cuales, por cierto, no eran nada firmes, pues, primeramente, en el siglo VIII a.C., fecha de composición de los poemas (aunque no, ciertamente, hacia el año 950 a.c., fecha asignada por Wolf a la composición oral de los poemas homéricos), existía escritura alfabética en Grecia y, en segundo lugar, la redacción de Pisístrato no es, tal vez, más que un ente de ficción.

Analistas y unitarios

Pero lo cierto es que las ideas de Wolf cayeron en campo tan bien abonado que no tardaron en echar raíces y aun troncos y ramajes: en pleno Romanticismo era apetitoso y muy oportuno que en la *Ilíada* hubiera pequeños poemas primitivos excelentes, espléndidas muestras de la poesía popular del pasado (y para los románticos todo tiempo pasado fue mejor), muestras inigualables del genuino *Volksgeist* («espíritu nacional») del pueblo griego, y que junto a ellas existiesen también elementos recientes, partes menos logradas por ser más modernas, y una compilación también de novísimo cuño que por ello es responsable de un cúmulo de defectos, faltas y errores que en la *Ilíada* la mente del analista de inmediato detecta. El analista se convierte, así, en rastreador de partes recientes, admirador de gloriosos pasajes primitivos y en crítico feroz de las contradicciones internas, de los cambios de estilo, de las repeticiones y de las digresiones que, al igual que antes los humanistas italianos y luego los eruditos anticlasicistas franceses, siguen ahora los románticos alemanes sin entender. Según la interpretación de los analistas, la *Ilíada* y la *Odisea* resultaron bien de la compilación o aglutinación de distintas baladas (K. Lachmann, A. Kirchhoff), bien de la expansión, desarrollo o amplificación de un primitivo poema épico de corta extensión (W. Müller, G. Hermann), bien de la alteración experimentada por éste mediante interpolaciones (G. W. Nitzsch), o bien por la incorporación de distintos poemas a un tema central o núcleo (la cólera de Aquiles en el caso de la *Ilíada* y la venganza cobrada por Ulises en los pretendientes en el caso de la *Odisea)*, teoría esta última que se debe, entre otros, a Ulrich von Wilamowitz-Moellendorf. Pero frente a esta corriente analítica por la que discurrieron estudiosos dispuestos a entender los poemas homéricos como conglomerados, compilaciones de baladas de diferentes autores, hubo también quienes defendieron la unidad de composición de cada uno de los poemas. Son éstos los unitarios (Nietzsch, Müller, Lehrs, Blass, etc..., en el siglo XIX, y Roth, Mülder, Drerup, Peters, Schadewaldt y otros, en el XX), que, haciendo caso omiso de las incongruencias y contradicciones que se observan en los poemas, destacan la unidad estructural de éstos, los rasgos de simetría que se observan en la construcción de los distintos cantos, las leyes del paralelismo, contraste y gradación (comparables a las del estilo geométrico de la cerámica del siglo VIII a.C.) que rigen la composición de estas obras de Homero (no de un autor anónimo y colectivo) dotadas de una altura poética que aflora aquí y allá incesantemente a lo largo de ellas.

LA POESÍA ORAL

La verdad es que ni analistas ni unitarios dieron en el *quid* de la poesía homérica, porque, aunque en cada pasaje y en cada verso de ella hay ecos de anteriores poemas y huellas indudables de reelaboraciones; aunque la *Ilíada* y la *Odisea* pertenecen a un tipo de poesía tradicional, razón por la cual en ambas coexisten los arcaísmos, arrastrados por la propia técnica de esa peculiar poesía, con las innovaciones y los elementos artificiales resultantes de adaptar material lingüístico moderno a esquemas antiguos; a pesar de todo eso, decimos, detrás de la *Ilíada* y de la *Odisea* hay un poeta de cuerpo entero, que concibió en cada caso un argumento unitario bien estructurado que él mismo desarrolló con tiento y tino y dispuso armónicamente. Ahora bien, la trama unitaria de cada poema la convirtió en versos, haciendo uso, efectivamente, de una técnica tradicional, de un procedimiento de composición oral. Justamente, la grandeza del poeta que compone de esta guisa consiste, primeramente, en su capacidad para adaptar el material tradicional (las fórmulas, los motivos, las escenas, los temas, anteriormente acuñados y ya listos para ser empleados) a una trama que él con su individual talento ha concebido, y, en segundo lugar, en su poder de innovación que le permite generar material nuevo por analogía con el ya existente.

El carácter oral de la poesía homérica, puesto de relieve por Milman Parry[4], es indispensable requisito para entender los poemas homéricos. Implica que el poeta o los poetas que compusieron la *Ilíada* y la *Odisea* y los primeros oyentes de los poemas épicos eran iletrados. Homero, para expresarse hizo uso de un acervo de fórmulas que se había ido formando a lo largo de los siglos; empleó, consiguientemente, un material elaborado por generaciones de aedos o poetas que componían y cantaban poemas épicos. Las fórmulas son expresiones fijas (frases o miembros de frase) que se repiten adaptadas al hexámetro (ajustadas a un esquema métrico determinado que se encuentra dentro del hexámetro), que encajan con otras similares y son parte de un grupo de frases o miembros de frase parecidos y métricamente equivalentes aunque provistos de un significado totalmente distinto en virtud de un criterio de economía según el cual una fórmula no puede ser sustituida por otra cualquiera en un lugar determinado del verso, sin que cambie con ello el sentido expresado. He aquí dos fórmulas métricamente equivalentes (ambas cubren el espacio métrico que va desde la cesura trocaica hasta el fin de verso), pertenecientes al mismo grupo (el de caracterización de personajes) e integradas por las mismas categorías gramaticales (dos adjetivos epítetos y un nombre propio), y, sin embargo, muy distintas por su contenido: *Il.* I 121 *podárkēs dîos Akhilleús* e *Il.* VIII, 97 *polútlas dîos Odusseús:* «el divino Aquiles que con sus pies socorre» y «el divino Odiseo muy sufrido».

El poeta oral aprende de oído a manejar el repertorio de fórmulas que debe dominar, a combinar expresión y contenido de su poesía, a emplear expresiones fijas que alcanzan la dimensión de un verso entero y que pueden emplearse sin más en numerosos y muy variados contextos (la puesta de sol, la alborada, la ruidosa caída de un combatiente, la invocación a Zeus, Atenea y Apolo, la acción de lavarse y

---

[4] M. Parry, *L'épithète traditionnel dans Homère*, París, 1928.

untarse el cuerpo con aceites perfumados, la de saciar la sed y el apetito, etc.), a emplear el epíteto debido con cada nombre propio según el caso gramatical en que se encuentre éste, a combinar unas fórmulas con otras (gran parte del poema épico está constituido por fórmulas) y a tratar temas enteros y escenas típicas mediante las frases hechas y los versos formulares correspondientes.

Homero creó, valiéndose de poesía oral preexistente, dos obras que nada tienen que ver con la anterior épica de tradición oral, es decir: engendró unas criaturas anormales desde el punto de vista de las mucho más reducidas dimensiones que lógicamente requiere un poema oral. Homero, en efecto, ensambló, reestructuró y recreó poemas breves que en torno a la guerra de Troya venían cantando los aedos desde el siglo XII a.C. en los palacios de los nobles descendientes de los señores micénicos que no sufrieron las consecuencias de la insurrección de los dorios, a saber: en los palacios de la nobleza asentada en zonas en que se hablaban dialectos eólicos y jónicos tanto del continente como de ultramar; ésta es la razón por la que al lado de los inevitables arcaísmos en general y aqueísmos o micenismos en particular, conviven en la lengua homérica eolismos y jonismos. Y esos nuevos y singulares poemas Homero los elaboró en Jonia; más concretamente, en la Jonia del Este del Egeo; ésta es la razón por la que predominan en la lengua homérica los jonismos.

EN BUSCA DE HOMERO

Al siglo VI a.C. se remontan las más antiguas tradiciones acerca de Homero que luego fueron a parar a las varias *Vidas de Homero* de época helenística. En ellas se nos refiere que Homero nació en Esmirna, pasó la mayor parte de su vida en la isla de Quíos y murió en la islita de Ios; que era hijo del río Meles y la ninfa Creteide y que en realidad se llamaba Melesígenes; y que estaba emparentado con Orfeo y con Hesíodo, de quien fue contemporáneo y al que se enfrentó en un torneo poético celebrado en la isla de Eubea, en la ciudad de Cálcide, con motivo de los juegos funerales que tuvieron lugar en honor de Anfidamante, rey de Eubea, que habían sido organizados por Ganíctor, hijo del difunto. Incidentalmente diremos que este Anfidamante fue un personaje histórico que murió en la famosa guerra de Lelanto en que se enfrentaron las ciudades eubeas de Cálcide y Eretria a fines del siglo VIII a.c. y en la que, según se decía, se estrenó la táctica de hoplitas; y que fue el hermano del fallecido, llamado Panedes, el que otorgó el premio del «Certamen» poético entre Homero y Hesíodo a este último. Dos centurias más tarde, en el siglo VI a.C., existía en Quíos un gremio de rapsodas que se tenían por descendientes de Homero y se hacían llamar «Homéridas». Y un siglo más tarde los poetas Simónides y Píndaro relacionan a Homero con Esmirna y el historiador Helanico de Lesbos discutía, según Harpocración, la genealogía fantástica que la tradición atribuía al gran poeta épico. De nuevo en el siglo VI a.C., el recitador del Himno a Apolo, que se jactaba, sin duda, de ser un Homérida, en el verso 172 (por tanto, todavía en la parte que desde Ruhnken y luego Jacoby se llama «parte delia» en oposición a la «parte pítica») describe al autor del poema como «un hombre ciego que habita en la escarpada Quíos». Según un escolio a un verso de la Segunda Nemea de Píndaro, el Himno delio a Apolo fue compuesto por Cineto de Quíos y atribuido por él mismo a Homero. Es, por consiguiente, seguro que al insigne vate autor de la *Ilíada* y la *Odisea* hay que situarlo en un siglo anterior al VI a.C., fecha en que ya Teágenes de Regio compuso un tratado alegórico sobre esos poemas. Heródoto en su Historia (II 53, 2) estableció que Homero le precedió a él mismo en unos cuatrocientos años, es decir: situaba a Homero a mediados del siglo IX a.C. A nosotros esta datación nos parece remota en exceso y preferimos encuadrar cronológicamente a Homero en el siglo VIII a.C., un poco antes del 725 a.C., año en que, aproximadamente, se puede datar la copa encontrada en Isquia sobre la que está grabado un dístico que alude a la copa de Néstor (cfr. *Il.* XI 632 y ss.). Es el siglo de la adopción del alfabeto, de la gigantesca ánfora del Dipilón y del templo de Hera en Samos llamado *Hekatómpedon* por sus cien pies de largo. El ánfora del Dipilón, gigantesca, majestuosa, proporcionada en sus partes, aunque enraizada en la tradición artística del Geométrico, revela ya la delicada imaginación del artista que la fabricó, pues si bien su ornamentación es simple y repetitiva, dispuesta en franjas horizontales separadas una de otra por tres líneas, deja ver, sin embargo, claras y sutiles variaciones en la anchura de las mencionadas franjas y un equilibrio entre los motivos de decoración deliberadamente buscado. También Homero, enraizado en la tradición de la poesía oral, emplea con profusión, reiteración y redundancia los materiales y procedimientos propios de esa secular tradición, pero asimismo los usa, novedosa e innovadoramente, para ponerlos al servicio de unas obras poéticas nuevas, excepcionales y, sobre todo originales, concebidas por él con una mentalidad que ya no era la que se habían venido transmitiendo hereditariamente los aedos desde tiempos micénicos. Homero, ciertamente, se halla afincado en la poesía tradicional de los tiempos oscuros, pero él no sólo hizo uso de esa tradición, sino que además sobrepasó sus límites: dio nuevas funciones a fórmulas, versos y escenas típicas preexistentes, alteró el concepto de narración épica, amplió notablemente las dimensiones de los poemas épicos, que pasaron a ser monumentales, gigantescos, reformó la figura del héroe y cambió el viejo procedimiento de la improvisación por el de la composición dirigida según una sabia y previa planificación. Pero, además, en la forma y en el contenido de los poemas hay indicios, pistas que nos conducen al siglo VIII a.C. En efecto, aunque en la lengua homérica hay restos de un grupo dialectal del segundo milenio que sobrevivió en Arcadia y Chipre por lo menos, y hay eolismos, y aticismos que se introdujeron en la fase ática de la transmisión del texto de los poemas, y elementos artificiales como, por ejemplo, el alargamiento métrico o híbridos dialectales de tema jonio y desinencia eolia (*nḗ-essi*), pese a todo ello hay una última fase jónica en la lengua homérica que con su paso de *$\bar{a}$ a $\bar{e}$ ya cumplido, su metátesis de cantidad, sus esporádicas contracciones vocálicas y su pérdida de *w, apunta inequívocamente al siglo VIII a.C. Y en cuanto al contenido, si hemos de situar los poemas con posterioridad a la guerra de Troya, a fines del segundo milenio a.C., y antes del 700 a.C., fecha en que los poemas homéricos ya se conocen, y si, además, hemos de fijar un siglo en que estén bien asentados en ambas epopeyas los elementos modernos frente a los antiguos (los fenicios navegando por el Egeo —*post* 900 a.C.— frente a la «Micenas rica en oro» del segundo milenio; la táctica de hoplitas, que probablemente se ensayó antes de la guerra de Lelanto, frente al combate singular de los héroes; el hierro frente al bronce, etc.) el siglo VIII es el ideal. Por otro lado, la isla de Quíos, que está situada frente a la Eólide y en la que se hablaba un dialecto jónico fuertemente impregnado de rasgos eólicos, bien pudo haber sido la cuna del autor de la *Ilíada,* que conoce personalmente los alrededores de Troya y toda la costa del Egeo oriental, casi tan bien como los materiales lingüísticos de una fase eólica de la epopeya que sin duda precedió a la jónica, si bien en una época en que aún no se ha producido el resultado de los tratamientos de *-ns, *-ns* recientes (lesbio *lúkois, phéroisa),* ambas tradiciones coexisten y los dos dialectos se entremezclan en los versos.

LA «ILÍADA»

La *Ilíada* no es la narración épica de una ininterrumpida serie de batallas ni de las nefastas consecuencias de la cólera de Aquiles. Es la grandiosa epopeya en que, ante el telón de fondo de una guerra, destaca poderosísima la idea de la debilidad del hombre, efímera criatura sometida a poderes superiores, pero, pese a todo, capaz de alcanzar el renombre del heroísmo a fuerza de valor, coraje, sufrimientos y renuncias. La *Ilíada* es un poema de contenido pesimista, que culmina en tragedia, mientras que la *Odisea* es un poema optimista, provisto de *happy end* como las comedias.

El décimo año de la guerra de Troya estalla la cólera de Aquiles, joven rey tesalio, enfrentado violentamente al rey de reyes Agamenón. Tras la disputa está Apolo y, por supuesto, la voluntad de Zeus. El sacerdote de Apolo, Crises, había acudido al campamento de los aqueos a rescatar a su hija Criseida y Agamenón le había expulsado de él con palabras de tono desapacible y descompuesto. A instancias del sacerdote, Apolo castiga a los aqueos enviándoles una peste cuya causa hace pública, a petición de Aquiles, el vate Calcante no sin miedo a que se enfade Agamenón. Este, en efecto, se encoleriza y accede a devolver a Criseida sólo a cambio de quitarle a Aquiles (en quien el rey de reyes ve a un rey rebelde) su cautiva Briseida. Así lo hace, y Aquiles, ultrajado, pide a su divina madre Tetis venganza por esa ofensa. Ella acepta el ruego y consigue de Zeus la promesa de favorecer a los troyanos. Aquiles se retira a sus naves y la guerra de Troya continúa. Pero cuando los dos ejércitos, aqueo y troyano, están a punto de medir sus fuerzas, Héctor propone a los dos bandos resolver el conflicto mediante combate singular entre Paris y Menelao. El troyano, también llamado Alejandro, es salvado milagrosamente por Afrodita, que lo hace desaparecer cuando estaba a punto de perecer a manos de su adversario. Éste le busca inútilmente por el campo de batalla y recibe en la cintura el impacto de una flecha lanzada por Pándaro, que de este modo rompe la tregua convenida por los dos ejércitos antes de dar paso al recién finalizado desafío. Entonces da comienzo una encarnizada batalla entre aqueos y troyanos, y entre los primeros se luce y se señala Diomedes, capaz de hacer huir a los mismísimos dioses (Ares y Afrodita), y entre los segundos, Héctor, que luego regresa a la ciudad de Troya para ordenar a las mujeres que se congracien con Atena a base de plegarias y de ofrendas. Y justamente cuando regresa al campo de batalla, se encuentra el héroe defensor de Troya, junto a las puertas Esceas, a su esposa Andrómaca y a su hijo Astianacte, aún un tierno niño, y se despide de ellos en una muy emotiva y conmovedora escena. Una vez en la liza, propone Héctor un desafío al que él personalmente invita a los héroes aqueos. Estos, echando suertes, designan a Áyax como contrincante. La llegada de la noche pone fin al duelo. Se concluye un armisticio que los aqueos aprovechan para enterrar a sus muertos y rodear de una muralla su campamento. Al día siguiente se reanuda la feroz batalla, desfavorable a los aqueos hasta tal punto, que los troyanos, al atardecer, acampan cerca de la recién construida muralla de los griegos. Agamenón, arrepentido y lamentando su disputa con Aquiles, por consejo de su anciano y prudente asesor Néstor, despacha a Odiseo, Áyax y al viejo Fénix como embajadores ante el caudillo tesalio, para solicitar su ayuda, provistos de plenos poderes para prometerle en su nombre la devolución de Briseida y, además, abundantes regalos compensadores de la afrenta sufrida por él. Pero Aquiles se mantiene obstinado e inflexible. De este modo, se acrecientan los éxitos de los troyanos, que desbordan ya la muralla del campamento argivo y amenazan las naves aqueas. Es ésta la tercera batalla de la *Ilíada,* sin duda la más larga. Posidón y Hera ayudan a los griegos, sus favoritos, cuando se hallan en situación muy apurada. Zeus se entera de tan parcial y descarado socorro por parte de los dioses y devuelve la victoria a manos troyanas. Es entonces cuando Patroclo, el fiel escudero y buen amigo de Aquiles, obtiene de su señor y camarada la autorización para vestir las armas de éste, y ya en pleno combate, no haciendo ningún caso de los consejos del caudillo tésalo, se lanza tras los troyanos y muere a manos de Héctor al pie de las murallas de Troya. Una encarnizada batalla se libra en torno del cadáver de Patroclo, con el que al fin logran hacerse los aqueos. Al enterarse de la muerte de su amigo, Aquiles, el feroz Pelida, se acerca a las murallas aqueas y, preso de un frenético y rabioso dolor, lanza un sañudo y vesánico grito capaz de desatar todas las Furias. A partir de este momento, el rencoroso y contumaz héroe, cuya cólera ha producido víctimas en ambos bandos enfrentados, sólo piensa en vengar a quien en vida fuera su devoto amigo. Pertrechado de una armadura de divina hechura que le había fabricado Hefesto, llena de cadáveres el lecho del río Janto. Los troyanos supervivientes escapan al estrago que va sembrando el caudillo griego sediento de venganza. Sólo Héctor aguarda fuera de los muros, observado desde éstos por sus padres y sus conciudadanos. Al llegar Aquiles a las murallas, el defensor de Ilión emprende la huida. Perseguidor y perseguido dan tres vueltas a la ciudad de Troya. Por fin, engañado por Atenea, Héctor se enfrenta a Aquiles y —se trataba ya de una muerte anunciada— sucumbe a sus manos. Los padres de la víctima contemplan tan luctuoso desenlace y Andrómaca ve cómo el cadáver de su esposo, atado al carro del vencedor, es arrastrado. Luego, Aquiles celebra espléndidos funerales en honor de Patroclo, mientras que inflige al cuerpo de Héctor, con gran disgusto por parte de los dioses, un afrentoso trato. Por último, el viejo Príamo acude a la tienda del violento caudillo tésalo con el fin de obtener el cadáver de su hijo a cambio de un rescate. El inconmovible corazón de

Aquiles, hasta entonces inexorable, se enternece y doblega cuando el viejo y sufrido rey de los troyanos, digno de conmiseración, provoca en el feroz héroe griego el recuerdo de su ya también anciano padre Peleo. Entonces el empedernido y férreo Aquiles se desmorona y, emocionado, acepta el rescate de Príamo, a quien devuelve el cadáver de su hijo y trata con exquisita cortesía. El cadáver de Héctor, transportado por su padre a Troya, recibe las merecidas honras fúnebres. El poema, que se abría con las palabras «canta, diosa, la cólera de Aquiles», termina con las honras fúnebres en honor de Héctor, defensor de Troya frente al ataque aqueo. Aqueos y troyanos eran en el fondo seres humanos sometidos al designio de Zeus, que ha provocado la cólera de Aquiles, esa malhadada cólera que ha causado tantas muertes en uno y otro bando, que ha costado la vida a Patroclo y ha acabado con la de Héctor, el muy valiente héroe troyano. Y es que en la *Ilíada* vemos cómo los dioses engañan a los hombres, cómo los dioses se olvidan hasta de quienes son sus devotos y predilectos adoradores, y cómo la virtud y la piedad de nada sirven en el fatal trance de la muerte. Mientras que en la *Odisea,* que es el poema del afán humano por sobrevivir, los dioses se declaran por boca de Zeus no responsables de las desgracias que sobrevienen a los mortales, en la *Ilíada,* poema en el que se cumple la voluntad de Zeus, no se salva ni el propio Aquiles, a quien su caballo le predice la inminente muerte. Entre la cólera de Aquiles y los funerales de Héctor, he aquí el mensaje de la *Ilíada:* aunque los héroes (Aquiles y Héctor en especial) hagan frente con muy loable valentía al inexorable hado que pesa sobre los mortales, cosechando con esa actitud sempiterna gloria, nada hay sobre la tierra más miserable que el hombre.

La «Ilíada» en España

Sobre las traducciones de Homero al español, contamos con la bibliografía siguiente: M. Menéndez Pelayo, *Bibliografía hispanolatina clásica,* Madrid, 1950-1953; *Biblioteca de autores españoles,* Madrid, 1952-53; J. Pallí, *Homero en España,* Barcelona, 1953; D. Ruiz Bueno, «Versiones castellanas de la *Ilíada», Helmántica* VI (1955), 81-110. En cuanto a las traducciones de la *Ilíada,* concretamente, al español, citaremos, en primer lugar, la encargada por el marqués de Santillana, realizada por un monje benedictino y hoy conservada inédita en el Museo Británico, que es la primera versión de la *Ilíada* a nuestra lengua. Digamos de paso que la *Ilias latina* fue trasladada al castellano por Juan de Mena. Luego, debemos mencionar la de Juan de Lebrija, una *Ilíada* en verso, inédita, en la Biblioteca de Palacio; la de Ignacio García Malo, en verso, del 1785; la de José Gómez de Hermosilla, en verso asimismo, de 1831; la de Narciso del Campillo, en prosa, inédita en la Biblioteca Nacional, de 1870; la en prosa de Luis Segalá, de 1908, y la de Daniel Ruiz Bueno en prosa rítmica, para nosotros la mejor y la que intentamos superar con la nuestra. Meritorias son también las de F. Gutiérrez, Barcelona, 1971, en verso y acompañada de introducción y notas de J. Alsina, y las hechas al catalán por M. Balasch, Barcelona 1971, y M. Peix, Barcelona 1978.

LA PRESENTE EDICIÓN

Intentamos una traducción en verso y muy literal de la *Ilíada* siguiendo el texto establecido en la edición de D. B. Monro-T. W. Allen, *OCT,* Oxford, 1920 [3].

Aquiles llevando a Ajax

BIBLIOGRAFÍA

Ediciones de textos y comentarios

Ediciones: D. B. Monro-T. W. Allen, *OCT,* 1920³; *Comentarios:*
W. Leaf, I-II, Londres, 1899-1901; K. F. Ameis-C. Hentze-
P. Cauer, reimpr., Amsterdam, 1965; C. W. Macleod, *Ilíada,*
XXIV, Cambridge, 1982; G. S. Kirk, *Ilíada* I-IV, Cambridge
1985.

Traducciones modernas

J. M. Aguado, Madrid, 1935; L. Segalá, Barcelona, 1927; D. Ruiz
Bueno, I-III, Madrid, 1965; F. Gutiérrez, Barcelona, 1980 (con
introducción y notas de J. Alsina); al catalán: M. Balasch,
Barcelona, 1971; M. Peix, Barcelona, 1978.

Léxicos

G. L. Prendergast, reimpr., Hildesheim, 1962, para la *Ilíada.* Para
la épica griega antigua, B. Snell-H. J. Mette, *Lexicon des
frühgriechischen Epos (LfgrE),* Gotinga, 1955.

Repertorios bibliográficos

F. M. Combellak, «Contemporary Homeric Scholarship», *CW,* 49
(1955), 17 y ss.; A. Heubeck, «Fachberichte zu Homer», *Gymna-
sium,* 58 (1951), 62 (1955), 63 (1956), 66 (1959), 71 (1964), 78

(1971); *Die homerische Frage,* Darmstadt, 1974; E. R. Dodds-L. R. Palmer-D. H. F. Gray, «Homer», en E. Platnauer, *Fifty Years of Classical Scholarship,* Londres, 1968², 1-49; A. Lesky, «Homer», *AAW,* 1951, 1952, 1953, 1955, 1959, 1960, 1964, 1965; E. Dönt, *AAW,* 1968, 1970; J. B. Hainsworth, *Homer,* Oxford, 1969; J. Holoka, *CW,* 66 (1973), 257-93; H. J. Mette, «Homer», *Lustrum,* 1 (1956) 7 y ss.; 2 (1957/8), 294 y ss.; 4 (1956/60), 309 y ss.; 5 (1960/61), 649 y ss.; 11 (1966/7), 33 y ss.; 15 (1970/72), 99 y siguientes; D. W. Packard-T. Meyers, *A Bibliography of Homeric Schoolarship,* Malibu (Calif.), 1974.

Obras generales sobre Homero

L. Gil y otros, *Introducción a Homero,* Madrid, 1963; G. S. Kirk, *Los poemas de Homero,* trad. esp., Buenos Aires, 1968; A. J. B. Wace-F. H. Stubbings, *A Companion to Homer,* Londres 1967; J. Wackernagel, *Sprachliche Untersuchungen zu Homer,* Gotinga, 1916; H. Fränkel, *Die homerische Gleichnisse,* Gotinga 1921; G. Finsler, *La poesía homérica,* trad. esp., Barcelona, 1925; J. A. Scott, *Homero y su influencia,* trad. esp., Buenos Aires, 1946; J. S. Lasso de la Vega, *La oración nominal en Homero,* Madrid, 1955; J. Alsina, «Pequeña introducción a Homero», *EClás* (1959), 61-95; C. J. Ruijgh, *L'élément achéen dans la langue épique,* Amsterdam, 1957; W. Arend, *Die typischen Scenen bei Homer,* Berlín, 1933; S. F. Basset, *The poetry of Homer,* Berkeley, 1983; C. M. Bowra, *Heroic Poetry,* Londres, 1952; Th. D. Seymour, *Life in Homeric Age,* N. York, 1965. E. Mireaux, *La vida cotidiana en tiempos de Homero,* trad. esp., Buenos Aires, 1962; B. Snell, «Concepción homérica del hombre», en *Las fuentes del pensamiento europeo,* trad. esp., Madrid, 1965, 17-44; A. Lesky, «Homeros», *RE, Suppl.* 11, 1968, 687 y ss.; T. Krischer, *Formale Konventionen der homerishen Epik,* Munich, 1971; J. B. Hainsworth, *The flexibility of the Homeric formula,* Oxford, 1968; A. Hoekstra, *Homeric modification of formulaic prototypes,* Amsterdam, 1969; A. Albarracín Teulón, *Homero y la medicina,* Madrid, 1970; M. Leumann, *Homerische Wörter,* Basilea 1950; R. Janko, *Homer, Hesiod and the Hymns. Diachronic development in epic diction,* Cambridge, 1982; J. Griffin, *Homero,* trad. esp., Madrid, 1984; A. López Eire, «La poética homérica», *Corollas Philologicas in honorem I. G. Cabañero,* Salamanca, 1983, 353-376.

L. Gil, «Poesía de la Ilíada», *Tres lecciones sobre Homero*, Madrid, 1963. D. Lohmann, *Die Komposition der Reden in der Ilias*, Berlín, 1970; J. M. Redfield, *Nature and culture in the Iliad*, Chicago, 1975; L. A. Stella, *Tradizione micenea e poesia dell'Iliade*, Roma, 1978; H. V. Thiel, *Iliaden und Ilias*, Basilea-Stuttgart, 1982; H. W. Friedrich, *Verwundung und Tod in der Ilias*, Gotinga, 1956; W. Kullmann, *Das Wirken der Götter in der Ilias*, Berlín, 1956; A. Snodgrass, *Early Greek Armour and Weapons*, Edimburgo, 1964; K. Reinhardt, *Die Ilias und ihr Dichter*, Gotinga, 1961; D. L. Page, *History and the Homeric Iliad*, Berkeley, 1959; U. V. Wilamowitz, *Die Ilias und Homer*, Berlín, 1916; H. T. Wade-Gery, *The poet of the Iliad*, Cambridge, 1952; W. Schadewaldt, *Iliasstudien*, Leipzig, 1943[2].

ILÍADA

La entrega de Briseida en presencia de Aquiles

La peste: La cólera *

[*Invocación*]

Canta, diosa, de Aquiles el Pelida   I
ese resentimiento[1] —¡que mal haya!—
que infligió a los aqueos mil[2] dolores,
y muchas almas de héroes esforzados
precipitó al Hades[3],
y de sus[4] cuerpos el botín hacía

---

* El contenido de este canto es el siguiente: Apolo ha enviado una peste
al campamento griego. El adivino Calcante la explica como resultado de la
ira del dios por no haber querido Agamenón devolver la cautiva Criseida a
su padre Crises, sacerdote de la divinidad enojada. Aquiles echa en cara al
rey de reyes su actitud y éste consiente en devolver a Criseida pero, a
cambio, le quita a Aquiles su cautiva Briseida. Tiene lugar un enfrentamiento entre Aquiles y Agamenón. El de los pies ligeros se retira de la
lucha. Agamenón se apropia de Briseida y devuelve Criseida a su padre.
Tetis, entretanto, haciendo caso al ruego de su hijo, pide a Zeus que los
griegos sean derrotados por los troyanos, para que de este modo recupere
Aquiles el honor perdido. Zeus accede a la súplica de Tetis.

[1] Cfr. Virgilio, *Eneida* I, 4 *memorem Iunonis ob iram*. El Pelida es Aquiles,
hijo de Peleo.

[2] La voz *múrioi* significando «diez mil» aparece por vez primera en
Hesíodo. Cfr. Hesíodo, *Trabajos y días* 252.

[3] Expresión poética de la muerte causada bruscamente y por la fuerza.
Cfr. *Il.* V 190; VI 487.

[4] Esto es lo que significa aquí *autoús* del texto original. Cfr. la misma
contraposición entre *autós* y *psúkhē* en *Il.* 23, 65 y ss.

de perros y de todas 5
las aves de rapiña,
y el designio de Zeus se iba cumpliendo[5]
desde el primer momento
en que se separaron,
después de una disputa,
el Átrida, caudillo de guerreros,
y Aquiles que vástago es de Zeus.

[La peste]

¿Quién fue de entre los dioses el que a entrambos
los enzarzó en reyerta[6]
para que contendieran?
El hijo fue de Zeus y Letó[7],
que, con el rey habiéndose irritado,
una peste maligna suscitó
a lo largo de todo el campamento[8], 10
y así las huestes iban pereciendo,
porque el hijo de Atreo
al sacerdote Crises[9] despreciara;
de los aqueos a las raudas naves[10]
habíase él llegado
a liberar a su hija
y un rescate trayendo sin medida
y entre sus manos llevando cogidas
las ínfulas[11] del flechador Apolo,

---

[5] *Od.* XI 297. Es ésta un expresión paratáctica, que en hipotaxis sería:
«pues el designio de Zeus se iba cumpliendo». Este hemistiquio sirve más
tarde para iniciar los *«Cantos Ciprios».*

[6] Cfr. *Il.* VII 210; XX 66; 134; XXI, 394. El hombre homérico no es
responsable de sus actos. De ahí la pregunta.

[7] El poeta nos lleva *in medias res.* Letó es la madre de Apolo y Ártemis, a
quienes dio a luz a pesar de Hera, que, celosa, la perseguía con saña; pues
Letó había sido fecundada por Zeus.

[8] Cfr. *Il.* I 53; 318.

[9] Tal como aparece esta expresión en el original, hay que entender que
los oyentes conocen suficientemente *«al* Crises, sacerdote», del que anteriormente habían oído hablar.

[10] Es decir: al campamento junto al que estaban varadas las naves.
Cfr. *Il.* VIII 223; XV 655 y ss.

[11] Cfr. Virgilio, *Eneida* II 430 *Apollinis ínfula.*

en la parte de arriba implantadas   15
de su cetro de oro,
y a todos los aqueos suplicaba,
mas sobre todo a entrambos los Atridas,
caudillos de las huestes:
«Atridas, y vosotros
los restantes aqueos
que calzáis bellas grebas,
que los dioses, que habitan
olímpicas mansiones, os concedan
de Príamo arrasar la ciudadela
y llegar bien a casa;
mas liberadme [12] a mi querida hija   20
y aceptad el rescate, venerando
a Apolo, hijo de Zeus,
el flechador certero.»
Entonces todos los demás aqueos
con clamor aprobaron
que se hubiera respeto al sacerdote,
y que aquellos espléndidos rescates
aceptaran; mas no placía el acuerdo
a Agamenón el hijo de Atreo,
en el fondo de su alma,
antes bien, al contrario,
le despedía de mala manera   25
y añadía un encargo
con dura reprimenda:
«No te encuentre yo, viejo,
de las cóncavas naves a la vera,
bien sea que aquí ahora te detengas,
bien sea que más tarde vuelvas luego,
no suceda que de nada te valgan
ni el bastón, ni las ínfulas del dios.
A ella no habré yo de liberarla
hasta que la vejez le sobrevenga
en mi palacio, en Argos,
bien lejos de su patria,
con idas y venidas

---

[12] En el original leemos *lúsaite,* es decir: un optativo de súplica: «por favor, liberadme».

mi telar atendiendo
y compartiendo mi lecho conmigo;   30
mas, vete, y no me irrites
porque sano más bien de aquí tú partas.»
Así dijo, y el viejo tuvo miedo,
y a su palabra iba obedeciendo,
y en silencio echó a andar por la ribera
del mar multibramante,
y llegándose luego
a un lugar apartado,
con oración ferviente,
a Apolo soberano,   35
al que Letó pariera,
la de hermosos cabellos,
el viejo así rogaba:
«Óyeme, soberano,
el del arco de plata,
tú que Crisa [13] proteges
y Cila muy divina,
y que en Ténedo [14] reinas
con fuerza, prepotente,
Esminteo [15], si acaso
alguna vez ya a ti
te erigí un templo grato
o en tu honor pingües muslos   40
de toros y de cabras te quemé,
cúmpleme este mi voto:
que con tus flechas los dánaos paguen
estas lágrimas mías.»
Así dijo en su ruego
y oyóle Febo Apolo

---

[13] Crisa se encontraba al sur del cabo Sigeo, muy cerca de él, en el interior, a pocos kilómetros de la costa.

[14] A Cila no se la localizaba muy bien en época posthomérica. Ténedo era una islita situada frente a la costa de Troya.

[15] Este nombre es un hipocorístico, abreviación de *Sminthophthóros,* epíteto aplicado a Apolo exterminador de ratones campestres. Es frecuente que quien dirige una súplica a los dioses, como es aquí el caso, le invoque llamándole por muchos de sus nombres *(poluōnumía)* para este modo obligarle a prestar atención en virtud del mágico poder de la palabra, por el que es capaz de atar o atenazar a la persona a la que va dirigida.

y bajó de las cumbres del Olimpo [16]
irritado en su pecho,
llevando suspendidos de sus hombros
el arco y la aljaba de dos tapas,   45
y las flechas sonaron a su espalda
cuando el dios, enojado, se movió;
y avanzaba a la noche parecido [17],
y aparte de las naves se asentaba,
y lanzó una saeta;
y de su arco de plata
terrible fue el chasquido;
a los mulos primero él atacaba [18]   50
y a los veloces perros,
después, empero, a los hombres mismos
la puntiaguda flecha disparando,
alcanzaba y, frecuentes,
de manera continua,
las piras de cadáveres ardían [19].

[La querella]

Durante nueve días,
las saetas del dios,
a lo largo de todo el campamento,
de un lado al otro iban y venían;
mas al décimo [20], Aquiles
a la asamblea convocó a las huestes,
porque la diosa Hera,   55
la de los blancos brazos [21],

---

[16] La cumbre nevada del monte Olimpo, situado en Tesalia, era la residencia habitual de los dioses, según las leyendas y mitos que acerca de sus divinidades forjaron los griegos cuando aún no habían abandonado el continente europeo en busca de nuevos asentamientos en Asia Menor.

[17] El dios Apolo, que es por su naturaleza un dios luminoso y esplendente, aparece aquí avanzando como si fuera la noche, debido a su cólera tenebrosa y sombría.

[18] Las pestes comienzan, en efecto, atacando a los animales y luego a las personas. Recuérdese la peste de Atenas al comienzo de la guerra del Peloponeso, tal como nos la refiere Tucídides.

[19] Cfr. Tucídides II 52.

[20] Cfr. Il. II 329.

[21] El peplo femenino dejaba descubiertos los brazos. Cfr. Od. IV 101.

en las mientes de Aquiles lo inculcara[22],
ya que ella por los dánaos se inquietaba
precisamente al ver que perecían.
Así que cuando al fin se congregaron
y todos estuvieron reunidos[23],
Aquiles, levantándose entre ellos,
el de los pies ligeros,
hablóles de esta guisa[24]:
«Atrida, creo que ahora,
debiéramos nosotros ya, frustrados,
dar vuelta y regresar,   60
si acaso pudiéramos lograr
escapar a la muerte,
pues la guerra y la peste de consuno
están ya domeñando a los aqueos;
mas, ¡venga!, a un adivino consultemos
o a algún sacerdote
o a alguien versado en sueños
(pues de Zeus también procede el sueño),
que decirnos pudiera
por qué se irritó tanto Febo Apolo,
si es que el voto incumplido nos reprocha   65
u olvidada hecatombe[25];
por si acaso recibir él quisiera
de corderos y cabras intachables
el oloroso humo de su grasa,
y así apartar la peste de nosotros.»
Y habiendo dicho así él, en efecto,
se sentaba, y entre ellos levantóse
Calcante hijo de Téstor,
de los augures con mucho el primero,

22 Cfr. *Il.* VIII 218; *Od.* V 427. Los dioses inspiran con frecuencia a los hombres lo que deben hacer.
23 Fórmula; Cfr. *Il.* XXIV 790; *Od.* II 9; VIII 24; XXIV 421. El lugar de reunión se encontraba junto a la nave de Odiseo, varada, aproximadamente, en el centro de la hilera de naves fondeadas junto al campamento de los aqueos.
24 Cfr. XIX 55.
25 Literalmente, *hecatombe* significa en griego «sacrificio de cien bueyes». Luego, ya equivale a «sacrificio importante o solemne». Cfr. *infra* nota 50.

que el presente y futuro conocía   70
así como el pasado[26],
y las naves guiara
de los aqueos hasta dentro de Ilio
merced a su arte adivinatoria
que a él Febo Apolo
le había procurado;
y con buena intención para con ellos,
les arengó y hablóles de este modo:
«Aquiles, caro a Zeus, tú me mandas
que interprete la cólera de Apolo,   75
soberano certero con las flechas;
pues bien, yo he de decirlo,
pero tú tenlo en cuenta
y júrame que es cierto[27]
que has de estar bien dispuesto
con palabras y manos[28] a valerme.
Pues en verdad yo creo que a un varón
habré de irritar que en alto grado
poder ejerce en todos los argivos
y a él le obedecen los aqueos[29].
Pues muy fuerte es un rey cuando se irrita   80
con un varón de poca importancia.
Que aunque hoy mismo su cólera reprima[30],
para más tarde guarda, sin embargo,
de su pecho en el fondo,
el rencor[31] hasta al fin satisfacerlo.
Di tú, pues, claramente
si es que vas a salvarme.»
A él en respuesta el de los pies ligeros,

---

[26] Cfr. Virgilio, *Geógicas* IV 393 *quae sint, quae fuerint, quae mox ventura trahantur.*

[27] Cfr. *Il.* VI 334; *Od.* XVI 259; XXIII 130.

[28] Esta expresión *(épesin kai khersín)* es precedente de la que se generalizará más adelante en prosa *lógōi kai érgōi* («de palabra y de obra»).

[29] Naturalmente, Calcante alude veladamente a Agamenón, con respecto al cual se siente inferior y hombre de poca importancia, a pesar de que en el mundo de los poemas homéricos un adivino es un *dēmioergós.*

[30] Literalmente dice «digiera».

[31] El texto griego que traducimos opone la voz *khólos* («cólera») al término *kótos* («rencor»), es decir: la «ira» al «resentimiento» o «encono».

Aquiles, de este modo le decía[32]:
«Tranquilo[33] di en buen hora[34]   85
el augurio que sabes, sea cual sea.
Pues juro por Apolo, caro a Zeus[35],
y a quien tú suplicando, ¡oh Calcante!,
a los dánaos revelas tus augurios:
nadie, en tanto yo viva y en la tierra
con los ojos abiertos[36] la luz vea,
cabe las naves cóncavas sus manos
pesadas osará ponerte encima,
de entre los dánaos todos,   90
ni aunque a Agamenón tú te refieras,
que ahora de ser se jacta
con mucho el mejor de los aqueos»[37].
Y entonces se animó ya el adivino
irreprochable y así decía:
«Ni por voto incumplido ni hecatombe
os hace ahora reproches[38],
sino por causa de su sacerdote[39],
al que Agamenón ha deshonrado,   95
ya que él ni a su hija ha liberado
ni ha aceptado tampoco los rescates;
por eso, pues, el flechador certero
nos ha dado dolores
y otros habrá de darnos todavía.
Y no apartará antes de los dánaos
la peste ignominiosa,

---

[32] Cfr. *Il.* I 215.

[33] Esta traducción corresponde al orginal *tharsésas*.

[34] Esta traducción corresponde al adverbio *mála* del texto griego.

[35] Sólo en esta ocasión se aplica el adjetivo «caro a Zeus» *(diíphilos)* a un dios. En los memás pasajes se aplica a los héroes, como Aquiles, Odiseo y otros.

[36] Es es lo que significa, a nuestro juicio, el verbo griego *dérkesthai,* que tiene que ver con los nombres *drákōn* «serpiente» y *dorkás* «gacela», animales de intensa mirada.

[37] Cfr. *Il.* II 92.

[38] Cfr. *Il.* I 65: «Si es que el voto incumplido nos reprocha/ u olvidada hecatombe».

[39] Cfr. *Il.* I 10-11: «porque el hijo de Atreo/ al sacerdote Crises despreciara».

antes de que a su padre se devuelva
la muchacha de ojos giradores
sin recibir a cambio
ni precio ni rescate,
y una sacra hecatombe
a Crisa le llevemos;   100
podríamos entonces convencerlo,
si propiciárnoslo antes conseguimos.»
Y habiendo dicho así, él, en efecto,
se sentaba y entre ellos levantóse [40]
el héroe, hijo de Atreo, afligido,
Agamenón, caudillo
de anchurosos dominios [41];
y sus mientes se iban tornando negras,
bien llenas de furor, por ambos lados,
y sus ojos un fuego parecían
que estuviera destellos despidiendo.
Y en muy primer lugar,   105
dirigiendo a Calcante una mirada
anunciadora de calamidades,
de este modo le dijo:
«Adivino de males,
nunca aún lo que es bueno me dijiste;
siempre es grato a tu alma
augurar, justamente, las desgracias;
palabra buena alguna todavía
hasta hoy ni dijiste ni cumpliste.
Y ahora en público aquí y ante los dánaos
haces en tu discurso vaticinios [42],
diciendo que por esto, a buen seguro,
causándoles está a ellos dolores
el Flechador certero:
porque yo los espléndidos rescates   110
a cambio de Criseida la muchacha
a aceptar me negaba,
toda vez que yo mucho más deseo
en mi casa tenerla,

---

[40] Cfr. Il. I 68.
[41] Cfr. Il. VII 322; XIII 112.
[42] Cfr. Il. II 322; Od. II 184.

porque, naturalmente,
hasta a Clitemnestra [43] la prefiero,
mi legítima esposa;
pues no le es inferior,
no lo es por su figura   115
ni por sus naturales proporciones
ni lo es tampoco por su inteligencia
ni aun por sus labores
de ninguna manera.
Así y todo, no obstante, estoy dispuesto
a devolverla si mejor es ello:
prefiero yo que estén salvas las huestes
a que perezcan. Pero al punto luego
una retribución a mí aprestadme
porque entre los argivos yo no sea
el único de ella desprovisto,
puesto que no está bien tampoco eso [44];
porque todos lo veis bien claramente:
que mi retribución se va a otra parte.»   120
A él luego respondía el divino
héroe de los pies ágiles Aquiles [45]:
«Gloriosísimo Atrida, tú que a todos
en afán de ganancias aventajas,
¿cómo, pues, los magnánimos aqueos
una retribución habrán de darte?
Ni siquiera sabemos de algún modo
que haya botín común en abundancia
depositado en alguna parte,
antes bien, cuanto habíamos saqueado   125
de las ciudades está repartido,
y no es cosa bien hecha que las huestes
aquí otra vez lo junten y reúnan.
Pero tú ahora a ésta al dios entrega,

---

[43] Esposa de Agamenón, hija de Tindáreo y de Leda, hermana de
Timandra, Filónoe, Helena y los Dióscuros (los hijos divinos que Leda
tuvo de Zeus). Clitemnestra es hermana gemela de Helena, pero esta última
es hija de Zeus, que se unió a Leda en forma de cisne, mientras que ella es
hija del mortal Tindáreo.
[44] Cfr. *Il.* XXIII 493.
[45] Cfr. *Il.* XVIII 181.

en libertad dejándola, que luego
te lo compensaremos los aqueos
el triple o bien el cuádruplo pagando,
si tal vez Zeus en algún momento
llega a otorgarnos saquear de Troya
su bien amurallada ciudadela» [46].
A él respondiendo dijo   130
Agamenón el héroe poderoso:
«Así ya no, por bravo que tú seas,
Aquiles a los dioses parecido [47],
intentes engañarme con tu mente,
pues que no has de pasarme por delante
ni habrás de persuadirme.
¿De verdad tú pretendes que me quede
con tal de conseguir guardar tú mismo
esa retribución,
sentado de esta guisa y careciendo
de la mía, y por eso me mandas
que a esta joven devuelva?
Pues no, por el contrario; o los aqueos   135
de grande corazón habrán de darme
retribución de precio equivalente
que hayan a mi deseo acomodado,
o si no me la dieran, yo en persona
para mí a tomarla me dispongo [48]:
la tuya, o, la de Áyax u Odiseo,
yéndome a vuestras tiendas,
he de tomarla y llevarla conmigo;
y aquel a quien me llegue [49]
se quedará enfadado.
Pero, a decir verdad, más adelante   140
sobre ese asunto reflexionaremos
aun en otra ocasión.
Ahora, ¡venga!, arrastremos negra nave
hasta en la mar divina entrar hacerla,
y convenientemente reunamos

---

[46] Cfr. *Il.* VIII 241.
[47] Cfr. *Il.* XIX 155.
[48] Cfr. *Il.* I 324.
[49] Aunque, evidentemente, Agamenón piensa en Aquiles, trata de evitar
que su propósito se manifieste mencionando a Áyax y a Odiseo.

remeros dentro de ella,
y carguemos en ella una hecatombe [50],
y a Criseida en persona embarquemos
la de hermosas mejillas.
Y que uno solo, varón consejero,
de la nao sea el jefe:
o Ayax o Idomeneo [51]   145
o el divino Odiseo,
o tú, Pelida, el más imponente
de todos los varones,
para que a nosotros nos propicies,
ofrendando rituales sacrificios,
al dios que el mal aleja.»
Y a él mirándole luego torvamente,
el héroe Aquiles de los pies veloces
dirigió estas palabras:
«¡Ay de mí, hombre de alma codiciosa,
de impudor revestido!,
¿cómo podrá un aqueo de buen grado   150
obedecer tus órdenes [52], bien sea
emprender un camino [53] o con esfuerzo
luchar contra varones?
Pues por causa no fue de los troyanos,
expertos en el uso de las picas,
por lo que yo aquí vine a dar batalla [54],
pues contra mí de nada son culpables,
que nunca se llevaron por delante [55]

---

[50] Etimológicamente, «manada de cien bueyes destinados al sacrificio».
Pero, en general y por catacresis, «sacrificio» unas veces de doce bueyes
(cfr. *Il.* VI 93; 115); otras, de toros y de machos cabríos (*Il.* I 315); o bien,
de carneros o moruecos *(Il.* XXIII 146), etc. *Vid. supra* nota 25.

[51] Idomeneo, rey de Creta, hijo de Deucalión y nieto de Minos, fue un
señalado caudillo de las tropas aqueas que sitiaron Troya.

[52] En el verso 150 del original se percibe muy claramente aliteración de
p: pôs tís toi próphrōn épesin peíthētai Akhaiôn. Lo mismo se comprueba en el
verso 165 de este canto: *...pleîon polyáïkos polémoio.*

[53] *Hodón* debe entenderse como «un camino para desempeñar una
embajada». Cfr. *Il.* XXIV 235; *Od.* XXI 20.

[54] Cfr. *Il.* IX 337 y ss.

[55] Son frecuentes en el mundo homérico las incursiones de unos pueblos
en territorios ajenos motivadas por el propósito de robar ganado, mujeres
y niños, y cometer todo tipo de acciones de pillaje y piratería.

todavía mis vacas
ni tampoco, por cierto, mis yeguadas
ni en Ftía[56], la de fértiles terruños   155
y apacentadora de guerreros,
jamás me arrasaron mis cosechas,
porque, en verdad, muy mucho es lo que media
entre un lugar y el otro:
umbrosos montes y la mar sonora;
fue en cambio, a ti, ¡oh, gran desvergonzado!,
a quien hemos seguido juntamente,
para que tú te alegres,
tratando de obtener satisfacción
de los troyanos para Menelao
y también para ti, ¡cara de perro!;   160
mas a eso no diriges
la atención para nada
ni de ello en absoluto te preocupas.
Y ahora, efectivamente, me amenazas
tú mismo con quitarme
una retribución por la que muchos
trabajos padecí, y que me dieron
los hijos de los varones aqueos.
Nunca jamás, por cierto, yo he obtenido
una retribución como la tuya,
cada vez que saquean los aqueos
de los troyanos ciudad bien poblada[57].
Empero, de la guerra bulliciosa[58]   165
la mayor parte mis brazos dirigen;
mas si luego, al fin, llega el reparto,
es tu retribución mayor en mucho;
yo, en cambio, me marcho a mis naves
teniendo poca cosa aunque querida,
después de que me agoto guerreando.

---

[56] Cfr. *Il.* II 683. Ftía es una comarca situada al sur de Tesalia (cfr. *Il.* IX
479, 484), regada por el río Esperqueo (*Il.* XXIII 142 y ss.)

[57] Es decir: ciudades del territorio de los troyanos; por ejemplo, Lirneso
(*Il.* II 690), Teba (*Il.* I 366; VI 415), Lesbos (*Il.* IX 129). En total,
veintitrés ciudades del territorio de los troyanos han sido tomadas por los
aqueos (*Il.* IX 328 ss.).

[58] Etimológicamente, *polyáikos* significa «muy movida o saltarina».

Pero ahora a Ftía voy a dirigirme,
pues que, en verdad, con mucho es preferible   170
volver a casa con las curvas naves;
que yo no estoy dispuesto a amontonarte,
aquí mismo quedándome infamado,
opulencia y riqueza.»
A él luego respondía
Agamenón, caudillo de guerreros:
«Huye en hora buena,
si es que a ello tu ánimo te incita,
pues no voy a ser yo quien te suplique
que por darme a mí gusto aquí te quedes;
que otros hay a mi lado
que habrán de darme honra,   175
y sobre todo Zeus consejero[59].
El más odioso tú para mí eres
de entre los reyes nutridos por Zeus;
pues siempre te son caras
las disensiones, guerras y batallas.
Si en verdad eres fuerte,
un dios, en mi opinión, eso te ha dado.
Yéndote a casa con tus propias naves
y con tus compañeros,
sobre los mirmidones[60]   180
reina, que de ti yo no me preocupo
ni inquietud siento por verte irritado.
Pero yo sí que voy a amenazarte
y lo haré de esta guisa:
Como a mí me despoja Febo Apolo
de la hija de Crises,
a la que me dispongo
a enviar a su casa dando escolta
yo con mi nave y con mis compañeros,
pretendo yo llevarme a Briseida,
la de hermosas mejillas,

---

[59] Cfr. sin embargo, contrariamente a estas infundadas expectativas de Agamenón, *Il.* I, 505 y ss., II 3 y ss. IX 116 y ss., 608.
[60] Es decir: sólo sobre los mirmídones. Cfr. *Il.* I 287 y ss. Por necesidad impuesta por los acentos del verso, transcribimos *mirmidones* en vez de *mirmídones*. Lo mismo hacemos con otros nombres propios.

de tu honor recompensa,
yendo yo en persona hasta tu tienda,
para que sepas bien cumplidamente[61]
cuánto soy yo que tú más poderoso   185
y cualquier otro por odioso tenga
declararse a mí igual o compararse
conmigo abiertamente cara a cara.»
Dijo así, y al hijo de Peleo
dolor le sobrevino, y en su pecho
velludo, el corazón, en dos mitades,
reflexionó, perplejo e indeciso,
si o bien desenvainando aguda espada   190
de al lado de su muslo, a los unos
de allí los levantara[62],
y luego él al Atrida intentaría
matarlo, o bien su cólera calmara
y el ardor de su alma refrenase.
Mientras él en su mente y en su alma
daba vueltas a esos pensamientos,
y de la vaina sacar intentaba
la larga espada, entonces
llegó Atena del cielo;   195
que Hera, la diosa de los blancos brazos,
por delante habíala enviado,
pues a ambos por igual ella en su alma
amaba y de uno y otro se cuidaba.
Y por detrás plantóse y al Pelida
asióle de su rubia cabellera,
a él sólo haciéndose visible,
que de los otros nadie la veía.
Y quedóse atónito Aquiles,
y volvióse y al punto
reconoció a Palas Atenea,   200
pues tremendos brillaron sus dos ojos,
y, hablando con voz clara y perceptible,
a ella aladas palabras dirigía:
«¿Por qué una vez más aquí has venido,

---

[61] Esta frase, *óphr'eù eidéis,* es frecuente en contextos de amenazas dentro de los poemas homéricos.
[62] *Sc.:* de la asamblea.

tú, de Zeus portaégida hija?
¿Tal vez, acaso, para que ver puedas
de Agamenón Atrida la insolencia?
Pero yo voy a hablarte abiertamente,
y lo que diga, creo
que también habrá ello de cumplirse [63]:
por sus presuntuosas arrogancias   205
es posible que pronto él un día
llegue a perder la vida.»
Por su parte, a él le dirigió
la palabra la diosa Atenea,
la de ojos de lechuza:
«He venido yo misma desde el cielo
a apaciguar tu furia, por si acaso
a obedecer te prestas; envióme
Hera, la diosa de los blancos brazos,
que por igual en su alma a entrambos ama
y de ambos se preocupa.
Mas, venga ya, pon fin a la disputa   210
y con tu mano no sigas sacando
de la vaina la espada;
empero, con palabras,
ultrájale en buen hora,
tal como habrá de suceder de hecho;
pues así voy a hablarte abiertamente
y lo que diga será hecho cumplido:
un día ha de llegar en el que incluso
tres veces tantos espléndidos dones
te serán presentados
por causa de este agravio;
mas tú ahora contente y haznos caso.»
A ella, en respuesta Aquiles,   215
el de los pies veloces,
dirigió la palabra:
«Es, en verdad, preciso
guardar vuestro mandato,
¡oh diosa!, el de entrambas,

---

[63] Hay cierta ironía en estas palabras de Aquiles, que estaba a punto de
llevar a cabo lo que ahora asegura que habrá de cumplirse.

aunque mucho en el alma
se esté encolerizado;
pues es así mejor. El que a los dioses
hace caso, mucho le escuchan ellos» [64].
Dijo y sobre la argéntea empuñadura
mantuvo Aquiles su pesada mano,
y hacia atrás empujó su larga espada   220
adentro de la vaina,
y al consejo de Atena no fue indócil;
la cual hacia el Olimpo ya era ida,
con rumbo a las moradas
del portador de la égida, Zeus,
junto a las demás divinidades.
Y el Pelida, de nuevo,
con palabras groseras
se dirigió al Atrida
y en su cólera aún no cejaba:
«¡Cargado por el vino [65], tú, que tienes   225
cara de perro y corazón de ciervo [66];
tú que nunca en tu ánimo has tenido
el coraje de armarte de coraza
y salir a la guerra en campo abierto
con tus huestes, ni de ir a una emboscada
con los más distinguidos
de entre los aqueos,
pues que eso la muerte te parece!
Mucho más ventajoso es, ciertamente,
andar de un lado a otro por el vasto
campamento aqueo, arrebatando

---

[64] En la forma original de esta máxima nos encontramos con una
oración de relativo generalizadora (con subjuntivo y la partícula *ke*), un
aoristo gnómico *(ékluon)*, y una partícula *(te)* en la frase principal, que, al
igual que la partícula *dé* en apódosis [*dé* apodótico], es un vestigio de la
parataxis cuasiasindética, etapa de la sintaxis oracional anterior a la de la
subordinación. Cfr. otros aoristos de la misma especie: *Il.* IX 320; *Il.* XIII
734; *Il.* XVIII 309; *Od.* VI 185.

[65] Cfr. *Od.* III 139: *oiñoi bebareótes* «cargados, entorpecidos, por el vino».
Reproches similares pueden encontrarse en *Od.* XIX 122; XXI 293 ss. En
tono simpático, sobre los efectos del vino, cfr. *Od.* XIV 463 ss.

[66] El ciervo es el prototipo de la cobardía; cfr. *Il.* IV 243; XIII 102;
XXI 29; XXI 1.

sus dones a quienquiera
hablando se te oponga.
¡Rey que devoras los bienes del pueblo[67],
pues que en gentes inútiles imperas!;
porque, en verdad, Atrida, de otra guisa,
ahora el último ultraje inferirías.
Mas algo he de decirte abiertamente
y he de jurar sobre ello
solemne juramento:
¡Sí!, por este bastón que nunca hojas
hará brotar ni ramas   235
desde aquel día en que por vez primera
ha abandonado el tronco en las montañas,
ni reverdecerá puesto que el bronce,
justamente, pelóle, de él en torno,
sus hojas y corteza,
y ahora, a su vez,
lo portan en la palma de sus manos
los hijos de los varones aqueos
que administran justicia
y las sentencias guardan
que de Zeus proceden;
pues bien, esto ha de ser
para ti un solemne juramento:
En verdad algún día[68]   240
ha de llegar a todos
los hijos de los varones aqueos
sentimiento por la ausencia de Aquiles,
y entonces de nada en absoluto
podrás valerles, por más que te pese,
cuando muchos en tierra caigan muertos
a manos de Héctor matador de hombres;
y tú desgarrarás enfurecido
tu corazón por dentro de tu pecho,
porque en nada estimaste

---

[67] La voz *dēmobóros* presenta el lexema *dēmo-* significando no «pueblo», sino «territorio comunal», como *da-mo* en las tablillas micénicas.

[68] Es decir: tan verdad como que del cetro no han de volver a nacer hojas, es el hecho de que algún día los hijos de los aqueos echarán de menos a Aquiles.

de los aqueos al más excelente.»
Así dijo el Pelida y sobre el suelo   245
arrojó su bastón claveteado
con clavos de oro, y luego
él mismo se sentaba;
mas el Atrida, por el otro lado,
en cólera sumido persistía.
Luego, entre ellos levantóse Néstor,
el orador sonoro de los pilios,
el de palabra suave,
de cuya lengua, verdaderamente,
más dulce que la miel la voz fluía.
Ya dos generaciones [69] de mortales   250
habían perecido,
mientras que él estaba aún con vida,
las cuales junto a él, anteriormente
se habían criado y nacieran
en Pilo muy divina,
y él era rey de los de la tercera.
Con buenos sentimientos hacia ellos,
tomando la palabra, así les dijo:
«¡Ay, en verdad, un gran dolor se acerca   255
a la tierra aqueida!
Bien podrían alegrarse, por cierto,
Príamo y de Príamo los hijos,
y los demás troyanos
gran regocijo en su alma sentirían
si de estas riñas todas
en que vosotros andáis enzarzados
a enterarse llegaran,
vosotros que en consejo y en combate
os halláis por encima de los dánaos.
Mas, ¡ea!, hacedme caso, pues sois ambos
más jóvenes que yo.
Ya, en efecto, yo antaño tuve trato   260

---

[69] Una «generación» comprende treinta años, la diferencia de años, por
término medio, que se comprueba entre padres e hijos. Es decir, si Néstor
se encontraba por la mitad de la tercera generación, contaría treinta años
de la primera, más otros treinta de la segunda, y quince de la tercera, o sea:
setenta y cinco años.

con varones mejores que vosotros
y nunca ellos me menospreciaban.
Nunca, es cierto, hasta entonces
había visto yo varones tales
ni espero verlos ya en lo venidero,
como eran Pirítoo [70] y Driante,
pastor de pueblos, y lo eran Ceneo
y Exadio y Polifemo [71],
comparable a los dioses,
y Teseo el Egeida,   265
que era a los inmortales parecido.
Aquellos sí que fueron los más fuertes
varones que existieron
entre los hombres que huellan la tierra;
los más fuertes, sí, eran, y luchaban
con los más fuertes, montaraces fieras [72],
y horriblemente los exterminaron.
También con ellos, efectivamente,
convivía cuando de Pilo fui,
desde lejos, desde lejana tierra,   270
pues ellos en persona me llamaron,
y yo mismo luchaba por mi cuenta;
mas de entre los mortales
que hoy la tierra huellan,
ninguno contra aquellos lucharía.
También ellos, por cierto,
oían mis consejos
y a mis propuestas eran obedientes.
Mas, ¡venga!, obedeced también vosotros,
que es siempre mejor obedecer.

---

[70] Pirítoo era un héroe tesalio, hijo de Zeus y Día (o de Ixión y Día, según otros), que se casó con Hipodamia.

[71] Pirítoo, Driante, Ceneo, Exadio y Polifemo fueron famosos lapitas que se distinguieron en la lucha contra los centauros (cfr. *Od.* XXI 295).

[72] Sc.: los centauros, que tenían en Tesalia su originario asiento. En tesalio la palabra «fiera» se decía, no *thér*, como en ático, sino *phér*, que es la palabra que aparece en el texto que comentamos. En las llanuras tesalias, por otra parte, se nutrían abundantes yeguadas y se practicaba la equitación. El centauro es un ser monstruoso mitad hombre (cabeza y pecho), mitad caballo (vientre y extremidades tanto anteriores como posteriores).

Ni tú a éste la muchacha arrebates,   275
por valiente que seas;
antes bien, déjala como al principio
los hijos de los varones aqueos
se la dieron como retribución;
ni tú, Pelida, quieras
con un rey cara a cara disputar,
puesto que nunca ha tenido parte
en honra similar a la de éste
un rey de esos que el cetro portan,
y al que Zeus ha otorgado gloria.
Y si tú fuerte eres   280
porque una diosa te engendró, tu madre,
éste, no obstante, a ti te sobrepuja
pues en más hombres manda soberano.
Atrida, tú a tu cólera pon fin;
yo mismo, por mi parte, te suplico
que depongas tu furia contra Aquiles,
que él alto valladar de la vil guerra
resulta entre todos los aqueos.»
Y a él respondiendo,   285
el poderoso Agamenón le dijo:
«Sí que, por cierto, anciano, todo eso
has dicho en la medida conveniente;
pero quiere este hombre estar encima
de todos los demás,
dominar quiere a todos
y sobre todos ser el soberano,
y a todos dar órdenes que alguno,
creo yo, no las ha de obedecer;
y si a él los dioses sempiternos   290
le hicieron lancero,
¿por ello le proponen la tarea
de lanzarnos injurias de palabra?»
A él interrumpiéndole, el divino
Aquiles respondía:
«En verdad yo podría ser llamado
cobarde y despreciable,
si realmente ante ti cediera
en toda cosa que decirme puedas;
a otros, sí, estas órdenes imponles;   295

[55]

pues a mí, cuando menos, no me mandes,
porque yo ya no pienso obedecerte.
Y otra cosa a ti voy a decirte,
y tú métela dentro de tus mientes:
Yo, al menos, con mis manos, ciertamente,
no he de luchar contigo ni con otro
por mor de una muchacha,
pues al fin me quitáis lo que me disteis;
mas de las otras cosas que yo tengo   300
al lado de mi rauda y negra nave,
nada en absoluto tú podrías
tomar para llevarte
contra mi voluntad.
¡Anda ya!, haz la prueba,
porque de ella se enteren también éstos:
al punto brotará tu oscura sangre
en torno de mi lanza.»

[Odiseo conduce por mar a Criseida rumbo a Crisa]

De ese modo los dos,
tras la campal batalla
de dichos contrapuestos,
se levantaron y así disolvieron   305
la junta que al lado de las naves
estaban celebrando los aqueos.
El Pelida se iba hacia sus tiendas
y hacia sus naves bien equilibradas
acompañado por el Menetíada [73]
y por sus camaradas;
y, entonces, el Atrida
botó a la mar una rápida nave
y separó para embarcar en ella
veinte remeros, y una hecatombe
destinada al dios embarcó en ella,   310
y a Criseida, la de hermosas mejillas,
la conduce hasta allí y la asentó en ella;
y como almirante embarcóse

---

[73] El Menetíada, es decir: el hijo de Menetio es Patroclo. El empleo del
patronímico implica el uso deliberado de una designación honorífica.

Odiseo muy fértil en recursos.
Ellos, luego, después que se embarcaron,
iban surcando las húmedas sendas,
y el Atrida a sus huestes
mandábalas que se purificaran.
Y ellos, en efecto, se lustraban
y echaban a la mar las impurezas[74],
y a Apolo le ofrecían   315
hecatombes sin tacha
de toros y de cabras
a la orilla del mar improductivo[75],
y hasta el cielo la grasa iba llegando
alrededor del humo dando vueltas.

[Aquiles es ultrajado]

Así ellos estaban laborando
de arriba abajo por el campamento;
Agamenón, empero, no cejaba
en la pendencia en la que al principio
amenazas lanzara contra Aquiles;
antes bien, a Taltibio[76] y Euribates[77],   320
que eran sus heraldos
y activos servidores,
aquel se dirigió y así les dijo:
«Id a la tienda del Pelida Aquiles
y a Briseida, la de bellas mejillas,
de la mano tomándola, traedme.

---

[74] «El mar —dice Eurípides— lava con su oleaje todos los males de los hombres» (cfr. Eurípides, *Ifigenia entre los tauros* 1193), y, según Esquilo, el mar es impoluto, puro, sin mancha *(amíantos;* cfr. Esquilo, *Persas* 576).
[75] Para los antiguos, frente a la tierra fértil, el mar y el éter (cfr. *Il.* XVII 425) son improductivos.
[76] Taltibio, de quien arranca toda una familia de heraldos, es el heraldo de Agamenón juntamente con su colega Euríbates. Además de la misión de la que en este pasaje se le encarga, fue a buscar a Ifigenia y la acompañó a Áulide; asimismo, se le envió en embajada una vez a Macaón, y, en otra ocasión, a Cinias. En Esparta, donde existía un santuario de Taltibio, vivió su descendencia a lo largo de muchos años (cfr. Heródoto VII 134).
[77] Este personaje no debe de ser confundido con el heraldo del mismo nombre que sirve a Odiseo (*Il.* II 184).

Y si él no os la diera,
yo en persona a tomarla estoy dispuesto,
yendo allí acompañado de más gente;
ese trance será   325
para él más riguroso todavía.»
Habiendo dicho así, los despachaba
y un mandato brutal les imponía.
Y ellos se encaminaron de mal grado
por la orilla del mar improductivo,
y a las tiendas y naves se llegaron
de los mirmídones, y lo encontraron
a la vera sentado de su tienda   330
y de su negra nave;
y, como es natural, no sintió gozo
Aquiles, cuando vio a los dos heraldos.
Y ellos, presos de espanto
y el debido respeto a un rey guardando,
sin moverse, en pie, se mantenían,
y en absoluto osaban dirigirle
la palabra ni hacerle una pregunta.
Pero él en sus mientes
se percató de ello
y con voz clara hablóles:
«¡Salud tengáis, heraldos,   335
de Zeus y los hombres mensajeros!,
venid más cerca; de nada vosotros
sois para mí culpables,
sino Agamenón,
que os despachaba hace aún bien poco
a causa de Briseida la muchacha.
¡Ea! Patroclo, linaje de Zeus,
a la doncella aquí fuera saca
y dásela a estos dos, que se la lleven;
pero esos mismos dos sean testigos
delante de los dioses venturosos
y los hombres mortales, asimismo,
e incluso de ése, el rey despiadado,   340
si alguna vez de nuevo se llegara
a haber necesidad de mi persona
para apartar la ruina ignominiosa
de los demás guerreros.

[58]

Pues, en verdad, está él enfurecido
en sus funestas mientes y no sabe
mirar a un tiempo atrás y hacia adelante,
para que a salvo luchen los aqueos
por él mismo a la vera de sus naves.»

[*Aquiles invoca a su madre Tetis*]

Así dijo y Patroclo   345
al caro compañero obedecía,
y fuera de la tienda
a Briseida sacó,
la de hermosas mejillas,
y diola a los heraldos
para que la llevaran;
y aquellos dos de nuevo
a las naves marcharon
de las huestes aqueas.
Ella, forzada, iba caminando,
la mujer, con aquellos juntamente.
Aquiles, por su parte, se sentaba,
rompiendo a llorar,
aparte retirado,
bien alejado de sus compañeros,
a la orilla de la grisácea mar,   350
su mirada extendiendo
a las inmensas aguas mar adentro [78].
Y a su querida madre,
extendiendo las manos,
rogó insistentemente:
«Madre, pues me pariste
aunque para vivir bien corta vida,
honor, al menos, debiera otorgarme
el olímpico Zeus altisonante;
en cambio, ni un poquito me ha pagado.
Pues, en verdad, el hijo de Atreo,   355
Agamenón, señor de amplios dominios,

---

[78] La voz *hals* («mar») señala aquí el mar en la costa; por eso leemos en
el texto: *thín' eph' halós poliês* («sobre la orilla de la mar grisácea»); en
cambio, *póntos* es «alta mar», lejos de la costa.

me ha deshonrado, pues tomó mi parte
en el botín y hasta ahora la retiene,
después que él mismo me la arrebatara.»
Así dijo lágrimas derramando,
y a él oyóle su augusta madre
que sentada se hallaba en los abismos
del mar, al lado de su viejo padre [79];
y ágilmente emergió
de entre la mar grisácea,
al modo de una niebla,
y se sentaba delante de aquel,   360
que lágrimas vertía,
y con la mano caricias le hizo
y le dijo palabras,
y por su justo nombre le llamaba:
«Hijo mío, ¿a qué lloras?
¿Qué aflicción a tus mientes se ha llegado?
Dímela abiertamente,
no me la ocultes con tu pensamiento,
con el fin de que entrambos la sepamos.»
Y a ella Aquiles, el de pies ligeros,
hondamente gimiendo, así le dijo:
«Lo sabes; ¿por qué, entonces,   365
debo yo referirte todo eso,
cuando tú ya lo sabes por completo [80]?
Otrora nos marchábamos a Teba [81],
de Eetión ciudad sagrada,
y de una parte a la otra la saqueamos,
y el botín todo aquí nos lo trajimos.
Y entre sí rectamente
los hijos de los varones aqueos
se lo distribuyeron,
y para el Atrida a Criseida,
la de hermosas mejillas, escogieron.

---

[79] Nereo, el padre de Tetis, aparece designado en Homero, no por su
nombre, sino por el circunloquio o perífrasis de «Viejo del Mar» *(hálios
gérōn)*.

[80] Los dioses lo saben todo; cfr. *Od.* IV 468.

[81] En Teba reinaba Eetión, el padre de Andrómaca. Cfr. *Il.* XVIII 396
y ss.

Pero, por otro lado,   370
Crises, el sacerdote
del flechador Apolo,
llegó a las raudas naves
de los aqueos de broncíneas cotas
a liberar a su hija,
un rescate trayendo sin medida,
y entre sus manos llevando cogidas
las ínfulas del flechador Apolo,
en la parte de arriba implantadas
de su cetro de oro,
y a todos los aqueos suplicaba,
mas sobre todo a entrambos los Atridas,   375
caudillos de las huestes [82].
Entonces todos los demás aqueos
con clamor aprobaron
que se hubiera respeto al sacerdote
y que aquellos espléndidos rescates
aceptaran; mas no placía el acuerdo
a Agamenón, el hijo de Atreo,
en el fondo de su alma;
antes bien, al contrario,
le despedía de mala manera
e intimaba con brutales mandatos [83].
E irritado el anciano   380
de regreso se iba,
y Apolo que su amigo era en extremo
le escuchó la plegaria,
y una funesta flecha
disparó a los argivos [84].
Y así los hombres íbanse muriendo
unos tras otros sucesivamente [85],
y las flechas del dios [86]

---

[82] Cfr. *Il.* I 12-16.
[83] Cfr. *Il.* I 22-25.
[84] Cfr. *Il.* I 52 y ss., donde leemos, con alguna variante en el texto: «después,/ empero,/ a/ los/ hombres/ mismos,/ la/ puntiaguda/ flecha disparando,/ alcanzaba, y frecuentes...»
[85] Cfr. *Il.* I 10.
[86] Cfr. *Il.* I 53.

de un lado al otro iban y venían
por doquier, a lo largo
del ancho campamento
de las huestes aqueas.
Y un adivino que bien conocía
las reglas de su arte,
a nosotros nos iba refiriendo
de Apolo el Flechador los vaticinios.
Al punto yo, el primero, la orden daba   385
de que al dios se aplacara;
pero al hijo de Atreo, después de eso,
. le arrebató la cólera y al punto,
poniéndose de pie,
profirió contra mí una amenaza
que ahora ya se ha cumplido;
pues a la una con rápida nave
la escoltan hasta Crisa los aqueos   390
de versátiles ojos,
y al Soberano [87] le llevan presentes;
y a la otra, a la hija de Briseo,
la que me habían dado
los hijos de los varones aqueos,
ha poco que se han ido de mi tienda,
llevándola consigo, unos heraldos.
Pero tú, si es que puedes realmente,
entre tus brazos cuida de tu hijo,
y yéndote al Olimpo, a Zeus suplica,
si alguna vez ya de obra o de palabra   395
en un punto agradaste, siéndole útil,
al corazón de Zeus.
Pues muchas veces yo te oí gloriarte,
allá en el palacio de mi padre [88],
cuando afirmabas que al hijo de Crono,
el de nubes oscuras,
tú, sola entre los dioses inmortales,
la ruina ignominiosa le ahuyentaste,

---

[87] Es decir: a Apolo.
[88] Es decir: en Tesalia. Tetis vivía en ese momento no con Peleo sino
con su padre Nereo en los abismos del mar, entre Samotracia e Imbros.
Cfr. *Il.* XXIV 78.

cuando los demás dioses del Olimpo,
Hera y Posidón   400
y Palas Atenea [89],
lo querían atar de pies y manos;
pero tú, diosa, a su lado acudiste
y de sus ataduras le libraste,
en seguida llamando al alto Olimpo
al gigante provisto de cien brazos,
al que los dioses llaman Briareo [90],
y Egeón [91] los hombres todos nombran,
el cual era, por su parte, en efecto,
superior a su padre por sus fuerzas.
Él iba, entonces, a tomar asiento   405
al lado del Cronida,
de su gloria orgulloso;
y los dichosos dioses
se acobardaron y ya ni le ataron [92].
Recuérdaselo ahora,
a su lado sentada,
y, suplicante, coge sus rodillas,
por ver si de algún modo ayudar quiere
a los teucros y, en cambio, a los aqueos,
según los van matando, acorralarlos   410
y hasta las mismas popas
llevarlos de sus naves
y a la ensenada a la mar abierta
entre dos promontorios [93],
para que todos de su rey disfruten,

---

[89] Obsérvese que todos estos dioses son favorables al bando aqueo. Por esa razón Zeus se dejará persuadir por Tetis que le pide favorezca a los troyanos.

[90] Briareo es un nombre parlante que significa «pujante», «vigoroso». Este gigante centímano, asociado a Tetis, como gigante marino, era hijo de Posidón.

[91] Egeón recuerda el nombre del mar Egeo, y de Ega, donde el dios del mar, Posidón, tenía un palacio (Il. XIII 21).

[92] Hay en el texto original un juego de palabras entre *éddeisan* «temieron», y *édēsan* «ataron».

[93] Es decir: la ensenada en cuya cota estaban varadas las naves de los aqueos. Los promontorios eran el Sigeo y el Roeteo.

y a reconocer llegue el Atrida,
Agamenón, señor de amplios dominios,
su ceguera por no haber querido
al más valiente honrar de los aqueos.»
Y a él luego Tetis,
lágrimas derramando, respondía:
«¡Ay de mí, hijo mío!,
¿por qué, pues, te he parido en hora mala
y luego te nutría?
¡Ojalá que sin lágrimas ni penas   415
cabe las naves sentado estuvieras,
puesto que vida breve es tu destino
y no larga en extremo;
mas ahora, en cambio,
has venido a ser
a un tiempo justamente,
un mortal destinado a morir pronto
y desdichado más que ningún otro;
por lo cual, en palacio
te parí en hora mala.
Pero yo esas palabras
por tu bien a decirlas me dispongo
a Zeus que en el rayo se deleita,
para lo cual iré al nivoso Olimpo   420
yo en persona, por si caso me hace.
Mas tú, sentado ahora
al lado de las naves surcadoras
veloces de los mares,
sigue enojado contra los aqueos
y de la guerra abstente totalmente.
Pues Zeus al Océano marchóse
ayer para un banquete,
a estar entre etíopes sin tacha,
e iban con él también todos los dioses.
Mas luego de que pasen doce días,   425
para bien tuyo, volverá al Olimpo.
Y entonces, después de eso, voy a irme
a la morada de umbrales de bronce,
de Zeus la vivienda, por bien tuyo,
y habré de abrazarle las rodillas
y espero yo que él me ha de hacer caso.»

Habiendo hablado así con voz bien clara,
se marchó ella y a él dejóle
allí mismo irritado
en lo más hondo de su corazón
por la mujer de bien marcado talle,
que por la fuerza y mal de su grado   430
habíanle quitado.
Por su parte, Odiseo,
conduciendo la sagrada hecatombe,
se iba llegando a Crisa.
Y cuando ya llegaron
dentro del puerto de profundas aguas,
amainaron sus velas
y las dejaron sobre la nao negra,
y ágilmente operando,   435
el mástil abatiendo con los cables
que lo tienen sujeto a la proa,
a la horquilla lo aproximaron ellos [94],
y hasta el abra llevaron la nave
impulsándola a remo hacia adelante.
Las anclas arrojaron y a tierra
ataron las amarras de la popa [95];
y ellos mismos también desembarcaban
del mar sobre el rompiente,
y la hecatombe ellos desembarcaron
al flechador Apolo destinada,
y de la nave del mar surcadora
desembarcó Criseida.
Y al altar [96] conduciéndola Odiseo,   440

---

[94] El mástil, cuando el barco llega a la orilla, se abate hacia popa mediante los cables o jarcias que lo sujetan a la proa. Y el mástil una vez abatido, se encaja en una horquilla *(histodókē)* situada al extremo del codaste.

[95] Las amarras son las cuerdas o cables con las que se sujeta una embarcación a tierra. Pero en griego la palabra es, exactamente, *prymnēsia,* que significa propiamente «amarras de popa». Recuérdese que las naves griegas están varadas con las popas hacia tierra firme.

[96] Entiéndase: al altar que al aire libre tiene el sacerdote cerca del puerto.

el de muchas astucias, en seguida,
de su querido padre
en manos la ponía,
y a él dirigióle la palabra:
«Crises, Agamenón,
caudillo de guerreros, envióme
a traerte a tu hija,
y a Febo una sagrada hecatombe
sacrificar en nombre de los dánaos,
para aplacar así al soberano
que ahora ha disparado a los argivos   445
cuitas que mil gemidos les provocan.»
Así diciendo la ponía en sus manos,
y recibió el padre con contento
a su querida hija.
Y ellos rápidamente dispusieron
para el dios la sagrada hecatombe,
las víctimas en filas alineando
en torno del altar bien construido,
y en seguida se dieron aguamanos
y puñados cogieron
de granos de cebada [97].
Y entre ellos Crises, las manos alzadas,
suplicaba en voz alta [98]:
«Óyeme, soberano,   450
el del arco de plata,
tú que Crisa proteges
y Cila muy divina,
y que en Ténedo reinas
con fuerza, prepotente.
Como antes ya, otro tiempo,
mi súplica escuchaste,
y a mí dándome honra,
en cambio, a las huestes de los aqueos,
les asestaste un tremendo golpe;
así también ahora una vez más   455

---

[97] En una cesta depositada en el suelo hay granos de cebada de los que
ellos cogen un puñado que luego, después de la plegaria, dejan caer entre
los cuernos de la víctima para consagrarla. Cfr. *Od.* IV 761; III 441.
[98] Los versos 451 y 452 son idénticos a los ya leídos 37 y 38.

cúmpleme este deseo:
ahora ya de los dánaos aparta
esa calamidad indecorosa.»
Dijo así en su plegaria
y a él escuchóle Febo Apolo.
De seguida, después ya de que oraron
y arrojaron los granos de cebada,
levantaron, primero, las cabezas
de las víctimas y las degollaron,
y las despellejaron,
y cortaron sus muslos   460
que cubrieron con grasa,
de la que hicieron una doble capa,
y encima de esos muslos engrasados
trozos de carne cruda colocaron.
Y el anciano esas carnes iba asando
sobre brasas de astillas encendidas,
y vino chispeante
encima derramaba;
y a su lado los jóvenes tenían
quíntuples [99] asadores en sus manos.
Mas luego que abrasados estuvieron
los muslos, y las vísceras gustaron,
lo demás en pedazos troceaban,   465
y de los asadores
en uno y otro extremo lo espetaron.
Y lo asaron con suma habilidad
y todo ya del fuego retiraron.
Luego, después que en la labor cesaron
y el banquete aprestaron, ya comían
y nada el apetito echaba en falta
en un festín con equidad medido.
Mas después de que fuera de sí echaron
las ganas de bebida y de comida,
los mancebos llenaron las crateras   470
de licor hasta el borde,
y habiendo ofrecido
en copas las primicias,

---

[99] Es decir: de cinco puntas.

entre todos ya lo distribuyeron;
y ellos, todo el día,
los hijos de los varones aqueos,
al dios se propiciaban con el canto,
un peán melodioso entonando,
al dios cantando que el mal aleja;
y Apolo, escuchando,
llenábase en su espíritu de gozo.
Mas cuando el sol se hundió   475
y a la vez sobrevino la tiniebla,
entonces ya para dormir se echaron
de las amarras de la nave al lado[100].
Y luego que la Aurora,
la de dedos rosados,
hija de la mañana, apareciera,
entonces justamente, de seguida,
hacíanse a la mar
con rumbo al espacioso campamento
de las huestes aqueas;
y a ellos enviaba
un viento favorable
el dios Apolo que el mal aleja.
Y el mástil levantaron   480
y desplegaron las brillantes velas,
y el viento, soplando,
las hinchó por el medio,
y el purpúreo oleaje
con estruendo sonaba
a uno y otro lado de la quilla
de la nave según iba avanzando;
y ella iba corriendo olas abajo
hasta el final haciendo su camino;
y luego que llegaron
a la altura del amplio campamento
de las huestes aqueas,
vararon ellos sobre tierra firme   485
la negra nave, en alto, sobre arenas,
y unos puntales largos

---

[100] Es decir, bien cerca de la costa.

tendieron por debajo,
y ellos en persona se esparcían
entre las tiendas y entre las naves.
Mas aquel [101] con su cólera seguía,
a la vera sentado de las naves,
veloces surcadoras de los mares,
el hijo de Peleo y descendiente
de Zeus por linaje,
el héroe Aquiles de los pies ligeros;
ni una vez tan sólo acudía   490
a la asamblea, gloria de varones,
ni una vez a la guerra tan siquiera;
por el contrario, allí permaneciendo,
íbase consumiendo el corazón
y la grita añoraba y el combate.

[Tetis y Zeus en el Olimpo]

Mas cuando ya a partir de aquel momento [102]
había trancurrido
la duodécima aurora,
justamente ya entonces
al Olimpo marcharon
los dioses sempiternos,
a la vez todos ellos,   495
y Zeus de ellos iba a la cabeza.
Tetis, empero, no echaba en olvido
los encargos de su hijo,
antes bien, surgió ella
de las ondas marinas
y ascendió mañanera
hacia el alto cielo y el Olimpo.
Y al Cronida [103] encontró, longitonante,
de los demás aparte, y sentado

---

[101] Es decir: Aquiles.
[102] O sea: el momento en que tuvo lugar el parlamento entre Aquiles y su madre Tetis. Cfr. *Il.* I 424.
[103] A Zeus, hijo de Crono.

en la cumbre más alta del Olimpo
de múltiples collados.
Y entonces de él delante se sentaba   500
y asióle las rodillas
con la siniestra mano,
mientras que con la diestra
tomóle por debajo la barbilla
y suplicante, al soberano Zeus,
hijo de Crono, de este modo dijo:
«Zeus padre, si es que a ti algún día
útil te fui entre los inmortales,
ya fuera de palabra, ya de obra,·
cúmpleme este deseo:
hónrame al hijo, cuya fugaz vida   505
más breve aún resulta comparada
con las de los demás;
y ahora Agamenón le ha deshonrado,
el señor de guerreros,
pues le ha quitado su compensación
él en persona y guardada la tiene.
Mas tú, precisamente,
buen consejero, Olímpico Zeus,
dale compensación,
y pon, en tanto, el triunfo en las manos
de los troyanos, hasta que a mi hijo   510
le honren los aqueos
y en estimación aun lo realcen.»
Dijo así, pero Zeus,
el que nubes reúne,
nada le respondía,
antes bien, largo tiempo
sentado estaba guardando silencio.
Tetis, empero, tal como le asiera
de las rodillas, de la misma forma
en él enraizada se tenía,
y por segunda vez
de nuevo suplicante preguntaba:
«De verdad ya prométeme y asiente
o bien rehúsa, pues en ti no hay miedo,   515
para que sepa bien cumplidamente
cuánto soy yo entre los dioses todos

[70]

la más vilipendiada de las diosas» [104].
Y a ella respondía,
seriamente afligido,
Zeus, el que las nubes amontona:
«Ciertamente es enojoso asunto,
por cuanto has de llevarme
a enemistad con Hera,
cuando a irritarme venga
con palabras cargadas de reproche.
Pues ella aun sin objeto me reprende   520
en medio de los dioses inmortales,
pues afirma que yo en la batalla
ayudo a los troyanos [105].
Pero, por otra parte, tú ahora,
apártate de aquí,
no sea que Hera de algo se dé cuenta;
pues a mí eso habrá de preocuparme,
hasta que logre darle cumplimiento.
¡Venga ya!, que señal de asentimiento
te haré con la cabeza
para que en mí confíes;
pues ésta es la señal más importante
que de mí sale entre los inmortales;   525
porque ni es por mí ya revocable
ni es engañoso ni incumplido queda
lo que apruebe inclinando la cabeza.»

[Riñen Zeus y Hera en el Olimpo]

Dijo así, y el Cronida
asintió con un guiño de sus cejas,

---

[104] Tetis era una Nereida (hija de Nereo, el Anciano del Mar) de la que se había enamorado el propio Zeus. Pero, como, según una profecía de Temis, el hijo de Zeus y Tetis avasallaría a su padre, renunció a contraer nupcias con ella y se la entregó como esposa a Peleo, un mortal (cfr. *Il.* XVIII 431 y ss.). De ello resultó que la diosa se sintiese rebajada o degradada en su dignidad. Cfr. Apolonio Rodio, *Argonáuticas* IV 788 y ss., Apolodoro, *Biblioteca* III 13,5.
[105] Hera odia a los troyanos; cfr. *Il.* IV 27 y ss.; V 832 y ss.; XX 314 y ss.; XXIV 27 y ss.

y entonces los cabellos inmortales
del soberano Zeus ondearon
desde su inmortal testa,   530
y temblar hizo el espacioso Olimpo [106].
Y ambos se separaron
una vez celebraron el consejo:
Tetis luego saltó a la mar profunda
desde el Olimpo rico en resplandores
y Zeus a su palacio dirigióse.
Y levantáronse de sus asientos
todos los dioses simultáneamente
delante de su padre,
pues ninguno atrevióse
a esperar sentado su llegada;   535
antes bien, todos ellos,
de pie puestos, salieron a su encuentro.
Así él allí en su trono se sentaba;
mas no ignoraba Hera,
porque habíalo visto,
que Tetis, la de los argénteos pies,
del Viejo del Mar hija,
con él había concertado acuerdos.
Al punto a Zeus Cronida
con palabra mordaz se dirigía:
«¿Quién otra vez contigo de los dioses,   540
engañador, ha concertado acuerdos?
Siempre te ha venido siendo grato,
estando de mí aparte y alejado,
reflexionar y juzgar en secreto,
y nunca te has dignado de buen grado
decirme de palabra lo que piensas.»
Y a ella respondía de seguida
el padre de los hombres y los dioses:
«Hera, en verdad no esperes saber nunca   545
los designios que adopto, todos ellos,
pues para ti resultará difícil
aunque mi esposa seas;

---

[106] Cfr. *Il.* VIII 199; 443; Virgilio, *Eneida* IX 106; X 115: *adnuit, et totum nutu tremefecit Olympum.*

mas aquel que oírlo conviniera,
nadie ya lo sabrá antes que tú
ni de los dioses ni de entre los hombres;
mas el que yo quisiere
meditar retirado de los dioses,
de ése no preguntes cosa alguna
punto por punto ni inquirirlo intentes.»   550
A él luego respondía
la augusta Hera de ojos de novilla:
«Aterrador Cronida,
¡qué palabras has dicho!
Hasta hace ya demasiado tiempo
que nada te pregunto ni inquiero;
por el contrario, bien tranquilo tramas
aquello todo que te viene en gana;
pero ahora en mi alma   555
horriblemente temo
no te haya seducido
Tetis de pies de plata,
del Viejo del Mar hija;
pues de mañana ella se sentaba
junto a ti y te tomó de las rodillas.
A ella sospecho que tú le inclinaste,
aprobadora e infaliblemente,
tu cabeza en promesa
de que habrás de dar a Aquiles honra
y perecer harás junto a las naves
a multitud de aqueos.»
A ella contestando,   560
Zeus el que las nubes amontona,
así le dirigía la palabra:
¡Mujer dichosa!, siempre sospechando,
y no logro pasarte inadvertido;
no podrás, sin embargo,
conseguir nada, sino que, al contrario,
más de mi corazón has de estar lejos,
y ello te habrá de ser más riguroso.
Si eso es así, será porque me es grato.
Pero, ¡venga!, cállate y toma asiento,   565
y obediente sé a mis palabras,
no sea que para nada te valgan

cuantos dioses habitan el Olimpo,
si yo algo más me acerco,
cuando encima te eche
mis intangibles manos.»

[*Los dioses celebran un banquete*]

Así él dijo, y la augusta Hera,
la de ojos de novilla, tuvo miedo,
y en silencio iba tomando asiento,
su corazón habiendo doblegado.
Los dioses celestiales se irritaron   570
a lo largo de la mansión de Zeus,
y entre ellos, Hefesto,
el artífice ilustre [107],
a hablar en la asamblea comenzaba,
a su querida madre,
Hera de blancos brazos,
intentando dar gusto:
«En verdad serán éstos
asuntos enojosos
y aun intolerables,
si ya estáis disputando de este modo
vosotros dos por culpa de mortales,
y entre los dioses promovéis tumulto.   575
Pues no habrá placer en buen banquete,
puesto que lo peor está triunfando.
Yo ofrezco a mi madre un consejo,
aunque ella por sí misma es bien sensata:
que intente a Zeus, mi querido padre,
darle gusto, para que así no vuelva
a reñirla mi padre y a nosotros
nos perturbe el banquete.
Pues si, en efecto, quiere   580
el Olímpico dios que lanza el rayo

---

[107] Hefesto es el dios del fuego y del arte de la herrería. Es cojo de
nacimiento (*Il.* XVIII 397); y muy trabajador, pues se le localiza habitualmente en su herrería *(Il.* XVIII 408 y ss.); es una figura que produce
hilaridad entre los Olímpicos (*Il.* I 591) y al mismo tiempo conciliación y
armonía entre quienes se querellan.

de estos nuestros asientos derribarnos,
él, en efecto, es mucho más fuerte.
Pero tú con palabras delicadas
dirígete a él;
de inmediato después, ya a nosotros
el Olímpico dios será propicio.»
Dijo así, justamente, y de un salto [108]
una copa ponía de dos cuerpos   585
en la mano de su querida madre,
y a ella dirigió estas palabras:
«Aguanta y contente, madre mía,
por mucho que te encuentres afligida,
no siendo que te vea con mis ojos,
a ti a quien tanto quiero, golpeada;
porque entonces, no obstante mi disgusto,
no podré en absoluto serte útil;
pues es terrible el dios del Olimpo
para con él tratar de compararse.
Pues ya en otra ocasión anteriormente,   590
a mí, por defenderte enardecido,
cogiéndome de un pie, arrojóme lejos
de los umbrales propios de los dioses.
Todo el día giraba por el aire,
y cuando el sol se puso yo caí
en Lemnos [109], y era escaso
el aliento que aún en mí había;
allí varones sinties [110]
al punto recogiéronme caído.»
Así él dijo, y sonrióse Hera,   595
diosa de blancos brazos,
y sonriente estrechó en su mano
la doble copa que le daba su hijo.
Luego a los otros dioses,

---

[108] Comenta el escoliasta que Hefesto, el dios cojo, imitando a los
hermosos coperos Hebe y Ganimedes, renqueando y dando saltitos por el
Olimpo, movía a risa a los dioses.
[109] En Lemnos, el volcán Mósquilo pasaba por ser la patria de Hefesto.
[110] Los sinties eran los primeros pobladores de Lemnos, procedían de
Tracia y todavía en tiempos históricos había una población, que mantenía
ese nombre, asentada a orillas del curso medio del río Estrimón.

por la derecha, a todos
iba el dulce néctar escanciando
que de una cratera extraía.
Y surgió inextinguible
la risa entre los dioses bienhadados
cuando vieron a Hefesto   600
a través de la estancia jadeando.
Así, el día entero por delante,
entonces celebraban el banquete
hasta que el sol se hundió desde lo alto,
sin que el deseo nada echara en falta
en un festín con equidad medido:
no, en verdad, la muy hermosa lira,
que Apolo tenía entre sus manos
ni las Musas, que, con su voz hermosa,
una canción cantaban alternándose.
Pero cuando se hundió   605
del sol la luz brillante,
aquellos a acostarse se marcharon,
cada uno a su casa,
donde el ilustre Cojo a cada uno,
con sus sabias entrañas,
un aposento había construido.
Y a su lecho se iba yendo Zeus,
el Olímpico dios que lanza el rayo,
en el que antes solía acostarse,   610
siempre que le alcanzaba el dulce sueño;
a él subióse y dormía;
y al lado, Hera, la del áureo trono.

CANTO II

El ensueño. Prueba. Beocia o Catálogo de las naves *

Los demás, de seguida justamente,
los dioses, y los hombres
que combaten en carros de caballos,
se daban a dormir toda la noche,
pero a Zeus, en cambio, el dulce sueño
prenderle no lograba; al contrario,
él andaba en su mente dando vueltas
a cómo honrar a Aquiles

---

* Este canto se divide en dos partes muy claramente diferenciadas: la primera de ellas se une al canto primero a través del sueño que Zeus envía a Agamenón. Movido por éste, el rey de reyes somete a su ejército a una prueba. Propone a sus tropas reunidas en asamblea levantar el campamento y regresar a casa. Contrariamente a lo que el autor de la propuesta esperaba, ésta es acogida con máximo entusiasmo y las huestes a punto están de iniciar la desbandada. Es entonces cuando la diosa Atenea incita a Odiseo a intervenir. Él logra restablecer el orden, y la asamblea acaba con la intervención grotesca de un oscuro antiheroico personaje, Tersites, a quien hace callar Odiseo mediante una dura reprimenda acompañada de uno que otro golpe. Al final, Agamenón zanja el debate con palabras llenas de coraje y buenas esperanzas. Así pues, esta primera parte («El Sueño») enlaza perfectamente con la promesa que hizo Zeus a Tetis, en el canto I, de hacer sentir a los aqueos, al verse acosados por los troyanos, la ausencia de Aquiles. La segunda parte comprende el «Catálogo de las naves» y la lista de los aliados troyanos. A partir de la amanecida que se nos describe en el verso 48, los acontecimientos narrados en este canto van a llenar la mitad del vigésimo segundo día de la *Ilíada*.

y a hacer perecer muchos aqueos
al lado de sus naves.
Y éste el mejor consejo   5
en su ánimo a él le parecía:
enviar funesto ensueño sobre el hijo
de Atreo, Agamenón.
Y, hablándole en voz alta,
le dirigía aladas palabras:
«En marcha, vete ya, funesto Ensueño,
a las veloces naos de los aqueos;
y cuando hayas llegado
y entrado en la tienda de campaña
del hijo de Atreo, Agamenón,
con mucha exactitud exponle todo,   10
tal como te lo encargo.
Ordénale que arme
con toda rapidez a los aqueos
de larga cabellera en sus cabezas;
pues él ahora conquistar podría
la ciudad de anchas calles
de los troyanos, porque ya no albergan
pareceres contrarios uno al otro
los dioses inmortales
que en el Olimpo tienen sus moradas,
pues Hera con sus ruegos   15
a todos doblegó,
y cuitas penden sobre los troyanos.»
Así dijo, y justamente luego
descendió Ensueño, de que oyó el mandato,
y ágilmente se iba aproximando
a las veloces naos de los aqueos.
Y luego a andar se puso en busca yendo
de Agamenón el hijo de Atreo.
Y durmiendo encontrábale en su tienda,
pues de él en torno hallábase esparcido
un divinal sopor.
Y posósele luego por encima   20
de su cabeza[1], bajo la apariencia

---

[1] Sobre la cabeza se posan las apariciones oníricas. El espectro de
Euriclea se posó sobre la cabeza de Penélope *(Od.* XXIII 4).

de Néstor el Neleida [2],
a quien precisamente más preciaba
Agamenón de entre los ancianos.
Parecido a él, con voz bien clara,
hablábale así el divino Ensueño:
«¿Duermes, hijo de Atreo el valeroso
domador de caballos?
No es debido que duerma
la noche entera varón consejero
al que huestes están encomendadas   25
y embargan preocupaciones tantas.
Pero entiéndeme ahora prestamente,
pues de Zeus para ti soy mensajero,
que de ti, aunque esté lejos,
grandemente se cuida y compadece.
Él ordenó que armaras
con toda rapidez a los aqueos
de larga cabellera en sus cabezas;
pues tú ahora conquistar podrías
la ciudad de anchas calles
de los troyanos, porque ya no albergan   30
pareceres contrarios uno al otro
los dioses inmortales
que en el Olimpo tienen sus moradas,
pues Hera con sus ruegos
a todos doblegó,
y cuitas penden sobre los troyanos,
de la mano de Zeus suspendidas.
Mas tú en tus mientes tenlo bien cogido,
y que en ti el olvido no haga presa
cuando te haya soltado,
el sueño que a miel sabe.»
Así precisamente habiendo hablado   35
en alta voz, marchóse y a él dejóle
allí mismo en su ánimo pensando
justo aquello que no se cumpliría.
Pues aquel para sí mismo decía

---

[2] Néstor, hijo de Neleo y rey de Pilo, es el más viejo, sabio y elocuente
caudillo del ejército aqueo.

que habría de tomar la ciudadela
de Príamo, ¡insensato!, aquel día,
y aquello no sabía:
los trabajos que Zeus maquinaba;
que a troyanos y dánaos todavía   40
impondría dolores y gemidos
a lo largo de violentos combates.
Despertóse del sueño y a ambos lados
de él se derramó una voz divina.
Y una vez erguido, se sentaba
y una túnica [3] blanda se ponía
hermosa y no estrenada,
y de sí en torno echábase un gran manto [4],
y se ató las hermosas sandalias
por debajo de sus lustrosos pies.
Y de un lado y del otro de los hombros   45
la espada se terció de argénteos clavos.
Y el bastón ancestral tomó en su mano,
siempre imperecedero [5],
y bajóse con él hasta las naves
de los aqueos de cotas de bronce.

[Se celebra consejo de ancianos]

La Aurora entonces, como diosa que era,
habíase subido al alto Olimpo
para anunciar [6] la luz
a Zeus y a los otros inmortales;
él [7] mandó, por su parte,   50
a los heraldos de sonora voz
convocar a consejo los aqueos
de larga cabellera en sus cabezas.

---

[3] La túnica llamada *chitón* procedía de Oriente (la palabra con que se designa es un semitismo en griego) y era de lino.

[4] El manto —*pháros*— era un prenda que procedía de Egipto y se hacía de lino. El manto de lana, de más abrigo, se llamaba *chlaína* y, a diferencia del *pháros* que era una prenda distinguida, propia de las clases altas, lo llevaban puesto tanto los poderosos como los plebeyos.

[5] Pues era obra de Hefesto y regalo de Zeus (cfr. *Il.* XIII 22).

[6] Ésta es la interpretación tradicional de *eréousa* (cfr. *Il.* XXIII 226 y *Od.* XIII 94). Creemos que bajo *eréousa* se esconde otra forma más antigua que ya los aedos no entendieron.

[7] Agamenón.

Los unos convocaban y los otros
muy deprisa se iban reuniendo.
Mas consejo, primero, celebraba
de ancianos animosos
a la vera de la nave de Néstor,
rey en Pilo nacido.
Una vez que él los hubo convocado,   55
trazaba el plan astuto:
«Oídme, amigos, el divino Ensueño
llegó a mí entre sueños
a lo largo de la divina noche,
y al divino Néstor sobre todo,
por su aspecto, su talla y su tamaño,
se parecía extremadamente.
Y luego por encima se posó
de mi cabeza y dijo estas palabras:
¿Duermes, hijo de Atreo el valeroso   60
domador de caballos?
No es debido que duerma
la noche entera varón consejero
al que huestes están encomendadas
y cuidados preocupan de continuo.
Pero entiéndeme ahora prestamente,
pues de Zeus para ti soy mensajero,
que de ti, aunque esté lejos,
grandemente se cuida y compadece.
Él ordenó que armaras   65
con toda rapidez a los aqueos
de larga cabellera en sus cabezas;
pues tú ahora conquistar podrías
la ciudad de anchas calles
de los troyanos, porque ya no albergan
pareceres contrarios uno al otro
los dioses inmortales
que en el Olimpo tienen sus moradas,
pues Hera con sus ruegos
a todos doblegó
y cuitas penden sobre los troyanos
de la mano de Zeus suspendidas.
Mas tú en tus mientes tenlo bien cogido».   70
Habiendo dicho así, se marchó al vuelo,

y a mí me dejó suelto el dulce sueño.
Pero, ¡venga!, a ver si de algún modo
podemos a los hijos
armar de los aqueos.
Yo les voy a tentar, primeramente,
con palabras, que es cosa de uso,
y ordenaré que huyan con sus naves
de numerosas filas de remeros;
vosotros, cada uno por su lado,   75
con palabras tratad de retenerlos.»
Y habiendo dicho así, efectivamente,
él luego se sentaba,
y entre ellos levantóse
Néstor que, justamente,
era señor de la arenosa Pilo,
quien, con buena intención para con ellos,
les arengó y hablóles de este modo:
«Amigos, consejeros y caudillos
de las huestes argivas, si algún otro   80
de entre los aqueos ese sueño
nos hubiera contado,
podríamos mentira declararlo
y de él aún más aparte colocarnos.
Ahora bien, lo vio
quien se jacta de ser
con mucho el mejor de los aqueos;
pero, ¡venga!, a ver si de algún modo
podemos a los hijos
armar de los aqueos.»
Así precisamente habiendo hablado
con clara y fuerte voz,
el primer paso daba
para irse marchando del Consejo,
mientras los reyes en pie se pusieron   85
y caso hacían al pastor de gentes,
reyes que son del cetro portadores.
Y tras ellos las huestes se lanzaban.

[*La asamblea del ejército*]

Como enjambres de abejas apiñadas
que de cóncava roca van saliendo

siempre de nuevo y vuelan en racimo
sobre las flores de la primavera,
y en bandadas están revoloteando   90
aquí las unas y allí las otras,
así grupos de gentes numerosos,
de las naves saliendo y de las tiendas,
por delante de la honda ensenada
en tropel a la junta desfilaban.
Y entre ellos el Rumor estaba en llamas,
de Zeus mensajero,
que a ir les incitaba a la asamblea.
Y ellos se reunieron. Y la junta   95
estaba alborotada, y por debajo
la tierra se quejaba con gemidos
según la multitud se iba sentando;
la confusión reinaba, y nueve heraldos
de retenerlos trataban a voces,
a ver si alguna vez del griterío
se abstuvieran y oído prestasen
a los reyes por Zeus alimentados.
La gente a duras penas
se iba por fin sentando,
y en sus asientos se quedaron quietos
y en la grita cedieron.   100
Y el poderoso Agamenón se puso
en pie, empuñando el cetro,
que Hefesto con empeño labrara;
Hefesto lo había dado al soberano
Zeus, hijo de Crono, y luego Zeus
al mensajero Matador de Argos[8],
y Hermes el soberano se lo diera
a Pélope, de potros picador.
Y él, Pélope, a su vez, dióselo a Atreo,   105
pastor de gentes, y, antes de morirse,
dejóselo Atreo a Tiestes,

---

[8] La interpretación que daban ya los antiguos al sintagma *diáktoros Argeiphóntēs* que en este verso aparece como «mensajero Matador de Argos», referido a Hermes, aunque nosotros la hemos aceptado, nos parece que no es su significación originaria, pues ya ni Homero ni los propios griegos contemporáneos del poeta lo entendían.

rico en rebaños, y a su vez, Tiestes
a Agamenón poco ha se lo dejaba
para que lo llevase y reinara
en muchas islas y en Argos entera.
Apoyándose en él, a los argivos
decía estas palabras:
«Amigos, héroes dánaos,   110
servidores de Ares,
Zeus, el gran Cronida, envolvióme
con grave desvarío, el alevoso,
él que antaño me había prometido
(y había hecho señal de asentimiento)
que yo regresaría a mi casa
después que hubiera destruido Ilio,
la bien amurallada, y ahora, en cambio,
tramó maligno engaño y me ordena
que llegue yo a Argos deshonrado   115
después de haber perdido tanta gente.
Así grato será probablemente
al prepotente Zeus,
que de muchas ciudades las cabezas
ya destruyó y aún destruirá,
pues su soberanía es la más alta.
Y sí que es vergonzosa cosa ésta
incluso para gentes venideras
que de ella llegaran a enterarse:
que en vano así las huestes   120
de las gentes aqueas,
tales y tantas, luchen y batallen
contra varones menos numerosos
en una guerra sin provecho alguno,
pues aún fin no se atisba en absoluto.
Si, en efecto, aqueos y troyanos,
tras concluir leales juramentos
víctimas degollando,
quisiéramos contarnos ambos bandos:
que juntarse quisieran los troyanos   125
cuantos hogar poseen en su patria,
y nosotros quisiéramos, aqueos,
ordenarnos en grupos de diez hombres,
y a un troyano cogiera cada grupo

[84]

para escanciar el vino, a muchos grupos
escanciador habría de faltarles.
En número tan grande yo aseguro
que aventajan de los aqueos los hijos
a los troyanos que en la ciudad viven;
pero hay aliados,   130
varones de la lanza blandidores,
que de muchas ciudades han venido,
los cuales me extravían grande trecho,
y no me dejan, contra mi deseo,
de Ilio devastar
la ciudad bien poblada.
Y ya han transcurrido nueve años
del grande Zeus, y el maderamen   135
de nuestras naves está ya podrido,
y deshechas están ya las maromas,
mientras están, tal vez, nuestras esposas
y nuestros tiernos hijos
sentados en sus casas esperando;
en tanto que a nosostros la empresa
por la que aquí vinimos, todavía
incumplida nos queda, de esta guisa.
Pero, venga, tal como yo lo diga,
obedezcamos todos, escapemos   140
con las naves a la querida tierra
de los padres, pues ya no tomaremos
Troya la de anchas calles.»
Así dijo, y el ánimo de ellos
por dentro de sus pechos conmoviólo,
de todos los que en medio de la masa
no habían dado oídos al Consejo.
Y se agitó la junta
como las altas olas de la mar   145
de Ícaro[9] que el Euro y el Noto[10]
levantar suelen saltando sobre ella
desde las nubes del dios padre Zeus.
Como cuando el Zéfiro, llegando,

---

[9] El mar de Ícaro («la Mar Icaria»), célebre por sus tormentas, era llamado aquel que rodea a la isla Icaria, próxima a Samos.
[10] El Euro es el viento de levante, y el Noto, el viento del Sur.

la mies espesa agita, sobre ella
lanzándose con ímpetu violento,
y se inclina la mies con las espigas,
así se agitó entera su asamblea,
y ellos a las naves se lanzaban   150
con griterío y de sus pies debajo
se levantaba una nube de polvo
y se iba elevando poco a poco,
y ellos mutuamente se exhortaban
a echar mano a las naves y arrastrarlas
hasta la mar divina, y los canales[11]
a limpiar empezaban, y la grita
llegaba al cielo de los que anhelaban
a casa regresar, y los puntales
sacaban de debajo de las naves.

*[Interviene Atenea y Odiseo frena
al ejército en desbandada]*

Se hubiera aparejado en ese punto,   155
a pesar del destino, el regreso
de los argivos, si Hera a Atenea
no hubiera dirigido estas palabras:
«¡Hija de Zeus portaégida, indomable,
¡ay!, conque los argivos a su casa,
a la querida tierra de sus padres,
se disponen ya a huir sobre las anchas
espaldas de la mar, y tras de sí   160
a Helena la argiva dejarían,
para Príamo y todos los troyanos
motivo de jactancia, por quien muchos
aqueos perecieron en el campo
de Troya, lejos de su cara patria!
Pues, ¡venga!, vete ahora entre las huestes
de los aqueos de cotas de bronce,
y, tus blandas palabras empleando,
trata de retener hombre tras hombre,
y no permitas que a la mar arrastren   165
las naves combas por ambos costados.»

---

[11] Los canales que servían para varar y botar las naves, es decir: que
servían de acceso a las embarcaciones varadas.

Así dijo, y le obedeció
la diosa Atena de ojos de lechuza,
y bajó, dando un salto,
desde las altas cumbres del Olimpo,
y ágilmente llegaba
junto a las raudas naos de los aqueos.
Luego encontró a Odiseo,
en discreción a Zeus equiparable,
de pie, parado, pues no echaba mano   170
él a su negra y bien cubierta nave,
dado que la aflicción
el corazón y el alma le alcanzaba.
Y cerca de él plantándose, Atenea,
la de ojos de lechuza, le decía:
«Laertiada de Zeus descendiente,
Odiseo de ardides numerosos,
conque ¿ya a vuestra casa,
a la tierra querida de los padres,
a huir os disponéis,   175
en las naves cayendo bien cubiertas;
y a Helena la argiva dejaríais,
para Príamo y todos los troyanos
motivo de jactancia, por quien muchos
aqueos perecieron en el campo
de Troya, lejos de su cara patria?
Pues, ¡venga!, vete ahora entre las huestes
de los aqueos y atrás no te quedes,
y, tus blandas palabras empleando,
trata de retener hombre tras hombre,
y no permitas que a la mar arrastren   180
las naves combas por ambos costados.»
Así dijo, y él se percató
de la voz de la diosa que le hablara,
y se puso a correr y arrojó el manto,
que recogió el heraldo itacense
Euríbates [12] que le acompañaba.

---

[12] Euríbates es un nombre parlante que significa «el que da largas zancadas» o «que anda largas extensiones». Se llamaba del mismo modo el heraldo de Agamenón en *Il.* I 320. En la Odisea se describe detalladamente al heraldo de Odiseo en *Od.* XIX 244-8.

Y él mismo fue de frente   185
junto a Agamenón hijo de Atreo,
y tomó de sus manos
el bastón ancestral,
siempre imperecedero,
y con él se fue andando hacia las naves
de los aqueos de broncíneas cotas.
Y a cualquiera que fuese el que encontrara,
bien rey o bien guerrero distinguido,
plantándose a su lado,
lo retenía con blandas palabras:
«¡Divino amigo!, no te corresponde
como un cobarde propagar el miedo,
mas tú mismo aquí quédate quieto   190
y a los demás, a tus huestes, aquieta,
pues aún no sabes de manera clara
cuál sea del Atrida el pensamiento;
ahora está tentando, pero pronto
castigará a los hijos de la Acaya.
¿Y en el Consejo no escuchamos todos
lo que dijo? ¡Que un punto no se enoje
y haga daño a los hijos
de los aqueos; pues gran genio es propio   195
de un rey por Zeus nutrido,
y su honra de Zeus le procede,
y le ama Zeus, el buen consejero.»
Y, de otro lado, a aquel hombre del pueblo,
que chillando veía y encontraba,
lo echaba con su cetro de sí lejos
y le increpaba con estas palabras:
«¡Divino amigo, para, estáte quieto,   200
y las palabras escucha de otros
que en valor te aventajan, pues tú eres
imbele y flojo y no tenido en cuenta
jamás ni en el Consejo ni en la guerra.
Que en modo alguno todos los aqueos,
a la verdad, aquí hemos de ser reyes;
jefatura de muchos no es buena;
uno solo sea el jefe; uno solo   205
el rey: aquél a quien le diera el hijo
de Crono, el de mente retorcida,

el cetro y las leyes
para que en beneficio
de ellos delibere.»
Así, ejerciendo mando, él recorría
las huestes, mientras ellos
de nuevo a la asamblea se lanzaban,
de las naves y de las tiendas lejos,
con ·estruendo, como cuando la ola
del mar multibramante
ruge en la extensa playa   210
y el piélago resuena.

[Intervención de Tersites]

Los demás luego íbanse sentando
y en sus asientos se quedaron quietos,
mas Tersites [13], él solo, aún chillaba
como un charlatán desaforado,
que, en efecto, en sus mientes sabía
muchos propósitos impertinentes:
entablar altercados con los reyes
de forma atolondrada y no en buen orden,
sino aquello que a él le pareciera   215
que movería a risa a los argivos.
Y era el varón más feo que llegara
bajo los muros de Ilio: era renco,
cojo de un pie; sus hombros, encorvados,
comprimidos los dos contra su pecho;
arriba, era picuda su cabeza,
y rala florecía
en ella una pelusa.
Muy odioso era a Aquiles sobre todo   220
y asimismo a Odiseo, pues a ambos
solía denostar, pero entonces,
en medio de chillidos estridentes,
a Agamenón divino
le iba computando los reproches,
pues con él, en efecto, los aqueos
estaban irritados fuertemente

---

[13] Tersites es un nombre parlante que significa «el atrevido».

y habíanse en sus almas indignado.
Mas Tersites, gritando hacia lo lejos,
zahería a Agamenón con sus palabras:
«Atrida, ¿qué reproche   225
de nuevo nos diriges?, ¿qué te falta?
Rebosantes de bronce están tus tiendas
y en tus tiendas están muchas mujeres
escogidas, que a ti antes que a nadie
te vamos obsequiando
cuando quiera que una ciudad tomamos.
¿Acaso todavía necesitas
incluso el oro que de Ilio te traiga
alguien de los troyanos   230
domadores de potros,
en rescate de un hijo a quien yo mismo
u otro aqueo, atado te traigamos?
¿O una mujer joven para unirte
con ella en el amor y tú a tus anchas
a solas y apartado retenerla?
No es decente, en verdad, que, siendo jefe,
en desgracias embarques a los hijos
de los aqueos, ¡ah blandengues, viles,   235
despreciables, aqueas, ya no aqueos!
A casa, por lo menos, regresemos
con nuestras naves y dejemos a éste
aquí en Troya a digerir derechos,
para que vea si incluso nosotros
de algo le valemos o de nada.
Él, que incluso ahora
a Aquiles deshonró,   240
varón mejor que él en gran medida,
pues tomóse su parte del botín,
y hasta ahora la viene reteniendo
después de haberla arrebatado él mismo.
Pero Aquiles no tiene en absoluto
hiel en su entraña, sino que es un flojo
porque, en verdad, Atrida, de otra guisa,
ahora el último ultraje inferirías.»
Así dijo Tersites
zahiriendo a Agamenón, pastor de gentes,
pero rápidamente a su lado

el divino Odiseo se plantaba
y, habiéndole mirado torvamente,   245
con ásperas palabras reprendióle:
«Tersites, parlanchín falto de juicio,
aun cuando seas orador sonoro,
contente y no te atrevas
en solitario a contender con reyes.
Pues yo afirmo que no hay otro mortal,
de cuantos con los hijos de Atreo
bajo los muros de Ilio llegaron,
más vil que tú, por lo cual no debieras   250
discursear con reyes en la boca,
ni proferir denuestos contra ellos
ni vigilar la ocasión del regreso.
Pues aún no sabemos claramente
en absoluto cómo irá esta empresa,
si nosotros, hijos de los aqueos,
a casa bien o mal regresaremos.
¿Por eso ahora de injuriar no dejas   255
a Agamenón el hijo de Atreo,
pastor de gentes, porque le están dando
muchísimos regalos
los héroes dánaos, mientras tú, en cambio,
ultrajándole estás con tus discursos?
Pero yo voy a hablarte abiertamente,
y lo que diga será hecho cumplido:
si otra vez te topo desvariando
así precisamente como ahora,
que ya luego a Odiseo la cabeza
no le esté puesta encima de los hombros
ni yo a partir de entonces sea llamado   260
de Telémaco padre[14],
si no te cojo yo y de tus vestidos
te despojo: de túnica, de manto
y de aquello que oculta las vergüenzas,
y a ti mismo llorando te despacho
a las rápidas naves, expulsado
de la asamblea después de haber sido

---

[14] Cfr. *Il.* IV 354.

con golpes afrentoso golpeado.»
Dijo así justamente, y, con el cetro,   265
la espalda y los dos hombros golpeóle,
y aquel combóse, y lágrima lozana
se le escapó y un chichón sangriento
le brotó de la espalda
bajo el cetro de oro.
Y él luego, claro está, tomaba asiento,
y se quedó espantado y dolorido,
con mirada en sus ojos desvalida,
y se enjugó la lágrima. Y las huestes,   270
pese a estar disgustadas,
a costa de él a gusto se rieron.
Y así cada cual iba diciendo,
mirando a su vecino respectivo:
«¡Caramba!, ya Odiseo en su haber cuenta,
de verdad, por millares con acciones
valiosas, dando buenos consejos
o bien haciendo culminar la guerra;
pero ahora es con mucho la mejor
esta que realizó entre los argivos,
cuando contuvo, para impedirle   275
hablar en la asamblea,
a ese injuriador lanzapalabras.
No volverá, por cierto, a incitarle
una vez más su ánimo arrogante
a entrar en altercado con los reyes
empleando palabras injuriosas.»

[Discurso de Odiseo]

Así la muchedumbre iba diciendo,
cuando de pie se puso Odiseo,
destructor de ciudades, cetro en mano;
a su lado, Atenea,
la de ojos de lechuza,
bajo la apariencia de un heraldo,   280
callar mandaba al pueblo,
para que los primeros
y los más alejados, juntamente,
hijos de los aqueos escucharan

el discurso, y un consejo idearan.
Él, con buena intención para con ellos,
les arengó y hablóles de este modo:
«Hijo de Atreo, ahora ya, señor,
a ti quieren tenerte los aqueos
por el más despreciable de entre todos   285
los caducos mortales,
y no van a cumplirte la promesa
que, a pesar de todo, te hicieran
cuando hacia aquí venían avanzando
desde Argos de yeguas nutridora,
de regresar una vez devastaras
la ciudad de Ilión de buenos muros.
Pues como niños tiernos
o cual mujeres viudas,
entre sí se lamentan   290
por volver a sus casas.
A la verdad, también es un trabajo
regresar uno a casa disgustado.
Porque, en efecto, lejos de su esposa
un solo mes uno permaneciendo,
no puede soportarlo con su nave
de bancos de remeros bien provista,
por más que las borrascas invernales
y la mar encrespada le acorralen.
Pero para nosostros   295
que aquí permanecemos todavía,
es el noveno año el que está a punto
de acabar su curso. Por lo cual
yo no me indigno de que los aqueos
no puedan soportarlo a la vera
de sus naos recorvadas.
Pero es, pese a todo, una vergüenza,
¡fijaos!, aquí estar tan largo tiempo
y regresar con las manos vacías.
Aguantad, mis amigos, y quedaos
durante un tiempo, hasta que sepamos
si Calcante está vaticinando   300
diciendo la verdad o nada de eso.
Pues ya esto en nuestras mentes bien sabemos
y de ello testigos sois vosotros,

[93]

a los que aún las Parcas de la muerte
no se fueron llevándoos consigo:
Ayer o anteayer, cuando las naves
de los aqueos se iban reuniendo
en Áulide, dispuestas a llevar
a Príamo desastres y a los teucros,
y nosotros en torno de una fuente,   305
debajo de un plátano hermoso,
de donde cristalina agua fluía,
estabámos en sagrados altares,
por un lado del ara y por el otro,
ofreciendo a los dioses inmortales
de hecatombes perfectas sacrificios,
allí mismo mostróse un gran prodigio:
Una serpiente de encarnado lomo,
espantosa, que echó, naturalmente,
el propio dios Olímpico a la luz,
saltando de debajo del altar,   310
al plátano lanzóse, en efecto.
Y allí de un gorrión había crías,
infelices polluelos, de una rama
en lo más alto, bajo unas hojas,
agazapados, ocho,
que hacían con la madre
que los pariera un grupo de nueve.
Allí íbalos la sierpe devorando,
a ellos que piaban y seguían
piando con píidos lastimeros;
la madre en torno revoloteaba   315
de sus queridos hijos, lamentando
su suerte, pero a ella la apresó,
tras haberse enroscado, la serpiente,
cogiéndola del ala en tanto que ella
chillaba sin cesar de un lado y otro.
Pero una vez que había devorado
a los gorriatos y a la propia madre,
a la serpiente la volvió invisible
el dios precisamente
que visible la hiciera;
pues convirtióla en piedra el dios hijo   320
de Crono el de torcidos pensamientos.

Y nosotros, de pie, ante este prodigio
producido quedábamos suspensos,
cuando en las hecatombes de los dioses
los horrendos portentos penetraron;
y Calcante, al punto, después de eso,
haciendo vaticinios, así hablaba:
"¿Por qué os quedasteis en silencio, aqueos
de larga cabellera en las cabezas?
En verdad a nosotros ver nos hizo
Zeus, el consejero, este prodigio,
tardío en su llegada y cumplimiento,   325
del que jamás perecerá la fama.
Así como esa sierpe devoró
a los gorriatos y a la propia madre
(ocho en total que hacían con la madre
que los pariera un grupo de nueve),
así nosotros allí lucharamos
a lo largo de otros tantos años,
pero al décimo año tomaremos
la ciudad de anchas calles". Así hablaba
aquel; eso ya ahora   330
se está cumpliendo en su totalidad.
Pero, ¡venga!, quedaos aquí todos,
aqueos de hermosas canilleras,
hasta que al fin un día
la gran ciudad de Príamo tomemos.»
Así dijo, y un agudo grito
lanzaron los aqueos (pues las naves,
de los dos lados, a causa del grito
que habían lanzado los aqueos
con espantoso eco resonaron)
aprobando el discurso   335
del divino Odiseo.
Y habló también ante ellos
Néstor Gerenio [15], conductor de carros:
«¡Vaya!, ya estáis hablando, realmente,
en plena asamblea,

---

[15] Según los antiguos, el nombre de Gerenio era un gentilicio, derivado del de la ciudad de Gerenia, situada en Mesenia, en la que Néstor se había refugiado cuando era joven, huyendo de la devastación y saqueo de Micenas llevados a cabo por Heracles.

parecidos a niños pequeñuelos
a los que no interesan para nada
las empresas de guerra. ¿Adónde, entonces,
se nos irán pactos y juramentos?
Ya en el fuego estarían los consejos,   340
las trazas de varones,
las libaciones de vino sin mezcla,
y el apretón de las derechas manos,
en que puesta teníamos confianza.
Pues de este modo estamos debatiendo
con palabras y no somos capaces
de encontrar ni un remedio tan siquiera,
por más que mucho tiempo aquí llevamos.
Hijo de Atreo, tú al igual que antes
manteniendo el designio inconmovible,
manda en los argivos a lo largo   345
de las duras refriegas, y a ésos
déjalos que perezcan, uno o dos,
que, de entre los aqueos,
aparte estén tramando
(aunque no han de obtener un resultado)
ir a Argos, antes de conocer
si una falsedad es la promesa
del dios Zeus que la égida porta
o bien si no lo es en absoluto.
Pues afirmo, en efecto, que el hijo   350
prepotente de Crono, aquel día,
cuando en las naves de rápido curso
estaban embarcando los argivos
llevando estrago y muerte a los troyanos,
hizo señales de asentimiento,
relámpagos lanzando a la derecha,
presagios favorables exhibiendo.
Por lo tanto, que nadie se apresure
a regresar a casa antes de haberse   355
acostado a la vera de la esposa
de algún troyano, y antes de vengarse
de los gemidos y angustias de Helena[16].

---

[16] Helena no fue responsable de sus actos cuando abandonó a su esposo,
sino que fue víctima de la voluntad de los dioses (cfr. *Il.* III 264).

Mas si alguno desaforadamente
quiere volver a casa, que eche mano
a su negra y bien cubierta nave,
para que vaya antes que los otros
de la muerte al encuentro y del destino.
Pero, señor, tú mismo rectamente   360
piénsatelo y hazle caso a otro;
que no será, por cierto, desechable
cualquier palabra que decir yo pueda.
Separa, Agamenón, a los guerreros
por tribus y también por hermandades,
por que a hermandades la hermandad ayude
y a las tribus las ayuden las tribus.
Y si obras de ese modo y te obedecen
los aqueos, te darás cuenta luego   365
de quién cobarde sea entre las huestes
y quién lo sea entre los generales,
así como de quién sea valiente,
pues habrán de luchar por ellos mismos
y tú te darás cuenta
de si también por designio divino
no lograrás saquear la ciudad
o si es por cobardía de tus hombres
y desconocimiento de la guerra.»
Dándole una respuesta,
el poderoso Agamenón le dijo:
«En verdad, otra vez más tú, anciano,   370
en la asamblea vences a los hijos
de los aqueos. ¡Ojalá, Zeus padre,
y Atenea y Apolo, yo tuviera
diez consejeros entre los aqueos
que fuesen como tú!; en ese caso
habría de inclinarse prontamente
la ciudad del rey Príamo tomada
y saqueada bajo nuestras manos.
Pero a mí me dio Zeus el Cronida,   375
portador de la égida, dolores,
ya que en el medio me está arrojando
de altercados y de querellas vanas;
pues también yo, en efecto, y Aquiles
por mor de una muchacha combatimos

con violentas palabras, aunque yo era
quien al enojo daba su comienzo.
Pero si, algún día, a un solo acuerdo
lográsemos llegar,
después ya no habrá aplazamiento,
ni por solo un momento tan siquiera,   380
de la desgracia para los troyanos.
Pero ahora marchad a la comida
para podernos carear con Ares.
Que cada cual afile bien su lanza [17]
y que bien el escudo se prepare
y bien dé cada cual a los caballos
de veloces pezuñas el forraje,
y bien cada cual mire de su carro
a los dos lados y en la guerra piense,
para que así podamos todo el día   385
con el odioso Ares confrontarnos.
Pues no habrá tregua en medio ni un instante,
salvo la noche, que con su llegada
separará los bríos de los hombres.
Ha de sudar de alguno la correa
del escudo que cubre al hombre entero,
a ambos lados del pecho situada [18];
y ha de sentir alguno la fatiga
en la mano con que empuña la lanza;
y ha de sudar de alguno el caballo   390
del bien pulido carro al ir tirando.
Pero al que yo perciba pretendiendo
quedarse quieto lejos del combate
junto a las corvas naves, a él luego
no le estará al alcance huir a salvo
de los perros y aves de rapiña».

---

[17] Comienza aquí un pasaje (versos 382-393) de estilo ostensiblemente
retórico, provisto de epanáforas *(eû mén tis...eû dé tis...eû dé tis)*, homeoté-
leutos *(thésthō...medésthō)* y anáforas *(hidrōsei mén teu...hidrōsei dé teu)*, que
culmina en el clímax de los versos 391-3 en los que Néstor amenaza
duramente a los que se comporten cobardemente y se muestren remisos a
entrar en combate.

[18] Esta correa de sujeción del escudo se ajustaba pasándola de izquierda
a derecha sobre los hombros.

Así dijo, y un agudo grito
lanzaban los argivos, como cuando
sobre alto acantilado ola tras ola   395
que el viento Noto mueve a su llegada,
chocan en un rocoso promontorio
al que nunca las olas abandonan
que de diversos vientos van surgiendo
que o bien aquí o allá se produjeron.
Puestos en pie, se iban apresurando
y esparcidos por naves y por tiendas
hicieron humo y el yantar tomaron.
Cada cual a un dios sacrificaba   400
de los que siempre existen, suplicando
huir de la muerte y del tumulto de Ares.
Agamenón, caudillo de guerreros,
por su parte, un buey sacrificó
graso y de cinco años
al prepotente dios hijo de Crono,
y al banquete invitaba a los ancianos,
los optimates de los panaqueos:
Antes que a nadie a Néstor   405
y también al caudillo Idomeneo,
luego a los dos Ayantes
y al hijo de Tideo,
y en sexto lugar a Odiseo,
a Zeus por su ingenio comparable.
Por propia iniciativa,
a su lado se vino Menelao,
por el grito de guerra distinguido,
pues en su alma sabía del hermano,
cómo estaba ocupado con trabajos.
Y en torno del buey se colocaron
y puñados cogieron   410
de granos de cebada.
Y entre ellos, dirigiendo esta plegaria,
el poderoso Agamenón decía:
«Gloriosísimo Zeus, el más alto,
el de las negras nubes,
habitante del éter: que no antes

se ponga el sol y el crepúsculo llegue,
antes que yo derribe boca abajo
de Príamo el techo por el humo
ennegrecido, y de que ponga fuego   415
destructor a sus puertas, y de Héctor
la túnica desgarre en torno al pecho
y haga en ella jirones con mi bronce;
y muchos compañeros de él en torno
de bruces caigan en medio del polvo
y que la tierra muerdan con los dientes.»
Así dijo, mas, como es sabido,
no cumplía su ruego todavía
el Cronida; en cambio, sí aceptó   420
los sacrificios, pero incrementaba
de forma inexorable el sufrimiento.
De seguida, después de que oraron
y arrojaron los granos de cebada,
levantaron, primero, las cabezas
de las víctimas y las degollaron
y las despellejaron,
y a cercén sus muslos rebanaron
que cubrieron con grasa
de la que hicieron una doble capa,
y encima de esos muslos engrasados
trozos de carne cruda colocaron.
Y luego los quemaban sobre trozos   425
de leña ya de hojas desprovista;
las vísceras, en cambio, en los espetos,
por encima de Hefesto [19] las tendían.
Mas luego que abrasados estuvieron
los muslos, y las vísceras gustaron,
lo demás en pedazos troceaban
y de los asadores
en uno y otro extremo lo espetaron.
Y lo asaron con suma habilidad   430
y todo ya del fuego retiraron.
Luego, después que en la labor cesaron
y el banquete aprestaron, ya comían

---

[19] Es decir: por sobre la llama.

y nada el apetito echaba en falta
de un festín con equidad medido.
Mas despés de que fuera de sí echaron
las ganas de bebida y de comida,
el primero tomaba la palabra
Néstor Gerenio, conductor de carros:
«Gloriosísimo Atrida,
Agamenón caudillo de guerreros,
no estemos ya ahora por más tiempo   435
reunidos aquí ni aplacemos
para largo la empresa
que la divinidad ahora mismo
nos pone en el hueco de la mano.
Mas, ¡ea!, los heraldos a las huestes
de los aqueos de cotas de bronce
con su pregón reúnan nave a nave,
y nosotros así, ya concentrados,
vayamos por el amplio campamento   440
de los aqueos para despertar
rápidamente al punzante Ares.»
Así dijo, y le obedeció
Agamenón caudillo de guerreros;
a sus heraldos de sonora voz
al punto dio la orden
de convocar a guerra a los aqueos
de intonsa cabellera en sus cabezas.
Y ellos pregonaban, y las huestes
se reunían muy rápidamente.
Y los reyes, los vástagos de Zeus,   445
a uno y otro lado del Atrida,
de aquí para allá iban
con ímpetu, las tropas separando,
y entre ellos iba Atena
la de ojos de lechuza,
la égida portando
muy preciada, inmortal y sin vejez,
de la que ondeando van al aire
cien franjas de oro puro,
bien trenzadas en su totalidad
y en cien bueyes tasadas cada una.
Súbitamente se lanzó con ella   450

por enmedio de las huestes aqueas,
a marchar animándolas, y fuerza
dentro del corazón a cada uno
hizo brotar para entrar en combate
y batallar sin tregua. Y en seguida
el combate tornóseles más dulce
que regresar en las cóncavas naves
a la querida tierra de sus padres.
Cual devastador fuego bosque inmenso   455
de una montaña en las cumbres abrasa,
y el resplandor de lejos se divisa,
así a través del éter hasta el cielo
llegaba el fulgor resplandeciente
que despedía el dicino bronce
de los guerreros según avanzaban.
Y cual de aves aladas [20]
bandadas numerosas de ocas, grullas   460
o de cisnes, que el cuello tienen largo,
en la pradera de Asia [21], a los dos lados
de las corrientes del río Caístro [22],
aquí y allá van revoloteando,
haciendo alarde, ufanas, de sus alas,
según se van posando con estruendo,
de forma que retumba la pradera,
así de ellos [23] bandadas abundantes
de las naves y tiendas procedentes,
en el llano Escamandrio se vertían,   465
y debajo la tierra retumbaba
terriblemente, por los pies golpeada
de ellos mismos y de sus caballos.
Y en el llano Escamandrio se pararon
florido miles de hombres, tantos cuantas
en primavera brotan
las hojas y las flores.

---

[20] Cfr. Virgilio, *Eneida VII* 699; X 264 y ss.
[21] Desde estos campos de Lidia (Virgilio, *Geórgicas* I 383: *Asia prata),*
situados al sur del Tmolo, se expandió a todo el continente el nombre de
Asia.
[22] El río Caístro desembocaba en Éfeso. El paisaje de sus dos orillas fue
tal vez contemplado por el poeta jónico Homero.
[23] Es decir: de los aqueos.

Cual de apiñadas moscas
bandadas numerosas
que en pastoril establo   470
están continuamente dando vueltas,
en plena estación de primavera,
cuando la leche los baldes empapa,
en número eran tantos los aqueos
de intonsa cabellera en sus cabezas,
que contra los troyanos
se iban poniendo en fila en la llanura,
ansiando destruir al enemigo.
Cual los pastores fácilmente logran   475
rebaños separar diseminados
de cabras una vez que se mezclaran
en el pasto las unas con las otras,
así los ordenaban los caudillos
aquí y allí en dos grupos de combate
para ir a la refriega, y entre ellos
Agamenón caudillo poderoso,
en ojos y cabeza parecido
a Zeus que con el rayo se deleita,
y en cintura, a Ares,
y en pecho, a Posidón.
Cual un toro que mucho sobresale   480
de todos por encima en la manada,
pues en medio destaca bien conspicuo
de las vacas reunidas en vacada,
así al hijo de Atreo aquel día
le hizo Zeus conspicuo y destacado
entre héroes numerosos.

[*Catálogo de las naves*]

Decidme ahora, Musas
que habitáis las moradas del Olimpo
(pues vosotras sois diosas   485
y en todo estáis presentes
y todo lo sabéis[24],
en tanto que nosotros solamente

---

[24] Las Musas son, según Hesíodo, hijas de *Mnēmosúnē,* («Memoria»).

[103]

rumor oímos y nada sabemos),
quiénes los generales y los jefes
de los dánaos eran.
La multitud contar yo no podría
ni tampoco nombrarla aunque tuviera
diez lenguas y diez bocas
y voz inquebrantable, y en el pecho   490
tuviera yo de bronce los pulmones,
si las Musas que habitan el Olimpo,
de Zeus portaégida las hijas,
no hubieran recordado cuántos fueron
los que bajo los muros
de Ilio llegaron.
Pero sí he de decir los comandantes
que fueron de las naves y las naves
de la primera a la última de ellas.

[Contingentes [25] *beocios]*

De los beocios eran comandantes [26]
Penéleo y Leito, Arcesilao,   495
Protoénor y Clonio,
y los que Hiria habitaban
y Áulide pedregosa, Esqueno, Escolo,
y Eteono de muchos espolones [27],

[25] A partir de la primera palabra de este verso, el «Catálogo de las naves» se llamó en la antigüedad también «Beocia». La verdad es que comenzaba con los contingentes de Beocia, porque allí se encuentra Áulide, el puerto del que zarpó la expedición aquea contra Troya (cfr. ver 509-10 y 303).

[26] Clonio y Arcesilao aparecen sólo una vez en el resto del poema: entre las víctimas de Héctor en *Il.* XV 329-42; Protoénor muere en *Il.* XIV 450. Los dos caudillos primeramente mencionados en estos versos, a saber: Penéleo y Leito, son también los que desempeñan un papel más importante en el resto del poema. De todo ello puede deducirse que el «Catálogo de las naves» es realmente una pieza que encaja en el conjunto de la *Ilíada*.

[27] Hiria estaba cerca de Áulide (Estrabón IX 404); Áulide y Esqueno fueron independientes políticamente hasta el siglo V a.C.; de las minas de Escolo, situadas en territorio de Platea, habla Pausanias (Pausanias IX, 4,4). Con *espolones* se refiere naturalmente a espolones montañosos. Eteono se encontraba, según Estrabón (Estrabón IX 408), en la Parasopia. Tespia se encontraba, probablemente, cerca de la más moderna Tespias; Graya

Tespia, Graya y la ancha Micaleso;
y quienes a ambos lados habitaban
de Harma y de Ilesio y de Eritras;
y los que ocupaban Eleón [28]   500
e Hila y Peteón y Ocalea
y Medeón, ciudad bien asentada,
y Copas y Eutresis,
y Tisba la ciudad rica en palomas;
y los que Coronea y la herbosa
Haliarto y Platea ocupaban,
y los que habitaban
Glisante y los que Tebas   505
de Abajo ocupaban,

---

llegó a ser una aldea de Oropo en el siglo V a.C. (Tucíclides II 23-3);
las ruinas de Micaleso las conoció Pausanias (Pausanias IX 19,4); Harma
éstaba cerca de Micaleso. De Ilesio no conocemos a ciencia cierta la situación, y de Eritras sabemos que estaba en la región de Platea y que
en época clásica la localidad de Eritras fue absorbida por Tebas en el
siglo V.a.C.

[28] Eleón era una ciudad políticamente autónoma y fronteriza con
Tanagra en el siglo V a.C. (Pausanias I 29,6); Hila aparece mencionada en
la *Ilíada* una vez más *(Il.* V 708 y ss.) y en ese pasaje aparece como una
ciudad ribereña del lago del Cefiso, es decir: del lago Copais. Peteón estaba
en territorio tebano y cerca de la carretera que conducía a Antemón.
Ocalea «de muchas torres», aparece, en el Himno a Apolo (239-43), en el
trecho de camino que el dios recorrió cruzando el Cefiso antes de llegar a
Haliarto. Medeón estaba cerca de Onquesto, según Estrabón (Estrabón IX
410). Copais estaba asentada junto al lago Copais (Pausanias IX 24,1).
Eutresis se encontraba en el extremo septentrional de la llanura de Leuctra,
y Tisba se hallaba cerca del pueblo que aún se llama así. Coronea estaba
asentada sobre una colina orientada hacia la zona suroccidental del lago
Copais. Haliarto se hallaba al sur del mencionado lago; Platea estaba al
noroeste de la ciudad de época clásica; Glisante era todavía una ciudad
independiente en el siglo V a.C. (cfr. Heródoto IX 43,2). Hipotebas o
Tebas de Abajo era quizás el nombre del asentamiento que sobrevivió a la
destrucción de la cuidadela de Tebas, la Cadmeya, que tuvo lugar antes de
la expedición de los aqueos a Troya. Onquesto es el nombre de un
santuario y una ciudad en torno a él situados al borde del Cefiso y no lejos
de Medeón. En cuanto a Arna, afirma Pausanias (Pausanias IX 40, 5 y ss.)
que así se llamaba antiguamente la ciudad de Queronea, y de Midea dice
que con este nombre se conocía en remotos tiempos la ciudad de Lebadea
(Pausanias IX 39,1). Nica es francamente difícil de situar (ya lo era para los
antiguos, véase Estrabón IX 405), y Antedón tenía su emplazamiento en la
costa septentrional del Euripo.

ciudad bien asentada, y los que Onquesto
la sagrada ciudad,
de Posidón espléndida floresta;
y los que ocupaban la ciudad
de Arna en viñedos abundante,
y los que Midia y Nisa muy divina,
y Antedón, al extremo, ocupaban.
De ellos cincuenta naves
zarparon y de ellos en cada una
un total de beocios se embarcaba   510
de ciento veinte jóvenes guerreros.

[Contingentes de Orcómeno]

Y aquellos que habitaban Aspledón
y Orcómeno [29], la ciudad de los minios,
a los que comandaban
Ascálafo y Yálmeno [30], hijos de Ares,
que Astíoca pariera en el palacio
de Áctor el Azeida,
virgen modesta, para el fuerte Ares,   515
al piso alto habiendo ella subido [31];
pues él al lado de ella, a escondidas,
en su lecho habíase acostado.
A sus órdenes treinta huecas naves
avanzaban en línea de combate.

---

[29] Orcómeno, capital del reino de los minios, era una de las ciudades
aqueas más ricas y poderosas, nombrada por Aquiles junto a la egipcia
Tebas como ejemplo de opulencia *(Il.* IX 381). Para distinguirla de la
Orcómeno de Arcadia se la llama la «minia» (o «de los minios»). Fue un
centro importante en época micénica.
[30] Yálmeno sólo es mencionado una vez en toda la *Ilíada (Il.* IX 82),
mientras que su hermano gemelo Ascálafo reaparece en dos ocasiones más:
cuando muere *(Il.* XIII 518-26) —eso sí— como un héroe, y cuando es
objeto de los lamentos de su padre Ares *(Il.* XV 111-116).
[31] Áctor, hijo de Azeo, de quien ya nada más se nos dice en el poema, es
el padre de Astíoca, la cual, a ocultas de éste, subió a sus habitaciones del
piso superior del palacio; tras ella fue Ares y así los caudillos minios
entroncan con el dios guerrero que es también el de la estirpe de los
belicosos minios.

[Contingentes focidios]

Por otra parte, Epístrofo y Esquedio [32]
eran de los foceos comandantes,
del magnánimo Ifito el Naubólida [33]
los hijos, que Cipáriso [34] ocupaban
y Pitón pedregosa
y Crisa muy divina   520
y Dáulide, además, y Panopeo;
y quienes a ambos lados de Anemoria
y Jámpolis vivían
y los que, justamente, cabe el río
Cefiso, el divino,
tenían su morada,
y aquellos que, al borde de las fuentes
del Cefiso, Lilea ocupaban.
A sus órdenes un séquito iba
formado por cuarenta negras naves.
Ellos se afanaban   525
en ordenar las filas de foceos,
y a continuación de los beocios,
a su izquierda, se iban armando.

[El contingente locrio]

A los locrios [35] acaudillaba Ayante [36],
el raudo hijo de Oileo,

---

32 Epístrofo sólo aparece mencionado en este lugar de la *Ilíada*. Esquedio era el rey que vivía en Panopeo; caerá muerto a manos de Héctor en la lucha que surge en torno al cadáver de Patroclo *(Il.* XVII 306-11).

33 Ifito y su padre Náubolo son héroes de la saga de los Argonautas. Cfr. Apolonio Rodio, *Los Argonautas* I 207 y ss.

34 Cipáriso es probablemente el nombre antiguo de Anticira, situada en lo hondo de la ensenada del golfo del mismo nombre. Pitón es la localidad llamada luego Delfos. Crisa se confunde con Pitón ya en el *Himno a Apolo* (282-5), por lo que no debía de estar lejos de Delfos. Dáulide y Panopeo se encontraban próximas entre sí y lindando con Beocia. Anemoria es difícil de situar. Jámpolis se encontraba al otro lado del Cefiso, enfrente de Dáulide y Panopeo. El río Cefiso nace cerca de Lilea, junto a la cara septentrional del monte Parnaso, fluye a través de Fócide en dirección a Beocia y desemboca en el lago Copais.

35 Es decir: a los que luego serán locrios epicnemidios y beocios opuntios.

36 Ayante el hijo de Oileo, el menor, es un destacado y sobresaliente personaje de la *Ilíada*. Era muy rápido (aunque no tanto como Aquiles)

menor y en absoluto del tamaño
de Ayante Telamonio; al contrario,
mucho menor de talla; era pequeño,
con coraza de lino revestido,
mas con lanza en la mano superaba   530
a los panhélenos [37] y a los aqueos.
Los que Cino habitaban y Opunte
y Caliaro y Besa y Escarfa
y la amable Augias, Tarfa, Tronio,
situada a ambos lados
de las corrientes del río Boagrio [38].
A sus órdenes, treinta negras naves
le iban acompañando de los locrios   535
que allende habitan la sagrada Eubea [39].

[Contingentes de Eubea]

Y aquellos que ocupaban Eubea [40],
los abantes que respiran coraje,

---

sobre todo persiguiendo al enemigo (cfr. *Il.* XIV 520-2). Era un héroe más
bien patán y tosco. Así, vestía coraza de lino; y en los juegos funerales en
honor de Patroclo se cayó en un montón de estiércol, lo que le impidió
ganar la carrera pedestre (*Il.* XXIII 7773-84).

[37] Los *héllēnes* eran en un principio los habitantes de *Hellás,* localidad del
sur de Tesalia. Luego este gentilicio se fue extendiendo a otras tribus hasta
llegar a ser el nombre de los «griegos».

[38] La ciudad más importante de las mencionadas es Opunte, patria de
Patroclo (*Il.* XXIII 85 y ss.), donde moraban los reyes locrios. El puerto
de Opunte era Cino, famosa ciudad por la leyenda de Deucalión y Pirro.
De Caliaro y Besa no sabía nada ni el mismísimo Estrabón. Escarfa estaba
situada al sur del golfo de Malis. Augias «la amable» es un topónimo que
con el mismo epíteto aparece referido a una localidad de Lacedemonia *(Il.*
II 583). Tarfa se encontraba, según Estrabón (Estrabón IX 426), en la
ciudad de época clásica llamada Farugas, y Tronio (al borde del río «Toro
salvaje» —*Boagrio*—, llamado luego «Enfurecido» —*Mánēs*—) se asentaba
al sur de la desembocadura de este río, en la moderna Picraqui. La Lócride
oriental fue siempre una región atrasada y más aún lo fue la de los locrios
hipocnemidios, que ni siquiera es mencionada en la *Ilíada*.

[39] Eubea es sagrada por el culto a Apolo y a Artemis que en ella se
rendía.

[40] Los habitantes de Eubea son llamados abantes. Durante la guerra de
Lelanto, las dos ciudades más importantes de la isla, Cálcide y Eubea,
pactaron no emplear armas arrojadizas en la refriega y luchar exclusivamente cuerpo a cuerpo, empleando la táctica de la falange de hoplitas

y Cálcide y Eretria y Estiea,
abundante en viñedos y Cerinto,
ribereña del mar, y la ciudad
de Dío, la escarpada,
y los que de continuo residían
en Cáristo y Estira,
a los que comandaba   540
Elefénor, el compañero de Ares [41],
hijo de Calcodonte,
jefe de los magnánimos abantes.
Le seguían los veloces abantes,
que tan sólo se dejan cabellera
por la parte de atrás de la cabeza [42],
lanceros, deseosos,
con sus lanzas de fresno enristradas,
de romper las corazas a ambos lados
del pecho de guerreros enemigos.
A sus órdenes iban de él en pos
cuarenta negras naves.

[*El contingente ateniense*]

Y, justo luego, los que ocupaban   545
Atenas, la ciudad bien asentada,
el país del magnánimo Erecteo,
a quien antaño Atena, de Zeus hija,
alimentado había,
pues la fecunda tierra le pariera,
y en Atenas, en su pingüe templo,

(véase Estrabón X 449). Cálcide estaba situada en el borde septentrional del estrecho del Euripo, y no lejos de ella estaba Eretria. Ambas ciudades vecinas se disputaban la posesión de la fértil llanura de Lelanto. Cerinto estaba en la costa oriental de Eubea, al norte de la isla, a orillas del río Budoro (Estrabón X 446). Díon (la escarpada ciudad de Dío) se encontraba cerca de Histiea, en la costa noroccidental de la isla (Estrabón X 446). Cáristo estaba situada al sur de Eubea y un poco más al noroeste se encontraba y se encuentra Estira (aunque aún se sigue llamando *Stura*).
[41] Elefénor reaparece en *Il.* IV 463-9 sucumbiendo a manos de Agénor.
[42] Según Estrabón (Estrabón X 445), Aristóteles afirmaba que los abantes procedían de Tracia. Es curioso que en la propia *Ilíada* (*Il.* IV 533) se dice que los tracios sólo se dejaban crecer pelo en la parte más alta de la cabeza, costumbre que, de algún modo, también seguían los abantes.

habíale asentado, y en él   550
con toros y carneros lo propician
los mozos hijos de los atenienses
al compás del trancurso de los años[43].
A ellos, por su parte, acaudillaba
Menesteo el hijo de Peteo[44].
A él semejante no hubo en modo alguno
ningún varón terrestre, en el arte
de ordenar los carros y los hombres
armados con escudo; sólo Néstor[45],   555
que su predecesor en edad era,
con él rivalizaba; a su mando,
cincuenta negras naves le seguían.

[Contingentes de Salamina]

De Salamina, Ayante[46] doce naves
venía conduciendo y colocólas,
según las conducía, allí mismo
donde en línea se hallaban las falanges
de los hombres de armas atenienses.

[Contingente de Argos]

Y los que ocupaban
las ciudades de Argos y Tirinte

---

[43] Atenas como el «país» o «comarca» (*dēmos* significa eso en principio),
es realmente el Ática. El nombre de la ciudad más importante de la región
se emplea por el de la región misma. Sus habitantes se jactaban de ser
autóctonos y, según Heródoto (VIII 55) y otras fuentes, Erecteo había
nacido de la tierra. Se le ofrecían a Erecteo anualmente sacrificios de
bueyes (*Bufonías* era el nombre de las festividades en que tales sacrificios se
hacían, los cuales, según Pausanias, se habían iniciado bajo el reinado de
Erecteo: Pausanias I 28, 10 y ss.) en fiestas que luego serían las Panateneas
Menores.

[44] Este personaje, que no brilla en la *Ilíada* con luz propia, reaparecerá
más adelante (*Il*. IV 327-48) al lado de Odiseo. Peteo descendía de Erecteo
(Pausanias II 25).

[45] Cfr. *Il*. II 362 y ss.; IV 297 y ss.

[46] Estos versos en que Ayante aparece muy cerca de los contingentes de
los atenienses, servirán luego a éstos para reivindicar Salamina frente a los
megarenses. Por eso se sospechaba desde antiguo que estos versos hubie-
sen sido interpolados en el poema primitivo para honrar a Pisístrato, el
conquistador de Salamina.

la bien amurallada,
y Hermíona y Asina   560
que hondas bahías tienen en su seno,
y Trecén y Eyones
y Epidauro la rica en viñedos,
y los que, mozos, hijos de aqueos,
Egina y Masete ocupaban [47];
a ellos, por su parte, acaudillaban
Diomedes, distinguido por su grito
de guerra, y Esténelo con él,
hijo del afamado Capaneo;
juntamente con ellos, el tercero,   565
iba marchando Euríalo, varón
a los dioses parejo,
hijo de Mecisteo, el soberano,
que era, a su vez, de Tálayo el hijo [48].
Pero en todos mandaba Diomedes,
por su grito de guerra distinguido;
y a las órdenes de ellos, les seguían
ochenta negras naves.

[El contingente de Micenas]

Y los que ocupaban
Micenas, la ciudad bien construida,
y la rica Corinto y Cleonas,   570
ciudad bien construida;

---

[47] La ciudad de Argos, al pie de la colina de Larisa, estuvo poblada
desde la Edad de Bronce. Al sureste y cerca de Nauplio se encontraba
Tirinte, rodeada de ciclópeos muros. Hermíona y Asina poseían, efectiva-
mente, muy profundos golfos. Al norte de Hermíona se hallaba Trecén.
Eyones era la localidad que luego se llamó Metana. Epidauro, rica en
viñedos, se localizaba cerca del puerto moderno de la *Palaiá Epidauros*.
Egina es la consabida isla, y Masete era un puerto empleado por gentes de
Hermíona en tiempos de Pausanias (Pausanias II 36, 2).

[48] Diomedes era de origen etolio (cfr. *Il.* XXIII 471), auque soberano
entre los argivos. Su padre Tideo —según cuenta el propio Diomedes *(Il.*
XIV 119 y ss.)— había emigrado a Argos. Mecisteo había sido uno de los
Siete contra Tebas y su hijo Euríalo un *Epígono,* como *Epígonos* son Diomedes (hijo de Tideo) y Esténelo (hijo de Capaneo), pues Tideo y Capaneo, al
igual que Mecisteo, habían tomado parte en la mencionada campaña contra
Tebas.

y los que habitaban
Ornias y la amable Aretirea,
y Sición, donde Adrasto, justamente,
reinó primero, y los que Hiperesia
y la abrupta Gonóesa
y Pelene ocupaban,
y habitaban a ambos lados de Egio
y de todo el Egíalo a lo largo   575
y a ambos lados de Hélica anchurosa;
sobre cien naves de ellos comandaba
el poderoso Atrida Agamenón.
Juntamente con él, le iban siguiendo
las huestes que con mucho
eran más numerosas y mejores;
y entre ellos él mismo
se revistió de refulgente bronce,
y entre todos los héroes destacaba,
gloriándose porque él el mejor era   580
y huestes conducía que con mucho
eran de todas las más numerosas [49].

[El contingente lacedemonio]

Y los que ocupaban
Lacedemonia, cóncava y rica
en barrancos, y Faris y Esparta,
y Mesa, la de las muchas palomas,
y Brusias habitaban y la amable
Augias; y los que Amiclas ocupaban

---

[49] Micenas era la residencia de Agamenón y capital de un imperio que se
extendía hacia el norte (Corinto y la Acaya). Corinto fue siempre ciudad
próspera. Cleonas era la llave que unía Corinto con Micenas. Aretirea era,
según Estrabón (Estrabón VIII, 782) y Pausanias (Pausanias II 12, 4 y ss.),
el nombre antiguo de la posterior Fliunte. Sición se encontraba cerca de la
moderna Vasilikó. Adrasto fue rey en Sición porque, habiendo llegado allí
exiliado de Argos, se casó con la hija del rey de aquella localidad, Pólibo;
luego, después de atacar Tebas, volvió a Argos. Hiperesia era el nombre
antiguo de Egira, y estaba situada entre Sición y Egio. No conocemos la
situación de Gonóesa. Pelene se encontraba entre Sición y Egira. Egio
estaba al norte de la Acaya, y el Egíalo era toda la costa occidental de este
imperio de Agamenón. Hélica, situada, cerca de Egio, fue la capital del
Egíalo, y sucumbió a un terremoto el año 373 a.C.

y Helo, la ciudad que está en la costa;
y los que ocupaban   585
Laas y a los dos lados
de Étilo habitaban;
a ellos, en total sesenta naves,
se los mandaba Menelao, su hermano,
por el grito de guerra distinguido;
aparte ellos se armaban de coraza.
Y entre ellos Menelao iba marchando
confiado en sus ardientes deseos,
exhortando a la guerra, pues en su alma
más que nadie vengarse deseaba   590
de los gemidos y angustias de Helena [50].

[El contingente de Pilo]

Y los que habitaban
Pilo y la amable Arena
y Trío, el vado del río Alfeo,
y Epi, la ciudad bien construida,
y en Anfigenia y Ciparisente
tenían su morada
y en Pteleo y en Helo y en Dorio,
allí donde las Musas,   595
al encuentro saliendo
de Támiris el tracio,
que de Ecalia venía,
del palacio de Eurito el ecalieo,
le privaron del canto
pues, jactancioso, había declarado
solemnemente que él vencería,
aunque las propias Musas,
hijas del portaégida dios Zeus,
entonando canciones

---

[50] Lacedemonia es una concavidad, encajonada como se halla entre el
Parno y el Taigeto. En ella se encontraban Faris (Pausanias III 20, 3) y la
vieja Esparta, Mesa (en la costa occidental de la península del cabo
Ténaro), Brusias (situada cerca del Taigeto), Amiclas (próxima al río
Eurotas), Helo («Pantano»; situada al borde de la ensenada que forma el
golfo Laconio) y Laas y Etilo (emplazadas al este y el oeste, respectivamente, de la península del cabo Ténaro).

compitieron con él.
Y ellas, irritadas, lo lisiaron
y le privaron del divinal canto   600
y olvidar le hicieron
de la cítara el arte...
A ésos, por su parte, acaudillaba
Néstor Gerenio, conductor de carros,
y a sus órdenes iban
noventa huecas naves alineadas [51].

[Contingente de Arcadia]

Y los que ocupaban
Arcadia, bajo el monte de Cilena
escarpado, y al lado de la tumba
de Épito, donde habitan
varones que combaten cuerpo a cuerpo;
y los que habitaban   605
Féneo y Orcómeno
la rica en ganados,
Ripa y Estratia y la ventosa Enispa,
y ocupaban Tegea y la amable
Mantinea, y Estínfalo ocupaban
y habitaban Parrasia;
de ellos era jefe el poderoso
Agapénor, el hijo de Anceo,
y eran en total sesenta naves;   610
y varones arcadios numerosos
en cada una de ellas se embarcaba,
en guerrear expertos. Pues el mismo
Agamenón, caudillo de guerreros,
el hijo de Atreo,

---

[51] La Pilo micénica estuvo situada en la actual Ano Engliano, dominando la parte norte de la bahía de Navarino. Arena estaba en Trifilia y de ella
habla Néstor en una ocasión *(Il.* XI 722-4). Trío es la Trióesa a que se
refiere Néstor en *Il.* XI 711 y ss. De Epi *(Aipú:* «Escarpadura») no
conocemos el emplazamiento. Anfigenia y Ciparisente estaban, según
Estrabón (Estrabón VIII 349), en la zona de Macistia. Ptéleo y Helo no
sabemos a ciencia cierta dónde situarlas y Dorio es tal vez la moderna
Malthi. Ecalia se encontraba al occidente de Tesalia. El cantor tracio
Támiris emigró, probablemente, de Tesalia a Mesenia, a Dorio.

[114]

a ellos las naos les diera
de bancos bien provistas,
para cruzar surcando
la mar color de vino,
pues los trabajos de la mar a ellos
ni antes, ni ahora, les interesaban [52].

[El contingente epeo]

Y, a continuación, los que Buprasio   615
y la divina Élide tenían
por morada, en toda la extensión
que comprenden Hirmina, y Mirsino,
situada en la frontera,
y la roca Olenia y el Alesio;
de ellos los comandantes eran cuatro
y a cada uno diez veloces naves
les seguían, y epeos numerosos
en ellas se embarcaban.
A unos, justamente, acaudillaron   620
Anfímaco y Talpio,
de Áctor descendientes,
e hijos los dos, de Ctéato, el primero,
y de Euristo, el segundo.
A otros mandaba el fuerte Diores,
hijo de Amarinceo;
y a los del cuarto grupo los mandaba
Polixino, a los dioses parecido,
de Agástenes el hijo, soberano,
a su vez, de Augías descendiente [53].

---

[52] El monte de Cilena se extiende por la parte occidental de Arcadia, de norte a sur. Cerca de él murió Epito por mordedura de serpiente (Pausanias VIII 16, 1-3). Féneo se encontraba al pie del monte Cilena. Orcómeno era la ciudad que, al igual que en época clásica, dominaba las tierras de la meseta sur. Ripa, Estratia y Enispa son ilocalizables. Tegea y Mantinea estaban cerca de las ciudades del mismo nombre en época clásica. Parrasia estaba en la zona occidental de Arcadia.

[53] Buprasio (mencionada como ciudad también en Il. XXIII 631) era el nombre de la región comprendida entre los cabos Araxo y Quelónatas (véase Estrabón VIII 340). Hirmina se encontraba, probablemente, en el promontorio de Quelónatas, y Mirsino en el del Araxo. Olenia (o la Roca Olenia) debía estar cerca de la localidad de la época clásica Oleno. Alisio se

[Contingente de Duliquio]

Y los que de Duliquio y las Equinas,
sacras islas, venían, habitadas
allende el mar, de la Élide enfrente;
a ellos, por su parte, acaudillaba
el hijo de Fileo,
Meges, equiparable al dios Ares,
a quien Fileo, conductor de carros
y caro a Zeus, había engendrado,
él que antaño, irritado con su padre,
habíase a Duliquio trasladado.
A las órdenes de él,
cuarenta negras naves le seguían[54].   630

[Contingente de los cefalenios]

Por su parte, Odiseo conducía
a los muy animosos cefalenios,
que (es sabido) Itaca ocupaban
y Nérito de agitado follaje,
y Crocílea habitaban
y Egílipe escabrosa;
y aquellos que Jacinto ocupaban
y ambos lados de Samos;
y los que el continente ocupaban   635
y las costas de enfrente;
a ellos los mandaba Odiseo,
en discreción a Zeus comparable;

---

encontraba quizá entre Hirmina y Olenia. Los generales Anfímaco y Talpio
eran nietos de Áctor. Los padres de ambos habían luchado contra Néstor
en dos ocasiones *(Il.* XI 750) y fueron matados por Heracles cuando
ayudaban a Augias (Píndaro, *Olímpicas* X 26 y ss.). Los juegos funerales de
Diores el hijo de Amarinceo los recuerda Néstor en *Il.* XXIII 631 y ss. y
su muerte patética nos la refiere Homero en *Il.* IV 517-526. El cuarto
general, Polixino, hijo de Agástenes, no vuelve a ser mencionado en el
poema.

[54] Frente a la mar que baña la Élide, a la desembocadura del río
Aqueloo, se encontraban tal vez las Islas Equinas, una de las cuales era
Duliquio (Estrabón X 458). Parece ser que Fileo, padre de Meges, era hijo
de Augias, con quien había reñido por haber engañado a Heracles. A consecuencia de esta disputa habría emigrado a Duliquio.

seguíanle, a su mando, doce naves
de mejillas de color escarlata [55].

[Contingente etolio]

A los etolios guiaba Toante,
el hijo de Andremón,
los que Pleurón y Oleno y Pilena
habitaban y Cálcide costera   640
y Calidón rocosa;
porque ya no existían
los hijos del magnánimo Eneo
ni tampoco él mismo existía,
y había muerto el rubio Meleagro,
y a él le había sido encomendada
la labor toda de ejercer el mando
de soberano sobre los etolios.
A sus órdenes íbanle siguiendo
cuarenta negras naves [56].

[El contingente de Creta]

A los cretenses, los acaudillaba   645
Idomeneo, ilustre por la lanza,
los que Cnoso ocupaban y Gortina
la amurallada, y Licto y Mileto
y Lícasto la blanca, y Festo y Ritio,
ciudades bien pobladas;
y otros que a ambos lados habitaban

---

[55] La tribu de los cefalenios dio su nombre a la isla llamada antes Samos y luego Cefalenia. Ítaca era la isla de Odiseo y Nérito el nombre de uno de sus montes. Crocílea y Egílipe eran probablemente zonas de Ítaca o bien pequeñas islas de los alrededores. Jacinto y Samos (Cefalenia) son las dos islas más importantes del grupo, de las cuales la primera se encuentra frente a la costa de la Élide y la segunda frente a Acarnania.

[56] Pleurón y Calidón son asentamientos bien localizados. La última ciudad es famosa por la leyenda del jabalí calidonio. A Oleno la sitúa Estrabón (Estrabón X 451) cerca de Pleurón, y Pilena debía de estar próxima a ambas. La costera Cálcide debía encontrarse al sur de Calidón, al pie del monte Varasova que se halla en la costa septentrional de la entrada del golfo de Corinto. Al final de la exposición se nos explica por qué la familia real etolia no está al mando de los contingentes etolios.

de Creta, isla de las cien ciudades.
A ellos, como es sabido, acaudillaban   650
Idomeneo, ilustre por la lanza,
y Meriones, a Enialio,
matador de guerreros, comparable.
A sus órdenes, íbanles siguiendo
ochenta negras naves [57].

[El contingente rodio]

Tlepólemo, el hijo de Heracles,
valiente y alto, iba conduciendo
nueve naos, desde Rodas,
de rodios aguerridos que habitaban   655
a ambos lados de Rodas, repartidos
en tres grupos: de Lindo,
de Yáliso y de la blanca Camiro.
A ellos acaudillaba
Tlepólemo, famoso por su lanza,
al que había parido Astioquea
para Heracles, el héroe valeroso;
a ella se la había él llevado
desde Efira, a la orilla
del río Seleente,
después de devastar muchas ciudades
de guerreros por Zeus alimentados.   660
Mas después que Tlepólemo se hubo
criado en el sólido palacio,
en ese mismo punto mató al tío
materno de su padre,
a Licimnio, compañero de Ares,
cuando ya a envejecer iba empezando.
Al punto construyó
naves, y, mucha gente reuniendo,
marchóse, huyendo, surcando la mar.

---

[57] Cnoso era la ciudad de Idomeneo y de su padre Deucalión (véase *Odisea* XIX 172-81). Gortina poseía, en efecto, un recinto bien amurallado. Licto y Mileto (es decir: Lito y Milato) estaban situadas en la costa norte de Creta central. En la «blanca» Lícasto debía de abundar el suelo blanquinoso de «creta», o sea: de greda.

Pues los restantes hijos y los nietos   665
de Heracles, el héroe valeroso,
le habían amenazado.
Pero él, andando errante, llegó a Rodas,
dolores padeciendo...;
y en tres grupos, por tribus, se asentaron,
y por parte de Zeus,
que reina entre los dioses y los hombres,
fueron ellos queridos,
y sobre ellos el hijo de Crono   670
prodigiosa riqueza derramó[58].

[El contingente de Sima]

Nireo, por su parte, conducía
tres naves de ajustadas proporciones,
Nireo, hijo de Aglaya
y de Cáropo el rey,
el varón más hermoso que llegara
bajo los muros de Ilio,
de entre todos los dánaos restantes,
después del intachable
vástago de Peleo;
pero era débil, pues escasas huestes   675
a él iban siguiendo[59]

[Contingente de Cos]

Y los que, justamente, ocupaban
Nísiro, Crápato, Caso y Cos,
de Eurípilo ciudad,

---

[58] Lindo, Yáliso y Camiro son las tres ciudades o *póleis* independientes de la isla de Rodas, que formaron parte de la Hexápolis Doria juntamente con Cos, Cnido y Halicarnaso. En cuanto a Astioquea, madre de Tlepólemo, Píndaro *(Olímpicas VII 23)* la llama Astidamea. La ciudad de Efira estaba en la Tesprotia. Según Píndaro *(Olímpicas VII 27-9)*, Tlepólemo mató involuntaria y accidentalmente a Licimnio en Tirinte.

[59] Esta islita, situada entre Rodas y la península de Cnido, aportó, lógicamente, muy escaso contingente del que ya no volvemos a oír nada a lo largo del poema. Tampoco el nombre de Nireo, que en el pasaje que comentamos aparece tres veces en epanáfora, reaparece en la *Ilíada*.

y las islas Calidnas;
a ellos, por su parte, comandaban
Fidipo y Antifo, los dos hijos
del soberano Tésalo Heraclida;
a sus órdenes treinta huecas naves   680
avanzaban en línea de combate [60].

[*Contingente de los mirmídones*]

Por otro lado, ahora,
los que en Argos Pelásgica moraban,
los que habitaban Alo
y Álopa y Traquine,
y aquellos que Ftía ocupaban
y Hélade la de hermosas mujeres,
que mirmídones, hélenes y aqueos
se llamaban; de sus cincuenta naves   685
capitán era Aquiles; pero ellos
de la guerra de enojoso sonido
no se acordaban, porque ya no había
quien en filas a ellos los guiara,
pues inactivo estaba entre sus naves
Aquiles el divino, de pies raudo,
irritado a causa de la moza
Briseida de hermosa cabellera,
que de Lirneso habíase escogido   690
como botín tras de muchos trabajos,
después de que Lirneso destruyera
completamente y los muros de Teba,
y a Epístrofo y Minete echara abajo,
famosos por su lanza,
los hijos de Eveno el soberano,
el hijo de Selepio,
a causa de ella dolorido, aquel

---

[60] Nísiro fue sin duda isla importante en antiguos tiempos. Crápato y
Caso lo fueron más porque jalonaban la ruta marítima entre dos islas
importantes: Rodas y Creta. Las islas Calidnas son Calimnos, Psérimos y
Leros. De Fidipo y Antipo nada más se nos dice a lo largo del poema.

inactivo yacía, pero pronto
a punto iba a estar de levantarse [61].

[*Contingente de Fílaca*]

Y los que ocupaban   695
Fílaca y la Píraso florida,
recinto a Deméter consagrado,
e Itón, madre de ovejas;
y la costera Antrón
y Ptéleo que era un lecho de hierba;
a ellos, por su parte, acaudillaba
Protesilao, a Ares consagrado,
mientras estaba vivo; mas ya entonces
la negra tierra preso lo tenía.
Habíase en Fílaca quedado   700
su esposa con la cara desgarrada,
tanto una como la otra mejilla,
y medio terminada ya su casa;
y a él lo mató,
según saltaba ya desde la nave,
el primero con mucho
de entre los aqueos,
un dárdano guerrero.
Pero no estaban ni éstos tan siquiera
desprovistos de mando (aunque echaban
de menos a su antiguo comandante);
al contrario, los ordenó Podarces,
compañero de Ares,
hijo de Ificlo en ovejas rico,   705
que, a su vez, de Fílaco era hijo,

---

[61] De lo que con el tiempo será Tesalia, van a Troya importantes
contingentes. Argos Pelásgica es la región del río Esperqueo, que desemboca en el golfo de Malia. Al sur del delta del Esperqueo estaba Traquine
luego llamada Heraclea. Al norte del golfo de Malia se hallaba, probablemente, Álopa. De Alo nada sabemos con certeza. La patria de Aquiles es
Ftía o Hélade (véase *Il.* IX 395). El nombre de hélenes pasó de designar
una tribu a aplicarse a todos los griegos. En cuanto a Minete y Epístrofo,
el primero era rey de Lirneso *(Il.* XIX 296), y el segundo, el hermano
menor del anterior. Cuando al final se dice que Aquiles estaba a punto de
ponerse en pie, se alude a la muerte de Patroclo sin nombrarla.

y hermano, por ser hijo
del mismo padre, de Protesilao
mangánimo, aunque en edad más joven.
Protesilao, el héroe aguerrido,
era mayor que él y más valiente.
Pero en modo alguno estaban faltas
las huestes de caudillo (aunque echaban
de menos al antiguo, que era bueno).
A sus órdenes íbanle siguiendo   710
cuarenta negras naves [62].

[Contingente de Feras]

Y los que habitaban
Feras, todo a lo largo de Bebeide
la laguna, y Beba y Glafiras
y Jolco bien fundada;
de ellos, once naves, era jefe
Eumelo, hijo de Admeto, a quien pariera,
después de haber yacido bajo Admeto,
Alcestis entre mujeres divina,   715
de las hijas de Pelias
la más sobresaliente por su aspecto [63].

[El contingente de Filoctetes]

Y, justo luego, los que habitaban
Metona y Taumacia y ocupaban
Melibea y la áspera Olizón,

---

[62] Fílaca era la patria de Protesilao (véase *Il.* XIII 696, XV 335). Estaba
situada en el recodo noroccidental que se observa en el golfo de Pagasas,
no lejos de Tebas la de la Ftiótide, véase Estrabón IX 435. Píraso se
llamará más tarde Demetrio. Antrón estaba al sur de Ptéleo y esta se
hallaba frente a la bahía del mismo nombre, sobre una colina llamada hoy
Gritsa.

[63] Feras en época clásica estaba alejada del lago Bebeide. Beba estaba
asentada en la orilla occidental del lago. Jolco fue la patria de Pelias y del
mito de los Argonautas. Estaba situada cerca de la localidad moderna de
Volos. El padre de Eumelo, Admeto, hijo de Feres, alcanzó fama por
haber tenido a Apolo como asalariado a su servicio y por su comporta-
miento poco ejemplar con su mujer Alcestis, hija de Pelias el rey de Jolco.

a los que Filoctetes comandaba,
de arco y flechas buen conocedor,
siete naves; y cincuenta remeros
en cada una habían embarcado,   720
buenos conocedores de arco y flecha
para luchar con ellos con denuedo.
Pero aquel yacía en una isla,
dolores vehementes padeciendo,
en Lemnos la divina por entero,
con una mala herida atormentado
que le causara una serpiente de agua
de entrañas perniciosas;
allí aquel contristado yacía;
mas pronto los argivos,   725
al lado de sus naves,
iban a estar a punto de acordarse
del señor y caudillo Filoctetes.
Pero no estaban ni éstos tan siquiera
desprovistos de mando (aunque echaban
de menos a su antiguo comandante);
al contrario, los ordenó Medonte,
de Oileo hijo bastardo, al que pariera
Rena, que antes yaciera bajo Oileo,
destructor de ciudades [64].

[El contingente de los Asclepíadas]

Y los que ocupaban
Trica e Itoma de escarpado suelo,
y aquéllos que Ecalia, la ciudad   730
de Eurito el ecalieo, ocupaban;
a éstos, por su parte, acaudillaban
los dos hijos de Asclepio,
dos buenos curadores,

---

[64] Las localidades citadas en este pasaje son de muy difícil localización.
Filoctetes se distinguía como arquero, al igual que sus súbditos. En
Lemnos los aqueos habían recibido amistosa acogida por parte de Euneo,
véase *Il.* VII 467 y ss., VIII 230 y ss. Cuando se nos dice que pronto los
aqueos se iban a acordar de Filoctetes, se alude a sucesos conocidos de la
guerra de Troya no contados en la *Ilíada*.

Podalirio y Macaon;
a sus órdenes treinta huecas naves
avanzaban en línea de combate[65].

[*El contingente de Eurípilo*]

Y los que ocupaban
Ormenio y la fuente Hiperea[66],
y aquellos que Asterio ocupaban   735
y del Títano las blancuzcas cumbres;
a ellos les mandaba
Eurípilo, el glorioso
hijo de Evemón;
y a sus órdenes íbanle siguiendo
cuarenta negras naves.
Y los que ocupaban
Argisa y habitaban en Girtona,
Orta, Elona y de Olosón
la blanca ciudadela;
a ellos, por su parte, acaudillaba   740
Polipetes, el firme en la refriega,
el hijo de Pirítoo, engendrado
por Zeus el inmortal ...
a él lo había parido Hipodamia,
que antes bajo Pirítoo yaciera,
el día aquel en que tomó venganza
de las fieras velludas,
y a ellas las expulsó del Pelio

---

[65] Trica es la moderna Trikala. Itoma se asentaba al pie del Pindo. Ecalia, ciudad del rey Eurito es difícil de localizar. Podalirio y Macaon reaparecerán a lo largo del poema *(Il.* XI 833; XI 599 y ss.)

[66] Ni Ormenio ni la fuente Hiperea son fáciles de localizar. Había un Ormenio, cerca del monte Pelión, y una fuente Hiperea, en Feras, conocidos de Estrabón (Estrabón IX 438). Asterio con sus blancas cumbres y Titano («tierra blanca») son igualmente difíciles de situar, aunque debieron de encontrarse en la llanura tesalia. Argisa, Girtona, Orta, Helona y Olosón eran ciudades de lo que luego se ha de llamar Perrebia, zona de Tesalia. Eurípilo volverá a aparecer en la *Ilíada,* pero hay que distinguirlo de otros dos personajes que tienen el mismo nombre (el de *Il.* II 677 y el de *Od.* XI 520). Polipetes era lapita; véase *Il.* VI 29, XII 129 y ss., 188; XXIII 836; 844. Los éticos habitaban al occidente del Pindo.

y cerca de los étices llevólas;
no él solo, que junto con él iba   745
Leonteo, compañero de Ares,
el hijo de Corono,
descendiente arrogante de Ceneo,
a sus órdenes íbanle siguiendo
cuarenta negras naves.

[El contingente de Guneo]

Guneo desde Cifo conducía
veintidós naves, y a él le seguían
enienes y perebos aguerridos,
que habían instalado sus moradas   750
en torno de Dodona
de clima riguroso,
y los que a los dos lados
del delicioso río Taitaresio
las tierras labrantías habitaban,
el río que proyecta en el Peneo
las hermosas corrientes de sus aguas,
sin que, empero, se mezclen con las de él,
cuajadas de argentados remolinos;
por el contrario, fluyen por encima,
como si de aceite se tratara;
porque es un arroyo del Estige,   755
las aguas del terrible juramento[67].

[Contingente de los magnetes]

Mandaba a los magnetes Prótoo, el hijo
de Tentredón, los que alrededor
moraban del Peneo
y del Pelio de hojas agitadas;
el veloz Prótoo los acaudillaba,
y a sus órdenes, le iban siguiendo

---

[67] Dodona es la famosa sede del oráculo de Zeus, que se encontraba al
oeste del Pindo. De Guneo y Cifo no sabemos nada. Los enienes y perebos
eran tribus de Tesalia. El Titareso es un afluente del Peneo. Jurar por el
Estige (nosotros decimos «la Estigia») era el más tremendo juramento
incluso para los dioses (Il. XV 37 y ss.).

cuarenta negras naves[68].
Esos, precisamente, de los dánaos   760
los generales y los jefes eran[69].
Y quién, precisamente, era con mucho
de ellos el mejor,
Musa, dímelo tú,
de entre ellos mismos y entre los caballos
que a los hijos de Atreo iban siguiendo.
Eran con mucho las mejores yeguas
las del hijo de Feres[70], que Eumelo
con pies veloces hacía correr
como si fueran aves,
iguales en el pelo y en los años   765
e iguales a plomada
a lo largo del dorso,
que en Pieria habíalas criado
el dios Apolo del arco de plata,
hembras una y otra,
que el terror de Ares van portando;
por otro lado, de entre los varones
con mucho era el mejor
Ayante Telamonio,
durante todo el tiempo
que en su cólera Aquiles persistía;
pues él superior era, y sus caballos
lo eran también, los que llevar solían   770

---

[68] El nombre de Prótoo (personaje del que no volvemos a saber nada nuevo) aparece en el verso 758 haciendo juego de palabras con el adjetivo *thoós*, «rápido»: *Próthoos thoós*. Los magnetes eran una tribu que dio nombre a la región de Magnesia, que comprendía toda la costa montañosa desde la desembocadura del Peneo hasta el monte Pelión y, además, la península que cierra el golfo de Pagasas.

[69] Véase *Il.* II 487, verso al que responde éste que comentamos. Se nombran en total cuarenta y cuatro caudillos, diez de los cuales han de perecer más adelante. El número total de navíos es de mil ciento ochenta y seis, que, dotados de cincuenta soldados cada uno, habrían transportado a Troya unos sesenta mil combatientes griegos.

[70] El hijo de Feres es Admeto, y el hijo de éste es Eumelo. En Pieria (al norte del monte Olimpo), o bien en Ferea (si aceptamos una lectura más plausible), o sea: en la región de Feras en que reinaban Feres y sus descendientes, se habrían criado las excelentes yeguas que conducía Eumelo.

al hijo irreprochable de Peleo.
Pero él yacía entre sus corvas naves
de la mar surcadoras, inactivo,
resentido contra el hijo de Atreo,
contra Agamenón, pastor de pueblos,
en tanto que sus huestes a la vera
del rompiente del mar se divertían
con discos y lanzando jabalinas,
así como con arcos y con flechas;   775
y al lado de los carros, los caballos
inmóviles estaban, cada uno
manteniéndose firme junto al suyo,
comiendo loto o palustre apio;
y los carros estaban, bien cubiertos,
en depósito dentro de las tiendas
de los señores; y ellos al caudillo,
amado de Ares, echándole en falta,
de aquí para allá iban por el campo,
pero en la lucha no intervenían.
Y ellos avanzaban, justamente,   780
cual si la tierra fuera toda ella
pasto del fuego; y el suelo gemía
de los pies por debajo de las huestes
como lo haría debajo de Zeus
que en el rayo se goza,
cuando éste se irrita y azota
la tierra a los dos lados de Tifeo[71],
allá entre los arimos, donde dicen
encuéntranse los lechos de Tifeo;
precisamente, así, tan grandemente,
bajo los pies de los que avanzaban
gemía el suelo, y ellos muy deprisa
iban atravesando la llanura.   785

---

[71] Tifeo es el monstruoso titán que engendró Gaya para provocar a
Zeus, por quien la gigantesca criatura fue fulminada y enterrada bajo tierra.
Es el *démon* del fuego subterráneo *(túpbō* en griego significa «echar humo»)
que hace mover la tierra en los terremotos. Entonces Zeus fustiga la tierra
a ambos lados de Tifeo para hacer cesar su movimiento. El país de los
arimos se situaba en zonas volcánicas distintas, como Sardes, Misia, Cilicia,
el Etna, etc.

A los troyanos llegó, mensajera,
la rauda Iris de los pies de viento,
de parte del dios Zeus
que la égida porta,
llevando un mensaje doloroso;
y ellos estaban juntos celebrando
delante de las puertas del palacio
de Príamo, allí todos reunidos,
ya jóvenes, ya viejos;.
y parándose cerca, Iris les dijo,   790
la de los pies veloces,
que por la voz tomara la apariencia
de Polites, el hijo de Priamo,
que, en sus pies veloces confiado,
el puesto ocupaba de vigía,
sentado en lo más alto de la tumba
del anciano Asietes, esperando
el momento en el que los aqueos
con sus naves en marcha se pusieran;
parecida a él, Iris les dijo,   795
la de los pies veloces: «Siempre gratos,
te siguen siendo, anciano, los discursos
incontables, como en tiempo de paz,
pero ha surgido guerra inexorable.
En verdad, ya entré con gran frecuencia
en batallas trabadas por guerreros,
pero nunca hasta ahora tengo vista
una hueste tan grande y de tal guisa:
pues marchan, en extremo parecidos   800
a hojas o arenas de la mar,
cruzando la llanura, en dirección
a la ciudad, a combatir dispuestos.
A ti yo, sobre todo, Héctor, te encargo
que de este modo obres:
hay muchos aliados, en efecto,
por la ciudad de Príamo, la grande,
y de entre hombres muy diseminados
cada lengua es distinta de la otra[72];

---

[72] Este verso *(Il.* II 804) tiene todas las trazas de ser un refrán.

que cada jefe las órdenes dé   805
precisamente a las tropas que manda,
y que ordene y luego dirija
cada jefe a sus conciudadanos.»
Así decía, y de ningún modo
Héctor desconoció que las palabras
de una diosa eran, y al punto
la junta disolvió y se lanzaban
aquellos a coger sus armaduras.
Y las puertas de par en par se abrían
y las huestes echáronse afuera,
infantes y jinetes,   810
y un inmenso estruendo se levanta.
Hay ante la ciudad una colina
escarpada, a un lado en el llano,
y aislada por aquí y por allá.
A ella, por cierto, llaman los varones
Batiea, mientras que los inmortales
la dicen el sepulcro de Mirina [73],
la ágil saltarina; allí entonces   815
separáronse teucros y aliados.
A los troyanos los acaudillaba
el gran Héctor de refulgente yelmo,
el hijo de Príamo, y a su mando
armábanse las huestes más valientes
y las más numerosas, lanza en ristre
por entrar en combate presurosas.

[El contingente dárdano]

Mandaba a los dardanios [74], por su parte,
el noble hijo de Anquises,
Eneas, al que Afrodita divina,   820
después de haber yacido bajo Anquises,
una diosa en el lecho de un mortal,

---

[73] Los dioses hablan su lengua particular y exclusiva; véase *Il.* I 403;
Mirina es la heroína epónima de la ciudad eólica del mismo nombre, y
aparece como amazona en *Il.* III 189.
[74] Los dardanios o dárdanos eran los naturales de Dardania (véase *Il.*
XX 216 y ss.), ciudad más antigua que Ilio, situada al sur de Troya, en las
estribaciones del monte Ida, en el valle del curso medio del Escamandro.

pariera en las laderas arboladas
del monte Ida; pero no él solo,
mas con él juntamente los dos hijos
de Anténor[75]: Arquéloco, el uno,
y Acamante, el otro; en la lucha
de toda suerte, ambos muy expertos.

[El contingente de Zelea]

Y los que, ricos, Zelea habitaban   825
bajo el más bajo pie del monte Ida,
que el agua negra beben del Esepo[76],
troyanos; por su parte, los mandaba
Pándaro, de Licaon
el espléndido hijo, a quien el arco
habíaselo dado el propio Apolo[77].
Y los que ocupaban
Adrastea y la región de Apeso
y Pitiea y el abrupto monte
de Terea; a ellos los mandaban   830
Adrasto y Anfio, el de la coraza
de lino; hijos, entrambos,
de Mérope Percosio, que a todos
superaba las artes conociendo
de la adivinación;
y él no permitía a sus hijos
a la guerra marchar consumidora
de varones, mas a él ellos dos
en absoluto no le obedecían;
pues ya las diosas de la negra muerte
se los iban llevando[78].

---

[75] Anténor es el padre de muchos valientes guerreros, entre los que se cuentan Arquéloco (cuya muerte se narra en *Il.* XIV 463 y ss.) y Acamante (cuya muerte se nos refiere en *Il.* XVI 342 y ss.).

[76] Esta expresión fue muy imitada y muy del gusto de Horacio; por ejemplo, véase Horacio, *Odas* II 20, 20; III 10, 1; IV 15, 21; Virgilio, *Églogas* I 63; *Eneida* VII 715.

[77] El arco de un buen arquero siempre era un regalo de Apolo. Véase *Il.* XV 441; Virgilio, *Eneida* XII 393 y ss. Sobre Pándaro, véase *Il.* IV 88 y ss. y V 168-296. Obsérvese que, como troyanos, su patria se llama Licia (véase *Il.* V 105; 173), y el padre de Pándaro, Licaón.

[78] Adrastea eran la llanura y la ciudad situadas al oeste de la desembocadura del Gránico (Estrabón XIII 1, 13). Apeso es una ciudad llamada Peso

[Contingente de Percota]

Y, a continuación, los que a ambos lados   835
de Percota y Practio habitaban
y ocupaban Sesto y Abido
y la divina Arisba;
a éstos mandaba Asio, por su parte,
de Hírtaco el hijo,
capitán de guerreros,
Asio el hijo de Hírtaco,
al que desde Arisba transportaban
caballos alazanes
de imponente alzada,
desde la orilla de Seleente el río[79].

[Contingente de los pelasgos]

Hipótoo conducía   840
las tribus de pelasgos,
famosos por su lanza,
que Larisa habitaban
de fértiles terruños;
a éstos los mandaban
Hipótoo y Pileo, compañero
de Ares; hijos, ambos, del pelasgo
Leto el Teutámida[80].

---

en *Il.* V 612. Pitiea era la ciudad que más tarde será Lámpsaco, antes
llamada Pitiusa (Estrabón XIII, 1, 18). Otros personajes llamados Adrasto
y Anfio caen muertos en *Il.* VI 37 y ss. y V 612, respectivamente.

[79] Percota estaba situada en el valle del Practio, río que desemboca en el
Helesponto, entre Lámpsaco y Abido. Sesto y Abido son dos ciudades
situadas una a cada lado del Helesponto en su parte más estrecha: Sesto, en
el Quersonseo tracio, y Abido, enfrente, entre Dárdano y Arisba. Arisba se
encontraba entre Percota y Abido. Asio, hijo de Hírtaco, fue matado por
Idomeneo (*Il.* XIII 384 y ss.).

[80] El nombre de los pelasgos reaparece en *Il.* X 429. Larisa (la de Asia
Menor, por supuesto) se encontraba al norte de la desembocadura del río
Satnioente, a unos doscientos estadios de Ilio (Estrabón XIII 3,2). Vivían
los pelasgos cerca de los léleges *(Il.* X 4429), y estos vivían en Pédano, en
la Tróade *(Il.* XXI 86 y ss.). Pileo sólo aparece en este pasaje, pero
Hipótoo, que se atreve a pisar el cadáver de Patroclo, muere a manos de
Ayante, *(Il.* XVII 288 y ss.; 298-303). El nombre Téutamo que presupone
el patronímico Teutámida, es un nombre asiático acabado en *-mos,* como
Príamo *(Príamos),* por ejemplo.

[Contingentes de tracios, cícones y peonios]

A los tracios, por su parte, guiaban
Acamante y el héroe Piroo,
a cuantos dentro encierra   845
el Helesponto de fuertes corrientes.
Eufemo era el caudillo
de los lanceros cícones, el hijo
de Treceno, que era hijo de Ceas
y que por Zeus nutrido.
Por otro lado, Pirecmas guiaba
a los peonios de combados arcos,
desde Amidón, desde lejanas tierras,
desde la orilla del Axio que fluye   850
con un caudal bien ancho, cuyas aguas
por la tierra bellísimas se esparcen[81].

[Contingentes de paflagonios y halizones]

Iba a los paflagonios dirigiendo
el corazón velludo
de Pilémenes, héroe que venía
de los énetos, de donde la especie
de las mulas salvajes;
precisamente, los que ocupaban
Cítoro y de ambos lados
de Sésamo habitaban,
y a ambas orillas de Partenio el río
moraban en palacios renombrados,
y Cromna y Egíalo ocupaban   855
y, además, los Erítinos altos.

---

[81] Acamante cae a manos de Ayante *(Il.* VI 8 y ss.) y a Piroo lo matará
Toante *Il.* VI 527 y ss.). Eufemo sólo aparece en este pasaje. Los cícones
habitaban a orillas del río Hebro, en la zona del continente que está frente
a la isla de Tasos. Pirecmas («lanza de fuego») es muerto por Patroclo en *Il.*
XXI 287 y ss. Los peonios, según Heródoto (V 13) eran vecinos de los
tracios y estaban genealógicamente emparentados con los troyanos; eran
famosos por sus combados arcos (véase *Il.* X 428). El río Axio es el actual
Vardar, que desemboca cerca de la península Calcídica, en el golfo de
Salónica.. Tracios, cícones y peonios son los aliados europeos de los
troyanos.

A los halizones, por otro lado,
Odio y Epístrofo mandaban,
que de lejos venían, de Aliba,
donde está el criadero de la plata[82].

[Contingentes de misios y de frigios]

A los misios mandaban
Cronis y el adivino por las aves
Enomo, quien, empero,
pese a sus augurios, de la Parca
negra no se libró;
antes bien, sucumbió bajos las manos   860
del Eácida de los pies ligeros
en el río en que precisamente
también a otros troyanos degollaba.
Forcis y Ascanio, el de divino rostro,
guiaban a los frigios, que de lejos
venían, desde Ascania,
y estaban ansiosos
por combatir dentro de la refriega[83].

[Contingentes de meonios y carios]

A los meonios los acaudillaron,
por otra parte, Mestles y Antifo,
de Telémenes hijos uno y otro   865

---

[82] El caudillo de los paflagonios, Pilémenes, es muy famoso porque
muere en *Il.* V 576 y sigue vivo en *Il.* XIII 658. Según Tito Livio, de los
énetos salieron los colonos que se asentaron al norte de la costa adriática de
Italia y se llamaron vénetos (I,1). Los énetos en época histórica se hallaban
asenados en Iliria y eran famosos por sus caballos. Las localidades citadas
en este pasaje las situaba Estrabón en la costa sur del mar Negro (véase
Estrabón VII 298 y XII 553 y ss.). Los halizones son mencionados de
nuevo cuando su comandante, Odio, muere a manos de Agamenón *(Il.* V
39). El nombre de Aliba recuerda el del río Halis y la población del Ponto
que era conocida con el nombre de cálibes.
[83] Los misios habitaban al este del Esepo, en dirección a Bitinia, al
sureste de la Tróade. Los frigios estaban asentados a orillas del río
Sangario en su curso superior. Príamo había servido en el ejército frigio
bajo el mando de Otreo y de Migdón *(Il.* III 148-90), y Asio, hermano de
Hécaba, procedía de Frigia *(Il.* XVI 718 y ss.)

(pariéralos Gigea la laguna),
los cuales conducían
también a los meonios,
del Tmolo al pie nacidos.
Nastes, por otro lado, acaudilló
a los carios de bárbaro lenguaje,
que ocupaban Mileto y el monte
Ptirón, de espesas frondas,
y las corrientes de Meandro el río
y de Micala las abruptas cumbres;
a ellos, en efecto, acaudillaron   870
Anfímaco y Nastes
(Nastes, sí, y Anfímaco,
de Nomión los espléndidos hijos),
quien, justamente como una doncella,
con adornos de oro iba a la guerra,
insensato, pues éstos no evitaron
su deplorable muerte, en absoluto;
antes bien, sucumbió bajo las manos
del Eácida de los pies ligeros,
en el río, y los adornos de oro,   875
Aquiles en la guerra valeroso
se los llevó a un lugar seguro [84].

[Contingente de los licios]

Y Sarpedón mandaba a los licios
juntamente con Glauco irreprochable,
de bien lejos venidos, desde Licia,
de orillas del voraginoso Janto [85].

---

[84] Mestles y Antifo son hijos de Talémenes y de Gigea la laguna, es decir: de la náyade que habitaba la laguna Gigea que se encontraba al norte del río Hermo (véase Heródoto I 93). Los carios vivían a orillas del Meandro, alrededor del monte Mícala, y en Mileto.

[85] Los licios son los aliados troyanos que procedían de lugar más alejado. Su jefe Sarpedón era el más bravo general de los aliados de los teucros. El río Janto, que quiere decir «Amarillo», no es, en absoluto, el Janto troyano, o sea: el Escamandro; véase *Il.* XX 74.

Canto III

Los Juramentos. La contemplación desde la muralla.
El combate singular entre Paris y Menelao *

Pero luego que fueron ordenadas
de ambos cada sección por separado
con sus caudillos respectivamente,
entre gritos y voces, los troyanos,
al igual que los pájaros, marchaban,
tal cual exactamente de las grullas
el graznido se alza
del cielo por delante,
las cuales, en efecto,
una vez que escaparon del invierno
y la incesante lluvia,
entre graznidos vuelan   5
por sobre las corrientes de Oceano,
a los hombres pigmeos [1] reportando

---

* Este canto consta, claramente, de tres partes: 1) Los juramentos con
los que ambos bandos ratifican una tregua y el compromiso de aceptar el
resultado de un combate singular entre Menelao y Paris; 2) la escena en
que Helena desde el baluarte situado encima de las Puertas Esceas informa
a su suegro Príamo acerca de los guerreros aqueos que combaten en la
llanura y le va refiriendo quién es cada uno de ellos; 3) el combate singular
entre Menelao y Paris, del cual este último, en un momento de inminente
peligro para la integridad de su persona, es arrebatado y salvado milagrosamente por Afrodita.

[1] Los pigmeos, que habitaban al sur del disco terráqueo, eran atacados
cada año por las grullas, según la leyenda. Esta se entremezcla aquí con la
noticia veraz de la existencia de pueblos de negros enanos en África.

[135]

carnicerías y funestas muertes;
y ellas, pues, con el alba, ante sí
la pelea infausta[2] van llevando.
Los otros, los aqueos, avanzaban
en silencio, ardores respirando,
anhelando en sus almas
defenderse uno a otro mutuamente.
Como el Noto[3] en las cumbres de los montes
niebla derrama en absoluto grata
a los pastores, al ladrón, empero,   10
más favorable que la propia noche,
y uno ve por delante tanto trecho
como el que alcanza un tiro de piedra,
pues así una espesa polvareda
bajo sus pies se iba levantando,
según iban marchando, y muy deprisa
recorriendo iban ellos la llanura.
Pero cuando aquellos, ambos bandos,   15
avanzando el uno contra el otro,
cerca ya se encontraban, por los teucros
el deiforme[4] Alejandro[5] se mostraba
cual campeón en la primera fila,
sobre sus hombros piel de leopardo
llevando y curvo arco y espada;
pero, además, blandiendo un par de lanzas
de celada de bronce, desafiaba

---

2 Según Aristóteles, este dato no es parte de una leyenda sino un hecho observado: Aristóteles, *Historia de los animales* VIII, 597 a 4. La leyenda nos la refieren pormenorizadamente autores de época tardía, como Eliano (*Historia de los animales* XV 29) y Rutilio Namaciano (I, 291-292).

3 El Noto es el dios del viento Sur, viento cálido y húmedo. Hijo de Eos (Aurora) y de Astreo. Sus hermanos son Bóreas, viento del Norte, que habitaba en Tracia, de donde soplaban para los griegos gélidas corrientes de aire, y Céfiro, viento del poniente.

4 Seis veces se caracteriza a Paris (o Alejandro, como también se le llama) con este epíteto, en contraposición a Menelao, al que se describe como *areíphilos* o «caro a Ares», es decir: favorito del dios de la guerra. El contraste no puede ser más marcado.

5 Alejandro es un nombre parlante que significa «el que protege a los varones» y que no se adapta en absoluto a los hechos protagonizados por Paris.

a todos los argivos distinguidos
a enfrentarse con él en cruel combate
luchando uno con otro cara a cara.
Cuando, pues, percibiólo   20
Menelao, caro a Ares,
dando grandes zancadas
al caminar delante de su tropa,
como el león se alegra que está hambriento
cuando topa con un gran cuerpo muerto,
porque ha encontrado un enastado ciervo
o una cabra salvaje, pues bien presto   25
la devora aunque veloces perros
y bien floridos mozos le persigan»,
de igual modo alegróse Menelao
cuando vio con sus ojos
a Alejandro el deiforme,
porque se figuraba
que del culpable habría de vengarse.
Y, al punto, con sus armas,
del carro saltó a tierra.
Pero cuando Alejandro, el deiforme,   30
aparecer le vio en primera línea
entre los campeones,
espantado quedóse,
su corazón turbado,
y hacia atrás él se iba retirando,
hasta el grupo de sus compañeros,
rehuyendo la Parca. Y como ocurre[6]
cuando uno en las quebradas de algún monte
ve una serpiente y hacia atrás de un salto
de ella se retira, y de sus miembros
un temblor por abajo se apodera
y hacia atrás se dirige en retirada
y palidez le toma en sus mejillas,   35
de nuevo, así, metióse entre la tropa
de arrogantes troyanos
el deiforme Alejandro,

---

[6] Este hermoso símil lo imita Virgilio en la *Eneida*. Cfr. Virgilio, *Eneida*
II 379 y ss.

ante el hijo de Atreo, temeroso.
Pero Héctor, al verle, reprendióle
con palabras cargadas de oprobio:
«Paris, Funestoparis,
distinguido de rostro,
loco por las mujeres, seductor,
¡ojalá no tuvieras descendencia
o sin casarte hubieras perecido![7]   40
Esto, precisamente,
yo lo preferiría e incluso
mucho más ventajoso hubiera sido
que no ser de este modo una ignominia
y objeto de desprecio para otros.
De seguro ríen a carcajadas
los aqueos de intonsa cabellera
que suponían que un campeón tú eras
de primer rango porque hermoso rostro
tienes sobre tu cuerpo,   45
pero no hay brío ni vigor alguno
por dentro de tus mientes.
¿En verdad siendo así tú navegaste
por el mar con tus naves
de aguas surcadoras,
habiendo reclutado compañeros
dignos de confianza,
y, habiéndote mezclado
con gentes extranjeras,
a mujer de buen ver y emparentada
con varones lanceros por sus bodas,
de su remota tierra la sacaste,
llevándola contigo hacia alta mar,
grande calamidad para tu padre   50
y la ciudad y para todo el pueblo,
para los enemigos regocijo,
y una vergüenza para tu persona?
No podrías, sin duda, aguantar firme
de Menelao, caro a Ares, la embestida;
que, en tal caso, sabrías
de qué clase de hombre

---

[7] Según los escoliastas, Paris y Helena habían tenido un hijo: Dárdano.

la lozana esposa tú posees.
No te valdrán la cítara o los dones
de Afrodita o tu rostro o cabellera   55
el día que en el polvo te reboces.
Pero son muy cobardes los troyanos;
porque, si no, de cierto ya vistieras
una túnica pétrea[8] por los males
que llevas hasta ahora cometidos.»
A su vez, dirigióle la palabra
el deiforme Alejandro, de esta guisa:
«Héctor, pues, como es justo, me reprendes,
sin pasar de lo justo la medida
(siempre tú un corazón has poseído   60
como hacha inquebrantable que penetra
a través de un leño,
por varón manejada que con arte
una quilla recorta para un barco
y del varón el ímpetu incrementa;
así tú el corazón, dentro del pecho,
imperturbable tienes),
no me eches en cara
los amables regalos
de la áurea Afrodita;
no son, te lo aseguro, despreciables   65
los muy gloriosos dones de los dioses,
todos los que ellos mismos nos otorguen,
pues por voluntad propia
nadie podría para sí escogerlos.
Mas ahora, si quieres
que pelee y que luche,
haz que todos los otros,
aqueos y troyanos,
acampen, y a mí, en cambio,
y a Menelao, caro a Ares, enfrentadnos   70
en medio de ambos bandos,
a luchar por Helena
y todas sus riquezas[9].

---

[8] Obsérvese el humor negro de la expresión.
[9] Las que han traído consigo de Esparta Paris y Helena. Esta propuesta de poner fin a la guerra mediante un combate singular entre ambos

Y el que de entrambos venza y más fuerte
en la lucha resulte,
tome sin excepción todos los bienes
y la mujer y se los lleve a casa;
y los demás, después de haber concluido
un pacto de amistad ratificado
con leales juramentos,
víctimas degollando,
habitando sigáis la feroz Troya,
y vuélvanse los otros
a Argos, criadero de yeguadas,   75
y a la Aqueida de bellas mujeres [10]».
Así dijo, y Héctor, por su parte,
al oír sus palabras,
se alegró grandemente,
y yéndose hasta el centro,
la lanza empuñando por el medio,
las escuadras troyanas retenía,
y ellos, todos, plantados se quedaron.
Mas sobre él sus arcos disparaban
los aqueos de larga cabellera
y a él apuntaban con sus dardos   80
y le arrojaban piedras;
pero Agamenón, por otra parte,
caudillo de guerreros,
a grandes gritos dijo de este modo:
«Deteneos, argivos,
no disparéis, hijos de los aqueos,
porque Héctor, el del yelmo refulgente,
está haciendo ademán de disponerse
a dirigirnos algunas palabras.»
Así dijo y ellos se abstuvieron
de la lucha y callados se quedaron
apresuradamente,
y entre uno y otro bando Héctor dijo:
«Escuchadme, troyanos y aqueos

---

guerreros, Menelao y Paris, habría encajado mejor al principio de la guerra,
cuando fracasaron las negociaciones entre ambos bandos (cfr. *Il.* III 205 y
ss.), que ahora, cuando los contendientes llevan ya diez años de campaña.
[10] Argos y la Aqueida valen por «Grecia entera».

de hermosas grebas, la propuesta que hace
Alejandro, aquel por cuya causa
surgió esta querella.
Exhorta a todos los demás troyanos
y a todos los aqueos
a deponer las deslumbrantes armas
sobre la tierra, sustento de muchos,
y en medio él en persona   90
y Menelao, caro a Ares, luchar solos
por Helena y todas las riquezas.
Y el que de entrambos venza
y más fuerte resulte,
tome en buen hora todas las riquezas
y la mujer y se las lleve a casa,
y los demás, empero, concertemos
amistad y leales juramentos.»
Así dijo y entonces se quedaron   95
todos ellos suspensos y en silencio.
Pero también hablóles a ambos bandos
Menelao, excelente
por el grito de guerra:
«Escuchadme también a mí ahora,
pues que el dolor alcanza
mi alma especialmente:
es mi opinión que argivos y troyanos
ya ahora se separen,
puesto que muchos males
habéis sufrido a causa
de mi propia porfía
y de la iniciativa de Alejandro.   100
Y aquél de entre nosotros,
bien uno, bien el otro,
para el que estén dispuestos
la muerte y el hado, que se muera,
mas los demás cuanto antes separaos.
Dos corderos traed, el uno blanco,
negra la otra, para Sol y Tierra [11];

---

[11] En el texto original la disposición de las ofrendas y los destinatarios
es quiástica: el cordero blanco se ofrece al Sol y la negra a la Tierra. Véase
M. P. Nilsson, *Geschichte der griechischen Religion,* I, Munich, 1955, pág. 139.

nosotros para Zeus
hemos de traer otro.
Y aquí traed de Príamo la Fuerza [12],
para que él en persona   105
sancione el juramento,
puesto que son sus hijos altaneros
e indignos de confianza;
no vaya a ser que alguno, en su arrogancia,
de Zeus infrinja los jurados pactos.
Siempre flotan al aire
las mentes de los jóvenes varones;
en cambio, en todo aquello
en que un viejo interviene,
hacia atrás y adelante
él mira a un tiempo,   110
para que entre ambas partes se produzca
lo que con mucho es más favorable.»
Así dijo y ellos se alegraron,
aqueos y troyanos,
esperando el final de la cruel guerra.
Y entonces los caballos
detuvieron formados en hileras
y ellos se apearon de los carros
y se iban de sus armas despojando;
en el suelo, en efecto, las dejaron,
cerca del uno y del otro bando,   115
que exiguo era el campo
por un lado y por otro.
Y Héctor a la ciudad a dos heraldos
enviaba prontamente
a traer los corderos
y convocar a Príamo.
Al heraldo Taltibio, de otra parte [13],

---

[12] Es decir: «al poderoso Príamo.»

[13] El despacho de heraldos por ambos bandos sirve al poeta para cambiar de escena y llevarnos, de este modo, a Troya, donde vamos a asistir a la *Teikhoskopía* o «contemplación desde la muralla»: Helena y Príamo contemplan el movimiento de las tropas aqueas, atalayan el campo argivo desde una torre de Troya y reconocen a varios héroes o próceres griegos.

Agamenón, caudillo prepotente,
a las cóncavas naves despachaba
y le ordenaba traer un cordero;   120
y él, como es natural,
no desobedeció
a Agamenón divino.

[Helena en la muralla]

Iris, por otro lado, a Helena
de blancos brazos, llegó mensajera,
a una de sus cuñadas parecida,
la que Helicaon, el hijo de Anténor,
tenía por esposa, Laodica [14],
por su semblante la más distinguida
de las hijas que Príamo tenía.
Hallóla en su palacio, donde ella   125
un gran lienzo de púrpura tejía,
un doble manto en el que bordaba
numerosos trabajos de troyanos,
domadores de potros, y de aqueos
de broncíneas corazas pertrechados,
los que por causa de ella iban sufriendo
bajo las palmas de las manos de Ares.
Y plantándose cerca,
díjole Iris, la de pies ligeros:
«Ven aquí, mi querida jovencita,   130
para que hazañas veas portentosas,
de troyanos, de potros domadores,
y de aqueos de broncíneas cotas,
que antes iban unos contra los otros
por la llanura conduciendo a Ares,
de lágrimas cuantiosas responsable,
la malhadada guerra anhelando;
ahora ya en silencio se están quietos,
pues la guerra ha cesado,
en sus propios escudos reclinados,   135
y en la tierra hincadas junto a ellos
están sus largas picas.

---

[14] Cfr. *Il.* VI 252.

Mas luego, sin embargo, Alejandro
y Menelao, caro a Ares, empuñando
largas picas, por ti habrán de batirse,
y de aquel que consiga la victoria
vas a ser tú llamada cara esposa.»
Así dijo la diosa
y en su pecho infundió dulce deseo
de su primer esposo,   140
su ciudad y sus padres [15];
y tocada de finos velos blancos,
al punto se salía de la estancia
deprisa, tierna lágrima virtiendo,
no sola, que con ella también iban
dos servidoras, Etra
la hija de Piteo [16],
y Clímena [17], la de ojos de novilla.
Y prontamente luego   145
se iban acercando
a donde [18] estaban las puertas Esceas [19].
Y a ambos lados de Príamo, Pántoo [20]

---

[15] Es decir: de Leda y Tindáreo. Este es, asimismo, padre de Anfitrión,
padre, a su vez, de Heracles. Cfr. *Il.* V 392.

[16] Piteo es hijo de Pélope y rey de Trecén. De su hija Etra y de Egeo
nació Teseo. Etra se convirtió en esclava de Helena, con la que vivió
primeramente en Esparta; luego, de allí marchó con su señora a Ilión. La
causa de la esclavitud de Etra es la siguiente: Teseo, que había raptado a
Helena, cuando emprendió su viaje a los infiernos se la confió a su madre.
Pero Cástor y Polideuces, hermanos de la doncella raptada, consiguieron
libertarla y se llevaron como esclava a Etra. Se contaba que Etra había
influido en Helena aconsejándole abandonar a su marido y marcharse a
Troya con Paris. Se decía también de ella que en Troya había educado a su
biznieto Múnito, fruto del amor de Laódica, la más bella hija de Príamo, y
Acamante, hijo de Teseo y nieto, por tanto, de ella misma. Se refería,
asimismo, que cuando Troya fue tomada, Etra había sido reconocida y
liberada por sus nietos Demofonte y Acamante.

[17] Clímena era una esclava que Helena había traído de Esparta.

[18] Es decir: a la torre bajo la cual se abren las susodichas puertas Esceas.

[19] Las puertas Esceas se encontraban al oeste de la ciudad y se llamaban
también Dardanias (cfr. *Il.* V 789).

[20] Era Pántoo de ilustre prosapia, esposo de Frontis y padre de Polidamante, Euforbo e Hiperénor. Pántoo procedía de Delfos, donde ejercía
como sacerdote de Apolo. Según una leyenda, Pántoo habría acompañado
en su regreso a Troya a los delegados de esta ciudad que habían sido

Timetes [21], Lampo, Clitio e Icetaon [22]
el compañeroo de Ares,
Ucalegon y Anténor [23],
muy discretos entrambos,
sentados se encontraban
los ancianos del pueblo todos ellos [24],
de las puertas Esceas por encima [25],
por vejez de la guerra retirados,   150
mas bravos oradores semejantes
a las cigarras que en medio del bosque,
en un árbol posadas,
emiten una voz que es como un lirio;
tales los jefes eran, justamente,
de los troyanos, que estaban sentados
en la torre adosada a la muralla.
Y éstos, pues, cuando vieron
a Helena encaminándose a la torre,

_____

enviados por Príamo a consultar el oráculo después de la primera toma de
Troya, la de Heracles. Según otra versión, empero, uno de los hijos de
Anténor, enviado por Príamo a Delfos, se enamoró allí del sacerdote de
Apolo, es decir, de Pántoo; lo raptó y se lo llevó consigo por la fuerza.
Príamo para resarcirle de la afrenta, le nombró sacerdote de Apolo en la
ciudad de Troya. Murió cuando ésta fue tomada. Cfr. *Il.* XIII 756; XVI
808; XVII 24; 40.

[21] Este personaje aparece sólo en este lugar de la obra homérica. Véase
Virgilio, *Eneida* II 32. Según Diodoro (III 66) era un hijo de Laomedonte,
o sea: un hermano de Príamo nada menos. Pero en otras versiones aparece
como marido de Clía, es decir: como cuñado de Príamo. Este último,
interpretando erróneamente un oráculo, había mandado matar a su hermana Clía, error que Timetes nunca le perdonó. Por deseo de venganza fue
uno de los troyanos que introdujeron en Troya el engañoso caballo de
madera.

[22] Lampo, Clitio e Hicetaon son hijos de Laomedonte (cfr. *Il.* XX 237 y
ss.). Cada uno de ellos tiene un hijo en el ejército troyano: cfr. *Il.* XV 419;
526; 546.

[23] Ucalegon, nombre parlante que significa «despreocupado», sólo
aparece en este lugar. Cfr. Virgilio, *Eneida* II 312; Juvenal III 198.
Anténor, en cambio, es el personaje que en *Il.* VII 348 y ss. recomienda
que se devuelva a Helena, y todavía le veremos actuar señaladamente en
este mismo canto: cfr. *Il.* III 203; 262.

[24] Siete son también los ancianos del pueblo entre los contingentes de
los griegos; cfr. *Il.* II 405 y ss.; *Il.* VI 113; XI 372; XV 721 y ss.

[25] Es decir, en lo alto de una torre adosada a ias puertas Esceas; Véase
Il. III 384; VI 373; 386; 431; XVI 700; XXI 526; XXII 447; 462.

hablábanse los unos a los otros,   155
con aladas palabras, quedamente:
«Cosa no es que indignación suscite
que vengan padeciendo tanto tiempo
dolores los troyanos
y los aqueos de grebas hermosas
por mujer cual es ésa[26],
pues que tremendamente se parece,
al mirarla de frente,
a diosas inmortales;
pero aun así y siendo tal cual digo,
en las naves se vuelva y no se quede   160
para mal nuestro y de nuestros hijos
en el tiempo futuro.»
Así decían ellos, justamente;
mas Príamo en voz alta llamó a Helena:
«Ven aquí, amada hija
y de mí por delante toma asiento,
para que a tu primer marido veas
y a sus parientes y a sus amigos;
(no eres tú para mí en nada culpable,
pues para mí culpables son los dioses,   165
que esta guerra de aqueos lacrimosa
contra mí han impulsado);
dime, asimismo, el nombre
de este varón enorme, de este aqueo,
quién es este guerrero noble y alto.
En verdad otros hay aún más altos
que le aventajan en una cabeza,
pero varón tan bello yo hasta ahora
jamás he contemplado con mis ojos,
ni tan majestuoso,   170
pues a un rey se parece.»
Y a él Helena, divina entre mujeres,
con palabras, así le respondía:
«Me inspiras reverencia, suegro amado,

---

[26] Ponderación de la belleza de Helena a través de la impresión. que
produce en los ancianos. Cfr. Quintiliano VIII 4, 21; Valerio Máximo III
7,2.

y, al mismo tiempo, espanto.
¡Ojalá la cruel muerte
me hubiera sido grata
cuando hasta aquí seguía yo a tu hijo,
habiendo abandonado
mi habitación nupcial y a mis parientes
y a mi hija querida tiernamente   175
y al amable grupo
de las amigas de mi misma edad!
Pero eso exactamente
no fue lo que ocurrió,
por lo cual yo ahora
me consumo llorando.
Pero eso he de decirte
por lo que me preguntas y que inquieres:
Ése es el Atrida
Agamenón de dilatado imperio,
rey noble al mismo tiempo
que esforzado lancero;
en otro tiempo él era mi cuñado   180
(de mí, ¡cara de perra!),
si es que otro tiempo hubo en que lo era.»
Así dijo, y el viejo
admiróse al verlo y exclamó:
«¡Feliz hijo de Atreo,
en buen hora nacido,
bendito de los dioses;
entonces, bien es cierto,
a ti están sometidos
de los aqueos numerosos hijos!
Ya entré yo hasta en Frigia rica en vides,
donde guerreros frigios   185
cabalgando en ágiles corceles
pude ver incontables,
gentes de Otreo y de Migdón [27], parejo
a un dios, que justo entonces acampaban
a las orillas del río Sangario [28];

---

[27] Otreo y Migdón eran reyes de Frigia. El primero era cuñado de
Príamo; Migdón era padre de Corebo (cfr. Virgilio, *Eneida* II 341).
[28] Río de Frigia; cfr. XVI 719.

pues yo mismo, en efecto, fui contado
en calidad de aliado entre ellos
aquel famoso día en que llegaron
las Amazonas [29] de varonil porte;
mas ni siquiera aquellos eran tantos   190
cuantos son los aqueos de ojos vivos.»
En segundo lugar, una vez más,
contemplando a Odiseo,
preguntaba el anciano:
«¡Ea!, dime también, hija querida
quién es ése que aquí cerca se encuentra;
es, sí, más bajo en una cabeza
que Agamenón el hijo de Atreo,
pero más ancho de hombros y de pecho
es él, está a la vista.
Sobre la tierra que a muchos nutre   195
yacen sus armas, pero él en persona
de sus guerreros las filas revista,
como un carnero; que yo, por lo menos,
a un borrego velludo lo comparo,
que de blancas ovejas gran rebaño
va de una punta a la otra recorriendo.»
A él luego contestaba
Helena, que de Zeus era nacida:
«Ése, a su vez, es hijo de Laertes,   200
Odiseo el de muchos ardides,
que de Ítaca en el pueblo se criara
aunque es rocosa tierra,
conocedor de ardides
de toda suerte y de sólidas trazas.»
A ella, a su vez, Anténor,
discreto, replicaba:
«¡Oh mujer, muy de cierto
las palabras [30] que dices son exactas,
pues ya también aquí en otro tiempo   205

---

[29] Las Amazonas, en una de sus incursiones de depredación y pillaje,
combatieron con los frigios, en cuya ayuda acudió Príamo. Cfr. *Il.* 184;
VI 186.

[30] Es decir: «las cosas que dices.» Las palabras están inseparablemente
unidas a las cosas que designan.

viniera el divino Odiseo,
por mor de una embajada por tu causa[31],
con Menelao caro a Ares,
y yo los hospedé y en mi palacio
los colmé de agasajos
y me enteré del natural de entrambos
y de sus bien tramados pensamientos.
Mas cuando ya en medio se metieron
de los troyanos en sesión reunidos,
estando de pie ambos, Menelao   210
por sus anchas espaldas descollaba,
pero, los dos sentados, Odiseo
era más imponente.
Mas cuando ya iban entretejiendo
ante todos propuestas y designios,
Menelao, ciertamente, peroraba
a la carrera, con pocas palabras
pero muy claramente pronunciadas,
pues no era prolijo
ni hablante que trabuca sus palabras;   215
era, a decir verdad, también más joven.
Mas cuando ya Odiseo,
el de muchos ardides,
dando un salto de pie se ponía,
se mantenía erguido,
y, clavados sus ojos en el suelo,
abajo dirigía la mirada;
su cetro no movía
hacia atrás o adelante,
antes bien lo empuñaba firmemente,
a un varón insensato parecido;
dirías que era un hombre enfurruñado   220
o, simplemente, loco.
Mas cuando ya lanzaba su voz alta,
desde dentro del pecho, y las palabras
a copos invernales parecidas,
no habría luego ya mortal alguno
que osara disputar con Odiseo;

_____

[31] Cfr. *Il.* IV 384; XI 140; XIII 252; XV 640.

y entonces ya no tanto con asombro
mirábamos el tipo de Odiseo.»
Y por tercera vez, mirando a Ayante,   225
preguntaba el anciano:
«¿Quién es, entonces, ese otro guerrero
aqueo, noble y alto, que descuella
de entre los argivos
por su cabeza y por sus anchos hombros?»
Y a él Helena, la de largo peplo,
divina entre mujeres, respondía:
«Ése, pues, es Ayante, gigantesco,
el valladar de aqueos;
e Idomeneo está de ese otro lado,   230
como un dios, de pie, entre sus cretenses,
y de él por ambas partes se agrupan
de sus huestes cretenses los caudillos.
Muchas veces a él diole hospedaje
en nuestra casa Menelao caro a Ares,
cuando allí desde Creta se llegaba.
Pero ahora estoy viendo
a todos los aqueos de ojos vivos,
a quienes yo reconocer podría   235
exactamente y aun decir sus nombres;
a dos, empero, vislumbrar no puedo,
caudillos de las huestes,
a Cástor, de corceles domador,
y a Polideuces, bueno
luchando con los puños [32],
mis hermanos carnales uno y otro;
a entrambos los parió mi propia madre.
¿Es que en la expedición no se enrolaron
desde Lacedemonia la amable?
O bien aquí venían en las naves   240
de la mar surcadoras,
pero ahora no quieren
entrar en la batalla de guerreros
por miedo a los denuestos y oprobios
contra mí, numerosos, dirigidos.»

---

[32] Cuando Teseo raptó a Helena y la retuvo en su poder, fueron sus
hermanos Cástor y Polideuces quienes la liberaron. Cfr. *Il.* III 144.

Dijo así; pero a ellos les cubría
la tierra que brotar hace la vida,
precisamente allí, en Lacedemonia [33],
en el querido suelo de su patria.

[*Los juramentos*]

Mas los heraldos, cruzando la villa,   245
las víctimas llevaban de los dioses
a leales juramentos destinadas,
dos corderos y vino que da gozo,
el fruto de las tierras labrantías,
en un pellejo de piel de cabrito;
y fúlgida cratera iba llevando
y áureas copas el heraldo Ideo [34].
Y, plantándose al lado del anciano,
incitábale así con sus palabras:
«Ponte en marcha, hijo de Laomedonte [35];   250
los príncipes te llaman
de troyanos, domadores de potros,
y de aqueos, de broncíneas lorigas,
a que al llano desciendas
para que celebréis
leales juramentos.
Luego Alejandro y Menelao, caro a Ares,

---

[33] En Terapnas se mostraban las tumbas de ambos héroes semidioses. El
texto que tenemos delante, sin embargo, ignora ostensiblemente la leyenda
de la inmortalidad de los Dióscuros, conocida, en cambio, en la *Odisea* (*Od.*
XI 302-304). Tampoco se menciona al padre de ambos héroes, ni se nos
dice expresamente si fue Tindáreo o el propio Zeus.

[34] Ideo es el más notable heraldo de Príamo, que aparece junto al rey de
Troya en varias ocasiones: *Il.* VII 276; 372; 381; XXIV 282; 325.

[35] Laomedonte, hijo de Ilo y de Eurídice, rey de Troya, mandó cons-
truir las murallas de la ciudadela de esta villa, para lo cual recurrió a dos
divinidades (Apolo y Posidón) y un mortal (Eaco). Como se negó a pagar
a esos dioses el salario que les había prometido, cayeron sobre él calamidades de toda laya. Para castigarle Posidón le envió un monstruo marino del
que se salvó gracias a la intervención de Heracles. Pero Laomedonte,
siempre desleal y perjuro, no regaló al esforzado héroe los caballos divinos
que a cambio de su ayuda le había prometido, por lo cual aquél, al frente
de un ejército y con la colaboración de Telamón, tomó Troya y mató a
todos los hijos de Laomedonte excepto a Príamo (que se llamaba entonces
Podarces).

por la mujer han de trabar combate
blandiendo largas picas;
y quienquiera venciera, a él podrían   255
seguirle la mujer y las riquezas,
mas los demás, después de haber concluido
un pacto de amistad ratificado
con leales juramentos,
víctimas degollando,
podríamos seguir
habitando en Troya la feraz;
ellos, en cambio, habrán de volver
a Argos, criadero de yeguadas,
y a la Aqueida de bellas mujeres.»
Dijo así y el anciano estremecióse   260
y ordenó a sus acompañantes
le uncieran los caballos,
y ellos obedecieron prestamente.
Y luego montó Príamo y tiraba
hacia atrás fuertemente de las riendas,
y a su lado en el muy hermoso carro
montó también Anténor.
Y ellos dos por las puertas Esceas
al llano dirigían
los veloces corceles.
Pero cuando ya hubieron llegado
al grupo de troyanos y de aqueos,
del carro se bajaron   265
a la tierra nutricia
y en fila avanzaban hasta el medio
de troyanos y aqueos.
Levantábase luego de inmediato
Agamenón, caudillo de guerreros,
y alzóse Odiseo,
el de muchos ardides;
y luego los heraldos excelentes
las víctimas juntaron de los dioses
a leales juramentos destinadas,
y en la cratera el vino iban mezclando [36],   270

---

[36] Según los escolios, no se trataba de mezclar el vino con agua
(*temperare vinum*), que en griego se hubiera dicho con el verbo *keránnumi* y

y a los reyes sirvieron aguamanos.
Y el Atrida, sacándose la daga
con sus manos, que siempre le pendía
al lado de la vaina de la espada,
cortaba a los corderos unos pelos
de sus testeras[37]; luego, los heraldos
los fueron repartiendo entre los jefes
de los troyanos y de los aqueos.
Y entre ellos el Atrida, levantando   275
sus manos, en voz alta
entonces suplicaba:
«Padre Zeus, gloriosísimo, máximo,
que desde el Ida imperas,
y tú, ¡oh Sol!, que todo lo contemplas
y que lo escuchas todo,
y Ríos y Tierra y dioses subterráneos
que a los hombres difuntos castigáis,
a quienquiera jurando sea perjuro,
vosotros sed testigos   280
y velad por los leales juramentos.
Si a Menelao matara Alejandro,
él mismo después de eso tenga a Helena
y todas sus riquezas,
y nosotros volvámonos a casa

---

no con *misgō*, como en este pasaje, sino de mezclar los vinos que aportan
ambas partes, troyanos y aqueos. Ciertamente, en la concertación de las
treguas o, como diríamos hoy, la firma de un tratado, las libaciones que se
hacen son puras, sin mezcla: *ákrētoi spondaí* (cfr. *Il.* IV 159). Cfr., en
cambio, pasajes en los que se nos refiere que se templa el vino: *Od.* VIII
740; XV 500; XX 253.

[37] En todos los sacrificios se cortan pelos de la cabeza de la víctima, lo
que implica que ésta queda destinada al sacrificio (cfr. *Od.* III 445-446).
Normalmente, esos pelos que se cortan se arrojan al fuego; en este pasaje,
por el contrario, se distribuyen entre los jefes de los dos ejércitos, el
troyano y el aqueo. Ahora bien, no hay que perder de vista el hecho de que
en estos versos que comentamos no se nos describe un sacrificio ordinario,
en el que se queman las víctimas. En éste las víctimas, una vez sacrificadas,
son enterradas (eso nos lo hace saber un escolio en este lugar del texto), o
bien, arrojadas al mar, lo que comprobamos en la situación similar descrita
en el canto XIX *(Il.* XIX 267-268), la correspondiente a la reconciliación,
mediante juramentos, de Aquiles con Agamenón.

en naves de los mares surcadoras;
mas si a Alejandro el rubio Menelao
le diera muerte, luego los troyanos   285
devuelvan a Helena
y todas sus riquezas,
y a los argivos paguen
la indemnización que les parezca,
la cual también más tarde se mantenga
entre los hombres de futuros tiempos.
Pero si acaso Príamo y los hijos
de Príamo pagarme rehusaran
la indemnización,
una vez Alejandro haya caído,
yo, por mi parte, seguiré luchando   290
también luego, quedándome aquí mismo,
para lograr esa compensación,
hasta que alcance el fin de la contienda.»
Así dijo y cortóles las gargantas
a los corderos con bronce implacable;
y en el suelo dejóles palpitantes,
del aliento menguados, pues el bronce
la vital fuerza les arrebatara;
y vino para sí se iban sacando   295
de la cratera en copas
y derramaban todo el contenido [38],
y a los dioses eternos suplicaban.
Y así iban diciendo unos u otros
de entre los aqueos y troyanos:
«¡Zeus, el más glorioso, el más grande,
y vosotros, los demás inmortales!,
de quienesquiera de uno u otro bando
que daños infligieren lo primeros,
transgrediendo, así, los juramentos,
corran así sus sesos a la tierra,   300
los de ellos mismos y los de sus hijos,

---

[38] En las libaciones normales sólo se derramaba a tierra parte del contenido de la copa. Pero aquí nos hallamos ante una ceremonia ritual propia del juramento. Por eso en este lugar del texto leemos el verbo *ekkhéo* y no *khéo* simplemente.

como corre este vino [39],
y a otros se sometan sus mujeres.»
Así decían, pero el Cronida,
como es natural,
aún no habría de satisfacerlos.
Y entre ellos dijo
el rey Príamo, el vástago de Dárdano [40]:
«Escuchadme, troyanos y aqueos
de hermosas grebas: yo me iré, por cierto,   305
de vuelta para Ilio la ventosa,
puesto que en modo alguno aguantaría
contemplar con mis ojos a mi hijo
con Menelao, caro a Ares, combatiendo.
Zeus [41], sin duda, de alguna manera
esto sí que lo sabe, y asimismo
también los otros dioses inmortales:
para quién de los dos está fijado
el punto culminante de su muerte.»
Dijo así y sobre el carro,   310
él, varón a los dioses parecido,
colocó los corderos, y él mismo
luego en él montaba
y hacia atrás tiraba de las riendas;
y a su lado en el muy hermoso carro
montó también Anténor [42].

---

[39] En cuanto a estas prácticas de magia mimética en los rituales de los juramentos, imprecaciones y encantamientos, cfr. Sófocles, *Áyax* 1179; Teócrito II 21-23; Tito Livio I 24; XXI 45.

[40] Príamo es descendiente de Dárdano en la sexta generación.

[41] El piadoso Príamo pone en manos de Zeus el desenlace del combate singular entre Paris y Menelao.

[42] Ya hemos visto actuar a este personaje en este mismo canto a partir del verso 148. Es compañero íntimo y fiel consejero del anciano Príamo. Con anterioridad a la guerra de Troya había sido huésped de algunos caudillos de los griegos, y antes del asedio de Troya había dado hospitalidad en su casa a Odiseo y a Menelao, cuando éstos acudieron a esa ciudad para mediar como embajadores en el conflicto suscitado por Paris como consecuencia del rapto de Helena. En la *Ilíada,* Anténor es el consejero partidario en todo momento de moderación y soluciones pacíficas. Cuando fue tomada Troya, uno de sus hijos, Licaon, fue reconocido por Odiseo, quien, acompañándole a través del ejército griego, lo llevó a un lugar seguro. Y, cuando se produjo el saqueo de Troya, su casa no fue tocada a

Y ellos dos de vuelta
a Ilio regresaban.

[*Combate singular de Paris y Menelao*]

Y Héctor, hijo de Príamo,
y el divino Odiseo
se daban a medir, primeramente,   315
el palenque; luego, habiendo escogido
las suertes, las echaron
en un yelmo de bronce que movían
por ver, pues, cuál de ambos lanzaría
antes que el otro la broncínea lanza;
y las huestes oraron y a los dioses
levantaron las manos [43];
y así iban diciendo unos u otros
de entre los aqueos y troyanos:
«Zeus padre que imperas desde el Ida,   320
muy glorioso y grande,
aquél de entre los dos que estos trabajos
atrajo a los unos y los otros
concede que perezca y que penetre
dentro de la morada del dios Hades,
y a nosotros, en cambio, se nos logren
amistad y leales juramentos.»
Así ellos, pues, decían;
en tanto, el gran Héctor
de refulgente yelmo, atrás mirando,   325

---

propósito e intencionadamente por los aqueos, que, para no confundirla
con las demás, habían hecho colgar de su puerta una piel de leopardo. Más
adelante, en la evolución del Ciclo troyano, la figura de Anténor sufre
evidente menoscabo: se le presenta como un traidor que había ayudado a
los argivos a robar el Paladio y había abierto las puertas del caballo de
madera a los guerreros que éste albergaba en su vientre. Se le consideraba,
por otra parte, antepasado de los vénetos que habitaban en el valle inferior
del Po, lugar al que había llegado, tras la captura y destrucción de Troya,
con sus hijos, a través de Tracia y el norte de Italia.

[43] Respetamos escrupulosamente el texto griego, que nos ofrece dos
frases en parataxis, cuando esperaríamos una frase principal seguida de una
oración de participio: «y las huestes oraron, a los dioses las manos
levantando».

las suertes sacudía,
y prontamente saltó la de Paris.
Ellos luego en hileras se sentaban
donde de cada uno los caballos,
que los cascos levantan, se encontraban,
o, por el suelo, se hallaban sus armas
con arte trabajadas;
el otro, por su parte,
el divino Alejandro, el esposo
de Helena de bella cabellera,
de hermosos arneses revistióse
terciándolos al sesgo de sus hombros [44].
Las canilleras púsose primero,   330
bien hermosas, en torno a sus canillas,
con argénteas hebillas ajustadas;
en segundo lugar, él se ceñía
al pecho la coraza
de su hermano Licaon,
que a él bien ajustada le quedó.
Y terció se al través de sus espaldas
una espada de bronce,   335
de empuñadura con clavos de plata,
y luego un grande y robusto escudo [45].
Y sobre su cabeza vigorosa
púsose un yelmo muy bien trabajado,
de crines de caballo guarnecido,
y encima de él
oscilaba el penacho hacia adelante
infundiendo espanto;
y mano echó a la robusta lanza
que a sus palmas bien se le adaptaba.
Y el marcial Menelao de igual manera
íbase de sus armas revistiendo.
Y una vez, pues, que ellos armados fueron   340

_____

[44] Cfr. _Il._ III 335. Los arneses de Paris son los propios del arquero: espada terciada y correa portadora de escudo, que se colgaba del hombro izquierdo. Así hay que entender la expresión de _Il._ VII 122 _ap'ṓmōn teúkhe' hélonto._

[45] Es el escudo largo y grande que cubre a un hombre; cfr. _Il._ III 328; 332; 347.

a un lado y otro de la muchedumbre,
en fila avanzaban
hasta estar en el medio
de los aqueos y de los troyanos,
sus ojos despidiendo
espantosos destellos; y al mirarlos,
tomábales el pasmo a los troyanos,
domadores de potros,
y a los aqueos de hermosas grebas.
Y cerca, en el palenque bien medido,
plantáronse blandiendo ambos las lanzas,   345
el uno contra el otro enfurecido.
Y, el primero, Alejandro
su lanza disparaba
de prolongada sombra,
y acertó del Atrida en el escudo
que parejo es en todas direcciones,
pero no logró el bronce penetrarlo,
pues en el fuerte escudo
doblósele la punta.
Y en el segundo turno, se lanzaba
Menelao el Atrida con su bronce,   350
tras haber a Zeus padre suplicado:
«¡Zeus señor!, concede que me vengue
del divino Alejandro, que, el primero[46],
daños me tiene hechos,
y doméñalo tú bajo mis manos,
para que aun de los hombres venideros
tiemble alguno de miedo ante la idea
de hacerle daño a un huésped
que amistad previamente le brindara.»
Dijo así y, tras blandirla, él su lanza   355
disparaba de prolongada sombra.
Y acertó del Priamida en el escudo
que parejo es en todas direcciones.
Y a través del escudo refulgente
entró la poderosa jabalina

---

[46] Paris, comportándose indebida e indecorosamente con su huésped
Menelao, ha ofendido a Zeus Hospitalario *(Zeùs Xénios)*, protector de los
huéspedes. Por eso, Menelao suplica venganza al ofendido Zeus.

y clavada quedaba, penetrando
la coraza labrada ricamente;
y en derechura al lado del costado
desgarróle la túnica la lanza;
pero Alejandro inclinóse a un lado   360
y así esquivó la negra Parca.
Y tiró el Atrida de su espada
de argénteos clavos en la empuñadura,
e irguiéndose golpeóle
del yelmo en la cimera;
y a un lado y otro de ella, destrozada
en tres trozos o hasta en cuatro trozos,
se le cayó la espada de la mano.
Y el Atrida gimió,
mirando el ancho cielo:
«¡Padre Zeus!, ninguno de los dioses   365
más funesto es que tú.
En verdad, yo a mí mismo me decía
que de Alejandro habría de vengarme
por su vileza, pero, en cambio, ahora
se me ha roto la espada entre las manos
y mi lanza ha saltado de mis palmas
en vano, porque no logré alcanzarle.»

[*Paris es salvado por Afrodita*]

Dijo así y de un salto
sobre él arrojóse
y asióle del yelmo guarnecido
de crines de caballo bien espesas,
y, después de hacerle ladearse,   370
hacia el grupo trataba de arrastrarlo
de los aqueos de hermosas grebas;
y de su tierno cuello por debajo
le ahogaba una correa bien labrada,
que como cinto sujetaba el yelmo
y estaba tensa bajo su barbilla.
Y sin duda hubiérale arrastrado
y, así, ganado inefable gloria,
si la hija de Zeus, Afrodita,
no lo hubiera advertido sutilmente,

la cual, precisamente le rompió
la correa de cuero
de un buey sacrificado con violencia;   375
y el yelmo vacío fue siguiendo
a la maciza mano.
Luego lo hizo girar a rodeabrazo
el héroe Menelao
y al grueso lo lanzó de los aqueos
de hermosas grebas, y lo recogieron
sus leales compañeros;
por otra parte, él abalanzóse
de nuevo sobre Paris,
ansioso por matarlo
con su pica de bronce[47];   380
pero Afrodita lo había arrebatado
con gran facilidad,
como diosa que es, y lo había envuelto,
como era de esperar, en densa bruma,
y en su cámara echólo
olorosa y fragante.
Luego ella misma iba a llamar a Helena
y en lo alto de la torre la encontraba,
y en torno de ella estaban,
en bien cuantioso número, troyanas;
y con su mano el precioso velo[48]   385
asiéndole, le dio una sacudida[49],
y a una vieja antañona parecida,

---

[47] ¿Se trata de la misma pica de la que anteriormente había hecho uso
(cfr. *Il.* III 355 y ss.) y que habría caído juntamente con el escudo de Paris,
en el que se había clavado? Parece lo más probable. Porque, si bien es
verdad que los guerreros homéricos acuden al campo de batalla provistos
de dos jabalinas, en un combate singular lo normal y lógico es que cada
combatiente no tenga más que una (cfr., en efecto, *Il.* III 338 y 367-368).
Por otro lado, pensar que alguno de los camaradas o acólitos de Menelao le
proporcionó una segunda lanza equivale a considerar que los griegos
violaron las reglas del enfrentamiento singular, de lo que el poeta no tiene
conciencia.

[48] En el texto original leemos: «nectáreo velo», lo que equivale a «velo
que posee el atractivo o la gracia de lo que es propio y aun privativo de los
dioses, como, por ejemplo, el néctar, bebida exclusiva de los inmortales».

[49] Afrodita se acerca a Helena por detrás, como hiciera Atenea con
Aquiles (cfr. *Il.* I 197).

una hilandera, que en Lacedemonia
viviendo, para Helena trabajaba
hermosas lanas, y a la que quería
muchísimo, a ella parecida,
hablábale Afrodita la divina:
«Ven acá, que Alejandro
te llama a casa, para que regreses;
que él allí se encuentra, en la alcoba,   390
metido en su lecho torneado,
brillante en su belleza y sus vestidos.
Ni afirmar podrías tan siquiera
que él haya regresado de un combate
trabado con guerrero,
sino que a la danza se encamina
o se halla sentado descansando
de la danza que hace poco ha dejado.»
Así dijo y el ánimo de ella,   395
como era natural,
por dentro de su pecho conmovía;
y entonces, pues, en cuanto percatóse [50]
del muy hermoso cuello de la diosa
y de sus pechos que a deseo mueven
y de sus ojos que centelleaban,
entonces asombróse y hablóle
y por todos sus nombres la llamaba:
«¡Mujer dichosa!, ¿para qué anhelas
de esta guisa embaucarme?
¿Vas acaso a llevarme aún más lejos   400
a algún lugar de una de las ciudades,
que están bien habitadas, de la Frigia
o de Meonia [51] amable,
si es que también allí un amigo tienes
de entre los perecederos hombres?
¿Porque ahora ya, al divino Alejandro
habiéndole vencido, Menelao,

---

[50] Se percató de ella, es decir: cayó en la cuenta de que era una diosa y, concretamente, la diosa Afrodita, al igual que Aquiles no tardó en reconocer a la diosa Atenea (cfr. *Il.* I 199).

[51] Cfr. *Il.* II 864.

quiere llevarme a casa,
a mí que soy un ser aborrecible,
por eso ya aquí ahora te acercaste   405
engañosos designios meditando?
Vete tú junto a él
y siéntate a su lado y del camino
que los dioses transitan ponte al margen,
y con tus pies no vuelvas ya al Olimpo;
antes, por el contrario, para siempre
sufre por aquel hombre y por él vela
hasta que él, o bien la compañera
te haga de su lecho, o bien su esclava.
Yo, empero, por mi parte,   410
allí no iré, pues fuera vejatorio
que yo de aquél el lecho preparara;
pues que más tarde todas las troyanas
habrán de censurarme [52] y yo ya tengo
innumerables penas en mi pecho.»
Contra Helena enfadada,
replicaba la divina Afrodita:
«No me irrites, cuitada,
no sea que, enojada, te abandone
y tanto te aborrezca   415
como hasta este instante
te he querido yo tremendamente,
y en medio de ambos bandos,
el de los dánaos y el de los troyanos,
me ponga a proyectar odios luctuosos
y tú perezcas de triste destino.»
Así dijo, y Helena,
mujer de Zeus nacida, tuvo miedo,
y a andar se puso silenciosamente   420
tocada de brillante y blanco velo,
y a todas las troyanas
pasó inadvertida,
pues guiábale los pasos una diosa.

---

[52] Esperaríamos «habrían de censurarme», pero encontramos el futuro:
«habrán de censurarme», como si Helena ya presintiese que terminará
cediendo a Afrodita.

Y cuando al palacio muy hermoso
de Alejandro se iban llegando ellas,
las servidoras luego se pusieron
a sus faenas diligentemente,
y ella, la divina entre mujeres,
se encaminó a la alcoba de alto techo.
Y Afrodita, amiga de sonrisas,
cogió un taburete para Helena
(ella misma, una diosa, lo llevaba) [53]   425
y lo puso enfrente de Alejandro;
y en él se sentaba
Helena, hija de Zeus,
portador de la égida,
hacia atrás sus dos ojos desviando,
y a su esposo increpó con esta habla:
«¿De la guerra has vuelto? ¡Así debieras
precisamente allí haber perecido,
por el fuerte guerrero domeñado
que fuera un día mi primer esposo!
Bien cierto es que tú antes te jactabas   430
de aventajar en fuerza, lanza y brazos
a Menelao, el amado por Ares.
Pues, ¡ea!, vete ahora y desafía
a Menelao, caro a Ares,
a combatir de nuevo frente a frente;
pero no, a ti yo, al menos, te aconsejo
que lo dejes estar y que no vayas
a combatir peleando cara a cara   435
o bien en campo abierto, en la batalla,
con Menelao el rubio, locamente,
no vaya a ser que pronto de algún modo
bajo su lanza domeñado caigas.»
A ella, en respuesta, dirigióse Paris
diciendo estas palabras:
«Mi ánimo, mujer, no me reprendas

---

[53] Zenódoto, en su edición de Homero, reducía las dimensiones de este
pasaje eliminando los detalles menudos de la escena, especialmente el de
Afrodita acercando un taburete a Helena, labor que consideraba impropia
de una diosa.

con tan duras palabras y ultrajantes,
pues si ahora Menelao, con Atena,
alcanzó la victoria,
otra vez seré yo quien a aquél venza;   440
pues dioses hay también a nuestro lado[54].
Mas, ¡venga ya!, acostados en el lecho,
gocemos del amor, puesto que nunca
hasta hoy de este modo envolvió Eros
mis mientes (ni entonces tan siquiera,
cuando, por vez primera,
habiéndote raptado,
de la Lacedemonia, tierra amable,
en naves navegaba surcadoras
de los mares, y en la Isla Rocosa[55]   445
contigo me uní en amor y en lecho),
como ahora mismo yo te estoy amando
y me apresa de ti un dulce deseo.»
Dijo así y, él primero, se fue al lecho
e iba a la par de él su compañera.

[*Agamenón hace requerimientos a los troyanos*]

Los dos, pues, acostáronse en el lecho
de agujeros provisto[56],
mas el hijo de Atreo
entre la muchedumbre iba y venía,
parecido a una fiera,
por ver si en algún sitio   450
al deiforme Alejandro divisaba;

---

[54] Por ejemplo, Afrodita, como acaba de quedar patente.
[55] La Isla Rocosa era variadamente identificada por los comentaristas antiguos. Unos la veían en Citera; otros creían que se trataba de la islita situada entre el Ática y Ceos; y otros (cfr. Pausanias III 22 1) pensaban que el poeta se refería a la islita situada frente a Giteo (en Laconia). En realidad, el adjetivo *Kranaëi,* que aparece en el texto interpretado como nombre propio, significa «rocosa» y tanto en este canto como en la *Odisea* lo encontramos referido a la isla de Ítaca (cfr. *Il.* III 201; *Od.* I 247).
[56] El lecho homérico consistía en un bastidor de madera provisto de agujeros en los extremos y los laterales, a través de los cuales pasaban las correas que servían de soporte a las alfombras o tapetes que hacían las veces de colchón.

mas nadie podía, entonces, a Alejandro
ni de entre los troyanos
ni de entre sus ilustres aliados,
a Menelao mostrárselo, caro a Ares;
pues, en verdad, por amistad, al menos,
no lo habrían ellos ocultado,
si alguien lo hubiera visto,
porque a todos les era igual de odioso
que la lóbrega Parca.
Pero, además, Agamenón entre ellos,   455
caudillo de guerreros, así dijo:
«¡Escuchadme, troyanos,
dárdanos [57] y aliados!;
la victoria, sin duda, claramente
a Menelao, caro a Ares, pertenece.
Vosotros entregadnos, por lo tanto,
a Helena la argiva, y, con ella,
las riquezas, y la indemnización
pagad que os parezca,
la cual también más tarde se mantenga   460
entre los hombres de futuros tiempos.»
Así dijo el Atrida
y los demás aqueos lo aprobaban.

---

[57] Los troyanos y los dárdanos son pueblos estrechamente emparentados. Los dárdanos, dardanios o dardaníones (y, naturalmente, las dardáni-
des) habitaban la ciudad de Dardania, al sur de Ilio, en el valle del
Escamandro.

Violación de los juramentos. Revista de la tropas por Agamenón *

[*Asamblea de los dioses en el Olimpo*]

Los dioses entretanto una asamblea
celebraban[1] sentados cabe Zeus
sobre áureo pavimento, y entre ellos
la augusta Hebe[2] néctar escanciaba;
y ellos unos a otros con sus copas
de oro se saludaban con un brindis,
mirando a la ciudad de los troyanos.
Al punto el Cronida intentaba,
con mordaces palabras,

---

* Al acabarse el canto tercero, nos quedamos sin saber qué rumbo tomó
la exigencia planteada por Agamenón a los troyanos, consistente en la
devolución de la seducida Helena juntamente con todos los tesoros que a la
par de ella fueron robados. El destino de los troyanos sigue dependiendo
de la voluntad de los dioses. Estos deciden que la lucha continúe y para
ello envían a Atenea al campo de batalla para que induzca a Pándaro a
disparar una traidora flecha, que rompa la tregua, contra Menelao. De este
modo se reanudan las hostilidades, se emprenden los preparativos para el
combate (220-421) y comienza una vez más la cruenta batalla de aqueos y
troyanos (422-544).

[1] Cfr. *Il.* VII 443.

[2] Hebe aparece sólo en este pasaje desempeñando las funciones de
escanciadora o copera. Por lo general se nos presenta como servidora de
los dioses (cfr. *Il.* V 722; 905) y, más tarde, en la Odisea, como esposa de
Heracles (*Od.* XI 603).

a Hera irritar,   5
hablando de soslayo:
«Dos son entre las diosas, en efecto,
de Menelao patronas,
Hera la Argiva y Atenea la diosa
de Alalcómena [3]; mas ellas, es cierto,
sentadas [4] una y otra de él aparte,
poniendo en él sus ojos se deleitan;
al otro héroe [5], en cambio,
Afrodita, la amiga de sonrisas,
le anda siempre al lado y le desvía   10
las Parcas y ahora incluso
salvólo de la muerte, cuando él mismo
de morirse tenía el presentimiento.
Mas la victoria, es cierto, pertenece
a Menelao, el querido por Ares;
nosotros, pues, con reflexión tramemos
cómo han de resultar estos trabajos,
si una vez más la guerra perniciosa   15
y espantosa refriega suscitamos
o mutuo afecto en ellos infundimos.
Mas si tal vez esto todos quisierais
y grato fuese a todos,
seguiría habitándose, por cierto,
de Príamo el rey la ciudadela,
y de vuelta a Helena la argiva
consigo Menelao se llevaría.»
Así dijo y ellas rezongaron,   20
Atena y Hera que estaban sentadas
una junto a la otra,
y para los troyanos
estaban ambas males meditando.
En verdad, en silencio
Atena se quedaba y nada dijo,
contra su padre Zeus irritada,
pues la iba arrebatando feroz ira;

<hr />

[3] Alalcómena es una pequeña ciudad de Beocia en que la diosa Atenea
era objeto de especial veneración, como Hera en Argos.
[4] Es decir: inactivas.
[5] O sea: Paris.

mas a Hera el pecho no le daba
a su cólera espacio en que cupiera;
más bien estas palabras dirigía:
«Atroz hijo de Crono,   25
¡qué son esas palabras que profieres!
¿Cómo quieres tornar tú mi trabajo
inútil e incompleto,
y vano mi sudor, el que sudara
debido a la fatiga,
cuando se me cansaron los caballos
según iba las huestes reuniendo[6]
para azote de Príamo y sus hijos?
¡Hazlo!; no obstante, los restantes dioses
no todos te aplaudimos, ciertamente»[7].
Ya ella dirigióle la palabra,   30
muy enojado, Zeus,
el que nubes reúne:
«Desventurada, ¿cómo, pues, tan grandes
males te infieren Príamo y los hijos
de Príamo, que con ardor anhelas
devastar Ilio, ciudad bien fundada?
Si tú misma, entrando por sus puertas
y por sus altos muros,
a devorar llegaras todos crudos   35
a Príamo y de Príamo a los hijos,
y a los demás troyanos,
entonces por entero
tu cólera curaras.
Obra tal como quieres,
no vaya a ser que luego
esta disputa, al menos,
se torne gran motivo de querella
entre tú y yo, del uno para el otro.
Mas otra cosa a ti voy a decirte
y tú métela dentro de tus mientes:
cuando ocurra que yo, asimismo, quiera   40

---

[6] Hera, causante en última instancia de la expedición militar de los aqueos contra Ilión, se presenta a sí misma como la diosa que concentró el ejército de los griegos.

[7] Cfr. *Il.* XVI 443; XXII 181.

con muy vivo deseo
destruir una ciudad en la que habiten
unos varones que sean tus amigos,
entretener no intentes
mi cólera ni un punto,
mas, al contrario, deja que yo obre,
pues que también gustoso,
aunque en mi corazón siento disgusto[8],
yo te he dado permiso para ello[9].
Porque de las ciudades
que bajo el sol y el estrellado cielo
vienen siendo vivienda
de los hombres que viven en la tierra,
de ellas sobremanera érame cara[10]   45
de todo corazón la Ilio sagrada,
como lo eran Príamo y el pueblo
de Príamo el lancero distinguido,
pues que nunca mi altar escaso estaba
de comida por igual repartida,
de libación y grasa,
que ésos son los honores que por suerte
nos han correspondido»[11].
A él luego respondía   50
Hera, señora de ojos de novilla:
«Bien cierto es, en verdad, que tres ciudades
son para mí con mucho las más caras:
Argos, Esparta y, además, Micenas,
la de las anchas calles[12];
ésas destrúyelas en el momento
en que a tu corazón sobremanera
odiosas le resulten,

---

[8] Hay en el texto original un oxímoron que intentamos reflejar en la traducción con las palabras «gustoso» y «disgusto».

[9] Sin embargo, la destrucción de Troya hace tiempo ya que la ha decretado Zeus. Cfr. *Il.* XX 306.

[10] Anteriormente; pues la suerte de Troya está ya decidida.

[11] Cfr. *Il.* XXIV 69-70.

[12] Frecuentemente este atributo se aplica a Troya. Obsérvese también el hecho siguiente: dentro de una enumeración, en la serie de tres nombres propios, el atributo aparece referido al tercero; cfr., por ejemplo, *Il.* II 498: «Tespia, Graya y Micaleso de amplios espacios.»

que yo de ellas delante no me planto,
la verdad sea dicha,
ni por envidia yo me opongo a ello,
porque aunque por envidia me negara   55
y no dejase que las destruyeras,
no lo voy a lograr pese a mi envidia,
pues con mucho eres tú más poderoso.
Pero es también preciso
que mi labor no tornes incumplida,
pues también soy deidad y mi linaje
de allí mismo procede
de donde viene el tuyo,
y a mí como la diosa más augusta
me engendró Crono, el de tortuosa mente,
de dos maneras: por el nacimiento   60
y porque esposa tuya soy llamada,
y es así que tú mandas soberano
entre todos los dioses inmortales.
Pero, en verdad, en esto cederemos
a ti yo y tú a mí, el uno al otro,
y nos han de seguir los demás dioses
inmortales. Y tú a toda prisa
da orden a Atenea de que vaya   65
a la feroz contienda
de troyanos y aqueos y que intente
lograr que los troyanos, los primeros,
empiecen a hacer daño
a los aqueos altivos,
transgrediendo, así, los juramentos.»

[Menelao es herido por Pándaro]

Así dijo y no hizo caso omiso
el padre de los hombres y los dioses;
a la diosa Atenea de inmediato
le dirigía aladas palabras:
«A toda prisa vete al campamento,   70
al lado de troyanos y de aqueos,
e intenta lograr que los troyanos
empiecen, los primeros, a hacer daño
a los aqueos altivos,
transgrediendo, así, los juramentos.»

Habiendo hablado así, a Atenea,
antes ya enardecida, la apremiaba,
y ella se puso en marcha dando un salto,
y bajó de las cumbres del Olimpo.
Como la estrella [13] que el hijo de Crono
de mente tortuosa, reluciente,
como presagio envía a marineros   75
o a vasto campamento en que se asientan
las huestes, y de ella se disparan
numerosas centellas, a ella parecida,
a tierra se lanzó
Palas Atena y cayó, tras el salto,
en el medio de ambos campamentos;
y el estupor iba sobrecogiendo,
al contemplar el caso, a los troyanos,   80
domadores de potros,
y a los aqueos de grebas hermosas.
Y así iba diciendo cada uno
mirando a quien de él cerca se encontraba:
«A la verdad, de nuevo habrán de darse
funesta guerra y atroz pelea,
o amistad entre uno y otro bando
está poniendo Zeus,
el cual resulta ser cumplidamente
despensero de guerra entre los hombres.»
Así era, justamente,   85
como se iban diciendo unos a otros
aqueos y troyanos.
Ella a un varón, empero, parecida,
Laódoco, el hijo de Anténor [14],
aguerrido lancero,
de los troyanos se metió en el grueso,

---

[13] Se compara a un meteorito o aerolito, por su velocidad y los fulgores que desprende, el descenso también velocísimo y centelleante de la diosa Atenea, lleno de resplandores de intenso brillo: cfr. «estrella...relucien-te...numerosas centellas...».

[14] Laódoco, hijo de Anténor, sólo aparece mentado en este pasaje. En cambio, en otros cantos se mencionan otros hijos de Anténor; cfr. *Il.* III 123; II 823.

tratando de hallar
a Pándaro [15] el divino,
a ver si en algún sitio le encontraba.
Al hijo de Licaon encontrólo,
irreprochable y fuerte,
de pie; y de él a uno y otro lado   90
las filas de sus huestes se encontraban,
bien firmes, de guerreros escudados,
los que acompañándole venían
de al pie de las corrientes del Esepo [16].
Y plantándose cerca,
le dirigía aladas palabras:
«¿Podrías, pues, ahora, justamente,
un punto hacerme caso,
bravo hijo de Licaon?
A disparar, entonces, te atrevieras
tu veloz flecha sobre Menelao,
y gratitud y gloria obtendrías   95
en el grupo de los troyanos todos,
pero en especial, de entre ellos todos,
ante el rey Alejandro.
A buen seguro que de parte suya,
de él mucho antes que de ningún otro,
espléndidos presentes te llevaras,
si viera a Menelao el aguerrido,
el hijo de Atreo,
domado por tu flecha,
a su fúnebre pira ascendiendo.
Pero, ¡venga!, dispara una saeta   100
a Menelao ilustre
y hazle voto a Apolo,
de Licia originario,

[15] Cfr. *Il.* II 824 y ss. Pándaro comanda las tropas licias que acudieron a
la Tróade en ayuda de Príamo. Procede de la ciudad de Celea y es hijo de
Licaon. Era muy experto en el manejo del arco, pues se lo había enseñado
a utilizar diestramente nada menos que el dios Apolo. Ahora le veremos
romper la tregua convenida entre ambos bandos beligerantes. Luego
luchará, en combate singular, con Menelao y morirá en él, castigado por su
perjurio.

[16] Cfr. *Il.* IV 202.

glorioso por su arco,
de inmolarle famosa hecatombe
a base de corderos primerizos,
una vez vuelto a casa,
a la ciudad de la sacra Zelea.»
Así dijo Atenea
e iba persuadiendo
del insensato el seso [17];
al punto arrebataba   105
el bien pulido arco
hecho de cuerno de un macho cabrío [18]
montés y triscador, al cual él mismo
un día le acertara bajo el pecho,
según se iba apartando de una roca,
estando él al acecho en emboscada,
y en el pecho habíale alcanzado;
y en la roca, él cayóse boca arriba.
De él estaban los dos cuernos crecidos
dieciséis palmos desde la cabeza;
y un artesano pulidor de cuernos   110
los trabajó con arte y ajustó,
y una vez todo el arco hubo alisado,
púsole encima un gancho de oro [19].
Y el arco con cuidado puso en tierra
y lo tensó apoyándolo en el suelo [20],

---

[17] Intentamos mantener en la traducción («del insensato el seso») la recurrencia observable en el original *(phrénas áphroni)*.

[18] El arco se construía juntando por su base dos cuernos. Existía en Asia Menor una especie muy nombrada de machos cabríos cuyos cuernos describían desde su base hasta su punto extremo casi un semicírculo.

[19] De los dos cuernos unidos por su extremo más ancho (el que se asienta en la frente del animal) resulta el arco. En uno de sus extremos se fija un anillo, y al otro va atada la cuerda del arco. Mientras éste no se emplea, la cuerda se mantiene enroscada al arco. Pero en cuanto se decide montar el arco, se desenrosca la cuerda y se da comienzo a una operación consistente en llevar el extremo de la cuerda, bien tensa, acabada en un hebilla, al anillo inserto en el cabo superior del arco.

[20] Para tensar el arco se emprende una operación de la que quedan vestigios en los monumentos: el arquero se arrodilla, hincando en tierra la rodilla derecha; pasa el arco bajo la izquierda y con la otra impulsa hacia arriba la parte inferior del arco. Con la mano izquierda sujeta la parte superior del arco y con la diestra trata de sujetar la hebilla del extremo de la cuerda en el gancho que ostenta el arco en su parte superior.

y por delante de él
sus bravos compañeros
asían firmemente los escudos,
no fueran a asaltarles previamente
los belicosos hijos
de guerreros aqueos,
antes de ser herido Menelao,
el aguerrido hijo de Atreo.   115
Después, él de su aljaba iba quitando
la cobertera, y eligió una flecha
aún no lanzada y de alas provista,
hacinamiento de negros dolores;
e iba rápidamente colocando
con acierto encima de la cuerda
la amarga flecha, y hacía voto
a Apolo que es de Licia originario,
glorioso por su arco,
de inmolarle famosa hecatombe
a base de corderos primerizos,
una vez vuelto a casa,
a la ciudad de la sacra Zelea.   120
Y hacia sí tiraba de las muescas
de la flecha y del bovino nervio,
que a la par había asido con su mano;
y hasta su pecho aproximó la cuerda,
y hasta el arco, el hierro [21].
Mas después que el gran arco
hasta hacerlo redondo ya tensara,
resonó el arco y zumbó bien alto   125
la cuerda y saltó la flecha aguda,
anhelando volar hacia la turba.
Mas de ti, Menelao, no se olvidaron
los bienhadados dioses inmortales,
pues Atenea la hija de Zeus,
la diosa de botín apresadora,
antes que otro ninguno de los dioses,
ella de ti se puso por delante
y la aguda saeta desviaba.
Mas la apartaba ella de tu cuerpo   130

---

[21] Es decir: la punta de hierro de la flecha.

sólo en esta medida,
como cuando una madre
una mosca aparta de su hijo
cuando sumido yace en dulce sueño:
pues ella, a su vez, la dirigía
donde del cinturón hebillas de oro
las unas en las otras se engarzaban
y la coraza doble se ofrecía.
En el cinto incidió bien ajustado
la amarga flecha, y a través del cinto   135
muy artísticamente trabajado,
penetró por efecto de su impulso
y se quedó clavada,
después de traspasarla,
en la coraza de muchas labores
y en la ventrera, valladar de dardos,
que a fuer de defensa de su cuerpo
llevaba puesta y que solía salvarle
de los tiros en muchas ocasiones.
También ésta la flecha atravesóla
de una parte a otra;
y, así, arañó la parte más somera
de la piel del varón,
y al punto de dentro de la herida   140
iba fluyendo sangre
cual nubarrón oscura.
Y tal como sucede
cuando una mujer meonia o caria
ha teñido de púrpura una pieza
de marfil para hacerla ser quijera
de tiro de caballos,
y en la despensa yace,
y aunque súplica hicieron
de llevársela muchos caballeros,
es para el rey regalo reservado,
para el caballo adorno y juntamente   145
motivo de honra para el jinete,
tales se te tiñeron, Menelao,
con la sangre tus bien crecidos muslos
y tus piernas y, de ellas por debajo,
tus hermosos tobillos.

[Desasosiego de Agamenón]

Y entonces, luego, a tiritar se puso
Agamenón de hombres soberano,
nada más percibió la negra sangre
que de la herida abajo iba corriendo.
Y tiritó asimismo
el propio Menelao querido de Ares.   150
Mas cuando percibió que nervio y barbas
de la flecha [22] se habían quedado fuera,
a concentrar volviósele de nuevo
el ánimo por dentro de su pecho.
Y entre ellos, con agobio sollozando,
el poderoso Agamenón decía,
a Menelao teniendo de la mano,
mientras sus compañeros respondían
a los sollozos de él con sus sollozos;
«¡Caro hermano!, la muerte, por lo visto,   155
yo para ti de concluir trataba
en pacto hecho bajo juramento;
que a ti solo te puse por delante
de los aqueos a luchar por ellos
con los troyanos en singular lucha.
¡Así te alcanzaron los troyanos
disparándote un dardo,
y el pacto hecho bajo juramento,
digno de confianza, pisotearon!
No resulta, no, vano, en absoluto,
ni el pacto hecho bajo juramento
ni la sangre vertida de corderos
ni las puras y diestras libaciones
en las que descansábamos confiados.
Pues aunque entonces mismo el Olímpico   160
no les da cumplimiento, sin embargo,
les dará cumplimiento, bien que tarde,
y con grande interés saldan su deuda,
con sus propias cabezas,
con sus mujeres y sus propios hijos.

---

[22] El nervio ata la punta al cálamo o varilla. En la parte posterior o baja
de la punta se encuentran unos garfios llamados barbas de la flecha.

Porque bien sé yo esto
en mi mente y también en mi alma:
un día habrá en que la sacra Ilio
arruinada quede,
y Príamo y las gentes   165
de Príamo el lancero distinguido,
y en que Zeus el Cronida de alto trono
que en el éter mora,
su égida tenebrosa
él en persona contra todos blanda,
irritado por esta fullería.
No han de quedar, por cierto, estas cosas
sin haber alcanzado cumplimiento.
Mas a mí, Menelao,
me quedará por ti aflicción terrible
si te mueres y colmas de tu vida   170
el destino que te ha caído en suerte.
Además, cargadísimo de oprobios
a la sedienta Argos llegaría,
pues los aqueos al punto a sus mentes
traerán la patria tierra;
y a Helena la argiva
atrás la dejaríamos nosotros
para Príamo y para los troyanos,
para que objeto sea de su orgullo;
la tierra, en cambio, pudrirá tus huesos
mientras en Troya yaces
encima de una empresa inacabada.   175
Y uno de los troyanos altaneros
podrá decir, quizás, de esta manera,
dando saltos encima de la tumba
de Menelao glorioso:
«¡Ojalá de este modo
en todas sus empresas
satisficiera Agamenón su ira,
al igual que ahora ha hecho conduciendo
hasta estas mismas tierras
un ejército vano de aqueos,
y marchándose luego ya a su casa,   180
a la querida tierra de su patria,
con las naves vacías,

atrás dejando al bravo Menelao!»
Así en cualquier momento dirá alguien;
¡entonces la ancha tierra
para engullirme ojalá se abriera!»
A él, empero, el rubio Menelao,
tratando de animarle le decía:
«Ten ánimo y no inquietes con temores,
en absoluto, de alguna manera
a las huestes de aqueos;
que no se me clavó la aguda flecha   185
en punto decisivo;
antes bien, por delante la detuvo
el muy resplandeciente cinturón
y por dentro la faja y la ventrera[23]
que varones broncistas trabajaran.»
Y a él respondiendo le decía
Agamenón caudillo poderoso:
«¡Ojalá así fuera, en efecto, Menelao querido!;
un médico te palpará la herida   190
y aplicará a ella los remedios
que de negros dolores te liberen.»
Así decía y al divino heraldo
Taltibio la palabra dirigía:
«Taltibio, a toda prisa
llama aquí a Macaón[24],
varón hijo de Asclepio
el médico sin tacha,
para que examine a Menelao,   195
el hijo aguerrido de Atreo,
a quien alguien que en arcos es experto,
de entre los troyanos o los licios[25],
le disparó una flecha y le alcanzó,
para él buena fama,
en cambio, una aflicción para nosotros.»

---

[23] Cfr. *Il.* IV 137.
[24] Cfr. *Il.* II 731 y ss. XI 833 Macaón era hijo de Asclepio y señor de
Trica y de Itoma, ciudades de Tesalia. Fue un insigne médico *(Il.* II 732;
XI 512, 613); resultó herido por Héctor en el combate *(Il.* XI 506; 598-
651).
[25] Los licios son los más importantes aliados de los troyanos. Cfr. *Il.* II
826.

Así decía y, naturalmente,
habiéndole oído, el heraldo
no desobedecióle,
y a andar se puso por entre las huestes
de los aqueos de broncíneas cotas,
buscando con la vista   200
al héroe Macaon.
Y lo avistó de pie, y a entrambos lados
de él se hallaban las robustas filas
de sus huestes, armadas de escudo,
que en pos de él vinieran desde Trica[26]
que es tierra de caballos criadora.
Y cerca de él plantándose, le hablaba
con aladas palabras:
«Ponte en marcha, Asclepiada, que te llama
Agamenón caudillo poderoso,
para que a Menelao, de los aqueos
aguerrido caudillo, examines,
a quien alguien que en arcos es experto,   205
de entre los troyanos o los licios,
disparóle una flecha y alcanzóle,
para él buena fama,
en cambio, una aflicción para nosotros.»
Así dijo, y dentro de su pecho
a él el corazón le conmovió,
y arrancaron a andar entre el gentío,
yendo a través del ancho campo aqueo.
Mas cuando ya después iban llegando   210
al punto en que se hallaba
el rubio Menelao asaeteado,
y en torno de él se habían reunido,
haciendo un corro, todos los más nobles,
y él en medio de ellos se ponía,
un varón a los dioses semejante,
al punto la saeta intentaba
arrancarle del ajustado cinto;
mas del dardo las barbas aguzadas

---

[26] Trica es una ciudad de Tesalia situada al borde del río Peneo; véase *Il.* II 729.

se rompieron al ir siendo extraído.
El cinto desatóle refulgente   215
y por dentro la faja y la ventrera
que varones broncistas trabajaran.
Y luego que le examinó la herida,
allí donde incidiera el dardo amargo,
habiéndole chupado con su boca
la sangre, luego encima, cual experto,
le iba espolvoreando
medicamentos blandos
que a su padre le diera en otro tiempo
Quirón, hacia él dispuesto como amigo.

[Agamenón pasa revista a las tropas aqueas]

Mientras ellos a Menelao curaban   220
destacado en el grito del combate,
avanzaron las filas de troyanos
armadas con escudos; y de nuevo
las armas los aqueos se calaron
y recordaron el deseo de guerra.
Entonces no verías
a Agamenón divino soñoliento
ni acurrucado por causa del miedo
ni no dispuesto a entrar en batalla,
mas, al contrario, ansioso en gran manera   225
por entrar en la lucha
que gloria es de varones.
En efecto, dejó allí sus caballos
y el carro realzado
con adornos de bronce, y aparte
a aquéllos resoplantes retenía
su escudero, de nombre Eurimedonte[27],
hijo de Ptolomeo el Piraída,
a quien muy mucho solía encargarle
que al pie de él los tuviera retenidos

---

[27] Hay tres Eurimedontes en los poemas homéricos: el de este pasaje,
que es hijo de Ptolomeo y auriga de Agamenón; un criado y conductor de
carro de Néstor *(Il.* VIII 114; XI 620); y el rey de los gigantes y padre de
Peribea *(Od.* VII 58).

para cuando el cansancio hiciera presa
en sus miembros según se encaminaba,
dando órdenes, por medio de las masas.
Él, empero, a pie iba pasando
revista a las filas de varones.
Y entonces, a aquellos que veía,
de entre los dánaos de veloces potros,
dándose prisa, a ellos sobre todo,
a su lado poniéndose, animaba
con palabras: «Argivos,
de ninguna manera, en absoluto,
cejéis en vuestra fuerza impetuosa;
pues del lado de gentes mentirosas
no ha de estar , protector, el padre Zeus;
por el contrario, quienes, los primeros,
el daño hicieron por sobre los pactos
sellados con solemne juramento,
de ellos mismos, por cierto,
las tiernas carnes comerán los buitres;
nosotros llevaremos en las naves,
por otra parte, sus caras mujeres
y sus hijos pequeños,
después que hayamos su ciudad tomado.»
Por otro lado, a quienes
veía que aflojaban
en la odiosa guerra,
a ésos fuertemente reprendía
con palabras de cólera cargadas:
«¡Argivos destacados en la grita!,
¿no tenéis, ¡oh cobardes!, pues, vergüenza?
¿Cómo así estáis parados,
estupefactos como cervatillas
que, tan pronto se cansan
de ir corriendo por larga llanura,
quédanse en pie paradas sin que a ellas
les quede algún vigor en las entrañas?
De igual manera estáis vosotros quietos,
estupefactos sin trabar combate.
¿Acaso esperáis que los troyanos
lleguen cerca de allí donde las naves
de bellas popas se encuentran varadas

cabe la orilla de la mar blancuzca,
para que ver podáis si es que a vosotros
una mano os echa el Cronida?»
Así, mandando, pasaba revista   250
a las filas de hombres,
y a través de apretura de guerreros
marchándose llegó hasta los cretenses[28].
Ellos, a entrambos lados
del bravo Idomeneo,
estábanse poniendo la coraza.
Idomeneo[29] hallábase en vanguardia,
por su vigor a un jabalí parejo,
y Meriones, como esperar cabía,
le incitaba las escuadras zagueras.
Y en habiéndolos visto, se alegró
Agamenón caudillo de varones,
y al punto a Idomeneo la palabra
con suavidad de miel le dirigía: 255
«Idomeneo, yo a ti te estimo
por encima de todos
los dánaos de rápidos corceles,
tanto en la guerra como en una empresa
de diferente especie,
o en el banquete, cuando, justamente,
los más nobles de entre los argivos   260
en la cratera mezclan
para sí mismos chispeante vino,
que es la honra y la prez de los ancianos.
Pues aun cuando se beban su porción
beben los restantes aqueos
de larga cabellera en sus cabezas,
siempre, en cambio, tu copa,
como es mi propio caso,
llena se encuentra encima de la mesa

---

[28] Los cretenses estaban acampados a la derecha de los lacedemonios y a
la izquierda de los salaminios. Cfr. *Il.* III 229 y ss.
[29] Hijo de Deucalión y nieto de Minos, era Idomeneo caudillo de las
huestes cretenses; cfr. *Il.* II 645; XII 117. Junto a él suele aparecer su
compañero de armas Meríones (*Il.* XXIII 113; *Il.* XIII 246), hijo de Molo,
asimismo cretense.

para beber cuando el deseo manda.
Mas, ¡arriba, a la guerra!,
tan valiente cual antes eras tú,
según sueles proclamar con jactancia.»
Y a él, por su parte, Idomeneo,   265
caudillo de cretenses,
de frente dirigiéndose, decía:
«Atrida, en gran medida, ciertamente,
yo he de serte apegado compañero,
como la vez primera
te prometí y te di mi asentimiento;
pero estimula a los demás aqueos
de larga cabellera en sus cabezas,
para que cuanto antes combatamos,
toda vez que violaron los troyanos   270
los acuerdos jurados;
que a ellos, a su vez, en el futuro
sobrevendrán la muerte y las cuitas,
puesto que, los primeros,
el daño hicieron por sobre los pactos
sellados con solemne juramento.»
Así, dijo, y el hijo de Atreo,
dentro del corazón gozoso estando,
de largo iba pasando hacia adelante.
Y llegó a los Ayantes[30], caminando
a través de apretura de guerreros;
y ambos el yelmo estábanse poniendo,
y una nube de infantes les seguía.
Como cuando un varón pastor de cabras   275
desde una atalaya ve una nube
que sobre el mar avanza
por el soplo del Zéfiro impelida,
y a él, que se halla lejos,
negruzca, cual la pez, se le aparece,
según ella a la mar se va bajando,
pues va arrastrando una tormenta inmensa,

---

[30] Los dos Ayantes son el opuntio y el salaminio, que se encontraban el
uno al lado del otro, el opuntio a la derecha del salaminio. El Ayante
salaminio es el Telamonio o hijo de Telamón, hermanastro de Teucro; el
opuntio es el hijo de Oileo, caudillo de los locrios.

y al verla se estremece y sus ovejas
al abrigo conduce de una gruta,
tales se iban moviendo las escuadras   280
compactas de guerreros,
que de Zeus son retoños,
junto a los dos Ayantes caminando
hacia la feroz guerra:
sombrías y erizadas
de escudos y de lanzas.
Y al verlos alegróse
Agamenón caudillo poderoso,
y a ellos con voz clara
les dirigía aladas palabras:
«¡Ayantes, uno y otro conductores   285
de los argivos de broncíneas cotas!,
a vosotros entrambos nada ordeno,
porque no es conveniente exhortaros,
pues los dos bien mandáis a vuestras huestes
que la batalla entablen con denuedo.
¡Ojalá, padre Zeus, Atenea
y Apolo, de igual especie fuera
el ánimo de todos en el pecho!;
pronto entonces habría de inclinarse   290
la ciudad del rey Príamo tomada
y devastada bajo nuestras manos.»
Así diciendo, los dejó allí mismo
y en camino se puso en busca de otros;
seguidamente, él encontró a Néstor[31],
el orador sonoro de los pilios,
que ordenando se hallaba
y a la lucha exhortando
de su séquito propio a las gentes,
que a ambos lados estaban
del grande Pelagonte y de Alástor   295
y de Cromio y de Hemón el poderoso
y de Biante[32] el pastor de huestes.

---

[31] Néstor, hijo de Neleo, rey de Pilo, que sobrevivió a tres generaciones
de mortales (*Il.* I 247 y ss.), se encontraba con su séquito de pilios a la
derecha de los locrios y a la izquierda de los atenienses.

[32] Todos estos personajes que componen el séquito de Néstor aparecen
únicamente en este pasaje. Después de inspeccionar las tropas del rey de

Puso en cabeza a los caballeros,
de caballos provistos y de carros,
y colocó detrás a los infantes,
numerosos y bravos, por que fueran
barrera de la guerra, y al centro
empujó a los cobardes,
para que aun sin quererlo,   300
cada uno a la fuerza combatiera.
En primer término a los caballeros
dábales él sus recomendaciones:
en efecto, contener les mandaba
sus caballos y ellos no revolverse
confundidos en medio de la masa:
«Que nadie, confiado en su destreza
conduciendo los carros, o en su hombría,
por delante se lance de los otros
él solo a combatir con los troyanos,
ni que tampoco solo se retire;   305
pues seréis de esa guisa más endebles.
Mas el varón que desde el propio carro
de un carro enemigo cerca llegue,
alcanzarlo intente con su lanza,
dado que así, en verdad, es preferible.
También así ciudades y murallas
nuestros antepasados devastaban,
esta mente y este ánimo llevando
bien dentro de su pecho.»
De este modo el viejo exhortaba,   310
buen experto en guerras desde antiguo,
y, viéndole, alegróse
Agamenón caudillo poderoso,
y, hablando en voz alta,
a él aladas palabras dirigía:
«¡Ojalá te siguieran las rodillas,
anciano, como el ánimo en tu pecho,
y tu fuerza en pie se mantuviera!

Pilo, Agamenón pasa revista a las atenienses (326 y ss.), que se encuentran
a la derecha de las pilias; y a la derecha de éstas se hallan las cefalenias.
Menesteo, hijo de Peteo *(Il.* II 552; XII 331; XIII 195 y IV 327) es el
comandante de las tropas de los atenienses.

La vejez, sin embargo, te consume   315
que para todos es común destino;
¡debiera estar por ella afectado
cualquier otro varón, y tú, en cambio,
en medio de los jóvenes hallarte!»
A él luego respondía
Néstor Gerenio conductor de carros:
«Atrida, en gran medida, ciertamente,
quisiera —entérate— también yo mismo
ser así cual yo era
cuando di muerte a Ereutalión [33] divino;
mas los dioses no dan en modo alguno   320
de una vez a los hombres toda cosa;
si entonces era joven, ahora, en cambio,
la vejez con su acoso me acompaña.
Mas, aun así, habré de estar en medio
de los jinetes que los carros guían
y órdenes he de darles
con mi consejo y mis exhortaciones,
pues eso es privilegio de los viejos.
Las lanzas blandiránlas los más mozos,
quienes, precisamente, son más aptos   325
que yo en el manejo de las armas
y confianza tienen en su fuerza.»
Así dijo y el hijo de Atreo,
dentro del corazón gozoso estando,
de largo iba pasando hacia adelante.
Encontró a Menesteo,
de Peteo el hijo,
picador de caballos, aún parado;
y a ambos lados de él, los atenienses,
forjadores del grito de la guerra;
cerca, por otro lado,
se encontraba Odiseo,
el de muchas argucias,
y junto a él por una y otra parte   330
los escuadrones de los cefalenios [34],

---

[33] Ereutalión era un famoso guerrero arcadio, cfr. *Il.* VII 133 y ss.
[34] Los cefalenios son en la *Ilíada* los habitantes no sólo de Cefalenia sino de todas las islas del reino de Odiseo. Cfr. *Il.* II 631-635.

nada flojos, inmóviles estaban;
pues las huestes de entrambos[35] aún no oían
el grito del combate, antes bien,
recientemente una contra la otra,
moviéndose, avanzaban las falanges
de los teucros, de potros domadores,
y las de los aqueos, mientras que ellos,
parados, a pie firme
aguardando estuvieron que llegara
otra columna de huestes aqueas
y se lanzara sobre los troyanos   335
y así principio dieran al combate.
Al verlos, increpólos
Agamenón caudillo de guerreros;
y a ellos con voz clara
les dirigía aladas palabras:
«¡Hijo del rey Peteo que por Zeus
fue nutrido, y tú, en malas mañas
sobresaliente y de alma codiciosa!,
¿por qué aparte estáis agazapados,   340
y esperáis a otros? En verdad,
por decencia a vosotros corresponde
estar entre los hombres de vanguardia
a pie firme aguantando,
y de la ardiente lucha ir al encuentro;
porque vosotros dos sois los primeros
que me oís invitaros a un banquete
cada vez que un festín aparejamos
para nuestros mayores,
nosotros los aqueos.
Allí sí que agradables os resultan   345
para comerlas las asadas carnes,
y las copas de vino cual miel dulce
para beberlas mientras tengáis gana;
ahora, en cambio, veríais bien a gusto
que de aqueos incluso diez columnas
combatieran delante de vosotros
con implacable bronce.»

---

[35] Es decir: de Menesteo y de Odiseo.

A él entonces torvamente mirando,
el astuto Odiseo le decía:
«Hijo de Atreo, ¿qué palabra es ésa   350
que escapóse del cerco de tus dientes?
¿Cómo a afirmar te atreves que nosotros
estamos aflojando en el combate
cuandoquiera que al incisivo Ares
despertamos nosotros, los aqueos,
para lanzarlo sobre los troyanos
domadores de potros?; vas a ver,
si quieres y el asunto te interesa,
al padre de Telémaco mezclado
con combatientes de primera fila
de los teucros de potros domadores,   355
y esas palabras que tú estás diciendo
las dices vanas cual llenas de viento.»
Y a él, sonriéndole, le dijo
Agamenón, señor de vasto imperio,
al notarle enojado, pues trataba
de retractarse él de su discurso:
«¡Descendiente de Zeus, Laertíada,
Odiseo, el de muchos recursos!,
ni intento en exceso reprenderte
ni órdenes darte, pues sé que en tu pecho   360
sabe tu alma amables [36] pensamientos,
porque piensas lo mismo que yo pienso.
Pero, ¡venga!, esas cosas
más adelante las arreglaremos,
si una palabra mala ahora se ha dicho;
y a ellas todas los dioses las reduzcan
a voces vanas que se lleva el viento.»
Habiendo dicho así, allí dejólos
y hacia otros se fue; y a Diomedes,   365
el animoso hijo de Tideo,
encontrólo de pie entre sus corceles
y su carro de bien soldadas piezas,
y en pie a su lado Esténelo se hallaba,
hijo de Capaneo; y a aquél viendo,

---

[36] «Amables» para Agamenón, pues Odiseo piensa como él.

a increparlo se puso Agamenón,
señor de vasto imperio,
y hablando con voz clara,
le dirigía aladas palabras:
«¡Ay de mí!, tú, el hijo de Tideo   370
el aguerrido domador de potros,
¿por qué te agazapas?, ¿por qué miras
con inquietud los puentes de la guerra?
No era, de verdad, grato a Tideo
agazaparse de esa manera,
sino batirse con los enemigos
muy por delante de sus compañeros.
Así decían de él quienes lo vieron
esforzarse en los lances de la guerra;
pues, por lo menos yo,
no alcancé ni a encontrarle ni a verle.   375
Pero afirman que estuvo por encima
de los demás. Pues, en efecto, entró
en Micenas, sin guerra, como huésped,
con Polinices a un dios comparable,
cuando trataba de reclutar tropas.
Entonces, ellos, efectivamente,
estaban acampados en campaña
contra los muros sagrados de Tebas;
y con mucha insistencia suplicaban,
como era natural,
se les dieran ilustres aliados;
y a darlos estaban bien dispuestos   380
aquéllos, los magnates de Micenas,
y en darlos convenían, cual pedían
los huéspedes, mas Zeus los apartó
de esos sus propósitos mostrándoles
fatídicos presagios. Y, por cierto,
cuando ya se marchaban y estuvieron
camino adelante
y al Asopo [37] llegaron
de juncos altos y herbosas orillas,

---

[37] El Asopo es un río de Beocia. A sus riberas acampó el ejército argivo
que se dirigía contra Tebas.

allí, por otra parte, en embajada
a Tideo enviaron los aqueos.
Y él en marcha se puso y se topó   385
con hijos del rey Cadmo [38] numerosos,
que estaban un banquete celebrando
en el palacio del fuerte Eteocles.
Pero ni allí siquiera se espantaba,
aun siendo, como era, extranjero,
el auriga Tideo,
que estaba solo entre muchos cadmeos;
por el contrario, él los desafiaba
a competir en pruebas y en todas
vencedor resultaba fácilmente;
¡tan gran ayuda le prestaba Atena!   390
Y ellos, los cadmeos, de caballos
aguijoneadores, se irritaron,
y cuando él de regreso se volvía,
un pelotón compacto conduciendo,
para una emboscada lo apostaron:
cincuenta mozos cuyos jefes eran
Meón, hijo de Hemón,
semejante a los dioses inmortales,
y de Autófono el hijo,   395
Polifonte, resistente en la guerra.
Tideo, a la verdad, también a éstos
les lanzó un destino ignominioso:
a todos los mató y tan sólo a uno
dejaba que a su casa regresara;
a Meón, en efecto, por delante
mandóle, obedeciendo
presagios de los dioses. Así era
Tideo el etolio, pero al hijo
lo engendró inferior
a él mismo en la guerra,   400
aunque es mejor que él en la asamblea.»
Dijo así, y el fuerte Diomedes
palabra alguna no le dirigía,
la riña respetando

---

[38] Los cadmeos son los tebanos. Lo mismo vale decir de los descendientes de Cadmo, fundador de Tebas.

del respetable rey, pero el hijo
del noble Capaneo [39] repondióle:
«Hijo de Atreo, no digas mentiras,
ya que sabes hablar a ciencia cierta.
Nosotros (que lo sepas) nos gloriamos   405
de valer mucho más que nuestros padres;
nosotros hasta tomamos la sede [40]
de Tebas, la ciudad de siete puertas,
conduciendo al pie de su muralla,
que más sólida era,
un ejército menos numeroso,
confiando en los signos de los dioses
y en la ayuda de Zeus. Ellos, en cambio,
por sus propias locuras perecieron.
No me vengas, por tanto, en ningún caso   410
teniendo en igual honra a nuestros padres.»
Y dirigiéndole mirada torva,
el fuerte Diomedes le decía:
«Mi buen amigo, quédate callado
y haz caso a mis palabras,
porque yo no me indigno
contra Agamenón, pastor de gentes,
que está a que luchen incitando
a los aqueos de hermosas grebas;
pues a él habrá la gloria de seguirle,   415
si a los troyanos diezman los aqueos
y la sacra Ilio toman,
pero a él asimismo
le seguirá gran duelo si diezmados
resultan los aqueos.
Mas, ¡venga ya!, nosotros dos también
pensemos en nuestro ímpetu brioso.»
Dijo así, y con armas y armadura

---

[39] Capaneo fue uno de «los Siete contra Tebas», padre de Esténelo.
Véase *Il.* V 319.
[40] Los Epígonos se comparan con sus padres: ellos sí que tomaron
Tebas; no se limitaron tan sólo a sitiarla, como habían hecho sus padres.
Además, las murallas de la ciudad eran más sólidas que las que antaño sus
progenitores no habían podido derribar. Por último, conquistaron Tebas
con un ejército menos numeroso.

saltó del carro a tierra, y el bronce   420
resonó espantoso sobre el pecho
del señor al ponerse en movimiento;
incluso a un guerrero bien sufrido
hubiérale sobrecogido el miedo.

*[Se aproximan los dos ejércitos y tiene lugar el primer
combate]*

Como cuando en la muy sonora playa,
del mar las olas se van levantando,
unas tras otra sucesivamente,
por el soplo de Zéfiro movidas:
primeramente en alta mar se yerguen
y luego, al romperse en tierra firme,   425
bramido intenso lanzan
y, encorvadas yendo, se encaraman
por ambos lados a los promontorios,
y luego escupen de la mar la espuma,
así, en sucesión, una tras otra,
sin cesar se movían las falanges
de los dánaos marchando a la guerra.
Y cada uno de los capitanes
órdenes a los suyos iba dando;
los demás avanzaban punto en boca
(no dirías que a aquéllos les seguían   430
huestes tantas que dentro de sus pechos
albergaban la voz),
en silencio, con miedo a sus jefes;
y alrededor de todos relucían
sus armas ricamente decoradas,
de las que resvestidos avanzaban.
Los troyanos, empero, como ovejas
que de un varón muy rico en el aprisco
firmes están y quietas por millares,
balando sin cesar   435
mientras se les ordeña blanca leche,
pues escuchan la voz de los corderos,
así el alarido de los teucros
íbase alzando por el amplio campo;
pues no era igual de todos el acento

ni un sola la voz articulada;
al contrario, el habla era mezclada,
pues varones había que llamados
habían sido de muchos países.
Los había impulsado
a unos Ares, a otros Atenea,
la diosa de los ojos de lechuza,
y el Terror y la Fuga y la Discordia   440
enardecida vehementemente,
hermana y compañera
de Ares asesino de guerreros,
la cual se yergue poco a lo primero,
pero luego en los cielos
fija sólidamente su cabeza
mientras va sobre tierra caminando.
Ella también entonces la querella
que a todos es común lanzó al medio,
marchando por entre la muchedumbre,   445
de incrementar tratando los gemidos
de los hombres de guerra.
Y cuando ya, avanzando frente a frente,
al mismo punto ambos bandos se llegaron,
entrechocar hicieron
los escudos de cuero,
las lanzas y vigores impetuosos
de guerreros de coraza de bronce;
por otra parte, íbanse juntando,
los unos a los otros,
los escudos provistos de bollón,
y un estruendo inmenso se elevaba.
Allí se levantaban juntamente   450
el gemido y el grito de victoria
de guerreros que perecer hacían
y de guerreros que iban pereciendo,
y la tierra fluía envuelta en sangre.
Como cuando dos ríos torrenciales,
de lo alto fluyendo de los montes,
en una confluencia de dos valles
echan juntas sus aguas impetuosas
que brotaran de grandes manantiales
en el fondo de un cóncavo barranco,

y su estruendo percibe   455
el pastor a lo lejos en los montes,
así fue el griterío y el trabajo
de ellos cuando llegaban a las manos.

[*Los combates singulares*]

Antíloco [41], el primero,
a un guerrero mató de los troyanos
cubierto con un yelmo,
bueno entre los que luchan en vanguardia:
Equepolo el hijo de Talisio [42];
a él, justamente, le alcanzó, el primero,
del yelmo en la cimera
de crines de caballo,   460
y en su frente se clavó la punta
de bronce y penetróle
hasta dentro del hueso;
y las tinieblas cubrieron sus ojos,
y se vino a tierra, como ocurre
cuando cae una torre,
en el duro combate.
Y a él caído de los pies tomóle
Elefénor, hijo de Calcodonte [43],
jefe de los magnánimos abantes,
y lo iba arrastrando por lo bajo   465
y fuera del alcance de los dardos,
por despojarle, ansioso,
lo más rápidamente de sus armas;
pero bien poco el ímpetu duróle;
pues según el cadáver arrastraba,
el magnánimo Agénor [44] lo avistó
y lo hirió con su lanza
guarnecida de bronce

---

[41] Antíloco es hijo de Néstor y el primer guerrero que en la *Ilíada* mata
a un enemigo.
[42] Este personaje sólo aparece en este lugar del poema. Hay otro
Equepolo, descendiente de Anquises, que vivía en Sición; cfr. *Il.* XXIII
296.
[43] Cfr. *Il.* II 540.
[44] Hijo del troyano Anténor y de Téano.

en el flanco que fuera del escudo
le quedó, al agacharse, al descubierto,
y desató sus miembros.
De ese modo le abandonó el alma   470
y sobre su cadáver labor ardua
de troyanos y aqueos se formó;
y unos contra otros,
cual lobos, se lanzaron
y con fuerza un guerrero acometía,
echándosele encima, a otro guerrero.
Entonces el Ayante Telamonio
atinó en el hijo de Antemión,
Simoesio, un bien florido mozo
al que antaño su madre, desde el Ida   475
bajando, le pariera
del Simoente[45] cabe las riberas,
puesto que en compañía de sus padres
a mirar las ovejas
al monte había ido;
por eso Simoesio le llamaban;
pero a sus padres devolver no pudo
los gastos de crianza, pues el tiempo
que su vida duró tornóse breve,
por la lanza domado
del magnánimo Ayante.
Pues cuando iba el primero,   480
le acertó en pleno pecho
al lado de la derecha tetilla,
y el hombro en derechura
atravesóle la broncínea pica,
y cayó él a tierra entre el polvo
como álamo liso que naciera
en la hondonada de un vasto pantano,
mas al que ramas crecen en la copa,
al que talara un constructor de carros   485
con reluciente hierro para hacer,
combándolo, una llanta
a un muy hermoso carro destinada,

---

[45] El río Simoente nace en el Ida y tras recorrer la llanura de Troya
vierte sus aguas en el Escamandro.

[195]

y secándose yace
junto a las riberas de un río.
Así mató a Simoesio, el Antemida,
Ayante descendiente del dios Zeus.
Pero a él entre la muchedumbre
le disparó Antifo el Priamida [46],   490
de labrada coraza pertrechado,
su aguda jabalina, y erró el tiro,
mas a Leuco, el bravo compañero
de Odiseo, habíale acertado
en la ingle, en tanto que arrastraba
a un muerto hacia otra parte;
y desplomóse sobre los dos flancos
del cadáver y éste se le había
caído de la mano.
Por su muerte irritóse Odiseo,
en su ánimo, de manera extremada,
y marchóse a través de los guerreros   495
que combaten en las primeras filas,
revestido de refulgente bronce;
y, de él [47] muy cerca yendo, se detuvo,
y de sí en torno habiendo avizorado,
su lanza disparó resplandeciente;
y los troyanos hacia atrás cedieron
al haber un guerrero disparado;
mas no disparó él un dardo vano;
al contrario, atinó a Democoonte [48],
del rey Príamo un hijo bastardo
que le había venido desde Abido [49],   500
de estar al cargo de veloces yeguas [50].
A él precisamente le alcanzó
en la sien Odiseo, irritado

---

[46] Hay tres Antifos en el poema. Pero éste es el hijo de Príamo, al que mata Agamenón (cfr. *Il.* XI 109).

[47] De Leuco.

[48] De Democoonte sólo sabemos lo que en estos versos se nos refiere.

[49] Abido era una localidad situada en la costa sur del Helesponto. Véase *Il.* II 836; XVIII 584.

[50] Democoonte tenía a su cargo en Abido (localidad que como otras de la franja costera del Helesponto pertenecía a Príamo) una yeguada que era propiedad de su padre.

por causa de su compañero de armas,
y la broncínea punta de la lanza
le salió a través de la otra sien;
y a él la sombra le cubrió los ojos,
e hizo ruido al caer y rechinaron
por encima de él sus propias armas.
Y, así, retrocedieron los guerreros   505
de vanguardia y aun el ilustre Héctor;
y los argivos daban un gran grito,
sus muertos retiraron y un buen trecho
avanzaron de más hacia adelante.
Mas Apolo, que lo vio desde lo alto
de Pérgamo[51], irritóse y a gritos
exhortó a los troyanos de esta guisa:
«Poneos ya en marcha,
troyanos domadores de caballos,
y en ardor guerrero no cedáis
a los argivos, puesto que la piel   510
de ellos no es de piedra ni de hierro
como para el bronce resistir
que la piel corta, cuando son heridos.
No, en verdad, ni siquiera lucha Aquiles,
hijo de Tetis, diosa
de hermosa cabellera; que en las naves
rumia un enojo que aflige el alma.»
Así dijo el aterrador dios
desde la ciudadela;
pero, por otro lado, a los aqueos
los puso en movimiento   515
Atena, hija de Zeus, muy gloriosa,
Tritogenia[52], entre el grueso marchando

<hr>

[51] Pérgamo es la ciudadela de Ilio, donde estaban asentados los templos
de los dioses, y entre ellos el que Apolo compartía con Letó y Ártemis
(véase *Il.* V 446; 512; VII 83). Desde ese templo Apolo atalaya la confrontación que tiene lugar a sus pies, en la llanura. Desde Pérgamo bajará Paris
en *Il.* VI 512 y desde allí mismo Casandra atisba el regreso de Príamo
trayendo consigo el cadáver del héroe Héctor.
[52] La diosa Atenea se llama también Tritogenia porque nació de la
cabeza de su padre Zeus junto al Tritón, río de Beocia, desde donde se
extendió el culto de la diosa a toda Grecia. Nunca se le menciona una
madre a Atena en Homero. Cfr. *Il.* V 875; 880.

de las tropas, allí donde veía
guerreros en ahínco remitiendo.
Puso entonces grilletes el Destino
a Diores, hijo de Amarinceo [53];
pues fue alcanzado por áspera piedra
al lado del tobillo,
en la pierna derecha, y alcanzóle
Piro el Imbrasida,   520
de los guerreros tracios comandante,
que de Eno [54] justamente había llegado.
La piedra descarada ambos tendones
le trituró del todo y los huesos,
y cayó en el polvo boca arriba,
ambas manos tendiendo a sus amigos
en tanto su espíritu exhalaba.
Pero aquél, Piro, que justamente   525
habíale acertado, abalanzóse
sobre él y con la lanza le hirió
al lado del ombligo, y todos fuera,
como era de esperar, se derramaron
sus intestinos, que en tierra dieron,
y la tiniebla le cubrió los ojos.
Sobre él lanzóse Toante el etolio [55]
y le atinó en el pecho con su lanza
por encima de una de sus tetillas,
y en el pulmón clavósele el bronce.
Y de él cerca llegósele Toante,
y arrancó de su pecho,   530
la poderosa lanza, y de la vaina
sacó su aguda espada,
y con ella le hirió en medio del vientre,
y el aliento quitábale del todo.
Mas de las armas no le despojó,

---

[53] Diores era comandante de un escuadrón de epeos en *Il.* II 622. Un homónimo es el padre del mirmidón Automedonte en *Il.* XVII 429. Néstor tomó parte en los juegos funerales del padre de Diores, Amarinceo, según nos refiere él mismo en *Il.* XXIII 347.
[54] Eno era la ciudad tracia situada junto a la desembocadura del río Hebro.
[55] Cfr. *Il.* II 638.

pues rodeáronle sus compañeros,
los tracios de copiosa cabellera
en la parte más alta de sus testas,
que cogidas llevaban en sus manos
largas picas. Ellos le rechazaron   535
de sí lejos, aunque alto y fornido
y arrogante era.
Y él se estremeció y retiróse.
Así estaban tendidos en el polvo,
el uno junto al otro, ambos caudillos,
sí, en efecto: el uno de los tracios;
de los epeos de cotas de bronce,
el otro; y muchos otros eran muertos
en derredor de ellos.
Entonces sí que ya ningún guerrero,
quienquiera que él fuese,
no alcanzado por dardo   540
ni por el bronce agudo golpeado,
encontrar en la empresa lograría
nada que su reproche mereciera,
si a ella llegara y por el medio de ella
diera una vuelta (pues Palas Atena
a él le conduciría,
habiéndole tomado
de la mano y así le apartaría
la fuerza impetuosa de los dardos);
numerosos troyanos, en efecto,
y aqueos aquel día, boca abajo
en el polvo hallábanse tendidos,
los unos al costado de los otros [56].

---

[56] Estos versos finales *(Il.* IV 539-544) han sido con frecuencia sospe-
chosos de bastardía. Se adjudicaban sin más a un rapsodo que habría
intentado hacer con ellos un epítome de carácter retórico y generalizador
para que sirviese de transición al canto V en que se narran las proezas de
Diomedes: «la Principalía *(aristeía)* de Diomedes».

CANTO V

Principalía de Diomedes *

[Las hazañas de Diomedes]

Allí, por otra parte, a Diomedes [1]
el hijo de Tideo, dio coraje
y valentía Palas Atenea [2],
para que entre todos los argivos
destacara conspicuo, y noble gloria
se conquistara; e incansable fuego

---

* La principalía de Diomedes, ya preparada a partir del verso 419 del anterior canto, comprendía en tiempos de Heródoto (Heródoto II 116) los cantos V y VI, y, en realidad, responde, dentro del plan general del poema, a aquellas palabras que en el canto IV Agamenón dirige al héroe poniendo en duda su valentía y su coraje: *Il.* IV 370 y ss.: «¡Ay de mí, tú, el hijo de Tideo, / el aguerrido domador de potros!, / ¿por qué te agazapas?, ¿por qué miras / con inquietud los puentes de la guerra?» Ahora el hijo de Tideo va a dar irrefutable prueba de valor en una batalla en la que participan los dioses y que consta de tres partes claramente diferenciables: en la primera (1-453), las proezas del Tidida hacen que la balanza de la victoria se incline del lado de los aqueos; en la segunda (454-710), sin embargo, los troyanos vuelven a tomar la iniciativa y logran un claro predominio en el combate; y por último, en la tercera sección (711-908), los aqueos consiguen recuperarse.
[1] Diomedes, hijo de Tideo *(Il.* XXIII 472; VII 163) y marido de Egialea *(Il.* V 412), fue rey de Argos *(Il.* II 567). Su *aristeía* o «principalía» se describe en el canto que comentamos *(Il.* V) y su encuentro con Glauco se refiere en el canto siguiente *(Il.* VI 232-236).
[2] Atenea protege a los aqueos; cfr. *Il.* IV 439.

del yelmo y del escudo le prendía,
a la otoñal estrella [3] parecido   5
que en sumo grado espléndida destella
al bañarse en las aguas de Océano;
un fuego tal prendía
de su cabeza y hombros,
y al medio lanzóle en que agitados
los más de los guerreros se batían.
Había entre los teucros un tal Dares,
opulento y sin tacha,   10
sacerdote de Hefesto,
que dos hijos tenía:
Fegeo e Ideo,
buenos conocedores uno y otro
de todas las especies de la lucha.
Y ellos dos, de los suyos destacados,
de frente, a Diomedes se lanzaron;
ellos dos, desde el carro,
él, desde el suelo, a pie acometía.
Y cuando ya los tres cerca se hallaban,
frente a frente avanzando,
Fegeo, justamente, disparaba,   15
el primero, su lanza
de alargada sombra, mas la punta
de la lanza pasó
por encima del hombro
izquierdo del Tidida,
pero no le acertó.
Y él luego, el Tidida, después de eso,
con el bronce atacaba, y de su mano
no en vano se escapó la jabalina,
antes bien, acertóle en el pecho,
entre las dos tetillas, y del carro
lo derribó. E Ideo, de un salto,   20
el muy hermoso carro abandonó
pero no se atrevió a montar guardia
en torno del cadáver de su hermano,
porque tampoco él mismo tan siquiera

---

[3] Sirio, o sea: la canícula; cfr. *Il.* XXII 26.

habría escapado a la negra Parca;
pero libróle Hefesto,
y lo salvó envolviéndolo en la noche,
a fin de que el viejo, no obstante,
no le quedase del todo afligido[4].
Y el hijo del magnánimo Tideo,
habiendo apartado los caballos,   25
los dio a sus compañeros,
para que los llevaran a la playa,
junto a las huecas naves.
Y de que los magnánimos troyanos
vieron de Dares a entrambos hijos,
al uno que la muerte había esquivado,
y al otro muerto al lado de su carro,
a todos conmovióseles el alma;
pero Atena la de ojos de lechuza,
a Ares impetuoso, de la mano   30
tomando, dirigía estas palabras:
«Ares, Ares, ruina de mortales,
mancillado con sangre,
destructor de murallas,
¿no podríamos ya dejar que luchen
entre ellos aqueos y troyanos
(bien sean ya los unos, ya los otros,
a los que el padre Zeus les otorgue
la gloria) y nosotros retirarnos
los dos y evitar la ira de Zeus?»
Habiendo dicho así, de la batalla   35
sacó fuera a Ares impetuoso;
y luego en la ribera lo sentó
del Escamandro de abruptas orillas.
Y a los teucros los dánaos desplazaron
y a un guerrero mató cada caudillo.
Primero, Agamenón,
caudillo de guerreros, derribó
al corpulento Odio[5] de su carro,

---

[4] Dares era sacerdote de Hefesto. Por eso, aunque Hefesto por lo
regular es enemigo de los troyanos (cfr. *Il*. XV 214; XX 36; XXI 330 ss.),
en esta ocasión se compadece de su ministro.
[5] Cfr. *Il*. II 856.

el comandante de los halizones;
pues a él, que en volverse fue el primero,   40
en la espalda la lanza le clavó,
en medio de los hombros,
y atravesóle el pecho.
Y al caer produjo un sordo ruido
y sobre él sus armas resonaron.
Y luego eliminó Idomeneo
a Festo, hijo de Boro el de Meonia[6],
que de Tarna[7] feraz había llegado;
a él, precisamente, Idomeneo,   45
cuando se disponía
a montar en su carro,
en el hombro derecho le hirió
aguijándole con su larga lanza;
se desplomó del carro y de inmediato
la tiniebla odiosa arrebatóle.
A él luego lo iban despojando
los servidores de Idomeneo;
y a Escamandrio, el hijo de Estrofio[8],
experto en la caza, lo mató
con su aguda lanza Menelao   50
el hijo de Atreo,
a él, un distinguido cazador,
pues le había enseñado
Ártemis en persona
a acertar con el dardo a cuantas fieras
silvestres cría el bosque en las montañas.
Pero, al menos entonces, no le eran
de provecho ni Ártemis flechadora
ni sus certeros tiros a lo lejos
en los que antaño había descollado;
por el contrario, a él
Menelao el Atrida,   55
famoso por la lanza, le golpeó
cuando huyendo iba de él delante,

---

[6] Estos dos personajes sólo son mencionados en este pasaje.
[7] Tarna estaba en Lidia, junto al Tmolo. Luego se llamará Sardes.
[8] De Estrofio y Escamandrio nada más sabemos fuera de lo que en este pasaje se refiere.

con la lanza en la espalda,
en medio de los hombros
y atravesóle el pecho.
Se desplomó de bruces
y sobre él sus armas resonaron.
Meriones mató a Féreclo, el hijo
de Tecton Harmonida, que sabía   60
fabricar con sus manos
obras de arte de cualquier especie;
pues señaladamente
le había amado Palas Atenea [9];
él que también había construido
a Alejandro las naos equilibradas,
del mal iniciadoras,
que un mal resultaron para todos
los troyanos y aun para él mismo,
ya que no conocía en absoluto
los vaticinios que de dioses vienen [10].
A él Meriones, cuando ya a punto,   65
persiguiéndole, estaba de alcanzarle,
en la nalga derecha ya le hería;
y la broncínea punta, por debajo
del hueso penetró hacia adelante,
derechamente hasta la vejiga.
Y, exhalando un gemido,
se cayó de rodillas, y la muerte
por uno y otro lado lo envolvió [11].
Y a Pedeo, el hijo de Anténor,
le mató luego Meges [12],
al que, aun siendo bastardo,   70

---

[9] Meríones es el escudero de Idomeneo (cfr. *Il.* II 651). Féreclo es, etimológicamente, el que «promueve tumulto en el combate». Tecton es «el carpintero» y Harmon (nombre sobre el que se forma Harmonida) significa «ensamblador». Había, pues, en esa familia una tradición gremial de artesanos.

[10] Héleno había profetizado tales vaticinios «provenientes de los dioses», según *Los Cantos Ciprios,* poema en que se trataba el tema de la construcción de las infaustas naves de Paris (o Alejandro).

[11] En su origen esta expresión quería decir: «veló sus dos ojos».

[12] Cfr. *Il.* II 627.

con mil cuidados, Téano divina [13]
criaba de igual modo que a sus hijos,
dando con ello a su esposo gusto.
A éste el Filida,
ilustre por su lanza,
viniéndosele cerca, le golpeó
con su aguda pica, en la cabeza,
en la nuca, y el bronce, de frente,
a través de los dientes, por debajo
la lengua le cortó,
y entre la polvareda desplomóse,   75
y el bronce frío mordió con sus dientes.
Y Eurípilo, el hijo de Evemon,
mató a Hipsénor divino,
hijo del arrogante Dolopíon,
que era del Escamandro [14] sacerdote,
y por el pueblo era venerado
como un dios; a él, precisamente,
Eurípilo, el espléndido hijo
de Evemon, cuando huía
por delante de él, saltó a su alcance   80
a la carrera, su espada en la mano,
y le hirió con ella en el hombro
y su robusto brazo rebanó,
que cayó ensangrentado en la llanura;
y de él y de sus ojos
se apoderaron la purpúrea muerte
y el imperioso hado [15].

[Diomedes es herido por Pándaro]

Así ellos se esforzaban
en la feroz refriega;
del hijo de Tideo no sabrías   85
entre quiénes estaba combatiendo,

---

[13] Téano era hija del rey tracio Cises, sacerdotisa de Atena en Troya, y
esposa de Anténor; cfr. *Il.* VI 298 y ss. *Il.* XI 224. Los tracios eran aliados
de los troyanos.
[14] Al río Escamandro se le sacrificaban toros y caballos.
[15] Cfr. *Il.* XVI 334; XX 477.

si entre los troyanos se encontraba
o entre los aqueos; pues furioso
el llano recorría, parecido
a un río rebosante, torrencial,
que, fluyendo deprisa,
los puentes esparció y al que ni puentes,
a manera de diques construidos,
contienen, ni retienen   90
las cercas de los viñedos lozanos,
porque ha llegado repentinamente,
cuando de Zeus la lluvia
ha caído con fuerza;
muchas hermosas obras de los mozos
bajo su ímpetu abajo se vinieron.
Así, bajo el impulso del Tidida,
compactos batallones de troyanos
se iban alborotando,
pues, en efecto, aunque eran muchos
no se atrevían a aguantar su empuje.
Cuando, pues, percibióle   95
el espléndido hijo [16] de Licaon
corriendo enfurecido por el llano,
ante él alborotando las escuadras,
al punto contra el hijo de Tideo
trataba de tensar su corvo arco,
y disparóle cuando daba un salto
y le alcanzó en el hombro derecho,
en el combo espaldar de su coraza;
y a través voló la amarga flecha
y se abrió paso hasta la parte opuesta,   100
y la coraza se manchó de sangre.
Y un grito dio por ello hacia lo lejos
el espléndido hijo de Licaon:
«Poneos en movimiento,
magnánimos troyanos,
de corceles aguijoneadores;
pues herido se encuentra
el más valiente de entre los aqueos,

---

[16] Píndaro. Cfr. *Il.* IV 88 y ss.

y aseguro que no resistirá
por mucho tiempo la fuerte saeta,
si es verdad que a mí me puso en marcha,   105
cuando a salir de Licia me aprestaba,
el soberano hijo del dios Zeus [17]».
Así dijo hablando con jactancia;
pero a Diomedes no le había
domado el veloz dardo; antes bien,
retrocediendo, se paró delante
de sus propios corceles y del carro,
y a Esténelo, hijo de Capaneo [18],
hablóle de esta guisa: «Dulce amigo,
hijo de Capaneo, ponte en marcha,
baja del carro, para que del hombro   110
el proyectil amargo me arranques.»
Dijo así, y Esténelo saltó
de su carro a tierra,
y, a su lado parándose,
arrancóle del hombro,
de un extremo a otro, el veloz dardo [19];
y un chorro de sangre
salía hacia arriba disparado
a través de la túnica trenzada.
Ya entonces, después,
sus súplicas hacía Diomedes,
por el grito de guerra distinguido:
«Óyeme, hija de Zeus   115
de égida portador, infatigable,
si alguna vez benévola asististe
en feroz guerra también a mi padre,
ahora, de nuevo, quiéreme, Atenea;
concédeme que mate a ese guerrero
y que venga al empuje de mi lanza,
quien me hirió, adelantándose, y se jacta
y afirma que yo ya no largo tiempo   120

---

[17] Apolo.
[18] Cfr. *Il.* II 20.
[19] El dardo se extrae tirando de la punta en la misma dirección en que fue lanzado, para evitar los desgarros que producirían los garfios de la punta, si se extrajera en sentido contrario.

del sol veré la luz resplandeciente.»
Así orando dijo y le escuchó
Palas Atena, que tornó sus miembros
ágiles por encima [20] (pies y manos),
y parándose cerca,
le dirigía aladas palabras:
«Ahora, Diomedes, ¡ten confianza,
y contra los troyanos a luchar!
Pues infundí en tu pecho   125
de tu padre el intrépido coraje,
cual era el que tenía de continuo
Tideo, el héroe conductor de carros
que blandía escudo.
Por otro lado, te quité la niebla
de los ojos, que antes los cubría,
para que bien distingas
tanto a un dios como a un guerrero;
por eso, ahora, si aquí llegara
algún dios que intentara tantearte,
tú, nada de enzarzarte en un combate   130
cara a cara con dioses inmortales;
pero si Afrodita, hija de Zeus,
viniera aquí a la guerra,
a ésa, sí, hiérela con un golpe
valiéndote de tu agudo bronce.»
Así precisamente habiendo dicho,
marchó Atena, la de ojos de lechuza,
y de nuevo el hijo de Tideo
fue a meterse entre los combatientes
de las primeras líneas; y si antes   135
estaba enardecido
dentro del corazón
por trabar lucha contra los troyanos,
ya entonces un coraje arrebatóle
tres veces tan enorme,
como al león al que un pastor que guarda
en el campo sus lanosas ovejas,
ligeramente hiriera

---

[20] El adverbio *húperthen* significa aquí ya: «más aún.»

cuando saltado había por encima
del aprisco, pero no lo domara;
excitóle la fuerza, mas no acude
después a rechazarlo, el pastor,
antes bien, se introduce en el establo   140
y ellas, abandonadas, las ovejas,
huyen de espanto, y unas sobre otras
aglomeradas quedan en el suelo;
mas él, enardecido,
de un salto, el león,
supera la alta valla del aprisco
y sale fuera de él; de esta manera
enardecido, el fuerte Diomedes
con los troyanos se trabó en combate.

[Gestas de Diomedes]

Allí mató a Astínoo e Hipirón,
pastor de gentes, habiendo acertado,
con la broncínea lanza, al primero   145
por sobre la tetilla; y, al otro,
con su enorme espada, junto al hombro,
golpeóle en la clavícula, y el hombro
del cuello y de la espalda le amputó.
A ellos yacer dejólos y él se iba
persiguiendo a Abante y Poliido,
hijos de Euridamante, el anciano
intérprete de sueños; a sus hijos,   150
cuando estaban a punto de marcharse,
no logró interpretárselos el viejo,
sino que a ellos les quitó la vida
el fuerte Diomedes;
éste luego se fue
tras Janto y Toón,
los dos hijos de Fénope²¹, y ambos
amados tiernamente; pues su padre
en luctuosa vejez se consumía,
y no había engendrado otro hijo

---

²¹ Otros dos troyanos se llaman Toón (*Il*. XI 422; XII 140; XIII 545); y
otros dos poseen el nombre de Fénope (*Il*. XVII 312 y 583).

para al cargo dejarle de sus bienes.
Allí a los dos mataba Diomedes   155
y a los dos arrancábales la vida,
y a su padre dejábale gemidos
y lúgubres cuidados,
puesto que a ellos no los recibió
de vuelta del combate, a los dos, vivos;
y parientes lejanos la hacienda
se iban entre ellos repartiendo.
Luego atrapó a Equemón y Cronio,   160
del Dardánida Príamo dos hijos,
que en un mismo carro se encontraban.
Como el león que, habiendo dado un salto,
se planta en medio de una vacada
y el cuello rompe de una ternera
o de una vaca que pastando estaban
por la espesura, así los derribó
a ambos de su carro, a la fuerza,
duramente, el hijo de Tideo;
luego los despojaba de sus armas;
y a sus compañeros
les daba los caballos,   165
para que a las naves los llevaran.

[*Muerte de Pándaro*]

Mas cuando lo vio Eneas
diezmando las hileras de guerreros,
se echó a andar a lo largo
del campo de batalla
y el choque tumultuoso de las picas,
a la busca de Pándaro, a los dioses
comparable, por si en alguna parte
encontrarle lograra. Y encontró
al hijo irreprochable y aguerrido
de Licaon, y se paró delante   170
de él y estas palabras,
encarándose a él, le dirigía:
«¿Dónde paran, ¡oh Pándaro!, tu arco
y tus aladas flechas y tu fama?
Nadie contigo en arco rivaliza

aquí al menos; ni tampoco en Licia
de ser mejor que tú nadie se jacta.
Pues, ¡venga ya!, dispara a este guerrero,
tras haber levantado a Zeus las manos [22],
una flecha, a éste que campea,   175
sea quien sea él, y lleva hechos
a los troyanos ya muchos estragos,
pues que de muchos bravos
desató las rodillas;
con tal que, por ventura,
no sea algún dios que irritado
se hubiera con los teucros,
por unos sacrificios enojado,
pues pesa el duro enojo de los dioses.»
Respondióle, a su vez,
el espléndido hijo de Licaon:
«Eneas, consejero de los teucros   180
de lorigas de bronce, lo comparo
a él yo, al menos, en todo,
al Tidida aguerrido,
pues que lo reconozco por su escudo
y por su yelmo con tubo y penacho [23],
y también al mirarle los caballos.
Pero no sé de cierto si es un dios.
Mas si un varón es, el que yo digo,
el aguerrido hijo de Tideo,
no de un dios alejado, ese varón   185
estos furiosos lances ejecuta;
por el contrario, algún inmortal
al lado de él está,
con una nube sus hombros cubiertos,
que de él desvió hacia otra parte
el veloz dardo que le había alcanzado.
Pues contra él ya disparé una flecha
y le acerté en el hombro derecho,
y traspasó de frente el espaldar

---

[22] Dirigiéndole una plegaria. Eneas, que ahora se dirige a Pándaro, era
un héroe importante en la *Iliupersis* o *Destrucción de Ilión* de Estesícoro.
[23] El airón o penacho iba introducido en un tubo que salía de la cima
del yelmo.

de su coraza, y yo ya me decía   190
que iba a mandarle al reino de Aidoneo [24].
Sin embargo, no conseguí domarle;
hay, pues, un dios cargado de rencor.
Mas caballos no tengo, ni un carro
a mano en el que yo montar pudiera;
sin embargo, probablemente haya
en casa de Licaon once carros
hermosos, de primera ensambladura
y recién construidos y los cubren   195
unos mantos por uno y otro lado,
y junto a cada uno dos caballos
están quietos comiendo
blanca cebada y espigas de escandas.
Bien es verdad que a mí el viejo lancero
Licaon, en su palacio hecho con arte,
me endosaba muchísimos encargos
cuando estaba yo a punto de marcharme;
me exhortaba a que, montado en carro
provisto de caballos, en las duras   200
refriegas a los teucros yo mandara.
Mas yo no le hice caso (y sin embargo,
mucho más provechoso hubiera sido)
por intentar tratar con miramiento
a mis caballos, no fuera a faltarles
pienso, al estar los hombres encerrados,
estando, como estaban, habituados
a comer hasta hartarse. Y así
los dejé y como infante me he venido
a Ilio, en mi arco confiado   205
que, cual se ve, de nada me valdría.
Porque ya a dos caudillos disparé,
al hijo de Tideo y al de Atreo,
y, sin duda, de entrambos brotar hice,
pues di en el blanco, sangre,
pero más excitéles el coraje.
Por eso, justamente, en hora mala
del clavo descolgué mi corvo arco

---

[24] Hades.

el día aquel en que a los troyanos   210
hacia la amable Ilio yo guiaba
para al divino Héctor complacer.
Pero si un día a casa regresara
y a contemplar llegara en mis ojos
mi patria, mi esposa
y mi morada de altos tejados,
luego, al punto, un extraño
de mis hombros me corte la cabeza,
si yo este arco no lo arrojara,   215
después de haberlo roto con mis manos,
al resplendente fuego,
puesto que inútilmente me acompaña.»
A él, a su vez, Eneas,
caudillo de troyanos,
encarándosele, así le hablaba:
«Deja ya los discursos de esa guisa,
pues no podrá ello ser de otra manera
hasta que con mi carro y mis caballos
nosotros dos vayamos a enfrentarnos   220
y luego cara a cara nos midamos
con el varón aquel,
las armas empuñando. Pero, ¡venga!;
móntate en mi carro, porque veas
de qué calidad sean los caballos
de Tros y cómo salen por el llano,
con mucha agilidad, de un lado a otro
perseguir y huir a la carrera.
Ellos nos llevarán sanos y salvos
a la ciudad, si al hijo de Tideo,
a Diomedes, una vez más Zeus   225
la gloria le otorgara. Pero, venga,
la tralla empuña y las brillantes riendas,
que yo del carro habré de bajarme
para trabar combate; o bien tú
a este varón recíbelo a pie firme,
que yo me ocuparé de los caballos.»
A él, a su vez, por respuesta, le dijo
el espléndido hijo de Licaon:
«Eneas, ten tú mismo bien sujetas   230
las riendas y conduce tus caballos,

[213]

pues mejor llevarán el curvo carro
a la orden del auriga acostumbrado,
por si el caso se diera en que de nuevo
huyéramos del hijo de Tideo;
no vaya a ser que ellos, espantados,
titubeando se queden y no quieran,
añorando tu voz, sacarnos fuera
del campo de batalla, y a nosotros
de un salto se nos vaya a echar encima   235
el hijo del magnánimo Tideo
y nos mate a los dos, y los caballos
solípedos se lleve por delante.
Pero ¡venga!, tu carro y tus caballos
condúcelos tú mismo, que a éste,
con mi lanza de bronce,
le habré yo de aguantar la acometida.»
Así precisamente se hablaron
y en el carro montaron bien labrado,
y, enardecidos, contra el Tidida   240
sus veloces caballos dirigían.
Y Esténelo los vio, de Capaneo
el espléndido hijo[25], y en seguida
al hijo de Tideo
le dirigía aladas palabras:
«Diomedes, el hijo de Tideo,
caro a mi corazón, dos hombres veo,
fuertes los dos, que se lanzan ansiosos
contra ti a combatir y que poseen
una fuerza inmensa, ducho el uno   245
en manejar el arco,
Pándaro, que se jacta,
por otro lado, de ser de Licaon
el hijo; y Eneas
de haber nacido hijo se gloría
del magnánimo Anquises,
y la madre de él es Afrodita.
Pero ¡venga ya!, sobre nuestro carro

---

[25] Esténelo, hijo de Capaneo, conduce el carro de Diomedes. Desde él
reconoce a los dos troyanos que se les enfrentan.

retrocedamos, y hazme el favor   250
de no lanzarte impetuosamente
por entre los guerreros de vanguardia,
no vayas a perder tu amada vida.»
Mas, con mirada torva, dirigióle
el fuerte Diomedes la palabra:
«No me exhortes a huir, porque no creo
que puedas tú llegar a persuadirme,
pues no es propio de mi noble raza
trabar combate esquivando riesgos
ni acurrucarme a causa del miedo.
Todavía está firme mi coraje.
Mas en montar en el carro vacilo;   255
no montaré, sino que aun asimismo
iré al encuentro de ellos; no me deja
temblar la diosa Palas Atenea.
Pero a esos dos, sus rápidos caballos
no han de llevarles, de nuevo, de vuelta,
lejos de nuestro lado, si es que acaso
uno de ellos escaparse lograra.
Mas otra cosa yo voy a decirte
y métetela tú dentro de tu alma:
Si Atena, la de los muchos consejos,   260
me da la gloria de matar a entrambos,
tú retén aquí mismo estos veloces
caballos, al barandal sujetando
las riendas después de haberlas tensado,
y de saltar no vayas a olvidarte
con arrebato sobre los caballos
de Eneas y sacarlos del alcance
de los troyanos, para dirigirlos
a los aqueos de hermosas grebas.
Pues de esa raza son, tenlo presente,   265
de la que Zeus el longitonante
a Tros le diera en compensación
por su hijo Ganimedes, y por eso
son los mejores de entre los caballos
que hay debajo del sol y de la aurora;
de esa raza sustrajo con engaño
ejemplares Anquises,
caudillo de guerreros,

pues hizo que sus yeguas
fueran cubiertas por esos caballos
a escondidas de Laomedonte [26].
De ellas seis le nacieron en palacio,   270
seis ejemplares de raudos corceles,
descendencia a la cría destinada;
a cuatro de ellos él mismo criaba
para sí en el pesebre y a Eneas
los otros dos le dio,
de fuga consejeros,
¡si a esos dos lográramos cogerlos!,
¡alcanzaríamos ilustre gloria!»
Así, tales discursos entre ellos
se dirigían, cuando velozmente
los otros dos ya cerca se llegaron   275
conduciendo sus rápidos corceles.
Y a Diomedes hablóle, el primero,
el espléndido hijo de Licaon:
«Intrépido de alma, valeroso,
tú, hijo del muy ilustre Tideo,
muy cierto es que no te domó el tiro
veloz, la amarga flecha, pero ahora,
contrariamente, voy a hacer la prueba
con la lanza, a ver si te alcanzara.»
Así decía y, después de blandirla,   280
la lanza disparaba que proyecta
larga sombra, y al hijo de Tideo
le alcanzó en el escudo y, volando,
la broncínea punta de la lanza
a través de él llegó hasta la coraza.
Y un grito dio por ello hacia lo lejos
el espléndido hijo de Licaon:
«Estás, herido, de una parte a otra
traspasado, en la ijada, y no creo
que largo tiempo aún resistir logres,   285

---

[26] Hijo de Ilo, el padre de Príamo, y rey de Troya, ciudad cuyas murallas construyó con la ayuda de Apolo y de Posidón. Cfr. *Il.* XXIV 72. Heracles le mató por no haber cumplido la promesa que le hiciera de concederle la mano de su hija Hesíone; a cambio de esa promesa el héroe infatigable le había librado del monstruo que Posidón había enviado para asolar la Tróade.

y con ello me has dado una alta gloria.»
Pero, sin espantarse, respondióle
el fuerte Diomedes:
«Fallaste y no acertaste, mas no creo,
en verdad, que cejéis vosotros dos
en el empeño, antes que caiga a tierra
de los dos uno al menos,
para saciar con sangre
a Ares, guerrero portador de escudo.»
Así diciendo, hizo el disparo,   290
y el dardo lo enderezó Atenea
a la nariz, al lado de un ojo,
y le atravesó los blancos dientes.
Y el implacable bronce le cortó
la raíz de la lengua, y la punta
de la lanza salió fuera, al lado
de la parte más baja del mentón;
se desplomó del carro
y sobre él resonaron sus armas
abigarradas y resplandecientes,   295
y espantados echáronse a un lado
los corceles de corredores cascos,
y allí mismo se le desataron
el aliento y la fuerza de la vida.

[Eneas, herido por Diomedes]

Eneas saltó a tierra desde el carro
con su escudo y con su larga lanza,
por miedo a que le fueran los aqueos
a llevar el cadáver al arrastre.
Y, justamente, de él por los dos lados
marchaba dando pasos,
cual león en su fuerza confiado,
y de aquél por delante empuñó   300
la lanza y el escudo equilibrado,
dispuesto a matar, enardecido,
a quienquiera de frente le[27] viniera,
dando terribles gritos; mas Diomedes,

_____

27 Entiéndase: al cadáver.

el hijo de Tideo, en su mano
una piedra cogió, labor enorme,
que dos hombres aguantar no podrían,
cuales son hoy en día los mortales;
él, en cambio, aun solo, la blandía
con gran facilidad; y acertó
con ella en la cadera a Eneas,   305
en el lugar en que el muslo gira
en la cadera y cótila lo llaman;
machacóle la cótila
y rompióle, además,
los dos tendones; y la áspera piedra
arrancóle la piel; pero, no obstante,
aún en pie el héroe se mantuvo,
si bien cayó de hinojos, y apoyóse
con su robusta mano en la tierra;   310
y, a uno y otro lado, sus dos ojos
cubrió la negra noche. Y allí
habría perecido
Eneas, el caudillo de guerreros,
si al punto no lo hubiera percibido
agudamente su madre Afrodita,
que le pariera tras haber yacido
bajo Anquises cuando pastoreaba.
Y a los dos lados de su caro hijo
derramó ella sus dos blancos brazos,
y, por delante, para ocultarlo   315
puso un pliegue de su fulgente manto,
para que fuera valla de los dardos,
no siendo que alguno de los dánaos
de rápidos corceles,
clavándole el bronce en el pecho,
de dentro de él su aliento arrebatara.

[*Afrodita, herida por Diomedes*]

Ella a su hijo sacar intentaba
a hurtadillas del campo de batalla;
pero tampoco el hijo
de Capaneo [28] habíase olvidado

---

[28] Esténelo.

de aquellos encargos que le hacía   320
el héroe Diomedes
por el grito de guerra distinguido;
antes bien, él detuvo
los caballos solípedos de él mismo
a un lado del fragor de la batalla,
al barandal habiendo sujetado
las riendas que tensara, y él de un salto
precipitóse sobre los corceles,
de pelambrera hermosa, de Eneas,
y fuera del alcance los sacó
de los troyanos, para dirigirlos
a los aqueos de hermosas grebas.
Y a Dípilo los dio,   325
su caro compañero, al que estimaba
más que a otro alguno de los de su edad,
pues tenía un carácter ajustado
al de sus propias mientes,
para que los llevara
a las cóncavas naves. Mas el héroe,
en su carro montando,
las riendas empuñó resplandecientes
y al punto tras el hijo de Tideo
guiaba, enardecido, sus corceles   330
de robustas pezuñas. Y aquel[29],
con implacable bronce,
marchaba sobre Cipris, pues sabía
que era diosa carente de vigor
y no de aquellas diosas
que mandan en la guerra de los hombres,
ni, justamente, como Atenea
ni Enio, asoladora de ciudades[30].
Mas, cuando ya le iba dando alcance,
siguiéndola entre inmensa muchedumbre,
allí estiróse sobre ella el hijo   335
de Tideo animoso y, de un salto,
lanzándose tras ella,

---

[29] Diomedes.
[30] Enio es el equivalente femenino de Ares, dios de la guerra, que
—recordémoslo— se llama también Enialio (cfr. *Il.* II 651).

con su aguda lanza la hirió
en el extremo de su blando brazo;
y luego, al punto, la piel taladróle
la lanza a través
del manto divinal que con esmero
le labraran las Gracias en persona,
por sobre la raíz
del hueco de la mano;
y de la diosa sangre iba fluyendo
inmortal, el *icor,* cual fluir suele   340
a los felices dioses,
porque no comen pan,
no beben vino de ardientes reflejos;
por eso ellos carecen de sangre
y reciben el nombre de inmortales.
Y lanzó ella un agudo grito
y arrojó de sus brazos a su hijo;
y a él entre sus brazos brindó amparo
Febo Apolo dentro de oscura nube,   345
no fuera que alguno de los dánaos
de rápidos corceles,
clavándole el bronce en el pecho,
de dentro de él su aliento arrebatara.
A ella dirigido, hacia lo lejos
lanzó un grito el héroe Diomedes
por el grito de guerra distinguido:
«tente lejos, tú, hija del dios Zeus,
de la guerra y el encarnizamiento;
¿o no es bastante que andes seduciendo
a mujeres, que de vigor carecen?
Mas si tú en el futuro a la guerra   350
a acudir te dispones con frecuencia,
de seguro yo creo
que habrás de tiritar ante la guerra,
aunque a distancia te enteres de ella».
Así él dijo y ella y marchóse
fuera de sí, pues se iba consumiendo
terriblemente; tomándola luego
de la mano, Iris de pies de viento
trataba de sacarla del tumulto,
a ella agobiada bajo sus dolores;

y en su piel bella se iba ennegreciendo.
Luego encontró, sentado, a la izquierda   355
del campo de batalla,
a Ares impetuoso,
cuya lanza y cuyo veloz carro
en una nube estaban apoyados.
Afrodita, cayendo de rodillas,
a su querido hermano con mil ruegos
pedía los caballos
de frontales de oro:
«Querido hermano, tómame a tu cargo
y dame tus caballos
para que llegar pueda al Olimpo,   360
donde la sede está
en que moran los dioses inmortales,
porque estoy en exceso agobiada
con esta herida con que me hirió un hombre,
el hijo de Tideo, que ahora
hasta con Zeus padre lucharía.»
Así dijo, y, de inmediato, Ares
los caballos le dio de frontal de oro,
y ella, aunque afligida
dentro del corazón,
en el carro montaba, y a su lado   365
montaba Iris, que entre sus manos
empuñaba las riendas, y la tralla
hízola restallar para arrancar,
y los caballos no de mala gana
volaban. Y llegaron en seguida
al escarpado Olimpo,
donde la veloz Iris,
la de los pies de viento,
desunció los caballos
y los instaló luego en el establo
y al lado les echó inmortal pienso;
y ella, Afrodita la divina,   370
caía en las rodillas de Diona[31],

---

[31] Diona es la madre de Afrodita y una de las diosas de la primera generación divina, hija de Urano y Gea, y hermana, por tanto, de Tetis, Rea, Temis, etc.

su madre, que en sus brazos
a su hija tomaba y con la mano
la acarició y le dijo palabras
y la nombraba desde sus adentros:
«¿Quién, pues, querida hija,
de los hijos del cielo te ha infligido
tales daños tan infundadamente,
como si un mal hicieras a la vista?»
Y a ella después le respondía   375
Afrodita, la que ama la sonrisa:
«Hirióme Diomedes,
el magnánimo hijo de Tideo,
porque yo a Eneas, mi querido hijo,
que me es con mucho el más caro de todos,
intentaba sacar a hurtadillas
del campo de batalla.
Pues ya no entre troyanos y aqueos
tiene lugar la formidable lucha,
antes bien, ya los dánaos, por lo menos,   380
traban combate con los inmortales.»
Y a ella después le respondía
Diona, la divina entre las diosas:
«Sopórtalo, hija mía, y contente,
aunque estés afligida, que ya muchos
que olímpicas moradas ocupamos
hemos sufrido ofensas de los hombres,
que acumulan unos sobre los otros
duros dolores. Ares los sufrió   385
cuando Oto y el violento Efialtes,
los hijos de Aloeo, le ataron
con robusta cadena y trece meses
estuvo atado en un tonel de bronce [32].
Y allí hubiera perecido Ares,
insaciable de guerra, si Eribea,
la muy hermosa madrastra de ellos,

---

[32] Por afecto a Afrodita, Oto y Efialtes habían encadenado e
introducido a Ares en un tonel de bronce, porque el dios de la guerra había
dado muerte, por envidia y celos, a Adonis. Estos dos personajes, además,
habían intentado alcanzar el cielo con una escalera.

a Hermes la noticia   390
no hubiera revelado, que a escondidas
sacó de allí a Ares,
ya consumido, porque le agobiaba
la áspera cadena. Sufrió Hera
cuando el violento hijo de Anfitrión [33]
en el pecho derecho le acertara
con flecha de tres puntas;
también entonces hizo presa en ella
dolor irremediable. Sufrió Hades   395
entre ellos, el enorme,
una veloz saeta,
cuando el mismo varón,
de Zeus portaégida el hijo,
en Pilo, entre los muertos, atinóle
y lo entregó a merced de los dolores [34].
Pero él se fue de Zeus al palacio,
y al alto Olimpo, acongojado
en lo más hondo de su corazón,
de dolores transido; sin embargo,
en su robusto hombro   400
clavado estaba el dardo,
y en su alma hallábase abatido.
Mas a él Peán encima de la herida
remedios esparciendo
que matan el dolor,
curólo, pues no era, ciertamente,
mortal, en modo alguno,
por su constitución, ni mucho menos.
¡Obstinado, autor de obras violentas,
aquel varón, a quien nada importaba
perpetrar insolencias, que afligía
con el arco y sus flechas a los dioses
que ocupan el Olimpo!
Mas contra ti la diosa Atenea   405

---

[33] Heracles, apoyado por Zeus y Atena, luchó contra Neleo, al que
prestaban ayuda Hera y otros dioses.
[34] Cuando Heracles descendió al mundo de los muertos para llevarse de
alí al perro Cerbero, tal como se lo había encargado Euristeo. Cfr. *Il.* VIII
368 y *Od.* XI 623.

de ojos de lechuza, soltó a ese
insensato, el hijo de Tideo,
que en su mente ni esto siquiera sabe:
que la vida no es larga, en absoluto,
de aquel que lucha con los inmortales,
pues sus hijos a él, en modo alguno,
al volver de la guerra
y del terrible encarnizamiento,
le abrazan las rodillas
llamándole papá.
Por eso ahora el hijo de Tideo,   410
por muy fuerte que sea, reflexione,
no vaya a ser que alguien mejor que tú
luche con él, y la hija de Adrasto,
la prudente en extremo Egialea ³⁵,
a sus criados del sueño despierte,
gemidos exhalando largo tiempo,
al esposo legítimo añorando,
de los aqueos el más distinguido,
ella, la fuerte esposa   415
de Diomedes, domador de potros.»
Dijo así justamente, y enjugaba
de la mano de ella el *icor,*
con sus dos manos, y se iba curando
la mano de ella, y calmándose iban
los penosos dolores. Pero estaban,
por otro lado, Atenea y Hera
la escena contemplando,
y a Zeus el Cronida zaherían
con mordaces palabras.
Entre ellas, la primera,   420
tomaba la palabra
Atena, la de ojos de lechuza:
«Zeus padre, ¿acaso tú conmigo
vas a estar irritado un poquito
por algo que te diga?

---

³⁵ Egialea era hija de Adrasto. Tideo, el padre de Diomedes, se había
casado con una hija, mayor que Egialea, del mismo Adrasto *(Il.* XXIII
319), de modo que era a la vez padre y cuñado de su propio hijo; igual que
Ifidamante *(Il.* XI 226).

Cipris ha, muy de cierto,
incitado a una aquea
a unirse a los troyanos e ir tras ellos,
hacia los que ahora ha concebido
un amor de pasmosa intensidad;
de estas aqueas de los bellos peplos,
a alguna acariciando, con el broche   425
se desgarró la mano delicada.»
Dijo así, y sonrióse
el padre de los hombres y los dioses,
y a Afrodita llamando, justamente,
la áurea, así le dijo:
«A ti, hija mía, no te han sido dadas,
las empresas guerreras;
tú ocúpate, más bien, en las empresas,
que mueven a deseo, de las nupcias,
que esas otras serán   430
objeto de cuidado
del veloz Ares y de Atenea.»

[Se renueva la lucha; Apolo detiene a Diomedes]

Así, tales palabras entre ellos
se dirigían, cuando sobre Eneas
lanzóse impetuoso Diomedes,
por el grito de guerra distinguido,
aunque sabía que el propio Apolo
le [36] tendía los brazos por encima;
pero él, precisamente,
ni a un dios tan grande respetaba
y cada vez estaba más ansioso
de matar a Eneas   435
y después despojarle
de sus famosas armas.
Por tres veces, después,
lanzóse, impetuoso,
matarle deseando ardientemente,
mas por tres veces sacudióle Apolo
el refulgente escudo.

---

[36] A Eneas.

Mas cuando ya la cuarta, parecido
a un dios, contra él lanzóse, le increpó,
dando terribles gritos,
el poderoso Apolo y le dijo:
«Reflexiona, Tidida, y retrocede,   440
y a los dioses no quieras
igual considerarte,
porque no será nunca igual la raza
de los dioses que muerte no padecen
y de los hombres que andan por la tierra.»
Así dijo, y el hijo de Tideo
retrocedía un poco para atrás,
el enojo esquivando
del flechador Apolo.
Y a Eneas puso aparte del tumulto,   445
en la sagrada Pérgamo, Apolo,
donde un templo tenía construido.
Por cierto, le curaban
y le fortalecían,
en la parte más íntima del templo,
que era espaciosa, Leto
y Ártemis flechadora.
Luego, Apolo, el del arco de plata
fabricó un fantasma
parecido a Eneas en persona
y tal cual él a juzgar por sus armas,
y a los dos lados de ese fantasma,
justamente, se iban destrozando
los troyanos y divinos aqueos,
a ambos lados del pecho de unos y otros,
los redondos escudos
hechos de piel de bueyes
y las rodelas ligeras cual plumas.
Ya entonces Febo Apolo la palabra
a Ares dirigía: «Ares, Ares,   455
ruina de mortales,
mancillado con sangre,
destructor de murallas,
¿a este guerrero, al hijo de Tideo,
que ahora aun con Zeus padre lucharía,
acaso no podrías, tras él yendo,

sacarlo ya del campo de batalla?
Primero, a Cipris le hirió de cerca
la mano, en la muñeca,
y luego se lanzó sobre mí mismo,
a una deidad igual.»
Así dijo, y él mismo se sentaba   460
de Pérgamo en lo alto;
mas el funesto Ares, en pos yendo
de las filas troyanas,
incitaba a los teucros,
parecido a Acamante[37], el veloz
caudillo de los tracios.
Y a los hijos de Príamo,
criaturas de Zeus, exhortaba:
«¡Oh hijos del rey Príamo,
criaturas de Zeus!,
¿hasta qué punto aún vais a dejar   465
que a las huestes os maten los aqueos?
¿Acaso hasta que lleguen a luchar
a un lado y al otro
de las puertas bien hechas de la villa?
Tendido por el suelo está un guerrero,
al que antes estimábamos igual
que a Héctor divino: Eneas, el hijo
del magnánimo Anquises;
pero ¡venga!, al noble compañero
salvemos del fragor de la batalla.»

[Sarpedón y Héctor]

Dijo así y excitó   470
de cada cual su ánimo y coraje.
Y entonces Sarpedón con gran dureza
a Héctor el divino increpó:
«¿Adónde ya el coraje se te ha ido,
que antes, Héctor, tú tener solías?
Afirmabas, creo yo, que tú podrías
la ciudad sostener en solitario,

---

37 Cfr. *Il.* II 844.

sin tus huestes y sin tus aliados,
con tus cuñados y con tus hermanos,
de los cuales ahora yo no puedo   475
a uno cualquiera ver ni percibir,
antes bien, temerosos se acurrucan
como perros al lado de un león;
y, en cambio, nosotros combatimos,
los que estamos aquí como aliados.
Pues yo también, que soy un aliado,
de tierras muy lejanas he venido,
pues lejos está Licia,
a orillas del Janto
de muchos remolinos.
Allí dejé a mi querida esposa   480
y a mi tierno hijo
y abundantes riquezas que desea
quienquiera que se encuentre falto de ellas.
Pero, aun así, yo a los licios excito
y yo mismo estoy enardecido
para luchar en singular combate;
y, sin embargo, yo aquí no tengo
nada de tal jaez, que bien pudieran
transportar o llevarse los aqueos.
Pero tú estás ahí, de pie, parado,   485
y ni siquiera ordenas a tus huestes
que aguanten a pie firme y que defiendan
a sus esposas. Que a ocurrir no llegue
que ellos y tú, atrapados en las mallas
de una red de lino,
seáis botín y presa
de vuestros enemigos; porque ellos
saquearán bien pronto
vuestra bien habitada ciudadela.
Tú debes de todo esto preocuparte   490
a lo largo del día y de las noches,
suplicando a los jefes
de vuestros muy ilustres aliados
que resistan encarnizadamente,
y, así, desentenderte
de vehementes censuras como ésta.»
Dijo así Sarpedón, y sus palabras

el corazón [38] a Héctor le mordieron.
Y, al punto, de su carro, con sus armas,
saltó a tierra y, blandiendo   495
sus dos lanzas agudas,
marchaba por doquier entre las huestes,
a la lucha incitando, y despertaba
una atroz refriega;
y ellos se dieron vuelta de repente
y se plantaron frente a los aqueos.
Mas los argivos, en compacto grupo,
echando el pie atrás, les aguardaron,
y no huyeron. Y, al igual que el viento
por las sagradas eras va llevando
las granzas que varones   500
con sus bieldos aventan,
cuando separa la rubia Deméter,
al apremiante soplo de los vientos,
el grano y las granzas,
y los montones se van blanqueando
poco a poco, así entonces los aqueos
por debajo se iban tornando blancos
por el polvo que por enmedio de ellos
los pies de los caballos levantaban
con su golpear hasta el broncíneo cielo,
al volver otra vez a enzarzarse   505
en combate, pues girar les hacían
los aurigas [39]; y ellos, derechamente,
unos contra los otros dirigían
la fuerza de sus brazos; mas la noche
extendió a los dos lados cual cubierta
Ares impetuoso. Ayudando
a los troyanos, y, a todas partes
acudiendo, cumplía
las órdenes de Apolo,
el de la espada de oro,

---

[38] Las *phrénes* (que es la palabra que leemos en el original) del hombre
homérico estaban localizadas, no en la cabeza, sino en el tórax.
[39] Los conductores de carros iban en vanguardia persiguiendo a los
troyanos. Al darse la vuelta éstos, aquéllos a su vez, retrocedieron para dar
protección a los infantes.

que le había ordenado
el ardor despertar a los troyanos,   510
después que vio a Palas Atenea
abandonar el campo; que ella era
a los dánaos quien les protegía.
Y él en persona sacó fuera a Eneas
del muy rico santuario y en el pecho
echó al pastor de gentes ardimiento.
Y Eneas en medio se ponía
de sus acompañantes, que al verlo   515
vivo acercarse y sano y salvo
y de noble coraje revestido,
se alegraron, mas nada
le preguntaron, pues no les dejaba
el restante trabajo de la guerra
que el del arco de plata despertaba
y Ares, el estrago de mortales,
y la Discordia de furor sin pausa.

[*Los aqueos son detenidos*]

A luchar incitaban a los dánaos   520
los dos héroes Ayantes y Odiseo
y Diomedes; y ellos de por sí
no sentían ya miedo,
ni un poco, de violencias y ataques
de los troyanos; mas, por el contrario,
a pie firme aguantaban, parecidos
a las nubes que en un día sin viento
inmóviles fijó el hijo de Crono
por encima de las cumbres de montes,
en tanto duerme el ímpetu de Bóreas
y de los otros vientos impetuosos   525
que, al levantarse con sonoros soplos,
van dispersando las nubes sombrías;
así los dánaos a los troyanos
a pie firme aguardaban y no huían.
Y el hijo de Atreo sin parar
entre la muchedumbre se movía,
exhortándoles con muchas razones:
«Sed varones, amigos, y elegid

un corazón valiente, y unos de otros   530
sentid vergüenza en las fuertes refriegas,
que de guerreros que sienten vergüenza
más son los que se salvan que los muertos;
en cambio, de los que huyen no resulta,
justamente, ni gloria
ni coyuntura alguna de defensa.»
Dijo así, y disparó
con ímpetu su lanza,
que acertó a un guerrero combatiente
de la primera línea, compañero
del magnánimo Eneas, Deïconte
de Pérgamo el hijo, a quien los teucros   535
al igual que a los hijos estimaban
de Príamo, pues siempre, presuroso,
dispuesto estaba a trabar combate
entre los hombres de primera fila;
justamente a él, en el escudo,
le acertó Agamenón el poderoso;
mas la lanza el escudo no detuvo,
pues el bronce pasó a través de él,
y en la parte baja de su vientre
clavósele a través del cinturón;
y al caer produjo un sordo ruido   540
y resonaron sobre él sus armas.
Allí Eneas, a su vez, mató
a excelentes guerreros de los dánaos,
de Diocles a ambos hijos,
Orsíloco y Cretón,
cuyo padre habitaba, justamente,
en Fera bien fundada,
rico en medios de vida, y, de linaje,
de Alfeo el río era descendiente   545
que, caudaloso, fluye
a través de la tierra de los pilios [40];
este a Ortíloco había engendrado,

---

[40] El río Alfeo discurría por tierras de Arcadia y Élide. En la Élide se
encontraba Pilo, patria de Néstor, «el orador sonoro de los pilios». Pilo se
encontraba, justamente, en Trifilia, al sur del río Alfeo *(Il.* XI 671 y ss.).

que entre muchos guerreros el rey era,
y, justamente, Ortíloco era el padre
de Diocles el magnánimo; y de Diocles
nacieron dos mellizos, sus dos hijos,
Orsíloco y Cretón [41],
buenos conocedores uno y otro
de todas las especies de la lucha.
Ellos dos, justamente, una vez mozos,   550
sobre las negras naves
hacia Ilio, la de hermosos corceles,
iban acompañando a los argivos,
tratando de obtener compensación
para los dos Atridas,
para Agamenón y Menelao,
mas a ellos dos allí mismo envolviólos
el punto culminante de la muerte.
Ellos entrambos, como dos leones
que en las cumbres de un monte se criaran,   555
en la espesura de profunda selva,
debajo de su madre, y ellos luego,
bueyes arrebatando
y robustas ovejas,
los establos devastan de hombres,
hasta que también ellos son matados,
bajo las palmas de las manos de hombres,
con el agudo bronce,
asimismo ellos dos bajo las manos
de Eneas cayeron domeñados,
a los altos abetos semejantes.
Mas de entrambos caídos piedad hubo   560
Menelao, el cual, de yelmo armado
de refulgente bronce, a andar se puso
entre los combatientes de vanguardia,
agitando su lanza,
pues Ares excitaba su coraje,
en sus mientes trazando este proyecto:

---

[41] Orsíloco y Cretón, hijos de Diocles, muertos a manos de Eneas, sólo
aparecen en este pasaje. Es muy curiosa la diferencia entre Ortílolo
(nombre del abuelo) y Orsíloco (nombre del nieto), que habla a voces de
una asibilación de *-ti- en -si-.

que debajo de las manos de Eneas
resultara domado.
Pero lo vio Antíloco, el hijo   565
del magnánimo Néstor, y se puso
a caminar entre los combatientes
de las primeras filas, pues temía
extraordinariamente
por el pastor de gentes,
no le pasara algo
y grande trecho los descarriara
del fruto del esfuerzo.
Ellos dos ya, el uno frente al otro,
sus manos y sus aguzadas lanzas
tendían, por luchar enardecidos,
cuando muy cerca Antíloco   570
se colocaba del pastor de gentes.
Y no resistió Eneas, aunque era
un guerrero prontamente dispuesto,
cuando vio dos guerreros a pie firme
aguantando el uno junto al otro.
Y ellos una vez, pues, que retiraron
los cadáveres hacia el campamento
de las huestes aqueas,
a esos dos, justamente, ¡desgraciados!,
en brazos los echaron
de sus acompañantes, y ellos mismos   575
se dieron vuelta y entre los primeros
combatientes la lucha reanudaron.
Entonces a Pilémenes [42] mataron,
a Ares comparable,
el comandante de los paflagones,

---

[42] Pilémenes es el rey de Paflagonia, aliado de los troyanos *(Il.* II 851),
que, aunque muere en este pasaje *(Il.* V 576) a manos de Menelao,
reaparece en *Il.* XIII 658. Su hijo es Harpalíon *(Il.* XIII 643). Aquí lo
matan Diomedes y Antíloco. De Diomedes el Tidida, marido de Egialea,
ya hemos hablado y todavía hemos de referirnos a él *(Il.* II 567; V 412; VI
232-236 —encuentro de Glauco y Diomedes—; XXIII 472). A Antíloco, el
hijo de Néstor, ya lo conocemos *(Il.* IV 457; V 565) y todavía hemos de
aludir a él tanto en la *Ilíada (Il.* XIII 93; 554; XV 569; XVI 320), como en
la *Odisea (Od.* III 452; IV 187).

magnánimos guerreros
de escudos pertrechados.
A él, justamente, que de pie estaba
esperándole, clavóle su pica
el hijo de Atreo, Menelao,
famoso por su lanza,
que en plena clavícula acertóle;
y Antíloco a Midón hirió, el auriga   580
escudero, noble hijo de Atimnio [43],
(él estaba haciendo dar la vuelta
a sus potros de cascos sin fisura)
con una piedra habiéndole acertado
en la mitad del codo plenamente,
y, claro está, de sus cerradas manos
al suelo se cayeron,
entre el polvo, las riendas,
blancas por el marfil.
Y Antíloco, de un salto, abalanzóse
sobre él y atravesóle
con su espada la sien, y él, jadeando,   585
cayóse de su carro bien labrado,
cabeza abajo, sobre cráneo y hombros,
entre el polvo, y, por muy largo tiempo
permanecía enhiesto, pues topara
con arena profunda,
hasta el momento en que sus dos caballos,
con él chocando, lo echaron a tierra
entre el polvo; y Antíloco a ellos
los fustigó y llevólos por delante
al campamento aqueo.

[*Hazañas de Héctor, Diomedes y Ayante*]

Y Héctor, que los vio entre las filas,   590
lanzóse contra ellos dando gritos,
e íbanle en seguimiento, justamente,
sólidos escuadrones de troyanos,
pues los capitaneaban Ares y Enio [44],

_____

[43] Midón, hijo de Atimnio, un licio, era el auriga de Pilémenes, muerto
a manos de Antíloco.
[44] La diosa Enio ya ha aparecido en este mismo canto. Cfr. nota 30.

la soberana, llevando en sus manos
el tumulto procaz de la refriega,
mientras Ares su lanza gigantesca
blandía entre las palmas de sus manos
y a un lado y otro iba, unas veces   595
delante de Héctor y por detrás otras.
Y, al verlo, estremecióse Diomedes
por el grito de guerra distinguido.
Y como cuando un hombre,
que andando va por inmensa llanura,
se detiene impotente en la ribera
de un río que al mar fluye hacia adelante
con veloz curso, y, al verlo bullir
con espuma, se vuelve a la carrera,
así se iba entonces   600
el hijo de Tideo retirando,
y a sus huestes de esta manera dijo:
«¡Cómo es que, ciertamente,
nos quedamos, amigos, admirados
de Héctor el divino, de que sea
un lancero e intrépido guerrero,
cuando a su lado siempre un dios se encuentra
que el desastre le aparta!;
también ahora Ares, a su lado,
aquél de allí, le asiste, parecido
a un guerrero mortal.
Pero, ¡venga!, siempre de cara vueltos   605
a los troyanos, hacia atrás ceded,
y no os lancéis, por vuestro ardor movidos,
a combatir con brío con los dioses.»
Dijo así, y los troyanos se llegaron
muy al alcance de ellos. Allí Héctor
dos varones mató en la lucha expertos,
que en un mismo carro se encontraban,
Anquíalo y Menestes [45]. Y de ellos,   610
caídos, piedad hubo el gran Ayante,
hijo de Telamón, que, avanzando,

---

[45] Nada más sabemos de estos griegos que resultaron víctimas de
Héctor.

muy cerca se detuvo y arrojó
su brillante azagaya
y a Anfio [46] acertó,
de Sélago el hijo,
que en Peso [47] habitaba, justamente,
rico de posesiones y cosechas;
mas el destino a él le conducía
a ir, en calidad de aliado,
a alinearse con Príamo y sus hijos.
A éste, pues, en el cinto alcanzóle   615
Ayante Telamonio, cuya lanza
de alargada sombra
clavada le quedó en el bajo vientre,
y, al caer, produjo un ruido sordo.
Y el ilustre Ayante
corriendo se lanzó
a despojarle de su armadura;
mas los troyanos sobre él derramaron
resplandecientes y agudas lanzas,
de las que muchas recibió su escudo.
Pero él, poniendo el pie sobre el cadáver,   620
la broncínea lanza arrancóle;
mas de sus hombros quitarle no pudo
de su hermosa armadura lo restante,
pues acuciado estaba por los dardos.
Pero él temió la sólida defensa
a un costado y otro del cadáver
por parte de troyanos aguerridos,
que, en gran número y bravos,
estaban firmes haciéndole frente,
sus lanzas empuñando,
y a él, aunque alto y fuerte   625
y magnífico era,
de su lado fuera le rechazaron;
y, sacudido con violenta fuerza,
retrocedió Ayante.

---

[46] No se debe confundir a este Anfio con su homónimo de *Il.* II 830.
Este es hijo de Sélago; el otro, en cambio, es hijo de Mérope.
[47] Peso, que en *Il.* II 828 se llama Apeso, era una ciudad situada en la
Propóntide, que estaba cerca de Lámpsaco y que había enviado tropas en
auxilio de los asediados troyanos.

Así ellos se esforzaban
en la feroz refriega,
cuando a Tlepólemo el Heraclida [48],
valiente y alto, puso en movimiento
el destino imperioso,
para ir a enfrentarse a Sarpedón [49],
semejante a los dioses.
Y cuando, frente a frente avanzando,   630
cerca el uno del otro se encontraba,
el hijo y el nieto
de Zeus el juntanubes,
Tlepólemo, el primero, dirigióle
la palabra, diciendo de esta guisa:
«Sarpedón, de los licios consejero,
¿qué te obliga a estar acurrucado,
una vez que ya te encuentras aquí,
como varón que eres realmente
en la lid inexperto?
Mienten los que afirman que tú eres   635
descendiente de Zeus
que la égida porta,
pues muy atrás te hallas
de aquellos hombres que de Zeus nacieron
en las generaciones anteriores.
Pero ¡qué hombre grande, según dicen,
fue mi padre, Heracles valeroso,
de coraje atrevido
y corazón de león!, que un día,   640
viniendo aquí por mor de los caballos

---

[48] Tlepólemo es hijo de Heracles y de Astoquia; se vio forzado a huir por causa de un homicidio involuntario y se refugió en Rodas, donde fue acogido como suplicante y llegó a ser rey. Cfr. *Il.* II 653; 657; 661; V 628; 631; 632; 648; 656; 660; 668. Era, por ser hijo de Heracles, nieto de Zeus.
[49] Sarpedón, hijo de Zeus y capitán de los licios, aliados de los troyanos, tuvo por madre a Laodamia, la hija de Belerofonte. Cfr. *Il.* II 876; V 633; XII 392; XVI 464; muere a manos de Patroclo, *Il.* XVI 480 y ss.; sobre su entierro, cfr. *Il.* XVI 667.

de Laomedonte [50], con sólo seis naves
y número escaso de varones,
de Ilio saqueó la ciudadela
y las calles dejólas de hombres viudas [51].
Tú, en cambio, tienes alma de cobarde,
pues consumiendo se te van las huestes.
Y en absoluto creo que a ser llegue
una defensa para los troyanos
el que tú hayas venido desde Licia,
ni aunque fuerte seas en extremo,
antes bien, por debajo de mis manos
domado, pasarás las puertas de Hades [52]».
Y a él, replicando, a su vez, le decía
Sarpedón el caudillo de los licios:
«Tlepólemo, en efecto, destruyó
aquel varón la sagrada Ilión
por las insensateces de un hombre,
del noble Laomedonte,
que, a quien bien le hiciera, le había   650
con malvadas palabras increpado
y no había entregado los caballos
por los que había venido desde lejos;
pero a ti, te aseguro que aquí
por obra mía habrán de alcanzarte
la muerte y la Parca, domeñado
bajo mi lanza para darme gloria
a mí, y dar tu alma
a Hades por sus corceles famoso.»
Dijo así Sarpedón, pero, su lanza,   655
Tlepólemo, de fresno levantara;
y de las manos de los dos a un tiempo
las largas picas salieron lanzadas.
Sarpedón le acertó en mitad del cuello
y la punta pasóle, dolorosa,
de un extremo al otro, y a él

---

[50] Son los caballos que Zeus regalara a Tros (cfr. *Il.* V 265 y ss.) y que
Laomedonte había prometido a Heracles si liberaba a su hija Hesíone del
monstruo marino.
[51] Cfr. Virgilio, *Eneida* VIII 571 *tam multis viduasset civibus urbem.*
[52] Cfr. *Il.* XXIII 71.

la noche tenebrosa le cubrió,
posándosele encima de los ojos;
y Tlepólemo, entonces, justamente,   660
le había acertado en el muslo izquierdo
con su larga azagaya cuya punta,
llena de ansia, lo había atravesado,
rozándole el hueso, pues su padre,
por esa vez aún, en su favor
le apartó la ruina.
Entonces sus divinos compañeros
a Sarpedón, comparable a los dioses,
iban sacando fuera del combate,
pero, al irle arrastrando, le agobiaba
la larga lanza; en efecto, nadie,   665
consigo mismo había meditado
ni pensado en sacársela del muslo,
para que el pie pudiera asentar;
tanta prisa se daban, pues tenían,
en la dura contienda 53,
trabajo tanto en ocuparse de él.
A Tlepólemo, por el otro lado,
los aqueos de hermosas canilleras
lo iban sacando fuera del combate;
mas de ello percatóse Odiseo,
que un ánimo tenaz tiene en su pecho,
y el corazón lanzósele vehemente
y en su ánimo y su mente dudó luego   670
si perseguir debía aún más lejos
él al hijo de Zeus resonante,
o bien a mayor número de licios
arrancarles el hálito de vida.
Mas, sin duda, tampoco
por la suerte estaba decretado
a favor del magnánimo Odiseo
que matara con su agudo bronce   675
al bravo hijo de Zeus;
por eso, justamente, Atenea

---

53 *Pónos,* voz que aparece en el original, significa «trabajo que se realiza
en la contienda».

hacia la muchedumbre de los licios
su ánimo dirigióle. Y él entonces
a Cérano mató
y a Alástor, a Cronio y Alcandro,
a Halio, Prítanis [54] y Noemón,
y aún hubiera matado más guerreros
de los licios el divino Odiseo,
si el grande Héctor de brillante yelmo   680
de ello no se hubiera dado cata
con su mirada aguda. Y así,
pertrechado de yelmo relumbrante,
se puso a andar por entre los guerreros
que combaten en las primeras filas,
a los dánaos llevándoles espanto,
y, como es natural, se alegró
Sarpedón, de Zeus hijo,
de que se le acercara,
y le dijo palabras lastimosas:
«A consentir, Priámida, no vayas
que, presa de los dánaos, aquí quede   685
yo en el suelo tendido; antes bien,
defiéndeme; que luego me abandone
en vuestra villa el tiempo de la vida,
puesto que, claro está, yo no debía
regresar a mi casa,
a la querida tierra de mis padres,
para ser regocijo
de mi querida esposa
y de mi tierno hijo.»
Así dijo, mas nada contestóle
Héctor, héroe del yelmo refulgente;
antes bien, de un salto,   690
pasó de largo y se lanzó adelante,
deseando ardientemente cuanto antes
a las argivas huestes rechazar
y arrancarles a muchos el aliento.

---

[54] Cérano es también el nombre del escudero de Meríones *(Il.* XVII
611). Alástor y Cromio son nombres de licios que ya han aparecido en el
poema *(Il.* IV 295). Noemón se llama también el compañero de Antíloco
(Il. XXIII 612).

Ellos, pues, sus divinos compañeros,
a Sarpedón, a dioses comparable,
le asentaron debajo de una encina
de Zeus portaégida, muy bella,
y al punto de su muslo sacó fuera
la lanza de madera
de fresno el valiente Pelagón,   695
que era su querido compañero.
Mas le abandonó el alma y derramóse
encima de sus ojos una niebla.
Pero de nuevo recobró el aliento,
pues el soplo del Bóreas,
encima de él soplando, le animaba,
a él que el hálito echaba malamente.
Y los argivos bajo la presión
de Ares y de Héctor,
el del yelmo de bronce, ni, huyendo,   700
hacia adelante ya se dirigían,
a embarcarse en sus negras naves,
ni tampoco enfrente se ponían
de ellos en la batalla,
sino que hacia atrás constantemente
terreno iban cediendo,
desde que se enteraron de que Ares
estaba entre los teucros combatiendo.
¿A quién allí el primero?,
¿a quién allí el último mataron
Héctor, hijo de Príamo, y Ares,
dios de bronce? A Teutrante,   705
comparable a los dioses, y después
a Orestes, domador de caballos,
y a Treco el lancero de Etolia,
y a Enómao y a Héleno el Enópida,
y a Oresbio, el de la faja abigarrada [55],
que en Hila habitaba,

---

[55] Orestes y Enómao son también nombres de troyanos (cfr. *Il.* XII 139
y ss.). Teutrante era de Magnesia. Treco era de Etolia. También Enómao
era etolio. En cuanto a Héleno el Enópida (hijo de Enops), tiene el mismo
nombre que un troyano, el famoso hijo de Príamo, que era el mejor
vidente de los troyanos *(Il.* VI 76; XIII 576; XXIV 249).

en sus riquezas muy interesado,
de la laguna del Cefiso [56] al borde;
y otros beocios junto a él vivían   710
que una región muy pingüe ocupaban.

[Intervienen Hera y Atena]

De ellos, pues, cuando se hubo percatado
la diosa, Hera la de blancos brazos,
de cómo iban diezmando a los argivos
en medio de la violenta refriega,
al punto, a Atenea
le dirigía aladas palabras:
«¡Ay, ay, hija de Zeus
portador de la égida, incansable,
sí que es vana en verdad
la promesa que a Menelao hicimos   715
de que habría de regresar a casa
tras haber devastado
Ilio la bien murada,
si dejamos que así el funesto Ares
esté enfurecido!
Mas, ¡venga ya!, pensemos
también nosotras dos
en la fuerza impetuosa.»
Así dijo, y la diosa,
Atenea la de ojos de lechuza,
no desobedeció.
Y poniéndose Hera a la faena,   720
sus potros equipaba
de frontales de oro,
la augusta diosa hija del gran Crono;
y Hebe [57] con presteza encajó
a ambos lados del carro curvas ruedas
de bronce, de ocho radios,
en las dos puntas del eje de hierro.
Sus llantas son, por cierto,

---

[56] El río Cefiso desembocaba en el lago Copais, por lo que esta laguna
se llamaba también «Cefíside» o del Cefiso.

[57] Cfr. *Il*. IV 2.

de oro incorruptible; y por encima   725
aros de bronce van fijos a ellas,
cosa que al verla causa maravilla;
los cubos son de plata,
giratorios, del carro a los dos lados;
y el asiento del carro se sostiene
con bien tensas correas de oro y plata,
y doble barandilla lo circunda.
Del asiento salía
el argénteo timón, a cuyo extremo
ató la diosa el hermoso yugo   730
de oro y en él puso
los hermosos y áureos petrales,
y unció bajo el yugo sus caballos
de pies veloces Hera,
de la reyerta ansiosa y de la grita.
Por su parte, Atenea,
de Zeus portaégida la hija,
dejó caer al suelo
del paterno umbral su fino peplo,
recamado, que ella en persona   735
había trabajado con sus manos,
aplicando a él arte y esmero;
y se puso la túnica de Zeus,
el que amontona nubes, y después
se armaba con las armas
para ir a la guerra lacrimosa.
Y a uno y otro lado de sus hombros
la égida se echó llena de franjas,
terrible, pues en torno de ella están
dispuestos por doquier, como en corona,
la Fuga, la Contienda,   740
y la Defensa y el helado Ataque
y la cabeza, horrible y espantosa,
de la Gorgona, horroroso monstruo,
de Zeus portaégida el portento.
Y sobre su cabeza colocóse
yelmo de dos cimeras
y de cuatro bollones,
ornado con figuras
de soldados de a pie de cien ciudades.

En el carro montó resplandeciente
como la llama, con sus propios pies,
y empuñaba la lanza   745
pesada, grande y fuerte con que doma
filas de héroes guerreros contra quienes
estuviera irritada, ella misma,
la diosa cuyo padre es poderoso.
Y Hera, rápidamente, con la fusta,
claro está, fustigaba los caballos
con un golpe suave y con cuidado;
y por sí mismas las puertas del cielo
rugieron al abrirse, esas puertas
que las Horas tenían a su cargo
(a quienes les están encomendados   750
el elevado cielo y el Olimpo),
bien para abrirlas,
empleando espesa nube como tranca,
o bien para cerrarlas.
Por allí, a través de ellas dirigían
sus caballos a golpe de aguijón.
Y al hijo de Crono encontraron
sentado aparte de los demás dioses
en la más alta cumbre
del Olimpo de cimas numerosas.
Allí paró la diosa los caballos,   755
Hera de blancos brazos, y a Zeus
hijo de Crono y el dios supremo,
dirigió la palabra y preguntaba:
«Padre Zeus, ¿con Ares no te indignas
por esas obras de tanta violencia?
¡Cuánta gente y de qué calidad,
de las huestes aqueas integrantes,
en vano aniquiló y no en buen orden,
un dolor para mí, mientras que ellos,
Cipris y Apolo, el del arco de plata,   760
tranquilos se deleitan
tras haber azuzado [58] a ese insensato
que no conoce ley ni norma alguna!

---

[58] Cfr. *Il.* V 454 y ss.

Padre Zeus, ¿entonces,
te enfadarás, por ventura, conmigo
si, habiéndolo golpeado
penosamente, a Ares
echo fuera del campo de batalla?»
A ella, en respuesta, dijo Zeus,
el que nubes reúne:
«¡Venga, pues!, contra él lanza   765
a Atenea, la diosa apresadora,
quien más que nadie suele
a los crueles dolores arrimarle.»
Así dijo, y la diosa,
Hera de blancos brazos,
no desobedeció; y sus caballos
fustigó y, no sin gana,
los dos potros emprendieron el vuelo
entre la tierra y el cielo estrellado.
Y cuanto trecho de un brumoso espacio   770
con sus ojos divisa,
mirando a la alta mar color de vino,
un varón que sentado
está en una atalaya,
sobre ese trecho saltan los caballos,
de agudos relinchos, de las diosas.
Mas cuando ya llegaron
a Troya y las corrientes de ambos ríos,
allí donde confunden sus caudales
el Simoente y el Escamandro,
allí asentó la diosa sus caballos,   775
Hera de blancos brazos,
habiéndolos del carro desuncido,
y vertió en torno de ellos densa bruma;
y para ellos, para que pastaran
hizo brotar el río Simoente
una hierba divina.
Y a andar se pusieron las dos diosas,
a tímidas palomas,
por los pasos que daban, semejantes,
ansiosas de apartarles los peligros
y defender a los hombres argivos.
Pero cuando ya justo iban llegando   780

al lugar en que estaban a pie firme
los más valientes y más numerosos,
apiñándose unos junto a otros
a ambos lados del fuerte Diomedes,
domador de caballos, parecidos
a leones que comen carne cruda,
o a cerdos jabalíes, cuya fuerza
no es endeble, allí paró la diosa
Hera de blancos brazos,
y un grito lanzó bajo apariencia   785
del magnánimo Esténtor [59],
el de la voz de bronce,
que emitir solía voz tan fuerte
como un conjunto de cincuenta hombres:
«¡Vergüenza, argivos, cobardes infamias,
de apariencia admirables!
En tanto que a la guerra acudía
Aquiles el divino, los troyanos
jamás se atrevían   790
a traspasar las Dardáneas puertas [60],
pues de él temían la robusta lanza;
ahora, en cambio, lejos de la ciudad,
sobre las naves cóncavas combaten.»
Dijo así, y excitó
de cada cual su ánimo y coraje.

[*Reprobación estimuladora de Diomedes*]

Y al hijo de Tideo Atenea,
la diosa, la de ojos de lechuza,
a buscarle lanzóse, y lo encontró

---

[59] Sólo en este pasaje aparece nombrado Esténtor, cuya voz, sin embargo, fuerte como el bronce, se convirtió en refrán y dio lugar al adjetivo «estentóreo», que, con el significado «potente», se aplica a la voz. El propio nombre Esténtor es un nombre parlante, que significa «bramador», «rugidor», como *Mástōr* significa «rastreador», pues, respectivamente, se relacionan con los verbos *sténō* («producir un sonido sordo, como un bramido, mugido o gemido») y *maíomai* («buscar»).

[60] También llamadas «Esceas». Cfr. *Il.* III 145. Sobre las puertas Dardáneas, cfr. *Il.* XXII 194; 413.

a él, el soberano[61],
al lado de su carro y sus caballos,
la herida refrescando   795
que Pándaro le hiciera con la flecha.
Pues el sudor estábale agobiando
por debajo de la ancha correa
que el bien redondo escudo sujetaba;
con el sudor sentíase agobiado,
y su brazo, cansado lo sentía,
de modo que, teniendo la correa
levantada, limpiábase la sangre
tan negra de color cual nubarrones.
Y la diosa sobre el yugo del carro
puso la mano y a voces dijo:
«¡Qué poco a él parecido ha sido el hijo   800
que engendrara Tideo!
Tideo, que lo sepas, de estatura
era bajo, mas todo un luchador.
Pues, justamente, incluso cuando yo
no le daba permiso
para que combatiera y entre todos
brillante destacara, y cuando, aparte
de las huestes aqueas,
entró en Tebas como mensajero[62]
y entre muchos cadmeos se encontró,
y yo le había mandado que tranquilo
gozara del festín en el palacio,   805
mas esforzado el ánimo teniendo,
tal cual antes solía, desafiaba
a combatir a los mozos cadmeos
y a todos fácilmente vencía;
tal era yo de él socorredora.
En cambio, en ti, aunque, en verdad, me pongo
a tu lado y aunque te vigilo
y con benevolencia te exhorto   810

---

[61] Diomedes.
[62] Durante la guerra de Polinices contra su hermano Eteocles, rey de
Tebas, Tideo, que era un exiliado refugiado en Argo junto a Adrasto, fue a
Tebas en calidad de mensajero y allí venció en competiciones guerreras a
muchos tebanos o cadmeos (descendientes de Cadmo, que fuera fundador
de la ciudad de Tebas). Cfr. *Il.* IV 384 y ss.

a que combatas contra los troyanos,
sin embargo, o dentro de tus miembros
se ha metido el cansancio de la lucha
de múltiples asaltos, o ya el miedo,
de alguna manera,
sin ánimo te tiene;
de ningún modo tú, al menos, eres,
después de esto, retoño de Tideo
el hijo de Eneo aguerrido.»
A ella, respondiendo, dirigióle
el fuerte Diomedes la palabra:
«Bien te conozco, diosa, hija de Zeus,   815
el portador de la égida; por eso
te diré unas palabras
de buena gana, sin ocultar nada:
Ni miedo alguno ni indecisión
sin ánimo me tienen; al contrario,
las órdenes recuerdo todavía
que me diste: tú no me permitías
que de frente luchara
contra los dioses bienaventurados,
contra los demás todos,   820
pero si Afrodita, hija de Zeus,
entrara en la batalla,
que a ella sí la golpeara
con el agudo bronce.
Por eso ahora yo mismo me retiro
y a los demás argivos ordené
que aquí bien juntos todos se apiñaran,
pues reconozco a Ares, que mandando
va a través del combate.»
A él luego respondíale la diosa,   825
Atenea la de ojos de lechuza:
«Diomedes, el hijo de Tideo,
caro a mi corazón, a Ares no temas
al menos por lo que a esto respecta,
ni a ningún otro de los inmortales;
pues tal yo soy de ti socorredora.
Al contrario, ¡venga ya!, contra Ares,
el primero de todos,
dirige los solípedos caballos

y desde cerca aséstale un golpe,   830
y no sientas respeto
por el ardiente Ares,
ése que allí se mueve enfurecido,
hecho una cosa mala, valeidoso,
que a mí y a Hera, hace poco,
con sus palabras nos aseguraba
que lucharía contra los troyanos
y a los argivos los ayudaría;
ahora, en cambio, está en medio de los teucros
y de los otros se ha olvidado.»
Habiendo dicho así, empujó a tierra   835
a Esténelo del carro, con su mano
habiendo de él tirado hacia atrás,
y él entonces saltó rápidamente
abajo. Y la diosa en el carro
montaba, enardecida,
al lado del divino Diomedes,
y rechinó con agudo chirrido,
al soportar su peso, el eje de haya;
pues llevaba a una tremenda diosa
y a un guerrero excelente.
Cogía tralla y riendas   840
Palas Atena; al punto, contra Ares,
el primero de todos,
guiaba los solípedos caballos.
Él estaba, por cierto, a Perifante [63],
enorme, de sus armas despojando,
con mucho el mejor de los etolios,
de Oquesio el hijo ilustre;
a él Ares asesino despojaba;
y Atena el yelmo de Hades se calaba,   845
para que no la viera el fuerte Ares [64].

[Ares es herido]

Cuando Ares, ruina de mortales,
atisbó al divino Diomedes,

---

[63] Hijo de Oquesio, etolio. Hay otro Perifante, heraldo troyano, hijo de
Epito.
[64] Cfr. Hesíodo, *El Escudo* 227.

él, en verdad, dejó estar allí mismo
tendido al gigantesco Perifante,
donde primeramente, al darle muerte,
estábale el aliento arrebatando,
y se puso a andar derechamente
hacia Diomedes, domador de potros.
Y cuando ya los dos,   850
avanzando el uno contra el otro,
cerca se encontraban,
hacia adelante Ares se tendió,
por encima del yugo y de las riendas
de su carro, con su broncínea lanza,
deseando ardientemente a Diomedes
el hálito vital arrebatarle.
También la lanza esta, exactamente,
tomándola en su mano
la diosa, Atenea,
la de ojos de lechuza,
la rechazó, haciendo que volara
por debajo del carro, ya inútil.
En segundo lugar y por su parte,   855
se echaba hacia adelante Diomedes,
por el grito de guerra distinguido,
y la lanza apoyó Palas Atena
contra el bajo vientre del dios Ares,
donde ceñir solía su ventrera.
Allí, pues, le acertó y le asestó el golpe,
y le despedazó la piel hermosa.
Y de nuevo la lanza extrajo fuera,
y dio un gran grito el broncíneo Ares
tan potente como el grito de guerra   860
que mueve mil o bien diez mil guerreros
lanzan en el combate
cuando unos contra otros van trabando
la reyerta de la feroz campaña.
De ellos, pues, aqueos y troyanos,
se apoderó, aterrados, un temblor;
tan formidable fue el grito de Ares,
insaciable de guerra.
Cual tenebrosa bruma aparece
saliendo de las nubes; cuando un viento   865

de huracanado soplo se levanta
a causa del calor, de esa manera
a Diomedes, el hijo de Tideo,
se le iba apareciendo Ares de bronce
con las nubes marchando al ancho cielo.
Y ágilmente alcanzaba
la sede de los dioses,
el escarpado Olimpo
y junto a Zeus, el hijo de Crono,
iba tomando asiento,
en su alma contristado,
y mostróle su sangre inmortal   870
chorreando de la reciente herida,
y, en medio de gemidos que exhalaba,
le dirigía aladas palabras:
«Padre Zeus, ¿así que no te indignas
contemplando estas obras tan violentas?
Siempre estamos los dioses soportando,
que lo sepas, los peores tormentos,
los unos a instigación de los otros,
por dar gusto a los seres humanos.
Pero todos estamos
contigo airados, porque tú pariste
a esa hija insensata y funesta,
que se encuentra ocupada de continuo
en perpetrar maldades.
Pues todos los demás,
cuantos dioses en el Olimpo moran,
te obedecen y uno tras otro
te estamos sometidos; mas a ésa
ni de palabra ni de obra nunca
te diriges; antes bien, al contrario,
rienda suelta le das, pues tú en persona   880
la engendraste a esa hija destructora,
que ahora al soberbio Diomedes,
el hijo de Tideo, lo azuzó
para que enfurecido
se enfrentara a los dioses inmortales.
Primero, a Cipris la hirió de cerca
la mano, en la muñeca,
y luego se lanzó sobre mí mismo,

[251]

a una deidad igual.
Pero mis pies ligeros me libraron,   885
pues en caso contrario, de verdad
por largo tiempo yo allí sufriría,
entre horribles cadáveres, suplicios,
o bien, vivo, me habría quedado
impotente por los golpes del bronce.»
A él, mirándole de abajo arriba,
replicó Zeus, el que junta nubes:
«No me vengas ahora, veleidoso,
sentado cabe mí, con gimoteos.
Pues para mí eres el más odioso   890
de los dioses que ocupan el Olimpo;
porque siempre a tu gusto se acomodan
la disensión, y guerras y batallas.
De tu madre tú tienes el coraje
incontenible e intransigente,
de Hera, a la que yo con gran esfuerzo
consigo dominar con mis palabras;
por eso creo que tú ahora sufres
por las instigaciones de esa diosa.
Sin embargo, no voy a soportar   895
que tú sigas sufriendo mucho tiempo,
pues que de mí procedes por tu casta
y para mí tu madre te parió.
Pero si de algún otro de los dioses
tan destructor hubieras tú nacido,
ya hace tiempo estarías más abajo
de donde están los hijos de Urano [65]».
Dijo así, y ordenaba
que Peón le curara;   900
y a él Peón encima de la herida
remedios le esparció que el dolor matan
y le curó, pues no era, ciertamente,
mortal, en modo alguno,
por su constitución, ni mucho menos.

---

[65] Los Titanes, hijos de Urano, que habían reinado entre los dioses antes
de que Zeus ocupara el trono, fueron precipitados por éste al abismo del
Tártaro.

Como cuando el jugo de la higuera
la blanca leche cuaja prestamente,
aunque antes era líquida y fluida,
y muy rápidamente se coagula
en derredor para el que la bate,
precisamente así, muy prontamente,
curó él a Ares el impetuoso.
Y Hebe lo bañó, y lo vistió
poniéndole gentiles vestiduras;   905
y al lado de Zeus, hijo de Crono,
tomaba el dios asiento,
ufano de su fuerza extraordinaria.
Y ellas, por su parte, regresaban
al palacio de Zeus, el gran dios,
Hera la argiva y Atena la diosa
de Alalcómena⁶⁶, una vez que a Ares,
estrago de mortales,
le hicieron desistir de sus matanzas.

El divino Calcante, que ayudó a los griegos durante la guerra de
Troya. Manuscrito de una Ilíada del siglo v

⁶⁶ Alalcómena es una pequeña población beocia en la que Atenea era
objeto de especialísima veneración. Cfr. *Il.* IV 8.

CANTO VI

La conversación de Héctor y Andrómaca*

[La victoria aquea]

De troyanos y aqueos   1
la terrible refriega

---

* Este canto engarza con el final del anterior; pero en él Diomedes
aparece ya en segundo plano. Los dioses han dejado solos a los hombres, a
ambos bandos de contendientes, aqueos y troyanos, y a partir de este punto
se desarrollan tres temas principales: en primer lugar, la continuación de la
lucha. Viene luego el episodio de Glauco y Diomedes, y, finalmente,
contemplamos a Héctor en Troya. Los cinco primeros versos recogen el
final del canto V: los dioses habían tomado parte en la batalla y Diomedes,
secundado por Atenea, había herido nada menos que a Ares, y, además, a
Afrodita. Hera y Atena volvieron al Olimpo y se quedan solos los hombres
en el campo de combate (1-5). Siguen tres escenas que responden a tres
éxitos particulares de tres héroes concretos: Áyax (5-11), Diomedes (12-19)
y Euríalo (20-28). Luego, en ocho versos siete griegos matan a siete
adversarios troyanos, feroz refriega; los griegos matadores fueron: Polipetes, Odiseo, Antíloco, Agamenón, Leito y Eurípilo. La superioridad de los
griegos sobre los troyanos es, pues, manifiesta y está al margen de toda
duda. El poeta, sin embargo, comenta con *páthos,* con mucho sentimiento,
la muerte de Áxilo, varón bueno y hospitalario, que combatiendo en el
bando troyano había caído a manos de Diomedes (14-17). Héctor se retira
del combate para dar instrucciones en Troya, aunque da la impresión de
que esta retirada no es más que un pretexto para preparar la sublime escena
del encuentro de Héctor y Andrómaca (394-502). Entre los versos 119 y
236 se desarrolla otro encuentro también famoso: el de Glauco y Diomedes, quienes, refiriendo sus respectivas genealogías y contando Glauco la
historia de Belerofonte —episodio en el que se encierra un lejano recuerdo

[254]

a sí misma abandonada, se quedó[1]
y de aquí para allá, por la llanura,
se enderezó la lucha en mil sentidos,
dirigiendo los unos a los otros
sus lanzas rematadas
en bronce, en medio de las dos corrientes,
la del Janto y la del Simoente.
Ayante Telamonio, valladar   5
de las huestes aqueas[2],
fue el primero en romper
la línea de combate
de un batallón troyano,
e hizo brillar la luz
para sus compañeros,
alcanzando a un varón[3]
que entre los tracios
era el más distinguido por su hechura,
al llamado Acamante[4],
el noble y gigantesco hijo de Eusoro[5].
A éste, pues, el primero,
le alcanzó en la cimera
del yelmo guarnecido
de un espeso penacho
de crines de caballo,
y en la frente clavóle
la lanza, cuya punta
de bronce penetró dentro del cráneo[6],   10

---

de la escritura—, van dando tiempo a Héctor de llegar a Troya. Una vez allí, el héroe conversa con mujeres troyanas, con su madre Hécaba, con su cuñada Helena, causante de la penosa guerra que tantas lágrimas arranca y tanto dolor está infligiendo, y, por último, con Andrómaca su esposa (394-502). A partir del verso 503 se nos ofrece el contraste entre Héctor, el héroe que, aunque inocente, no vacila en sacrificarse por su patria Troya, y Paris, culpable y egoísta, que sólo piensa en sí mismo, comparado por el poeta, en bello símil, a un caballo galopando por la llanura.

[1] Cfr. *Il.* V 907-909.
[2] Cfr. *Il.* III 229; *Il.* VII 211.
[3] Cfr. *Il.* IV 459-461.
[4] Cfr. *Il.* V 462; *Il.* II 844.
[5] *Eusoro* es un nombre parlante. Significa «que tiene buenos montones de trigo», es decir, «opulento».
[6] Cfr. *Il.* IV 460.

y la tiniebla le cubrió los ojos.
Y a Áxilo luego,
el hijo de Teutrante,
le mató Diomedes,
por el grito de guerra destacado,
Áxilo, que vivía
en la ciudad de Arisba bien fundada,
opulento de bienes y recursos[7],
querido por la gente,
pues habitando una casita al borde
del camino, amistoso hospedaje
solía dar a todos[8].   15
Y, sin embargo, de entre aquellos todos
a los que él sirviera,
nadie vino a ponérsele delante
ni logró conjurarle
la muerte luctuosa;
mas a él en persona
y también a Calesio[9], su escudero,
que a sus órdenes, justamente, entonces,
como auriga, sus potros conducía,
a entrambos Diomedes
arrancóles el alma,
y entrambos bajo tierra penetraron[10].
Mató a Dreso y Ofeltio   20
Euríalo[11], y marchóse
en pos de Esepo[12] y Pédaso[13], a los cuales
antaño Abarbarea,

---

[7] Cfr. *Il.* V 544; XXIII 122.

[8] Era, por consiguiente, Áxilo, un ejemplo de varón hospitalario, un dechado o muestrario de hospitalidad, virtud que era un deber religioso para los griegos.

[9] *Calesio* es un nombre parlante. Tiene que ver con la raíz del verbo *kaléō*, que significa «llamar», convocar», invitar», de modo que *Calesio* vendría a ser equivalente a «que invita» o «que llama».

[10] Es decir: se fueron al mundo de los muertos, que está bajo tierra. Véase *Od.* XXIV 106.

[11] Cfr. *Il.* II 565.

[12] Llamado así por el río troyano Esepo. Cfr. *Il.* II 825.

[13] Se debe este nombre al de la ciudad troyana Pédaso. Cfr. *Il.* II 825; *Il.* VI 35.

la ninfa de las aguas [14], los pariera
para el intachable Bucolión.
Y era Bucolión hijo
del noble Laomedonte,
el mayor en edad, a quien su madre
en secreto pariera;
estaba apacentando sus ovejas   25
cuando a ella se unió en amor y lecho,
y ella concibió y parió gemelos.
Y a ellos el ardor
y los brillantes miembros
desatóles el hijo
de Mecisteo [15], y, luego, de sus hombros
las armas como presa, les quitaba.
A Astíalo después
matóle Polipetes [16],
el que aguanta el embate de la guerra;
a Pidites Percosio [17]   30
lo abatió Odiseo
con su lanza de bronce,
y Teucro [18] le dio muerte
al divino Aretaon.
Antíloco el Nestórida, a Ablero
con su fulgente lanza aniquiló,
y a Élato [19] mató
Agamenón, el señor de guerreros;
él habitaba cabe los ribazos
del Satnioente [20] de bellas corrientes,
en Pédaso [21] escarpada;   35

----

[14] Cfr. *Il.* II 865.

[15] El Mecistíada o hijo de Mecisteo es el anteriormente nombrado
Euríalo; cfr. *Il.* VI 20.

[16] Polipetes es rey de los lapitas. Cfr. *Il.* II 740.

[17] De Percota. Cfr. *Il.* II 835.

[18] Teucro es hijo de Telamón y arquero. Cfr. *Il.* VIII 266-334; *Il.* XIII
313 y ss.

[19] Un lélege.

[20] Río de la región troyana de los léleges.

[21] Pédaso era la residencia del rey de los léleges Altes, cuya hija, Laótoa,
tenía Príamo como esposa. Aquiles destruyó esta ciudad; cfr. *Il.* XXI 86 y
ss.; XX 92. Los léleges que sobrevivieron lucharon a las órdenes de
Héctor.

y a Fílaco[22] que huía
cogióle el héroe Leito[23],
y Eurípilo[24] a Melantio[25] le dio muerte
y luego, justamente,
Menelao, por el grito destacado,
a Adrasto[26] cogió vivo,
porque sus dos caballos,
que espantados corrían por el llano,
en rama tropezaron
de tamarisco y el curvado carro
destrozaron por el timón extremo,   40
y los caballos mismos
a la ciudad se fueron,
a donde los demás, precisamente,
huyendo iban aterrorizados;
él, empero, cayóse
del carro, dando vueltas,
al lado de una rueda,
boca abajo, en el polvo, de cabeza.
Y, entonces, se plantó junto a él
Menelao el Atrida
empuñando una lanza
de prolongada sombra,
y Adrastro, al punto, luego,   45
le asió por las rodillas
y así le suplicaba:
«Captúrame con vida, hijo de Atreo,
y acepta tú por mí justo rescate;
muchos tesoros hay depositados
en casa de mi padre, hombre opulento:
el bronce, el oro, el hierro trabajoso,
de los cuales mi padre
rescate inmenso a gusto te daría,

---

[22] Fílaco es un troyano, aunque no parece ser el famoso Fílaco que asoma en *Il.* II 705; *Il.* XIII 698 y *Od.* XV 231.

[23] Rey de los beotos; cfr. II 494.

[24] Eurípilo es un caudillo tesalio; cfr. *Il.* II 736; *Il.* V 76 y ss.

[25] Este nombre aparece también en la *Odisea*.

[26] Este Adrasto no es el hijo de Mérope (*Il.* II 830, XI 329) ni el famoso rey de Sición (II 572; V 412; XIV 121; XXIII 347) ni el troyano que aparece en II 694.

si llegara a saber que yo estoy vivo
al lado de las naos de los aqueos» [27].   50
Así dijo, y a aquel le persuadía
el corazón por dentro de su pecho,
y ya, rápidamente, iba a entregarle
a su escudero porque lo llevara
a las veloces naos de los aqueos;
pero corriendo Agamenón salióle
al encuentro, y en tono de reproche
de este modo decía:
«¡Blandengue, Menelao!,   55
¿por qué precisamente tú te afliges
tanto por causa de los hombres estos?;
¿es que a ti te ha ocurrido en tu casa
lo mejor por parte de los troyanos? [28].
¡Ojalá que ninguno de ellos logre
de la muerte escarpada escabullirse
ni esquivar nuestras manos,
ni escape aquel, tampoco,
al que, siendo varón, llevar pudiera
en el vientre su madre!:
antes bien, ¡ojalá conjuntamente
de raíz perecieran
de Ilión los hombres todos
sin ser llorados y sin dejar rastro!»
Así dijo, y el héroe   60
hizo cambiar las mientes de su hermano
con su justo consejo, y éste, entonces,
al héroe Adrasto, con su propia mano,
a empujones de sí lo rechazó,
y, luego, Agamenón el poderoso
le hirió en el costado,

---

[27] Los mismos versos (VI 46-50) aparecen en *Il.* XI 131-135. Y los
versos 48-50 se repiten también en *Il.* X 379-381. El verso 48 es idéntico,
asimismo, a los de *Od.* XXI 10 y XIV 324.
[28] Pregunta irónica que alude al mal trato que sufrió, por parte de Paris,
Menelao en su propio palacio, en el que había sido hospedado el hijo de
Príamo. Alejandro, o Paris, si se prefiere, violando las leyes sagradas de la
hospitalidad, sedujo a la mujer (Helena) de quien le había albergado en su
propia casa (Menelao) y se la llevó a Troya, dando, así, lugar a una guerra
que costaría muchas vidas y lágrimas por ambos bandos.

y cayó aquel de espaldas,
y le pisó el Atrida [29],
colocándole el pie sobre su pecho,
y le arrancó la lanza   65
de madera de fresno.
Néstor, a voz en grito, por su parte,
arengó de este modo a los argivos:
«¡Héroes dánaos queridos,
servidores de Ares [30]!,
que nadie ahora se quede atrás
y se lance al despojo de las armas,
por volverse a las naves transportando
el botín más cuantioso;
antes bien, al contrario,   70
demos muerte a guerreros,
que ya luego podréis con toda calma
despojar de sus armas a los muertos
a lo largo de toda la llanura.»
Así dijo excitando
el coraje y vigor de cada uno.

[Héleno aconseja a Héctor]

Entonces los troyanos, por su parte,
a empuje del aqueo que ama a Ares,
subido habrían a la ciudadela
de Ilio hasta haber en ella entrado,
domados por sus propias cobardías [31],
si Héleno el Priámida,
con mucho el mejor de los augures,
no se hubiera plantado junto a Eneas   75
y al lado de Héctor,
diciéndoles así a uno y otro:
«Eneas y Héctor [32], puesto que reposa
sobre vosotros dos especialmente

---

[29] Agamenón.

[30] Este verso se repite en *Il.* II 110; XV 733; XIX 78.

[31] El mismo par de versos *(Il.* VI 73-74) reaparece en *Il.* XVII 319-320;
336-332.

[32] Eneas dirigirá las acciones guerreras de los troyanos cuando se
ausente Héctor.

el peso de la guerra
de troyanos y licios,
porque sois los mejores
para cualquier empresa,
para el combate y para trazar planes,
aquí mismo a pie firme deteneos   80
y retened las huestes
delante de las puertas,
y revistadlas por todos los frentes
antes que, una vez más,
puestos en fuga, caigan en los brazos
de sus mujeres y a ser causa lleguen
de regocijo para el enemigo.
Pero luego que ya hayáis animado
a todas las escuadras,
nosotros con los dánaos lucharemos,
aquí mismo a pie firme resistiendo,
aunque muy agotados nos hallemos   85
pues la necesidad es apremiante;
mas tú, Héctor, a la ciudadela
dirígete y en ella habla enseguida
con tu madre y la mía:
Que en el templo de Atena
de ojos de lechuza,
en lo más alto de la ciudadela,
reúna a las matronas,
y una vez haya abierto con la llave
las puertas de la casa sacrosanta,
el manto que más bello   90
y que a la vez más grande le parezca
de todos los que tenga en el palacio,
y el que con mucho sea para ella
misma el más querido,
lo ponga en las rodillas de Atenea [33],
la diosa de la bella cabellera,
y le haga voto de sacrificarle
doce novillas en su propio templo
añales y hasta entonces no aguijadas [34],

---

[33] El mismo verso en *Il.* VI 273; 303.
[34] Idéntico verso en *Il.* VI 275; 309.

si ella se compadece
de la ciudad y esposas de los teucros   95
y de sus hijos que son tiernos niños[35],
y si aparta de Ilio la sagrada
al hijo de Tideo[36],
ese feroz lancero,
inspirador vehemente de la fuga[37],
de quien yo con certeza
afirmo que se ha hecho
el más fuerte de todos los aqueos[38].
Ni de Aquiles siquiera
teníamos antaño tanto miedo,
capitán de guerreros,
de quien se dice, incluso,
que desciende de diosa[39].
Este, empero, en exceso se enfurece,   100
y nadie con él puede
en ardor igualarse.»
Así dijo, y Héctor
en nada desoyó
de su hermano el consejo.
Y, al instante, saltó a tierra del carro[40],
provisto de sus armas,
y, blandiendo dos aguzadas lanzas,
por doquiera sus tropas revistaba
exhortando a la lucha,   105
y al mismo tiempo iba
la terrible refriega despertando[41].
Y ellos giraron dándose la vuelta
y se quedaron frente a los aqueos,

---

[35] Estamos ante una fórmula. (Il. VI 276; 310; XVII 233).

[36] El verso del original se repite en Il. VI 277.

[37] Fórmula; cfr. Il. VI 278.

[38] En efecto, en el canto V había descollado Diomedes por sus proezas bélicas, mientras que al comienzo de este canto Ayante se pone en pie de igualdad con Diomedes (cfr. Il. VI 5; 12).

[39] En efecto, de la diosa marina Tetis.

[40] Cuando los troyanos, empujados por el acoso de los aqueos, habían comenzado a huir, Héctor había subido a su carro.

[41] Los versos 103-106 del original conforman una escena formular que se repite en Il. V 494-497 y XI 211-214.

y, así, retrocedieron los argivos
y pusieron ya fin a la matanza;
y aseguraban que un inmortal
del estrellado cielo había bajado
a defender a las huestes troyanas,
y que habíanse dado, así, la vuelta [42].

[Héctor arenga a los troyanos]

Y Héctor a los troyanos   110
a voz en grito así les arengó [43]:
«¡Arrogantes troyanos y aliados
que sois ilustres por lejanas tierras! [44],
sed varones, amigos,
y tened bien presente en la memoria
vuestro arrojo impetuoso [45],
mientras yo ahora a Ilio me encamino
y digo a los ancianos consejeros [46]
y a vuestras esposas
que a los dioses sus súplicas dirijan   115
y asimismo hecatombes [47] les prometan.»
Dijo así con voz clara,
y después se fue Héctor
de refulgente yelmo;
y por ambos extremos le golpeaba
el cuello juntamente y los tobillos
la negra piel que por el borde extremo
corría de su escudo abollonado.

[Glauco y Diomedes]

Y Glauco entonces, el hijo de Hipóloco,
y el hijo de Tideo

---

[42] *Sc.:* los troyanos.
[43] El verso 110 del original es formular: cfr. *Il.* VIII 172; *Il.* XV 346.
[44] El verso 111 del original reaparece en *Il.* IX 233.
[45] El verso 112 del original vuelve a aparecer en *Il.* VIII 174; XI 287; XV 487; 734; XVI 270; XVII 185.
[46] Es decir, los *gérontes* (ancianos y consejeros) a los que se mienta en III 149 («sentados estaban los ancianos del pueblo junto a las puertas Esceas»).
[47] Exactamente, «doce novillas», se dice en *Il.* VI 93.

en medio de ambos bandos coincidieron   120
los dos, ansiosos por entrar en liza[48];
y una vez que, avanzando frente a frente,
estaban cerca ya el uno del otro,
Diomedes, por su grito de guerra
destacado, tomando la palabra,
el primero, le dijo:
«¿Quién eres tú de los hombres mortales,
señor excelentísimo, pues nunca
te he visto en la batalla,
que es prez de varones,
anteriormente; y, sin embargo, ahora   125
a todos aventajas por tu arrojo
en gran medida, ya que tú mi lanza
de prolongada sombra resististe,
y eso que a mi ardimiento
tan sólo se enfrentan
los hijos de desventurados padres[49].
Mas si acaso del cielo has descendido
porque uno eres de los inmortales[50],
yo, al menos, no estaría dispuesto
a combatir con los celestes dioses.
Pues no llegó a vivir por largo tiempo   130
ni siquiera Licurgo[51] el poderoso,
el hijo de Driante,
aquel que, justamente, con los dioses
celestes porfiaba, el que antaño
a las nodrizas de Dioniso el dios,
mientras estaba éste
de furor poseído,
las iba persiguiendo

---

[48] El verso 120 del original reaparece en *Il.* XX 159; XXIII 814.

[49] El verso 127 del original reaparece en *Il.* XX 151. Entiéndase de este modo: A Diomedes sólo se enfrentan los hijos de desventurados padres, porque el feroz guerrero de los aqueos, a los padres de quienes le hacen frente, los priva de sus hijos, sumiéndolos, así, en gran desventura.

[50] El verso 128 del texto griego lo volvemos a encontrar en *Od.* VII 199.

[51] Licurgo, rey de Tracia, pretendió desterrar de su país el culto dionisiaco.

pendiente abajo del monte Niseo[52]
muy divino, y a un tiempo todas,
dejaron ellas caer por el suelo
los tirsos, golpeadas   135
por la aguijada para picar bueyes
del criminal Licurgo.
Y Dioniso, asustado,
se metió entre las ondas de la mar
y en su regazo Tetis acogióle
lleno de miedo,
pues un fuerte temblor le retenía
por los gritos del hombre.
Y con él, ciertamente,
se irritaron luego
los dioses, que una vida fácil viven,
y ciego le dejó el hijo de Crono;
y entonces ya no mucho
duró su vida, toda vez que odioso   140
se había hecho a todos
los dioses inmortales.
Tampoco yo quisiera
combatir con los dioses bienhadados.
Pero si un mortal eres
de los que el fruto comen de la tierra[53],
aquí más cerca vente,
para que tanto más rápidamente

---

[52] En Tracia. El nombre de Nisa aparece con frecuencia señalando un lugar asociado al culto de Dioniso aún niño. El propio nombre de Dioniso se compone de dos elementos, uno que tiene que ver con el dios Zeus y el segundo relacionado con Nisa. Las nodrizas del dios fueron las hijas de Nisa, a las que Zeus encargó que cuidaran del dios niño para que escapara de los celos de Hera, deseosa de hacer pagar al pequeño los adúlteros amoríos de su esposo. Ya anteriormente Zeus había encargado la tutela del divino infante a Atamante y a su esposa Ino, pero ambos enloquecieron por intervención de Hera. Los tirsos que portaban las nodrizas del niño Dioniso eran varas cubiertas de hojas de hiedra y parra, cuyo extremo remataba en una piña. En sus orgiásticas danzas las bacantes blandían los tirsos y golpeaban el suelo con ellos.
[53] Cfr. Horacio, *Odas* II 14, 10: *quincumque terrae munere vescimur*. Los dioses, en cambio, se alimentan de néctar, ambrosía y del olor que desprenden los sacrificios que les ofrecen los hombres.

a los confines llegues
de tu propia ruina» [54].
Y a él, a su vez, se dirigía
de Hipóloco el muy ilustre dijo:
«¡Oh magnánimo hijo de Tideo!,
¿por qué razón preguntas mi linaje [55]?
Cual la generación es de las hojas,   145
asimismo es también la de varones.
Unas hojas al suelo esparce el viento,
otras, en cambio, hace brotar el bosque
al florecer con fuerza, y sobreviene
entonces la sazón de primavera;
así ocurre también con los varones:
este linaje brota, aquel fenece.
Mas si quieres también de esto enterarte [56],   150
para que bien conozcas mi ascendencia,
que ya muchos varones la conocen,
hay en el fondo de Argos,
tierra de buenos pastos
para las caballadas,
una ciudad, Efira [57],
do Sísifo el Eólida vivía,
aquel que llegó a ser
el más astuto de entre los hombres.
Él, pues, engendró a Glauco,
a quien tuvo por hijo;
y Glauco el padre era
de aquel Belerofonte [58] el intachable.   155
A éste dieron los dioses

---

[54] El verso 143 del original vuelve a aparecer en *Il*. XX 429.

[55] El verso 145 del texto griego lo reencontramos en *Il*. XXI 153.

[56] Este verso, en el original —verso 150— es claramente formular y volvemos a encontrarlo en *Il*. XX 213 y XXI 487.

[57] Efira era, según los antiguos, el viejo nombre de Corinto, pero también se llamaba de este modo un pueblo situado en el extremo noroccidental de la cadena montañosa que domina Argos.

[58] Belerofonte, que propiamente se llamaba Hipónoo, debía su apodo, que significa «matador de Bélero», al hecho de que, en efecto, había matado a Bélero, príncipe de Corinto, y por esa razón, en busca de la purificación de esta mancha de sangre, había huido a la corte de Preto, que era rey de Tirinte.

belleza y, además,
virilidad amable;
mas en su corazón
desgracias contra él maquinó Preto,
el cual, precisamente,
del territorio argivo lo expulsó,
ya que mucho en poder le aventajaba,
pues Zeus bajo el cetro de aquel
le había sometido.
Y es que por este hombre   160
volvióse loca la mujer de Preto,
Antea la divina,
ansiosa por ajuntarse con él
en amores a ocultas,
pero no conseguía
en nada persuadir
al buen Belerofonte,
tan bien intencionado.
Y ella, entonces, mintiendo,
al rey Preto decía:
"¡Así te quedes muerto
o, Preto, mata tú a Belerofonte,
que en amores conmigo quería unirse   165
sin que yo lo quisiera!"
Así dijo, y la cólera adueñóse
del rey en cuanto oyó tales palabras.
Matarle rehuía,
pues tal acción en su ánimo temió,
mas a Licia lo enviaba
y signos luctuosos procuróle
que en tablilla plegable él escribiera [59],
abundantes señales
que el ánimo consumen,
y a su suegro ordenábale mostrarlas   170
para que pereciera.

---

[59] Piénsese en las tablillas micénicas y en la escritura silábica denomina-
da «lineal-B» que gracias a M. Ventris, quien la descifró en 1953, sabemos
que servía para transmitir mensajes expresados en una modalidad muy
antigua de la lengua griega que denominamos micénico. Cfr. M. Ventris y
J. Chadwick, *Documents in Mycenaean Greek,* Cambridge 1973, 2.ª ed.

Pero aquel marchó a Licia
al amparo de escolta irreprochable:
la de los dioses; pero una vez ya
que a Licia hubo llegado
y al borde de las corrientes del Janto [60],
honrábale con gran benevolencia
el rey de la ancha Licia.
Durante nueve días
agasajóle hospitalariamente
y en su honor nueve
bueyes sacrificó.
Mas cuando ya la décima aurora [61]   175
con sus dedos de rosa apareció,
entonces justamente
le interrogaba y los signos escritos
le pedía, para, así, poder verlos,
que de Preto su yerno
consigo le traía.
Y una vez ya que hubo recibido
los malhadados signos de su yerno,
mandóle entonces que primeramente
matara a la Quimera, la espantosa;   180
ella, en efecto, era por linaje
monstruo divino y no ejemplar humano,
por delante león,
y por detrás serpiente
y por el medio cabra [62],
y un horroroso aliento
ella exhalaba de encendido fuego;
y la mató, no obstante,
porque aquel hizo caso
de los presagios que envían los dioses.
En segundo lugar,

---

[60] Cfr. *Il.* II 877.

[61] El verso 175, claramente formular, reaparece en *Il.* XXIV 785.

[62] Aparece aquí la palabra griega *khímaira* empleada como nombre común y significando, por tanto, «cabra», y no «Quimera», nombre propio, valor que tiene la misma voz, escrita, eso sí, con mayúsculas, en el verso 179. Cfr. Lucrecio, V 903: *ante leo, postrema draco, media ipsa chimaera*. La Quimera era hija de Tifón y Equidna, y la mató Belerofonte con plomo derretido por el propio fuego que el monstruo expelía por la boca.

luchó contra los sólimos [63] gloriosos
y a sí mismo se dijo
que la batalla ésta
la más fiera había resultado   185
de entre aquellas todas
en que contra varones
había intervenido.
Como tercera prueba,
mató a las varoniles amazonas [64];
mas cuando, justamente, regresaba
le tramaba otra astuta añagaza [65]:
seleccionó varones distinguidos
por toda la ancha Licia
y los puso al acecho en emboscada;
pero ellos nunca jamás de nuevo
a sus casas habrían de volver,
que a todos los mató   190
Belerofonte el irreprochable.
No obstante, cuando ya
iba el rey comprendiendo
que aquél retoño noble era, por cierto,
de alguno de los dioses,
allí mismo intentaba retenerle
y a su propia hija le ofrecía [66]
por esposa y la mitad le dio
de toda su real honra;
y los licios terreno le acotaron
para árboles frutales
y tierra de labor,
que entre todos los otros destacaba,
hermoso, para que lo cultivara.   195
Y la reina parió
para Belerofonte,
el héroe sensato,
estos tres hijos: Isandro, y, también,
Hipóloco y Laodamia;

---

[63] Pueblo asentado en Asia anterior y hostil a los licios.
[64] Cfr. *Il.* III 189.
[65] *Sc.*: el rey de Licia.
[66] El verso 192 del texto original reaparece en *Il.* XI 226.

y al lado de Laodamia se acostó
Zeus el próvido, en el mismo lecho.
Y, así, parió ella a Sarpedón[67]
que a un dios se asemejaba,
varón provisto de yelmo[68] de bronce.
Mas cuando ya también Belerofonte   200
odioso se hizo a todos los dioses,
entonces, en verdad,
andaba errante y solo
por la llanura Álea[69],
concomiéndose el alma
y evitando la huella de los hombres;
y a su hijo Isandro lo mató
Ares el insaciable de combates,
cuando aquél se encontraba
con los gloriosos sólimos luchando;
e, irritada, mató a su hija   205
Ártemis la de las riendas de oro.
Hipóloco, mi padre, me engendraba,
y afirmo yo de él haber nacido;
y él me enviaba a Troya y muy muchos
encargos él a mí me encomendaba:
siempre ser excelente
y por encima estar de los demás[70],
y no ser un baldón para el linaje
de mis antepasados,

---

[67] Este Sarpedón, jefe de un contingente de licios que combatía al lado de los troyanos en la guerra de Troya, atacó con gran furia y arrojo el campamento aqueo, asaltó su muralla, pero murió a manos de Patroclo, y en torno a su cadáver se disputó una reñidísima batalla. Cfr. *Il.* XVI 482-502 y ss.

[68] Se interrumpe en este punto bruscamente la narración en torno a los hijos de Belerofonte.

[69] Posiblemente, nombre inventado por el poeta, que creó una denominación de la misma raíz que la de la forma verbal *alâto* «andaba errante», como adjetivo de *ale* «vagabundeo», «extravío».

[70] En estos dos versos de la traducción (el que comentamos y el precedente), que responden al verso 208 del original, se encierra el lema o divisa principal del código del honor de la sociedad aristocrática que ha quedado plasmada en la *Ilíada*. Es un verso que aparece en otras ocasiones. Cfr. *Il.* XI 784.

que, con mucho, los más valientes fueron
así en Efira como en la ancha Licia.   210
Que yo procedo, consiguientemente,
de ese linaje y sangre
proclamo con jactancia»[71].
Así dijo, y gozóse Diomedes
destacado por el grito de guerra,
e hincó entonces su lanza[72]
en la tierra que a muchos alimenta,
y, con palabras dulces cual la miel,
le hablaba a Glauco, el pastor de gentes:
«Entonces, en verdad, para mí eres   215
un huésped ancestral y bien antiguo;
porque el divino Eneo[73] en otro tiempo
acogió como huésped
al héroe intachable
que era Belerofonte
y en sus lares durante veinte días
lo tuvo retenido.
Y ellos intercambiaron
bellos presentes de hospitalidad.
Eneo a él con un cinto obsequiaba
brillante por su purpúreo tinte.
Y a él, a su vez,   220
le dio Belerofonte un vaso de oro
que era copa por uno y otro lado[74],
que yo en mi propia casa
dejaba cuando aquí me dirigía.
De Tideo[75] no me acuerdo yo,
pues cuando me dejó
era yo muy pequeño todavía,
por los tiempos aquellos en que en Tebas

---

[71] El mismo verso del original *(Il.* VI 211) reaparece en *Il.* XX 241.

[72] Ademán típico de quienes no quieren seguir combatiendo.

[73] Eneo era rey de Calidón, ciudad de Etolia, y abuelo de Diomedes. Cfr. *Il.* II 641.

[74] Efectivamente, eso es lo que dice el griego: dos copas invertidas unidas por su base.

[75] Tideo es el hijo de Eneo, rey de Calidón, en Etolia, y padre de Diomedes.

la hueste pereció de los aqueos [76].
Por lo cual soy yo ahora en medio de Argos   225
huésped tuyo querido,
y en Licia, en cambio, lo serás tú mío,
cuando yo al pueblo de los licios llegue.
Evitemos entrambos nuestras lanzas
aun estando en medio del tumulto;
porque muchos troyanos
y aliados famosos
tengo para matar,
a todo aquel que un dios me proporcione
o que yo con mis propios pies alcance.
Y, por tu parte, tú
también cuentas con cuantiosos aqueos,
para que a aquel al que tú puedas mates.
Mas cambiemos nosotros   230
entre nosotros mismos nuestras armas,
con el fin de que sepan también éstos
que nos jactamos de ser mutuamente
huéspedes desde tiempos ancestrales.»
Una vez que así hablaron uno y otro,
de un salto descendieron de sus carros
y se dieron las manos
y ambos fidelidad se aseguraron.
Y entonces Zeus el hijo de Crono
le despojó a Glauco de sus mientes [77]
y, así, las armas él intercambiaba   235
con Diomedes el hijo de Tideo,
las suyas de oro contra las de bronce,
las propias, en cien bueyes valoradas,
contra las que valían nueve bueyes.

[Héctor y Hécaba]

Y Héctor, por otro lado,
cuando ya se llegaba

---

[76] Se refiere a la expedición de los Siete contra Tebas, la expedición argiva que promoviera Polinices para reemplazar en el trono de Tebas a su hermano Eteocles, que, al igual que él, era hijo de Edipo.
[77] Cfr. *Il.* XVII 470; XIX 137; IX 377.

a las puertas Esceas y a la encina [78],
por un lado y otro en torno a él
las esposas e hijas de los teucros
en carrera acudían preguntando
por hijos, por hermanos
por parientes y esposos;
y él luego las mandaba a todas ellas,   240
la una tras la otra,
suplicar a los dioses,
porque ya sobre muchas se cernía
un inminente duelo.
Mas cuando ya llegaba
de Príamo al bellísimo palacio
con pórticos pulidos construido,
pues que, por otra parte, en él había
cincuenta estancias de pulida piedra,
la una junto a la otra edificadas,   245
en las que descansaban
los hijos del rey Príamo,
a su lado teniendo cada uno
a su esposa legítima en el lecho;
y en la parte contraria, justo enfrente [79],
del otro lado del patio interior,
había doce alcobas
de bien pulida piedra,
la una junto a la otra edificadas,
cuyo techo en terraza terminaba,
y estaban destinadas a las hijas,
y en ellas descansaban   250
los yernos del rey Príamo,
en su lecho tendido cada uno
al lado de su respetable esposa.
Y allí su madre le salió al encuentro,
la de dulces regalos,
que a Laódica llevaba consigo,
de entre todas sus hijas

---

[78] Se vuelve, en la narración, al verso 116. El episodio del encuentro de
Glauco y Diomedes cubre el tiempo que tarda Héctor en llegar a Troya
desde el campo de batalla.
[79] Es decir: del otro lado del patio interior.

por el semblante la más distinguida;
y le asió de la mano fuertemente
y le llamaba por su propio nombre
y le dijo[80] a él estas palabras:
«Hijo mío, ¿por qué hasta aquí has venido,
la arriesgada guerra abandonando?
A buen seguro, ya os atenazan   255
los hijos de los guerreros aqueos
de malhadado nombre[81],
que en torno a la ciudad están luchando,
y a ti tu corazón te ha impulsado
a venir hasta aquí
y, así, desde la alta ciudadela
levantar suplicante a Zeus las manos.
Pero espera un momento,
que vino dulce cual la miel te traiga,
para que con él hagas libaciones
a Zeus padre, primero,   260
y después, asimismo,
al resto de los dioses inmortales,
y, a la postre, también tú te aproveches
si tú mismo lo bebes.
Porque cuando un varón está cansado,
como tú estás ahora,
defendiendo a tu gente,
el vino grandemente
aumenta su ardor.»
Y a ella luego así le respondía
el gran Héctor del yelmo refulgente:
«No me des[82] vino dulce, augusta madre,
cual la miel, no suceda   265
que me dejes lisiado de mi ardor,

---

[80] El verso 253 del texto original lo reencontramos en este mismo canto:
Il. VI 400, y en XIV 232; XVIII 384; 423; XIX 7.

[81] El nombre de los aqueos *(akhaioí)* es malhadado porque *ákhos,*
nombre con el que se le relaciona sólo basándose en su parecido externo,
significa «dolor» o «aflicción». Son muy frecuentes en los poemas homéricos estas falsas etimologías que, en el fondo, buscan la recurrencia poética.

[82] En realidad, el texto dice: «No me extraigas *(sc.* del recipiente) dulce
vino.»

y mi vigor yo olvide [83] defensivo;
y sin lavar las manos no me atrevo
a ofrecerle a Zeus libaciones
de vino chispeante,
que tampoco es posible, en modo alguno,
estando uno manchado
de sangre y de polvo,
dirigirle plegarias
al dios hijo de Crono
que de nubes sombrías cubre el cielo.
Pero tú vete al templo de Atenea,
la diosa de botín apresadora,
tras haber reunido a las matronas,
y allí vete con ofrendas de incienso;
y el manto que tú tengas más galano   270
y más grande en palacio y que, con mucho,
sea para ti misma el más querido,
en las rodillas ponlo de la diosa
de hermosa cabellera,
y hazle promesa de sacrificarle
doce novillas en su propio templo
añales y hasta entonces no aguijadas,   275
si ella de la ciudad se compadece
de los troyanos y de sus esposas
y de sus hijos que son tiernos niños,
y si aparta de Ilio la sagrada
al hijo de Tideo,
ese feroz lancero,
inspirador vehemente de la fuga [84].
Pero tú vete al templo de Atenea,
la diosa de botín apresadora,
que yo en busca de Paris voy a irme,
a llamarle, por si quiere escucharme.   280
¡Ojalá aquí mismo
la tierra se le abriera!;
porque el dios del Olimpo lo criaba
con el fin de que fuera

---

[83] Adoptamos la lectura *méneos, alkês te láthōmai* para el fin del verso 265.
[84] Los versos comprendidos, en el original, entre el 271 y el 278 han
aparecido ya en este mismo canto: VI 90-97.

grande calamidad para los teucros
y el magnánimo Príamo y sus hijos;
¡ojalá yo aquel viera descender
a la morada de Hades!,
que entonces yo diría   285
que ya en mi corazón me habría olvidado
de tan desagradable pesadumbre!»

[Hécaba se dirige al templo de Atenea]

Así dijo aquel, y entonces ella,
volviéndose a palacio,
llamó a sus servidoras,
y éstas por la ciudad a las matronas
congregaron. Y ella en persona
a la estancia bajóse perfumada [85],
donde estaban los peplos,
labores ricamente recamadas
de mujeres sidonias,   290
que Alejandro en persona,
parecido a los dioses,
trajera de Sidón [86],
tras haber recorrido el ancho ponto,
aquella expedición en que trajera,
cuando a Troya volvía,
consigo a Helena, la de digno padre.
Y Hécaba de entre ellos tomó uno,
que a Atena le llevaba de regalo,
y que era el más hermoso
por sus ricas labores de bordados,
y el de mayor tamaño,
y fulgor despedía cual estrella;   295
allí yacía el último de todos [87].
Se puso, pues, en marcha y detrás de ella
iban, apresuradas, las matronas

---

[85] El verso 288 del original se repite en *Il.* XXIV 191 y *Od.* XV 99.
[86] Paris había pasado por tierra sidonia a su regreso de Esparta. En el mar Egeo había perdido el rumbo y llegado a Egipto, desde donde a través de Fenicia regresó a Troya.
[87] Los versos 293-295 reaparecen en *Od.* XV 106-108.

en bien nutrido grupo.
Y cuando ya llegaban
al templo de Atenea, situado
en lo más alto de la ciudadela,
las puertas les abrió
Téano [88], la de hermosas mejillas,
la hija de Cises y esposa de Anténor,
domador de corceles,
pues a ella los troyanos la habían hecho   300
sacerdotisa de la diosa Atena.
Y ellas, todas, las manos levantaron
hacia Atenea con gran griterío;
y ella, como era de esperar,
Téano la de mejillas hermosas,
cogiendo el manto, sobre las rodillas
lo puso de Atenea [89]
de hermosa cabellera;
y a la hija del gran Zeus imprecaba
haciéndole estos votos:
«Soberana Atenea,   305
defensora de nuestra ciudadela [90],
divina entre las diosas,
quiebra por fin la lanza de Diomedes
y, asimismo, concédenos que incluso
él en persona se caiga de bruces
por delante de las puertas Esceas,
para que ahora mismo y en tu templo
doce novillas te sacrifiquemos
añales y hasta ahora no aguijadas,
por si de la ciudad te compadeces   310
de los troyanos y de sus esposas
y de sus hijos que son tiernos niños [91]».
Estos votos así le aseguraba;
negaba, en cambio, Palas Atenea.

---

[88] Cfr. *Il.* V 70.
[89] El mismo verso 303 del original lo hemos encontrado ya en *Il.* VI 92;
273.
[90] Cfr. *Il.* IX 396.
[91] Los versos 308-310 del original han aparecido ya: *Il.* VI 93-95; 274-
276.

Así ellas suplicaban
a la muchacha hija del gran Zeus,
mientras Héctor había ya llegado
al hermoso palacio de Alejandro
que se había él mismo edificado
con varones que entonces
en Troya, tierra de feraces glebas,   315
eran los más notables artesanos
construyendo edificios;
ellos le construyeron
cámara, sala y patio,
cerca de Príamo y también de Héctor,
en lo más alto de la ciudadela.
Allí entró Héctor, querido de Zeus,
y en su mano empuñaba,
justamente, una lanza
de once codos[92], y por delante de ella
resplandecía su broncínea punta,   320
y una anilla de oro
de ella en torno corría[93].
En la alcoba encontróle
con sus muy bellas armas ocupado,
su escudo y su coraza,
y tanteando también su corvo arco.
Y allí la argiva Helena
sentada se encontraba,
rodeada de sus siervas,
como correspondía,
y a sus criadas estaba ordenando
trabajar en labores muy famosas.
Y Héctor, al verle, a él   325
con palabras de oprobio reprendióle[94]:
«¡Obcecado!, pues no, no está bien hecho

---

[92] Héctor, capaz de manejar tan larga y por ende pesada lanza es un guerrero esforzado, mientras que Paris, un arquero, no es más que un cobarde.

[93] Los versos 318-320 del original coinciden con los de *Il.* VIII 493-495.

[94] El verso 325 del original es idéntico al de *Il.* III 38.

que en el pecho guardaras este encono.
Se están ya nuestras huestes consumiendo,
en torno a la ciudad y la muralla
escarpada luchando, y por tu culpa
de uno y otro lado están ardiendo
la guerra y el clamor de la contienda;
y tú con cualquier otro reñirías,
si remitir le vieras un momento
en la guerra que a todos es odiosa[95].   330
Mas, ¡venga ya!, ¡arriba!,
no vaya a ser que presto
del devastador fuego
nuestra ciudad sea presa.»
A su vez, respondióle
Alejandro a los dioses parecido:
«Héctor, puesto que, como es justo,
me reprendes y no con desmesura[96],
por eso yo he de hablarte;
tú reflexiona y oye mis palabras;
no es tanto por encono   335
ni por indignación con los troyanos[97],
sábelo bien, por lo que aquí me hallaba
inactivo en mi alcoba; no, por cierto,
sino porque quería
al dolor entregarme[98].
Pero ahora mi esposa
me dio consejo con blandas palabras
y me incitó a la guerra,
y también a mí mismo me parece
que así será mejor, pues la victoria,
inconstante, alterna entre varones.

---

[95] Cfr. *Il.* IV 240. El reproche de Héctor podría expresarse de este modo: «tú estás inactivo y no combates; en cambio, lucharías o te querellarías con quien flojease en el combate».

[96] Los versos 332 y 333 del original aparecieron ya en *Il.* III 58, 59.

[97] La causa del enfado de Paris contra los troyanos está en los primeros versos del Canto III.

[98] El dolor provocado por la derrota que le infligiera Menelao, del que, pese a lo que ahora dice, se repuso muy pronto entregándose al goce del amor con Helena: cfr. *Il.* III 339 y ss.

Mas, ¡ea ya!, espera que me ponga   340
las armas del dios Ares,
o, si no, ve tú yendo,
que en pos de ti yo iré,
y me figuro que habré de alcanzarte.»
Así dijo, mas nada respondióle
Héctor el del yelmo resplandeciente.
Pero Helena, con palabras dulces
cual la miel, a Héctor se dirigía:
«Cuñado mío, sí, de una perra,
que es lo que soy, tramadora de males,
capaz de helar de espanto.
¡Ojalá que el día aquel en que mi madre   345
me parió, en aquel primer momento,
una horrible borrasca huracanada,
me hubiese arrebatado
al monte o a las olas de la mar
de incontables estruendos,
y allí el oleaje me hubiera barrido
antes de que estos hechos sucedieran [99].
Pero ya que los dioses decidieron
que estas desgracias así resultaran,
de un varón más valiente   350
debiera ser yo esposa,
que supiera lo que es indignación
y los muchos oprobios de los hombres.
Ése [100], por el contrario,
ni firmes mientes tiene
ni aun en el futuro ha de tenerlas.
Por eso también creo
que ha de obtener el fruto que merece.
Pero, ¡venga!, entra ahora
y siéntate, cuñado,   355
en el asiento este,
ya que en ti especialmente,
sobre tu propio pecho,

---

[99] Sobre el arrepentimiento de Helena, cfr. *Il*. III 173.
[100] «Ése» es también el demostrativo que emplea Héctor más adelante para referirse a su hermano, cuando le dice a Helena: *Il*. VI 363: «mas tú, incítale a ése».

montado está a horcajadas el trabajo
por culpa mía, que soy una perra,
y por culpa del error de Alejandro,
que a entrambos Zeus impuso mal destino,
para que así también en el futuro
a ser lleguemos tema de canciones
en boca de los hombres venideros.»
A ella, en seguida, respondía
el gran Héctor, el del yelmo brillante:
«No me ofrezcas asiento,   360
Helena, aunque me aprecies;
que ni aun por eso habrás de persuadirme;
que el corazón ya tengo presuroso,
dispuesto a defender a los troyanos,
que tienen ya de mí gran añoranza
desde que de la liza estoy ausente.
Mas tú incítale a ése,
y que también él mismo se dé prisa,
para que me dé alcance
cuando aún me encuentre dentro
de nuestra ciudadela.
Pues yo mismo, en efecto, me iré a casa   365
para ver a los míos,
a mi querida esposa,
y a mi hijito pequeño;
porque no sé si he de volver de nuevo
a su lado o si es que ya los dioses
bajo manos de aqueos
habrán de domeñarme.»

[Héctor y Andrómaca]

Dijo así a voz en grito, justamente,
y después se fue Héctor,
el de brillante yelmo [101].
Y, de inmediato, luego   370
a su casa llegaba
de agradable vivienda,
mas no encontró en palacio

---

[101] Este verso es idéntico al número 116. Cfr. *Il.* VI 116.

a Andrómaca, mujer de blancos brazos;
que ella, por el contrario,
con el niño y la sierva
de muy hermoso peplo,
arriba se encontraba en la alta torre [102],
en gemidos envuelta y en lamentos.
Y como dentro de la casa Héctor
a su intachable esposa no encontrara,
cuando afuera se iba,   375
en el umbral paróse
y así dijo en medio de sus criadas:
«¡Venga!, esclavas, decidme la verdad,
¿adónde Andrómaca de blancos brazos
enderezó sus pasos
saliendo de palacio?
¿Acaso fue a la casa
de mis hermanas o de las esposas
de mis hermanos, las de bellos peplos,
o al templo de Atenea se ha marchado,
donde, precisamente, las demás
troyanas de hermosos tirabuzones   380
tratan de hacer propicia
a la terrible diosa?»
A él respondióle entonces, por su parte,
la activa despensera,
diciendo estas palabras:
«Héctor, puesto que mucho me encareces
que la verdad te cuente,
ni a casa se ha marchado
de tus hermanas ni de las esposas
de tus hermanos, las de bellos peplos,
ni tampoco se ha ido
al templo de Atenea,
donde precisamente las demás
troyanas de hermosos tirabuzones   385
tratan de hacer propicia
a la terrible diosa,
antes bien, al contrario,

---

[102] Se trata de la torre emplazada sobre las Puertas Esceas.

a subir se ha ido
de Ilión a la alta torre, porque había
oído que se hallaban los troyanos
apremiados y, en cambio, los aqueos
mucho prevalecían sobre ellos.
Y ella ahora ha llegado presurosa,
a mujer alocada parecida,
junto al muro, y al niño, juntamente,
en sus brazos lo lleva la nodriza.»
Así fue como habló la despensera,   390
y Héctor marchó de casa presuroso
por el mismo camino, ahora de vuelta,
bajando por las calles bien trazadas [103].
Cuando ya, la ciudad atravesando,
a las puertas Esceas se llegaba,
por donde, justamente,
habría de salir a la llanura,
allí corriendo le salió al encuentro
Andrómaca su esposa,   395
cuya dote muy rica era en regalos,
la hija del magnánimo Eetión,
que en la falda moraba
del muy boscoso Placo [104],
en la Hipoplaquia Teba,
en varones cilicios
reinando soberano;
la hija, pues, de éste, justamente,
por Héctor el del yelmo refulgente
era tenida por mujer y esposa.
Ella, pues, luego le salió al encuentro,
y a su lado venía la sirvienta
trayendo en su regazo al tierno niño   400
inocente y tan chico todavía,
el Hectórida amado, semejante
a una estrella hermosa, y a quien Héctor
Escamandrio llamaba normalmente;
mas los demás, en cambio, Astianacte,

---

[103] Es decir: desde la acrópolis a las Puertas Esceas.
[104] Se concibe el Placo como una estribación de la cordillera del Ida en Misia.

pues a Ilio Héctor solo defendía.
Y él entonces, por cierto,
al niño dirigióle una mirada
y se sonrió en silencio,
y Andrómaca de él cerca se ponía,   405
vertiendo lágrimas, y fuertemente
asióle de la mano y por sus nombres
le llamaba, y le dijo de este modo:
«Desgraciado de ti, a quien tu ardor
ha de perder; y no te compadeces
de tu hijo aún tierno
ni de mí, infortunada,
que muy pronto de ti he de quedar viuda
pues pronto han de matarte los aqueos,
todos a una sobre ti lanzados;
y a mí más provechoso me sería   410
que al perderte la tierra me tragara;
pues no he de tener yo ya otro consuelo,
una vez que tú sigas tu destino,
sino sólo pesares,
pues ni padre ni augusta madre tengo.
Que a mi padre, por cierto,
Aquiles el divino le mató,
y arrasó la ciudad de los cilicios   415
bien habitada, Teba
la de las altas puertas;
y mató a Eetión,
mas de sus armas no le despojó,
que ese escrúpulo, al menos [105],
sintió él en su alma;
por el contrario, quemó su cadáver
de sus armas labradas revestido,
y un túmulo le alzó vertiendo arena
sobre su sepultura;
y en torno de él las ninfas de los montes,   420
hijas de Zeus portador de égida,

---

[105] Este escrúpulo religioso de Aquiles, que no se atreve a privar de un
honroso sepelio —«con las armas puestas: *sún éntessi»*— al cadáver de
Eetión, contrasta fuertemente con el trato que infligirá el feroz aqueo más
adelante —en el canto XXIV— al cadáver de Héctor.

plantaron unos olmos [106].
Siete hermanos tenía yo en palacio
y todos ellos, en un mismo día,
en la casa de Hades penetraban;
pues a todos mató el divino Aquiles,
el de los pies ligeros, que había
caído sobre ellos
cuando al cuidado estaban de sus bueyes
que los pies mueven con torcido paso,
y, asimismo, de cándidas ovejas.
Y a mi madre, que entonces era reina   425
al pie del nemoroso monte Placo,
después que aquí la trajo [107] juntamente
con el botín restante,
luego la liberó tomando a cambio
un inmenso rescate;
pero Ártemis flechera [108]
la hirió en el palacio de su padre.
Así pues, Héctor, tú para mí eres
mi padre y también mi augusta madre,
así como mi hermano,   430
porque tú eres mi lozano esposo.
Ahora, pues, compadécete de mí
y quédate aquí mismo resistiendo
en lo alto de esta torre;
no conviertas en huérfano a tu hijo
ni a tu mujer en viuda.
A tus huestes detén cabe la higuera,
donde en máximo grado es accesible [109]
la ciudadela y expugnable el muro;
pues por ahí ya hicieron tres intentos [110]   435

---

[106] Se atribuía a veneración de las Ninfas por el muerto, la plantación de árboles en derredor de su sepultura.

[107] Es decir: a Troya, al campamento aqueo.

[108] Se atribuyen a Ártemis flechadora las muertes repentinas y sin dolor.

[109] Cuando se construyeron los muros de Ilión, empresa en que intervinieron Posidón y Apolo, un mortal, Éaco, se había hecho cargo de erigir esa parte de la muralla, por lo cual, lógicamente, era el flanco más desguarnecido y endeble de la ciudad. Así lo refería una leyenda cronológicamente posterior a la *Ilíada*.

[110] Cfr. *Il.* XII, 11.

las tres veces que al muro se acercaron
las más selectas gentes
del uno y otro Ayante
y las del muy glorioso Idomeneo
y las de los Atridas
y del hijo esforzado de Tideo;
o a ellos quizá alguien se lo dijo,
experto en los oráculos divinos,
o bien incluso el ánimo de ellos
a eso les incita y se lo ordena.»
A su vez, el gran Héctor respondióle,   440
el del brillante casco:
«También, mujer, a mí,
en verdad, todo eso me preocupa,
pero muy fuertemente me avergüenzo
delante de troyanos
y de troyanas que peplos arrastran,
si lejos de la guerra
cual cobarde intento escapar,
y el corazón tampoco me lo manda,
toda vez que he aprendido a ser valiente
por siempre y a luchar entre troyanos   445
que estén en la vanguardia,
conservando la gloria de mi padre
y aun la mía propia.
Porque yo sé muy bien,
en mis mientes y mi alma,
esto que ahora te digo:
un día ha de venir en que perezca
la sagrada Ilión
y Príamo y el pueblo
de Príamo el lancero valeroso [111].
Sin embargo, no me importa a mí tanto   450
el dolor que más tarde
aqueje a los troyanos
ni a la propia Hécaba ni aun
a Príamo el rey ni a mis hermanos,
que en el polvo caerán, seguramente,

---

[111] Cfr. *Il.* IV 163-165.

numerosos y bravos además,
a manos de varones enemigos,
cuanto el tuyo cuando a ti se te lleve,
en lágrimas sumida, algún aqueo
de túnica broncínea revestido,
quitándote con ello
los días de antaño en que eras libre.
Y, quién sabe, allá en Argos residiendo,   455
tal vez tejas una pieza de tela
a las órdenes de otra
o, tal vez, con frecuencia regular
acarrees el agua de la fuente
Meseide o Hiperea[112],
muchas contrariedades padeciendo,
pues sobre ti se ha de cernir entonces,
violenta y dura, la necesidad.
Y alguien, cuando un buen día llegue a verte
lágrimas derramando una tras otra,
tal vez, entonces, diga:
"He aquí la mujer de Héctor
que en la lucha diaria descollaba
de entre los troyanos,
domadores de potros,   460
cuando de un lado y otro
de Ilión combatían."
Así decir podrá alguien algún día,
y para ti será ello dolor nuevo
por falta de un varón
capaz de defenderte
de los días de esclava que te aguardan.
Mas ¡que yo quede muerto
y tierra amontonada me sepulte
antes, sí, de que oiga   465
tus gritos o contemple
la forma en que te arrastran!»
Dijo así, y a su hijo

----

[112] La fuente Meseide estaba, según Pausanias, en Laconia, cerca de
Terapna. La fuente Hiperea, en cambio, se encontraba en Tesalia. Véase
Pausanias III, 20, 1 (para el emplazamiento de la fuente Terapna) e *Il.* II
374 (para la situación de la fuente Hiperea).

los brazos le tendió el ilustre Héctor,
pero el niño, inclinándose, volvióse,
en medio de chillidos, al regazo
de su nodriza de fina cintura,
asustado a la vista de su padre,
aterrado ante el bronce y el penacho
de crines de caballo,
que tremendo veía   470
pender de lo más alto de su yelmo.
Echáronse a reír
su padre y también su augusta madre.
Y, al punto, se quitó de la cabeza
el glorioso Héctor
su yelmo y, reluciente,
en el suelo lo puso;
y él, entonces, a su hijo querido,
después de darle un beso
y mecerle en sus brazos,
dijo a Zeus suplicando   475
y al resto de los dioses:
«¡Zeus y demás dioses!,
concededme ahora mismo
que este mi niño sea
como yo fuera otrora, justamente,
señalado entre todos los troyanos
y, como yo, esforzado,
y que reine en Ilión con poderío.
¡Y ojalá que un buen día diga alguien:
"mucho más bravo es éste
que su padre, incluso",
cuando aquel aquí vuelva de la guerra;   480
y entonces con él traiga del combate
los sangrientos despojos
de un guerrero enemigo al que matara,
y su madre en sus mientes se alegrara!»
Dijo así, y en los brazos de su esposa
a su hijo puso y ella recibióle
en su aromado seno
con lágrimas riendo.
Y al darse cuenta de ello,
sintió piedad su esposo,

y le hizo caricias con su mano   485
y le dijo palabras
y a la vez la llamaba por su nombre [113]:
«¡Infortunada!, no te me aflijas
en exceso por dentro de tu alma;
que nadie, por encima del destino,
ha de arrojarme al Hades [114];
pues digo que ningún varón existe
que su propio destino haya esquivado,
lo mismo da cobarde que valiente,
desde el primer momento de su vida.
Mas, ¡ea!, vete a casa   490
y atiende tus labores,
el telar y la rueca,
y ordena a tus criadas
que al trabajo se entreguen,
pues a cuenta ha de correr la guerra
de los varones todos
que en Ilión han nacido,
y de mí especialmente.»
Así habló y cogió el yelmo
de crines de caballo   495
el muy ilustre Héctor,
y su esposa a su casa se iba yendo
volviendo atrás su rostro a cada paso
y llanto en abundancia derramando.
Pronto alcanzaba, luego, las moradas
bien habitadas de Héctor,
matador de guerreros,
y allí dentro topóse
con muchas de sus siervas,
y excitó en todas ellas el sollozo.
Ellas, sí, en efecto, sollozaban,   500
en el palacio de Héctor,
por él que estaba vivo todavía;
pues ellas a sí mismas se decían
que ya no habría él de regresar
de vuelta de la guerra,

---

[113] Cfr. *Il.* I 361.
[114] Cfr. *Il.* I 3.

escapando a la furia
y a las manos aqueas.

[*Héctor y Paris vuelven al combate*]

Y no se demoró tampoco Paris
en su mansión de techos elevados;
por el contrario, en cuanto se vistió
de las armas gloriosas
en bronce trabajadas,
entonces ya por la ciudad lanzóse,   505
en sus ágiles piernas confiado.
Y al igual que un corcel en el establo [115],
cebado en el pesebre con cebada,
destroza de un tirón sus ataduras
y al galope recorre la llanura,
el suelo con sus cascos golpeando,
a bañarse habituado en las corrientes
de las aguas hermosas de algún río,
y orgulloso de sí yergue su cuello
y de uno y otro lado de sus lomos   510
vanle al compás las crines oscilando,
y a él, bien seguro de su lozanía,
muy ligeras sus patas le conducen
hacia donde se encuentra su querencia,
hasta el prado en que pastan las yeguas,
así el Priámida Paris descendía
desde lo alto de la ciudadela
de Pérgamo y cual sol resplandecía,
arrogante y fulgente por sus armas [116],
y veloces sus pies le iban llevando.
Luego, rápidamente,
a su hermano dio alcance,   515
a Héctor el divino,
cuando estaba ya a punto

---

[115] Los versos 506-511 reaparecen en el canto XV, cfr. *Il*. XV 263-268.
Este bello símil fue imitado por Virgilio en la Eneida (*Aen*. XI 492 y ss.).
Véase un interesante análisis de este símil en O. Tsagarakis, *Form and
Content in Homer,* Wiesbaden. 1982, págs. 142-143.
[116] Cfr. *Il*. XIX 398.

de apartarse del sitio
en el que con su esposa conversaba.
Y, el primero, Alejandro,
parecido a los dioses,
así le dijo a Héctor:
«Querido, yo, por cierto,
con mi tardanza te estoy reteniendo,
a pesar de que andas apurado,
y a punto no he llegado cual mandabas.»
Y, respondiendo, dirigióle Héctor,   520
de yelmo refulgente, estas palabras:
«¡Desgraciado de ti!,
nadie que por sensato se tuviera
tus hechos de batalla despreciara,
pues eres esforzado,
pero a gusto te dejas y no quieres,
y a mí entonces me duele
mi corazón en lo hondo de mi alma,
doquiera de ti oigo los ultrajes
que ponen en su boca los troyanos,   525
que por tu culpa sufren mil fatigas.
Mas, ¡venga ya!, vayámonos al frente;
estas cosas más tarde arreglaremos,
si Zeus algún día nos concede
que a los dioses celestes sempiternos
una cratera alcemos [117] en palacio
por celebrar la libertad de Troya,
después que de ella hayamos expulsado
a los aqueos de grebas hermosas.»

---

[117] En acción de gracias.

Combate singular entre Héctor y Ayante. Retirada de los muertos *

[*Héctor y Paris vuelven al combate*]

Así habiendo dicho, de las puertas
lanzóse afuera el ilustre Héctor [1],
y con él a la par iba su hermano
Alejandro, pues en el alma entrambos
ardían en deseos
de guerra y de batalla.
Como concede un dios a los marinos
el favorable viento que esperaban,   5
cuando de sacudir se han cansado
la mar con remos bien pulimentados,
y ya sus miembros están desatados
por el cansancio, así precisamente
el uno y el otro aparecieron
a los troyanos que les esperaban [2].

---

* En el canto séptimo se acaba el primer día de la batalla que comenzara en el canto segundo y se refieren los sucesos de los dos siguientes días: tiene lugar un combate singular entre Héctor y Ayante, se recogen los cadáveres y se les entierra, y los griegos construyen el muro que defenderá su campamento.

[1] Cfr. Virgilio, *Eneida* XII 441 *Haec ubi dicta dedit, portis sese extulit.*

[2] La llegada de Héctor y Alejandro a las huestes troyanas es expuesta mediante un símil.

Allí ambos dieron caza, Alejandro,
al hijo de Areítoo el soberano,
Menestio, que en Arna ³ habitaba,
al que había engendrado
Areítoo, el de la maza,
y fuera madre de él Filomedusa,
la de ojos de novilla ⁴.   10
Héctor, por otro lado, a Eyoneo
alcanzó con su lanza puntiaguda
en el cuello, de la orla por debajo
del yelmo de bien trabajado bronce,
y los miembros de él se desataron.
Y Glauco, de Hipóloco el hijo,
de los varones licios el caudillo,
a Ifínoo el Dexíada alcanzóle,   15
de la feroz refriega por el medio,
con la lanza, en el hombro,
cuando acababa de saltar al carro
de raudas yeguas; y del carro él
a tierra se cayó,
y los miembros de él se desataron.
Ahora bien, cuando a ellos percibiólos
la diosa Atena de ojos de lechuza,
haciendo perecer a los argivos
en la feroz refriega, dando un salto,
bajóse de las cumbres del Olimpo
hacia Ilio sagrada; y de ella al paso   20
le iba saliendo Apolo, que de lo alto
de Pérgamo habíala avistado
y para los troyanos
quería la victoria.

[Acuerdo entre Apolo y Atenea]

Se encontraron el uno con el otro
al lado de la encina.
A ella, el primero, dirigióle

---

³ Arna es una ciudad de Beocia. Cfr. *Il.* II 507.
⁴ Este epíteto lo aplica habitualmente Homero a Hera (cfr., por ejemplo,
Il. I 551) y sólo en este lugar y en *Il.* III 144 a una mortal.

la palabra Apolo soberano,
de Zeus hijo: «¿Por qué tú ya, de nuevo,
hija del grande Zeus, a toda prisa
del Olimpo has venido, y te mueve   25
tu gran alma?; seguro,
para dar ya a los dánaos de la lucha
la victoria que hace alternar las fuerzas?
Puesto que en absoluto piedad sientes
de los troyanos que van pereciendo.
¡Mas si me hicieras caso,
mucho más provechoso ello sería!
Ahora cesar hagamos para hoy mismo   30
la guerra y el combate;
más adelante, empero,
combate han de trabar hasta que alcancen
de Ilión la meta señalada,
dado que así fue grato en vuestras almas
a vosotras las diosas inmortales [5],
destruir esta ciudad de arriba abajo.»
A él, a su vez, le dijo
la diosa, Atena de ojos de lechuza:
«Sea así, Protector;
porque también yo misma, eso pensando,
descendí del Olimpo por ponerme   35
en medio de troyanos y de aqueos.
Mas, venga, ¿cómo aspiras en tu mente
a hacer cesar la guerra de estos hombres?»
A ella, a su vez, le dijo
Apolo, soberano hijo de Zeus:
«El ardor vehemente excitemos
de Héctor el domador de caballos,
por ver si de algún modo contra él mismo
a uno de los dánaos provoca,
él solo y solamente a impulso suyo,
a ponerse a luchar hombre contra hombre   40
en un feroz combate,
y ellos, complacidos, los aqueos,
los de grebas de bronce,

---

[5] Atenea y Hera. Cfr. *Il.* IV 17-21.

a alguien de los suyos incitaran
a combatir con el divino Héctor.»

[Héctor, a propuesta de Héleno, desafía a los argivos a un combate singular]

Así dijo, y la diosa, Atenea
de ojos de lechuza
no desobedecióle.
Y de entre los hombres,
Héleno, el querido hijo de Príamo,
percibió en su ánimo el consejo
que a los dioses adoptar placía
en medio de sus deliberaciones.
Y, yendo cabe Héctor,
se plantó a su lado y dirigióle
estas palabras: «Héctor,
de Príamo el hijo, en prudencia
a Zeus comparable,
¿me harías, pues, caso en algún punto?,
que de ti soy hermano:
Haz que se sienten los demás troyanos
y todos los aqueos
y desafía tú personalmente   50
al más valiente, quienquiera que sea,
de entre los aqueos,
a ponerse a luchar hombre contra hombre
en un feroz combate;
porque no es tu sino todavía
morir e ir al encuentro del destino,
pues así yo la voz he percibido
de los dioses eternos.»
Así decía, y Héctor, por su parte,
se alegró grandemente cuando hubo
oído sus palabras, y, entonces,   55
dirigiéndose al medio,
contener intentaba las escuadras
de los troyanos, su asta blandiendo
por su mitad; y todos se asentaron.
Y asentó Agamenón a los aqueos
de hermosas canilleras;

y Atenea y Apolo,
el del arco de plata, se posaban,
a buitres semejantes,
sobre la alta encina de Zeus padre,   60
portador de la égida,
gozándose en los hombres;
de los cuales estaban asentadas,
bien compactas, las filas, de escudos
erizadas y de yelmos y lanzas.
Cual rizadura sobre el mar vertida
del Zéfiro[6] hace poco levantándose,
por cuya causa la mar ennegrece,
tales de los aqueos y troyanos   65
asentadas hallábanse las filas
en la llanura; y entre ambos campos
Héctor dijo: «Escuchadme, troyanos
y aqueos de bellas canilleras,
para que decir pueda
lo que en mi pecho el ánimo me ordena.
Los juramentos Zeus hijo de Crono
que reina en las alturas no ha cumplido[7];
antes bien, infortunios proyectando,   70
para ambos bandos la meta establece
en el momento en que o bien vosotros
hayáis tomado Troya,
la de hermosas torres,
o bien hayáis caído domeñados
vosotros mismos junto a vuestras naves
de la mar surcadoras.
Pero, precisamente, entre vosotros
están los más valientes
de todos los aqueos,
de los cuales ahora
aquel a quien el corazón le mande
enfrentarse conmigo en un combate,

---

[6] El Zéfiro es el viento del oeste, el más veloz y áspero, que trae
consigo la lluvia y la nieve.
[7] Es decir: no ha dado cumplimiento, no ha permitido que se cumplie-
sen. En todas las acciones humanas está presente la voluntad de Zeus.
Pándaro rompió el pacto entre troyanos y aqueos, pero lo hizo porque así
lo quiso Zeus.

aquí venga apartándose de todos   75
para ser combatiente de vanguardia
confrontado con Héctor el divino.
Y ésta es la propuesta que yo hago
(nos sea Zeus de ello testigo):
Si a mí aquél me matara con su bronce
de afilada punta,
que de mi armadura me despoje
y a las cóncavas naves se la lleve;
mi cuerpo, empero, a casa lo devuelva,
para que los troyanos   80
y esposas de troyanos
parte me den del fuego
que como muerto a mí me corresponde.
Mas si yo le matara y Apolo
me concediera gloria,
tras despojarle de su armadura,
la llevaré conmigo a Ilio sagrada
y habré de colgarla ante el templo
del flechador Apolo;
el cadáver, empero, a las naves
de bancos de remeros bien provistas
habré de devolver,
para que lo entierren los aqueos   85
de larga cabellera en sus cabezas
y un túmulo le eleven
sobre el ancho Helesponto.
Y algún día podrá decir alguno,
aun de los hombres que más tarde nazcan,
con nave rica en filas de remeros
sobre la mar vinosa navegando:
«De un varón este túmulo es, por cierto,
antaño fenecido a quien otrora,   90
aunque sobresalía,
mató el ilustre Héctor.»
Así dirá alguno algún día
y no perecerá jamás mi fama.»

[Vacilaciones de los aqueos. Ayante designado por la suerte]

Así dijo, y ellos, entonces, todos,
quedaron en silencio, punto en boca;

[297]

pues vergüenza sintieron de negarse,
pero miedo tuvieron de aceptarlo;
al cabo, empero, ya se levantaba
Menelao, y a ellos dirigióse   95
con insultos y en tono de reproche,
y en su alma gemía hondamente:
«¡Ay de mí, fanfarrones,
aqueas, ya no aqueos!, esto sí
que será, en efecto, una vergüenza
de espanto y más terrible que el espanto,
si ahora entre los dánaos ninguno
va a salir a plantarse frente a Héctor.
¡Mas ojalá que todos agua y tierra [8]
os volvierais vosotros, uno a uno,
aquí mismo sentados, de ese modo   100
de corazón y gloria desprovistos!
Contra ése yo mismo voy a armarme
de la coraza; luego, por encima,
en manos de los dioses inmortales
están, por ellos mismos empuñadas,
las cuerdas que deciden la victoria» [9].
Así, precisamente, habiendo hablado
en voz alta, vistióse
su hermosa armadura.
Entonces, Menelao, para tí habría
de tu vida el fin aparecido
entre las manos de Héctor,   105
ya que mucha ventaja te llevaba,
si los reyes aqueos, dando un salto
para ponerse en pie,
no te hubieran entonces detenido,
y el propio Agamenón, hijo de Atreo,
de extensos dominios soberano,
no te hubiera cogido de la diestra

---

[8] Cuando un cadáver se corrompe, se descompone en sus elementos básicos: agua y tierra, según una primitiva concepción popular que pasó a la filosofía de Jenófanes de Colofón.

[9] Los dioses tienen cogidas en sus manos las maromas de la victoria, de cuyos cabos o extremos tiran los combatientes que se enfrentan en un duelo.

y dicho unas palabras, por tu nombre
llamándote: «Estás loco, Menelao,
de Zeus el retoño,
y nada te conviene esa locura;   110
contente, aunque te aflijas, y no quieras
por mor de una porfía
luchar con un varón que tú más bravo;
con Héctor, del rey Príamo el hijo,
ante quien también otros se estremecen.
Hasta Aquiles, respecto a ese varón,
de salirle al encuentro se horroriza
en la batalla que es prez de varones,
él que con mucho es que tú más bravo.
Pero tú vete ahora   115
al grupo de tus compañeros de armas,
y siéntate entre ellos;
que, para que con éste
luche en primera línea,
pondrán en pie a otro los aqueos.
Y aunque intrépido es e insaciable
del fragor del combate,
afirmo que con gusto la rodilla,
para encontrar alivio,
doblará si es que escapa de la guerra
funesta y de la feroz refriega.»
Así habiendo dicho, a su hermano   120
el héroe las mientes le sedujo
con prudentes consejos que le diera;
y él le obedecía;
y a él, sus escuderos, jubilosos,
de los hombros quitáronle después
la armadura; y entre los argivos
Néstor se levantaba y así dijo:
«¡Ay!, gran duelo a la tierra acaya alcanza,
y en grande lamento rompería   125
Peleo, el viejo, conductor de carros,
que había sido de los mirmidones
arengador y noble consejero,
el cual antaño, a mí en su palacio
haciéndome preguntas,
llenábase de gozo,

de los argivos todos inquiriendo
el nacimiento y la descendencia.
Si él ahora oyera
que ellos todos están agazapados
por el miedo que Héctor les infunde,
muchas veces sus manos levantara   130
hacia los inmortales, suplicando
que su ánima, escapando de los miembros,
en la morada de Hades penetrara.
¡Ojalá, Zeus padre y Atenea
y Apolo, tan joven yo ahora fuera
como cuando por sobre las orillas
del Celadonte [10] de rápido curso
juntándose luchaban
los pilios y los árcades, famosos
por sus lanzas, al pie de las murallas   135
de Fía [11], a entrambos lados
de las corrientes del río Jardano [12]!
Entre ellos se alzaba,
para luchar en la primera fila,
Ereutalión [13], varón a un dios parejo,
en sus hombros llevando la armadura
de Areítoo [14] el soberano,
de Areítoo, de Zeus descendiente,
a quien por sobrenombre los varones
y las mujeres de hermosa cintura
le solían llamar
«el de la maza armado»,
porque, precisamente, no solía   140
luchar con arco ni con larga lanza,
antes bien, al contrario, con su férrea maza
solía él quebrar los escuadrones.
A él matólo Licurgo [15] con engaño,

---

[10] Río de Élide.

[11] La ciudad fluvial y portuaria de Fía, al sur de la Élide, estaba asentada
a ambos lados del río Járdano.

[12] El Járdano es el río ue atravesaba la ciudad de Fía, en la Élide.

[13] Caudillo de los arcadios que encontró la muerte a manos de Néstor.

[14] Hijo de Menestio, de Beocia. Apodado «el de la maza».

[15] No es el hijo de Driante, que incurrió en la cólera de Dionisio (cfr.
Iliada VI 134), sino el héroe arcadio que mató a Areítoo.

no, en absoluto (es cierto), con la fuerza,
en un camino estrecho,
donde, precisamente,
a él la férrea maza
para evitar su muerte
no le había servido,
pues a él adelantándose, Licurgo,
antes atravesólo por el medio   145
con su lanza, y él quedó tendido
boca arriba en el suelo;
y de la armadura despojóle
que a él le había procurado
el broncíneo Ares,
y él mismo luego puesta la llevaba
al medio del tumulto del dios Ares [16];
mas después que Licurgo envejeciera
en su palacio, diola
a Ereutalión, su caro escudero,
para que puesta encima la llevara.
Y él, teniendo puesta la armadura   150
de aquél, retaba a todos los más bravos.
Mas ellos ante él mucho temblaban
y miedo le tenían, y ninguno
se atrevió a hacerle frente.
A mí, empero, mi ánimo esforzado
me incitó, con su audacia, a combatirle,
aunque en edad yo era
de todos el más joven.
Y con él yo luchaba
y Atenea a mí me dio la gloria.
Yo lo maté, en efecto,   155
a él que era un varón muy alto
y fuerte; y yacía, gigantesco,
aquí y allá extendido.
¡Ojalá así de joven yo ahora fuera
y ojalá mi vigor firme estuviese!,
que entonces pronto lucha encontraría
Héctor, héroe del yelmo refulgente.

---

[16] Es decir: al tulmulto del combate.

De vosotros, en cambio, ni aun quienes
son de los panaqueos optimates,
ni ésos tan siquiera de buen grado   160
os aprestáis a ir llenos de ardor
a enfrentaros con Héctor.»
Así les increpó el viejo y ellos,
todos, nueve en total, se levantaron.
De todos el primero, en pie se puso
Agamenón de hombres soberano,
y después de él alzóse el Tidida,
el fuerte Diomedes,
y después de uno y otro los Ayantes,
de vigor impetuoso revestidos,
y a continuación de ellos   165
Idomeneo y de Idomeneo
su compañero de armas Meriones,
semejante a Enialio,
matador de guerreros [17].
Y Eurípilo tras ellos,
de Evemón hijo ilustre,
y Toante el hijo de Andremón,
y el divino Odiseo.
Todos ellos, al menos,
naturalmente, estaban dispuestos
a combatir con el divino Héctor.
Y entre ellos, de nuevo, así dijo
Néstor Gerenio, conductor de carros: 170
«Ahora de parte a parte echad a suertes,
a ver quién por la suerte es designado;
pues de provecho ése será, en efecto,
a los aqueos de grebas hermosas,
y él mismo a su vital aliento
le será de provecho,
si escapar consigue de la guerra
funesta y de la feroz refriega.»
Así decía y ellos marcaron   175

---

[17] Cfr. *Il.* II 651. De Meriones, hijo de Molo (cfr. *Il.* XIII 249), de Creta
(Il. X 270), compañero de armas de Idomeneo *(Il.* XIII 246), se relatan las
hazañas en *Il.* XIII 566; 650; XIV 514; XVI 342; 603. Enialio es Ares, dios
de las batallas; cfr. *Il.* XVII 211.

sus suertes cada uno
y dentro las echaron
del yelmo del Atrida Agamenón.
Y a los dioses las tropas imploraron
y levantaron hacia ellos las manos;
y así iba diciendo cada uno
mirando al ancho cielo: «¡Padre Zeus,
o que a Ayante la suerte le designe
o al hijo de Tideo o al rey mismo   180
de Micenas, la ciudad rica en oro!»
Así, precisamente, ellos decían
y el yelmo agitaba
Néstor Gerenio, conductor de carros,
y de dentro del yelmo saltó afuera
la suerte aquella que, precisamente,
ellos mismos querían: la de Ayante;
y un heraldo, llevándola a lo largo
del grupo de guerreros,
por todas partes, de izquierda a derecha,
mostrósela a todos
los príncipes de las huestes aqueas.
Y ellos, uno tras otro,   185
la rechazaron al no conocerla;
mas cuando ya, llevándola a lo largo
del grupo de guerreros, por doquiera,
junto aquél se llegaba que en el yelmo,
habiéndola marcado [18], la arrojara,
el ilustre Ayante, ciertamente
él la mano tendióle por debajo
y aquél, cual corresponde,
plantándose a su lado, la echó en ella;
y de que vio la marca de la suerte,
reconocióla y alegróse en su alma.
Y tiróla junto a su pie, a tierra,   190
y rompió a hablar a voces de esta guisa:
«¡Amigos!, en verdad sí es mi suerte,
y aun yo mismo me alegro en el alma,
pues que vencer espero

---

[18] Es decir: habiendo grabado en ella una señal *(epigrápsas)*.

a Héctor el divino.
Pero, ¡venga!, en tanto yo me visto
de mis armas de guerra, mientras tanto,
id vosotros rezando   195
en silencio, para vuestros adentros,
a Zeus, hijo de Crono, el soberano,
para que no se enteren los troyanos
o, incluso, más bien, abiertamente,
pues que a nadie tememos pese a todo.
Porque nadie a su gusto contra el mío
habrá de acosarme por la fuerza
ni aun por la pericia, en modo alguno,
ya que espero que yo tampoco haya
nacido y crecido en Salamina
hasta tan alto grado inexperto.»
Así decía y ellos rezaban   200
a Zeus el Cronida, soberano,
y así iba diciendo cada uno,
mirando al ancho cielo: «¡Padre Zeus,
que desde el Ida imperas,
muy glorioso y alto!,
concédele a Ayante la victoria
y que espléndida gloria se procure;
mas si también a Héctor
amas y de él cuidas,
otorga a ambos igual fuerza y gloria.»   205

[El combate singular]

Así, precisamente, ellos decían,
y Ayante del yelmo se iba armando
de refulgente bronce,
y luego que de toda su armadura
revistióse en torno de su cuerpo,
se puso de seguida en movimiento,
tal cual avanza el monstruoso Ares
que va a la guerra en pos de los varones
a quienes el Cronida ha lanzado
a luchar entre sí con el ardor   210
de la porfía que el alma devora.
Tal, justamente, levantóse Ayante,

enorme, valladar de los aqueos,
sonriendo con espantoso rostro,
y, por debajo, iba con sus pies
largas zancadas dando,
blandiendo una lanza
de alargada sombra.
Por cierto, los argivos se alegraban
mirándole, y un temblor terrible,
introduciéndose insensiblemente,
por sus miembros les entró a los troyanos,   215
a cada uno de ellos en concreto,
y al propio Héctor el alma
le palpitaba dentro de su pecho.
Pero ya no podía en modo alguno
retroceder por efecto del miedo
ni, hacia atrás yendo, meterse de nuevo
entre la muchedumbre de sus tropas,
pues había lanzado el desafío
al combate invitando.
Y Ayante llegó cerca portando
un escudo que era como una torre [19],
de bronce guarnecido   220
con siete capas de bovinas pieles [20],
que para él al fabricarlo Tiquio
se lo había con arte elaborado,
aquél que el mejor era con mucho
de entre los curtidores
y que en Hila [21] tenía su morada;
aquel le había hecho el escudo
brillante y guarnecido
con siete capas de bovinas pieles,
de bien nutridos toros,
y como octava capa aplicó bronce.
Ese escudo llevando por delante

---

[19] Era un escudo oval *(sákos)* que le cubría desde los pies al cuello.
[20] Los escudos micénicos se confeccionaban con pieles de bueyes que a modo de capas se cosían una sobre otra, y, al final, se las cubría con una plancha de bronce.
[21] Hila era una ciudad de Beocia, situada a la orilla del lago Copais. Véase *Il.* II 500; V 708.

de su pecho Ayante Telamonio,
sobremanera cerca se detuvo   225
de Héctor y entre amenazas
la palabra así le dirigía:
«Ahora ya, Héctor, verás claramente
sólo y solamente por ti mismo
qué especie de guerreros distinguidos
encuéntranse también entre los dánaos,
incluso tras Aquiles,
corazón de león
y rompedor de filas de guerreros.
Mas aquél, en verdad, yace inactivo   230
junto a sus corvas naves
de la mar surcadoras,
contra Agamenón, pastor de gentes,
enojado y aún rencoroso;
pero de tal valor nosotros somos,
los que a ti podemos enfrentarnos,
y muchos. Pero empieza
la lucha y la batalla.»
A él, a su vez, le dijo
el gran Héctor del refulgente yelmo:
«Ayante Telamonio,
descendiente de Zeus,
caudillo de guerreros,
no intentes tentarme en absoluto   235
como a un débil niño o mujercilla
que de empresas guerreras nada sabe;
que yo bien que soy ducho, sin embargo,
en luchas y matanzas de varones;
yo sé a la derecha, sé a la izquierda
el escudo mover
de seca piel de toro,
lo que es para mí trabar combate,
un escudo de cuero
llevando suspendido;
y sé lanzarme, de un salto, al tumulto   240
de las veloces yeguas,
y sé en el cuerpo a cuerpo
al feroz Ares bailarle la danza.
Pero, de ningún modo,

siendo cual eres, quiero dispararte
espiándote a escondidas,
sino abiertamente,
a ver si acertarte consiguiera.»
Dijo así, justamente,
y habiéndola blandido, hacia adelante
la lanza arrojaba
de alargada sombra,
y de Ayante alcanzó el escudo,   245
tremendo y guarnecido
con siete capas de bovinas pieles,
en la capa de bronce, la más alta,
que sobre el propio escudo era la octava.
Y a través de seis pliegues fue cortando
el implacable bronce de la lanza
y en el séptimo cuero se detuvo.
Por su parte, en el segundo lance,
Ayante, que de Zeus es descendiente,
hacia adelante arrojaba su lanza
de alargada sombra,
y atinó en el escudo   250
igual por todas partes del Priamida.
Y a través del resplandeciente escudo
la vigorosa lanza penetró;
y entre la coraza
labrada ricamente
quedábase clavada,
y de una parte a la otra, cabe el flanco,
desgarróle la túnica la lanza;
pero él a un lado se inclinó
y esquivó el negro infortunio[22].
Entonces, a la vez las largas lanzas   255

---

[22] La voz griega *kér* significa la suerte en su vertiente negativa, o sea: el
infortunio. Cuando uno nace tiene ya determinada su porción de suerte
positiva, de *moîra* o de *aîsa,* y su infortunio, su suerte de muerte, su *kér.*
Recordemos, por ejemplo, que Aquiles tuvo que elegir entre dos destinos
(*Il.* I 411). Cuando dos guerreros se juegan la vida luchando en la liza el
uno contra el otro, Zeus pesa las *kêres* de ambos, poniéndolas en los
platillos de una balanza, y, así, decide quién será la víctima del duelo, si
Patroclo o Sarpedón, Héctor o Aquiles, etc.

arrancaron entrambos con sus manos,
y uno y otro chocaron parecidos
a leones que comen carne cruda,
o bien a jabalíes
cuya fuerza no es débil.
El Priámida, luego, con su lanza
en medio golpeóle [23] del escudo,
pero no llegó el bronce a destrozarlo,
antes bien, a él la punta de la lanza
doblósele hacia atrás;
Ayante, sin embargo, dando un salto,   260
pinchóle en el escudo, y su lanza
pasó de parte a parte hacia adelante,
y a él [24], aunque enardecido, repelióle;
y alcanzóle el cuello con un tajo,
y de él iba brotando sangre negra.
Pero ni aun así Héctor, el del yelmo
refulgente, cesaba en la batalla,
antes bien, tras haber retrocedido,
cogió una piedra con su gruesa mano,
que estaba por el suelo en la llanura,   265
negra piedra y áspera y grande,
y con ella alcanzó el tremendo escudo
de Ayante, guarnecido
con siete capas de bovinas pieles,
golpeándole en el centro,
sobre la abolladura.
Y el bronce resonó, naturalmente,
de él en derredor.
En el segundo lance, el gran Ayante,
una piedra habiendo levantado
mucho mayor, blandiéndola, lanzóla
contra Héctor el hijo de Príamo
y apoyó encima una fuerza inmensa,
y habiéndole alcanzado el escudo   270
con una piedra como de molino,
destrozólo por dentro

---

[23] *Sc.:* a Ayante.
[24] *Sc.:* a Héctor.

y tambalear le hizo las rodillas;
y cayóse extendido boca arriba
a su escudo por dentro adosado.
Pero al punto le puso en pie Apolo.
Y ya con las espadas, cuerpo a cuerpo,
habíanse dispuesto
los dos a golpearse mutuamente,
si no hubieran llegado los heraldos,   275
mensajeros de Zeus y de los hombres,
uno, de los troyanos, y el otro,
de los aqueos de broncíneas cotas,
Taltibio e Ideo,
discretos uno y otro.
En medio de los dos enderezaron
uno y otro sus cetros,
y dijo estas palabras
el heraldo Ideo,
sabedor de inspirados pensamientos:
«Ya no combatáis más, queridos hijos,
ni batalléis entrambos,
pues a uno y otro de vosotros ama   280
Zeus, el que las nubes amontona,
y ambos sois lanceros;
eso precisamente, en efecto,
ya, asimismo, todos lo hemos visto.
Pero la noche ya está despuntando
y bueno es hacer caso aun de la noche.»
Respondiéndole, dijo
Ayante Telamonio:
«Mandad, Ideo, que Héctor
exprese esa propuesta,
pues él mismo retara a la batalla   285
a todos los más bravos;
dé él el primer paso,
que, entonces, por mi parte,
yo habré de hacerle caso en gran manera,
por doquiera que él guíe.»
A él, a su vez, el gran Héctor, del yelmo
brillante, dirigióle la palabra:
«Puesto que un dios, Ayante,
te dio grandeza y fuerza

y discreción, y sobre los aqueos
por tu lanza eres muy preeminente,
ahora cesemos en guerra y combate   290
por el día de hoy; luego de nuevo
habremos de luchar
hasta que el dios del hado
nos separe y otorgue la victoria
de los dos bandos al uno o al otro.
Pero la noche ya está despuntando
y bueno es hacer caso aun a la noche;
así vas tú a poder junto a las naves
regocijar a todos los aqueos,
sobre todo a tus deudos   295
y a los compañeros que tú tienes;
por otra parte, yo,
de Príamo el rey
por la gran ciudad yendo,
habré de alegrar a los troyanos
y a las troyanas que arrastran los peplos,
las que rezando, en acción de gracias,
por mí, penetrarán en la asamblea
de los dioses. Pues, ¡venga!,
regalémonos ambos, uno al otro,
regalos gloriosos en extremo,
para que decir pueda de este modo   300
quienquiera, bien aqueo, bien troyano:
«Tan es verdad que ellos dos lucharon
por la porfía que devora el alma,
como lo es, a su vez, que, en amistad
se separaron, ya puestos de acuerdo.»
Después que así hubo dicho con voz clara,
la espada diole de clavos de plata,
llevándola con vaina
y tahalí bien cortado;
y Ayante un cinturón le ofrecía   305
refulgente de púrpura. Y ambos
se separaron; el uno se iba
de los aqueos en pos de las huestes,
y el otro sus pasos dirigía
de las troyanas huestes al tumulto.
Y éstas se alegraron cuando vieron

que vivo y sano y salvo
íbase aquél a ellas acercando,
habiendo escapado previamente
al coraje de Ayante y a sus manos
intangibles. Y lo guiaban luego   310
a la ciudad, cuando desesperaban
de que sano y salvo se encontrara.
Por otra parte, en el otro bando,
a Ayante complacido en la victoria,
los aqueos de hermosas canilleras
hasta el divino Agamenón llevaban.

[Banquete de los príncipes aqueos en la tienda de Agamenón]

Y cuando ya en las tiendas del Atrida
aquéllos estuvieron, para ellos
Agamenón, caudillo de varones,
un buey sacrificó de cinco años,   315
macho, al Cronida todopoderoso.
Le arrancaban la piel, lo preparaban,
y todo entero lo descuartizaron
y luego lo troceaban sabiamente
y en los asadores
los trozos espetaron
y los asaron con discreción suma,
y del fuego los retiraron todos.
Luego, después que en la labor cesaron
y hubieron el banquete preparado,
celebraban festín y el deseo   320
nada en menos echaba
de comida por igual repartida;
a Ayante, el héroe hijo de Atreo,
señor de amplios dominios, regalaba
con pedazos de lomo bien cumplidos.
Luego, después que fuera de sí echaron
la gana de comida y de bebida,
de todos el primero, el viejo Néstor
a urdir les comenzaba su proyecto,
Néstor, cuyo consejo   325
también el mejor antes se mostraba.

[311]

Él, hacia ellos bienintencionado,
la palabra tomó y así les dijo:
«Atrida y restantes principales
de todos los aqueos, ciertamente
muertos se encuentran ya muchos aqueos
de larga cabellera en sus cabezas,
cuya oscura sangre ha esparcido
el penetrante Ares   330
junto a las dos riberas
del Escamandro 25 de hermosas corrientes,
y muchas almas al Hades bajaron.
Por lo cual es preciso que la guerra
de los aqueos tú hagas cesar
con el rayar del alba,
y nosotros, reunidos, transportemos
aquí los muertos con bueyes y mulas;
y quemémoslos luego
un poco alejados de las naves,
para que a su casa cada uno,
cuando volvamos a la patria tierra,   335
lleve de ellos los huesos a sus hijos.
Y de uno y otro lado de la pira
un túmulo indistinto levantemos
de la llanura la arena sacando.
Y junto a él construyamos velozmente
altas torres, defensa de las naves
y de nosotros mismos.
Y en ellas hagamos unas puertas
bien ajustadas, para que entre ellas   340
pueda haber un camino para carros;
y por fuera del muro
cavemos cerca una profunda fosa,
la cual, del muro en derredor estando,
podría contener
a la caballería
y a tropas de tierra,

---

25 El Escamandro, llamado por los dioses Janto, es el río que nace junto al mónte Ida *(Il.* XII 21).

no siendo que a cargar llegue algún día
la guerra de los altivos troyanos.»
Así dijo y con él convinieron,
como era natural, los reyes todos.

[*Reunión de los troyanos*]

A su vez, una junta de troyanos   345
se celebró en la ciudadela de Ilio,
tremenda y agitada,
a las puertas del palacio de Príamo.
Entre ellos, Anténor [26], inspirado,
el primero hablaba en la asamblea:
«Escuchadme, troyanos,
y dárdanos y aliados,
para que decir pueda
lo que en mi pecho el ánimo me ordena.
¡Venga ya, vamos!, a la argiva Helena   350
y sus tesoros a la vez que ella,
démoslos a los hijos de Atreo
para que se los lleven; pues ahora
luchando estamos tras haber violado
con mentira los fieles juramentos;
por lo cual, no espero que se cumpla
cosa alguna que nos aproveche,
para que no obremos de ese modo» [27].
Habiendo hablado, ciertamente, así,
se sentaba, como correspondía,
y entre ellos levantóse
el divino Alejandro, el esposo   355
de Helena la de bella cabellera,
el cual, a él respondiendo,

---

[26] Anténor es hijo de Asietes y marido de Téano (cfr. *Il.* III 262; XI 59;
262). Era el troyano más favorable a los griegos. Había dado hospitalidad a
Menelao y Odiseo cuando éstos, en calidad de embajadores, se habían
llegado a Troya desde Ténedos (cfr. *Il.* III 205-224). Los *Cantos Ciprios*
contaban que él precisamente había evitado un atentado urdido por Paris
contra las personas de los dos reyes aqueos; y, de acuerdo con Príamo,
había aconsejado a los troyanos la devolución de Helena a los griegos
(véase Ovidio, *Metamorfosis* XIII 201).

[27] Ya los antiguos encontraban este verso difícil de entender.

le dirigía aladas palabras:
«Ya no me son, Anténor, agradables
estas palabras que tú ahora diriges;
tú sabes igualmente otro proyecto
concebir mejor que éste; mas si este
de verdad, en efecto,
y en serio lo expones,
a ti ya luego, entonces,   360
los dioses en persona
la razón totalmente perturbaron.
Yo, en cambio, por mi parte,
tomaré la palabra entre troyanos,
de potros domadores;
y de frente declaro
que a la mujer yo no he de devolverla,
mas los tesoros, cuantos me traía
de Argos a mi casa, estoy dispuesto
a devolverlos todos
y otros añadir de mi hacienda.»
De ese modo, por cierto, habiendo dicho,   365
como correspondía, se sentaba,
y entre ellos levantóse
Príamo el Dardánida,
consejero a los dioses comparable,
el cual, hacia ellos bienintencionado,
la palabra tomó y así les dijo:
«Escuchadme, troyanos,
y dárdanos y aliados,
para que decir pueda
lo que en mi pecho el ánimo me ordena.
Ahora tomad, por la ciudad, la cena,   370
como, precisamente, de ordinario,
y en la vigilancia parad mientes
y estad despiertos todos uno a uno;
y al rayar el alba, vaya Ideo
a las cóncavas naves,
a exponer a los hijos de Atreo,
Agamenón y Menelao, la oferta
que ha propuesto Alejandro,
por quien se ha suscitado esta querella,
y a comunicarle, asimismo,   375

esta propuesta de compacta trama:
si es que están dispuestos
a cesar en la guerra estrepitosa,
hasta que los cadáveres quememos;
que luego habremos de luchar de nuevo
hasta que el dios del hado nos separe
y otorgue a unos o a otros la victoria.»
Así dijo, y ellos le escucharon
todos con gusto, como convenía,
y le hicieron caso;
la cena, luego, por el campamento   380
tomaron ellos en sus compañías [28].

[Respuesta de Agamenón a la propuesta de Príamo]

Con el alba Ideo encaminóse
a las cóncavas naves; y a ellos,
a los dánaos de Ares servidores,
encontrólos en junta
al lado de la popa de la nave
de Agamenón; él, luego,
poniéndose de pie en medio de ellos,
decíales así, el sonoro heraldo:
«Atrida y restantes principales   385
de todos los aqueos,
Príamo me mandaba
y los otros troyanos excelentes
deciros, por si, realmente, acaso
aceptable y grata os resultara,
la oferta que hiciera Alejandro,
por quien se ha suscitado esta querella:
en cuanto a los tesoros,
todos los que Alejandro
se trajo a Troya en cóncavas naves   390
—¡así hubiera él antes perecido!—,
todos está dispuesto a devolverlos
y otros a añadir de su hacienda;

---

[28] Este verso contradice abiertamente la exhortación de Príamo en el
370: «Ahora, tomad, por la ciudad, la cena».

mas a la noble esposa del glorioso
Menelao, se niega a devolverla;
en verdad, sin embargo, los troyanos
le exhortan a que lo haga.
Y asimismo exponeros me mandaban
esta propuesta: si es que estáis dispuestos
a cesar en la guerra estrepitosa   395
hasta que los cadáveres quememos;
que luego habremos de luchar de nuevo
hasta que el dios del hado nos separe
y otorgue a unos o a otros la victoria.»
Así dijo, y ellos, entonces, todos,
quedaron en silencio, punto en boca;
al cabo, empero, ya, dijo entre ellos
Diomedes, por el grito
de guerra destacado:
«Que nadie acepte ahora los tesoros   400
de Alejandro ni a Helena,
pues es cosa de conocer bien fácil,
aun para aquel que sea muy incauto,
que sobre los troyanos
las sogas penden ya de su ruina.»
Así dijo, y ellos, entonces, todos,
los hijos de los guerreros aqueos
aclamaban, la opinión admirando
de Diomedes, domador de caballos.
Y entonces a Ideo dirigióle   405
la palabra el caudillo Agamenón:
«Ideo, en verdad estás oyendo
tú mismo la opinión de los aqueos,
cómo a ti te responden;
y a mí de ese modo me complace.
Respecto de los muertos, sin embargo,
no veo mal alguno en que los quemen,
pues no cabe ninguna parsimonia
para con los cadáveres de muertos,
para, una vez que hayan perecido,   410
aplacarles con fuego velozmente.
Y que Zeus, tonante esposo de Hera,
sea testigo de estos juramentos.»
Habiendo dicho así,

el cetro levantó a los dioses todos,
e Ideo de vuelta emprendió
el camino hacia la sacra Ilio.
Y ellos, los troyanos y dardanios,
en asamblea estaban sentados,   415
allí reunidos todos, esperando
cuándo por fin Ideo llegaría;
y él llegó, en efecto,
y en medio de ellos habiéndose puesto,
de su embajada expuso el mensaje;
y ellos muy velozmente se aprestaban
a estas dos cosas: a traer los muertos,
y otro grupo a ir por la leña;
y los argivos, en el otro bando,
desde las naves de buenas cubiertas
se apresuraban, a traer los muertos,   420
unos, y otros a ir por la leña.
El sol luego, desde muy poco antes,
contra las tierras de labor sus dardos
dirigía, en tanto que en el cielo
se elevaba saliendo de Océano
de profundas y plácidas corrientes,
y ellos unos con otros se encontraban.
Allí difícilmente era posible
de cada hombre discernir el bando;
mas con agua levándoles las manchas   425
por la sangre de heridas producidas,
y lágrimas ardientes derramando,
levantando los cuerpos de los muertos,
sobre los carros los depositaron.
Pero el gran Príamo no permitía
que a los muertos llorasen;
y ellos, en silencio, afligidos
de todo corazón,
los muertos en la pira amontonaban,
y después que en el fuego los quemaron,
se marcharon a la sagrada Ilio.
Y justamente así, en el otro bando,   430
los aqueos de hermosas canilleras,
afligidos de todo corazón,
los muertos en la pira amontonaban,

[317]

y después que en el fuego los quemaron,
se marcharon a las cóncavas naves.

[Los aqueos fortifican el campamento]

Y cuando todavía ni siquiera
el alba despuntaba,
sino que aún era noche entre dos luces,
entonces a ambos lados de la pira
reunióse un ejército escogido
de aqueos y hacían de ella en torno   435
un túmulo indistinto,
de la llanura la arena sacando,
y junto a él un muro construyeron
y elevadas torres,
de las naves defensa y de ellos mismos.
Y en ellas practicaban
bien ajustadas puertas
para que entre ellas
pudiera haber camino para carros.
Y por fuera, de la muralla cerca,   440
excavaron una profunda fosa,
ancha, grande, y en el interior de ella
clavaron, luego, estacas.
Así ellos trabajaban, los aqueos,
de intonsa cabellera en sus cabezas;
mas los dioses sentados cabe Zeus,
el lanzador del rayo, contemplaban
el inmenso trabajo
de los aqueos de broncíneas cotas.
Y entre ellos, el primero, Posidón,   445
que la tierra sacude,
tomaba la palabra:
«Padre Zeus, ¿habrá algún mortal
sobre la inmensa tierra todavía
que comunique a los inmortales
sus pensamientos y sus intenciones?
¿No ves que ya de nuevo [29] los aqueos
de intonsa cabellera en sus cabezas

---

[29] Cfr. *Il.* I 202.

[318]

un muro construyeron en defensa
de sus naves, y de él en derredor
tendieron una fosa,
y a los dioses, empero, no ofrecieron
gloriosas hecatombes?
Y, sin embargo, de esa muralla   450
la fama irá tan lejos
cual lejos va la aurora al esparcirse;
y se olvidará, en cambio, aquella otra
que yo y Febo Apolo edificamos
al héroe Laomedonte,
uno y otro fatigas padeciendo»[30].
Y a él, muy irritado, la palabra
le dirigía Zeus,
el que amontona nubes:
«¡Ay qué cosas has dicho,   455
sacudidor de la tierra, señor
de amplio poder! Cualquiera
otro de entre los dioses mucho más
débil que tú en manos y coraje
temer podría ese pensamiento;
tu fama, en verdad, irá tan lejos
cual lejos va la aurora al esparcirse.
Toma, pues, nota: cuando los aqueos
de intonsa cabellera en sus cabezas
de vuelta se hayan ido con sus naves   460
a la querida tierra de sus padres,
rompiendo la muralla, toda ella
derríbala hasta que en el mar se hunda,
y de nuevo, de arenas
la grande costa cubre
para que, cual deseas, el gran muro
de los aqueos sea destruido.

[*Cena de los aqueos*]

De ese modo el uno con el otro
conversaciones tales mantenían;

---

[30] Según *Il.* XXI 441-457, sólo Posidón le construía el muro a Laomedonte; Apolo, en cambio, le apacentaba el ganado.

pero el sol se puso
y estaba acabada
la obra de los aqueos,
e inmolaban toros por las tiendas
y la cena tomaron.
Naves de Lemnos [31] estaban ancladas
que transportaban vino, numerosas,
que enviara el Jasónida Euneo [32],
a quien parido había Hipsipila [33]
sometida a Jasón [34], pastor de gentes.
Y, como don aparte, el Jasónida
de vino había dado mil medidas,
para que a los Atridas lo llevaran,
o sea, a Agamenón y Menelao.
De allí vino obtenían los aqueos
de intonsa cabellera en sus cabezas,
unos mediante bronce,
otros, en cambio, con brillante hierro,
y otros mediante pieles,
y otros a cambio de las vacas mismas,
y a cambio, otros, de esclavos;
y festín abundante se aprestaban.
Después, toda la noche, los aqueos
de intonsa cabellera en sus cabezas
banqueteaban, mientras los troyanos
y aliados lo hacían en la urbe.
Mas Zeus consejero, contra ellos,
toda la noche males maquinaba
con espantosos truenos resonando.

---

[31] La isla de Lemnos, hoy Estalimene, situada al oeste de la Tróade, estaba consagrada a Hefesto y a los Cabiros por causa del volcán —el Mósquilo— que en ella se encuentra. En la isla había una ciudad, llamada también Lemnos *(Il.* XIV 230; 281), en la que radicaba una colonia aquea en tiempos micénicos. Respecto del frecuente intercambio entre los aqueos y Lemnos, cfr. *Il.* XXI 40 y ss.; XXIII 746 y ss.

[32] Euneo, hijo de Jasón, era rey de Lemnos.

[33] Hipsípila, mujer de Jasón, hija del rey Toante (cfr. *Il.* XXIII 230), era madre de Euneo.

[34] Jasón fue el caudillo que condujo a los Argonautas en su viaje por mar a la Cólquide; se le menciona en *Il.* XXI 40 y ss.; XXIII 746 y ss., y *Od.* XII 69-72.

Y un pálido terror
hacía presa en ellos,
y vino derramaban de las copas   480
a la tierra[35], y no se atrevió nadie
a beber antes de libar a Zeus,
el poderoso hijo del dios Crono.
Se acostaron, luego, a continuación,
y el regalo del sueño se tomaron.

Príamo y Helena

[35] Se hacían libaciones a los dioses a fuer de ofrendas; cfr. *Il.* XXIII 220.

Canto VIII

La batalla truncada*

[Asamblea de los dioses]

La Aurora con su velo azafranado
se esparcía por la tierra toda[1],
y Zeus, que disfruta con el rayo,
una asamblea reunió en la cumbre
más alta del Olimpo de mil cimas,
y él a ellos hablaba, y los dioses
todos le escuchaban:
«Escuchadme, dioses y diosas todos,   5
para que decir pueda
lo que en mi pecho el ánimo me ordena.

---

* El canto octavo, subtitulado «La batalla truncada» porque la interrumpió, en efecto, la llegada de la noche, narra la gran derrota que sufrieron los aqueos el segundo día de batalla, día vigésimo quinto de la acción de la *Ilíada*. En la asamblea de los dioses Zeus prohíbe a los inmortales acudir en socorro tanto de troyanos como de aqueos. En el fondo, el padre de los dioses se dispone a dar cumplimiento a la promesa que hiciera a Tetis (cfr. *Il.* I 523 y ss.) Y así, actuando él exclusivamente, los troyanos reducen a los aqueos hasta el punto de obligarles a volverse a su campamento, donde se protegen tras sus muros y el foso a ellos adherido. Y Zeus anuncia una derrota todavía más grave para el siguiente día (cfr. *Il.* VIII 470 y ss.). Los troyanos celebran junta. En ella Héctor se lamenta de no haber podido expulsar a los aqueos y decide acampar en la llanura con el fin de dar remate a su victoria al día siguiente (cfr. VIII 489-541). Y así, acampan los troyanos (cfr. VIII 542-565).

[1] Cfr. *Il.* XXIV 695.

Que nadie, en absoluto, diosa hembra
o dios varón alguno,
frustrar intente este mandato mío;
antes bien, a una todos aceptadlo,
para que a estos trabajos
ponga fin cuanto antes.
Aquél a quien yo vea,   10
aparte de los dioses,
ir voluntariamente
a ayudar a los dánaos o troyanos,
golpeado por el rayo,
no volverá al Olimpo
como a la conveniencia corresponde;
o lo cojo y lo arrojo
al tenebroso Tártaro, bien lejos,
allí donde se encuentra bajo tierra
el más profundo abismo,
allí donde las puertas son de hierro   15
y el umbral es de bronce,
tan abajo del Hades cuanto el cielo
alejado se encuentra de la tierra[2];
sabrá luego por cuánto
soy de todos los dioses el más fuerte.
¡Venga, pues, dioses, de ello haced la prueba,
para que tengáis todos experiencia!
Colgad del cielo una cuerda de oro
y ataos a un extremo de ella
todos los dioses y todas las diosas;   20
del cielo no podríais, sin embargo,
a la llanura arrastrar a Zeus,
excelso consejero, ni siquiera
muchísimos esfuerzos realizando.

---

[2] El tenebroso Tártaro, donde habitan Crono y los Titanes (*Il.* V 898;
XIV 200; 279; VIII 478), es el escalón más bajo del mundo. El más alto es
el cielo, y la tierra es el intermedio. El Hades se encuentra en el fondo de la
tierra, bajo el suelo. La misma concepción la encontramos en la *Teogonía* de
Hesíodo (*Teogonía* 720; 726; 732; 811). La entrada al Tártaro, al igual que la
del Hades, se halla en los extremos confines de la Tierra y del Ponto (véase
Il. VIII 477 y ss.; XIV 200 y *Od.* X 508 y ss.). Es el Tártaro un lugar de
castigo que produce pavor a los dioses, como el Hades para los mortales.

Por el contrario, en cuanto estuviera
también yo decidido a tirar de ella,
con mar y tierra os arrastraría;
ataría la cuerda, después de eso,   25
en torno de una cumbre del Olimpo,
y esto otro, por su parte, toda cosa,
suspendido en el aire quedaría.
Tan por encima estoy yo de los dioses
y estoy tan por encima de los hombres.»
Así dijo, y ellos, entonces, todos
quedaron en silencio, punto en boca,
del discurso admirados,
pues muy vehementemente les hablara,
Pero, al fin ya, entre ellos Atenea,   30
la diosa de los ojos de lechuza,
habló de esta manera:
«Padre nuestro Cronida,
el más excelso de los soberanos,
también nosotros eso bien sabemos:
que tu fuerza es del todo incoercible;
mas nos compadecemos, no obstante,
de los dánaos lanceros
que desde ahora perecer pudieran,
colmando un destino miserable.
Pero, de todos modos, cual tú ordenas,   35
nos mantendremos fuera de la guerra;
mas hemos de inspirar [3] a los argivos
un consejo que habrá de aprovecharles,
para que no perezcan todos ellos
sólo porque tú te hayas irritado.»
Y a ella sonriéndole le dijo
Zeus el amontonador de nubes:
«Tranquila, Tritogenia, hija querida;
realmente yo no hablo, en modo alguno,
con un impulso serio de mi alma,
y contigo ser quiero bondadoso.»   40
Habiendo dicho así, se preparaba
bajo el yugo del carro dos caballos

---

[3] *Sc.* «Hera y yo.»

de pezuñas de bronce, veloz vuelo
y largas crines de oro.
Y él mismo de oro se vestía
alrededor del cuerpo,
y una tralla empuñó
de oro y bien labrada,
y montóse en su carro y fustigó   45
a los caballos para que corriesen;
y ellos emprendieron, no obligados,
el vuelo entre la tierra
y el cielo estrellado.
E iba llegando al Ida de mil fuentes [4],
al Gárgaro [5], la madre de las fieras,
donde él un templo tiene
y un altar con incienso perfumado.
Paró allí los caballos
el padre de los hombres y los dioses,
y, habiéndolos del carro desuncido,   50
vertió en torno de ellos densa bruma,
y en las cumbres él mismo se sentaba,
de su gloria orgulloso, contemplando
la ciudad de los guerreros troyanos
y las naos de los guerreros aqueos.
Y ellos luego tomaron la comida,
por las tiendas, aprisa, los aqueos
de larga cabellera en sus cabezas,
y después de inmediato se ponían
las corazas. Y, a su vez, los troyanos,   55
del otro lado, íbanse armando,
por la ciudad, en número más corto;

---

[4] El Ida es una cadena montañosa rica, efectivamente, en fuentes,
porque de su cara norte brotan los ríos que se enumeran en *Il.* XII 17 y ss.
El Ida se extiende desde Frigia hasta el Helesponto, pasando a través de
Misia, y sus estribaciones llegan hasta la misma llanura troyana en la que
tienen lugar los combates de la *Ilíada (Il.* II 821; XI 183). Zeus tiene en el
Ida su asiento y desde él *(Idēthen)* dirige los acontecimientos de los
hombres como celeste soberano *(Il.* VIII 397; III 276).

[5] El Gárgaro es la cima más alta de la cadena montañosa llamada Ida;
cortada a pico, estaba situada esta montaña al sur de la cordillera, y medía
mil ochocientos metros. Desde ella se contemplaba toda Troya.

mas aun así de ardor estaban llenos
para trabar combate en la refriega,
por menester estricto,
por defender sus hijos y mujeres.
Y las puertas se iban abriendo todas
y el ejército afuera se lanzó,
infantes y jinetes,
y un estruendo inmenso se elevaba.
Y cuando ya, avanzando frente a frente,   60
al mismo punto entrambos se llegaron,
entrechocar hicieron
los escudos de cuero,
las lanzas y vigores impetuosos
de guerreros de coraza de bronce;
por otra parte, fuéronse juntando,
los unos a los otros,
los escudos provistos de bollón,
y un estruendo inmenso se elevaba.
Allí se levantaban juntamente
el gemido y el grito de victoria
de guerreros que perecer hacían   65
y de guerreros que iban pereciendo,
y la tierra fluía envuelta en sangre.
Mientras había aurora
y se iba acrecentando el sacro día,
entonces de ambos bandos realmente
los venablos sus blancos alcanzaban
y las gentes caían.
Mas cuando el sol con ambos pies pisaba
del cielo el punto medio,
ya entonces, justamente, su balanza
de oro el padre tendía
y en los platillos de ella colocaba   70
dos genios de la muerte[6] dolorosa,

---

[6] Las *kêres* son los genios de la muerte que acompañan a las personas
desde su nacimiento. Zeus pesa las kêres de los contrincantes cuando se
acerca la muerte de algún héroe. La *kêr* que más pese es la del héroe que
muere. En este pasaje, sin embargo, no se contempla la aniquilación de
uno u otro de los bandos, sino la derrota de las huestes aqueas. En cambio,
en *Il.* XXII 212 Zeus pesa las *kêres* de Héctor y de Aquiles.

uno de los troyanos,
domadores de potros,
y otro de los aqueos
de lorigas de bronce.
Y habiéndola cogido por el medio,
la alzaba; y se inclinaba hacia abajo
de los aqueos el día fatal.
Los genios de la muerte
de los aqueos íbanse asentando
sobre la tierra de muchos nutricia;
en cambio, al vasto cielo
se levantaron los de los troyanos.
Él mismo desde el Ida   75
fuertemente tronó
y lanzó un relámpago inflamado
en medio de las huestes
de los aqueos. Y ellos, al verlo,
suspensos se quedaron, y a todos
un pálido terror sobrecogióles.

                    [*Huida de los aqueos*]

Ni Idomeneo entonces
ni Agamenón el ánimo tuvieron
de aguantar a pie firme,
ni aun los dos Ayantes,
servidores de Ares, aguantaban.
Sólo Néstor Gerenio,   80
guardián de los aqueos, resistía,
en modo alguno voluntariamente,
antes bien, se le iba consumiendo
un caballo al que alcanzado había
con un dardo el divino Alejandro,
el esposo de Helena
de bella cabellera,
en la alta coronilla de su testa,
donde están implantadas en el cráneo
de los caballos las primeras crines,
y es lugar en extremo decisivo.
De dolor alcanzado, dio un salto,   85
pues la flecha le entrara hasta los sesos,

                            [327]

y, rodando en derredor del bronce,
el tronco perturbó de los caballos[7].
Mientras con un puñal trataba el viejo,
dando saltos de un lado para otro,
de separar, cortando, los arneses
del caballo ladero,
llegaron de Héctor los raudos corceles
al asalto, portando sobre el carro
un intrépido auriga: el propio Héctor;
y allí, sin duda, el viejo su vida   90
la habría perdido, si Diomedes,
distinguido por el grito de guerra,
justo en ese momento no le hubiera
con su aguda vista percibido;
y dio un grito espantoso,
a Odiseo incitando con apremio:
«Laertiada, de Zeus descendiente,
Odiseo en recursos abundante,
¿la espalda habiendo vuelto, a dónde escapas,
cual cobarde en medio de la masa?
Que nadie, según huyes, en la espalda   95
una lanza te clave; mas aguanta
hasta que del anciano echemos lejos
a ese feroz guerrero.»
Así dijo, mas no le escuchó
el divino Odiseo muy sufrido;
antes bien, dando un salto, velozmente
por su lado pasó en dirección
a las cóncavas naos de los aqueos.
Pero el Tidida, aun estando solo,
se introdujo entre los combatientes
de la primera línea
y paróse del carro por delante   100
del anciano Neleida
y, hablándole con clara voz y fuerte,
le dirigía aladas palabras:
«Bien, a decir verdad,

---

[7] Es decir: a los caballos que van bajo el yugo del carro, pues el herido
es un *paréoros* (cfr. *Il.* VIII 87), un caballo suplementario que va atado a
uno de los caballos del yugo o al yugo mismo.

te apremian, anciano,
los jóvenes guerreros,
mientras que está tu fuerza quebrantada,
pues la vejez penosa te acompaña
y débil es, sin duda, tu escudero,
y lentos tus caballos.
Mas, ¡venga ya!, móntate en mi carro,   105
para que veas cómo son de buenos
los caballos de Tros, que son bien duchos
en perseguir tanto como en huir
con trote en extremo impetuoso
por la llanura, de una parte a otra,
los que antaño arrebaté a Eneas,
de huida, los dos, incitadores.
Que esos dos tuyos cuiden
nuestros dos servidores;
nosotros dos, empero, estos dos míos
guiando, en derechura   110
dirijámoslos contra los troyanos,
domadores de potros,
para que a saber llegue incluso Héctor
si es que también mi lanza se enardece
cuando se halla en las palmas de mis manos.»
Así dijo y no hizo caso omiso
Néstor Gerenio, conductor de carros.
Después de ello, entrambos escuderos
los caballos de Néstor atendían:
el fuerte Esténelo[8] y Eurimedonte[9]
que lo viril estima.
Y ellos dos[10] montaron en el carro   115
de Diomedes, y Néstor
tomó en sus manos las brillantes riendas
y azotó los caballos, y bien presto
a estar llegaron ellos cerca de Héctor.
Y a él, que enardecido se lanzaba

---

[8] Esténelo, hijo de Capaneo, es escudero de Néstor; combatió ante Tebas e Ilión (cfr. *Il.* V 108; 111; 241; 835; II 564; IV 367; IX 48; XXIII 511). Preferimos la lectura *íphthimos* a *íphthimoi*.

[9] Eurimedonte es el conductor del carro de Néstor (cfr. *Il.* XI 620).

[10] Es decir: ambos caudillos, Néstor y Diomedes.

derecho contra ellos, disparóle
la jabalina el hijo de Tideo.
Y a él, precisamente,
aquel no le acertó,
pero alcanzó al auriga, su escudero,
Eniopeo[11], el hijo   120
del altivo Tebeo,
mientras de los caballos
las riendas empuñaba,
en el pecho, de la tetilla al lado.
Y de su carro cayó derribado
y le retrocedieron los corceles
de pies veloces; y de él allí mismo
alma y coraje se le desataron.
Y a Héctor le envolvió aflicción terrible
las entrañas a causa del auriga.
A él luego dejólo que yaciera,   125
aunque afligido por su compañero,
y él detrás iba de un audaz auriga;
y, como es natural,
ya no por largo tiempo estaban faltos
de nuevo conductor sus dos caballos;
pues al punto a Arqueptólemo encontró,
el Ifítida osado,
a quien, precisamente, en ese punto
hizo montar al carro arrastrado
por dos corceles de veloces cascos
y le daba las riendas a sus manos.
Allí calamidad   130
y hechos sin remedio
se hubieran producido,
y en Ilio cual corderos
acorralados habríanse visto,
de no haber sido porque agudamente
lo había percibido
el padre de los hombres y los dioses;

---

[11] Eniopeo, hijo de Tebeo, es el conductor del carro de Héctor. Lo
mató Diomedes. Arqueptólemo el Ifítida es el cochero que tomó Héctor
como sustituto del anterior. Morirá, unos versos más adelante (*Il.* VIII 312
y ss.), traspasado por una flecha disparada por Teucro.

y habiendo hecho sonar tremendo trueno,
resplandeciente rayo disparó,
y lo hizo caer a tierra por delante
del carro y los caballos de Diomedes;
y una terrible llama   135
de azufre quemado levantóse
y ellos, sus dos caballos, temerosos,
se acurrucaron debajo del carro;
y a Néstor le escaparon de las manos
las relumbrantes riendas y en su ánimo
se asustó él, al menos,
y dijo a Diomedes:
«Tidida, ¡venga!, ya de nuevo guía
los solípedos potros a la fuga,
¿o es que no te das cuenta   140
de que no te acompaña
la protección que de Zeus procede?
Pues ahora la gloria está otorgando
a ese hombre Zeus el hijo de Crono,
por hoy mismo; más adelante, empero,
también habrá de dárnosla a nosotros,
si él así lo quiere;
que un hombre no podría en absoluto
poner trabas al designio de Zeus,
ni aunque fuera en extremo valeroso,
pues que él lleva, en efecto, gran ventaja.»
Y a él luego respondía Diomedes,   145
por su grito de guerra distinguido:
«Sí, en efecto, anciano;
eso, al menos, todo ello,
en su justa medida lo has dicho,
pero he aquí una aflicción terrible
que el corazón y el ánimo me alcanza:
Héctor, sí, en efecto, dirá un día,
hablando en la asamblea de troyanos:
"Habiendo sido por mí puesto en fuga,
llegó a las naves el Tidida huyendo."
Así se jactará él algún día;   150
que se me abra entonces la ancha tierra»[12].

---

[12] Es decir: que me trague la tierra.

A él luego contestaba
Néstor Gerenio, conductor de carros:
«¡Ay de mí, lo que has dicho,
tú, hijo del valeroso Tideo!;
pues si, en verdad, precisamente Héctor
de cobarde y de flojo te tachara,
no habrán de darle crédito, empero,
los troyanos y dárdanos
y esposas de magnánimos troyanos,   155
portadores de escudo,
aquellas cuyos lozanos esposos
tú abatiste en medio del polvo.»
Así, precisamente, habiendo hablado
con clara y fuerte voz,
dirigía a la fuga sus corceles
solípedos, de nuevo, a la carrera;
y encima de ellos los troyanos
y Héctor, con estruendo portentoso,
en masa derramaban proyectiles
colmados de gemidos. Y el gran Héctor
de yelmo refulgente a Diomedes   160
llamóle a grandes gritos:
«Tidida, te estimaban más que a nadie
a ti los dánaos de raudos corceles
en asiento y en porciones de carne
y en copas rebosantes,
mas han de despreciarte desde ahora;
sí, justamente, sí, hace bien poco
a la par de mujer te comportabas.
En hora mala vete, vil muñeca,
toda vez que, no habiendo yo cedido,
no has de poner tus pies en nuestras torres   165
ni las mujeres nuestras en tus naves
contigo has de llevarte, que, antes de ello,
he de darte un espíritu maligno» [13].

---

[13] El *daímōn* es un espíritu divino cuya influencia sobre los hombres
puede ser favorable o maligna. De ahí que la palabra *daimónios,* que
literalmente significa «sometido a la influencia de un *daímōn*», pueda
emplearse tanto con el valor de «admirable» como con el de «infortunado».

Dijo así, y el hijo de Tideo,
indeciso, pensó, entre dos extremos,
si volver sus caballos y, hostilmente,
frente a frente con él trabar combate.
Tres veces lo pensó
en su mente y su alma,
y tres veces tronó, precisamente,   170
el sabio Zeus desde el monte Ida,
señal proporcionando a los troyanos
de victoria alternante en la batalla.
Y Héctor a grandes gritos
exhortó de este modo a los troyanos:

[Exhortación de Héctor]

«¡Ah troyanos y licios
y dárdanos, combatientes de cerca!,
sed varones, amigos, y acordaos
del vigor impetuoso;
pues me voy dando cuenta   175
de que el hijo de Crono, bien dispuesto
para conmigo, a mí me ha concedido
victoria y grande gloria,
a los dánaos, empero, gran desgracia;
¡infelices!, que ya ahora, justamente,
dábanse a fabricar estas murallas
deleznables y de ningún cuidado;
ellas no contendrán nuestro ardimiento;
saltarán fácilmente los caballos
de la fosa excavada por encima.
Sin embargo, tan pronto yo me encuentre   180
sobre sus naves cóncavas, ¡ya luego
del fuego abrasador haya un recuerdo,
para que pueda yo inflamar sus naves
y además matarlos a ellos mismos,
a los argivos junto a sus naves,
horrorizados por causa del humo!»
Habiendo dicho así,
exhortó a sus corceles
y en voz alta les dijo:
«Janto, y tú también, Podargo y Eton,   185

[333]

y tú, divino Lampo[14],
volvedme ahora en pago el cuidado
tan extremado con el que Andrómaca,
de Eetión[15] el magnánimo la hija,
os sirvió a vosotros[16] los primeros
trigo cual la miel dulce
y vino que bebierais
cuando a ello el ánimo os urgiera,
habiéndolo mezclado previamente,
antes que a mí, yo que, precisamente,   190
de ser me jacto su lozano esposo.
¡Ea, pues, ya!, seguidme y daos prisa,
para, así, apoderarnos del escudo
de Néstor, cuya fama al cielo llega
de ser todo él de oro,
tanto sus asas como él en sí mismo,
y luego, justamente, arrebatar
de uno y el otro hombro de Diomedes
domador de caballos, la coraza,
primorosa obra de arte, que Hefesto
elaboró con fatiga y con esmero.   195
Si con esas dos prendas
llegásemos a hacernos,

---

[14] Este verso, el número 185 de este canto octavo, lo excluía y repudiaba
Aristarco por considerarlo espurio, basándose, para mantener tal opinión,
en el hecho de que los héroes homéricos no poseían carros tirados por
cuatro caballos. En prueba de ello aducía Aristarco el verso número 400
del canto XIX de la *Ilíada*. En el canto XXIII del mismo poema, verso
número 295, en la *Odisea* XXIII 246, y en este mismo canto que traducimos, versos 186 y 191, aparecen unos duales verbales que aconsejan dar la
razón a Aristarco.

En cuanto a los nombres de los corceles, se basan —como suele ser
usual— en nombres de colores que se perciben en determinadas partes de
los caballos: *Janto* tiene que ver con el adjetivo *ksanthós* que significa
«rojizo»; *Podargo* tiene que ver con las voces *pod-,* que significa «pie», y
argós, que quiere decir «resplandeciente», «blanco». *Eton,* griego *aithōn,* es
también un nombre de color: «flavo», «de color encendido». Y *Lampo* está
relacionado con el adjetivo *lamprós,* que equivale a «brillante», «reluciente».

[15] Eetión, como hemos visto ya, es el padre de Andrómaca, rey de Teba,
ciudad de la Tróade. Cfr. la *Tróade. Il.* I 366; VI 396.

[16] Hay en este lugar del texto original un anacoluto. Esperaríamos algo
así como: «el cuidado que Andrómaca os prodigó *kómisse* o *paréskhe*
sirviéndoos a vosotros los primeros trigo cual la miel dulce...etc.».

tendría la esperanza
de hacer montar sobre sus raudas naves
a los argivos esta misma noche.

[*Indignación de Hera*]

Así dijo, hablando con jactancia,
mas indignóse la señora Hera,
y removióse dentro de su asiento,
y temblar hizo el elevado Olimpo;
y a Posidón, entonces, un dios grande,   20
le hablaba, de frente, de este modo:
«¡Ay, miseria, sacudidor de tierra,
de amplia fuerza, ni una vez tan sólo
tu corazón se queja en tus entrañas
de que los dánaos vayan pereciendo!
Ellos a ti, en cambio, bien te llevan
hasta Hélica y Egas [17],
a lo alto de tus templos,
presentes abundantes y agradables;
¡quiere tú para ellos la victoria!
Pues si en verdad quisiéramos nosotros,   205
cuantos auxiliadores
de los dánaos somos
echar bien lejos de aquí a los troyanos
y retener a Zeus de voz amplia,
allí mismo sentado en solitario,
sobre el monte Ida, se afligiera.»
A ella respondió, muy irritado,
el soberano que sacude el suelo:
«¡Hera, en las palabras atrevida,
vaya proyecto éste que me has dicho!
Yo, al menos, no quisiera   210
con Zeus, hijo de Crono, entrar en lucha,
pues, nos lleva, en efecto, gran ventaja.»

[*Los aqueos, de nuevo derrotados*]

Así tales palabras estos dioses
hablaban uno al otro en conferencia;

---

[17] Hélica y Egas son localidades de Acaya en las que se veneraba a
Posidón. Cfr. para Hélica: *Il.* II 575; para Egas: *Il.* XIII 21.

pero, por otra parte, todo el trecho
que, lejos de las naves, medianero,
de la torre la fosa separaba,
se llenaba de carros y guerreros,
juntamente, de escudos pertrechados,
que se iban apiñando, acorralados,   215
pues que, apiñados, los acorralaba
Héctor el Priamida,
al impetuso Ares comparable,
ya que Zeus la gloria le otorgara.
Y él de verdad hubiera inflamado
con fuego abrasador
sus naos perfectamente equilibradas,
si en las mientes no le hubiera puesto
a Agamenón la soberana Hera
la idea de exhortar a los aqueos
prestamente, después ya de que él mismo
hubiera comenzado a jadear.
Y se puso él a andar todo a lo largo   220
de las tiendas y naves
de las huestes aqueas,
un gran manto de púrpura[18] empuñando
en su robusta mano,
y al pie paróse de la negra nave,
de grandes cavidades, de Odiseo,
la cual, precisamente, se encontraba
en el lugar más céntrico del campo,
para gritar a uno y a otro lado:
a las tiendas de Ayante Telamonio
y a las de Aquiles, quienes, justamente,   225
del campo en los puntos más extremos
sus naos perfectamente equilibradas
habían atracado, confiados
en su hombría y la fuerza de sus brazos;
y lanzó él un grito penetrante,
haciéndolo a los dánaos perceptible:

---

[18] El manto de lino de color púrpura que llevaba Agamenón como
símbolo de su realeza sirve ahora para llamar la atención de los combatientes aqueos.

«¡Vergüenza, argivos, cobardes infamias,
de apariencia, tan sólo, admirables!,
¿a dónde a dar se fueron las jactancias,
cuando ahora afirmábamos nosotros
ser los más distinguidos,
aquellas que decíais vanidosos,   230
cuando estabais en Lemnos,
mientras comiendo estabais muchos trozos
de una carne de vacas de altos cuernos,
y bebiendo crateras
de vino coronadas: que en la guerra
habría de hacer frente cada uno
sea a cien troyanos, sea a doscientos?
Pero ahora, en cambio,
ni de uno solo somos contrapeso:
de Héctor que nuestras naves   235
quemará pronto con ardiente fuego.
Padre Zeus, ¿acaso, pues, ya antes
a alguno de los reyes prepotentes,
tras alocarle con esta locura,
también a él gloria excelsa arrebataste?
Nunca, a decir verdad, yo lo aseguro,
pasé de largo por un altar tuyo
sobremanera hermoso,
cuando yo, por mi mal, aquí venía
con mi nave provista
de abundantes filas de remeros,
mas, al contrario, sobre todos ellos   240
quemé yo grasa y muslos de bueyes,
en mi anhelo por destruir Troya,
la bien amurallada.
¡Ea, pues, padre Zeus!,
cúmpleme este deseo, en todo caso:
déjanos a nosotros, por lo menos [19],
escapar y huir, y no consientas
que así vayan siendo reducidos
los aqueos a manos de troyanos.»
Así dijo, y de él compadecióse,   245

---

[19] La repetición de «en todo caso» y «por lo menos» en el original
responde a la repetición enfática de la enclítica *pér*.

al verle verter lágrimas, su padre,
y concedióle que las huestes salvas
se mantuvieran y no pereciesen.
Y, al punto, un águila envió,
el más perfecto de los voladores,
que cogido tenía entre sus garras
un cervatillo, cría
de una cierva veloz,
y dejólo caer al cervatillo
junto al primoroso altar de Zeus,
donde al Zeus de todos los presagios   250
sacrificar solían los aqueos.
Y ellos, entonces, luego que advirtieron
que, como era evidente, el presagio
de Zeus había venido, se lanzaron
con más arrojo sobre los troyanos,
y del ardor guerrero se acordaron.
Allí no hubo nadie entre los dánaos,
aunque sí que eran muchos,
que gloriarse pudiera
de haber sido el primero en dirigir
sus rápidos corceles a la fosa
antes de hacerlo el hijo de Tideo,
y en haberlos sacado de ella   255
y frente a frente haber entrado en liza;
por el contrario, con mucho él primero,
a un guerrero mató de los troyanos
que estaba con un yelmo cubierto:
a Agelao el hijo de Tradmón [20];
él, dispuesto a la huida,
había hecho volver a sus caballos,
y a él, cuando se había vuelto,
en las espaldas le clavó la lanza,
en medio de los hombros,
y a través de su pecho la pasó;
y se vino a tierra desde el carro,   260
y sobre él sus armas rechinaron.
Después de éste, los hijos de Atreo,

---

[20] Sólo aparece mencionado en este pasaje.

Agamenón y Menelao, y luego,
tras ellos, los Ayantes,
de vigor impetuosos revestidos,
y tras de ellos, luego, Idomeneo [21],
y el compañero de Idomeneo,
Meriones [22], comparable a Enialio,
matador de guerreros, y tras ellos,   265
Eurípilo [23], de Evemon hijo ilustre.

[Principalía de Teucro]

Teucro llegó el noveno,
tendiendo su arco que hacia atrás se tensa,
y luego se paró
debajo del escudo
de Ayante Telamonio.
Allí Ayante un instante
desplazaba el escudo,
y el héroe luego, la mirada en torno
habiendo paseado,
cada vez que, la flecha disparando
sobre la muchedumbre,
a alguien le había acertado,   270
este tal allí mismo
cayó y perdió la vida,
mientras Teucro, atrás yendo,
a ocultarse venía
al espacio que defendía Ayante,
como va un niño al pie de su madre;
y a él con su escudo reluciente
Ayante le cubría.
¿Allí a quién el primero
mató de los troyanos

---

[21] Los Ayantes son Ayante Telamonio y Ayante Oiléada (o hijo de
Oileo). Cfr. *Il*. III 229; XXIII 793, etc. Idomeneo es el hijo de Deucalión,
nieto de Minos y caudillo cretense; cfr. *Il*. II 642; IV 265; XII 117; XIII
248.
[22] Meríones es hijo de Molo *(Il*. XIII 249), cretense *(Il*. X 270), y
servidor y compañero de armas de Idomeneo *(Il*. XIII 246). Sus hazañas
aparecen referidas en *Il*. XIII 566; 650; XIV 514; XVI 342; 603.
[23] Hijo de Evemón, de Tesalia; cfr. *Il*. II 736; V 76; VI 36; XI 580; 809.

Teucro el irreprochable?
A Orsíloco, primero,
y a Órmeno y a Ofelestes
y a Détor y Cromio y Licofonte,   275
parecido a los dioses,
a Amopaon, hijo de Poliemon,
y a Melanipo[24]. A todos
acercólos, al uno tras el otro,
a la tierra de muchos nutridora.
Y al verle aniquilar
escuadras de troyanos
con las flechas lanzadas
desde su fuerte arco,
se alegró Agamenón, rey de guerreros;
y hacia él yendo, se plantó a su lado   280
y a él dirigióle estas palabras:
«¡Teucro, cara cabeza, Telamonio,
caudillo de mesnadas!,
sigue así disparando
por si una luz llegaras
a ser para los dánaos
y para Telamón, tu propio padre,
que cuando eras pequeño te criaba,
y a ti, aun siendo bastardo[25],
te dio acogida en su propia casa.
A él, aunque esté lejos,   285
hazle poner los pies sobre la fama.
Pues yo voy a decirte abiertamente
tal como ello será un hecho cumplido:
Si Zeus portaégida y Atena
saquear Ilión me concedieran,
la ciudad bien fundada,
en las manos pondré de ti, el primero
después de mí, un presente de honor:

---

[24] Todos estos troyanos muertos por Teucro sólo aparecen mencionados en este pasaje.

[25] La madre de Teucro, Hesíone, hija del rey de Troya Laomedonte, la recibió Telamón de Heracles, quien la había capturado en la toma y saqueo de Troya. La madre de Ayante, hijo, al igual que Teucro, de Telamón, era, en cambio, Eribea o Peribea.

o un trípode o un par de caballos   290
con su carro incluido,
o mujer que contigo
al común lecho suba.»
A él, en respuesta, Teucro irreprochable
dirigióle en voz alta estas palabras:
«Gloriosísimo Atrida,
¿por qué me acucias, si yo por mí mismo
ya me estoy esforzando con gran celo?
En verdad que no cejo (que lo sepas),   295
al menos por la fuerza que me asiste,
antes bien, desde el punto
en que los empujamos hacia Ilio,
ya desde ese momento, al acecho,
varones voy matando. Y ya ocho dardos
de alargada lengua disparé
y todos en los cuerpos se clavaron
de vigorosos y ágiles guerreros;
mas a ése de ahí,
perro rabioso, no logro acertarle.»

[Teucro, herido]

Dijo así, justamente, y de su cuerda   300
derecho a Héctor un dardo lanzaba,
pues su ánimo anhelaba atinarle,
y a él no le acertó;
empero, a Gorgitión irreprochable,
de Príamo el hijo excelente,
le acertó con la flecha en pleno pecho,
aquél, precisamente, a quien pariera
como madre la hermosa Castianira,   305
que a casarse viniera desde Esimna[26],
parecida a las diosas por su planta.
Aquél echó hacia un lado la cabeza
como la adormidera que en el huerto
está cargada de su propio fruto
y de las lluvias de la primavera;

---

[26] Esimna era una ciudad de Tracia. Gorgitión, hijo de Príamo y de
Castianira, sólo aparece mencionado en este pasaje.

así inclinó hacia un lado la cabeza
agobiado por el peso del yelmo.
Y Teucro otro dardo
desde la tensa cuerda de su arco
disparaba derechamente a Héctor,   310
pues su ánimo anhelaba atinarle.
Pero él también entonces falló el tiro,
pues desvióle Apolo de su blanco;
sin embargo, a Arqueptólemo, de Héctor
el animoso auriga, acertóle,
según iba lanzado a la guerra,
en el pecho, de una tetilla al lado;
y cayó derribado de su carro
y le retrocedieron los corceles
de pies veloces; y de él allí mismo   315
alma y coraje se le desataron.
Y a Héctor le envolvió aflicción terrible
las entrañas a causa del auriga.
A él luego allí dejólo,
aunque afligido por su compañero,
y ordenó a Cebriones 27, su hermano,
que cerca se encontraba,
que del carro las riendas empuñara,
y él, naturalmente, tras oírlo,
no desobedecióle.
Y del fúlgido carro él en persona   320
de un salto bajó a tierra
lanzando alaridos espantosos,
y cogió una gran piedra con la mano
y hacia Teucro marchó derechamente,
y su alma acertarle le mandaba.
Bien es verdad que éste de su aljaba
sacado había un amargo dardo
y en la cuerda habíalo asentado;
pero a él, según iba tirando
de la cuerda hacia atrás, junto a su hombro   325
diole Héctor, el de brillante yelmo,
con la picuda piedra, allí mismo

---

27 Cebriones era hijo natural de Príamo. Cfr. *Il.* XVI 737 y ss.

en donde la clavícula separa
el cuello y el pecho,
y es lugar en extremo decisivo;
ahí le acertó Héctor,
a punto ya de echársele encima [28];
y le rompió la cuerda; y la mano
en la muñeca se le entumeció;
se vino abajo, se quedó de hinojos
y cayósele el arco de la mano.
Pero Ayante no pasó por alto   330
a su hermano caído; al contrario,
corriendo fue a ponerse de él en torno,
y en derredor cubrióle con su escudo.
Luego a él dos leales compañeros,
Macisteo, hijo de Equio,
y el divino Alástor,
una vez que a hombros le cogieron,
a las cóncavas naves lo llevaban
gemidos bien profundos exhalando.

[Derrota de los aqueos]

Otra vez el Olímpico, de nuevo,   335
excitó en los troyanos el coraje,
y ellos a los aqueos empujaron
derechamente al profundo foso,
y Héctor marchaba entre los primeros,
de su fuerza ufanándose.
Como cuando un perro se dispone
a hacer en jabalí o en león presa,
al que por detrás sigue con pies raudos,
yéndole tras los muslos y las nalgas,   340
y le acosa según va haciendo esguinces,
así Héctor seguía a los aqueos
de larga cabellera en sus cabezas,
matando en cada caso al más zaguero,
y ellos iban huyendo.

---

[28] Este verso está debida y propiamente aplicado a Aquiles que, espada
en mano, se lanza enardecido sobre Héctor (Il. XXII 326), pero no lo está,
aquí, referido al arquero Teucro disparando su arco.

Mas luego que en su fuga traspasaron
empalizada y foso, y muchos fueron
domados bajo manos de troyanos,
ya se paraban y se detenían
al lado de las naves,
los unos arengándose a los otros,   345
y, a los dioses todos
las manos levantando,
grandes votos hacía cada uno;
y Héctor en derredor girar hacía
sus corceles de hermosa melena,
con ojos de Gorgona en el semblante
o de Ares, azote de mortales.

[Hera y Atenea, dispuestas a intervenir]

Y al verlos, de ellos piedad tuvo   350
la diosa Hera, la de blancos brazos,
y, al instante, a Atena
le dirigía palabras aladas:
«¡Caramba!, hija de Zeus
portador de la égida, ¿acaso
ya no vamos las dos a preocuparnos,
aunque sea en este postrer trance,
de los aqueos, que van pereciendo?
Ellos que ya, cumpliendo su destino
aciago, de morir están a punto
por el empuje de tan sólo un hombre,   355
ése que se enfurece de una forma
insoportable, Héctor Priámida,
quien ya, precisamente, en su haber cuenta
con abundantes daños producidos.»
A ella, a su vez, la diosa Atena
de ojos de lechuza respondióle:
«Sí, por cierto, ¡ojalá
hubiera ese hombre, por lo menos,
la vida ya perdido y su coraje,
muerto a manos de argivos en su patria!;
mas mi padre con no buenas entrañas,   360
cruel y siempre malvado, se enfurece,
impedidor de todos mis anhelos.

Y nada ya se acuerda de las veces
que yo a su hijo salvaba abrumado
por mor de los trabajos de Euristeo[29].
Lloraba él, en verdad, mirando al cielo,
y desde el cielo a mí me enviaba   365
Zeus para que a aquél yo socorriera.
¡Así hubiera yo sabido esto
en mis discretas mientes,
cuando a él envióle Euristeo
al Hades de bien ajustadas puertas
a traerle del Érebo[30] el perro[31]
de Hades odioso; no hubiera escapado
de la abrupta corriente del Estige![32].
Ahora, en cambio, me odia, mas de Tetis   370
a término llevó ya los designios,
de ella que las rodillas le besó
y con la mano le tomó la barba,
suplicándole que honra dispensara
a Aquiles, de ciudades destructor.
Pero ha de haber un día, ciertamente,
en que otra vez me llame hija querida
de ojos de lechuza. Mas tú ahora
apresta para entrambas los caballos
de cascos desprovistos de hendidura,
mientras yo me deslizo en el palacio   375
de Zeus el portador de la égida,
y de armas me revisto
para ir a la guerra a ver si veo
o a Héctor el del yelmo refulgente,

---

[29] Se trata de los trabajos impuestos por Euristeo a Heracles *(Il.* XV
639; *Od.* XI 620); es decir: de los famosos «trabajos de Hércules». Euristeo,
hijo de Esténelo, fue rey de Micenas, cfr. *Il.* XIX 103 y ss.
[30] El Érebo implica las tinieblas del infierno. Personificado, Érebo es
hijo de Caos y de la Noche. Cfr. *Il.* XVI 327; *Od.* XX 356.
[31] Homero no menciona a propósito el nombre del perro de Hades:
Cerbero.
[32] El Estige (aunque a nosotros nos suena más la Laguna Estigia) es el
río de los muertos y de los infiernos, por el que los dioses juran sus más
solemnes juramentos. Dos afluentes suyos son el Cócito y el Titaresio. La
etimología de Estige es clara: significa «Odioso». Cfr. *Il.* II 755; VIII 369;
XIV 271; XV 37; *Od.* X 514.

de Príamo el hijo, alegrarse
al vernos a las dos ante sus ojos
a través de los puentes de la guerra,
o a alguno, también de los troyanos,
saciar a perros y aves de rapiña   380
con su grasa y sus carnes cuando caiga
al lado de las naos de los aqueos.»
Así ella dijo, y la diosa, Hera,
la de los blancos brazos,
no desobedeció. Y, dispuesta a ello,
Hera, la augusta diosa, del gran Crono
la hija, enjaezaba
los caballos de frontiles de oro,
y, por su parte, la diosa Atenea,
de Zeus portaégida la hija,   385
de la casa paterna sobre el suelo
dejó caer el peplo delicado,
bordado, que tejiera ella misma
y con sus propias manos recamara,
y, habiéndose una túnica vestido
de Zeus, el que las nubes amontona,
con armas se iba armando
para ir a la guerra lacrimosa.
Y con sus pies subió al carro inflamado,
y empuñaba la lanza
pesada, grande y fuerte con que doma   390
filas de héroes guerreros contra quienes
llegue a estar irritada
la diosa hija de padre poderoso.
Y Hera rápidamente con la fusta,
claro está [33], fustigaba los caballos;
y por sí mismas las puertas del cielo
crujieron al abrirse, esas puertas
que las Horas tenían a su cargo
(a quienes les están encomendados
el espacioso cielo y el Olimpo),

---

[33] En el texto hay un juego de palabras entre *mástigi* («con la fusta») y
epimáiet' («fustigaba»), que nosotros reproducimos. Y sólo así se explica la
partícula *ára* colocada entre *epimáyet'* («fustigaba») y *híppous* («los caballos»).

bien para abrirlas,   395
empleando espesa nube como tranca,
o bien para cerrarlas.
Por allí, a través de ellas dirigían
sus caballos a golpe de aguijón.
Mas después que Zeus padre desde el Ida
las avistó, irritóse,
como era natural, terriblemente,
y a Iris de áureas alas apremiaba
a llevar un mensaje: «¡Anda, vete!,
rápida Iris, hazlas dar la vuelta,
y no las dejes frente a mí llegarse,
pues de mala manera en una guerra   400
habríamos entonces de enfrentarnos.
Pues así voy a hablarte abiertamente,
y lo que diga será hecho cumplido:
Romperé bajo el carro los jarretes
de los raudos corceles de ambas diosas,
y a ellas mismas habré de derribarlas,
y el carro romperé, y las heridas
que les cause mi rayo al alcanzarlas   405
no habrán de curárselas entrambas
ni en el curso de diez años cumplidos;
porque sepa la de ojos de lechuza
qué pasa cuando lucha con su padre.
Contra Hera ni me indigno ni irrito,
en absoluto, tanto, porque siempre
quebrantar acostumbra lo que ordeno.»
Dijo así, y se puso en movimiento
Iris la de los pies huracanados,
dispuesta a oficiar de mensajera,
y de las cumbres del Ida marchóse   410
hasta el alto Olimpo, y a las puertas
primeras del Olimpo de mil pliegues,
con las diosas topándose, intentaba
detenerlas y a ambas el mensaje
de Zeus comunicó:
«¿A dónde vais las dos, enardecidas?
¿De qué locura sufre en vuestras mientes
el corazón de entrambas? No permite
el Cronida ayudar a los argivos.

Pues así amenazó el hijo de Crono,   415
como habrá de cumplir precisamente:
romperá bajo el carro los jarretes
de los raudos caballos de vosotras,
y a entrambas piensa derribaros,
y el carro os romperá, y las heridas
que os cause su rayo al alcanzaros
no habréis de curároslas entrambas
ni en el curso de diez años cumplidos;
para que sepas, ojos de lechuza,   420
qué pasa cuando luchas con tu padre.
Contra Hera ni se indigna ni se irrita,
en absoluto, tanto, porque siempre
quebrantar acostumbra lo que ordena;
pero tú sí que eres bien tremenda,
desvengorzada perra,
si, en verdad, frente a Zeus
te vas a atrever a levantar
tu lanza monstruosa.»
Así, en efecto, dijo y marchóse   425
Iris de pies veloces,
y Hera a Atenea dijo estas palabras:
«¡Vaya!, hija de Zeus,
portador de la égida,
yo, lo que es yo, no dejo que nosotras
frente, Zeus luchemos por mortales.
De ellos unos mueran, vivan otros,
según les toque en suerte y él decida,   430
en su alma sus designios sopesando,
en favor de troyanos o de dánaos,
como a él le resulte conveniente.»
Justamente, así habiendo hablado,
volvía los solípedos corceles.
Y a ellas desunciéronles las Horas
los caballos de hermosa melena,
y a divinos pesebres los ataron
y el carro apoyaron contra el muro   435
resplandeciente de frente a la puerta;
y ellas en áureos tronos se sentaban
entremezcladas con los demás dioses,
entristecidas en su corazón.

[Zeus sigue apoyando a los troyanos]

Y el padre Zeus guiaba desde el Ida
carro de hermosas ruedas y caballos,
y llegó a las sedes de los dioses.
Y a él también desuncióle los caballos   440
el ínclito sacudidor de tierra [34],
y en zócalos el carro colocaba
y sobre él extendió un velo de lino [35].
Y en persona Zeus longitonante
tomaba asiento en el áureo trono,
y el inmenso Olimpo
bajo sus pies temblaba,
y ellas, solas, Atenea y Hera,
de Zeus aparte habiéndose sentado,   445
no osaban dirigirle la palabra
ni hacerle una pregunta, en absoluto;
pero él de ello en sus mientes percatóse
y con voz clara hablóles:
«¿Por qué os encontráis tan abatidas,
Atenea y Hera?
¿No será ello, de cierto, que os cansasteis
en la batalla, gloria de varones,
haciendo perecer a los troyanos,
contra los que un rencor
horrible acumulasteis?
De todos modos (tal es mi ardor   450
y tales son mis manos intocables),
todos los dioses que hay en el Olimpo
no podrían hacerme dar la vuelta.
A vosotras, en cambio, un temblor
os apresó vuestros gloriosos miembros
antes de ver la guerra y de la guerra
los trabajos que espantos originan.
Pues así voy a hablar abiertamente
y lo que diga se hubiera cumplido:
Una y otra golpeadas por el rayo,   455
no hubierais vuelto sobre vuestro carro

---

[34] Posidón.
[35] Cfr. *Il.* II 777 y V 195.

al Olimpo, allí donde se encuentra
la sede de los dioses inmortales.»
Así dijo, y ellas rezongaron,
las dos diosas, Atenea y Hera,
que sentadas estaban
una junto a la otra
y para los troyanos
las dos estaban males meditando.
Ciertamente, en silencio
Atena se quedaba y nada dijo,
contra su padre Zeus irritada,   460
pues la iba arrebatando feroz ira;
mas a Hera el pecho no le dio
a su cólera espacio en que cupiera;
más bien, por el contrario, palabras dirigía:
«Atroz hijo de Crono,
¡qué son esas palabras que profieres!
También nosotras eso bien sabemos:
que tu fuerza es del todo incoercible;
pero, no obstante, nos compadecemos
de los dánaos lanceros
que desde ahora perecer pudieran   465
colmando un destino miserable.
Pero, de todos modos, si lo ordenas,
nos mantendremos fuera de la guerra;
mas hemos de inspirar a los argivos
un consejo que habrá de aprovecharles
para que no perezcan todos ellos
sólo porque tú te hayas irritado.»
A ella, contestando,
Zeus, el que las nubes amontona,
así le dirigía la palabra:
«Aún más, en efecto, todavía,   470
a partir de la próxima aurora,
si quieres, has de ver, augusta Hera,
la de ojos de novilla,
al prepotente hijo del dios Cronos
haciendo perecer una gran hueste
de lanceros argivos; que en la guerra
no habrá de cesar el fuerte Héctor
hasta que se alce el hijo de Peleo,

el de los pies veloces,
de al lado de las naves, aquel día   475
en que combatirán junto a las popas,
en estrechez tremenda, en torno al cuerpo
de Patroclo; que así está decretado
por palabra divina;
pues de tu enfado yo no me preocupo,
ni aunque logres llegar a los confines
extremos de la mar y de la tierra,
donde Japeto y Crono [36], asentados,   480
ni gozan de los rayos
del Sol, de Hiperión [37] hijo,
ni tampoco disfrutan de los vientos,
que el Tártaro profundo les rodea;
ni aunque errante llegar allí consigas,
yo no hago caso a tu enfurruñamiento,
pues más perra que tú no hay criatura.»
Así decía, pero a él nada
Hera de blancos brazos respondía.

[La noche frena el avance troyano]

Cayó en el Océano la luz
del sol esplendorosa, arrastrando   485
la negra noche sobre el alma tierra;
como era de esperar, a los troyanos
les contrarió que la luz se hundiera,
en cambio, a los aqueos deseada,
tres veces anhelada,
la tenebrosa noche sobrevino.
Mientras tanto asamblea de troyanos
hizo el ilustre Héctor junto al río   490
voraginoso, habiéndolos llevado
aparte de las naos, en lugar limpio,
donde ya un espacio aparecía

---

[36] Japeto y Crono son dos titanes que Zeus *precipitó* al Tártaro. Véase *Il.*
V 898; XIV 204; 279.
[37] *Hiperión* es el epíteto constante del Sol en Homero *(Il.* XIX 398; *Od.*
I 8; XII 176). Es palabra provista de sufijo de patronímico *íōn.* Debe, pues,
equivaler a «hijo de la altura o del Alto».

intermedio entre los cuerpos muertos.
Y de los carros descendiendo a tierra,
estaban escuchando las palabras
que Héctor, caro a Zeus, les dirigía;
y en su mano empuñaba una lanza
de once codos, y por delante de ella
resplandecía su broncínea punta,   495
y una anilla de oro
de ella en torno corría.
Y en ella él estribándose, decía
estas palabras entre los troyanos:
«¡Escuchadme, troyanos,
dárdanos y aliados!,
yo ahora me decía
que, las naves habiendo destruido
y dado muerte a todos los aqueos,
habría de volver a Ilio ventosa;
pero antes el crepúsculo llegó   500
que más que nada salvó a los argivos
y sus naves del mar sobre el rompiente.
Pero, no obstante, ahora obedezcamos
a la sombría noche y preparemos
nuestras cenas, y, luego, los caballos
de hermosa melena, desuncidlos
de los carros y al lado echadles pasto;
de la ciudad traed a toda prisa   505
bueyes y ovejas pingües, y proveeros
de vino cual miel dulce y de grano
en vuestras casas, y abundante leña
coged y amontonad, para que muchas
hogueras encendamos a lo largo
de la noche entera hasta la aurora,
hija de la mañana, y hasta el cielo
llegue su resplandor, no sea que acaso   510
de la noche en el curso, los aqueos
de larga cabellera en sus cabezas
se lancen a la huida por encima
de las anchas espaldas de la mar.
Que en sus naves, por cierto, no se embarquen
tranquilos y sin lucha tan siquiera;
más bien, de forma que uno, al menos, de ésos

aun en su casa un dardo digiera,
alcanzado por flecha o lanza aguda,
al saltar a la nave,   515
para que así cualquier otro aborrezca
traer contra troyanos, domadores
de caballos, a Ares lacrimoso.
Y los heraldos, queridos de Zeus,
anuncien a lo largo de la villa
que los niños de la primera edad
y los ancianos de canosas sienes
se reúnan, de la ciudad en torno,
en las torres por dioses construidas;
y en sus hogares prendan las mujeres,   520
cada una un gran fuego; y que haya
una guardia segura e incesante,
no entre en la ciudad una emboscada
mientras las huestes fuera de ella se hallan.
Que así sea, magnánimos troyanos,
tal como lo proclamo; quede dicho
el discurso que ahora es saludable.
Pronunciaré el otro con el alba   525
a los troyanos que caballos doman.
Suplico a Zeus y a los demás dioses,
y, a la vez, espero
que de aquí fuera a expulsar lleguemos
a esos perros traídos por las Parcas,
[que traen las Parcas sobre negras naos].
Pero, no obstante, durante la noche,
montaremos la guardia
por custodiarnos a nosotros mismos,
y mañana temprano, con el alba,
despertemos, de armas revestidos,
junto a las huecas naos al feroz Ares.
Voy a ver si a mí el hijo de Tideo,
el fuerte Diomedes, hasta el muro
me hace retroceder desde las naves,
o bien si con el bronce yo le mato
y, así, me llevo sus cruentos despojos.
Mañana su valor hará patente,   535
si aguanta la embestida de mi lanza;
pero yo creo que yacerá herido

entre los combatientes de vanguardia,
y a sus costados, muchos compañeros,
cuando el sol de mañana [38] se levante.
¡Ojalá inmortal yo así fuera
y sin vejez un día tras el otro,
y honrado fuera tal cual son honrados   540
Apolo y Atenea, como es cierto
que ya dentro de poco este día
acarrea perjuicio a los argivos!»
Así Héctor arengaba, y los troyanos
le aclamaron, y, luego, los caballos,
sudorosos, del yugo desuncieron,
y al suyo junto al carro cada uno
con correas atólo, y, después, ellos
de la ciudad trajeron muy aprisa   545
bueyes y ovejas pingües, y de vino
tan dulce cual la miel se proveían
y de grano en sus casas, y cogían
mucha leña que luego amontonaban,
[y ofrecían a los inmortales   548
hecatombes perfectas,] [39] y los vientos   549
desde el llano llevaban hasta el cielo
el humo de la grasa al ser quemada
[agradable, mas de ella no querían   550
los bienhadados dioses tomar parte
en absoluto, pues la sacra Ilio
y Príamo y el pueblo
de Príamo el lancero
a ellos les eran aborrecibles].
Y ellos, con altivos pensamientos,
acampando en los puentes de la guerra
estuvieron toda la noche entera,
y a su lado ardían incontables
las hogueras. Como cuando en el cielo   555
muy visibles se muestran las estrellas
en derredor de la fulgente luna,

---

[38] Obsérvese la repetición de «mañana» *(aúrion)* en los versos 535-538.
[39] Este verso, al igual que los que más adelante encontraremos (550-2),
no aparece en los manuscritos, pero todos ellos son citados en el pseudo-
platónico *Alcibíades;* Ps. Platón, *Alcibíades* II 149 d.

cuando el aire tranquilo se ha tornado,
y aparecen todas las atalayas,
los altos promontorios y los valles
con suma claridad y de repente,
pues desde el cielo entonces, justamente,
el inefable éter
por la parte de abajo desgarróse,
y las estrellas todas se contemplan,
y en su alma el pastor se regocija,
tan numerosas eran las hogueras   560
que entre las naos brillaban
y las corrientes de Janto el río,
y ante Ilio encendían los troyanos.
Mil hogueras ardían, en efecto,
en la llanura y cincuenta hombres
hallábanse sentados a la vera
de cada resplandor de ardiente fuego.
Y en pie junto a los carros, los caballos,
paciendo espelta y blanca cebada,
la Aurora de buen trono esperaban.

Escenas de la toma de Troya

CANTO IX

La embajada a Aquiles *

[Asamblea nocturna en el campamento aqueo]

Así montaban guardias los troyanos,
mientras que a los aqueos poseía
el Pánico espantoso, compañero

---

* El tema fundamental de este canto es el de la embajada que los aqueos
por decisión de Agamenón, a su vez aconsejado por Néstor, envían a
Aquiles para tratar de moverle a deponer su ira, pelear contra los troyanos,
y reforzar de este modo notoriamente las posibilidades de triunfo de los
argivos. La acción comienza la noche subsiguiente al segundo día de
batalla, o sea: al vigésimo quinto día de la acción de la *Ilíada*. Esa noche,
que comenzara en el canto anterior *(Ilíada* VIII 485), Néstor propone a
Agamenón el conciliatorio plan de la embajada a Aquiles. Van como
embajadores Odiseo, Fénix y Ayante. Cada uno de ellos pronuncia un
discurso ante el héroe de los pies ligeros, en el que cada orador deja
indeleble huella de su carácter, la cual determina la réplica con la que en
cada caso reponde el hijo de Tetis. Odiseo emplea la oratoria propia del
diplomático sagaz y astuto. Su discurso (225-306) es perfecto desde el
punto de vista de la retórica *avant la lettre,* de esa técnica que ya existía en
tiempos de Homero y aun antes y que se venía ejercitando, sin duda, a
través de preceptos y normas oralmente transmitidos. Fénix (430-605), en
cambio, habla con el corazón y da a luz un discurso propio del amigo
entrañable y familiar en el que introduce como ejemplo ilustrativo, morali-
zador y edificante la leyenda de la cólera de Meleagro a raíz del episodio de
la caza del jabalí calidonio y las luchas entre etolos y curetes. Por último,
Ayante, el noble camarada de armas, interviene también con una breve
alocución (623-642) que empieza dirigiendo a Odiseo pero luego (636)
desvía, como era de esperar, al héroe cuyo carácter rígido e inflexible la
embajada trata en vano de doblegar.

de la Huida heladora,
y sus próceres todos se encontraban
transidos de dolor insoportable.
Como cuando dos vientos,
el Bóreas y el Zéfiro[1], que soplan
entrambos desde Tracia,
llegando de improviso,
levantan la alta mar llena de peces,
y, al mismo tiempo, se encrespa la ola,
que se torna sombría y muchas algas
esparce por la orilla,
así el corazón se desgarraba
de los aqueos dentro de sus pechos.
Ahora bien, el Atrida,
de gran dolor su corazón transido,
iba de un lado a otro ordenando   10
a los heraldos de sonoras voces
que a asamblea llamaran a los hombres
por su nombre nombrando a cada uno
mas sin dar voces, y, entretanto, él mismo
se afanaba entre los primeros.
Y en la asamblea tristes se sentaban,
y Agamenón en pie se iba poniendo,
lágrimas derramando
como fuente que mana negras aguas
y de lo alto de escarpada roca   15
vierte el agua sombría;
de esa manera él, hondos suspiros
exhalando, allí entre los argivos
decía estas palabras:
«¡Amigos, consejeros y caudillos
de las huestes argivas!; el gran Zeus,
hijo de Crono, con grave ceguera
me encadenó, el dios inabordable
que entonces me había prometido,
y hecho había señal de asentimiento,
que una vez yo hubiera devastado

---

[1] El Bóreas es el viento del norte y el Zéfiro es el de poniente. Por
tanto, desde Tracia, situada al norte del Egeo puede desencadenarse sobre
Asia Menor una tormenta huracanada procedente del noroeste.

Ilio la bien murada, volvería   20
a casa de regreso; en cambio, ahora
es claro que tramó funesto engaño
y me ordena que a Argos yo me llegue
sin fama, pues he hecho perecer
cuantioso contingente de guerreros.
Así grato será, probablemente,
al prepotente Zeus,
que de muchas ciudades las cabezas
ya destruyó y aún destruirá,   25
pues su soberanía es la más alta.
Pero, ¡venga!, tal como yo lo diga,
obedezcamos todos: escapemos
con las naves a la querida tierra
de los padres, pues ya no tomaremos
Troya la de anchas calles.»
Así dijo, y ellos, entonces, todos
quedaron en silencio, punto en boca.
Y estuvieron callados largo tiempo,   30
afligidos, los hijos de los dánaos;
pero, a la postre ya, dijo Diomedes
por el grito de guerra destacado:
«Hijo de Atreo, contigo ante todo,
por insensato, quiero querellarme,
cosa que aquí, señor, en la asamblea
es uso establecido; por lo tanto,
ni un ápice tú te encolerices.
Primero, ante los dánaos ultrajaste[2]
mi valor, afirmando   35
que soy imbele y flojo; mas todo eso
lo saben bien sabido los argivos,
los jóvenes lo mismo que los viejos;
a ti, en cambio, a medias te dotó
el hijo del dios Crono
el de tortuosa mente;
por el cetro te dio el ser honrado
por encima de todos,
mas no te dio valor,

---

[2] Cfr. *Il.* IV 370-402.

que es el poder más alto.
¿Tanto, infeliz, entonces tú te temes   40
que así de imbeles y de flojos sean
los hijos de los dánaos,
tal como en tu discurso lo expones?
Ahora bien, si a ti personalmente
tu ánimo te excita con afán
a emprender el regreso, vete yendo;
ahí tienes el camino, y varadas
cerca del mar se encuentran
esas tus naves que, muy numerosas,
desde Micenas te acompañaban.
Mas los demás aqueos,   45
de larga cabellera en sus cabezas,
aquí se quedarán
hasta el preciso instante en que logremos
destruir Troya de una punta a otra.
Y, ¡venga ya!, que huyan también ellos
con sus naves a la querida patria;
nosotros dos, Esténelo [3] y yo,
hemos de combatir hasta encontrar
la meta señalada de Ilión;
pues con un dios [4] hasta aquí hemos venido.»
Así dijo, y ellos, entonces, todos,   50
los hijos de los guerreros aqueos,
lanzaban gritos de aprobación,
la opinión admirando de Diomedes,
domador de caballos.
Mas entre ellos poniéndose de pie,
les hablaba en voz alta
el viejo Néstor conductor de carros:
«Tú, hijo de Tideo, en la guerra
por encima de todos eres fuerte
y el mejor te has mostrado en el Consejo
sobre todos los que en edad te igualan.
Nadie de los aqueos, que son tantos,   55
dirigirá reproche a tu discurso
ni tampoco habrá de replicarte;

---

[3] Cfr. *Il.* II 564; V 108, 111, 241, 835; IV 367; VIII 114; XXIII 511.
[4] Es decir: «por voluntad de un dios, o de la divinidad».

mas no alcanzaste el fin de tus palabras.
Bien es verdad también que eres joven
y podrías incluso ser mi hijo,
el más pequeño por su nacimiento;
pero les dices cosas inspiradas
a los reyes de las huestes argivas,
pues has hablado convenientemente.
Pero, ¡venga!, yo ahora, que me jacto   60
de ser que tú más viejo,
veamos si consigo expresarlo
y todo puntualmente referirlo,
y así nadie podrá desestimar
las razones que exponga en mi discurso,
ni el poderoso Agamenón siquiera.
No tiene ni fratría [5] ni derecho
ni tiene hogar quien ama
la heladora guerra en su país.
Pero, no obstante, ahora obedezcamos   65
a la sombría noche y preparemos
nuestras cenas; y que los centinelas,
divididos en grupos, se aposten
a lo largo de la excavada fosa,
por la parte exterior de la muralla.
Esas órdenes doy a los muchachos;
mas, luego, hijo de Atreo,
toma tú el mando, porque eres tú
más rey que ningún otro; un convite   70
apresta destinado a los ancianos,
cosa que te conviene
y que no te resulta inconveniente.
Que colmadas de vino están tus tiendas
del que a diario te vienen trayendo
desde Tracia las naos de los aqueos,
el ancho mar surcando; y dispones
de abundancia de medios total

___

[5] La fratría es una cofradía o comunidad que agrupa a una serie de
familias emparentadas que forman una subdivisión de la tribu. En Atenas
cada fratría era una comunidad político-religiosa constituida por treinta
familias de una misma tribu.

para dar acogida al forastero,
pues sobre muchos mandas soberano.
Y una vez estén muchos reunidos,
a aquel harás tú caso que proponga
el consejo mejor; que en gran manera   75
un consejo valioso y consistente
precisan los aqueos, todos ellos,
porque los enemigos
muchas hogueras cerca de las naves
andan prendiendo, ¿quién se alegraría
en estas circunstancias? Que esta noche
o bien destrozará el campamento
o bien lo salvará.»
Así dijo, y ellos le escucharon,
gustosamente, como convenía,
y le hicieron caso.
Y en marcha se ponían   80
los centinelas portando sus armas,
bajo el mando del héroe Trasimedes [6],
hijo de Néstor y pastor de gentes,
y de Ascálafo y Jálmeno, hijos de Ares [7],
y de Meriones [8] y de Afareo [9]
y de Deípiro [10] y de Licomedes [11]
el divino, el hijo de Creonte.
Siete eran en total los capitanes   85
de los vigías y con cada uno
cien jóvenes marchaban
empuñando en sus manos largas lanzas.
Y en medio, entre la fosa y la muralla,
llegando, se apostaban,
y allí encendieron fuego y, por grupos,
sus cenas preparaban cada uno.

---

[6] Cfr. *Il.* X 255; XVI 321.

[7] Cfr. *Il.* II 512.

[8] Cfr. *Il.* VII 166; X 270; XIII 246; 249; 528; 566; 650; XIV 541; XVI 342; 603.

[9] Cfr. *Il.* XIII 48; 541.

[10] Cfr. *Il.* XIII 92; 478; 576.

[11] Cfr. *Il.* XII 366; XVIII 345; XIX 240.

Por otro lado, el hijo de Atreo
conducía a su tienda a los ancianos
de los aqueos, todos en un grupo,
y un banquete sabroso les servía.   90
Y ellos a los manjares ya dispuestos,
colocados ante ellos,
tendiendo iban las manos.
Luego, después que fuera de sí echaron
la gana de comida y de bebida,
de todos el primero, el viejo Néstor
a urdir les comenzaba su proyecto,
Néstor, cuyo consejo
también el mejor antes se mostraba.
Él, hacia ellos bienintencionado,
la palabra tomó y así les dijo:
«Gloriosísimo Atrida,
Agamenón, caudillo de guerreros,
por ti terminaré
y por ti empezaré yo mi discurso,
porque eres de huestes soberano
de muchos hombres, y entre tus manos
puso Zeus el cetro y las sentencias,
para que por bien de ellos delibere.
Por eso es preciso   100
que tú más que otro alguno
expongas tu opinión y otras escuches,
y que incluso realices la de otro,
cuando a alguien su ánimo le ordena
hablar por bien de todos,
pues que de ti habrá de depender
cualquier empresa a la que abra camino.
Mas yo voy a decir
cómo a mí me parece que es mejor.
Pues ningún otro ha de concebir
un proyecto mejor que este mío,
tal cual es el que yo vengo trazando   105
desde hace tiempo ya e incluso ahora,
desde aquel momento todavía
en que a Briseida, ¡oh vástago de Zeus!,

la muchacha, a la fuerza te llevaste
y te fuiste después de arrebatarla
de la tienda de Aquiles irritado,
una acción que, por cierto, en absoluto
con mi pensar estuvo en consonancia.
Pues yo, al menos, en verdad, intentaba
muy insistentemente disuadirte
con mis consejos, pero tú, en cambio,
a tu arrogante corazón cediste,   110
y al guerrero más aventajado,
aquel, precisamente, al que honraran
los dioses inmortales, deshonraste,
pues sigues reteniendo de su honor
la recompensa que le arrebataste[12].
Pero veamos si incluso ahora
aún podemos pensar de qué manera
logramos conciliárnoslo
y persuadirlo a base de regalos
espléndidos y melosas palabras.»
A su vez, respondióle
Agamenón, caudillo de guerreros:
«Anciano, sin mentir en absoluto,   115
una tras otra has enumerado
las cegueras de mi alma; me cegué;
ni yo mismo me atrevo a negarlo.
Está bien, tanto vale un guerrero
cual tropa bien nutrida,
si Zeus le ha amado
como a éste ahora honró
y las huestes domó de los aqueos.
Pero si me cegué porque hice caso
a mientes luctuosas,
estoy dispuesto, en compensación,   120
a reparar la falta y ofrecerle
innúmeros regalos.
Y entre vosotros todos me dispongo
a nombrar los regalos muy ilustres:
siete trípodes nunca al fuego puestos,

---

[12] Es decir: Briseida.

diez talentos de oro,
veinte calderos de flamante brillo,
doce corceles de compacta estampa,
ganadores de premio en los concursos,
que obtuvieron trofeos con sus cascos;
sin botín no estaría aquel guerrero   125
ni carente del muy preciado oro,
si a ser llegaran suyos tantos premios
cuantos fueron los que a mí me ganaron
mis corceles de enterizas pezuñas.
Y he de darle también siete mujeres
expertas en labores sin defecto,
lesbias ellas, que para mí eligiera   130
cuando tomó él mismo
Lesbos la bien fundada,
que en belleza obtenían la victoria
sobre las otras castas de mujeres;
ésas se las daré y entre ellas
aquella estará que en otro tiempo
le quitara, la hija de Briseo,
y, además de eso, con gran juramento
juraré que yo nunca me he subido
al lecho de ella ni me uní con ella,
cosa que es natural entre los hombres,
varones y mujeres.
Al punto todo eso estará presto,   135
y si, por otra parte, nos conceden
los dioses devastar
de Príamo el rey la gran ciudad,
una vez entre en ella,
cargue entonces su nave
con oro y con bronce en abundancia,
cuandoquiera que hagamos el reparto
del botín los aqueos;
y mujeres troyanas para sí
él mismo escoja veinte,
las que resulten ser las más hermosas,   140
sólo a la zaga de la argiva Helena.
Y si a Argos llegamos de la Acaya,
de tierra arable ubre,
puede ser yerno mío, en cuyo caso

he de estimarle a la par que a Orestes,
que es para mí el hijo
que al final me ha nacido y se me nutre
ahora rodeado de abundancia.
Porque tres hijas tengo
en mi palacio bien edificado,
Crisótemis, Laodica e Ifianasa,   145
de entre las cuales la que le complazca,
a casa de Peleo se la lleve
sin pago alguno de dones nupciales;
que además yo he de darle
muchísimos regalos cual miel dulces,
cuantos nadie jamás diera a su hija
como dote, de forma generosa;
y también le daré siete ciudades
bien pobladas: Cardámila y Enopa   150
e Hira la herbosa
y Feras muy divina
y Antia la de pastos abundantes
y Epia la hermosa
y Pédaso poblada de viñedos.
Todas cerca del mar, allá en el fondo
de la arenosa Pilo;
y en ellas viven hombres
que abundan en corderos y en bueyes,
que le honrarán cual dios con sus ofrendas,   155
y que bajo su cetro
le pagarán espléndidos tributos.
Eso le cumpliría si su ira
llegara a deponer.
Sométase (pues Hades, ciertamente,
inexorable es e inflexible;
y por eso, asimismo, el más odioso
de entre todos los dioses
es para los mortales)
y póngase a mis órdenes por cuanto   160
yo soy más rey que él y en nacimiento
me jacto de llevar la delantera.»
Y a él luego respondióle
Néstor Gerenio, conductor de carros:
«Gloriosísimo hijo de Atreo,

Agamenón, caudillo de guerreros,
ya no son reprochables los regalos
que intentas dar al soberano Aquiles;
pero, ¡venga!, enviemos   165
a nuestros escogidos,
para que cuanto antes
acudan a la tienda
de Aquiles, el hijo de Peleo.
¡Venga ya!, que obedezcan
aquellos a los que ahora yo señale
con la mirada: Fénix [13], caro a Zeus,
antes de nada, que sea su guía,
· y después, luego, el talludo Ayante
y el divino Odiseo;
y de entre los heraldos,   170
acompáñenlos Hodio y Euribates [14].
Y traed agua para lavamanos
y ordenad el religioso silencio,
para que a Zeus Cromida aplaquemos,
a ver si se apiada de nosotros.»
Así él dijo, y a ellos todos
agradaron las palabras que dijo.
Al punto, los heraldos
agua sobre las manos derramaron,
y los mozos hicieron rebosar   175
de vino las crateras, y en copas,
naturalmente, lo distribuyeron
entre todos, después de que a los dioses
hicieran las primeras libaciones.
Y luego que libaron y bebieron
cuanto su alma quería, se ponían
en movimiento e iban saliendo
de la tienda del hijo de Atreo,
el rey Agamenón.

---

[13] Fénix, hijo de Amíntor, que había sido acogido como suplicante por
Peleo, fue el consejero y preceptor de Aquiles; cfr. *Il.* IX 223, 427, 432,
621, 659, 690.
[14] Hodio y Euríbates son nombres parlantes del oficio que ejercen las
personas que los ostentan. *Hódios* significa «caminero» y *eurubátēs* «que da
pasos amplios al andar».

Y encarecidamente
les iba haciendo recomendaciones
Néstor Gerenio, conductor de carros,
guiñando a cada uno, y, sobre todo,   180
a Odiseo, para que intentaran
a Aquiles persuadir,
el hijo irreprochable de Peleo.

[*Aquiles recibe a los embajadores*]

Y entrambos[15] en marcha se pusieron,
caminando a lo largo de la orilla
de la mar bramadora,
súplicas dirigiendo encarecidas
al que ciñe la tierra y la sacude[16],
suplicándole que les concediera
persuadir fácilmente
las arrogantes mientes del Eácida.
Y a las tiendas y naves se llegaron   185
de los mirmídones y allí a él
lo encontraron recreándose la mente
con cítara sonora,
hermosa, bien labrada y provista
de un puente de plata[17] por encima.
Él para sí se la había cogido
de entre los despojos,
cuando hizo perecer
de Etión la ciudadela[18].
Él con ella su ánimo deleitaba,
pues estaba cantando,
como es natural,
las gloriosas hazañas de guerreros.
Y enfrente de él Patroclo[19]   190

---

[15] En la versión primera de la Embajada sólo acudían como embajadores Odiseo y Ayante.

[16] Posidón.

[17] El puente de plata, o sea: el traste, se hallaba en la parte superior de la cítara, y a él iban sujetas las cuerdas mediante una clavija.

[18] Teba. Cfr. *Il.* I 366; VI 397; 415 y ss.

[19] Hijo de Menetio *(Il.* XVI 760), de Opunte, íntimo camarada de Aquiles, de más edad que el Pelida. A causa de un homicidio involuntario

sentado estaba solo, en silencio
aguardando el momento en que cesara
cada vez el Eácida en su canto.
Y ellos dos fueron más adelante,
y el divino Odiseo iba guiando,
y al fin delante de él se detuvieron;
atónito, Aquiles dio un salto
con la cítara y todo entre sus manos,
el asiento dejando
en que sentado estaba;
y asimismo Patroclo levantóse   195
después que a los varones percibiera.
Y a los dos saludándoles les dijo
Aquiles, héroe de los pies ligeros:
«Salud, vosotros; que aquí como amigos
ciertamente llegáis,
sin duda es ello cosa perentoria,
vosotros que me sois los más queridos,
pese a estar irritado,
de entre los aqueos.»
Así, precisamente, habló Aquiles
el divino, en voz alta,
y más hacia adelante los llevaba
y en sillones sentólos y en tapices   200
de púrpura, y luego a Patroclo,
que estaba cerca de él,
al punto, se dirigía diciendo:
«Ya, entonces, una mayor cratera
ponnos ahora, hijo de Menetio,
y haz más fuerte la mezcla
y una copa apareja a cada uno;
pues he aquí mis más caros amigos
bajo mi techo ahora.»
Así decía, y le hacía caso   205

---

por él cometido huyó y encontró asilo en el palacio de Peleo *(Il.* XI 765 y
ss.). Se revistió de las armas de Aquiles para alejar a los troyanos del
campamento aqueo, cuando los griegos se encontraban más agobiados por
el acoso de los teucros. Los esfuerzos conjuntados de Apolo, Euforbo y
Héctor acabaron con él *(Il.* XVI); una vez muerto, en su honor se
celebraron juegos funerales *(Il.* XXIII).

Patroclo a su querido compañero.
Él luego un gran tajo para carne
puso en el suelo al resplandor del fuego,
y en él puso, cual correspondía,
la espalda de una oveja,
la de una pingüe cabra
y el lomo, de grasa floreciente,
de un cerdo bien cebado.
Antomedonte [20] se lo [21] sujetaba,
en tanto que, como era procedente,
iba cortando el divino Aquiles.
Y la carne troceaba hábilmente   210
y después los tasajos espetó
a ambos extremos de los asadores,
y un gran fuego prendía el Menetiada,
un varón a los dioses semejante.
Y luego que la hoguera consumióse
y se extinguió la llama,
extendiendo las brasas,
por encima tendió los asadores,
que antes levantó de sus soportes,
y sal divina espolvoreó.
Luego, una vez que terminó de asarlos   215
y en fuentes los vertió,
Patroclo, el pan cogiendo,
en hermosas cestillas
lo fue distribuyendo por la mesa,
pero la carne repartióla Aquiles.
Y él mismo frontero se sentaba
del divino Odiseo, arrimado
a la pared opuesta,
y a Patroclo, su amigo y compañero,   220
le ordenaba ofrecer a los dioses
humeantes sacrificios;
y él echaba en el fuego las ofrendas.
E iban ellos sus manos alargando
a los manjares prestos y servidos.
Mas luego que de sí fuera arrojaron

---

[20] Hijo de Diores; es el auriga de Aquiles; cfr. *Il*. XVI 145; XVII 536.
[21] *Sc.*: el tajo.

de comida y bebida los deseos,
Ayante a Fénix una señal hizo
con la cabeza, y de ella percatóse
el divino Odiseo, que llenando
él por sí mismo su copa de vino,
la levantó y brindó por Aquiles:

[*Discurso de Odiseo*]

«Salud, Aquiles, no necesitados   225
estamos de comida
repartida igualmente,
tanto en la tienda de Agamenón,
el hijo de Atreo,
como asimismo aquí en este momento,
pues a mano tenemos abundantes
manjares deliciosos
para aprestar con ellos un banquete;
pero no nos preocupan ahora mismo
de un amable banquete las labores,
sino inmenso desastre y excesivo
contemplando, un gran miedo tenemos,   230
¡oh vástago de Zeus!, pues estamos
en la duda de si resultarán
incólumes las naves
bien provistas de bancos de remeros
o habrán de perecer, si de tu fuerza
precisamente tú no te revistes.
Pues cerca de las naves y del muro
asentaron el campo
los altivos troyanos
y también sus aliados
que son ilustres en lejanas tierras,
encendiendo hogueras numerosas
por todo el campamento, y aseguran   235
que ya no van a mantenerse quietos
sino que, al contrario,
caerán encima de las negras naves.
Y Zeus el Cronida para ellos
está relampagueando de continuo,
mostrándoles presagios favorables,

en tanto Héctor, con grande jactancia
de su fuerza, obra alocadamente,
con un desaforado frenesí,
en Zeus confiado, y no respeta
en absoluto ni a hombres ni a dioses;
pues le ha entrado una rabia vehemente.
Y hace votos porque aparezca   240
rápidamente la divina Aurora,
pues amenaza, lleno de jactancia,
con cortar de las popas de las naves
los emblemas, y a ellas mismas quemarlas
con devastador fuego,
y junto a ellas degollar aqueos
bajo la acción del humo espantados.
De eso tengo en mi mente
un espantoso miedo,
no vaya a ser que le cumplan los dioses   245
sus amenazas, y para nosotros
ya sea entonces decreto del destino
en Troya perecer, lejos de Argos,
tierra que es nutricia de caballos.
¡Arriba!, pues, si acaso, aunque tarde,
decidido estás a proteger
a quienes hijos son de los aqueos
y ahora se ven atormentados,
del tumulto al que se hallan sometidos
por obra de los teucros.
A ti mismo te pesará más tarde,
pero de un mal que ya fue realizado   250
no es posible encontrar ningún remedio;
por el contrario, piensa mucho antes
cómo a los dánaos vas a conseguir
alejarles el día del desastre.
Dulce amigo, bien te lo encarecía
Peleo tu padre aquel preciso día
en que a ti desde Ftía te enviaba
junto a Agamenón:
«Hijo mío, la fuerza te darán,   255
si así les place, Atenea y Hera,
mas contén tú en tu pecho
el ánimo que tienes arrogante,

que es preferible la benevolencia;
y cesa en la disputa perniciosa,
para que más te estimen los argivos,
los mozos y los viejos a la par.»
Así te encarecía el anciano,
tú, en cambio, lo olvidas.
Sin embargo, aún es tiempo ahora;
cesa ya, y la cólera abandona   260
que el ánimo aflige;
Agamenón te ofrece,
si depones la cólera, regalos
que habrán de compensarte.
¡Venga, pues!, tú escúchame, que yo
te voy a enumerar uno tras otro
todos los dones que en su propia tienda
para ti prometió Agamenón:
siete trípodes nunca al fuego puestos,
diez talentos de oro,
veinte calderos de flamante brillo,   265
doce corceles de compacta estampa,
ganadores de premio en los concursos,
que obtuvieron trofeos con sus cascos;
sin botín no estaría aquel guerrero
ni carente del muy preciado oro,
si a ser llegaran suyos tantos premios
cuantos fueron los que le conquistaron
con sus pies los corceles
del rey Agamenón.
Y ha de darte también siete mujeres   270
expertas en labores sin defecto,
lesbias ellas, que para sí eligiera,
cuando Lesbos, la villa bien fundada,
tú mismo conquistaste,
que entonces en belleza
la victoria obtenían
sobre las otras castas de mujeres;
ésas te las dará, y entre ellas
aquella estará que en otro tiempo
él te quitara, la hija de Briseo;
y, además de eso, con gran juramento
jurará que él nunca se ha subido   275

al lecho de ella ni se unió con ella,
uso que es natural entre los hombres,
tanto de los varones,
¡soberano!, como de las mujeres.
Al punto todo eso estará presto,
y, si, por otra parte, nos conceden
los dioses devastar
de Príamo el rey la gran ciudad,
en cuanto entres en ella,   280
carga entonces tu nave
con oro y con bronce en abundancia,
cuandoquiera que hagamos el reparto
del botín los aqueos,
y mujeres troyanas para ti
escógete tú veinte,
las que resulten ser las más hermosas,
sólo a la zaga de la argiva Helena.
Y si a Argos llegamos de la Acaya,
de tierra arable ubre,
podrías ser su yerno, en cuyo caso
ha de estimarte a la par que a Orestes,
que es para él el hijo   285
que al final le ha nacido y se le nutre
ahora rodeado de abundancia.
Porque tiene tres hijas
en su palacio bien edificado,
Crisótemis, Laodica e Ifianasa,
de entre las cuales la que te complazca,
llévatela contigo
como querida esposa
sin dar a cambio los nupciales dones,
a casa de Peleo;
y ha de darte además, por otra parte,
muchísimos regalos cual miel dulces,   290
cuantos nadie jamás diera a su hija
como dote, de forma generosa.
Y también te dará siete ciudades
bien pobladas: Cardámila y Enopa
e Hira la herbosa
y Feras muy divina
y Antia la de pastos abundantes

[373]

y Epia la hermosa
y Pédaso poblada de viñedos.
Todas cerca del mar, allá en el fondo   295
de la arenosa Pilo;
y en ellas viven hombres
que abundan en corderos y en bueyes,
que te honrarán cual dios con sus ofrendas,
y que bajo tu cetro
te pagarán espléndidos tributos.
Esto te cumpliría si tu ira
a deponer llegaras.
Mas si el hijo de Atreo aún más odioso   300
se hizo a tu corazón, él en persona
con todos sus regalos,
ten compasión tú al menos de los otros
panaqueos que andan agobiados,
acorralados, por el campamento,
que a ti ellos han de honrarte
como a un dios; pues entre ellos
ahora podrías, verdaderamente,
una altísima gloria conquistar.
Ahora, en efecto, a Héctor
matar podrías, puesto que muy cerca
de ti se llegaría, pues se encuentra
henchido de una funesta rabia,   305
toda vez que asegura que no hay nadie
que a él se le asemeje entre los dánaos
que hasta aquí sus naves les trajeron.»

[Respuesta de Aquiles]

Y a él, respondiéndole, Aquiles,
el de los pies ligeros, así dijo:
«Descendiente de Zeus,
e hijo de Laertes,
Odiseo el de las muchas trazas,
es preciso que ya yo os declare
sin miramientos mi resolución,
tal como yo realmente la pienso   310
y como habrá de ser cosa cumplida,
con el fin de que no me susurréis

cada cual por su lado, aquí sentados.
Porque al igual que las puertas del Hades
odioso me es aquel que en sus mientes
una cosa oculta y otra dice.
Pero yo he de hablar de la manera
que mejor me parece:
ni a mí ha de persuadirme, creo yo,   315
Agamenón el hijo de Atreo
ni el resto de los dánaos,
pues, a lo que se ve,
no era favor ninguno
pelear contra guerreros enemigos
encarnizadamente y sin tregua.
La misma parte del botín les toca
a quien se queda en casa
y a quien guerreara con mucho denuedo;
y en idéntica estima son tenidos
tanto el cobarde como el valeroso,
e igual muere el guerrero perezoso   320
que el que ha trabajado sobremodo.
Ni una ganancia me queda de sobra,
después de haber sufrido
dolores en mi alma,
jugándome la vida en el guerrear.
Como el ave que lleva la comida
a sus polluelos de alas desprovistos,
una vez que cogerla ha conseguido,
y, como es natural, a ella misma
le va mal en la empresa,
así también yo mismo muchas noches   325
pasaba insomne y sangrientos días
consumía guerreando,
luchando con guerreros
por causa de sus propias compañeras.
Doce ciudades de hombres con mis naves
ya destruí y afirmo que a pie
once aniquilé
en la región de Troya rica en campos.
Y de ellas todas para mí tomé   330
como botín tesoros abundantes
y valiosos, y a Agamenón,

el hijo de Atreo,
se los llevaba y se los iba dando
en cada ocasión; pero él, en cambio,
que atrás se quedaba,
junto a las raudas naves,
una vez los tomaba, luego pocos
distribuir solía; al contrario,
guardaba para sí la mayor parte.
Otra porción a los príncipes daba
y a los reyes como recompensa,
y ellos aún intacta la conservan;   335
mas sólo a mí de entre los aqueos
me despojó de ella y ahora tiene
en su poder a la que de mi lecho
fue grata compañera;
¡que a su lado durmiendo goce de ella!
Mas ¿por qué han de seguir aún luchando
argivos con troyanos?,
¿por qué el hijo de Atreo
reunió las huestes y hasta aquí las trajo?
¿Es que acaso no fue
por Helena de hermosa cabellera?
¿Es que acaso tan sólo los Atridas   340
aman a sus esposas,
de entre los hombres, los mortales seres?
No, puesto que un varón que noble sea
y provisto de juicio
ama a la suya propia
y se cuida de ella,
como a aquella también yo la quería
de todo corazón,
aunque fuera ganada por la lanza.
Pero ahora, en cambio,
una vez de mis manos
me arrebató el botín y me engañó,
que no me tiente, que bien le conozco,   345
que no ha de persuadirme; antes bien,
Odiseo, contigo y los demás
y en compañía de los demás reyes,
piense de qué manera
de las naos apartar el veloz fuego.

[376]

En verdad, de mí lejos, se ha afanado
ya en muchísimas obras
y ya construyó el muro
y fosa grande y ancha a su lado,   350
y dentro de ella ha clavado estacas;
pero ni aun así contener puede
la fuerza de Héctor, asesino de hombres.
Pero en tanto que yo entre los aqueos
combatía, jamás Héctor quería
lejos del muro entablar batalla,
sino en el corto trecho que llegaba
a las puertas Esceas y la Encina;
allí a mí otrora solo me esperaba   355
a pie firme y apenas consiguió
de mi arrojo escaparse.
Pero ahora, puesto que no quiero
con el divino Héctor guerrear,
mañana, una vez haga sacrificios
al dios Zeus y a todos los dioses
tras cargar bien mis naves,
después de arrastrarlas hasta el mar,
verás, si quieres y si ello te importa,
cómo muy de mañana mis bajeles   360
van navegando por el Helesponto
en peces abundoso,
y cómo van mis hombres
remando en ellas con ardiente brío;
y si el ilustre dios sacudidor
de la tierra una buena travesía
me deparara, a Ftía la feraz
yo habría de llegar al tercer día.
Allí poseo yo muchas riquezas
que dejé cuando aquí me encaminaba
en mala hora; y llevaré de aquí   365
más oro y rojo bronce
y mujeres de marcada cintura,
y hierro gris, al menos
cuanto en suerte obtuve;
porque mi recompensa,
precisamente aquel que me la diera
me la quitó de nuevo

infiriéndome ultraje: el poderoso
Agamenón el hijo de Atreo.
A él díselo todo abiertamente,   370
como te lo encomiendo,
para que se indignen al saberlo
los restantes aqueos asimismo,
por si acaso aún espera engañar
a alguno de los dánaos,
él que anda revestido
continuamante de su desvergüenza;
que ya a mí, por lo menos, no osaría
a la cara mirarme, aunque es un perro;
y no voy ya a brindarle en absoluto
mis consejos ni mi esfuerzo tampoco,
porque, en efecto, me engañó del todo   375
y me ofendió; mas ya una vez más
no me podrá engañar con sus palabras;
que ya le es bastante;
que se vaya tranquilo a los infiernos;
pues Zeus consejero —está bien claro—
le arrebató las mientes.
Y odiosos me resultan sus regalos,
y a él no le estimo ni en un ardite [22];
y aunque diez veces más tantos me diera
o incluso veinte veces,
cuanto ahora posee y otras cosas   380
que de cualquiera parte le vinieran,
ni todos los ingresos que revierten
en Orcómeno o en la egipcia Tebas
(donde se hallan innúmeros tesoros
guardados en depósito en sus casas),
la Tebas de cien puertas,
de las que a través de cada una
suelen salir doscientos caballeros
pertrechados de carros y caballos;
ni siquiera aunque me diera tantos   385
como granos de arena o de polvo,

---

[22] El texto original dice «ni en un recorte de lana que resulta de la esquila».

ni aun así Agamenón en el futuro
a persuadir mi corazón llegara,
si él a mí antes no me restituye
enteramente el valor del ultraje
que el corazón me aflige.
Por otro lado, yo con una hija
de Agamenón, el hijo de Atreo,
no me voy a casar,
ni aunque rivalizara
con la áurea Afrodita en belleza
y en sus labores se equiparara   390
con Atenea de ojos de lechuza;
ni aun así me he de casar con ella;
que él otro aqueo para ella se elija,
uno cualquiera que a él se acomode
y más rey que yo sea;
pues si a mí ya los dioses me mantienen
sano y salvo, y a mi patria llego,
a mí luego Peleo por sí mismo,
por supuesto, me buscará una esposa.
Muchas aqueas por la Hélade y Ftía   395
hay, de próceres hijas,
de aquellos que protegen las ciudades
y de entre ellas, a aquélla que yo quiera
haré la compañera de mi lecho.
Mi ánimo arrogante muchas veces
anhelaba allí, tomando esposa
legítima, apropiada compañera
de lecho, en las riquezas deleitarme   400
que el anciano Peleo
había adquirido.
Pues para mí no compensan la vida
ni cuantos bienes dicen poseía
anteriormente Ilio,
la ciudad bien poblada,
en tiempos aún de paz,
antes de que llegaran
los hijos de los dánaos guerreros,
ni todos los que dentro de sí encierra
el pétreo umbral de Febo   405
Apolo, el flechador,

en Pitó pedregosa[23].
Pues pueden conseguirse
como botín de guerra
los bueyes y las robustas ovejas,
y pueden adquirirse por la compra
los trípodes y las rubias cabezas
de los caballos; en cambio, la vida
de un varón ya regresar no puede
ni cual botín de guerra ni cogida,
en el preciso punto que traspase
el cerco de los dientes.
Pues así, justamente, me lo dice   410
mi madre Tetis, diosa
de pies de plata: que son dos las Parcas
que a la meta me llevan de la muerte;
si quedándome aquí, por ambos lados
de la ciudad de los troyanos lucho,
se me acabó el regreso,
mas mi gloria será imperecedera;
en cambio, si a mi casa yo me llego,
a la querida tierra de mis padres,
se acabó para mí la noble fama,   415
mas durará mi vida largo trecho,
ni habría de alcanzarme raudamente
la meta de la muerte.
Pero aun a los demás yo, por mi parte,
les aconsejaría que zarparan
con rumbo a sus casas,
puesto que ahora ya no conocéis
el término de Ilio la escarpada;
que mucho sobre ella extendió
su protectora mano Zeus tonante   420
y sus huestes están bien animosas.
Pero, vosotros, yéndoos, transmitid,
hablando abiertamente, este mensaje
a los príncipes de entre los aqueos,
que esto es de los ancianos privilegio,

---

[23] Cfr. *Il.* II 519. En Delfos, santuario situado en una hoz flanqueada por las rocas del Parnaso.

para que en sus mientes
una traza mejor vayan pensando,
que les salve las naves
y las huestes aqueas
junto a las huecas naves,   425
puesto que ésta, al menos,
que ahora habían proyectado,
ya de ella no disponen al momento,
desde que yo me fui encolerizado.
Pero Fénix aquí, junto a nosotros,
se quede a dormir,
para que, así, mañana
me acompañe en las naves
a la querida tierra de mis padres;
si quiere; que a la fuerza
no habré yo de llevarle en absoluto.»

[Discurso de Fénix]

Así dijo, y ellos, entonces, todos   430
quedaron en silencio, punto en boca,
del discurso admirados,
pues muy vehementemente les hablara.
Pero a la postre ya ante ellos dijo
el viejo Fénix conductor de carros,
en lágrimas rompiendo, pues temía
en extremo por las naves aqueas:
«Si ya el regreso, sin duda, en tus mientes,
ilustre Aquiles, te estás proponiendo,   435
y no quieres, en cambio, en absoluto
de nuestras raudas naves alejar
el fuego destructor, pues ha invadido
la cólera tu alma,
¿cómo luego, hijo mío, yo podría
lejos de ti aquí quedarme solo?
Pues para acompañarte me enviaba
Peleo el viejo conductor de carros
aquel día en que a ti desde Ftía
a Agamenón te enviaba,
cuando aún eras un niño   440
y aún no sabías

[381]

ni de la guerra que a todos iguala
ni de las asambleas,
donde conspicuos los hombres resultan.
Por eso me mandó para enseñarte
a realizar estas acciones todas:
a ser de los discursos orador
cumplido y ejecutor de hazañas.
Así, por consiguiente, hijo querido,
lejos de ti quedarme no querría,   445
ni aunque en persona un dios me prometiera
raerme la vejez y hacerme joven
en plena lozanía, como cuando
por vez primera Hélade abandoné
la de hermosas mujeres, escapando
de las reyertas con mi padre Amíntor [24],
de Órmeno el hijo, que conmigo
en extremo se había irritado
por una concubina
de hermosa cabellera,
a la que él mismo amaba,   450
a su esposa con ello despreciando,
a mi madre; la cual me suplicaba,
cogida a mis rodillas, de continuo
que antes me uniera yo a la concubina
para que así al viejo aborreciera.
Y le hice caso y obré en consecuencia;
mas al punto mi padre se dio cuenta
y contra mí lanzaba maldiciones
vehementemente y a las odiosas
Erinias [25] invocó:

---

[24] Los Orménidas, por lo que se deduce de este contexto, extendían su
dominio por la región de Arna, en Tesalia; de manera que la Hélade de los
mirmídones de Peleo no era sino una parte de la vieja «Hélade de hermosas
mujeres», que, a juzgar por los versos que ahora leemos, la compartían los
descendientes de Órmeno con Peleo.

[25] Las Erinias eran démones que habitaban en el mundo de ultratumba y
podían ser atraídas al de los vivos mediante una maldición que lanzara un
miembro de una familia contra otro a consecuencia de un crimen o delito
que este último cometiera en la persona de un consanguíneo. En tal caso,
las Erinias, que son diosas protectoras del derecho familiar, aparecen
trayendo al malhechor la muerte, la privación de la descendencia u otra
desgracia.

que jamás se sentara en sus rodillas   455
un hijo que de mí fuera nacido;
sus maldiciones los dioses cumplían,
el subterráneo Zeus
y Perséfone la terrible diosa.
[Yo decidí matarle, ciertamente,
con aguzado bronce, mas detuvo
mi enojo algún dios inmortal
que, justamente, en mi ánimo me puso   460
la mala fama que es la voz del pueblo
y los muchos oprobios de los hombres,
no fuera a ser llamado parricida
entre gentes aqueas.] Desde entonces
ya en modo alguno se me contenía
el corazón dentro de mis entrañas
al andar dando vueltas
por el palacio de un padre irritado.
A la verdad, muy insistentemente
mis deudos y parientes, colocados
a un lado y otro mío, suplicantes,   465
allí mismo intentaban retenerme,
en el palacio, y pingües ovejas
numerosas iban sacrificando
y, además, bueyes de curvada cuerna,
que los pies mueven con torcido paso,
y muchos cerdos lozanos de grasa
para el asado prestos se tendían
a través de la llama de Hefesto,
y se bebía abundante vino
de las tinajas que el viejo tenía.
Durante nueve noches   470
a mis flancos dormían,
turnándose en las guardias que montaban,
sin que nunca el fuego se extinguiera,
ni el uno que ardía al pie del porche
del bien cercado patio, ni el otro,
que en medio del vestíbulo ardía,
delante de las puertas de mi estancia.
Mas cuando ya la tenebrosa noche
que la décima era sobrevino,
entonces, justamente, yo, rompiendo   475

las bien trabadas puertas de mi estancia,
fuera salí y salté el cerco del patio,
pasando fácilmente inadvertido
de los soldados que la guardia hacían
y las mujeres de la servidumbre.
Luego, lejos de allí, andaba huido
a través de la Hélade espaciosa,
hasta que al fin llegué a la fértil Ftía,
madre de las ovejas,
y al hogar de Peleo el soberano,   480
que, hacia mí bien dispuesto, me acogió,
y me amó como un padre ama a su hijo
único que a la postre le ha nacido
para ser heredero
de sus muchas y ricas posesiones,
y me hizo opulento,
pues un pueblo inmenso me otorgó;
y, reinando en los dólopes, moraba
en la región más extrema de Ftía²⁶.
Y a ti te hice yo así de grande,   485
¡Aquiles a los dioses semejante!,
amándote desde el fondo de mi alma,
puesto que tú con otro no querías
ni asistir a convite
ni comer en palacio,
hasta el momento ya en que en mis rodillas
yo te sentara y diera de comer,
tras haberte cortado previamente
el companage y dado a beber vino.
Muchas veces mi túnica empapaste   490
sobre mi pecho al arrojar el vino
a la infantil y penosa manera.
Así por ti muchísimo sufrí
y padecí muchas penalidades,
pensando que los dioses
en absoluto estaban dispuestos
a hacerme realidad la descendencia

---

²⁶ Fénix reinaba, como soberano subordinado a Peleo, en la región de
Ftía más próxima al Epiro.

de mí mismo surgida; antes bien,
a ti intentaba hacerte hijo mío,   495
¡Aquiles a los dioses semejante!,
para que un día tú de mí alejaras
la afrentosa ruina que hace estragos.
Pero, ¡Aquiles!, doma tu ánimo altivo,
porque no debes tú en absoluto
despiadado tener el corazón,
ya que aun los dioses mismos son flexibles,
de los cuales la virtud, gloria y fuerza
son, no obstante, mayores que las tuyas;
también, realmente, a ellos con ofrendas,
con amables promesas,
con grasa y libaciones,   500
los hombres, suplicándoles, desvían
cuando de ellos alguno ha cometido
o una transgresión o una falta.
Pues, en efecto, las Súplicas son,
las hijas del gran Zeus,
cojas, rugosas, bizcas de ambos ojos,
las cuales asimismo se preocupan,
precisamente, de ir caminando
detrás de la Ceguera.
Mas ella, la Ceguera,   505
es fuerte y expedita, por lo cual
saca, corriendo, a todas gran ventaja,
y por toda la tierra
llega antes que ellas
al intentar hacer daño a los hombres;
ellas, detrás, el remedio procuran.
Aquel que respetuoso
hacia las hijas de Zeus se muestra
cuando a él se le acercan, ellas mucho
le aprovechan a él y aun le escuchan
cuando a ellas sus súplicas dirige;
quien las rechaza, en cambio, con desprecio   510
e incluso con dureza las repudia,
ellas luego se van, y al Cronida
Zeus suplican que a ése le acompañe
la Ceguera para que con su daño
vuelva en pago la deuda contraída.

Pero, ¡Aquiles!, procura también tú
que a las hijas de Zeus acompañe
el honor que doblega, pese a todo,
la voluntad de otros hombres valientes.
Porque si él no estuviera dispuesto,   515
el Atrida, a ofrecerte los regalos
ni otros para más tarde te nombrara,
sino que aún irritado continuara,
yo a ti entonces no te exhortaría
a que, habiendo tu cólera depuesto,
a los argivos prestaras socorro,
aunque hayan de tu ayuda menester.
Pero ahora, a la vez, te ofrece mucho
para este mismo instante, y otras cosas
te prometió para lo sucesivo,
y a esos hombres mandó adelantados,   520
que él por ser los mejores ha elegido
del campamento aqueo por entero,
a suplicarte, los que a ti mismo
más queridos te son de los argivos;
de ellos tú no hagas fracasar
sus pies y sus palabras,
porque hasta ahora estar tú irritado
no era cosa indignante en absoluto.

[La cólera de Meleagro]

Así también de los hombres de antes,
de los héroes, las gloriosas leyendas   525
íbamos conociendo cada vez
que violento arrebato entraba en ellos:
sensibles a los dones resultaban
y accesibles a amistosas palabras.
Esta hazaña recuerdo yo de antiguo,
en absoluto cosa de hace poco,
tal como era, y entre vosotros,
amigos todos, la voy a contar:
Luchaban los curetes
con los etolos firmes en la guerra,
a uno y otro lado   530

de la ciudad llamada Calidón [27],
y unos a otros íbanse matando;
los etolos, luchando en defensa
de Calidón la amable; los curetes,
por obra de Ares ardiendo en deseos
de destruirla de arriba abajo.
Pues, en efecto, Ártemis a ellos,
la del trono de oro, les había
suscitado una calamidad,
porque a ella no le sacrificara
en absoluto Eneo [28]   535
las ofrendas de los primeros frutos,
en un recodo de su propia viña;
de modo que mientras los demás dioses
celebraban banquetes de hecatombes,
a ella sola, a la hija del gran Zeus,
no le hizo sacrificios;
o bien el hecho desapercibido
habíale pasado o bien no había
en esa circunstancia reparado,
pues error cometió
con gran ceguera en su alma.
Y ella, la Flechadora
de divino linaje, irritada,
contra él suscitó
un jabalí robusto y salvaje,
de dientes blancos, que muchos estragos   540
hacía devastando,
como es su costumbre,
los viñedos de Eneo.
Muchos árboles altos echó a tierra
el jabalí aquel,
de raíz extirpados,
con sus mismas raíces
y con las mismas flores de sus frutos.
Mas Meleagro, el hijo de Eneo,

---

[27] Calidón era la capital de los etolos. La de los curetes era Pleurón.
[28] Eneo era hijo de Porteo, rey de Calidón, ciudad de Etolia. Estaba casado con Altea y fue padre de Tideo y Meleagro. Cfr. *Il.* II 641; VI 216; XIV 117.

le dio muerte, habiendo reunido
cazadores y perros que habían   545
venido de numerosas ciudades;
pues, en verdad, no hubiera sucumbido
a un escaso grupo de mortales;
tan grande era que a muchos subió
a la fúnebre pira dolorosa.
Y la diosa por causa de la fiera
provocó gran tumulto y griterío,
por la cabeza y la peluda piel
del jabalí, entre uno y otro bando,
curetes y etolos
magnánimos. Pues bien,   550
en tanto que luchaba Meleagro,
querido de Ares, durante ese tiempo
mal iba a los curetes,
que, aunque eran muchos ni aun así podían
fuera de las murallas resistir.
Mas cuando ya a Meleagro
la cólera invadió que a tantos otros,
aun de los muy discretos,
les hincha el corazón dentro del pecho,
entonces —¡fíjate!— estaba irritado   555
en su alma contra su madre Altea,
tendido en el lecho, al costado
de su esposa legítima, la bella
Cleopatra, la hija de Marpesa
Evenina, la de hermosos tobillos,
y de Idas, que fue entre los varones
terrestres de entonces el más fuerte,
pues, justamente, echó mano al arco
contra el soberano Febo Apolo   560
por causa de su esposa,
la de hermosos tobillos,
con él recién casada;
y entonces a Cleopatra en el palacio
su padre y también su augusta madre
de sobrenombre Alcione la llamaban,
porque, precisamente,
la madre de ella había sufrido
del alción muy doliente el destino

y lloraba cuando Febo Apolo,
el todopoderoso,
por los aires la había arrebatado [29].
Al lado de ella estaba él tendido,   565
cólera dolorosa digiriendo,
de irritación colmado a consecuencia
de las imprecaciones de su madre,
la cual, precisamente, a los dioses
muchas imprecaciones dirigía,
dolida por la muerte de su hermano,
e insistente golpeaba con sus manos
la tierra, incluso, que alimenta a muchos,
a Hades invocando
y a Perséfone, la terrible diosa,
asentada en el suelo de rodillas,   570
y en lágrimas sus senos se empapaban,
para que muerte dieran a su hijo;
y le oyó desde el Érebo la Erinia
que anda continuamente entre tinieblas
y tiene el corazón inexorable.
Y pronto a los dos lados de las puertas
se iban levantando un tumulto
y estrépito que eran de los curetes,
alcanzadas las torres con sus dardos;
y a Meleagro rogaban los ancianos
de los etolos (e iban despachando   575
a los más distinguidos sacerdotes
de los dioses) que afuera saliese
y que les defendiera, gran regalo
habiéndole por ello prometido.
En aquel punto en el que es más pingüe
de Calidón amable la llanura,
allí le invitaban a escogerse
para sí un predio en extremo hermoso,
de cincuenta yugadas,
cuya mitad tierra era de viñedos,

---

[29] La hembra del alción, privada de macho o de sus hijos, lanza al aire
quejumbrosos chirridos. La hija de Marpesa era llamada Alcíone por causa
del destino de la madre, como Telémaco recibió este nombre por causa de
su padre.

y la otra mitad, 580
tierra de laboreo, campo raso,
a que él en el llano la acotara.
Y con gran insistencia le rogaba
el viejo Eneo, conductor de carros,
de pie sobre el umbral
de la estancia de elevada techumbre,
sacudiendo las hojas de las puertas
de goznes bien provistas,
implorando a su hijo;
y con gran insistencia le rogaban 585
sus hermanas y su augusta madre;
él, sin embargo, aún más se negaba;
y, con gran insistencia,
los compañeros que de entre todos
le eran más leales y queridos;
mas ni aun así lograban persuadirle
el ánimo en su pecho,
hasta que ya su estancia recibía
los impactos de dardos a granel,
y ellos iban poniendo, los curetes,
el pie sobre lo alto de las torres
y a la gran villa fuego le pegaban.
Y entonces ya a Meleagro su esposa 590
de hermosa cintura suplicaba
entre lamentos, y le enumeró
las aflicciones todas que resultan
a los hombres cuya villa es tomada:
matan a los varones, y el fuego
reduce a cenizas la ciudad,
y gente extraña arrastra a los hijos
y a las mujeres de estrecha cintura.
Y su ánimo, al oír esos horrores, 595
se iba conmoviendo,
y en marcha se puso,
y se vistió, ajustándosela al cuerpo,
de su resplandeciente armadura.
Así defendió él a los etolos
del día del desastre,
a su ánimo cediendo; pues los dones,
muchos y agradables, todavía

[390]

no se le habían hecho realidad,
pero aun así les libró del desastre.
¡Ea, pues, tú, atiéndeme!, no pienses   600
en tus mientes así,
y que un dios, amigo, no te induzca
a ese punto, pues peor sería
las naves defender si a arder llegaran;
por el contrario, vete ya a buscar
los regalos, pues a ti van a honrarte
los aqueos igual que a un dios;
que si en la guerra que varones mata
llegas a entrar sin tomar los regalos,
no serás ya estimado de igual modo,   605
aunque hayas la guerra rechazado.»

[Respuesta de Aquiles]

Y a él, respondiéndole, le dijo
Aquiles, héroe de los pies ligeros:
«¡Fénix, anciano padre,
descendiente de Zeus!,
yo no he menester en absoluto
de esa estima, pues pienso
que ya soy estimado
por decreto de Zeus,
que a mí me retendrá
junto a las curvas naves,
mientras aliento me quede en el pecho   610
y estén en movimiento mis rodillas.
Y otra cosa a ti voy a decirte
y métetela dentro de tus mientes:
no confundas mi alma
con tus lamentos y tus aflicciones
para dar gusto al héroe Atrida
(que nada en absoluto te obliga
a quererle), con el fin de que odioso
a mí no me resultes que te quiero.
Decente es para ti que tú conmigo   615
por quien de mí se cuida tú te cuides.
Reina igual que yo y de mi honra
tómate la mitad como tu parte.

Esos otros llevarán mi mensaje;
mas quédate tú aquí y en blando lecho
acuéstate, y, al despuntar la aurora,
pensaremos si acaso a nuestros lares
regresamos o aquí permanecemos.»
Dijo así, y a Patroclo, en silencio,   620
con las cejas le hizo una señal,
mandándole extender espeso lecho
para Fénix, a fin de que los otros
cuanto antes pensaran en la vuelta
y en salir de la tienda de campaña.
Y, justamente, Ayante Telamonio,
comparable a los dioses,
entre ellos estas palabras dijo:
«Vámonos, Odiseo de mil trazas,   625
de Zeus descendiente, Laertíada;
que a mí no me parece
que por este camino
llegue a cumplirse el fin de nuestros planes;
y es preciso transmitir cuanto antes
a los dánaos la contestación
aunque buena no sea; ellos que ahora,
probablemente, la están aguardando.
Aquiles en lo hondo de su pecho
su altivo corazón volvió feroz,
¡inflexible!, pues ni la atención vuelve   630
a la amistad aquella,
la de sus compañeros,
con la que a él por encima de todos
le honrábamos al lado de las naves;
¡despiadado!, que incluso por un hijo
o un hermano muerto se recibe
una compensación del asesino,
y entonces él en el pueblo se queda,
en el mismo lugar, pues ha pagado
para saldar su deuda una gran suma,
y el corazón y el ánimo arrogante   635
del otro se apacigua
en el momento en que la expiación
a base de dinero ha recibido;
a ti, en cambio, los dioses te hicieron

en lo hondo de tu pecho
un corazón malvado e implacable
a causa de una muchacha tan sólo;
ahora, en cambio, a ti te presentamos
siete que sobresalen por perfectas,
y otras muchas cosas además;
tú, revístete, pues, de ánimo blando,
y tu techo respeta, ya que estamos
a tu techo acogidos, enviados   640
por la masa del pueblo de los dánaos,
y ardemos en deseos
de ser de entre todos los aqueos,
por encima de todos los demás,
los más devotos deudos
y mejores amigos para ti.»
Y a él, respondiéndole, le dijo
Aquiles, héroe de los pies ligeros:
«Ayante, Telamonio,
descendiente de Zeus por linaje,
de ejércitos caudillo, me parece
que casi todo has dicho a la medida   645
del gusto de mi alma;
pero a mí se me hincha
de ira el corazón cuando me acuerdo
de aquellos sucesos,
de cómo me trató ante los argivos
con injusto desprecio
el hijo de Atreo,
como si fuera yo
un vil advenedizo.
Pero, ¡venga!, marchad ahora vosotros
y publicad al punto el mensaje:
«No he de pensar, por cierto,   650
en la sangrienta guerra
antes de que el hijo
de Príamo valiente, Héctor divino,
se llegue hasta las tiendas y las naves
del ejército de los mirmidones,
argivos degollando,
y haya hecho arder las naos a fuego lento.
Pues a Héctor yo lo pienso contener,   655

[393]

por muy enardecido que se encuentre,
en los alrededores de mi tienda
—¡date cuenta!— y de mi negra nave.»

[*Regreso de la embajada*]

Dijo así, y de ellos cada uno,
la copa habiendo asido de dos cuerpos,
y después de haber hecho libaciones,
se marcharon de vuelta a las naves;
Odiseo el primero caminaba.
Y Patroclo ordenó a sus compañeros
y a sus criadas un espeso lecho
para Fénix cuanto antes extender.
Y ellas, obedeciendo, le extendieron   660
un lecho, cual mandara,
pellejos y una manta
y sábana ligera, flor de lino.
Y allí acostóse el viejo y aguardaba
la llegada de la divina Aurora.
Por su parte, Aquiles reposaba
de su compacta tienda en un rincón;
y a su lado, como correspondía,
se acostó una mujer que desde Lesbos
como botín consigo se traía,
la hija de Forbante,   665
Diomeda, la de hermosas mejillas.
Patroclo se acostó al otro lado;
y también junto a él,
como correspondía,
Ifis [30], la joven de cintura hermosa
que el divino Aquiles
le había procurado
cuando tomó la escarpada Esciros [31],
ciudadela de Enieo [32].
Pero ellos cuando ya estuvieron
en la tienda del hijo de Atreo,

---

[30] Ifis es nombre hipocorístico de Ifíanasa.
[31] La saga posterior cuenta cómo Aquiles se detuvo en la isla de Esciros.
[32] Enieo era rey de Esciros. Murió a manos de Aquiles.

con copas de oro por ellos brindaban,   670
como era de esperar,
los hijos de los guerreros aqueos,
cada uno por su lado puesto en pie,
y a punto estaban de interrogarles;
preguntaba, el primero, Agamenón,
caudillo de guerreros:
«¡Venga!, dime, muy famoso Odiseo,
de las gentes aqueas alta gloria,
¿cuál cumple, a apartar está dispuesto
el fuego abrasador de nuestras naves
o ha rehusado porque todavía   675
su alma altiva la cólera colma?»
A su vez, respondióle
el muy sufrido, divino Odiseo:
«Gloriosísimo Atrida Agamenón,
caudillo de guerreros,
lo que es aquel, dispuesto no se halla
a extinguir su cólera; al contrario,
aún de más furor se va llenando,
y te rechaza a ti y a tus regalos.
Él ordena decirte·   680
que deliberes entre los argivos
de qué forma las naves y las huestes
de los aqueos tú salvar podrías;
y él mismo amenazó
con botar a la mar
sus naves combas por los dos costados
y de innúmeros bancos pertrechadas,
y afirmaba también que exhortaría
a los demás a que a sus propias casas   685
navegando se vuelvan, toda vez
que ya no conocéis
el término de Ilio la escarpada;
pues mucho sobre ella Zeus tonante
su mano protectora extendió
y sus huestes están bien animosas.
Así decía, y aquí están éstos,
los que me acompañaban,
que lo pueden decir,
Ayante y entrambos los heraldos,

prudentes uno y otro.
Mas Fénix, el anciano, allí mismo   690
se acostó, pues se lo ordenaba
para que él en las naves
pudiera al día siguiente acompañarle
a la querida tierra de sus padres
si así lo deseara, que a la fuerza
no habría él de llevarle en absoluto.»
Así dijo, y ellos, entonces, todos
quedaron en silencio, punto en boca,
del discurso admirados,
pues muy vehementemente les hablara.
Y estuvieron callados largo tiempo,   695
afligidos, los hijos de los dánaos;
pero a la postre ya dijo Diomedes,
por el grito de guerra destacado:
«Gloriosísimo Atrida,
Agamenón, caudillo de guerreros,
ni suplicar habrías tú debido
al intachable hijo de Peleo[33],
ofreciéndole, a un tiempo, mil regalos,
pues él es ya de suyo arrogante;
una vez más ahora le has echado   700
mucho más dentro aún de su arrogancia.
Pero a aquel dejémosle tranquilo,
ya sea que se vaya o que se quede;
pues volverá a luchar en el momento
en que dentro del pecho se lo mande
su corazón y un dios le ponga en pie.
Pero, ¡venga!, tal como yo lo diga,
obedezcamos todos:
ahora, satisfechos   705
de comida y de vino
(pues ellos son el vigor y el coraje)
en vuestros corazones,
marchaos a dormir;
mas, justamente, luego que aparezca
la bella Aurora de rosados dedos,

---

[33] *Sc.:* Aquiles.

conduce prestamente ante las naves
las tropas y los carros,
exhortando al combate, y tú en persona
lucha en primera fila.»
Así dijo y con él convinieron,
como era natural, los reyes todos,
el discurso admirando de Diomedes,
domador de caballos. Y entonces,
una vez ya hechas las libaciones,
se marchó a su tienda cada uno,
y acostáronse en ellas
y el regalo del sueño se tomaron.

Aquiles y Patroclo

CANTO X

La Dolonía *

[Preocupaciones de Agamenón]

Cabe las naos los próceres dormían
de los aqueos todos, a lo largo
de la noche entera,

---

* La Dolonía, que se desarrolla durante el resto de la noche en que se
decidió y se envió la embajada a Aquiles, es, por lo demás, un episodio que
no repercute en la acción general del poema. Ya desde antiguo se consideraba a La Dolonía una añadido posterior al resto de la *Ilíada*. El episodio
consta de las siguientes partes: 1. Agamenón, preocupado, decide ir a pedir
consejo a Néstor (1-71). 2. Agamenón se entrevista con Néstor (72-130).
3. Agamenón y Néstor despiertan a otros héroes (131-179). 4. Agamenón y
los demás héroes pasan revista a las guardias (180-193). 5. A propuesta de
Néstor, en consejo que los próceres aqueos celebran del otro lado de la
fosa, Diomedes se ofrece para espiar el campo enemigo y elige a Odiseo
como acompañante (194-253). 6. Diomedes y Odiseo se arman, y luego, al
ponerse en marcha, se les ofrece un presagio favorable (254-298). 7. Héctor, por su parte, decide asimismo enviar un espía al campo aqueo. Se
ofrece voluntario para ello Dolón (299-332). 8. Dolón se arma y emprende
el camino, pero es apresado por Diomedes y Odiseo (333-377). 9. Dolón
suministra información acerca de las circunstancias y el estado de cosas del
campamento troyano (378-445). 10. Diomedes abate a Dolón y Odiseo
consagra las armas de aquel a Atenea (446-468). 11. Diomedes y Odiseo se
llegan al campamento de los tracios. Apolo y Atenea auxilian cada uno a
sus favoritos y protegidos (los tracios lo son de Apolo; la pareja de
griegos, de Atenea) (469-525). 12. Regresan al campamento Diomedes y
Odiseo y allí son recibidos por los demás aqueos (526-563). 13. Los dos
héroes, que han llevado a cabo tan señalada empresa, vuelven a sus tiendas
y en ellas se relajan y refrescan (564-579).

del blando sueño al yugo sometidos;
tan sólo al Atrida Agamenón,
pastor de gentes, no le apresaba,
el dulce sueño, porque dando vueltas
estaba en sus mientes
a muchos pensamientos.
Como cuando el esposo   5
de Hera la de hermosa cabellera
relampaguea, ora forjando lluvia
en abundancia y aun en demasía,
ora granizo o una nevada,
cuando la nieve cubre las aradas,
o tal vez la gran boca
de la punzante guerra,
así Agamenón dentro del pecho
exhalaba suspiros abundantes
del fondo mismo de su corazón,   10
y dentro de él temblaban sus entrañas.
En verdad, cada vez que la llanura
troyana contemplaba,
se admiraba de las muchas hogueras
que ante Ilio ardían
y del sonar de flautas y siringes
y de la algarabía de los hombres;
en cambio, cada vez que la mirada
a las naos dirigía y a las gentes
de los aqueos, él muchos cabellos   15
de raíz se arrancaba
de la cabeza, mirando hacia Zeus
que mora en lo alto,
y profundos gemidos exhalaba
su corazón glorioso.
Y en el alma a él le parecía
éste el mejor consejo:
ir en busca de Néstor el Neleida
antes que de cualquier otro guerrero,
por ver si algún designio irreprochable
juntamente con él tramar pudiera,
que a ser llegara remedio de males   20
para los dánaos todos.
Y puesto en pie, en torno de su pecho

vestíase la túnica y atóse
bellas sandalias a sus pies lustrosos
y luego a los dos lados revistióse
de una piel de león
flavo, rojizo y grande,
que hasta sus pies llegaba
y empuñó una lanza.
Asimismo al héroe Menelao   25
un temblor le apresaba (pues tampoco
a él sobre sus párpados el sueño
se le asentaba), no fuera a pasarles
algo a los argivos, que, en efecto,
por causa suya habían
venido hasta Troya,
sobre el inmenso húmedo elemento,
revolviendo en sus mentes la audaz guerra.
Con una piel manchada de leopardo   30
su ancha espalda se envolvió primero,
y luego levantó un yelmo de bronce
y se lo puso sobre la cabeza
y una lanza empuñó en su gruesa mano,
y a andar se puso para levantar
de la cama a su hermano,
que alto mando ejercía
en los argivos todos
y cual dios era honrado por el pueblo.
Mas le halló poniéndose en los hombros
las piezas de su hermosa armadura
al lado de la popa de su nave;   35
y en llegándose a él, fue bienvenido.
A él le dijo, el primero, Menelao
por el grito de guerra señalado:
«¿Por qué te estás armando, caro amigo?
¿Acaso piensas incitar a alguno
de nuestros camaradas a que vaya
a hacer de espía entre los troyanos?
Pero mucho me temo que ninguno
te prometa cumplirte esa empresa
de ir solo a espiar al enemigo   40
a través de la noche inmortal;
habrá de ser el tal de corazón

[400]

en extremo atrevido.»
A él, respondiendo, dijo
Agamenón el héroe poderoso:
«Necesidad tenemos tú y yo,
¡oh Menelao, vástago de Zeus!,
de consejo fructuoso,
que, cualquiera que sea,
proteja e incólumes conserve
a los argivos y a sus bajeles,   45
pues el querer de Zeus nos dio la espalda[1].
En las víctimas de los sacrificios
de Héctor, como es claro,
puso su voluntad,
pues hasta ahora yo no había visto
ni oído contar que un solo hombre
hubiera urdido tan sólo en un día
tantos destrozos dignos de cuidado
cuantos causó a los hijos
de los aqueos Héctor caro a Zeus,
por sí solo y aun no siendo hijo   50
ni de una diosa ni de un dios tampoco.
Pero realizó hazañas
que aseguro yo que todas ellas
habrán de preocupar a los argivos
durante mucho tiempo y largamente;
pues tantos males contra los aqueos
tramó. Mas vete ahora,
ágilmente corriendo, a las naves,
y llama a Ayante y a Idomeneo;
que yo iré en busca del divino Néstor,   55
y le voy a apremiar a levantarse,
por ver si quiere ir hasta la tropa
vigorosa de nuestros centinelas
e impartirles las órdenes; pues ellos
a él especialmente
le obedecerían;
porque en los guardias mandan
un hijo suyo y también Meriones,

---

[1] Esta misma deducción se hizo Agamenón tras la derrota sufrida el día anterior. Cfr. *Il.* IX 18-22.

el compañero de Idomeneo;
pues a ellos muy particularmente
este servicio les encomendamos.»
A él luego respondía Menelao   60
por el grito de guerra destacado:
«¿Cómo es, pues, eso que en tus discursos
me encomiendas y mandas?
¿Allí mismo me quedo yo con ellos
a la espera, hasta que tú allí llegues,
o corro, ya de vuelta, a tu encuentro
después de que a ellos puntualmente
tus órdenes les haya impartido?»
A él, a su vez, le dijo
Agamenón, de hombres soberano:
«Quédate allí mismo,   65
no vaya a ser por caso
que en nuestros recorridos nos perdamos,
alejándonos el uno del otro,
pues muchas son las sendas
que a lo largo van del campamento.
Pero da voces dondequiera vayas
y mándales que se estén bien despiertos,
nombrando a cada uno por el nombre
del propio padre según su linaje,
glorificando a todos;
y no te engrandezcas en tu alma;
por el contrario, aun nosotros mismos   70
trabajemos también,
porque así, más o menos, a nosotros,
según vamos naciendo,
nos va imponiendo Zeus graves males.»

[*Agamenón se entrevista con Néstor*]

Habiendo dicho así, a su hermano
lo despedía luego que le diera
órdenes bien estrictas,
y él, por su parte, emprendió la marcha
al encuentro de Néstor,
pastor de gentes, y lo encontró
junto a su tienda y su negra nave,

metido en blando lecho;
y a su lado yacían
sus armas ricamente trabajadas,
un escudo y dos lanzas
y el brillante yelmo.
Y al lado yacía el cinturón
del todo abigarrado con que el viejo
ceñirse acostumbraba
cada vez que se armaba
para ir a la guerra
consumidora de hombres,
conduciendo a sus gentes,
puesto que él, en verdad, a la vejez
luctuosa no hacía concesiones.
Y luego, incorporado sobre el codo,
irguiendo la cabeza, al Atrida
se dirigió, y con estas palabras
le hacía una pregunta:
«¿Quién eres tú que solo entre las naves
vas caminando por el campamento,
yendo a través de la oscura noche,
y mientras duermen los demás mortales,
o bien buscando alguno de tus mulos
o bien a alguno de tus compañeros?
Habla y a mí en silencio no te acerques.
¿Qué cosa, a la postre, tú precisas?»
A él contestaba luego
Agamenón, de hombres soberano:
«Néstor el de Neleo, alta gloria
de los aqueos, reconocerás
que soy Agamenón, hijo de Atreo,
a quien Zeus, de un extremo a otro,
por encima de todos los demás,
en medio le metió de los trabajos,
en tanto que en mi pecho quede aliento
y que puedan moverse mis rodillas.
Ando así errante porque el dulce sueño
no se asienta en mis ojos; al contrario,
me preocupan la guerra y la congoja
de las gentes aqueas.
Pues mi miedo es tremendo por los dánaos,

ni está firme en mi pecho el corazón,
por el contrario, estoy fuera de mí,
me salta el corazón fuera del pecho
y están temblando mis gloriosos miembros.   95
Pero si estás dispuesto a hacer algo,
dado que a ti tampoco te da alcance
el sueño, ven, bajemos
a los puestos de nuestros centinelas,
para poder, así, inspeccionarlos,
no vaya a ser que ellos, de cansancio
y de sueño saciados, se nos hayan
dormido y de la guardia
se hayan olvidado por entero;
los enemigos están asentados   100
bien cerca y no sabemos
en absoluto si acaso incluso
a través de la noche
han llegado a pensar en dar batalla.»
A él luego respondía
Néstor Gerenio, conductor de carros:
«Gloriosísimo Atrida,
Agamenón, de hombres soberano:
No habrá, por cierto, de cumplir a Héctor   105
el consejero Zeus
todos los pensamientos
que él ahora espera se le cumplan;
por el contrario, opino
que habrá él de padecer
con más penas aún, si acaso Aquiles
su pecho aparta del duro rencor.
Mas yo con gusto te acompañaré;
y, además, a los otros despertemos,
al hijo de Tideo,
ilustre por la lanza, y a Odiseo,
y al veloz Ayante[2],   110
y al hijo valeroso de Fileo[3].
¿Pero alguien no podría
marchar en busca de éstos y llamarlos?;

---

[2] Se refiere Homero a Ayante el hijo de Oileo. Cfr. *Il.* II 527.
[3] Es decir: Meges. Cfr. *Il.* II 627 y ss.

a Ayante[4] me refiero,
semejante a un dios, y a Idomeneo,
el soberano, pues están sus naves
muy apartadas y no muy cercanas[5].
Por lo demás, aunque me es querido
y objeto de respeto, a Menelao
voy a reñirle, aunque te me enfades,   115
y no voy a ocultar que está durmiendo
y a ti solo te encomendó el trabajo.
Debiera él ahora ajetrearse
postrándose ante todos los caudillos
con suplicantes ruegos, pues que llega
un apuro que ya no es soportable.»
A él, a su vez, dirigió la palabra
Agamenón, de hombres soberano:
«Anciano, te he mandado   120
en otras ocasiones censurarle,
pues afloja a menudo
y no está dispuesto a afanarse,
y no lo hace cediendo a la pereza
o a falta de cordura de su mente,
sino porque se queda
mirándome a mí y esperando
el impulso que yo le pueda dar.
Ahora, empero, mucho antes
que yo se depertó y se me puso
a mi lado junto a la cabecera;
y yo le envié a que llamara   125
a aquellos por los que tú me preguntas.
Mas, vayamos, que a aquellos
los hemos de encontrar ante las puertas,
entre los centinelas, pues allí
les indiqué yo que se reunieran.»
A él contestaba luego
Néstor Gerenio, conductor de carros:
«Así, nadie se enfadará con él
de entre los argivos   130
ni le será indócil cuando a alguno

---

[4] Se refiere a Ayante Telamonio. Cfr. *Il.* IX 623.
[5] Cfr. *Il.* VIII 223 y ss.

le exhorte o dé una orden.»
Habiendo dicho así, se ajustaba [6]
la túnica en torno de su pecho
y a los pies lustrosos
se ató bellas sandalias
y a uno y otro lado de su espalda,
como era de esperar, se abrochó
el purpúreo manto, doble y ancho,
sobre el que espesa lana florecía;
y echó mano a la lanza vigorosa,   135
afilada en su agudo bronce.
Y se puso a andar
para a las naves ir de los aqueos
de corazas de bronce.
Luego, en primer lugar, a Odiseo,
en prudencia a Zeus comparable,
del sueño despertó
Néstor Gerenio, conductor de carros,
hablándole a gritos; y el chillido,
al punto, recorrióle
en derredor sus mientes,
y salió de su tienda   140
y a ellos les dijo estas palabras:
«¿Cómo así por las naves
y por el campamento
solos andáis y errantes
a lo largo de la noche inmortal?
¿Sin duda ello se debe a que os alcanza
una necesidad considerable?»
A él luego respondía
Néstor Gerenio, conductor de carros:
«Laertiada, de Zeus descendiente,
Odiseo, el de muchos recursos,
no te irrites, pues un dolor bien grande   145
violentamente oprime a los aqueos;

---

[6] He aquí una de las «escenas típicas» de los poemas homéricos: la de
vestirse (armarse). Cfr. W. Arend, *Die typischen Scenen bei Homer,* Berlín,
1933, reimpr., 1975; cfr., asimismo, *Il.* X 21; 22. Sobre escenas «típicas» de
batalla, cfr. B. Fenik, *Typical Battle Scenes in the Iliad. Studies in the Narrative
Techniques of Homeric Battle Description, Hermes ES,* Wiesbaden, 1968.

mas con nosotros ven, para que a otro
despertemos también, a quien convenga
para deliberar y dar consejo
sobre si escapar o combatir.»
Así dijo y, yendo a la tienda,
Odiseo, el de muchos recursos,
se terció a los hombros el escudo
abigarrado y se puso a andar
en pos de ellos. Y ya se encaminaron   150
a donde estaba el hijo de Tideo,
Diomedes, y a éste lo encontraban
afuera, apartado de su tienda,
con sus armas, mientras que a sus dos lados
sus compañeros estaban durmiendo,
con sus escudos bajo sus cabezas,
y sus lanzas enhiestas allí estaban
por sus cuentos[7] clavadas en la tierra,
y a lo lejos resplandecía el bronce
cual relámpago del dios padre Zeus;
por su parte, el héroe dormía   155
y tenía tendida por debajo
la piel de un buey agreste
y bajo su cabeza extendido
estaba un espléndido tapiz.
Parándose a su lado, intentaba
Néstor Gerenio, conductor de carros,
despertarle con un ligero toque,
dándole con el pie, y le apremió
y a las claras le echó esta reprimenda:
«¡Despierta ya, tú, hijo de Tideo!;
¿cómo duermes con sueño
que por la noche entera se prolonga?
¿No percibes cómo ya los troyanos,   160
están sobre un alcor de la llanura
acampados, bien cerca de las naves,
y ya un pequeño trecho de terreno

---

[7] El cuento *(saurōtḗr* en griego) es la contera o regatón de la lanza, que
servía, justamente, para que, clavada en la tierra, el asta se mantuviera
derecha. Cfr. Heródoto VII 41; Polibio VI 25, 6; XI 18, 4.

les está separando de nosotros?»
Así dijo, y de un salto Diomedes,
de forma en grado sumo impetuosa,
se levantó del sueño,
y hablándole en voz alta,
le dirigía aladas palabras:
«Eres insobornable, buen anciano;
tú, realmente, nunca en el trabajo
cesas. ¿No hay, pues, otros,   165
más jóvenes que tú,
hijos de los aqueos, que pudieran,
yendo y viniendo por todos los lados,
despertar a los reyes de uno en uno?;
pero tú eres, anciano, imposible.»
A él, a su vez, dirigió la palabra
Néstor Gerenio, conductor de carros:
«¡Sí, por cierto, hijo mío!, todo eso
a su justa medida lo dijiste.
Tengo hijos intachables, tengo gentes,   170
y aun muchas, de los cuales
alguno bien podría,
de acá para allá yendo, convocarles.
Pero muy gran necesidad oprime
ahora violentamente a los aqueos;
pues ahora, de hecho,
para todos la cosa se mantiene
de pie sobre el filo de la navaja:
o para los aqueos
un muy penoso estrago,
o bien salvar la vida.
Mas, ¡ea!, vete ahora y levanta   175
al Ayante veloz
y al hijo de Fileo,
ya que tú eres más joven,
si es que en verdad de mí te compadeces.»
Así dijo, y vistióse Diomedes
de la piel de león sobre sus hombros,
piel de un rojizo y grande león,
que hasta sus pies llegaba,
y echó mano a la lanza.
Y a andar se puso emprendiendo la marcha,

y a esos héroes[8] los hizo levantar
y desde allí veníalos trayendo.

[*Agamenón y los demás héroes pasan revista
a las guardias*]

Y cuando ya ellos se congregaron   180
entre los reunidos centinelas,
la verdad es que tampoco
durmiendo encontraron a los jefes
de los guardianes, sino que alerta
hacían todos guardia con sus armas.
Como perros que en torno de ovejas
hacen penosa guardia en el aprisco
desde el momento en que han oído
a la fiera de feroces entrañas
que del bosque bajando se encamina   185
por entre las montañas, y por ello
un inmenso tumulto se levanta
de hombres y de perros
y está perdido para ellos el sueño,
así para los párpados
de aquellos centinelas
estaba ya perdido el dulce sueño,
velando como estaban
a lo largo de una mala noche;
pues siempre a la llanura estaban vueltos,
esperando el momento en que oyeran
a los troyanos venir contra ellos.
Al verlos el anciano se alegró   190
y con palabras ánimo les daba,
y, hablando con voz clara,
les dirigía aladas palabras:
«Así ahora, queridos hijos míos,
continuad vigilando, y que a ninguno
el sueño le agarre, por sorpresa,
no sea que lleguemos
a ser motivo de maligno gozo

---

[8] Es decir: a Ayante el veloz y al hijo de Fileo, o sea: a Ayante el hijo de
Oileo y a Meges. Cfr. *Il.* X 110 y 175.

para los enemigos.»
Habiendo dicho así,
a través de la fosa se lanzó,
y le siguieron los reyes [9] argivos   195
cuantos habían sido convocados [10]
a consejo. Y a la par con ellos
fueron Meriones y el ilustre hijo
del héroe Néstor, puesto que ellos mismos
les habían llamado
para deliberar conjuntamente.

[Consejo de los aqueos al otro lado de la fosa]

Y después de que la excavada fosa
atravesado habían, se sentaban
en un claro donde ya el terreno
ver se dejaba limpio de cadáveres,
de los que hasta el momento iban cayendo,   200
desde donde se había retirado,
en plena degollina de argivos,
el vigoroso Héctor hacia atrás,
cuando la noche ya en derredor
habíales envuelto a las dos partes.
Allí, tomando asiento, unos a otros
hacían manifiestas sus palabras.
Y entre ellos iniciaba los discursos
Néstor Gerenio, conductor de carros:
«¿Ya no habrá, amigos míos, un varón
que en su audaz corazón aún confiara   205
llegar a los magnánimos troyanos,
a ver si a un enemigo rezagado
tal vez prender pudiese, o si acaso
de algún coloquio entre los troyanos
llegara a enterarse, de aquello
que entre ellos estén deliberando,
si tienen firmemente decidido

---

[9] Es decir: los príncipes argivos reunidos.

[10] En el texto original aparece un imperfecto *káleon* «estaban llamando».
En español es, sin embargo, el pluscuamperfecto el tiempo que sirve para
indicar, como el imperfecto durativo del griego, que «la acción de invitar»
ha quedado completada a partir del momento en que aparecen los invita-
dos.

allí mismo quedarse,
lejos de la ciudad, junto a las naves,
o si de nuevo retrocederán   210
a la ciudad, toda vez que domaron
a los aqueos? Si de todo esto
a enterarse llegara y regresase
de vuelta a nosotros sano y salvo,
grande sería para él la gloria
bajo el cielo y entre todos los hombres;
y contará con buena recompensa;
pues todos los caudillos que en las naves
ejercen poderío, de ellos todos
le dará una oveja cada uno,   215
negra y con un cordero por debajo[11]:
ninguna posesión le es comparable;
y siempre en los banquetes y convites
él estará presente.»
Así dijo, y ellos, entonces, todos,
punto en boca, estuvieron en silencio;
mas entre ellos también habló Diomedes,
valioso por su grito de combate:
«Néstor, a mí el corazón me incita   220
y el ánimo altanero, a introducirme
en el campo de nuestros enemigos,
de los troyanos que están ahí cerca;
mas si me acompañara
algún otro guerrero,
habrá más confianza y más audacia.
Si dos hombres van juntos caminando,
uno de ellos percibe antes que el otro
de qué manera puede haber provecho;   225
si uno va solo,
por más que lo perciba, sin embargo,
más corta habrá de ser su percepción
y endebles habrán de ser sus trazas.»
Así dijo, y muchos
se mostraban dispuestos
a seguir a Diomedes.

---

[11] Es decir: amamantando a un corderito recién parido por ella.

Mostrábanse dispuestos
los dos Ayantes, servidores de Ares,
se mostraba dispuesto Meriones,
mostrábase dispuesto
en gran manera el hijo de Néstor,
mostrábase dispuesto el Atrida   230
Menelao, famoso por su lanza;
se mostraba dispuesto
el audaz Odiseo a introducirse
entre la muchedumbre de troyanos;
pues su ánimo en sus mientes
siempre estaba dispuesto a las audacias.
Y entre ellos dijo
Agamenón, de hombres soberano:
«Tídida Diomedes,
grato a mi corazón,
vas a elegir ya a aquel por compañero,   235
al que tú quieras, de los que se ofrecen
al mejor, pues a ello aspiran muchos.
Y tú, sí, tú, no vayas,
por respeto en tus mientes, a dejar
de lado al más apto
y a tomar al peor por compañero,
cediendo al respeto,
a su alcurnia mirando o, incluso,
si acaso es superior en realeza.»
Así dijo, pues temió por el rubio   240
Menelao, y de nuevo entre ellos
dijo así Diomedes,
por el grito de guerra distinguido:
«Si ordenáis ya, sin ninguna duda,
que yo mismo me escoja compañero,
¿cómo entonces podría yo olvidarme
del divino Odiseo,
del cual el corazón es decidido
sobremanera y su ánimo valiente
en todos los trabajos y le ama   245
Palas Atena? Si éste me sigue,
podríamos entrambos regresar
aun del medio de las llamas de un fuego,
pues sabe como nadie cavilar.»

[412]

A él, a su vez, dirigió la palabra
el divino Odiseo muy sufrido:
«Tidida, ni me elogies en exceso
ni me eches ninguna reprimenda,
pues estás, date cuenta, perorando
entre argivos que eso ya se lo saben.
Pero vayamos, que ya en gran manera   250
se aproxima a su término la noche,
pues las estrellas ya están avanzadas [12]
y de la noche han pasado ya
sus dos terceras partes, y no queda
de ella sino sólo la tercera.»

[Se ponen en marcha Diomedes y Odiseo]

Habiendo hablado así uno y otro,
se vistieron de sus tremendas armas.
Al hijo de Tideo,   255
Trasimedes [13], el firme en el combate,
una espada le dio de doble filo
(junto a la nave habíase quedado
la suya) y un escudo;
y le puso a ambos lados
de la cabeza un yelmo [14],
hecho de piel de toro,
carente de cimera y de penacho,
que es llamado *kataîtux* y protege
de los mozos lozanos la cabeza.
Meríones [15] a Odiseo le iba dando   260

---

[12] Las estrellas avanzan hacia su ocaso.

[13] Trasimedes es, como Meríones, uno de los comandantes de las guardias, y, por tanto, está armado al completo; no así, en cambio, Diomedes, que sólo lleva consigo una piel de león y una lanza (cfr. *Il.* X 177).

[14] Este yelmo llamado *kataîtux,* voz que aparece aquí exclusivamente, no tiene ni cimera ni penacho, y está hecho, no de metal, ni tampoco de gamuza (como en *Od.* XXIV 231) ni de armiño (como, más adelante, en *Il.* X 335), sino de piel de toro.

[15] Meríones, como comandante de las guardias, iba armado, al igual que Trasimedes; no así, empero, Odiseo, que tan sólo había tomado consigo un escudo al ser convocado; cfr. *Il.* X 149.

su arco, su carcaj y su espada,
y a ambos lados le puso
de la cabeza el yelmo, elaborado,
de piel de buey, que con muchas correas
por dentro estaba fuertemente tenso
y por fuera rodeaban blancos dientes
de jabalí de brillantes colmillos,
apiñados, por aquí y por allá,
dispuestos hábilmente y con destreza;
y en medio de él estaba ajustada   265
una capa de fieltro. Este yelmo
Autólico [16] antaño entre el botín
de Eleón [17] se lo había escogido,
después que perforara de Amíntor
Orménida [18] la compacta morada;
y en Escandia [19] se lo dio a Anfidamante
el de Citera, y Anfidamante
a Molo se lo dio como presente
de hospitalidad, y éste a su hijo
Meriones se lo dio para que puesto   270
lo llevara, y entonces, a la postre,
calado por un lado y por el otro,
la cabeza cubrió de Odiseo.
Así, pues, luego que ambos
de sus tremendas armas se vistieron,
pusiéronse en camino y allí mismo
a los príncipes todos
tras de sí los dejaron.
Y a la derecha de ellos envióles
Palas Atena, cerca del camino,   275
una garza que ellos no percibieron,
a través de la noche tenebrosa,
con sus ojos, pero bramar la oyeron.
Y Odiseo con el ave agorera

---

[16] Autólico es el abuelo de Odiseo por parte de su madre. Cfr. *Od.* XIX
394 y ss. También era abuelo de Jasón. Tenía fama de consumado ladrón.
[17] Eleón se hallaba en Beocia; cfr. *Il.* II 500.
[18] Nada tiene que ver este personaje con el homónimo mencionado en
Il. IX 448.
[19] Escandia estaba en Citera.

se alegraba y oraba a Atenea:
«Óyeme, hija de Zeus
de égida portador, infatigable,
tú que constantemente me asistes
en todos los trabajos
y cuando yo me pongo en movimiento   280
a ti no paso desapercibido;
ahora, de nuevo, quiéreme, Atenea,
sobre todo, y concédenos de vuelta
gloriosos a las naves regresar,
habiendo realizado gran hazaña
que llegue a preocupar a los troyanos.»
A su vez, el segundo,
oraba Diomedes,
por el grito de guerra distinguido:
«Óyeme a mí también
ahora, hija de Zeus,
infatigable, y vente a mi paso,   285
como cuando antaño al paso fuiste
de mi padre, el divino Tideo,
hasta Tebas, cuando iba mensajero
adelantándose a los aqueos.
Pues, justamente, a orillas del Asopo,
a los aqueos de cotas de bronce
habíalos dejado, y él llevaba
una amable propuesta a los cadmeos,
al ir allí, pero, a su regreso,
hazañas meditó muy de cuidado,
con tu ayuda, diosa   290
que de Zeus desciendes,
cuando a él, favorable, le asististe [20].
Así ahora asísteme de grado
y guárdame; que yo a ti, por mi parte,
te sacrificaré una novilla
añal y de ancha frente,
no domada, a la que hasta el momento
un varón no haya puesto bajo el yugo;
esa, ¡mira!, te sacrificaré,

[20] Cfr. *Il.* IV 391 y ss.

[415]

una vez que en torno de sus cuernos
haya yo ya el oro derramado»[21].
Así dijeron ellos en sus ruegos,   295
y escuchábalos Palas Atenea.
Y ellos, luego que sus preces hicieron
a la muchacha hija del gran Zeus,
en marcha se pusieron
cual dos leones, por la negra noche,
a través de cadáveres y muerte,
por entre negra sangre y armaduras.

[Dolón se ofrece como espía]

Tampoco, ciertamente, no, tampoco
les había dejado dormir Héctor   300
a los altivos teucros; al contrario,
llamaba a junta a todos los notables,
cuantos eran de las huestes troyanas
jefes y consejeros; y él a ellos,
una vez que los hubo convocado,
un discreto proyecto les trazaba:
«¿Quién podría a mí esta proeza
prometerme y cumplirme
a cambio de un importante regalo?;
el pago habrá de serle suficiente;
pues le daré un carro y dos caballos   305
de estirada cerviz, los que mejores
resulten ser entre las raudas naves
de los aqueos, al que se atreviera
(para él mismo gloria conquistaría)
a llegar cerca de las naos ligeras
e inquirir si las rápidas naves
aún son vigiladas como antes,
o, ya domados bajo nuestras manos,   310
meditan entre sí sobre la huida
y vigilar no quieren por la noche,
saciados de cansancio espantoso.»
Así dijo, y ellos, entonces, todos
en silencio quedaron, punto en boca.

---

[21] Antes de sacrificar las víctimas bovinas, se les doraban los cuernos.

Pero había entre los troyanos
un tal Dolón, el hijo de Eumedes,
el divino heraldo   315
rico en oro y bronce,
el cual era, por cierto, realmente,
por su rostro bien desfavorecido,
pero de pies veloz,
y él era varón solo
entre cinco hermanas;
él, justamente, entonces de este modo
les dijo a los troyanos y a Héctor:
«Héctor, el corazón
y el ánimo arrogante me incitan
a llegar cerca de las naos ligeras   320
y hacer allí las averiguaciones.
Pero, ¡venga!, levántame ese cetro [22]
y júrame que es cierto que has de darme
los caballos y el carro
en bronce trabajado que transportan
al hijo de Peleo, el intachable.
No seré para ti yo un vano espía
ni alejado de tus expectativas,
pues a ir me dispongo, sin parar,   325
dentro del campamento,
hasta que en él alcance
la nao de Agamenón, a cuya vera,
me imagino, han de deliberar
los príncipes, sus planes discutiendo,
sobre si huyen o siguen luchando.»
Así dijo, y aquel tomó en sus manos
el cetro y le hizo el juramento:
«Sea testigo ahora el mismo Zeus,
tonante esposo de Hera,
de que no ha de montar en ese carro   330
ningún otro varón de los troyanos,
sino que afirmo que tú has de gloriarte
de ello para siempre.» Así dijo,

---

[22] Es el cetro que empuñaba Héctor mientras dirigía su alocución a los troyanos.

y él un perjurio, claro está, juró,
pero puso a Dolón en movimiento.
Y al punto se terció sobre los hombros
el corvo arco y se vistió por fuera [23]
con la piel de un gris lobo
y colocóse sobre la cabeza
un yelmo hecho de piel de comadreja   335
y empuñó una aguda jabalina,
y la marcha emprendió hacia las naves,
lejos del campamento,
mas no iba ya, realmente, pese a todo,
a volver de regreso de las naves
a llevarle a Héctor el informe.

[Dolón es aprehendido por Odiseo y Diomedes]

Mas cuando ya había él dejado
tras de sí la caterva
de hombres y caballos, afanoso,
echó a andar a lo largo del camino;
mas de su acercamiento se dio cuenta
Odiseo, descendiente de Zeus,   340
y a Diomedes le dijo de este modo:
«Ése de ahí, repara, Diomedes,
es un guerrero que avanzando viene
desde su campamento,
no sé si como espía
de nuestras naves o, más bien, resuelto
a despojar a alguno de los muertos.
Mas dejemos que él primeramente
un poco se adelante en su camino,   345
según va a través de la llanura,
que luego bien pudiéramos nosotros,
lanzados sobre él, darle captura
prestamente; pero si con sus pies
se nos adelantara en la carrera,
empújale tú siempre hacia las naves
y lejos de su propio campamento,
lanzándote tras él, la lanza en ristre,

---

[23] Es decir: se puso la piel de lobo encima de la túnica y el manto.

no siendo que se escape hacia la villa.»
Una vez que así hablaron uno y otro,
los dos se desviaron,   350
saliendo del camino, y se tendieron
en medio de cadáveres, mas él,
como era de esperar, pasó corriendo
velozmente, en su insensatez.
Mas cuando ya estaba alejado
cuanto trecho se extienden
los surcos de las mulas
(pues que son a los bueyes preferibles
para arrastrar por el hondo barbecho
el compacto arado),
los dos tras él corrieron,
mientras que él, justamente,
parado se quedó al oír el ruido.
Pues en lo hondo esperaba de su alma   355
que fuesen compañeros que vinieran
de los troyanos a hacerle dar vuelta
por haber dado Héctor contraorden.
Mas cuando ya distaban
el alcance de un tiro de lanza,
o incluso algo menos, se dio cuenta
de que eran guerreros enemigos,
y ágiles movía sus rodillas
para intentar huir;
mas ellos de inmediato
se lanzaron en su persecución.
Como cuando dos perros   360
de dientes afilados,
expertos en la caza,
a un gamo o a una liebre
acosan sin parar, constantemente,
a lo largo de un terreno boscoso,
y ella, en medio de incesantes chillidos,
va corriendo de ellos por delante,
así a Dolón el hijo de Tideo
y Odiseo, destructor de ciudades,
habiéndole cortado el camino
hacia sus propias huestes, sin parar,
constantemente le iban persiguiendo.

[419]

Mas cuando ya a punto se encontraba   365
de meterse entre el grupo de guardianes,
según iba escapando hacia las naves,
entonces ya la diosa Atenea,
imbuyó ardor al hijo de Tideo,
para que antes que él ningún aqueo
de lorigas de bronce se gloriara
de haberle alcanzado con un dardo,
y él llegara, en cambio, el segundo.
Y con la lanza estando ya a punto
de abalanzarse sobre él, le dijo
el fuerte Diomedes:
«O párate, o, si no, con mi lanza   370
he de alcanzarte, y yo te aseguro
que no habrás de esquivar por mucho tiempo
la honda ruina a cargo de mi mano.»
Dijo así, y, en el acto,
soltó la lanza, mas, de propio intento,
no acertaba al varón; y por encima
de su hombro derecho le pasó
la punta de la bien pulida lanza
que en la tierra clavóse.
Y él, entonces, parado se quedó
y espantado y tambaleante,   375
y de un lado al otro de su boca
se producía un rechinar de dientes,
y estaba sin color, preso del miedo.
Entrambos, jadeantes, lo alcanzaron
y entrambos lo cogieron por las manos;
y él, rompiendo a lagrimear,
estas palabras les iba diciendo:
«Cogedme ahora vivo,
que yo he de conseguirme el rescate,
pues tengo en casa bronce y aun oro
y hierro trabajado con esfuerzo;
de estos metales con inmensos dones   380
a modo de rescate,
gratificaros podría mi padre,
si llegara a enterarse de que vivo
cabe las naos estoy de los aqueos.»
A él, en respuesta, así le decía

Odiseo, el de muchos ardides:
«Tranquilo, que la muerte
no se imponga a tu alma en absoluto;
por el contrario, venga, dime esto
y expónmelo con exactos detalles:
¿Cómo es que de este modo hacia las naves   385
tú solo te encaminas, alejado
del campamento, a través de la noche
oscura, cuando los demás mortales
están durmiendo. ¿Acaso te diriges
a despojar a alguno de los muertos,
o Héctor te mandó a las combas naos
para espiarlo todo en detalle,
o a ti mismo tu anhelo te movió?»
A él luego Dolón le contestaba,   390
y por bajo le temblaban sus miembros [24]:
«Con muchas obcecadoras promesas
Héctor me desvió de mis cabales,
él que me prometió que me daría
los caballos solípedos del hijo
de Peleo, el ilustre, y su carro
con bronce trabajado, y me mandaba
que, emprendiendo camino
a través de la rauda y negra noche,
yo me llegara cerca de las huestes   395
enemigas y que allí me enterara
de si las raudas naves, como antes,
aún son vigiladas, o, domados
ya bajo nuestras manos, meditabais
acerca de la huida entre vosotros
y velar no queríais por la noche
saciados de cansancio espantoso.»
A él, con una sonrisa, así le dijo   400
Odiseo, el de muchos ardides:
«En verdad sí que eran grandes regalos
los que tu alma anhelaba, los corceles
del valiente Eácida; mas ellos

---

[24] En realidad, el texto dice literalmente: «temblaba él en cuanto a sus miembros.»

arduos son de domar y conducir
para hombres mortales salvo Aquiles,
a quien parió una madre inmortal.
Pero, ¡venga!, dime esto   405
y expónmelo con exactos detalles:
¿Dónde, al venir aquí, dejaste a Héctor,
pastor de gentes, y dónde sus armas
marciales están puestas
a buen recaudo y dónde sus caballos?
¿Dónde se encuentran los cuerpos de guardia
y los lechos de los demás troyanos?
Y lo que deliberan²⁵ entre ellos:
si aquí permanecer, junto a las naves,   410
lejos de la ciudad, o bien a ella
retirarse de vuelta, toda vez
que a los aqueos ya los domeñaron.»
A él, a su vez, repondióle Dolón,
el hijo de Eumedes: «Pues bien, sí,
todo eso yo voy a referirte
con toda exactitud en sus detalles:
Héctor está, entre aquellos todos
que consejeros son, deliberando   415
junto a la tumba del divino Ilo,
lejos y aparte del confuso ruido;
y los cuerpos de guardia
que tú ahora, héroe, inquirir procuras,
ninguno hay como tal seleccionado
que proteja o vigile el campamento.
Cuantos hogares hay de los troyanos,
tantos están forzados a velar,
y ellos están despiertos y se exhortan
los unos a los otros a la guardia;   420
por otro lado, empero, los aliados,
llamados de países numerosos,
durmiendo están, pues la guardia encomiendan
a los troyanos, porque no se encuentran
a su lado sus hijos y mujeres.»

---

²⁵ En el texto original se observa un brusco salto de la pregunta directa
a la indirecta, aspereza que nosotros mantenemos en la traducción.

A él, en respuesta, dijo
Odiseo, el de muchos ardides:
«¿Cómo, pues, ahora duermen?,   425
¿mezclados con los teucros o aparte?
Explícamelo para que lo sepa.»
A él luego respondía
Dolón, hijo de Eumedes:
«Pues sí, tú, también eso
te lo voy a exponer
con toda exactitud en sus detalles.
De la parte del mar están los carios
y los peones de curvados arcos,
los léleges, caucones
y los pelasgos que de Zeus descienden;
la zona que da a Timbra[26] les tocó   430
a los licios y misios aguerridos,
a los frigios que luchan a caballo,
y meones que combaten en carro.
Pero, ¿por qué, en verdad, me preguntáis
tantos detalles sobre todo eso?
Porque si ya estáis enardecidos
por penetrar entre la muchedumbre
de los troyanos, he aquí a los tracios,
que apartados están, recién llegados,
al extremo de todos, y entre ellos   435
el rey Reso, el hijo de Eyoneo[27].
Suyos son, en efecto, los caballos
más bellos que yo vi y de más alzada:
más blancos que la nieve
y, en correr, a los vientos semejantes;
y posee un carro bien labrado
a base de oro y plata;
y una armadura de oro, gigantesca,
que causa maravilla al contemplarla,
se la trajo consigo cuando vino;   440

---

[26] Ciudad situada a orillas del Timbrio, afluente del Escamandro, en el interior y al Este.

[27] Reso, en las leyendas posteriores a Homero, será tenido por hijo del río Estrimón y de una Musa. Eyoneo es voz formada sobre *Eyón (εἰών)*, nombre de puerto de Anfípolis a orillas del Estrimón.

no cuadra en absoluto a hombres mortales,
ciertamente, llevar esta armadura,
sino a inmortales dioses. Pero ahora
a vuestras naos ligeras acercadme,
o, atándome con lazo implacable,
aquí mismo dejadme
hasta que allí lleguéis
y a mí me hayáis probado,
si es que hablé entre vosotros como es justo   445
o bien no fue así en absoluto.»

[Diomedes degüella a Dolón]

A él dirigiendo una torva mirada,
así le dijo el fuerte Diomedes:
«No me vengas ahora, a estas alturas,
imbuyéndote en tu ánimo, Dolón [28],
la idea de escapar,
por buenos que hayan sido tus informes,
una vez que has llegado a nuestras manos.
Pues si a ti ahora o bien te rescatamos
o te dejamos ir,
seguro es que también más adelante   450
has de intentar llegarte
a las rápidas naos de los aqueos
o bien para espiar
o para combatirnos frente a frente.
Pero si ahora pierdes el resuello,
domado bajo el peso de mis manos,
tú ya nunca serás en adelante
un sufrimiento para los argivos.»
Así dijo, y Dolón a punto estaba
de asirle la barbilla
con su robusta mano y suplicarle,
mas Diomedes se lanzó contra él   455
blandiendo espada corta y con ella
le atravesó el cuello por el medio,
y ambos tendones se los trasquiló;
y la cabeza de él que aún intentaba,

---

[28] ¿Cómo sabe Diomedes el nombre del espía troyano?

[424]

justamente, articular la voz,
fue a revolverse en medio del polvo.
Y ellos de la cabeza le quitaron
el yelmo hecho de piel de comadreja
y la lobera piel y el corvo arco
y la alargada lanza;
y el divino Odiseo a Atenea,   460
la diosa del botín, esos despojos
con su mano los alzaba en alto
y orando decía estas palabras:
«Regocíjate, diosa,
con los despojos estos, pues a ti,
antes que a otra ninguna del Olimpo,
de entre todos los dioses inmortales,
te queremos honrar con nuestros dones,
pero, ¡venga!, ahora una vez más,
llévanos como guía
a los carros y lechos
de los guerreros tracios.»
Así, precisamente,   465
dijo con clara voz, y levantando
de sí mismo hacia arriba los despojos,
en lo alto los dejó de un tamarisco;
y encima puso una señal clara,
habiendo aferrado previamente
un manojo de cañas
y de ramas en flor de tamarisco,
para que a ellos no se les pasaran
inadvertidos los despojos esos
cuando los dos volvieran de regreso
a través de la rauda negra noche.

[Matanza en el campamento tracio]

Y ellos dos avanzaron a través
de armaduras y de negra sangre,
y, en seguida, llegaron en su marcha   470
al escuadrón de los guerreros tracios.
Ellos allí durmiendo se encontraban,
saciados de cansancio, y sus armas
hermosas, a su lado, en el suelo

estaban apoyadas bien y en orden,
en tres filas; y junto a cada uno
se hallaba un tronco de caballos.
Y en medio Reso estaba durmiendo,
y a su lado los rápidos corceles
allí estaban atados con correas   475
desde el extremo barandal del carro.
A él Odiseo, al verlo primero,
se lo mostró a Diomedes:
«Ve ahí, Diomedes, nuestro hombre,
y ve ahí los corceles que a los dos,
hace poco, Dolón nos describía,
Dolón a quien nosotros dimos muerte.
Mas, ¡venga ya!, saca a relucir
tu coraje esforzado,
que a ti bien no te sienta en absoluto
estar de pie inactivo con tus armas,   480
antes bien, tú desata los corceles,
o bien, si no, mata tú a los guerreros,
que yo me ocuparé de los caballos.»
Así dijo, y le inspiró coraje
Atenea, la de ojos de lechuza,
e iba matando con constantes giros
a uno y otro lado; y se alzaba
de ellos un gemido indecoroso
al ir siendo golpeados con la espada,
y de sangre la tierra enrojecía.
Y cual león que cae sobre un rebaño   485
de cabras o de ovejas
que sin guardián se encuentra,
y se lanza sobre ellas
con sentimientos malintencionados,
así iba el hijo de Tideo
avanzando contra los hombres tracios,
hasta que a doce de ellos les dio muerte;
por su parte, Odiseo, el muy astuto,
a quienquiera el hijo de Tideo,
poniéndosele al lado, le golpeaba
con la espada, de allí a ése Odiseo,   490
colocado detrás, lo iba sacando,
habiéndolo cogido por el pie,

en su ánimo pensando en la manera
en que pasar podrían los corceles
de hermosas crines sin que se asustaran
en su alma, al ir pisando muertos,
pues a ello aún no estaban avezados.
Mas cuando ya hasta el rey se hubo llegado
el hijo de Tideo, le quitó,   495
en el puesto tredécimo [29], el aliento
dulce como la miel,
mientras con estertores respiraba;
pues un mal sueño sobre su cabeza
se le había posado aquella noche:
el hijo de Eneo [30],
por traza de Atenea.
Entretanto, el audaz Odiseo
los corceles de sólidas pezuñas
los iba desatando y todos juntos
con correas de nuevo los ataba
y los sacaba fuera del tumulto,
aguijándolos con su propio arco,   500
puesto que no se había dado cuenta
de tomar con sus manos
del carro bien labrado
la tralla refulgente.
Luego, para advertirle, dio un silbido
al divino Diomedes; pero éste,
permaneciendo en el mismo sitio,
perplejo estaba sin saber qué hazaña
ejecutar en extremo arrojada:
o bien asir el carro donde estaban
depositadas las labradas armas,
y sacarlo tirando del timón,   505
o llevárselo en alto levantado,
o bien aún arrebatar la vida
a la gran mayoría de los tracios.
Mientras él en su mente revolvía
los pensamientos esos, Atenea

---

[29] Es decir: después de haber matado a doce guerreros tracios.
[30] Tideo.

entonces, colocándose de él cerca,
dijo así al divino Diomedes:
«Piensa ya en el regreso
a las cóncavas naves,   510
tú, hijo del magnánimo Tideo,
no vaya a ser que hasta puesto en fuga
llegues a ellas, no vaya otro dios
a despertar también a los troyanos.»

[Regresan los espías al campamento aqueo]

Así decía, y él se percató
de la voz de la diosa que le hablara,
y ágilmente en el tiro se montó
de los corceles que aguijó Odiseo
con su arco, y ellos emprendían
el vuelo hacia las naves
raudas de los aqueos.
Pero tampoco Apolo,   515
el del arco de plata, mantenía
la vigilancia ciego, en cuanto vio
que Atenea en pos iba
del hijo de Tideo;
rencoroso hacia ella, se metió
entre la espesa masa de troyanos
e hizo levantar a Hipocoonte,
de los varones tracios consejero,
noble primo de Reso; él, del sueño
al levantarse, en cuanto vio vacío   520
el lugar en que estaban
los veloces corceles, y a los hombres
jadeantes en medio
de unos baños de sangre dolorosos,
exhaló después de ello, justamente,
un gemido, y llamó por su nombre
al caro compañero.
Y un clamor y un estrépito inmenso
se alzó entre los troyanos
que lanzábanse allí al mismo tiempo
y estaban contemplando las hazañas
muy dignas de cuidado, aquellas todas   525

que habían realizado esos hombres
antes de regresar
a las cóncavas naves.
Y ellos cuando ya se aproximaban
al lugar en que habían dado muerte
al espía de Héctor, Odiseo,
caro a Zeus, allí mismo detuvo
los veloces corceles, y el Tidida
saltó a tierra y en manos de Odiseo
los sangrientos despojos le ponía
y después en el tiro se montó.
Fustigó los caballos y ellos dos   530
no sin gana emprendieron el vuelo
en dirección a las cóncavas naves,
pues hacía allí era grato a su apetito.
Y Néstor, el primero, percibía
el resonar de cascos y así habló:
«Amigos, consejeros y caudillos
de las huestes argivas,
¿hablaré en falso o diré lo cierto?
Mas a decirlo el ánimo me incita.
Un resonar de cascos
de rápidos corceles mis oídos
por un lado y el otro me golpea.   535
¡Ojalá ya Odiseo
y el fuerte Diomedes así, al punto,
trajeran del ejército troyano
los caballos de sólidas pezuñas!
Pero en mi mente temo
terriblemente que algún percance
a los jefes argivos
les haya ocurrido por enmedio
del tumulto de las huestes troyanas.»
Aún todas las palabras   540
no habían sido dichas,
cuando ellos, justamente, descendieron
a tierra, y los otros, bien contentos,
les saludaban dándoles la diestra
y, el primero, así les preguntaba
Néstor Gerenio, conductor de carros:
«¡Venga!, dime, muy famoso Odiseo,

[429]

alta gloria de las huestes aqueas,
cómo os hicisteis con estos corceles;
¿en el grueso os metisteis de los tencros   545
o bien un dios que salió a vuestro encuentro
os los suministró? Tremendamente
a los rayos del sol son parecidos.
Siempre, en verdad, me muevo entre troyanos
y me jacto de que yo en modo alguno
atrás me quedo, junto a las naves,
aunque ya soy un viejo combatiente;
pero jamás yo vi ni apercibí   550
corceles tales. Antes bien, supongo
que os los dio un dios
que os salió al camino;
pues a los dos os quiere
Zeus, el que las nubes amontona,
y la hija de Zeus
el portador de égida, Atenea,
la de ojos de lechuza.»
A él, en respuesta, le dijo Odiseo,
el de muchos ardides:
«Néstor, el de Neleo, alta gloria   555
de las huestes aqueas,
fácilmente un dios, si él quisiera,
podría regalarnos
unos caballos aun mejores que éstos,
pues que mucho, en verdad, nos aventajan,
pero estos caballos,
por los que tú, anciano, me preguntas,
corceles tracios son recién llegados;
a su dueño el bravo Diomedes
le dio muerte, y al lado mismo de él,   560
a doce compañeros,
todos ellos excelentes guerreros.
A éste [31], que hace, así, el número trece
y era un espía, le matamos
cerca de nuestras naves; justamente,
a éste le habían enviado

---

[31] Odiseo señala los despojos de Dolón. Cfr. Il. X 458.

por delante como avanzadilla
Héctor y otros troyanos distinguidos,
con el fin de que fuera explorador
de nuestro campamento.»
Habiendo dicho así, hizo cruzar
la fosa a sus solípedos corceles,
riendo a carcajadas, y con él   565
juntamente marchaban jubilosos
los restantes aqueos. Y cuando ellos
llegaron a la tienda bien construida
del hijo de Tideo [32], los corceles
ataron con correas bien cortadas
al pesebre en el que estabulados
estaban los caballos de Diomedes
comiendo trigo dulce cual la miel.
Y en la popa de su propia nave   570
colocó Odiseo
los sangrientos despojos de Dolón,
hasta el momento en que a Atenea
le hubieran preparado un sacrificio.
Y ellos mismos, metiéndose en el mar,
se iban quitando el sudor abundante,
lavándose las piernas, la cerviz
y los muslos, de un lado y del otro.
Y después de que a ellos les limpió   575
la onda marina el sudor abundante,
de la piel alejándolo, entrambos
sintieron un frescor dentro del pecho,
y entrando en bañeras bien pulidas,
se bañaron. Y habiéndose bañado
los dos y pingüemente
habiéndose ungido con aceites,
a cenar se sentaban y a Atenea
vino le iban libando cual miel dulce
que de crátera llena iban sacando.

---

[32] Es decir: de Diomedes.

CANTO XI

La principalía de Agamenón*

[Los dos ejércitos, a punto de reanudar el combate]

Íbase ya la Aurora levantando
de su lecho, de al lado de Titono[1],

---

* En este canto asistimos al tercer día de combate, día vigésimo sexto de la *Ilíada*, que se extiende hasta el canto XVIII, versos 239 y ss. Tras la principalía de Agamenón, contemplamos el deplorable espectáculo de una derrota aquea en la que, además, Agamenón, Diomedes y Odiseo, para colmo de males, resultan heridos. Así lo había anunciado Zeus en *Il.* VIII y ss.: «Aún más, en efecto, todavía, / a partir de la próxima aurora, / si quieres, vas a ver, augusta Hera, / la de ojos de novilla, / al prepotente hijo del dios Crono / haciendo perecer una gran hueste / de lanceros argivos; que en la guerra / no habrá de cesar el fuerte Héctor / hasta que se alce el hijo de Peleo, el de los pies veloces, / de al lado de las naves, aquel día / en que combatirán junto a las popas, / en estrechez tremenda, en torno al cuerpo / de Patrocolo; que así está decretado / por palabra divina.» Cuando ya los troyanos han ganado clara ventaja sobre los aqueos, situación desesperada para éstos que provoca que Patrocolo sea enviado por Aquiles junto a Néstor (decisión que revela la disposición de Aquiles, favorable ya a intervenir en los acontecimientos), entonces se interrumpe la relación de la batalla. He aquí, seguidamente, los hitos que jalonan el largo recorrido argumental de este Canto onceno: Zeus envía a Iris a excitar el ardor bélico de los aqueos (1-14). Éstos se arman y especialmente se atiende a la manera en que lo hace Agamenón (15-46). Luego, ambos ejércitos se ponen en orden de combate (47-66). Comienza la batalla (66-83). Los aqueos llevan la mejor parte y se distinguen por sus proezas Agamenón (84-180). Pero Iris, la diosa mensajera, es enviada a Héctor (181-210). Héctor, entonces, dirige la batalla y en ella Agamenón es herido (211-283). Héctor reconduce a sus tropas a la victoria (284-309). Diomedes y Odiseo entran en combate;

su ilustre esposo,
para llevar la luz
a inmortales así como a mortales,
cuando Zeus a Eris[2] enviaba
a las rápidas naos de los aqueos,
funesta diosa, que entre sus manos
la señal empuñaba de la guerra.
Y se paró sobre la negra nave,   5
de grandes cavidades, de Odiseo,
la cual, precisamente, se encontraba
en el lugar más céntrico del campo
para gritar a uno y otro lado:
a las tiendas de Ayante Telamonio
y a las de Aquiles, quienes, justamente,
del campo en los puntos más extremos
sus naos perfectamente equilibradas
habían atracado, confiados
en su hombría y la fuerza de sus brazos[3];
allí de pie parada, dio un grito   10
bien alto y tremendo y estridente,
y en el pecho infundió de los aqueos,
de cada uno en el corazón,
una grande e incesante fuerza
para entrar en combate y batallar.
Y, al punto, la guerra se les hizo
más dulce que volver en huecas naves
a la querida tierra de sus padres.
Lanzó un grito el Atrida y ordenaba   15

---

aquél, disparando su jabalina, logra que Héctor, alcanzado por ella, pierda
el conocimiento (310-368). Diomedes resulta herido por Paris (369-400).
Odiseo es herido por Soco y Macaón por Paris (401-520). Héctor acude a
aliviar a los troyanos acosados por Ayante (521-543). Ayante retrocede
(544-574). Eurípilo, que acudía en ayuda de Ayante, es herido por Paris
(575-595). Aquiles envía a Patroclo junto a Néstor (596-617). Néstor y
Macaón conversan en la tienda de aquél (618-641). Patroclo se presenta en
la tienda de Néstor (642-803). Patroclo y Eurípilo, herido, conversan (803-
848).

[1] Titono era hijo de Laomedonte (cfr. Il. XX 237), hermano de Príamo
y, tal como vemos en este mismo pasaje, esposo de Aurora. Cfr. Virgilio,
Las Geórgicas I 447.

[2] *Eris* significa en griego «disensión», «discordia».

[3] Cfr. *Il.* VIII 222-226.

que los argivos se fueran ciñendo
para el combate, y entre ellos él mismo
se revistió de reluciente bronce.
Primeramente [4], hermosas canilleras
colocó en derredor de sus canillas,
con hebillas de plata ajustadas;
en segundo lugar, se iba calando
la coraza en torno de su pecho,
la que antaño Cíniras [5] le diera   20
como regalo de hospitalidad.
Pues había llegado hasta Chipre [6]
la gran noticia de que los aqueos
con naves se aprestaban a zarpar
rumbo a Troya; por eso se la dio,
tratando de mostrarse grato al rey.
En ella había, a decir verdad,
diez franjas de un esmalte azul oscuro,
y doce de oro y veinte de estaño;   25
y serpientes de azulado esmalte
al cuello se lanzaban,
por cada lado tres,
a aquellos arcos iris parecidas
que el Cronida fija en una nube
a modo de señal
para la humanidad perecedera.
Luego, sobre los hombros, de inmediato,
la espada se terció,
en la que clavos de oro le brillaban   30
con fuerte resplandor, y cuya vaina
era de plata y estaba sujeta
a un tahalí de tirantes de oro.
Luego se abroqueló con el escudo

---

[4] Comienza la descripción del vestirse las armas de Agamenón. Es una
«escena típica».

[5] Cíniras, aunque rey de Chipre, era originario de Biblos. Fue un muy
notable músico que introdujo en Chipre la civilización y el culto de
Afrodita.

[6] Hay en el texto original un uso «preñante» *(praegnans)* del término
Kúpronde; pues el texto dice exactamente: «la gran noticia se oía decir en
Chipre por haber llegado *a Chipre.»*

que por dos lados a un mortal protege,
muy artísticamente trabajado,
impetuoso y bello, en cuyo entorno
aplicados llevaba
diez anillos de bronce, y en el centro
veinte bollones blancos, de estaño,   35
y en medio de ellos uno
de esmalte azul oscuro.
De este escudo por su parte de arriba,
a modo de corona y de remate
estaba desplegada la Gorgona,
de horrible faz y mirada de espanto,
y de ella en torno el Miedo y la Fuga.
De dentro de él partía
un tahalí de plata y sobre él
una serpiente oscura se enroscaba,
que era de tres cabezas poseedora,   40
a entrambos lados vueltas,
que le brotaban de un único cuello.
Y sobre la cabeza colocóse
yelmo de dos cimeras [7]
y de cuatro bollones,
de crines de caballo guarnecido [8],
y por encima de él
oscilaba el penacho hacia adelante
infundiendo espanto.
Y en su mano cogió un par de lanzas
fornidas y de celada de bronce [9],
agudas; y a lo lejos, hasta el cielo,
desde ellas el bronce resplandecía.
Y tronaron por ello   45
Atena e incluso Hera, dando honra
al señor de Micenas rica en oro.
Luego iba ordenando cada uno
a su auriga que al borde del foso,
allí mismo, tuvieran los caballos,
a conciencia y ordenadamente,

[7] Cfr. *Il.* V 743.
[8] Cfr. *Il.* III 337; XVI 138; *Od.* XXII 124.
[9] Cfr. *Il.* 18; *Od.* XXII 125; *Il.* XVI 139.

y ellos mismos como infantes, armados
de coraza, se iban precipitando,   50
y un clamor infinito levantóse
delante de la aurora.
Mucho se adelantaron, ordenados
al borde de la fosa, a los jinetes;
los jinetes, empero,
poco después llegaron tras de ellos.
Y el Cronida hizo surgir entre ellos
un nefasto tumulto, y desde arriba
caer dejó unas gotas de rocío
en sangre humedecidas, desde el éter,
pues al Hades iba a precipitar
numerosas cabezas [10] vigorosas.   55
Del otro lado, a su vez, los troyanos,
sobre una elevación de la llanura,
en torno se ordenaban del gran Héctor
y de Polidamante, el intachable,
y de Eneas, quien entre los troyanos,
cual dios era en el pueblo venerado,
y en torno de los tres hijos de Anténor [11]
de Pólibo y del divino Agénor,
así como del mancebo Acamante,   60
parecido a los dioses inmortales.
Héctor llevaba, entre los primeros,
su bien redondo escudo,
y cual de entre las nubes se levanta
y aparece una funesta estrella,
resplandeciente, y luego, de nuevo,
entre las nubes sombrías se mete,
así Héctor unas veces se mostraba
entre los combatientes de vanguardia,
y otras veces, empero, aparecía   65
órdenes dando entre los de la zaga;
y todo él brillaba por el bronce,
justamente, como el rayo de Zeus,

---

[10] Se emplea aquí el término «cabeza» como sinónimo de «alma». Cfr.
Od. X 521 *nekúōn amenēná kárēna* («las débiles cabezas de los muertos»).
[11] Los hijos de Anténor (que era, a su vez, hijo de Esiete y esposo de
Téano: cfr. *Il.* III 262; XI 262) eran Pólibo, y Agénor y Acamante.

el dios padre portador de la égida.
Y ellos, al modo de los segadores
que unos frente a otros
el surco van trazando [12]
en el campo de un hombre afortunado,
de trigo o de cebada, y van cayendo
de espigas las gavillas apretadas,
de esa forma troyanos y aqueos,   70
lanzados los unos sobre los otros,
matábanse entre sí, y de los dos bandos
ninguno se acordaba
de la funesta fuga.
Y la lucha iguales las cabezas
erguidas mantenía, mientras ellos
como lobos con furor se lanzaban.
Y la Discordia, sí, precisamente,
la de muchos gemidos, se alegraba
al contemplarlos, pues de entre los dioses,
justamente, sólo ella se encontraba
al lado de los bandos combatientes;
no se hallaban, en cambio, junto a ellos   75
los demás dioses, antes bien, tranquilos,
en sus propios palacios
habíanse quedado,
donde cada uno de ellos
construida tenía su morada
hermosa entre los pliegues del Olimpo.
Y todos acusaban al Cronida,
el de la nube oscura,
porque, precisamente, a los troyanos
quería él otorgarles la gloria.
Mas de ellos, justamente, el dios padre   80
no se cuidaba, él que, apartado,
sentado estaba lejos,
de los demás a un lado,
ufano de su gloria al contemplar
la ciudad de los teucros y las naves
de los aqueos y el relampagueo

---

[12] Entiéndase: «van cosechando a lo largo de un surco».

[437]

del bronce, y a los que perecer
hacían y a los que iban pereciendo.

[*Hazañas de Agamenón*]

Mientras había aurora
y el sacro día se iba acrecentando,
entonces de ambos bandos realmente   85
los venablos sus blancos alcanzaban
y las gentes caían; pero cuando
llegó el momento en que el leñador
prepara su comida en las gargantas
de la montaña, luego que en sus brazos
la saciedad sintió
de cortar altos árboles, y en su alma
le alcanzó el hartazgo,
y, en derredor, sus mientes va apresando
el apetito del dulce alimento,
los dánaos entonces   90
por su propia bravura
rompieron las falanges de los teucros,
exhortando a los propios compañeros,
cada cual en su fila. Y, el primero,
lanzóse Agamenón en medio de ellos,
y a Biánor alcanzó, pastor de hombres,
y a Oileo, después, su compañero,
de caballos aguijoneador.
En efecto, del carro saltó a tierra
él y a Agamenón le plantó cara;
pero a éste, que derecho se lanzaba   95
contra él con violencia, le hirió
entre los ojos con su lanza aguda,
sin que la orla de pesado bronce
de su yelmo la lanza contuviera,
antes bien penetró [13] a través de ella
y del hueso, y el cerebro dentro
quedóle todo él ensangrentado;
domóle, así, cuando le acometía.
Y allí mismo dejólos

---

[13] *Sc.*: la lanza.

Agamenón, caudillo de guerreros,
los dos resplandecientes [14] en sus pechos,   100
después que las lorigas les quitó.
Y él luego marchó, seguidamente,
a dar muerte a Iso y Antifo,
hijos de los dos de Príamo, el uno
bastardo y el otro
legítimo, los cuales se encontraban
ambos montados en un solo carro;
el bastardo oficiaba de auriga
y Antifo, a su vez, el muy ilustre,
montado iba a su lado.
A ellos dos Aquiles una vez
en las laderas boscosas del Ida   105
con retoños de mimbres los ataba,
cuando los sorprendió
a los dos pastoreando sus ovejas,
y los soltó a cambio de rescates.
En ese punto, entonces, justamente,
el hijo de Atreo, Agamenón,
señor de amplios dominios, acertó
al uno [15] con su lanza en el pecho,
por sobre la tetilla, y a Antifo
le atravesó la oreja con la espada
y le hizo caer fuera del carro.
Y aprisa a los dos los despojaba   110
de sus hermosas armas,
ya que los conocía, porque antes
junto a las raudas naves
a los dos había visto, cuando Aquiles,
el de los pies ligeros, desde el Ida
los había traído.
Como el león tritura fácilmente
los tiernos hijos de una veloz cierva,
que cogió entre sus dientes poderosos,
habiendo penetrado en su cubil,   115
y arranca su tierno corazón;

---

[14] Una puntada de humor irónico.
[15] A Iso.

y ella, aunque por azar se encuentre cerca,
no puede a ellos valerles; pues a ella
un terrible temblor
la alcanza y sobrecoge, y ágilmente
se lanza entre espesos matorrales
y entre bosque, sudando, apresurada
bajo la arremetida
de la potente fiera, justamente   120
así a éstos nadie entre los troyanos
podía protegerles del desastre;
por el contrario, incluso ellos mismos
huían acosados por los de Argos.
Pero él a Pisandro
atacó y al intrépido Hipóloco,
hijos de Antímaco el valeroso,
justamente aquel que, más que nadie
habiendo recibido de Alejandro
oro mediante espléndidos regalos,
no permitía que fuera devuelta   125
Helena al héroe rubio Menelao;
de ése precisamente, en efecto,
dio alcance a sus dos hijos
Agamenón, caudillo poderoso,
estando ambos montados en un carro
cuyos raudos corceles
en común dirigían;
pues se les escaparon de las manos
las relucientes riendas
y ambos corceles se encabritaron;
pero él como un león acometió
dando la cara, el hijo de Atreo;   130
y ellos desde el carro
de hinojos suplicaban:
«Captúranos con vida, hijo de Atreo,
y acepta tú un rescate conveniente;
muchos tesoros hay depositados
en casa de Antímaco,
bronce y oro y hierro trabajado,
de los cuales mi padre
rescate inmenso a gusto te daría,
si llegara a saber que estamos vivos   135

a la vera de las naves aqueas.»
Así los dos llorando
al rey se dirigieron
con palabras melifluas, pero oyeron
una voz insuave:
«Pues si sois ambos hijos
del valoroso Antímaco que antaño
propuso en una junta de troyanos
allí mismo matar a Menelao
que allí había ido como mensajero   140
junto con Odiseo, el divino,
y volver no dejarle a los aqueos,
ahora ya el infamante ultraje
de vuestro padre lo vais a pagar.»
Así dijo, y del carro derribó
al suelo a Pisandro, en el pecho
habiéndole acertado con su lanza;
y él de espaldas quedó
tendido en el suelo.
Hipóloco se echó fuera de un salto,   145
pero a él, a su vez, lo mató en tierra:
le cercenó las manos, y de un tajo
el cuello le cortó, y como un rodillo,
de un empujón, le puso en movimiento,
haciéndolo rodar entre el gentío.
Yaciendo los dejó y él se lanzó
por donde las falanges
se empujaban más densas,
y con él, juntamente,
los aqueos de bellas canilleras.
Los infantes hacían perecer   150
a los infantes que por fuerza huían,
y los que iban en carro
a los que iban en carro
(y por debajo de ellos levantóse
de la llanura una polvareda
que hicieron levantar los resonantes
cascos de los caballos), con el bronce
dándoles muerte a golpes.
Pero Agamenón, el poderoso,
les perseguía, matando sin tregua,

[441]

y dando órdenes a los argivos.
Como cuando fuego devastador   155
sobre un bosque se abate rico en leña
y por doquier el viento,
haciéndolo dar vueltas, lo propaga,
y de raíz los troncos van cayendo
por el empuje del fuego acosados;
así, precisamente, iban cayendo
debajo del Atrida Agamenón
cabezas de troyanos que huían,
mientras que, numerosos, los corceles
de cerviz estirada arrastraban   160
los carros con estruendo crepitantes,
vacíos, por los puentes de la guerra,
a la vez que echando van de menos
a sus aurigas limpios de reproche;
ellos, empero, en tierra yacían,
mucho más agradables a los buitres
que a sus propias mujeres [16].
Pěro a Héctor lo sustraía Zeus
de entre los venablos y el polvo,
lejos de la matanza de guerreros
y lejos de la sangre y del tumulto.
Pero el Atrida iba tras de él,   165
vivamente a los dánaos arengando.
Y, así, los troyanos se lanzaban
por el medio del llano a la carrera,
anhelando alcanzar su ciudadela,
dejando al lado la tumba de Ilo,
el antiguo Dardánida, y dejando,
al lado, asimismo, el cabrahigo;
mas el Atrida les iba siguiendo
sin cesar, dando gritos, y sus manos
intangibles se las iba manchando
con sangre y con polvo. Pero cuando   170
a las Puertas Esceas y a la encina
habían ya llegado, justamente,
allí entonces ya se iban parando

---

[16] Nueva puntada de humor, si bien humor negro.

e íbanse esperando unos a otros.
Pero otros aún iban huyendo
por el medio del llano, como vacas
que un león hizo huir,
llegando en el ordeñe de la noche [17],
a todas ellas, pero a ésta sola
se le aparece la abismal ruina;
pues a ella el cuello le rompió,   175
asiéndola con sus robustos dientes,
lo primero de todo,
y le lame la sangre, después de eso,
y todas sus entrañas; de ese modo
les perseguía el hijo de Atreo,
Agamenón, caudillo poderoso,
matando a aquel que iba en cada caso
el último en la huida,
mientras ellos se daban a la fuga.
Y de los carros muchos se cayeron
de bruces y también otros de espaldas,
debajo de las manos del Atrida,   180
pues, blandiendo la lanza avanzaba,
su furia a entrambos lados descargando.

[Iris es enviada a Héctor por Zeus]

Pero cuando ya a punto se encontraban
de llegar hasta el pie de la ciudad,
y de su alto muro, entonces ya,
justo en ese momento,
el padre de los hombres y los dioses
se sentaba en las cumbres del Ida
de muchas fuentes, luego que bajó
del cielo; y un rayo
llevaba él cogido entre sus manos.
Y a Iris de áureas alas apremiaba   185
a llevar un mensaje: «Anda, vete,
rápida Iris, y este mensaje

---

[17] Difícil de interpretar el sintagma *en nuktós amolgôi:* para unos quiere decir «a la hora de la noche en que se procede a ordeñar las vacas»; para otros significa «en medio de la oscuridad de la noche».

transmíteselo a Héctor:
mientras a Agamenón, pastor de gentes
vea enfurecido, liquidando,
entre los combatientes de vanguardia,
batallones enteros de guerreros,
vaya él retrocediendo entre tanto,
y ordene que el resto de sus huestes
batalla empeñe contra el enemigo   190
en medio de una feroz refriega;
pero una vez que o por golpe de lanza
o alcanzado por dardo salte al carro,
entonces yo he de ponerle en la mano
fuerza para matar hasta que llegue
a las naves bien provistas de bancos
de remeros y hasta que el sol se ponga
y llegue el crepúsculo sagrado.»
Así dijo, y la rápida Iris,   195
la de los pies de viento,
no desobedeció; y descendió
desde las cumbres de montes del Ida
a la sagrada Ilio.
Al hijo halló de Príamo el valiente,
a Héctor el divino,
de pie entre sus corceles
y su carro de bien soldadas piezas;
y plantándose cerca,
le dijo Iris, la de pies ligeros:
«Héctor, hijo de Príamo, en prudencia   200
a Zeus comparable,
Zeus padre me mandó a decirte esto:
mientras a Agamenón, pastor de gentes,
veas enfurecido, liquidando,
entre los combatientes de vanguardia,
batallones enteros de guerreros,
vete retrocediendo entre tanto
de la batalla y ordena que el resto
de tus huestes empeñe la batalla   205
contra los enemigos
en medio de una feroz refriega;
pero una vez que o por golpe de lanza
o alcanzado por dardo salte del carro,

[444]

entonces ya ha de ponerte en la mano
fuerza para matar hasta que llegues
a las naves bien provistas de bancos
de remeros y hasta que el sol se ponga
y llegue el crepúsculo sagrado.»
Así, en efecto, ella habiendo dicho,   210
marchóse Iris, la de pies veloces,
y Héctor, con sus armas, desde el carro
saltó a tierra, y blandiendo
sus dos agudas lanzas,
marchaba por doquier entre las huestes,
a la lucha incitando, y despertaba
una atroz refriega. Y los troyanos
se volvieron y quietos se quedaron,
a los aqueos haciéndoles frente;
del otro lado, empero, los argivos   215
reforzaron sus líneas de combate
y en orden la batalla se dispuso
y enfrentados quedaron los dos bandos;
y en medio de ellos se lanzó el primero
Agamenón, pues estaba dispuesto
a combatir en las primeras filas
muy por delante de los demás todos.

[Agamenón, herido, abandona el combate]

Decidme ahora, Musas,
que habitáis las moradas del Olimpo,
quién fue el primero que a Agamenón
le hizo frente, de entre los troyanos,   220
los propiamente dichos,
o de entre sus ilustres aliados.
Ifidamante [18], el hijo de Anténor,
hermoso y alto, que fuera criado
en la Tracia feraz, madre de ovejas;
a él le crió Cises
en su palacio, siendo aún pequeño,
su abuelo materno, que engendrara

---

[18] Ifidamante es hijo de Anténor y de Téano, tal como nos informan
exclusivamente estos versos que ahora leemos.

a Téano, la de hermosas mejillas.
Mas cuando hubo alcanzado la medida   225
de juventud magnífica en extremo,
allí mismo intentaba retenerle
y a su hija por esposa le ofrecía.
Mas una vez casado,
saliendo de la cámara nupcial,
se vino tras la fama
de la expedición de los aqueos,
con él trayendo doce corvas naves
que a sus órdenes iban en pos de él.
Esas naves, tan bien equilibradas,
abandonólas luego en Percota,
y él, a pie, llegado había a Ilio.   230
Éste precisamente fue el que entonces
se fue a poner enfrente
de Agamenón, el hijo de Atreo.
Pero cuando aquellos,
avanzando el uno contra el otro,
cerca ya se encontraban,
falló el tiro el hijo de Atreo,
pues su lanza de lado se le fue;
Ifidamante, en cambio se la hincó   235
en la cintura, bajo la coraza,
y él mismo encima se apoyó,
en su robusta mano confiado;
más perforar no pudo el cinturón
todo él resplandeciente, pues mucho antes,
como si fuera plomo,
al chocar en la plata,
la punta de la lanza se dobló.
Y cogiendo la lanza con su mano,
Agamenón, señor de amplios dominios,
para sí tiró de ella enardecido,
como un león, y así, precisamente,
de la mano a aquel se la arrancó;   240
y le golpeó el cuello con la espada,
de modo que le desató los miembros.
Así él allí mismo se cayó [19]

---

[19] *Sc.:* a Ifidamante.

[446]

y se sumió en un sueño de bronce,
desgraciado, bien lejos de su esposa
que cortejó y ganó,
defendiendo a sus conciudadanos,
de su esposa legítima alejado,
de la que no vio él en absoluto
ni un tanto de gratificación,
aunque por ella mucho
había él pagado[20]:
un centenar de bueyes dio primero
y luego mil había prometido,
y cabras y ovejas juntamente   245
que infinitas para él se apacentaban.
En ese punto, entonces, despojóle,
justamente, el hijo
de Atreo, Agamenón;
y a andar se puso entre la muchedumbre
de los aqueos, llevando consigo
la hermosa armadura.
Pues bien, cuando lo vio
Coón[21], entre guerreros señalado,
de los hijos de Anténor el mayor,
impetuoso dolor, naturalmente,
sus ojos envolvió   250
por su hermano caído.
Y firme se mantuvo de soslayo
con su lanza, pasando inadvertido
a Agamenón, de Zeus descendiente,
y la lanza le hincó en medio del brazo,
por debajo del codo,
y la punta de la brillante lanza,
pasó a través de él en derechura
de una parte a otra.
Y, al punto, después, estremecióse
Agamenón, soberano de hombres;
pero ni así siquiera en el combate   255

---

[20] No había podido disfrutar del amor de su esposa por la que había pagado, para arrancarla del poder del padre, un alto precio en regalos.
[21] Coón es hijo de Anténor. Le dio muerte Agamenón. Cfr. *Il.* XI 248-260; XIX 53.

ni en la guerra cejaba; antes bien,
cargó contra Coón blandiendo un asta
nutrida por los vientos; y Coón
estaba arrastrando a Ifidamante,
su hermano por linaje y común padre,
por el pie ansiosamente,
y a todos los notables daba gritos,
y a él, según lo arrastraba entre el gentío,
le golpeó con el punzante bronce   260
bajo el escudo de bollón provisto,
y desató sus miembros;
y a él [22] que estaba inclinado
sobre Ifidamante, le cortó [23]
la cabeza de un tajo,
habiéndose plantado junto a él.
Allí, a manos del rey hijo de Atreo,
los hijos de Anténor,
colmando el destino de sus vidas,
dentro entraron de la mansión del Hades.
Mas él [24] seguía pasando revista
a las filas de los demás guerreros,
con lanza, espada y con grandes piedras,   265
mientras aún la sangre le brotaba
caliente de la herida para fuera.
Pero luego que se iba secando
la llaga y la sangre ya cesara,
penetraban los agudos dolores
en el alma del hijo de Atreo.
Como cuando a mujer parturienta
la posee dardo agudo, penetrante,   270
que las Ilitias [25] del penoso parto
disparan, hijas de Hera portadoras
de las punzadas del alumbramiento,
así de agudos eran los dolores
que entraban en el alma del Atrida.

---

[22] *Sc.*: Coón.
[23] *Sc.*: Agamenón.
[24] *Sc.*: Agamenón. «Pasa revista», irónicamente, a las tropas enemigas.
[25] Personificación de los dolores del alumbramiento.

Saltó al carro, y ordenaba al auriga
que avanzar hiciera los caballos
hacia las huecas naves; pues estaba
con pesadumbre en su corazón.
Y entonces lanzó un grito penetrante,   275
haciéndolo a los dánaos perceptible:
«¡Amigos, consejeros y caudillos
de las huestes argivas!,
ahora vosotros defended las naves
de la mar surcadoras,
en la feroz refriega,
puesto que a mí Zeus el consejero
no me ha permitido
luchar con los troyanos todo el día.»
Él así dijo, y con un trallazo   280
conducía el auriga los caballos
de hermosas crines a las huecas naves,
y ellos dos[26] volaban no a la fuerza;
y de espuma sus pechos se cubrían
y se cubrían por bajo de polvo,
según lejos del campo de batalla
iban llevando al rey agotado.

[Héctor guía a los troyanos al ataque]

Pero en cuanto vio Héctor
que Agamenón de allí se retiraba,
exhortó a los troyanos y a los licios,   285
dándoles grandes voces:
«¡Troyanos, licios, dárdanos expertos
en luchar cuerpo a cuerpo, sed varones,
amigos, y tened en la memoria
vuestro arrojo impetuoso!
Se ha ido el guerrero
que era el más distinguido, y a mí Zeus
el Cronida gran gloria me otorgó;
pero, ¡venga!, lanzad derechamente   290
contra los bravos dánaos los caballos
de sólidas pezuñas,

---

[26] *Sc.:* los corceles.

para que os ganéis más alta gloria.»
Dijo así y excitaba
de cada cual su ánimo y coraje.
Como cuando un cazador azuza,
en un lugar cualquiera,
a sus mastines de blancos colmillos
contra un león o jabalí salvaje,
así a los magnánimos troyanos
los azuzaba contra los argivos
Héctor, hijo de Príamo, a Ares,   295
azote de mortales, parecido.
Y él mismo, orgullo rebosando,
se había ya ido a colocar
entre los combatientes de vanguardia,
y en medio cayó de la refriega
parecido a tormenta huracanada
que, saltando desde arriba hacia abajo,
revuelve el mar de color de violeta.
¿A quién allí el primero?,
¿a quién allí el último mató   300
Héctor el Priamida cuando Zeus
la gloria le otorgó?
Primeramente a Aseo,
y a Autónoo y a Opites,
y a Dólope el Clítida y a Ofeltio,
y a Agelao y a Ésimno y a Oro
y a Hipónoo, el firme en el combate [27].
A ellos, justamente,
capitanes que eran de los dánaos
aquel dió muerte, y luego, después,
cargó contra la masa, como cuando   305
el Céfiro, las nubes golpeando
del blanqueador Noto, las dispersa
con huracán profundo, y, numerosas,
con hinchazón las olas, una a una,
van rodando, y la espuma por lo alto
esparciéndose va por el empuje

_____
[27] Estos héroes aquí mencionados no vuelven a ser nombrados en lo
que resta del poema, pero sí aparecen algunos de los nombres aquí
mentados, que corresponden a otros héroes troyanos.

del viento por doquier extraviado,
así precisamente, apiñadas,
iban siendo domadas las cabezas
de guerreros bajo el brazo de Héctor.
Allí calamidad
habría resultado   310
y hechos sin remedio
se hubieran producido
y habrían caído en sus naves
los aqueos, en medio de su fuga,
si a Diomedes, el hijo de Tideo,
no le hubiera arengado Odiseo:
«¿Qué nos pasa, Tidida, que nos hemos
olvidado de nuestro ardiente arrojo?
Pero aquí ven, amigo, y ponte firme
a mi lado; pues será, en efecto,   315
gran vergüenza que las naos conquistara
Héctor, héroe del yelmo relumbrante.»
A él, en respuesta, el fuerte Diomedes
dirigió la palabra de este modo:
«Por supuesto que firme he de quedarme
y he de aguantar; pero por poco tiempo
nuestra ayuda de provecho será,
pues Zeus, el que nubes amontona,
a los troyanos quiere, a todas las luces,
antes precisamente que a nosotros,
la victoria otorgarles.»
Así dijo, y del carro derribó   320
al suelo a Timbreo, con la lanza
habiéndole acertado
en la tetilla izquierda;
y Odiseo, a Molión, el escudero
de aquél[28], su señor,
y comparable a un dios.
A ellos luego dejáronlos allí,
puesto que eran bajas de la guerra;
pero ellos dos, yendo entre la masa,
sembraban confusión,

---

[28] *Sc.:* Timbreo.

como cuando, entre perros cazadores,   325
dos jabalíes, rebosando orgullo,
a caer vienen; de ese mismo modo,
volviéndose y lanzados al ataque,
hacían perecer a los troyanos
los dos guerreros; pero los aqueos,
escapando de Héctor el divino,
a gusto recobraban el aliento.
Allí ambos dieron caza
a un carro junto con sus dos guerreros,
los dos más valerosos de su pueblo,
los dos hijos de Mérope Percosio,
que a todos superaba conociendo   330
los recursos de la adivinación;
y él a sus hijos no les permitía
a la guerra marchar consumidora
de varones, mas ellos dos a él
en absoluto no le obedecían,
pues que las diosas de la negra muerte
ya consigo se los iban llevando.
A ellos el Tidida Diomedes,
famoso por su lanza,
del hálito y la vida los privó
y sus armas ilustres les quitaba,
mientras que Odiseo   335
a Hipódamo e Hipéroco [29] mató.
Allí para ambos bandos por igual
tensó el hijo Crono
la soga del combate
que desde el Ida estaba contemplando,
y ellos se iban matando unos a otros.
En efecto, el hijo de Tideo
golpeó con su lanza en la cadera
a Agástrofo, héroe hijo de Peón;
y no tenía cerca sus caballos,   340
para escapar de allí; que, por ceguera
en su alma, había cometido
un gran error, pues su escudero aparte

---

[29] Estos dos personajes sólo aparecen mencionados aquí.

tenía los caballos, y, él, empero,
con ímpetu al ataque se lanzaba
a pie entre las huestes de vanguardia,
hasta que su hálito vital perdió.
Y Héctor que con mirada penetrante
los percibió en medio de las filas,
lanzóse contra ellos dando gritos,
e íbanle en seguimiento, juntamente,
escuadrones troyanos.
Y al verlo[30] estremecióse Diomedes,   345
por el grito de guerra destacado,
y al punto estas palabras dirigía
a Odiseo que cerca de él estaba:
«Contra nosotros dos viene rodando,
es un hecho, esta calamidad:
el poderoso Héctor; pero, ¡venga!,
parémonos, y, a pie firme aguantando,
rechazarle intentemos.» Así dijo,
exactamente, y blandiendo el asta
de alargada sombra, la lanzaba
hacia adelante, y acertó y no erró   350
en el disparo, pues a la cabeza
le estaba apuntando, y le dio
en lo alto del yelmo;
mas rebotó el bronce en el bronce
y no llegó a alcanzar la piel hermosa,
pues el yelmo, provisto de orificios
en la visera y hecho de tres capas
de metal, que le había regalado
Febo Apolo, se lo impedía.
Y Héctor retrocedió, a la carrera,
a toda prisa, un importante trecho,
y se mezcló entre la muchedumbre;
enhiesto se mantuvo, aunque cayó   355
de hinojos, y con su robusta mano
se apoyó en la tierra;
y a uno y otro lado, sus dos ojos
cubrió la negra noche.

---

[30] *Sc.:* a Héctor.

Y mientras que el hijo de Tideo
en pos se fue del vuelo que alcanzara
de su lanza el empuje,
lejos y a través de los guerreros
combatientes de la primera línea,
donde al suelo había ido a parar,
cobró entretanto Héctor el resuello,
y, de nuevo, de un salto entró en el carro
y le hizo tirar hacia el grueso   360
de sus guerreros, y de esta manera
consiguió esquivar la negra Parca.
Y mientras con la lanza
le iba acometiendo, así le dijo
el fuerte Diomedes:
«De nuevo has escapado de la muerte,
¡perro!, en esta ocasión;
que cerca de ti vino el infortunio;
una vez más, ahora
te libró Febo Apolo,
a quien seguramente
haces votos cuando a entrar te dispones
en medio del fragor de los venablos.
Bien seguro que acabaré contigo,   365
aunque más tarde sea, si te encuentro,
si es que también yo cuento entre los dioses
con uno que me sea valedor.
Pero ahora iré contra los otros,
a quienquiera que sea el que yo encuentre.»

[Diomedes es herido]

Dijo así, y de sus armas despojaba
al Peónida [31] ilustre por la lanza.
Pero, por otro lado,
Alejandro, el esposo de Helena
la de hermosos cabellos,
tensando estaba el arco
contra el Tidida, el pastor de gentes,   370
apoyado en la estela funeraria,

---

[31] Se trata de Agástrofo, muerto de una lanzada en el verso 338.

encima del sepulcro, hecho por hombres,
del Dardánida Ilo,
que antaño fuera anciano del pueblo.
Por cierto, Diomedes la coraza,
muy brillante, quitándosela estaba
al esforzado Agástrofo del pecho,
y del hombro el escudo,
y el fornido yelmo, mientras Paris   375
iba tirando de la encorvadura
del arco hacia atrás, y le³² acertó,
pues de su mano en vano no huyó el dardo,
sobre la planta de su pie derecho;
y el dardo atravesóla
de una parte a otra
y en la tierra clavado se quedó.
Y el autor del disparo
riendo muy contento, dando un salto
salió de su escondite, y, jactancioso,
decía en voz alta estas palabras:
«Estás herido, pues no escapó   380
afuera el dardo en vano;
¡ojalá te hubiera yo alcanzado
en la parte más baja de tu vientre
y arrancado te hubiera el aliento!
Así, también habrían los troyanos
respirado ya libres de la angustia,
ellos que ante ti tiemblan como cabras
que balan, en presencia del león.»
A él, sin espantarse, respondió
el fuerte Diomedes:
«Arquero, fanfarrón, presuntuoso   385
por tus trenzas, corruptor de doncellas,
¡ojalá de verdad tú, cuerpo a cuerpo,
conmigo con tus armas te midieras!;
no habrían de valerte
ni el arco ni las flechas abundantes;
ahora, empero, la planta
del pie me has arañado

---

³² *Sc.:* a Diomedes el Tidida.

y aun así te jactas;
no lo tomo en cuenta,
como si una mujer hubiera sido
quien me hubiese alcanzado
o un niño sin uso de razón;
mocha es la flecha de un varón sin fuerza   390
y que no vale nada;
de forma bien distinta por mis manos
es blandido mi agudo venablo
que a uno deja sin corazón al punto.
De la mujer de aquel a quien alcanza
ambas mejillas están desgarradas,
y huérfanos se le quedan los hijos,
y él se pudre mientras va enrojeciendo   395
la tierra con su sangre,
y en torno de él un número mayor
de aves de presa hay que de mujeres.»
Así dijo, y cerca de él llegando,
Odiseo, famoso por su lanza,
se le paró delante; y él, detrás
sentándose, trataba de arrancarse
la aguda saeta de su pie;
y un penoso dolor le recorrió
la superficie toda de su cuerpo.
Y al carro saltó, y al auriga
le ordenaba avanzar   400
hacia las huecas naves; pues estaba
con pesadumbre en su corazón.

[Odiseo resulta herido]

Y solo se quedó
Odiseo, el famoso por su lanza,
pues a su lado de entre los argivos
ninguno se quedara, ya que a todos
los había el terror sobrecogido;
y entonces, irritado, así le dijo
a su ánimo de grande corazón:
«¡Ay mísero de mí! ¿Qué va a pasarme?
Una bien mala cosa es si yo huyo
de esta muchedumbre, acobardado;   405

pero aún es más horripilante
si yo solo resultara cogido,
pues a los otros dánaos el Cronida
los puso en fuga. Pero, ¿por qué así
habla mi corazón conmigo mismo?
Pues yo sé bien que lejos de la guerra
se tienen los cobardes y que, en cambio,
quienquiera que descuella en la batalla,
preciso le es a él sobremanera
aguantar a pie firme con denuedo: 410
o bien resulta herido o hiere a otro.»
Mientras él en su mente y en su alma
daba vueltas a esos pensamientos,
avanzaron las filas de troyanos
armados con escudos
y, cercándole, en medio le dejaron,
poniendo entre ellos mismos su ruina.
Como cuando a un jabalí acosan   415
por un lado y por otro una jauría
de perros y, además, robustos mozos,
y él va saliendo de honda espesura
con sus corvas quijadas aguzando
su bien blanco colmillo; y se lanzan
a ambos lados de él perros y mozos,
y por debajo se va produciendo
el ruido con que sus dientes rechinan,
pero ellos, al punto, aguantan firme,
por tremendo que sea; de ese modo,
precisamente, entonces a Odiseo,
caro a Zeus, los teucros le acosaban.   420
Pero él, primeramente,
saltando, con su aguda lanza en ristre,
sobre el intachable Diopites,
golpeóle por encima del hombro;
por otra parte, luego,
a Toón y a Ennomo mató.
Luego a Quersidamante, que del carro
saltado había, hirióle con la lanza   425
en torno del ombligo, por debajo
del escudo provisto de bollón;
y él, cayendo en el polvo,

con la mano abierta asió la tierra.
A ellos allí dejóles, y él luego
a Cárope, el hijo de Hipaso,
de padre y madre, hermano
del opulento Soco,
golpeóle con la lanza.
Y a defenderlo acudía Soco,
un varón a los dioses semejante,
y, allí yendo, se paró muy cerca,
y a él[33] dirigióle estas palabras:
«Odiseo, héroe muy afamado,   430
de astucias y trabajos insaciable,
en el día de hoy, o bien por causa
de entrambos los hijos de Hipaso
vas a poder jactarte,
por haber dado muerte a dos guerreros
de tanta calidad
y haberles de sus armas despojado,
o tal vez tú, herido por mi lanza,
a perder llegues tu vital aliento.»
Habiendo dicho así, le golpeó
en el escudo por doquier igual;
y a través del escudo refulgente   435
entró la poderosa jabalina,
y clavada quedaba penetrando
la coraza labrada ricamente;
y la piel del costado toda ella
le arrancaba de cuajo;
mas no permitió Palas Atenea
que en las entrañas del varón entrase.
Y Odiseo se percató de ello,
de que no le llegó en absoluto
al decisivo punto de la muerte,
y atrás retrocediendo, estas palabras   440
dijo a Soco: «Ahora ya, ¡cobarde!,
la escarpada muerte te da alcance.
Bien es verdad, por cierto, que has logrado
impedirme luchar contra los teucros;

---

[33] Sc.: a Odiseo.

pero yo te aseguro que aquí,
en este mismo día,
tendrán lugar tu muerte
y el cumplimiento de tu negro hado;
domado por debajo de mi lanza,
gloria a mí me darás, el alma, a Hades   445
de famosos corceles.»
Así dijo, y Soco,
volviéndose atrás,
a la fuga ya estaba encaminado;
mas cuando éste[34] la vuelta se dio,
en la espalda la lanza le clavó
Odiseo, en medio de los hombros,
y a través de su pecho la pasó;
y al caer sonó con ruido sordo,
y el divino Odiseo se jactó:
«¡Oh Soco, hijo de Hipaso,   450
domador de caballos valeroso!,
la meta de la muerte,
sacándote ventaja, te alcanzó
y escaparte de ella no lograste.
¡Desdichado! No han de cerrar tus ojos,
aunque estés ya muerto, ni tu padre
ni tu augusta madre;
por el contrario, las aves de presa,
que son de carne cruda comedoras,
te los arrancarán, compactamente
en torno a ti sus alas removiendo.
A mí, en cambio, si muero,   455
los divinos aqueos
me honrarán con las fúnebres exequias.»
Habiendo dicho así, él intentaba
la recia lanza del valiente Soco
sacar fuera del cuerpo y del escudo
provisto de bollón;
y una vez arrancada, disparóse
un borbotón de sangre hacia arriba
que su ánimo afligía. Y los troyanos

---

[34] Es decir: Soco.

magnánimos, al ver brotar la sangre
de Odiseo, exhortándose entre sí   460
entre la muchedumbre de sus tropas,
contra él marcharon todos. Pero él,
por su parte, hacia atrás retrocedía
e iba gritando a sus compañeros.
Tres veces gritó luego con la fuerza
que cabe de un varón en la cabeza[35]
y tres veces su grito percibía
Menelao, caro a Ares, y, al punto,
se dirigía con estas palabras
a Ayante que de él cerca se encontraba:
«Ayante Telamonio,   465
descendiente de Zeus,
caudillo de guerreros,
me ha llegado a uno y otro oído
el grito del paciente Odiseo,
parecido al que lanzar podría
aquél a quien los teucros, solo estando,
habiéndole cortado la salida,
en refriega feroz le violentaran.
Mas, ¡venga!, entre la turba acudamos,
pues lo más apropiado es defenderle.
Tengo miedo no vaya a sucederle   470
una desgracia, aislado entre los teucros,
por muy bravo que sea, y luego surja
entre los dánaos añoranza de él».

[Ayante interviene en auxilio de Odiseo]

Diciendo así, al frente se ponía
el uno, y el otro le seguía,
un varón a los dioses parecido,
Y luego encontraron a Odiseo,
caro a Zeus, y a ambos lados de él
los troyanos le estaban acosando
como pardos chacales en los montes
a un cornígero ciervo le acosan   475
a los dos lados, por la flecha herido

---

[35] Nosotros decimos: «a voz en cuello.»

que un varón soltara
de la cuerda de su arco;
pero a él con sus pies se le escapó
huyendo en tanto aún la sangre tibia
conserva y sus rodillas se le mueven;
mas luego ya que la rápida flecha
le ha domado, entonces los chacales,
que comen carne cruda,
intentan devorarle en las montañas,
en un bosque sombrío; pero un dios   480
llevó allí un león devastador
y huyeron desmandados los chacales,
mientras él, por su parte, lo devora;
así, precisamente, en aquel trance
por ambos lados al bravo Odiseo,
el de sutiles planes, acosaban
troyanos numerosos y valientes,
en tanto él, el héroe, cargando
con su lanza, apartar intentaba
de sí mismo el día inexorable [36].
Pero Ayante llegó cerca, portando   485
un escudo que era como una torre,
y se paró a su lado y, de miedo,
esparcidos huyeron los troyanos,
cada uno por su parte. A él, en cambio,
el marcial Menelao intentaba
sacarle fuera de la turbamulta,
llevándole cogido de la mano,
hasta que su escudero
arreó hasta allí cerca los caballos.

[Macaón resulta herido]

Y Ayante, acometiendo a los troyanos,
a Dóriclo mató el Priámida,
que de aquél [37] era un hijo bastardo,   490
y a Pándoco después le golpeó,
y a Lisandro y Píraso y Pilartes

---

[36] *Sc.:* «el día de la muerte inexorable.»
[37] Es decir: de Príamo.

les golpeó. Como cuando un río
desciende rebosante a la llanura,
montaña abajo, hecho ya un torrente,
por la lluvia de Zeus acrecido,
y entre su caudal se va llevando   495
muchas encinas secas, muchos pinos,
y mucho barro a la mar arroja,
así iba persiguiendo y ahuyentando
teucros por la llanura
en aquel trance el ilustre Ayante,
destrozando corceles y guerreros.
Pero Héctor aún no se enteraba,
pues estaba luchando a la izquierda
del campo de batalla,
a orillas del río Escamandro,
por donde sobre todo iban cayendo
cabezas de varones combatientes   500
y una grita se alzaba inextinguible
de un lado y del otro del gran Néstor
y del héroe marcial Idomeneo.
Héctor entre aquellos se movía
llevando a cabo hazañas preocupantes
con la lanza y la lucha desde el carro,
y las filas de jóvenes [38] diezmaba;
mas ni siquiera aún de su camino
se habrían retirado
los divinos aqueos,
de no haber sido porque Alejandro,   505
el esposo de Helena, la de bella
cabellera, a Macaon,
caudillo de guerreros,
le obligó a dejar de hacer proezas,
pues le había alcanzado con un dardo
de tres lenguas en el hombro derecho.
Por eso, justamente, los aqueos,
a pesar de que arrojo respiraban,
sobremanera estaban temerosos
de que tal vez el rumbo de la guerra

---

[38] Las filas de los jóvenes *koûroi Akhaiôn* («mozos de los aqueos»).

[462]

declinara y matarlo consiguieran.
Y, al punto, estas palabras dirigía   510
Idomeneo al divino Néstor:
«Néstor el de Neleo, alta gloria
de los aqueos, ¡venga!,
súbete a tu carro,
y a tu lado se suba Macaón,
y a las naves lo más rápidamente
conduce los solípedos corceles;
pues un varón que es médico equivale
a muchos de los otros,
bien se trate de extraer las flechas   515
o de espolvorear blandos remedios.»
Así dijo, y no hizo caso omiso
Néstor Gerenio conductor de carros;
y, al punto, montó sobre su carro
y a su lado montaba Macaón,
hijo de Asclepio, el médico intachable.
Fustigó sus corceles, y ellos dos,
no sin gana, emprendieron el vuelo
en dirección a las cóncavas naves;   520
pues hacia allí era grato a su apetito.

[Ayante se retira]

Pero Cebriones[39], al lado montado
de Héctor, se dio cuenta
de cómo los troyanos
se iban espantando, y le dijo
estas palabras: «Héctor,
nosotros dos aquí nos encontramos
enzarzados en lucha con los dánaos
al extremo de la horrísona guerra,
mientras que ya aquellos, los restantes
troyanos se agitan espantados,   525
en confusión ellos y sus caballos.
Ayante Telamonio los revuelve,
que bien me he dado cuenta de que es él,

---

[39] Es Cebriones el hermano de Héctor que se hizo cargo del carro de
éste cuando en *Il.* VIII 318 murió su auriga.

pues a uno y otro lado de sus hombros
su ancho escudo lleva. Pero, ¡venga!,
también nosotros allí conduzcamos
derechamente caballos y carro,
al punto aquel en donde, sobre todo,
una reñida y dura batalla
habiendo presentado,
unos a otros, jinetes e infantes,   530
se van causando total destrucción
y la grita se alza inextinguible.»
Dijo así, justamente, y fustigó
con la fusta sonora sus caballos
de hermosas crines; y ellos, al oír
el golpe restallante, velozmente
iban llevando el rápido carro
junto a los aqueos y troyanos,
cadáveres pisando y escudos.
Y de sangre el eje, por debajo,   535
todo él manchado estaba,
y, a ambos lados del carro,
los barandales, a los que alcanzaban,
justamente, unas gotas,
de los cascos equinos procedentes,
y otras, de las llantas de las ruedas.
Y él[40] iba anhelando introducirse
entre la turbamulta de guerreros
y quebrarla saltando sobre ella.
Y en medio de los dánaos esparció
un funesto tumulto
y poco de las lanzas se apartaba.
Pero él[41] seguía pasando revista   540
a las filas de los demás guerreros,
con lanza, espada y con grandes piedras,
mas evitaba entablar batalla
con Ayante, el hijo de Telamón.
Pero Zeus padre, el del alto trono,
miedo infundió en Ayante,

---

[40] Sc.: Cebriones.
[41] Sc.: Héctor.

[464]

que se quedó parado, estupefacto,   545
y a la espalda echóse el escudo
de siete cueros y se puso a huir
hacia la muchedumbre de los suyos,
con la mirada fija puesta en ellos,
parecido a una fiera,
volviendo a cada poco la cabeza
alternando rodilla con rodilla [42].
Como a un flavo león al que pusieron
en fuga, y del establo
de bueyes expulsaron
los perros y varones campesinos,
que, la noche entera estando en vela,   550
no le permiten que les arrebate
la mantecosa carne de sus bueyes,
y él las carnes de ellos anhelando
hacia ellas va derecho, pero nada
consigue realmente, pues en piña
se precipitan contra él los dardos,
que de intrépidas manos han salido,
y antorchas encendidas, de las cuales
escapa amedrentado,
aunque corriendo vaya impetuoso;
y, al alba, él lejos se retira   555
con pesadumbre dentro de su alma;
así Ayante entonces se iba yendo
lejos de los troyanos,
con pesadumbre en su corazón,
muy a disgusto, porque en extremo
temía por las naos de los aqueos.
Y como cuando un asno que, a lo largo
yendo de una tierra de labranza,
violenta a unos niños,
tozudo él, en torno a cuyo cuerpo
ya se rompieron numerosos palos
en dos mitades, y, habiendo entrado   560
en el sembrado, siega el alto trigo,
y los niños con palos le dan golpes,

---

[42] Es decir: dando pasos cortos.

[465]

pero es pueril la violencia de ellos,
y echarlo consiguieron
de las mieses, por fin, con gran empeño,
luego que de forraje se sació;
así entonces, después, al gran Ayante,
hijo de Telamón,
los soberbios troyanos
y los aliados de ellos,
en grupos numerosos concentrados,
siguiéndole sin tregua, le punzaban   565
en mitad del escudo con sus picas.
Mas Ayante, unas veces, se acordaba
de su fuerza impetuosa y, de nuevo,
volviéndose, las filas retenía
de los teucros, domadores de potros,
otras, empero, a huir se volvía.
Y a todos les impedía avanzar
hacia las raudas naves, y él mismo   570
en medio de troyanos y de aqueos
aguantando a pie firme se movía
con ímpetu, en tanto que las lanzas
que iban saliendo de intrépidas manos,
las unas impelidas adelante
en el enorme escudo se clavaron,
muchas, en cambio, a medio camino,
antes de alcanzar su blanca piel,
iban quedando hincadas en la tierra,
por más que ansiaban saciarse de carne.

[*Eurípilo es herido por Paris*]

A él, pues, cuando Eurípilo lo vio,   575
el muy preclaro hijo de Evemón,
apremiado por las copiosas flechas,
fue a ponerse a su lado, justamente,
y su fulgente lanza disparó,
y acertó a Apisaon, hijo de Fausias,
en el hígado, bajo las entrañas,
y al punto sus rodillas desató;
y Eurípilo sobre él precipitóse   580
y empezaba a quitarle de los hombros

la armadura. Pero cuando lo vio
Alejandro, a los dioses parecido,
tratando de quitarle la armadura
a Apisaon, al punto
tensando estaba el arco
contra Eurípilo, a quien atinó
en su muslo derecho con la flecha;
se le rompió la caña y por eso
le entorpecía poco a poco el muslo.
Y rehuyendo la Parca,   585
hacia atrás él se iba retirando
hasta el grupo de sus compañeros,
y lanzó, entonces, penetrante grito,
haciéndolo a los dánaos perceptible:
«¡Amigos, consejeros y caudillos
de las huestes argivas!,
daos la vuelta y manteneos firmes,
e intentad rechazar del gran Ayante
el implacable día,
él que abrumado se halla por los dardos
y aseguro que no se va a escapar
de la horrísona guerra. Pero, ¡venga!,   590
plantaos, bien de frente, a los dos lados
del gran Ayante, hijo de Telamón.»
Así dijo Eurípilo, herido,
y ellos se plantaron cerca de él,
habiendo en sus hombros los escudos
apoyado y levantado sus lanzas;
y Ayante se fue al encuentro de ellos,
y luego que llegó   595
al grupo de sus compañeros de armas,
se dio la vuelta y quedóse firme.

[Aquiles envía a Patroclo a presencia de Néstor]

Así luchaban ellos,
a la manera del ardiente fuego,
mientras a Néstor trayendo venían
del campo de batalla
las yeguas de Neleo, sudorosas,
que asimismo venían conduciendo

a Macaón, héroe pastor de hombres.
Y al verle, bien lo reconoció
Aquiles, el que con sus pies se vale;
pues de pie en la popa se encontraba   600
de su nave de enormes proporciones,
el arduo trabajo contemplando
y la huida de lágrimas cuajada.
Y, al punto, a su camarada de armas
Patroclo, dando un grito, le llamó
desde la nave; y él desde la tienda
oyéndole, salió fuera de ella,
a Ares parecido, y, justamente,
esto a ser venía para él
el comienzo de su propio infortunio.
Le habló, primero, a Aquiles   605
el esforzado hijo de Menetio:
«¿Por qué, Aquiles, me llamas?
¿Qué cosa es la que tú de mí precisas?»
A él, en respuesta, el de los pies ligeros,
Aquiles, de este modo le decía:
«Divino Menetiada,
grato a mi corazón,
ahora[43] creo que en torno a mis rodillas
se pondrán suplicantes los aqueos;   610
pues que les va alcanzando
un apuro que ya no es soportable.
Mas ahora ve, Patroclo, caro a Zeus,
y pregúntale a Néstor quién es ese
al que saca herido del combate;
la verdad es que por la parte de atrás
en todo se parece a Macaón,
el hijo de Asclepio; sin embargo,
no he visto la cara del varón,
pues las yeguas, ansiosas de avanzar,   615
muy deprisa pasaron ante mí.»
Así dijo, y Patroclo
al caro compañero obedecía,
y se puso a correr todo a lo largo

---

[43] Parece que Aquiles desconoce la acción que se nos ha contado en el Canto IX.

de las tiendas y naves
de las huestes aqueas.

[Néstor y Macaón en la tienda de Néstor]

Y cuando ya a la tienda del Neleida
los otros se llegaban,
del carro se bajaron
a la tierra nutricia,
y del carro el criado Eurimedonte
las yeguas del anciano desuncía,   620
y ellos enjugaban el sudor
de sus túnicas, ambos, a la orilla
del mar plantados cara a la brisa;
y luego ambos entraron en la tienda
y en sillas con respaldo se sentaban.
Y para ellos la de las bellas trenzas
Hecameda, que en Ténedo el anciano   625
se había procurado, cuando Aquiles
devastó la ciudad,
la hija del magnánimo Arsínoo,
que para él reservaron los aqueos,
pues en consejo a todos superaba [44],
ella les preparaba un brebaje.
Primeramente puso ella ante ellos
una hermosa mesa
de patas de esmalte y bien pulida,
y luego, sobre ella, una fuente   630
de bronce, y, encima, una cebolla,
que es de la bebida companaje,
y amarilla miel, y también puso
flor de sagrada [45] harina, y una copa
muy bella que el anciano
consigo de su casa se trajera,
bien guarnecida con clavos de oro;
sus asas cuatro eran,
y de un lado y del otro
de cada una de ellas

---

[44] Néstor.
[45] La harina es sagrada porque, como el trigo, es un don de Deméter.

se apacentaban dos palomas de oro,   635
y eran dos por debajo sus soportes[46].
Cualquier otro, cuando estuviera llena,
moverla lograría con trabajo
de un lugar a otro de la mesa;
pero el anciano Néstor sin embargo,
la levantaba sin esfuerzo alguno.
En ella, justamente, hizo el brebaje
la mujer a las diosas semejante,
con vino pramnio, y encima ralló
queso de cabra con un rallador   640
de bronce y por encima
blanca harina espolvoreó;
y a beber invitóles
una vez que el brebaje preparara;
y ellos dos, después de que bebiendo
desecharon la muy ardiente sed,
se entregaban con la charla al deleite,
el uno con el otro conversando,
cuando Patroclo, de pie ante la puerta,
un varón a los dioses parecido,
se presentaba. Y, al verle, el anciano   645
del espléndido asiento levantóse
y, habiéndole tomado de la mano,
dentro le conducía
y le invitaba a tomar asiento.
Pero Patroclo, desde el otro lado,
rehusaba y dijo estas palabras:
«No es momento para tomar asiento,
anciano de la estirpe del dios Zeus,
ni habrás de persuadirme.
Respetable y temible es aquel
que me envió por delante a averiguar

---

[46] Esta copa, de época micénica, es parecida a la encontrada por
Schliemann en Micenas, sólo que en vez de cuatro asas ésta tiene sólo dos,
y una paloma sobre cada asa y no a los dos lados. En cuanto a los dos
soportes, la copa en cuestión nos permite observar cómo efectivamente a
ambos lados del cuenco salen dos asas que se unen al pie mediante dos
soportes clavados a la base, que tiene forma de disco. Una alusión a la
«copa de Néstor» se lee en la copa encontrada en Isquia, del 725 a.C.

quién es ése al que tú traes herido;   650
pero incluso yo mismo lo conozco,
pues veo a Macaón, pastor de gentes.
Y ahora, para darle la notocia,
regreso, mensajero, junto a Aquiles.
Pues bien conoces tú,
anciano de la estirpe del dios Zeus,
como es el carácter de aquél,
ese hombre tremendo; fácilmente
incluso a un inocente culparía.»
A él luego respondía   655
Néstor Gerenio, conductor de carros:
«¿Cómo, pues, justamente, de ese modo
siente lástima Aquiles de los hijos
de los aqueos, cuantos ya por dardos
han resultado heridos?
Y, en cambio, del duelo nada sabe
tan grande que ha surgido
a lo largo de todo el campamento.
Pues los mejores yacen en las naves
heridos o por flechas o por lanzas.
Herido está el Tidida,   660
el fuerte Diomedes, por un dardo,
y por una lanzada están heridos
Odiseo, famoso por su lanza,
y Agamenón, y herido está también
Eurípilo por un dardo en el muslo;
y a este otro [47] poco ha yo le saqué
del campo de batalla,
por una flecha herido
de la cuerda de un arco disparada.
Pero Aquiles, aun siendo valeroso,   665
no se cuida ni tiene compasión
de los dánaos. ¿O acaso espera
hasta que ya a la orilla de la mar
las raudas naves sean abrasadas
por fuego destructor, pese al esfuerzo
de los argivos, y nosotros mismos

_____
[47] Señalando a Macaón.

[471]

seamos degollados
uno detrás del otro?
En efecto, no es ahora ya mi fuerza
como era la de antaño, día a día,
en sus flexibles miembros.
¡Ojalá así de joven yo ahora fuera   670
y ojalá mi vigor firme estuviese,
como cuando llegó a producirse
una querella entre los eleos
y nosotros por robo de unos bueyes,
cuando yo a Itimoneo,
noble hijo de Hipéroco,
que en Élide habitaba,
le di muerte al tratar de llevarme
para mí su ganado en represalia.
Y él, entonces, sus vacas defendiendo,
resultó herido entre los primeros   675
de dardo por mi mano disparado,
y cayó al suelo y se dispersaron
sus huestes formadas por campesinos.
Y un botín del llano recogimos
bastante abudante: de manadas
de vacuno, cincuenta;
de rebaños de ovejas, otro tanto;
otro tanto de piaras de cerdos;
número igual de rebaños extensos
de cabras, y ciento cincuenta yeguas   680
rubias, y todas hembras, y debajo
de muchas se amamantaban potrillos.
Y eso nos lo llevamos hasta dentro
de la región de Pilo de Neleo,
a la ciudad, de noche; y contento
en sus entrañas estaba Neleo
porque, aunque fui a la guerra siendo joven,
obtuve muchos éxitos en ella.
Y los heraldos, al rayar el alba,   685
anunciaban con voz clara y sonora
que acudieran aquellos a los cuales
en la Élide divina una deuda
se les debía; y ellos, los caudillos
de los pilios, reunidos, procedían

a la distribución; porque a muchos
los epeos muchas deudas debían,
toda vez que nosotros, por ser pocos,
estábamos en Pilo arruinados;
pues, en llegando allí, nos maltrató   690
la Heráclea Fuerza en anteriores años
y perecieron cuantos nobles eran;
en efecto, doce éramos los hijos
de Neleo intachable, y de ellos
quedé solo, pues los demás todos
perecieron. Arrogantes por ello
los epeos de lorigas de bronce,
infligiéndonos trato insolente,   695
contra nosotros maldades urdían.
Y, entonces, el viejo escogió
una manada, para sí, de bueyes
y de ovejas un grande rebaño,
habiendo separado para sí
sus trescientas cabezas y pastores,
pues, en verdad, a él se le debía
una gran deuda en la Élide divina:
Cuatro caballos de los ganadores
de trofeos, junto con su carro,
que allí llegaran en busca de premios,   700
pues por un trípode iban a correr;
pero a ellos allí mismo los retuvo
Augías [48], soberano de guerreros,
en tanto que al auriga despedía
afligido por mor de sus caballos.
El anciano, irritado a raíz de esto,
por las palabras y, además, los hechos,
se escogió del botín lotes inmensos
y numerosos, y dio el resto al pueblo
a repartir, no fuera a ser que alguien   705
privado de su parte se marchara.
Nosotros atendíamos a eso,
cosa por cosa, y a uno y a otro lado
de la villa, a los dioses sacrificios

---

[48] Es el famoso rey de Élide.

hacíamos; los epeos, empero,
vinieron todos juntos, a la vez,
al tercer día, con todas las fuerzas,
guerreros numerosos y caballos
de sólidas pezuñas, y entre ellos
se ceñían coraza[49] los dos hijos
de Molione[50], que aún eran dos niños   710
y no eran muy expertos todavía
en la impetuosa fuerza defensiva.
Y existe una ciudad,
Triósea, escarpada colina,
lejos[51], en la ribera del Alfeo,
en el fondo de la arenosa Pilo.
Por un lado y el otro la sitiaban,
ansiosos de destruirla. Pero cuando
el llano todo atravesado habían,
nos vino Atenea, mensajera,   715
corriendo del Olimpo por la noche,
mandándonos armarnos de coraza,
y a las huestes las iba reuniendo
a lo largo de Pilo,
no desganadas, sino impacientes
en extremo por entablar combate.
Pero a mí Neleo
no me dejaba poner la coraza
y me escondió los carros, pues decía
que aún no era yo experto
en acciones guerreras.
Pero aun así yo descollar lograba   720
entre nuestros guerreros de a caballo
pese a ser combatiente de a pie,
puesto que Atenea la reyerta
la conducía de esa manera.
Hay un río, el Mineo, que en la mar,
cerca de Arena[52], sus aguas arroja,

---

[49] Es decir: intervenían en la lucha.
[50] Los Moliones o Moliónidas son hijos de Molíone (nombre de su madre que les da pie al patronímico) y de Áctor, hermano de Augías, o bien de Posidón. Se llamaban Ctéato y Eurito. Cfr. *Il.* II 621; 750; 751.
[51] Lejos de Pilo, en la frontera septentrional de Trifilia con Élide.
[52] Cfr. *Il.* II 591.

donde aguardamos la divina Aurora
nosotros, los guerreros de los pilios
que combatíamos desde los carros;
allí iban afluyendo escuadrones
de guerreros que a pie combatían.
Y desde allí, con armas pertrechados,   725
y con todas las fuerzas,
llegamos a la hora del mediodía
a la sacra corriente del Alfeo.
Allí hicimos hermosos sacrificios
al prepotente Zeus, y un toro
al Alfeo ofrendamos y otro toro
a Posidón, mientras que a Atenea,
la de ojos de lechuza, le inmolamos
una vaca de las de la manada,
y luego nuestra cena nos tomamos   730
en escuadrones por el campamento,
y a dormir nos pusimos, cada uno
metido en su propia armadura,
a ambos lados de las aguas del río.
A su vez, los magnánimos epeos
iban ya rodeando la ciudad,
ansiosos de arrasarla.
Pero antes se les mostró a los ojos
un ímprobo trabajo del dios Ares:
pues cuando el sol, esplendente, se puso   735
bien alto, por encima de la tierra,
nos lanzábamos a entablar batalla
invocando a Zeus y a Atenea.
Mas cuando ya se puso en movimiento
la reyerta entre pilios y epeos,
yo, el primero, a un hombre maté
y me llevé conmigo sus corceles
de sólidas pezuñas,
a Mulio, el lancero, que era yerno
de Augías, pues tenía
por esposa a la hija mayor de éste,   740
a la rubia Agameda,
que era experta en todos los venenos
que la anchurosa tierra hace crecer.
A él yo, según venía contra mí,

[475]

le acerté con mi lanza de bronce.
y derribado se cayó entre el polvo,
yo, en cambio, saltando a mi carro,
me fui a colocar, como cumplía,
entre los combatientes de vanguardia.
A su vez, los magnánimos epeos
se dieron a la fuga en desbandada,   745
cada uno en una dirección,
cuando vieron caído al guerrero
que era el caudillo de sus carros,
el que se distinguía en el combate.
Pero yo sobre ellos me lancé,
igual que un oscuro huracán,
y conseguí apresar cincuenta carros,
y a ambos lados de cada uno de ellos
dos guerreros domados por mi lanza
con sus dientes mordieron en el suelo.
Y a los hijos de Áctor,   750
los hijos de Molíone, dos niños,
hubiera conseguido aniquilarlos,
si antes no los hubiera salvado,
del combate sacándolos, su padre
que en vastos dominios señorea,
sacudidor del suelo,
habiéndolos envuelto en densa bruma.
En aquella ocasión otorgó Zeus
gran victoria a los pilios.
Pues sin cesar persiguiéndoles fuimos,
yendo a través de la inmensa llanura,
matándoles a ellos y, a la vez,   755
recogiendo sus bellas armaduras,
hasta que andar hicimos nuestros carros
en Buprasio, comarca [53] rica en trigo,
y al pie de la peña Olenía,
y en el lugar llamado
la colina de Alesio,
donde Atena, de vuelta, marcha atrás,
mandó retroceder a nuestras huestes.

---

[53] Comarca de Élide.

Allí maté al último guerrero
y abandoné la empresa;
y, a su vez, los aqueos dirigían
sus rápidos corceles hacia atrás,   760
desde Buprasio a Pilo,
y todos daban gracias
a Zeus de entre los dioses,
y al héroe Néstor de entre los guerreros.
Así era yo, si es que antaño yo era,
uno entre los guerreros. Pero Aquiles
para sí solo se aprovechará
de su propio valor; pero yo pienso
que mucho habrá de llorarlo después,
luego que hayan sus huestes perecido.
¡Dulce amigo!, en efecto, así te hacía   765
Menetio un encargo aquel día,
cuando a ti te enviaba desde Ftía
a Agamenón, mientras nosotros dos,
yo mismo y el divino Odiseo,
como estabamos dentro, en el palacio,
lo escuchábamos todo puntualmente,
las recomendaciones que te hacía.
Habíamos llegado a la mansión,
de agradable vivienda, de Peleo,
reclutar procurando gente armada   770
por la Aqueida nutridora de muchos;
y allí luego al héroe Menetio
lo encontramos dentro de palacio
y a ti y a Aquiles a tu lado;
y el anciano Peleo, conductor
de carros, encontrábase quemando
grasos muslos de buey
a Zeus que en el rayo se deleita,
del patio en el recinto, y en su mano
una copa de oro sostenía,
haciendo libaciones   775
de vino chispeante por encima
de las víctimas según se quemaban.
Vosotros dos estabais ocupados
con las carnes del buey, cuando nosotros
en el zaguán entonces nos plantamos,

y, sorprendido, Aquiles levantóse
de un salto, y, de la mano
tomándonos, adentro nos llevaba,
y allí nos invitaba a sentarnos
y puso ante nosotros, muy cumplidos,
los obsequios de hospitalidad
que es regla que a los huéspedes se ofrezcan.
Mas después que nos hubimos gozado   780
en la comida y en la bebida,
tomaba yo, el primero, la palabra
exhortándoos a que nos siguierais;
y vosotros estabais bien dispuestos,
los dos; y ellos, ambos,
muchos encargos os encomendaban.
El anciano Peleo a su hijo
Aquiles le encargaba
siempre ser el mejor y por encima
estar de los demás;
y a ti, a su vez, estos encargos   785
te hacía Menetio, hijo de Áctor:
«Hijo mío, Aquiles en linaje
es superior a ti, pero tú eres
mayor que él, aunque aquél en fuerza
mejor que tú es con mucho; pero tú
dile, como es debido,
palabras de razones consistentes,
y dale tus consejos e instrucciones;
y él te hará caso por su propio bien.»
Así te aconsejaba el anciano,   790
mas tú de ello ahora te olvidas.
Pero aún incluso ahora bien podrías
decírselo al valeroso Aquiles,
por si acaso llegara a hacerte caso.
Quién sabe si con ayuda divina,
dándole tú consejo,
su corazón movieras;
que de un compañero
es bueno el consejo.
Pero si él en el fondo de sus mientes
intenta esquivar algún augurio,
incluso uno que su augusta madre,   795

[478]

enterada por Zeus,
le hubiera hecho saber,
no obstante, que te mande a ti al combate
y tras ti vayan las restantes huestes
de los mirmídones, por si acaso
tú una luz llegaras
a ser para los dánaos;
y sus hermosas armas él te dé
para que tú las lleves a la guerra,
por ver si, confundiéndote con él,
de la guerra desisten los troyanos,   800
y los marciales hijos
de los aqueos toman un respiro
de las angustias que están padeciendo;
que aunque pequeño sea,
ha de ser un respiro de la guerra.
Fácilmente vosotros, no cansados,
podríais rechazar hasta la villa
a guerreros cansados de combate
y de naves y tiendas alejarlos.»

[Patroclo y Eurípilo]

Así dijo y movióle [54] el corazón
en su pecho, y a correr se puso   805
bordeando las naves
hacia Aquiles, descendiente de Eaco.
Más cuando ya Patroclo, en su carrera,
a la altura llegó
de las naos del divino Odiseo,
donde el lugar estaba
de los procesos y las asambleas,
donde también se erguían los altares,
por ellos construidos, de los dioses,
allí Eurípilo, herido
por un dardo en el muslo,
le salió al encuentro,
el hijo de Evemón   810
y vástago de Zeus,

---

[54] A Patroclo.

cojeando según se retiraba
del campo de batalla;
y un acuoso sudor le iba cayendo
a chorros de sus hombros y cabeza,
y ruidosa manaba negra sangre
de su terrible herida, mas su mente,
en cambio, firme se le mantenía.
Y al verle, de él tuvo compasión
el esforzado hijo de Menetio,
y por ello en tono de lamento   815
le dirigía aladas palabras:
«¡Ah, cobardes, jefes y consejeros
de los guerreros dánaos!,
¡así que a punto estabais de saciar,
en Troya, alejados
de los seres queridos y la patria,
raudos perros con vuestra blanca grasa!
Pero, ¡venga!, dime esto,
héroe Eurípilo, vástago de Zeus:
¿acaso aún contendrán los aqueos   820
al mostruoso Héctor, o ya ahora
perecerán domados por su lanza?»
A él, a su vez, Eurípilo, aunque herido,
le replicaba: «No será posible,
Patroclo, héroe vástago de Zeus,
resistencia ninguna
que ofrezcan los aqueos; al contrario,
sucumbirán sobre sus negras naves.
Pues los unos ya, todos cuantos antes   825
eran los hombres más sobresalientes,
heridos yacen, por entre las naves,
de un flechazo o de una lanzada
asestados por manos de troyanos
cuya fuerza se encrespa de continuo.
Pero a mí tú sálvame: ahora
llévame ya cabe mi negra nave,
y extráeme la flecha de mi muslo,
haciendo una incisión,
y con agua templada   830
lava la sangre negra que de él brote,
y encima de la herida espolvorea

[480]

los calmantes remedios
excelentes que dicen que aprendiste
de Aquiles a quien Quirón[55] enseñara,
el más justo de todos los centauros.
Pues médicos tenemos,
Podalirio así como Macaon[56],
pero el uno imagino que en su tienda
está ahora en el lecho acostado
pues una herida tiene,
necesitado él mismo también   835
de un médico intachable; y el otro
en la llanura aguanta a pie firme
de los troyanos el punzante Ares.»
A él, a su vez, dirigió la palabra
el esforzado hijo de Menetio:
«¿Cómo, pues, esta empresa
sería realizable? ¿Qué haremos,
héroe Eurípilo? Me ponía en marcha
para comunicar
al valeroso Aquiles el encargo
que a mí me hiciera Néstor   840
Gerenio, el guardián de los aqueos;
pero aún así no voy a abandonarte,
estando, como estás, tan agotado.»
Así dijo, y, tomándolo debajo
de su pecho, a su tienda
iba llevando al pastor de gentes;
y, al verle, un escudero
por el suelo tendió pieles bovinas.
Y sobre ellas habiéndole extendido,
de su muslo extraía, con la espada
haciendo una incisión, el dardo agudo,   845
punzante en extremo,

---

[55] Cfr. *Il.* IV 219. Los centauros eran fieras salvajes (cfr. *Il.* I 268: *phêres*)
y brutales, mientras que Quirón, descollaba en las artes de la curación y la
profecía. Fue maestro de Asclepio y de Aquiles. Cfr. *Il.* XVI 143; XIX
390.
[56] Podalirio era hijo de Asclepio al igual que Macaón. Ambos médicos
eran, pues, hermanos, al menos, de padre. Macaón era señor de Trica e
Itome (localidades de Tesalia). Cfr. *Il.* II 732, IV 200.

y con agua templada iba lavando
la negra sangre que de él brotaba,
y habiendo triturado entre sus manos
una amarga raíz, se la aplicó,
del dolor matadora,
que le detuvo todos los dolores;
y la herida secándosele iba,
y dejóle la sangre de manar.

Canto XII

El asalto a la muralla *

[Destino del muro aqueo]

Así el hijo aguerrido de Menetio
en las tiendas intentaba curar
a Eurípilo que había sido herido,
y ellos, en tanto, troyanos y aqueos,
en bandadas seguían combatiendo.
Y a retener ya no iba a los troyanos
el foso de los dánaos y el muro
ancho de por encima,   5

---

* El canto XII de la *Ilíada* cuenta, retomando la descripción de la
batalla interrumpida en *Ilíada* XI 596, el exitoso asalto, por parte de los
troyanos, a la muralla y del foso que rodeaban el campamento aqueo.
Héctor y los demás jefes troyanos, que habían intentado en vano cruzar el
foso con sus caballos, siguiendo el consejo de Polidamante, deciden ahora
cruzarlo a pie dejando los carros a la entrada del campamento. Asio, el
único troyano que intenta traspasar la puerta del campo aqueo en carro,
tiene que habérselas con los lapitas Leonteo y Polipetes. Héctor y sus
huestes, a pesar del poco favorable presagio del águila que lleva atenazada
entre sus garras una serpiente, tratan de echar abajo la muralla. Atacan
luego decisivamente Sarpedón con Glauco y los licios, a la vista de lo cual
Menesteo, que se encuentra cerca del lugar por el que éstos se aprestan a
entrar, manda buscar a Ayante, quien no tarda en acudir, acompañado por
Teucro, a prestar ayuda. Glauco resulta herido, pero la presión de los licios
continúa pese a todo. Finalmente aparece Héctor, que lanza sobre la puerta
del campamento una gran piedra que la derriba, procurando así una vía de
acceso a las huestes troyanas que se lanzan en tromba a través de ella.

que habían construido en defensa
de sus naves, del cual a los dos lados
tendieran una fosa,
sin ofrecer, a los dioses, empero,
gloriosas hecatombes,
para que en su recinto les guardara
las raudas naves y el botín copioso;
había sido hecho
a pesar de los dioses inmortales;
también por eso en pie no se mantuvo
durante mucho tiempo.
En tanto Héctor seguía con vida   10
y en su enojo Aquiles proseguía,
y aún no destruida se mantuvo
del soberano Príamo la villa,
tanto tiempo asimismo se mantuvo
el alto muro en pie de los aqueos.
Mas luego que murieron de los teucros
cuantos entre ellos más se distinguían,
y también muchos, de entre los argivos,
domados fueron unos, y los otros
quedaron aún con vida,
y era luego, en el décimo año,   15
de Príamo la villa devastada,
y los argivos en sus naos partieron
a su querida patria,
entonces ya Apolo y Posidón
tenían en la mente
arrasar la muralla
conduciendo hacia ella
la fuerza impetuosa de los ríos
que, todos ellos, desde el monte Ida
van a la mar corriendo hacia adelante,
el Reso, el Heptáporo, el Careso,   20
el Rodio, y el Grénico, el Esepo,
el divino Escamandro y el Simoente[1],

---

[1] De todos los ríos aquí citados, sólo los tres últimos, el Esepo, el
Escamandro (llamado por los dioses el Janto —«el Amarillo»—) y el
Simoente, que es un riachuelo que nace en el monte Ida y desemboca en el

donde muchos escudos
de piel de toro y muchas cimeras [2]
cayeron entre el polvo y, a la vez,
de héroes semidioses el linaje.
De ellos todos las bocas Febo Apolo
desvió, y durante nueve días   25
contra el muro impulsaba sus corrientes,
y, al mismo tiempo, con lluvia continua
Zeus llovía, para hacer que el muro,
más bien rápidamente,
flotando en la mar fuera a la deriva.
El propio dios que la tierra sacude [3],
empuñando el tridente entre sus manos,
marchaba a la cabeza, y los cimientos
que con trabajo echaran los aqueos,
de vigas y de piedras, los enviaba
de debajo del suelo hacia afuera,
como era de esperar, mediante olas,
e hizo así una lisa llanura   30
bordeando el Helesponto
que fluye con corriente impetuosa,
y, una vez más, cubrió la gran ribera
con arenas, después de que el muro
hubo arrasado y obligó a los ríos
a dar la media vuelta y regresar,
cada uno conforme a su corriente,
por los mismos lugares por los que antes
iban haciendo correr hasta el mar
su caudal de aguas de hermoso fluir.

[*Los troyanos se aprestan a atacar el muro*]

Así, precisamente, iban más tarde
a proceder Apolo y Posidón;

Escamandro después de haber corrido a través de la llanura troyana. (cfr.
Il. IV 475; V 774; VI 4; XII 22; XX 52), reaparecen en los poemas
homéricos.

    [2] Cfr. Virg. *Eneida* I 100 y ss.: *ubi tot Simois correpta sub undis scuta virum
galeasque et fortia corpora volvit.*

    [3] Posidón.

pero entonces habíase inflamado   35
la batalla y el grito del combate
a uno y otro lado
del muro bien construido,
y, al ser alcanzadas por los dardos,
las vigas de las torres resonaban.
Y domados los héroes argivos
por la fusta de Zeus, acorralados,
parados ·se quedaban, detenidos
a la vera de sus cóncavas naves,
llenos de miedo ante Héctor,
vehemente consejero de la huida;
él, empero, como antes combatía,
igual a un huracán.   40
Como cuando entre perros y varones
cazadores un jabalí o león
se revuelve de su fuerza ufanándose,
y ellos, unos con otros ensamblados
a manera de torre, le hacen frente
a pie firme y disparan numerosas
puntas de lanza que sueltan sus manos,   45
pero no se estremece ni se ahuyenta
el corazón glorioso de la fiera,
pues la mata su viril valentía,
y bien frecuentemente se revuelve
tanteando las filas de los hombres,
y por donde se lanza en derechura,
por allí van cediendo
las filas de los hombres, así Héctor
entre el grueso marchaba de sus huestes
y a sus compañeros
súplicas dirigía
y exhortaba a atravesar la fosa.   50
Pero ni los caballos
de veloces pezuñas se atrevían,
mas mucho relinchaban
encabritados encima del borde
extremo de la zanja,
pues la ancha fosa los amedrentaba;
y no era, justamente, fácil cosa
saltar de cerca ni atravesarla,

pues se erguían de uno y otro lado   55
abruptos precipicios,
todo a lo largo de ella en sus entornos,
y estaba provista por encima
de estacas aguzadas,
grandes y apretadas, que clavaran
los hijos de los varones aqueos,
como defensa contra enemigos.
Un caballo que de un carro tira
de hermosas ruedas, allí no entraría
fácilmente, y los hombres de a pie
bien que se lo pensaban, si esa empresa
a cabo llevarían.
Entonces ya, plantándose al lado   60
del intrépido Héctor,
Polidamante[4] hablóle de este modo:
«Héctor y demás jefes
de los troyanos y los aliados,
obrando sin sentido intentamos
hacer que a través pasen de la fosa
nuestros raudos corceles; y difícil
es en extremo atravesar la fosa;
pues se yerguen en ella
estacas aguzadas y tras ellas
de los aqueos el muro se yergue.
Allí a los caballeros no es posible   65
en modo alguno ni bajar del carro
ni entablar combate,
pues es una estrechez en la que opino
que serían heridos.
Porque si a ellos Zeus altitonante,
hacia los dánaos malintencionado,
del todo aniquilarlos se propone,
y, en cambio, a ayudar a los troyanos
ansioso se dispone,
que así fuera, en verdad, enhorabuena,
incluso que ahora mismo aconteciera,

---

[4] Polidamante, el guerrero troyano, es hijo del también troyano Pántoo; cfr. *Il.* XIV 449; 453; XV 339; 518; 521; XVI 535; XVIII 249.

yo, al menos, bien querría,
que lejos de Argos, aquí perecieran   70
ignominiosamente los aqueos;
pero si se revuelven
y llega a producirse un contraataque
que parta de sus naves,
y nos precipitamos
al interior de esa ahondada fosa,
opino que ya luego hacia la villa
ni partirá un mensajero siquiera
de regreso, bajo la arremetida
de los aqueos si han dado la vuelta.
Pero ¡venga!, tal como yo os lo diga   75
obedezcamos todos:
los caballos, al borde de la fosa
los escuderos ténganlos sujetos,
y nosotros, cual soldados de a pie,
de nuestras armaduras revestidos,
formando todos apretado grupo,
vayamos detrás de Héctor;
que no han de resistirnos los aqueos,
si penden ya sobre ellos
las sogas de su ruina.»

[Se ordenan los troyanos en cinco columnas]

De esa manera habló Polidamante,   80
y su sano consejo gustó a Héctor,
y, al punto, con sus armas,
saltó del carro a tierra.
Y ciertamente no en carros montados
se reunían los demás troyanos,
por el contrario, habíanse apeado,
cuando vieron hacerlo a Héctor divino.
Y luego a su auriga cada uno
le encargaba sujetar los caballos   85
allí mismo en buen orden,
al borde de la fosa; y ellos, luego,
habiéndose, en principio, separado,
y ensamblado, después, unos con otros,
ordenados en cinco divisiones,

iban marchando en pos de sus caudillos.
Unos iban con Héctor
y con Polidamante irreprochable,
los cuales eran los más numerosos
y los más distinguidos,
y estaban ansiosos en extremo
por abrir una brecha en la muralla   90
y al pie luchar de las cóncavas naves.
Y a ellos también Cebriones[5] les seguía,
tercer caudillo tras los dos primeros;
pues, justamente, al lado de su carro
dejado había Héctor a otro auriga
inferior a Cebriones.
La división segunda la mandaba
Paris junto con Álcato y Agénor[6],
y la tercera Héleno mandaba
y Deífobo[7] a los dioses parecido,
entrambos dos de Príamo los hijos,
y el héroe Asio[8] era el tercer caudillo,
el Hirtácida Asio, al que de Arisba[9]   95
traían sus caballos alazanes
desde la orilla de Seleente el río;
y la división cuarta[10] la mandaba
el noble hijo de Anquises,
Eneas, y a su lado, los dos hijos
de Anténor: Acamante y Arquéloco[11],   100
en toda suerte de combate expertos.

_____

[5] Cebriones, hijo de Príamo (*Il.* VIII 318) y auriga de Héctor, murió a
manos de Patroclo (*Il.* XVI 738).

[6] Álcato aparece aquí mencionado por primera vez. Agénor es hijo de
Anténor; cfr. *Il.* XI 59.

[7] Sobre Héleno, el mejor adivino de los troyanos, hijo de Príamo, cfr. *Il.*
VI 76; XIII 576; XXIV 249. Deífobo aparece aquí citado por vez primera
y única en el *Ilíada;* en la *Odisea,* cfr. *Od.* IV 276.

[8] Hay dos Asios en la *Ilíada,* uno es un frigio, hijo de Dimante y
hermano de Hécaba (Il. XVI 717); el otro, que es el que aparece aquí, es
hijo de Hírtace, procede de Arisba y es un aliado de los troyanos.

[9] Arisba es una ciudad de Troya (cfr. *Il.* II 838) y el río Seleente fluye
por la Tróade, cerca de Arisba (*Il.* II 839; XII 97).

[10] Esta división cuarta coincide con los dardanios, habitantes de Dardania (cfr. *Il.* II 819 y ss.)

[11] Cfr. *Il.* II 822-823.

Y Sarpedón se puso a la cabeza
de los esclarecidos aliados,
y como compañeros asociados
eligió a Glauco y al aguerrido
Asteropeo[12], pues le parecieron
resueltamente los más distinguidos
de todos los demás,
por detrás, pese a todo, de sí mismo.
Y una vez que ellos se agruparon   105
los unos con los otros
con sus escudos de pieles de bueyes,
contra los dánaos fuéronse derechos,
afanosos por entablar combate,
y se decían que no aguantarían
su ataque, antes bien, al contrario,
caerían entre sus negras naves.

[Asio intenta penetrar en el campamento griego]

Y, entonces, los restantes troyanos
y, a la vez, sus ilustres aliados
siguieron el consejo del sin tacha
Polidamante; sin embargo, Asio,
Hirtácida, caudillo de guerreros,   110
no estaba dispuesto a dejar
allí carro y auriga escudero;
al contrario, con ellos acercóse
a las rápidas naves, ¡insensato!,
que no iba a escaparse
de las funestas Parcas, ni orgulloso
del carro y los caballos, regresar   115
de las naves a la ventosa Ilio,
pues antes el destino de mal nombre
habría de envolverle a través
de la lanza del noble Idomeneo[13],

---

[12] Glauco, hijo de Hipóloco, es comandante de los licios; cfr. *Il.* VI 119;
VII 13; Asteropeo, hijo de Pelagón, es también comandante de los licios;
cfr. *Il.* II 848; XII 102; XXI 179.

[13] Idomeneo, hijo de Deucalión, nieto de Minos, era comandante de los
cretenses (cfr. *Il.* II 645; IV 265; XII 117). Su compañero de armas es
Meríones (cfr. *Il.* XXIII 13) y su hijo aparece en la *Odisea* (*Od.* XIII 259).

hijo de Deucalión.
Pues se fue a la izquierda de las naves,
justo por donde regresar solían
del llano los aqueos
con caballos y carros;
Por allí sus caballos y su carro   120
hizo pasar, y no encontró cerradas
las hojas de la puerta
ni el largo cerrojo,
sino que los guerreros
teníanlas abiertas por si a alguno
de entre sus compañeros
que de la guerra huyera hacia las naves
salvar pudieran. Justo por ahí,
en su intención avanzando derecho,
iba él dirigiendo sus caballos
y sus gentes marchaban en pos de él
produciendo estridente gritería,
pues pensaban que no resistirían   125
los aqueos, mas que en sus negras naves
habrían de caer; ¡los insensatos!,
que ellos en las puertas se encontraron
dos óptimos guerreros,
dos magnánimos hijos
de lanceros lapitas [14]:
Polipetes, el hijo vigoroso [15]

---

[14] Cfr. *Il.* II 181. Los lapitas habitaban al norte de Tesalia. Los dos
personajes más célebres de las leyendas lapitas eran Ceneo y Pirítoo,
famosos por su intervención en la lucha contra los centauros (cfr. *Il.* I 263-
265).

[15] Respecto de Polipetes, hijo de Pirítoo, cfr. *Il.* II 740; VI 29; XII 129;
182; XXIII 836; 844. Con relación al otro guerrero, Leonteo, diremos que
era hijo de Crono y nieto de Ceneo, uno de los lapitas, pretendiente de
Helena; cfr. *Il.* II 745; XXIII 841. Del padre de Polipetes, Pirítoo, es
menester señalar que era hijo de Zeus y de Día (la mujer de Ixión), amigo
de Teseo y esposo de Hipodamia; precisamente en el curso del banquete en
que se celebraban sus esponsales con ella surgió la tremenda reyerta entre
centauros y lapitas, trifulca que se convirtió en tema de excelentes y muy
conocidas representaciones plásticas. Observemos que los descendientes de
Pirítoo y de Ceneo, los lapitas más célebres de sus leyendas, son precisamente los protagonistas del episodio que en este momento se nos refiere.

de Pirítoo era el uno,
y el otro Leonteo,   130
igual a Ares, peste de mortales.
Los dos, precisamente, de pie firmes,
delante de las puertas elevadas,
plantados se encontraban
como cuando en los montes las encinas
de alta cima aguantan viento y lluvia
un día y otro día bien sujetas
con sus raíces grandes y extensas.
Justo así, cabalmente,
en sus brazos y fuerza confiados,   135
el ataque aguantaban a pie firme
del gran Asio y ante él no huían.
Y ellos, derechamente, a la muralla
bien construida, en alto manteniendo
los escudos hechos de piel de bueyes,
avanzaban con un gran griterío,
a ambos lados de Asio soberano
y Jámeno y Orestes y Adamante,   140
hijo de Asio, y Toón y Enómao [16].
Y los otros, por cierto, mientras tanto,
los lanceros lapitas,
estando dentro, iban excitando
a los aqueos de hermosas grebas
a luchar en defensa de sus naves;
pero una vez ya que percibieron
lanzados sobre el muro a los troyanos,
y empezó a producirse el griterío
y, a la vez, la huida de los dánaos,
saltando ellos dos fuera,   145
combatían delante de las puertas,
a asilvestrados cerdos parecidos
que en las montañas a pie firme aguardan
de hombres y de perros el tumulto
que avanzando va contra ellos dos,

---

[16] A Asio ya lo conocemos. Jámeno, Orestes y Adamante el hijo de
Asio (cfr. *Il.* XIII 771, 759), Toón (cfr. *Il.* XIII 545) y Enómao (*Il.* XVI
506) son caudillos troyanos.

y con saltos oblicuos van rompiendo
en torno a ellos mismos de raíz
el soto, arrancándolo de cuajo,
y, al tiempo, va brotando sordamente
por debajo el ruido de sus dientes,   150
hasta que alguien les lanza un proyectil
y el hálito vital les arrebata;
así con sordo ruido resonaba
de los lapitas el brillante bronce
que llevaban encima de su pecho,
al recibir de frente los disparos,
pues luchaban muy esforzadamente,
en los hombres de arriba[17] confiados
y en sus propias fuerzas.
Y ellos, precisamente,
desde las torres bien edificadas
les tiraban con piedras en defensa   155
de sus propias personas y sus tiendas
y de sus naves de veloces cursos,
e iban cayendo a tierra como copos
de nieve que un viento huracanado,
después de sacudir sombrías nubes,
vierte sobre la tierra muy nutricia;
así iban fluyendo de las manos
de los aqueos y de los troyanos   160
los tiros, y los yelmos resonaban
secamente en un bando y el otro
por piedras de molino golpeados,
y así también sonaban los escudos
que un bollón ostentan en su centro.
Ya entonces, justamente, un gemido
exhaló y sus dos muslos golpeóse
el Hirtácida Asio, e indignado
decía a viva voz estas palabras:
«¡Padre Zeus!, entonces también tú
eres sin duda alguna un embustero,
de todo en todo, absolutamente;   165
pues jamás yo me había confesado

---

[17] Es decir: que estaban sobre el muro.

que los héroes aqueos resistieran
nuestro coraje e intangibles manos;
y ellos, empero, como las abejas
o las avispas ágiles de talle
que al borde de escarpado camino
su nido construyeron
y su hueca morada no abandonan,
antes bien, en ella permaneciendo,
rechazan de ella a los cazadores,   170
defendiendo a sus hijos,
así aquellos también, aunque dos sean,
no quieren de las puertas retirarse
antes de o bien matar o ser matados.»
Así dijo, pero no conseguía
con esa su arenga persuadir
de Zeus la mente, pues él en su alma
quería a Héctor otorgar la gloria.
Unos por el dominio de una puerta   175
y otros por el de otra combatían;
es penoso que yo todo eso exponga
como si fuera un dios;
por doquier en torno a la muralla
de piedra se había levantado
un fuego prodigioso, y los argivos,
aunque afligidos, por necesidad
sus naves defendían; y los dioses,
todos los que en la lucha   180
eran socorredores de los dánaos,
afligidos estaban en su alma[18].
Los lapitas se habían enzarzado
en la guerra y en las hostilidades.
Entonces, Polipetes, por su parte,

---

[18] Los críticos antiguos rechazaban estos versos (175o-181) por espurios.
Hay en ellos, efectivamente, buen número de problemas, pero los más
importantes son que, en primer lugar, interrumpen la historia de Asio; en
segundo término, anticipan hechos (el incendio, la lucha a uno y otro lado
de las puertas) que aún no estaban previstos en la marcha de la narración
hasta el momento (por ejemplo: la mayoría de los troyanos aún no habían
cruzado la fosa); finalmente, en estos versos el poeta intenta introducir
(v. 176) su propia persona.

el vigoroso hijo de Pirítoo,
a Dámaso[19] acertóle con la lanza
a través de su yelmo
provisto de broncíneas carrilleras;
mas, justamente, ni el casco de bronce
la logró contener; por el contrario,
pasó de un lado al otro en derechura
la broncínea punta y rompió el hueso   185
y por dentro el cerebro entero
habíasele ya desparramado;
pues lo había domado en pleno impulso.
Luego a Pilón y Órmeno[20] mató.
Y Leonteo, compañero de Ares,
a Hipómaco[21], el hijo de Antímaco,
acertó con su lanza, pues su tiro
alcanzóle en pleno cinturón.
Luego, a más, extrajo de la vaina   190
su afilada espada y entre el grueso
saltando de las tropas combatientes,
a Antífates, primero, le asestó
un golpe en la lucha cuerpo a cuerpo;
y él boca arriba, entonces,
quedóse extendido por el suelo.
Y luego a Menón
y Jámeno y Orestes[22];
a todos ellos, uno tras el otro,
los acercó a la nutricia tierra.

[*Aparece un signo desfavorable para los
troyanos*]

Mientras iban los unos a los otros   195
de sus brillantes armas despojando,

---

[19] Hay en el original un juego de palabras entre el nombre propio
Dámaso y el aoristo *dámasse*, «domó». De ese troyano llamado Dámaso nada
más se nos dice en el poema.
[20] De estos dos troyanos nada sabemos salvo lo que aquí mismo se nos
refiere: fueron muertos por Polipetes.
[21] Hipómaco es hijo de Antímaco, como lo es también Hipóloco:
Il. XI 122.
[22] Cfr. *Il.* X 139.

los jóvenes guerreros que seguían
al héroe Héctor y a Polidamante,
los cuales eran los más numerosos
y los más distinguidos
y estaban ansiosos en extremo
por abrir una brecha en la muralla
e inflamar con su fuego las naves,
ésos precisamente se encontraban,
detenidos al borde de la fosa,
vacilantes aún e irresolutos.
Pues a ellos que estaban ansiosos   200
por traspasar la fosa,
sobrevino un agüero:
un águila de altísimo vuelo
que iba dejando aparte, hacia la izquierda,
a las huestes troyanas
y llevaba apresada entre sus uñas
una roja serpiente color sangre,
enorme, viva, aún jadeante,
que, además, todavía de la lucha
no se había olvidado;
pues hacia atrás habiéndose doblado,   205
picó al águila misma
que la iba llevando entre sus garras,
en pleno pecho, al lado del cuello,
y el águila, transida de dolores,   205
lejos de sí dejóla caer a tierra
y arrojóla en medio de la turba,
mientras ella, en chillidos prorrumpiendo,
con los soplos del viento iba volando.
Los troyanos de horror se estremecieron
cuando vieron la espiral serpiente
por el suelo, allí, en medio de todos,
de Zeus portaégida un prodigio.
Entonces ya, plantándose a su lado,   210
al intrépido Héctor
dijo Polidamante:
«Héctor, siempre, por una cosa u otra,
en las juntas me increpas,
aun cuando buenos sean mis consejos,
puesto que en absoluto ni es decente

[496]

siquiera que uno, siendo hombre del pueblo,
hable al margen de ti en las asambleas,
ni en el consejo ni en la guerra nunca;
por el contrario, sí que es conveniente
día a día exaltar tu poder;
ahora otra vez yo voy a declararte   215
cómo a mí me parece
qué es, con mucho, mejor
No marchemos para entrar en batalla
con los dánaos en torno de sus naves.
Pues así ha de cumplirse, en mi opinión,
si, en verdad, este agüero ha venido
por los troyanos que estaban ansiosos
de atravesar la fosa:
un águila de altísimo vuelo
que iba dejando aparte, hacia la izquierda,
a las huestes troyanas
y llevaba apresada entre sus uñas   220
una roja serpiente color sangre,
enorme, viva, aún jadeante,
que de pronto soltó,
antes de haber llegado a su nido,
y no pudo cumplir el cometido,
para el que la llevaba entre sus garras,
de dársela a comer a sus polluelos.
Así nosotros, si de los aqueos
las puertas y muralla con gran fuerza
lográsemos romper y nos cedieran
terreno los aqueos,
no habremos de volver desde las naves   225
por los mismos caminos y con orden,
sino que dejaremos detrás nuestro
a muchos de entre las huestes troyanas,
a los que los aqueos
matarán con el bronce,
luchando en defensa de sus naves.
Así respondería un adivino
que en su alma supiera claramente
de los prodigios el significado
y al que las huestes le hicieran caso.»
A él entonces mirando torvamente,   230

[497]

dijo Héctor el del brillante yelmo:
«Polidamante, ya no me son gratas
esas palabras que ahora me diriges;
tú sabes, igualmente, otro proyecto
concebir mejor que éste; mas si éste
ya de verdad en serio lo expones,
a ti ya luego, entonces, en efecto,
los dioses en persona
la razón totalmente perturbaron,
tú que nos mandas olvidar de Zeus   235
tonante los decretos que él mismo[23]
a mi me prometió y que aprobó
haciendo una señal de asentimiento;
tú, en cambio, nos mandas hacer caso
a las aves de alas desplegadas,
a las cuales no vuelvo la atención
en absoluto ni las tengo en cuenta,
ora hacia la derecha se encaminen,
rumbo a la aurora y al sol naciente,
ora hacia la izquierda, asimismo,   240
rumbo al poniente cuajado de brumas.
Pero nosotros en la voluntad
confiemos del gran Zeus, que impera
sobre todos, mortales e inmortales.
Un sólo agüero hay que sea excelente:
combatir en defensa de la patria.
¿Pero por qué tú tienes tanto miedo
de la guerra y de la carnicería?
Pues aunque en derredor   245
los demás todos muertos resultemos
a la vera de las naves aqueas,
para ti, sin embargo, no hay miedo
de que perezcas, porque tú no tienes
corazón firme ante el enemigo
ni bien dispuesto a entablar batalla.
Pero si del combate
aparte te mantienes
o alejas a algún otro de la guerra,

---

[23] Cfr. *Il.* XI 186 y ss.

[498]

persuadiéndole a base de palabras,
al punto, golpeado por mi lanza,   250
has de perder la vida.»

[Héctor ataca el muro y a los dos Ayantes]

Habiendo hablado así, abrió camino
y ellos le seguían
con un estruendo propio de los dioses;
y Zeus que en el rayo se deleita,
encima, una tormenta
de huracanado viento levantó
desde el monte Ida, que derecha
a las naves iba llevando polvo;
por otra parte, él iba encantando   255
las mentes de los guerreros aqueos,
y, en cambio, a los troyanos y a Héctor
se disponía a otorgarles gloria.
En los prodigios de él[24], precisamente,
de ahora en adelante confiados,
y en su fuerza, intentaban
en la enorme muralla
de los aqueos abrir una brecha.
Trataban, en principio, de arrancar
los modillones de los torreones
y de echar abajo las almenas,
y los pilares y los contrafuertes
de desmontar trataban con palanca,
los que precisamente los aqueos
habían fijado en tierra los primeros   260
para ser los puntales de las torres.
De ellas hacia atrás iban tirando,
pues esperaban abrir una brecha
en el muro aqueo.
Pero de ningún modo en absoluto
cedíanles los dánaos el camino,
antes bien, reforzando las almenas
con las pieles de buey de sus escudos,
sus dardos desde ellas disparaban

---

[24] Es decir: de Zeus.

sobre los enemigos según iban
acercándose al pie de la muralla.
Sobre las torres entrambos Ayantes   265
de aquí para allá iban
dando órdenes y excitando el coraje
de los aqueos. A uno increpaban
con palabras suaves cual la miel;
a otro, en cambio, con duras palabras,
a aquel, fuera quien fuera, al que ellos viesen
intentar ser remiso en la batalla:
«¡Amigos, preeminentes,
medianos o más flojos,   270
de entre los argivos,
dado que en modo alguno iguales todos
suelen ser en la guerra los varones!,
ahora hay trabajo para todos
y hasta vosotros mismos, me imagino,
os dais cuenta de ello.
Nadie se dé la vuelta hacia las naves
una vez haya oído
la voz de mando de quien dé una orden,
mas marchad con afán hacia adelante
y exhortaos los unos a los otros,
a ver si Zeus Olímpico os concede,   275
el lanzador del rayo,
rechazar la reyerta y perseguir
al enemigo hasta su misma villa.»
Así ellos dos a voces incitaban
a las huestes aqueas a la lucha.
Y como van cayendo numerosos,
en un día invernal, copos de nieve,
cuando Zeus consejero
a nevar ha empezado,   280
porque quiere a los seres humanos
hacerles ver los dardos que posee,
y, los vientos habiendo adormecido,
va sin cesar la nieve derramando
hasta que cubre de los altos montes
las cimas y elevados promontorios,
y las llanuras cubiertas de lotos
y las pingües labores de los hombres;

y, además, derramada
sobre la mar canosa va quedando
por encima de puertos y rompientes,
y la ola acercándose, de sí   285
la va apartando, mas lo demás todo
ya ha quedado cubierto por encima
cuando con fuerza sobre ello ha caído
la nevada de Zeus;
así de ellos las piedras
a ambas partes volaban numerosas;
es a saber: unas a los troyanos,
y otras, por el contrario,
de los troyanos hacia los aqueos,
que uno y otro bando las lanzaban;
y del muro entero por encima
un estrépito se iba levantando.

[Sarpedón asalta el muro]

Pero ni aún entonces los troyanos   290
y el ilustre Héctor
habrían conseguido
romper las puertas y el gran cerrojo,
si Zeus consejero a su hijo,
a Sarpedón, no le hubiera impulsado
a hacer frente a las tropas argivas
cual un león se lanza contra bueyes
que los cuernos en espiral exhiben.
Pero, al punto, el escudo por delante
de sí tendió por doquier igualado,
hermoso, hecho de bronce,   295
sacado de la forja a martillazos,
que a él, precisamente,
se lo había forjado un herrero,
y por dentro cosido había cueros
numerosos de buey
con alambres de oro
que los atravesaban
del círculo, todo él, alrededor.
Habiéndolo tendido por delante,
por tanto, aquél, y blandiendo dos lanzas

rompió a andar, dando un paso,
como el león criado en las montañas
que está por largo tiempo
menesteroso de trozos de carne,
y su arrogante corazón le manda   300
probar a procurarse alguna oveja
y entrar en una sólida alquería;
pues aunque encuentre junto a las ovejas
pastores vigilando en torno a ellas
con perros y con lanzas,
a dejarse espantar no se resuelve
del establo sin haber intentado
hacer alguna presa,
antes bien, al contrario, o de un salto   305
arrebatar consigue alguna oveja
o bien resulta herido en vanguardia
por una jabalina
que haya salido de una mano ágil;
así el ánimo entonces le lanzó
a Sarpedón, a un dios parecido,
a asaltar la muralla
y una brecha abrir en las almenas.
Y, al punto, la palabra dirigía
a Glauco, hijo de Hipóloco [25]:
«Glauco, ¿por qué razón exactamente   310
somos nosotros dos sobremanera
estimados en Licia con asientos
de preferencia y trozos de carne
selectos y con copas rebosantes,
y todos como a dioses nos contemplan,
y un enorme recinto disfrutamos
del Janto a las riberas, tierra hermosa
de plantío y paniego labrantío?
Por eso es preciso que estemos   315
bien firmes y en vanguardia entre los licios
y a la batalla ardiente hagamos frente,
para que así se diga entre los licios

---

[25] Glauco, el hijo de Hipóloco, era soberano de los licios; cfr. *Il.* VI 119,
VII 13. Hay otro Glauco en la *Ilíada,* que es el hijo de Sísifo y padre de
Belerofonte (cfr. *Il.* VI 154 y ss.).

de compactas corazas portadores:
«No, ciertamente, como infames mandan
a lo largo de Licia nuestros reyes
y ovejas pingües comen y escogido   320
y dulce cual la miel el vino beben;
mas, como puede verse, también fuerza
distinguida poseen, pues que luchan
entre los licios de primera línea.»
Mi buen amigo, ¡ojalá, escapando
los dos sanos y salvos de esta guerra,
hubiéramos de ser ya para siempre
exentos de vejez e inmortales!;
ni yo mismo en vanguardia lucharía
en tal caso ni a ti te enviara   325
a la batalla que es prez de varones;
mas ahora, sin embargo, pues las diosas
funestas de la muerte
penden sobre nosotros a millares,
a las que no es posible que un mortal
consiga escapar o esquivar,
vayamos, a ver si otorgamos gloria
a alguien o bien alguien nos la otorga.»
Dijo de esa manera,
y Glauco no se volvió hacia atrás
ni hizo caso omiso a sus palabras,
mas los dos avanzaron caminando   330
en línea recta, tras de sí llevando
el escuadrón enorme de los licios.

[Menesteo pide ayuda a Ayante y Teucro]

Y al verlos se estremeció de miedo
Menesteo, de Petéoo el hijo,
pues ya a su torre iban, acarreando
el desastre. Y miró con inquietud
a lo largo del baluarte aqueo
por si acaso veía a algún caudillo
que pudiera apartarle de sus gentes
la maldición, y a los dos Ayantes,
insaciables de guerra, divisó,   335
que a pie firme aguantaban, y a Teucro,

que acababa de salir de su tienda,
todos bien cerca; pero, en modo alguno
le era posible hacerse oír a gritos,
tan grande, en efecto, era el estruendo
(y al cielo llegaba el griterío)
de los escudos al ser golpeados
y los yelmos de crines de caballos,
y las puertas, pues bien cerradas todas   340
estaban y los teucros,
plantándose a pie firme frente a ellas,
intentaban romperlas por la fuerza
para así penetrar a su través,
de manera que al punto despachaba
al heraldo Tootes[26]
en busca de Ayante:
«Marcha corriendo[27], divino Tootes,
y llama a Ayante, a los dos más bien,
pues eso sí que con mucho sería
de toda cosa la más conveniente,
porque pronto estaría preparada   345
por esta zona una abismal ruina;
de este modo, en efecto, los caudillos
cargaron de los licios, que ya antes
vienen siendo de siempre impetuosos
a lo largo de las firmes refriegas.
Mas si también allí para ellos mismos
se encrespan el trabajo y la reyerta,
venga, no obstante, sólo el Telamonio,
el valeroso Ayante y, juntamente,
que le acompañe Teucro,   350
conocedor experto de arco y flecha.»
Así él dijo y, naturalmente,
habiéndole oído, el heraldo
no desobedecióle y, dando un paso,
se echó a correr a lo largo del muro

---

[26] Tootes es el heraldo de Menesteo. Su nombre es parlante (como el de tantos otros): tiene que ver con el adjetivo *thoós* que significa rápido.

[27] En el original hay un juego de palabras, una recurrencia del semantema *theo-* / *thoo-* que significa «correr», «corriendo», «a la carrera», que se presta a la confección de una figura etimológica sobre el nombre *Thôtes* del heraldo: *Thôota théon*.

de los aqueos de cotas de bronce,
y fue a pararse al lado
de uno y otro Ayante, y luego, al punto,
así les dirigía la palabra:
«Ayantes, conductores
de los argivos de cotas de bronce,
mandaba el caro hijo de Petéoo,   355
el vástago de Zeus, que allí fuerais
para que hicierais frente a la labor
del combate, aunque por poco tiempo;
los dos más bien, pues eso sí sería,
con mucha diferencia,
de toda cosa lo más conveniente,
pues pronto estaría preparada
allí abismal ruina;
de ese modo, en efecto, los caudillos
cargaron de los licios, que ya antes
vienen siendo de siempre impetuosos   360
a lo largo de las firmes refriegas.
Mas si también aquí para vosotros
se encrespan el trabajo y la reyerta,
venga, no obstante, sólo el Telamonio,
el valeroso Ayante, y, juntamente,
que le acompañe Teucro,
conocedor experto de arco y flecha.»
Así decía y el gran Ayante,
hijo de Telamón,
no desobedeció.
Al punto dirigía   365
al hijo de Oileo estas palabras:
«Aquí mismo quedaos
vosotros dos, tú, Ayante, y también tú,
el fuerte Licomedes 28, y aguantando
a pie firme, exhortad a los dánaos
a que luchen con fuerza; yo, empero,
me iré allí y haré frente a la guerra;
mas de inmediato he de regresar,
una vez ya que yo eficazmente
a esos hombres de allí haya ayudado.»

---

28 Licomedes es hijo de Creonte, de Beocia; cfr. *Il.* XVII 346; XIX 240.

Así, precisamente, habiendo hablado
con clara y fuerte voz,
Ayante Telamonio echó a andar,   370
y con él juntamente iba Teucro,
su hermano de madre y de padre [29],
y con ellos también iba Pandión [30],
llevando el curvado arco de Teucro.
Cuando, avanzando por dentro del muro,
a la torre llegaron
del varón animoso Menesteo
y de sus compañeros
(y llegaron a ellos cuando estaban
siendo acosados por el enemigo),
ellos iban subiendo a las almenas,   375
igualados a un huracán sombrío,
los caudillos y jefes de los licios;
y a luchar se lanzaron frente a frente
y el grito de guerra levantóse.
Y Ayante Telamonio, el primero,
a un guerrero mató,
al magnánino Epicles, compañero
de Sarpedón, habiéndole acertado
con un bloque de piedra puntiagudo   380
que por allí se hallaba,
dentro de la muralla, en lo más alto,
al borde de la almena, y que un hombre,
aun estando en plena juventud,
sostener no podría fácilmente
con sus dos manos, cuales son ahora

---

[29] Cfr., en cambio, *Il.* VIII 284 y ss.: «... y a ti (*sc.* Teucro), aun siendo
bastardo, / te había acogido (*sc.* Telamón, el padre) en su propia casa.» La
madre de Teucro, Hesione, hija del rey de Troya Laomedonte, la recibió
Telamón de Heracles, quien la había capturado en la toma y saqueo de
Troya que había llevado a efecto. La madre de Ayante, hijo al igual que
Teucro, de Telamón, era, en cambio, Eribea o Peribea.

[30] Pandión sólo es mencionado aquí. En realidad, Teucro, que aparece
en este canto saliendo de la tienda (cfr. *Il.* XII, 336), había sido herido en
Il. VIII 324 y ss.: «... pero a él (*sc.* Teucro), según iba tirando / de la cuerda
hacia atrás, junto a su hombro / dióle Héctor, el de brillante yelmo, / con
la picuda piedra, allí mismo / en donde la clavícula separa / el cuello y el
pecho.» Probablemente, la aparición de Pandión llevándole a Teucro el
arco obedece a su estado de convaleciente.

los mortales, pero él, sin embargo,
lo levantó y lanzólo desde lo alto,
y el yelmo le aplastó
con sus cuatro bollones repujado,
y trituró los huesos de su testa,
todos al mismo tiempo;   385
y él, entonces, a un volatinero parecido,
cayó de la alta torre, y a sus huesos
el hálito vital abandonóles.
Y Teucro acertó a Glauco,
de Hipóloco el hijo esforzado,
con su dardo, cuando a la alta muralla
habíase lanzado al asalto,
por el lugar en que el brazo desnudo,
justamente, el arquero
le había visto, y cesar le hizo
en su bélico ardor.
Y hacia atrás, sin ser visto, dio un asalto   390
desde lo alto del muro,
para que herido no lo percibiera
ningún guerrero aqueo, y de ello
con palabras audibles se gloriara.
Y a Sarpedón le invadió la congoja
al retirarse Glauco,
en cuanto se hubo de ello percatado;
pero no se olvidó, a pesar de todo,
de su ardor guerrero,
antes bien, con su lanza atinó
e hirió a Alcmeón, hijo de Téstor[31],   395
y de él afuera extrajo la lanza;
y él, siguiendo la lanza,
cayó a tierra de bruces,
y su armadura repujada de bronce
de él a ambos costados resonó.
Y entonces, justamente, Sarpedón,
habiendo agarrado fuertemente
con sus robustas manos
de la almena una parte,
tiraba de ella sin interrupción,

---

[31] Este personaje sólo aparece en este lugar de la *Ilíada*.

hasta que al fin cedió y se fue entera,
en toda su extensión, tras sus dos manos,
y por encima se quedó desnuda
la muralla, que, al estar de esta guisa,
abrió un camino a muchos guerreros.
A él, los dos juntos y al mismo tiempo,   400
habiánle atinado Ayante y Teucro:
el uno con un dardo le alcanzara
el brillante tahalí que, a entrambos lados
del pecho, sujetando va el escudo
que por los dos costados cubre al hombre;
pero Zeus las Parcas apartó
de su hijo, no fuera a ser domado
al lado de las popas de las naves;
y Ayante, dando un salto, le clavó
la punta de la lanza en el escudo,
mas no consiguió ésta   405
pasar de parte a parte hacia adelante,
pero a él, aunque enardecido,
consiguió repelerlo.
Y retiróse, entonces, de la almena
un muy pequeño trecho,
pero él no cedía en absoluto,
pues su ánimo abrigaba la esperanza
de obtener la gloria.
Y dándose la vuelta, a los licios,
a dioses comparables, arengóles:
«Pero, licios, ¿por qué de esta manera
en vigor impetuoso remitís?
Penoso me resulta,   410
aunque soy esforzado,
abrir yo solo brecha en la muralla
y abrirme entre las naves un camino;
¡ea, pues, acompañadme!,
que una empresa es mejor si es de más de uno.»

        [*Los troyanos derriban la muralla*]

Así dijo y ellos, el reproche
temiendo un poco de su soberano,

con más fuerza cargaron, a ambos lados
de él, su soberano y consejero.
Mas también los argivos,   415
desde el otro bando reforzaban
sus líneas de combate,
en la parte interior de la muralla,
y grande se mostraba
para ellos el trabajo;
pues ni los fuertes licios,
después que abrieran brecha en la muralla
de los dánaos, podían
abrirse un camino entre las naves,
ni tampoco podían
una y otra vez
los dánaos lanceros a los licios
rechazarles del muro,   420
desde el primer momento en que a él
se habían acercado.
Pero como discuten dos varones
respecto de las lindes de un campo,
con varas de medir
cogidas en sus manos,
en común labrantío,
los cuales en pendencia
entran por un reparto equitativo
en un trozo de tierra bien pequeño,
así, precisamente, las almenas
los separaban a unos de otros;
mas por encima de ellas mutuamente
desgarraban, del pecho a los dos lados,   425
los escudos redondos
hechos de piel de buey y las rodelas
ligeras como alas.
Y muchos iban siendo golpeados
con el bronce implacable en sus cuerpos,
de entre los combatientes
tanto quien, al volverse, sus espaldas
dejaba al descubierto,
como muchos que eran alcanzados
por una lanza que de parte a parte
el propio escudo de ellos traspasaba.

Ya por doquier las torres y almenas   430
estaban salpicadas
de sangre de guerreros
por uno y otro lado,
de ambos bandos, aqueo y troyano.
Sin embargo, ni aún así podían
hacer darse a la fuga a los aqueos,
que, al contrario, allí se matenían,
como mujer que a jornal trabaja,
honrada artesana
que en su mano teniendo la balanza
con peso a un lado y al otro lana,
tira de ella hacia arriba y procura   435
equilibrar la lana con las pesas
para obtener un mezquino salario
que llevar a sus hijos;
así mismo la batalla y la guerra
estaban tensas en igual medida
para uno y otro bando,
antes de aquel momento en que ya Zeus
a Héctor, hijo de Príamo, otorgó
la gloria superior,
ya que saltó el primero sobre el muro
de los aqueos. Y profirió un grito
penetrante y se hacía
oír de los troyanos:
«¡Arriba ya, troyanos, al ataque,   440
domadores de potros,
y abrid una brecha en la muralla
de los argivos y echad a sus naves
el prodigioso y ardiente fuego!»
Así dijo exhortándoles, y ellos
todos con sus oídos escuchaban
y en masa se lanzaron
derechos contra el muro;
ellos luego sobre los modillones
poner el pie intentaban,
empuñando sus lanzas aguzadas,
y Héctor, una piedra arrebatando,   445
que se erguía delante de las puertas,
ancha de base, mientras que en lo alto

era aguda, consigo la llevaba,
piedra que sobre un carro desde el suelo
dos hombres, los mejores del distrito,
no la habrían cargado fácilmente
valiéndose para ello de palanca,
tal como son ahora los mortales;
en cambio, él la blandía
fácilmente y él solo.
Habíásela en ligera transformado   450
el hijo del dios Crono,
el de tortuosa mente.
Como cuando un pastor
lleva cómodamente en una mano
el vellón que ha cogido del carnero,
porque bien poco su peso le abruma,
de la misma manera Héctor llevaba
la piedra en vilo, yendo en derechura
hacia los dos batientes de las puertas
que las guardaban fuertes y compactas
por la forma en que estaban ajustadas,
y altas y provistas de dos hojas.   455
Dos cerrojos entre sí combinados
por dentro las dos hojas retenían,
y un solo pasador
a uno y otro estaba ajustado.
Y avanzando, muy cerca paróse [32],
y, habiéndose afirmado sobre el suelo,
bien abiertas sus piernas,
para que el disparo
un tanto flojo no le resultara,
acertó a las puertas por el medio
y arrancó ambos goznes;
y la piedra cayó dentro del muro
por el efecto de su propio peso,   460
y a ambos lados las puertas resonaron
con agudo mugido, y los cerrojos,
como era de esperar, no resistieron,
y las hojas hendidas resultaron

---

[32] Se sobreentiende: Héctor.

cada una por su lado, por efecto
del empuje que llevaba la piedra;
y entonces, justamente,
saltó adentro el ilustre Héctor,
parejo en su semblante a rauda noche,
mas brillaba con el bronce espantoso
del que estaba su cuerpo revestido,
y dos lanzas empuñaba en sus manos.   465
Nadie, dejando aparte a los dioses,
saliéndole al encuentro,
le habría detenido,
cuando de un salto franqueó las puertas;
pues estaban ardiendo sus dos ojos
por el fuego inflamados.
Y, dándose la vuelta hacia la masa
de los troyanos, les ordenó a gritos
que por encima del muro pasaran,
y ellos a su mandato obedecieron.
Y, al punto, unos el muro franquearon,
otros, en cambio, por las puertas mismas
labradas, en tromba se derramaron.   470
Por su parte, los dánaos huyeron
a lo largo de las cóncavas naves,
y un tumulto incesante se produjo.

CANTO XIII

La batalla junto a las naves *

[Posidón asiste a los aqueos]

Y Zeus, luego que ya a los troyanos
y a Héctor a las naos aproximó,

---

* Después que los troyanos han rebasado el muro aqueo, último y decisivo baluarte del campamento y las naves de los dánaos, y cuando éstos se encuentran ya en una situación desesperada, de pronto comienzan a disiparse los amenazadores nubarrones que se cernían sobre ellos. Zeus, cuya voluntad dirigía los acontecimientos, desatiende momentáneamente sus planes, y esta despreocupación la aprovecha Posidón para restablecer el orden y organizar la resistencia en el muy desanimado y agobiado bando aqueo. A la izquierda y en el centro del frente de batalla los aqueos sufren la constante y abrumadora presión de los troyanos, sobre todo en el ala izquierda, por donde irrumpe devastadoramente Héctor.

Se nos ofrecen en este canto los siguientes episodios: 1. (1-38) Posidón aprovecha la circunstancia de que Zeus no contempla los acontecimientos troyanos, para salir de su palacio submarino e intervenir en la batalla al lado de los aqueos. 2. (39-82) Posidón exhorta a la lucha a los dos Ayantes. 3. (83-125) Exhorta asimismo el dios de los mares a los aqueos más alejados de la lucha. 4. (126-155) Los aqueos se ordenan para la defensa y Héctor ataca. 5. (156-205) En el centro del frente de combate tienen lugar combates singulares que ahora se nos refieren. 6. (206-239) Posidón se entrevista con Idomeneo. 7. (240-329) Idomeneo y Meríones se encuentran y deciden reforzar el ala derecha de la línea de combate. 8. (330-344) Al llegar Idomeneo y Meríones, cambia la suerte del combate en el ala izquierda del frente de batalla. 9. (345-360) Reflexiones del poeta acerca de la oposición de los dioses Zeus y Posidón. 10. (361-454) Proezas de Idomeneo. 11. (455-520) Batalla por el cadáver de Alcátoo. Enfrentamiento de Eneas e Idomeneo. 12. (521-575) Lucha por el cadáver de

dejaba que junto a ellas soportaran
sin cesar, los aqueos y troyanos,
trabajos y miserias, mientras él
de allí apartó sus dos brillantes ojos,
volviéndolos de nuevo
bien lejos, a la tierra de los tracios,
aficionados a montar corceles,
que ahora contemplaba, y de los misios[1],   5
expertos en la lucha cuerpo a cuerpo,
y de los hipomolgos[2] renombrados,
que tan sólo de leche se alimentan[3],

Ascálafo. Proezas de Meríones y Antíloco. 13. (576-672) Batallas singulares protagonizadas por diferentes héroes entre los que descuella Agamenón. 14. (673-722) Situación de la batalla en el centro del frente de
combate. 15. (723-753) Consejo de Polidamante. 16. (754-794) Héctor
convoca a los suyos a luchar en el centro de la línea de batalla. 17. (795-
837) De nuevo atacan los troyanos por el centro del frente. Ayante y
Héctor se dirigen mutuos discursos amenazadores.

Continúa en este canto XIII la narración del tercer día de la guerra, que
comenzó en el canto XI y no acabará hasta el XVIII. Los griegos han ido
llevando la peor parte. Han resultado heridos tres de sus más importantes
jefes: Agamenón, Diomedes y Odiseo. La muralla que protegía a los
argivos ha sido atacada y Héctor ha conseguido abrir una brecha en ella.
Los tres cantos XIII, XIV y XV del poema sirven para retardar el
desarrollo del hilo argumental primario de la *Ilíada*. Luego, ya en el Canto
XVI, se nos ofrece el trágico episodio de la muerte de Patroclo, hito
fundamental de la trama del poema. La voluntad de Zeus, que puso en
marcha la trágica epopeya iliádica, se va realizando en los cantos centrales
de la Ilíada: los troyanos van dominando a los aqueos, que ahora se
acuerdan del inactivo Aquiles. Se cumple el plan de Zeus, o sea: la promesa
que el padre de los dioses hiciera a Tetis, la divina madre del héroe de los
pies ligeros. En los cantos XIII y XIV parece que los argivos obtienen
algún éxito aun estando, como están, acosados por los teucros. Pero en el
canto XV (el que precede inmediatamente al que refiere la muerte de
Patroclo, la cual desencadena la intervención de Aquiles y la subsiguiente
muerte de Héctor) de nuevo se reafirma la superioridad de los troyanos de
acuerdo con el designio de Zeus.

[1] No son los misios de Asia Menor que figuran entre los aliados de los
troyanos en *Il.* II 858, sino una tribu tracia que habitaba a orillas del
Danubio y que los romanos llamaron *Moesi*.

[2] Según Heródoto (Heródoto IV 2), tribus escitas que vivían nómadas
en las llanuras europeas bebían leche de sus yeguas.

[3] Hesíodo (cfr. 1 Merkelbach-West) usa el adjetivo *glaktóphagoi* («que se
alimentan de leche») como nombre de una tribu escita.

y de los abios[4], que son los más justos
de los hombres. Y a Troya, en absoluto,
ya no volvió sus dos brillantes ojos,
pues en su ánimo él no imaginaba
que algún dios inmortal allí acudiera
a dar ayuda a dánaos o troyanos.
Pero no mantenía vigilancia   10
como ciego el señor poderoso[5]
que la tierra conmueve;
pues también él se encontraba sentado,
admirando la guerra y la batalla,
en lo alto, sobre la más cimera
cumbre de la boscosa Samotracia;
pues de allí todo el Ida se ofrecía
a su contemplación, y la ciudad
de Príamo y las naves
de los aqueos también se ofrecían.
Allí, precisamente, se sentaba
al ir del mar saliendo, y sentía   15
piedad de los aqueos,
que eran domeñados por los teucros,
y, a la vez, fuertemente contra Zeus
se indignaba. Y al punto descendió
del escarpado monte avanzando
a pasos impetuosos de sus pies;
y temblaban las montañas cimeras
y el bosque bajo las inmortales
plantas de Posidón según andaba.
Y tres zancadas dio para avanzar   20
y a la cuarta llegó hasta su meta,
Egas[6]; que allí, en el fondo de un lago,
tenía él construidos sus famosos
palacios áureos y centelleantes,

---

[4] Los abios eran una tribu escita. Su nombre, *abios,* interpretado por los
griegos con etimología casera como si significase «los no violentos» (*a-,*
«no»; y *bía,* violencia), sirvió a los helenos para fraguar su particular
versión del mito del «buen salvaje».

[5] Posidón.

[6] Se trata de la isla rocosa situada entre Tenos y Quíos, en la que había
un santuario de Posidón. También este dios tenía santuario en Egas, en
Acaya, en la costa septentrional del Peloponeso.

eternamente imperecederos.
Luego que allí llegó, se preparaba
bajo el yugo del carro, los caballos
de pezuñas de bronce, veloz vuelo
y largas crines de oro. Y él mismo   25
de oro se vestía
alrededor del cuerpo, y empuñó
una tralla de oro bien labrada
y montóse en su carro y se puso
a avanzar por encima de las olas,
y a su paso saltaban alegres
los acuáticos monstruos
que de por doquier iban
saliendo fuera de sus escondrijos
y no ignoraban a su soberano;
y alegre la mar se le iba abriendo;
y muy rápidamente   30
volaban los corceles
y no se iba mojando por debajo
el broncíneo eje de su carro.
Y a él iban llevando los corceles,
ágiles en sus saltos,
en dirección a las naves aqueas.
Existe una ancha cueva en los abismos
de la honda laguna situada
entre Ténedos e Imbros[7] la escarpada.
Allí a sus corceles Posidón,
que la tierra conmueve, los detuvo,
y habiéndolos del carro desuncido,   35
al lado les echó inmortal pasto
para que lo comieran,
y a ambos lados de sus pies les echó
grillos de oro que no pueden romperse
y que tampoco pueden desatarse,
para que allí mismo esperaran,
bien firmes sin moverse, el regreso
de su señor y dueño. Y él, en tanto,

---

[7] Imbros es la isla situada entre Samotracia y la Tróade. Cerca de la
costa estaba Ténedos.

se iba en dirección al campamento
de las huestes aqueas.

[Posidón da ánimos a los dos Ayantes]

Y en masa los troyanos, semejantes
a abrasadora llama o huracán,
al Priámida Héctor perseguían   40
con afán implacable de combate,
entre estruendos y penetrantes gritos;
pues esperaban que iban a tomar
las naos de los aqueos y a matar
allí mismo a todos los mejores.
Mas Posidón, el que la tierra ciñe,
saliendo del abismo de la mar,
se daba a animar a los argivos,
parecido a Calcante por su talla   45
y el tono de su voz inquebrantable.
Y, en primer lugar, a los Ayantes[8],
aunque muy animosos se encontraban
ellos mismos también, uno y otro,
así les dirigía la palabra:
«Ayantes, salvaréis vosotros dos,
muy de cierto, a las huestes aqueas,
recordando el vigor de vuestra fuerza
y no, en cambio, la heladora huida.
Por los demás lugares yo no temo
las intangibles manos de los teucros   50
que el alto muro en masa rebasaron
saltando por encima,
pues a todos lograrán contener
los aqueos de hermosas canilleras;
pero por ese lado, sin embargo,
muy terrible es el miedo que yo tengo,
no nos vaya a pasar alguna cosa[9],
por allí exactamente
por donde aquél, rabioso,
parecido a una llama

---

[8] Se trata de Ayante hijo de Telamón, de Salamina, y Ayante hijo de
Oileo, caudillo de los locrios.
[9] Eufemismo.

sus tropas guía como jefe, Héctor,
que se jacta de ser hijo de Zeus,
el prepotente dios. Pero ¡ojalá   55
así a vosotros dos en vuestras mientes
os hiciera brotar tal pensamiento
uno cualquiera de entre los dioses,
y en persona los dos os mantuvierais
firmes con gran empeño y a los otros
les mandarais también hacer lo mismo!
En tal caso podríais rechazarlo [10]
de las naves de raudas singladuras
por muy apresurado que se halle,
aunque sea el mismísimo Olímpico [11]
quien le esté suscitando» [12]. Así dijo
el que ciñe la tierra y la conmueve,
y dándoles un enérgico golpe   60
con su bastón a entrambos, los llenó
de un ardor poderoso y sus miembros
ágiles los tornó,
sus pies y aun sus manos, por encima.
Y él mismo, como el gavilán se alza,
ave de alas veloces, a volar,
aquél, exactamente, que su vuelo
levanta desde una escarpada roca
de extremada altura, y se lanza
a perseguir por el llano otra ave,
de ese modo, alejándose de ellos,
de un salto separóse Posidón,   65
el que conmueve el suelo.
Y de ellos dos se dio cuenta primero
el hijo de Oileo,
Ayante el veloz,
y, así, al punto dirigió la palabra
a Ayante, el hijo de Telamón:
«Ayante, puesto que a nosotros dos
un dios de los que ocupan el Olimpo,
bajo el aspecto de un adivino,

---

[10] *Sc.:* a Héctor.
[11] *Sc.:* Zeus.
[12] Obsérvese la enemistad hacia Zeus que encubren estas palabras de
Posidón.

nos exhorta a luchar junto a las naves,
y él, al menos él, no es Calcante,   70
el profético augur,
pues las huellas que atrás iba dejando
de sus pies y sus piernas
conforme él se iba retirando,
yo fácilmente las reconocí,
que los dioses son muy reconocibles;
y a mí mismo también
el ánimo en mi pecho
con ahínco mayor se me dispara
a guerrear y entrar en combate,
y ávidos se encuentran por debajo   75
mis pies y por arriba mis dos brazos».
Respondiéndole, dijo
Ayante Telamonio:
«Así también a mí en este momento
en torno de la lanza
mis intangibles manos
ávidas se me mueven
de combate, y el ardor guerrero
surgió dentro de mí,
y por debajo siento en ambos pies
un impulso que a moverme me lanza;
y estoy ansioso ya por pelear,
incluso solo, en singular combate,
con Héctor Priamida, aunque implacable   80
sea en su afán por entrar en batalla».
Así, tales discursos entre ellos
se dirigían, llenos de contento
por el deseo de trabar combate,
que en su ánimo un dios les infundiera.
Entretanto, el que ciñe la tierra
al combate excitó a los aqueos,
a los que atrás estaban,
los que a su corazón,
junto a las raudas naves,
estaban dando alivio y refrigerio.
De ellos, precisamente, al mismo tiempo,   85
desatados los miembros se encontraban
por el arduo cansancio, y en el alma

un dolor les iba sobreviniendo
al contemplar fijamente a los teucros
que en masa el alto muro rebasaron
saltando por encima.
Y a ellos mirándoles, vertían
lágrimas por debajo de sus cejas;
pues se decían que no escaparían
del desastre. Pero el que conmueve
la tierra, fácilmente,   90
metiéndose entre ellos, excitó
al combate a las fuertes escuadras.
A Teucro[13] él, primero, dirigióse
y a Leito y al heróe Penéleo[14]
y a Toante[15] y Deipiro[16] y Meriones[17],
y a Antíloco[18] además,
consejeros que son de la refriega,
y, exhortándoles apremiantemente,
les dirigía palabras aladas:
¡«Vergüenza, argivos, jóvenes muchachos;   95
en vosotros tengo yo confianza
de que, luchando, salvéis nuestras naves;
mas si vosotros vais a remitir
en la luctuosa guerra,
ahora ya a las claras aparece
el día destinado a que nosotros
resultemos domados por los teucros.
¡Ay, de verdad es grande maravilla
esto que ahora veo con mis ojos,
y terrible, lo que yo me decía   100
cada día que nunca iba a cumplirse,
que los troyanos contra nuestras naves
vinieran, los que antes
parecíanse a ciervas fugitivas

---

[13] Teucro, experto arquero, es hermano por parte de padre del héroe Ayante Telamonio.

[14] Leito y Penéleo son dos de los cinco caudillos beocios (cfr. *Il.* II 494).

[15] Toante es caudillo de los etolios (*Il.* II 638).

[16] Deípiro es uno de los jóvenes jefes de la guardia que aparecen en *Il.* IX 80 y ss. Muere a manos de Héleno (cfr. *Il.* XIII 576).

[17] Meríones es, después de Idomeneo, comandante en jefe de las tropas cretenses.

[18] Antíloco es el joven hijo de Néstor.

que por el bosque vienen a ser pasto
de chacales, leopardos y de lobos,
escapando, cobardes, sin cesar
y así como así, puesto que ellas
no albergan el deseo de combate;
así, anteriormente los troyanos   105
no tenían el ánimo dispuesto
a aguantar frente a frente
el coraje impetuoso y las manos
de los aqueos ni aun por un momento.
Ahora, en cambio, lejos de la ciudad,
junto a las naves cóncavas combaten
por culpa de la ruindad de un caudillo
y de las flojedades de las tropas,
que, por haber entrado
con aquél en pendencia,
no quieren defender
las naves de rápidas singladuras,   110
mas se dejan matar en medio de ellas.
Pero si, en efecto,
de manera completamente cierta
es culpable el héroe hijo de Atreo,
Agamenón, señor de amplios dominios,
pues deshonró al hijo de Peleo,
el de los pies veloces,
no cabe en absoluto que nosotros,
al menos, remitamos en la guerra;
antes bien, aportemos un remedio   115
lo más pronto posible;
que son componedoras,
fíjate bien, las mientes de los nobles.
Y vosotros ya no obráis noblemente
al remitir en el vigor guerrero,
siendo, como sois todos, los mejores
a lo largo del campo; que yo, al menos,
no me querellaría con un hombre
que, quienquiera que fuese, en la guerra
aflojara por ser un miserable [19];

---

[19] Es decir: un cobarde. Los nobles de casta se oponen a los miserables
que se comportan como cobardes en la guerra.

con vosotros, en cambio, yo me enfado
de corazón extraordinariamente.
¡Ah, blandengues, pronto, seguramente,   120
algún daño haréis aún mayor
por causa de esa vuestra dejadez;
pero, ¡venga!, meteos en vuestras mientes,
cada uno, vergüenza y pundonor;
pues ya ha surgido una gran contienda.
Héctor, bueno por el grito de guerra,
ya está junto a las naves combatiendo
con fuerza y ya en las puertas abrió brecha
y su cerrojo largo ya quebró».
Así, precisamente, ordenando   125
el que ciñe la tierra a los aqueos,
les incitó, y luego a los dos lados
de los Ayantes íbanse formando
sólidos escuadrones que ni Ares,
metiéndose entre ellos,
podría criticar,
ni Atenea que a las huestes excita;
pues éstos, los guerreros escogidos
por ser los más valientes, aguantaban
a pie firme a los teucros
y al divino Héctor,
la lanza contra la lanza arrimando   130
a modo de barrera, e imbricando
el escudo sobre otro escudo
que le da cobertura por delante;
y el broquel apoyaba al broquel,
el yelmo al yelmo y el hombre al hombre;
y se tocaban unos a los otros
los yelmos de penachos
de crines de caballo, que provistos
estaban de relucientes crestones,
según sus portadores
la cabeza inclinaban adelante.
Así, tan apretados, se encontraban
formados los unos sobre los otros.
Y las lanzas en capas se alineaban
desde manos audaces agitadas;   135
mientras, ellos tenían los sentidos

puestos derechamente en los contrarios
y estaban ansiosos por luchar.
Por otro lado, en masa los troyanos
se abalanzaron, y, al frente de ellos,
como esperar cabía, iba Héctor
lanzado con vehemencia en derechura,
como canto rodado desprendido
de una roca al que un río torrencial
ha empujado desde la cresta de ella,
después de haber quebrado
con lluvia inagotable el basamento
de la indecente [20] peña;
y en lo alto dando saltos va volando,   140
y resuena el bosque
bajo el impulso de él,
mientras firme y sin impedimento
va corriendo hasta que, al fin, alcanza
un terreno todo al mismo nivel
y entonces ya no rueda en absoluto
por muy impetuoso que llegara;
de la misma manera,
durante un tiempo amenazaba Héctor
que hasta el mar pasaría fácilmente
a través de las tiendas y las naves
de las huestes aqueas,
matando sin parar;   145
sin embargo, cuando ya se topó
con las densas y apretadas escuadras,
se paró, como era de esperar,
ya muy pegado a ellas;
y ellos, los hijos de los aqueos,
frente a frente lanzándole puntadas
de espadas y de lanzas de dos puntas,
de sí mismos lejos le rechazaron;
y él se estremeció y retiróse.
Dio un grito penetrante, y de esta guisa,
hablando a voces, dijo a los troyanos:
«Troyanos, licios, dárdanos guerreros   150

---

[20] Las peñas y piedras son «indecentes» en el vocabulario homérico. Cfr.
Il. IV 521; *Od.* XI 598 (la piedra que atormentaba a Sísifo).

que combatís de cerca, aguantad
junto a mí; de verdad,
no han de contenerme largo tiempo
los aqueos, por mucho que a sí mismo
se dispongan a manera de torre;
por el contrario, opino
que se han de retirar ante el empuje
de mi lanza, si verdaderamente
me puso en pie el más alto de los dioses,
el esposo altisonante de Hera».
Habiendo hablando así, les excitaba   155
el ardor y el coraje a cada uno.
Y entre ellos Deífobo [21] el Priámida
estaba dando pasos altanero,
y ante sí el broquel sujetaba
que igual era en todas direcciones,
ligeros pasos dando con sus pies
hacia adelante y bajo el escudo
avanzando un pie detrás del otro.
Y Meríones a él le apuntaba
con su brillante lanza y acertóle,   160
pues no falló el tiro, en el escudo
que igual era en todas direcciones,
hecho de piel de toro;
mas no lo traspasó en absoluto,
antes bien, mucho antes se quebró
la larga lanza por do empieza el asta.
Deífobo mantuvo el escudo
de piel de toro apartado de sí,
pues temió en su alma a la lanza
del valiente Meriones; por su parte,
él, el héroe, se iba replegando
hacia atrás, a meterse   165
dentro del grupo de sus compañeros,
y de forma tremenda se irritó
por dos razones: por lo de la victoria
y por la lanza que se le quebró.
Y, así, se puso en marcha a lo largo

---

[21] Deífobo es hijo de Príamo y, por tanto, hermano de Héctor.

de las tiendas y naos de los aqueos
para de allí traerse
la larga lanza que en su propia tienda
aún le quedaba a él.
Y los demás seguían combatiendo
y se alzaba un clamor inextinguible.
Y, el primero, Teucro Telamonio   170
mató a un guerrero, al lancero Imbrio,
hijo de Méntor, el rico en caballos.
Habitaba él Pedeo
antes de que llegaran
los hijos de los guerreros aqueos,
y por mujer tenía a una muchacha,
Medesicasta, una hija bastarda
de Príamo; mas luego que llegaron
las naves de los dánaos curvadas
en ambos sus extremos,
de vuelta se fue a Ilio y destacaba   175
en medio de los teucros, y en la casa
de Príamo habitaba, quien a él
al igual que a sus hijos le apreciaba.
A él, justamente, con su larga lanza,
bajo la oreja hirióle
de Telamón el hijo, y la lanza
extrajo luego dándole un tirón;
y él cayó, por su parte, como un fresno [22]
que, en la cumbre de un monte que de lejos
desde todas las partes se divisa,   180
por el bronce es cortado
y en tierra da con su tierno follaje;
así cayó y a ambos lados de él
su armadura en bronce trabajada
resonó. Y luego Teucro, enardecido
por despojarle de su armadura,
se lanzó a la carrera; pero Héctor
contra él disparó según venía

---

[22] Como árboles se desploman aquellos guerreros heridos en la cabeza o
en el pecho, mientras que los que reciben herida en el addomen caen en
tierra retorciéndose como gusanos. Cfr. G. Strassburger, *Die kleinen
Kämpfer der Ilias,* Frankfurt 1954, 38-40.

lanzado a la carrera
su refulgente lanza. Pero él,
mirando hacia adelante, la esquivó
por bien poco, la broncínea lanza;   185
pero Héctor a Anfímaco alcanzó,
hijo de Ctéato el hijo de Áctor [23],
con la lanza en el pecho
según se dirigía al combate.
Y al caer produjo un sordo ruido
y sobre él rechinó su armadura,
y Héctor se lanzó a arrebatar
de la testa de Anfímaco animoso
el yelmo a sus sienes ajustado;
mas arremetió Ayante contra Héctor   190
lanzado a la carrera,
con su brillante lanza;
pero por ningún punto
la carne de su cuerpo fue visible,
pues él todo, precisamente, estaba
por espantoso bronce recubierto;
pero Ayante el bollón del escudo
luego le golpeó y rechazóle
con gran fuerza, y Héctor retrocedió
detrás de los dos muertos,
a los que [24] retiraron los aqueos.
Luego Estiquio el divino y Menesteo [25],   195
caudillos de las huestes atenienses,
a Anfímaco lleváronle al medio
de las líneas de las tropas aqueas,
y a Imbrio [26], a su vez, los dos Ayantes,

---

[23] Anfímaco, hijo de Ctéato (quien, a su vez, era hijo de Áctor), era uno de los comandantes de los epeos, que procedían de Élide (cfr. *Il.* II 620). Ctéato y su hermano Eurito eran los famosos Molíones, hijos de Áctor aparentemente, aunque en realidad su padre era Posidón.

[24] Literalmente el texto dice: «y a ellos [*sc.* los muertos] los retiraron los aqueos».

[25] Menesteo es caudillo de los atenienses (*Il.* II 252). Estiquio era un capitán que estaba a sus órdenes. Este último sólo aparece aquí, en *Il.* XIII 691, y en *Il.* XV 329, donde se nos refiere su muerte.

[26] El verbo de que depende el acusativo *Imbrion* («a Imbrio») está en el verso 201, en la segunda parte del símil: «lo tenían cogido en alto».

ansiosos de vigor impetuoso.
Como a una cabra llevan dos leones
por entre espesas matas y malezas,
a la que ellos antes capturaron
quitándosela a canes bien provistos
de afilados colmillos, y, en alto,   200
por encima del suelo,
con sus quijadas la tienen cogida,
así precisamente le tenían
cogido a él en alto
los dos Ayantes provistos de casco,
e íbanle de sus armas despojando.
Y el hijo de Oileo la cabeza
de un tajo le cortó del tierno cuello,
irritado que estaba por la muerte
de Anfímaco, y, volteando su brazo,
la lanzó cual si fuera una pelota
a través de la masa de enemigos
y, en medio del polvo, fue a caer   205
ante los pies precisamente de Héctor.

[Posidón e Idomeneo]

Y entonces ya se irritó Posidón
extraordinariamente
en su corazón por mor de su nieto[27]
caído en medio de la atroz refriega,
y se puso a andar todo a lo largo
de las tierras y naves
de las huestes aqueas,
con el fin de estimular a los dánaos,
pues para los troyanos
preparaba aflicciones. Y entonces,   210
justamente, se encontró con él
Idomeneo, ilustre por su lanza,
que venía de junto a un compañero
que acababa de abandonar el campo
de batalla, herido en la corva

---

[27] Cfr. *Il.* XI 751, donde se nos da a conocer que Anfímaco era en realidad el nieto de Posidón.

por el punzante bronce.
A aquél le habían llevado
sus compañeros de armas,
mientras Idomeneo
dio órdenes a los médicos y luego
marchaba a su tienda, pues aún
ansiaba tomar parte en la batalla.   215
Y a él le dirigía la palabra
el señor poderoso
que sacude la tierra,
por su voz parecido a Toante,
el hijo de Andremón,
que en toda Pleurón y en la escarpada
Calidón [28] señoreaba en los etolios
y cual dios era honrado por su pueblo:
«Idomeneo, varón consejero
de los cretenses, ¿dónde se te han ido   220
las amenazas con que a los troyanos
conminaban una y otra vez
los hijos de los guerreros aqueos?»
Y a él, a su vez, Idomeneo,
caudillo de cretenses,
mirándole de frente, respondía:
«Ningún varón, Toante, por ahora
al menos, es culpable,
en cuanto yo a entender alcanzo;
pues en luchar todos somos expertos.
A nadie le retiene el miedo vil,
ni nadie por ceder a la pereza   225
rehúye el combate pernicioso;
pero, tal vez, debe ya ser así
grato al prepotente hijo de Crono
que sin nombre aquí, lejos de Argos,
perezcamos los guerreros aqueos.
Pero, Toante, puesto que ya eras
incluso antes de ahora
bien firme al hacer frente al enemigo,

---

[28] Pleurón y Calidón eran dos importantes ciudades de Etolia. Cfr. *Il.* II
639-640.

y hasta a otros sueles animar
dondequiera los veas aflojando,
por todo eso ahora tú no ceses
ni dejes de exhortar a los guerreros,
a todos y cada uno de ellos».   230
A él luego respondía Posidón,
el que conmueve el suelo: «Idomeneo,
que aquel varón no regrese de Troya,
antes bien, aquí mismo se convierta
en juguete de perros,
aquél que en este día,
sea quien sea, de grado remita
en combatir. Mas, ¡venga!,   235
coge tu armadura y ven aquí;
que es preciso que juntos realicemos
esta tarea diligentemente,
a ver si aun siendo dos, provecho en algo
llegáramos a ser.
Si conjuntado, el valor aflora,
aun el de muy lastimosos guerreros;
pero nosotros dos
incluso con valientes
seríamos capaces de luchar.
Habiendo dicho así, él se volvió
de nuevo, él que era un dios,
por entre los trabajos
guerreros de los hombres.

[*Se encuentran Idomeneo y Meríones*]

E Idomeneo, cuando ya llegaba   240
a su tienda construida con esmero,
revistióse de su hermosa armadura
alrededor del cuerpo y empuñó
dos lanzas y echó el paso
para emprender la marcha, parecido
al relámpago que el hijo de Crono,
tomándolo en su mano,
lo blande desde lo alto
del esplendente Olimpo,
un signo revelando a los mortales,

[529]

y muy brillante son sus resplandores;
así de aquél el bronce refulgía,   245
según corría, en torno de su pecho.
Y entonces Meríones,
su valeroso compañero de armas,
se encontró con él
ya cerca de la tienda, pues su lanza
de bronce iba a buscar
con el fin de llevársela consigo;
y a él dirigióle la palabra
el héroe esforzado Idomeneo:
«Meríones, de pies raudo, hijo de Molo,
el más querido de mis compañeros,
¿por qué has venido aquí, abandonando   250
la guerra y la pelea?
¿Acaso de algún modo estás herido
y la punta del dardo te atormenta,
o bien a mí has venido
de alguna noticia mensajero?;
que tampoco yo mismo, te aseguro,
tengo ganas de estarme aquí sentado,
en la tienda, sino de batallar».
A él a su vez, Meríones, discreto,
mirándole de frente, respondía:
«Idomeneo, varón consejero   255
de cretenses de túnicas de bronce[29],
vengo a ver si te queda en la tienda
una lanza que llevarme conmigo,
pues la que antes tenía la rompí[30]
cuando di en el escudo del soberbio
Deífobo». A su vez, Idomeneo,
mirándole de frente, respondía:
«Pues lanzas, si las quieres, una o veinte   260
hallarás en mi tienda de pie puestas
y reclinadas contra las paredes

---

[29] «Las túnicas de bronce» son las que llevan puestas los aqueos, a modo de lorigas, en el «Vaso de los guerreros» de Micenas. Cfr. H. L. Lorimer, *Homer and the Monuments,* Londres 1950, 201; 209.

[30] Literalmente, en el texto leemos una primera persona de plural: «la rompimos».

resplandecientes de junto a la puerta,
troyanas, que les quito a los que mato,
pues no creo que lejos me coloque
del enemigo para combatir;
por esto tengo lanzas y escudos
provistos de bollón   265
y yelmos y corazas
de resplandor radiantes».
A él, a su vez, Meríones, discreto,
mirándole de frente, respondía:
«También yo tengo, para que lo sepas,
en mi tienda y en mi negra nave
innúmeros despojos de troyanos;
mas no están cerca para echarles mano.
Pues afirmo que yo tampoco estoy,
tampoco, de mi coraje olvidado,
antes bien, me coloco, a lo largo   270
de la batalla, que es prez de varones,
entre los combatientes de vanguardia,
cada vez que se alza
la contienda guerrera.
Tal vez más bien a cualquier otro aqueo
de los que visten túnicas de bronce
pase yo inadvertido cuando lucho,
pero creo que tú, en cambio, lo sabes
por ti mismo». A él Idomeneo,
caudillo de cretenses, por su parte,
mirándole de frente, respondía:
«Conozco cómo eres en valor;   275
¿qué falta hace que me cuentes eso?
Pues si ahora al lado de las naves
nos juntáramos todos los mejores
para ir de emboscada, que es el sitio
donde se deja al máximo ver
el valor de los hombres
(allí quién es cobarde se revela,
así como quién es bravo guerrero,
pues al uno, el cobarde, la color
se le muda en sentidos diferentes
y su corazón dentro de sus mientes   280
no logra contenérsele

[531]

para, sin movimiento, estarse quieto,
antes bien, con sus piernas doblegadas
cambia de posición y se asienta
sobre un pie y luego sobre el otro,
y en su pecho el corazón golpea
con bien altos latidos cuando tiene
presentimientos de las varias muertes,
y, entrechocando, le suenan los dientes;
por el contrario, al otro, al valiente,
como era de esperar, ni la color,   285
se le muda ni un punto en exceso
se espanta desde el primer momento
que se aposta dentro de la emboscada
de los guerreros, sino que hace votos
por verse envuelto muy rápidamente
en medio de la penosa refriega);
pues ni siquiera ahí nadie podría
censurar tu coraje o tus brazos.
Pues incluso en el caso de que fueras
herido o por lanza golpeado,
mientras estás con fatiga luchando,
no por detrás el dardo te caería,
en la nuca ni tampoco en la espalda,
sino que iría de frente a tu pecho   290
o al vientre cuando te apresuraras
hacia adelante, a la íntima cita [31]
de los guerreros de primera fila.
Mas, ¡venga!, no sigamos
aquí de pie, como infelices niños,
estas cosas contándonos, no sea
que alguien, tal vez, en exceso se indigne;
por el contrario, vete tú a mi tienda
y cógete una lanza bien robusta».
Así dijo, y Meríones,   295
a Ares impetuoso parecido,
ágilmente se cogió de la tienda
una lanza de bronce y se puso

---

[31] Los guerreros que combaten en primera línea van a mantener relaciones íntimas —dicho cómica e irónicamente— con los enemigos.

a caminar en pos de Idomeneo,
de la guerra altamente preocupado.
Como Ares, azote de mortales,
se dirige a la guerra, y el Espanto,
su hijo, fuerte e intrépido le sigue   300
y hace huir a un guerrero aun resistente;
ambos, como es sabido, desde Tracia [32]
se ponen la coraza para ir
a meterse en medio de las tropas
de los éfiros o bien los flegis [33]
magnánimos, pues, como es natural,
los dos, al menos, no oyen a ambos bandos
y a uno de los dos la gloria otorgan;
tales Meríones e Idomeneo,
entrambos comandantes de guerreros,
con yelmo armado de brillante bronce,   305
se iban a la guerra. Asimismo
Meriones, el primero,
al otro estas palabras dirigióle:
«Hijo de Deucalión,
¿por dónde estás ansioso de meterte
entre la muchedumbre que combate?
¿Por la derecha, acaso, o por el medio
del campamento todo, o por la izquierda?
Pues creo yo que por ninguna parte
más que por ésa andan tan a la zaga   310
en la guerra los varones aqueos
de intonsa cabellera en sus cabezas».
A él, a su vez, decía Idomeneo,
caudillo de cretenses,
mirándole de frente y contestando:
«Entre las naves que están en el medio
se encuentran otros ya que las defiendan:
los dos Ayantes y Teucro, que es
de entre los aqueos el mejor
en el arte de disparar el arco
y es valiente también en el combate

---

[32] Cfr. *Il.* IV 439; Virgilio, *Eneida* III 35.
[33] Los éfiros habitaban Cranon en Tesalia; los flegis, en Girton, localidad asimismo tésala.

cuerpo a cuerpo; ellos han de empujar   315
a Héctor hasta el punto que le baste,
aunque impaciente esté por el combate,
a Héctor el Priámida,
por más que fuerte sea en extremo.
Va a resultarle arduo,
aunque ardoroso esté por combatir,
derrotar el coraje
e inaccesibles brazos de aquellos
y, así, prenderles fuego a las naves,
a no ser que el Cronida en persona
arroje encima de las raudas naves   320
una antorcha ardiendo. Pues a un hombre
que sea mortal y coma
la harina de Deméter [34]
y pueda quedar roto por efecto
del bronce o de las enormes piedras,
a ése tal jamás se rendiría
el gran Ayante, hijo de Telamón.
Ni siquiera él retrocedería,
al menos en la lucha cuerpo a cuerpo,   325
ante el héroe Aquiles,
rompedor de las filas enemigas;
en cambio, con los pies, en modo alguno
le es posible con él rivalizar.
Por ahí endereza nuestra marcha,
hacia la izquierda, para que sepamos
cuanto antes si otorgaremos gloria
a algún guerrero o bien a nosotros
algún guerrero nos la otorgará».
Así dijo, y Meriones, comparable
a Ares impetuoso,
emprendía la marcha el primero,
hasta que iban llegando
del campamento al punto
al que ir le mandara Idomeneo.

---

[34] Los dioses son inmortales porque su alimentación, a base de néctar y
ambrosía, es bien distinta de la de los mortales seres humanos, que comen
harina del trigo, don de Deméter.

[El combate en el ala izquierda]

Y los troyanos, en cuanto que vieron   330
a Idomeneo, por su vigor
comparable a una llama,
a él y a su escudero,
equipados con armas trabajadas,
se exhortaron los unos a los otros
a lo largo del grueso de la tropa
y, así, todos marcharon contra él;
y de ellos trabábase el combate
común junto a las popas de las naves.
Como cuando se lanzan las tormentas
a impulso de los sonoros vientos
aquel día en que es más abundante   335
el polvo en los bordes de los senderos,
y ellos al coincidir van levantando
de polvareda una enorme nube,
así, precisamente, al encuentro
llegó la lucha de unos y otros
y en su ánimo todos anhelaban
matarse unos a otros en el medio
del tumulto con sus agudos bronces.
Y de las largas lanzas que empuñaban,   340
de piel taladradoras, los guerreros,
la batalla consumidora de hombres
erizóse, y el destello del bronce
de los brillantes yelmos y corazas
recién bruñidas y de los escudos
resplandecientes, cuando se encontraban,
los dos ojos cegaban;
en gran medida intrépido sería
de corazón quien entonces, en viendo
la trabajosa lucha, se gozara
y no se afligiera.
Y ellos, en sus designios diferentes,   345
los dos hijos de Crono poderosos,
luctuosos dolores preparaban
a los héroes guerreros destinados.
Zeus, como es sabido, la victoria
para Héctor la quería y los troyanos,

pues deseaba dar gloria a Aquiles,
el rápido de pies; pues él tampoco
quería en absoluto que ante Ilio
el ejército aqueo pereciera,
sino que a Tetis trataba de honrar   350
y a su hijo de ánimo esforzado.
En cambio, Posidón a los argivos
se llegó e intentaba incitarlos,
tras haber emergido, a escondidas,
de la grisácea mar; pues, en efecto,
pesar sentía al verlos domeñados
por los troyanos y se indignaba
contra Zeus fuertemente. En verdad,
era común a ambos el linaje
y uno solo y el mismo era su hogar,
pero era anterior Zeus   355
en nacimiento y más cosas sabía.
Por eso, justamente, evitaba
proteger a los dánaos a las claras
y siempre iba a escondidas despertando
a los argivos por el campamento,
por su aspecto a un guerrero parecido.
Y uno y otro, alternativamente,
tiraron cada cual para su bando,
de la soga de la dura contienda
y de la guerra igual para ambas partes,
soga irrompible e indisoluble   360
que desató las rodillas de muchos.

[*Principalía de Idomeneo* 35]

Entonces, pese a que era entrecano,
Idomeneo, después de que diera
órdenes a los dánaos, de un salto,

---

35 En el canto V vimos ya una principalía o *aristeía* de Diomedes: en los
primeros versos del XI, la de Agamenón; y en el XX veremos la de
Aquiles. Ahora el caudillo cretense Idomeneo matará a tres importantes
guerreros del bando troyano (Otrioneo, Asio y Alcátoo), pero, agotado,
retrocederá ante Eneas, cuñado del combatiente troyano que había sido su
última víctima (Alcátoo).

pánico suscitó entre los troyanos.
Pues mató a Otrineo que ahora
moraba en Troya, adonde llegara
desde Cabeso [36] bien recientemente,
yendo en pos de la fama de la guerra,
y a Casandra, la más distinguida   365
de aspecto entre las hijas
de Príamo, pedía
por esposa sin aportar regalos,
pero prometió a cambio gran proeza:
echar fuera de Troya a los hijos
de los aqueos contra sus deseos.
A él Príamo, el anciano,
dársela prometióle
y dio su asentimiento;
y fiando en las promesas él luchaba.
Mas a él Idomeneo le apuntaba   370
con su brillante lanza y acertóle
con disparo certero según iba
por lo alto avanzando paso a paso.
Y no le fue bastante resistente
la coraza de bronce que llevaba,
sino que en pleno vientre se clavó
la lanza; y al caer
produjo un sordo ruido; y aquél,
Idomeneo, dando grandes voces,
de esta guisa a gloriarse comenzó:
«Otrioneo, de hecho te alabo
por encima de todos los mortales,
si de verdad vas ya a llevar a cabo   375
las promesas que hicieras, todas ellas,
al Dardánida Príamo, el cual
te prometió, a su vez, su propia hija;
también nosotros a ti esas promesas
podríamos hacértelas y luego
cumplirlas y, así, darte
a la más distinguida por su aspecto
de entre las hijas del caudillo Atrida,

---

[36] Cabeso era localidad próxima a Troya.

para que aquí trayéndola de Argos,
pudieras tú tomarla por mujer,
en caso de que a nuestro lado Ilio,   380
ciudad bien habitada, devastaras.
Pero sígueme, para que acordemos,
junto a las naves que surcan la mar,
acerca de la boda los extremos,
puesto que, tenlo en cuenta, en modo alguno
somos nosotros sórdidos dotantes».
Habiendo dicho así, Idomeneo
tirándole de un pie le iba arrastrando
por el centro de la feroz contienda,
cuando a socorrerle llegó Asio[37]
a pie, de sus corceles por delante,   385
mientras que a sus caballos, que soplaban
entrambos por encima de sus hombros,
de continuo cogidos los tenía
su escudero que era a la vez su auriga;
y él anhelaba en lo hondo de su alma
alcanzar de un disparo a Idomeneo;
pero éste, adelantándose, acertóle
en la garganta bajo la barbilla
con su lanza, y de una parte a otra
el bronce le introdujo;
y él se desplomó tal como cuando
se desploma una encina o un chopo
o un excelso pino que en los montes   390
lo cortaron varones carpinteros
con sus segures recién afiladas
para que fuera quilla de una nave;
así ante sus caballos y su carro
yacía Asio tendido,
dando sin tregua gritos de dolor
y agarrándose al polvo ensangrentado.
Fuera de sí quedóse su auriga,
fuera de sus cabales,

---

[37] Asio, que procedía de una localidad costera del Helesponto, había
desobedecido la orden que diera Polidamante (*Il.* XII 108 y ss.) de atacar a
pie y no en carro el muro del campamento troyano. Su muerte a manos de
Idomeneo ya se anuncia en aquel mismo pasaje (*Il.* 116-7).

en los que antes estaba,
pues ni tuvo siquiera el valor
de dar vuelta hacia atrás a sus caballos,
a escondidas huyendo de las manos
del enemigo; y por la mitad
de su cuerpo, habiéndole alcanzado,
le traspasó con su certera lanza
Antíloco firme en el combate;
y no fue lo bastante resistente
la coraza de bronce que llevaba,
sino que en pleno vientre se clavó
la lanza; y él entonces, respirando
con estertores, fuera fue a caer
del carro hermosamente trabajado;
y arreó los corceles
para, así, dirigirlos
desde el bando troyano hasta el campo
de los aqueos de hermosas grebas,
Antíloco, el hijo
del magnánino Néstor.
Y Deífobo, por Asio afligido,
de Idomeneo muy cerca llegóse
y disparóle su brillante lanza.
Pero aquél, mirando hacia adelante,
la broncínea lanza esquivó,
Idomeneo, pues se ocultó
debajo del escudo que llevaba,
bien redondo en todas direcciones,
guarnecido con pieles
de bueyes y con refulgente bronce,
y provisto de dos abrazaderas
ajustadas a él; acurrucóse
todo él por debajo de ese escudo,
y la lanza de bronce por encima
de él pasó volando, y el escudo,
al deslizarse encima de él la lanza,
sonó con ruido seco. Mas no en vano
de su robusta mano soltó el tiro,
sino que en el hígado alcanzó,
bajo el diafragma,
al Hipásida Hipsénor,

395

400

405

410

pastor de gentes, e inmediatamente
las rodillas después le desató.
Y Deífobo, hablando a grandes gritos,
con tremenda insolencia se jactó:
«Bien cierto es, pues, que Asio, por su parte,
no yace ya privado de venganza;
por el contrario, afirmo que él, yendo   415
a la casa de Hades,
poderoso portero, en su pecho
se habrá de alegrar,
puesto que le otorgué un acompañante».
Así dijo, y alcanzó la aflicción
a los argivos cuando él[38] se jactó,
y sobre todo a Antíloco valiente
el alma le excitaba;
pero, a pesar de toda su aflición,
no se desentendió del compañero,
antes bien, fue corriendo y protegióle   420
y con su escudo le dio cobertura.
Luego a él los leales compañeros
Mecisteo, hijo de Equio,
y el divino Alástor[39],
una vez que a hombros le cogieron,
a las cóncavas naves lo llevaban,
gemidos bien profundos exhalando.
Pero Idomeneo no cejaba
en su enorme coraje y anhelaba
continuamente o bien a algún troyano   425
envolver en la noche tenebrosa
o él mismo caer con sordo ruido
tratando de apartar de los aqueos
la desastrosa ruina.
Luego, al hijo de Esietes,
descendiente de Zeus,
al héroe Alcátoo,
que era yerno de Anquises,
pues estaba casado

---

[38] *Sc.*: Deífobo.
[39] Un Mecisteo y un Equio son muertos en *Il.* XV 339. Alástor aparece
en *Il.* IV 339 como uno de los capitanes de los pilios.

con Hipodamia, que era de sus hijas
la mayor de edad, a la que amaran   430
de corazón y en extremo su padre
y su augusta madre
mientras estuvo ella en su palacio;
pues por belleza, labores y mientes
sobrepasaba a todas las muchachas
de su misma edad,
y por eso también casó con ella
el más bravo guerrero
que en la ancha Troya había;
a él entonces, al héroe Alcátoo,
domóle Posidón bajo los brazos
de Idomeneo, ya que le hechizó   435
sus dos radiantes ojos
y sus brillantes miembros le trabó,
pues no podía ni huir para atrás
ni esquivar el bulto,
sino que, cual columna o como un árbol
de elevado follaje, en pie e inmóvil,
con su lanza le golpeó en el pecho
por su mitad el héroe Idomeneo,
y por un lado y otro le rompió
la coraza de bronce   440
que a él antes de ahora le bastaba
para alejar de su cuerpo la ruina;
entonces ya, por cierto, secamente
resonó ella al irse desgarrando
en torno de la lanza.
Y sordamente retumbó al caer,
y el asta hincada la tenía
justo en su corazón
que, consiguientemente,
al palpitar, incluso
la contera de la lanza agitaba;
pero luego más tarde su coraje
lo iba aflojando el fornido Ares;
e Idomeneo, hablando a grandes gritos,   445
con tremenda insolencia se jactó:
«Deífobo, ¿acaso, pues, ya ahora
no estamos haciendo de algún modo

justa retribución:
por un guerrero tres guerreros muertos [40]?
Puesto que tú, precisamente tú,
te jactas de ese modo; ¡desdichado!
Pues, ¡venga!, también tú mismo, en persona,
ponte en frente de mí, para que veas
cómo de Zeus es la descendencia
que conmigo ha llegado a este lugar [41];
Zeus a Minos procreó, el primero,   450
para que fuera el guardián de Creta,
y Minos, a su vez, engendró un hijo:
a Deucalión sin tacha, y Deucalión
me engendraba a mí para que fuera
entre muchos varones soberano
sobre la ancha Creta; y ahora
mis naves te trajeron la desgracia,
a ti mismo, a tu padre
y a los demás troyanos».

[Combate en torno del cadáver de Alcátoo]

Así dijo, y entre dos extremos   455
Deífobo, perplejo, vaciló:
o tal vez tomaría para sí,
tras haberse retirado hacia atrás,
a alguien de los magnánimos troyanos,
para que fuera su acompañante,
o bien si aun solo lo intentaría.
Según así pensaba, parecióle
que era más provechoso encaminarse
en busca de Eneas, al que halló
de pie parado en la retaguardia   460
del grueso de la tropa; pues de siempre
con el divino Príamo estaba
enojado porque, aunque era valiente
y destacaba entre los guerreros,
en nada le estimaba.
Y, así, cerca plantándose de él,

---

[40] Otrioneo (*Il.* XIII 363), Asio (*Il.* XIII 387) y Alcátoo (*Il.* XIII 434).
[41] Es decir: a Troya.

le dirigía aladas palabras:
«Eneas, consejero de los teucros,
ahora es bien preciso que defiendas
a tu cuñado, especialmente si
te alcanza por el pariente el duelo.
Mas sígueme, a Alcátoo defendamos;   465
él que antes a ti, siendo pequeño,
por ser cuñado tuyo, en su palacio
te criara; a él Idomeneo
—en verdad te lo digo—
ilustre por la lanza, lo mató.»
Así dijo, y el ánimo de él
por dentro de su pecho conmovióle,
y echó a andar al encuentro
de Idomeneo, pues que de la guerra
estaba altamente preocupado.
Mas no hizo presa en Idomeneo   470
el miedo como en un niño pequeño,
por el contrario, firme aguardaba,
como cuando en los montes
un jabalí en su fuerza confiado
aguanta el asalto tumultuoso
de hombres numerosos
en paraje desierto, y por encima
su lomo se le eriza, y sus dos ojos,
como cabe esperar, brillan con fuego,
y sus dientes, por otro lado, aguza   475
ansioso por quitarse de en medio
los perros así como los varones;
de ese modo aguardaba Idomeneo,
famoso por la lanza,
(y no retrocedía),
a Eneas que se lanzaba al ataque
para llevar ayuda; pero a gritos
llamaba a sus compañeros de armas,
al contemplar a Ascálafo [42], Afareo,

---

[42] Ascálafo era hijo de Ares, el dios de la guerra, y mandaba las tropas de los minios de Orcómeno. Tanto él como Afareo y Deípiro formaban parte de los jefes de la guardia que aparece en *Il.* IX 80.

Deípiro y Meríones
y a Antíloco además,
consejeros que son de la refriega,
y exhortándoles apremiantemente,   480
les dirigía palabra aladas:
«¡Aquí, amigos, y a mí, que estoy solo,
defendedme!; pues temo horriblemente
el ataque de Eneas,
rápido con sus pies, que es quien me ataca,
que es sobremanera poderoso
en la batalla matando guerreros;
y además tiene la flor de la edad,
que es de todas las fuerzas la más grande;
¡ojalá iguales fuéramos en años   485
además de abrigar yo este coraje!;
al punto, o bien él se llevaría
la gran victoria o yo me la llevara.»
Así dijo, y ellos entonces todos,
albergando en sus mientes
un único anhelo, se pusieron
de pie los unos cerca de los otros,
apoyando en los hombros los escudos.
Y Eneas llamó, del otro lado,
en su auxilio a sus propios compañeros,
al contemplar a Deífobo y Paris   490
y el divino Agénor, que con él
a la par eran de los teucros jefes;
y luego, después de eso, le seguían
las huestes como siguen las ovejas
al carnero, dispuestas a beber
al regresar del pasto, y rebosante
se pone de alegría el pastor,
como es natural, en sus entrañas;
así a Eneas, dentro de su pecho,
le estaba el corazón lleno de gozo
en cuanto vio un escuadrón de gentes   495
que se pusieron a ir tras de él.
Y ellos a ambos lados de Alcátoo [43]

---

[43] Es decir: del cadáver de Alcátoo.

a luchar se lanzaron cuerpo a cuerpo
con largas lanzas, y en torno del pecho
de cada uno de ellos
terriblemente resonaba el bronce
en tanto unos a otros apuntaban,
para herirse, sus respectivas lanzas
en medio del tumulto del encuentro.
Pero dos hombres que por aguerridos
de entre los demás sobresalían,
Eneas y, además, Idomeneo,   500
a Ares comparables, anhelaban
con despiadado bronce el uno al otro
trocearle la carne en mil pedazos.
Eneas, el primero, disparó
su lanza a Idomeneo; pero él,
mirando hacia adelante, la esquivó,
la broncínea lanza, cuya punta,
la de la lanza del caudillo Eneas,
vibrando, fue a ocultarse bajo tierra,   505
pues, en efecto, en vano disparada
ella salió de su robusta mano.
Idomeneo luego acertó
a Enómao en la mitad del vientre,
y el peto le rompió de la coraza,
y arrancó el bronce todas sus entrañas,
y él, cayendo en el polvo,
con la mano crispada asió la tierra.
E Idomeneo extrajo del cadáver   510
la lanza que proyecta larga sombra,
tirando de ella, mas las demás armas
claro está, ya no pudo
quitarle de los hombros;
porque era hostigado por los dardos.
Pues de sus pies las articulaciones
ya no le estaban firmes al ponerse
en movimiento, ni, naturalmente,
para lanzarse en pos del propio dardo [44]

---

[44] Era práctica común (cfr. *Il.* XII 531-533; XI 357-8) correr tras la
jabalina, una vez lanzada, para recobrarla.

ni para hurtar su cuerpo a los disparos;
justamente por eso
se defendía en lucha cuerpo a cuerpo
del día sin piedad, pues para huir   515
no le llevaban ya rápidamente
sus pies fuera del campo de batalla.
Y según paso a paso se marchaba,
con su brillante lanza disparóle
Deífobo, pues ya contra él sentía
un odio incesante y duradero.
Pero él también entonces erró el tiro
y a Ascálafo, en cambio, le acertó,
el hijo de Enialio [45], con la lanza;
y a través del hombro penetróle   520
su asta robusta y, cayendo en el polvo,
asió la tierra con mano crispada.

[Lucha en torno del cadáver de Ascálafo]

Pero, sin duda, aún conocimiento
no tenía el fornido dios Ares,
que con voz fuerte grita,
de que caído había
su propio hijo en la feroz refriega;
antes bien, él estaba sentado,
como correspondía, en lo más alto
del Olimpo, bajo nubes de oro,
por los planes de Zeus confinado,
allí precisamente donde estaban
los demás inmortales,   525
de la guerra apartados.
Y ellos a ambos lados de Ascálafo
a luchar se lanzaron cuerpo a cuerpo.
Deífobo el yelmo reluciente
a Ascálafo se lo arrebató,
mas Meríones, parejo al veloz Ares,
dio un salto sobre él y con la lanza
le golpeó en el brazo, y entonces,
al caerse de su mano al suelo,

---

[45] Epíteto del dios Ares.

[546]

el yelmo de cuatro tubos provisto   530
produjo, al resonar, un sordo ruido.
Y Meríones, de nuevo, como un buitre,
saltando sobre él, le arrancó
la gruesa lanza del final del brazo[46],
y hacia atrás se iba retirando,
al grupo de sus compañeros de armas.
Y a él Polites, su propio hermano,
tras haberle tendido los dos brazos
en torno de su cuerpo, por el medio,
lo iba sacando fuera del combate   535
de horribles dolores,
hasta que llegó al punto en que se hallaban
sus veloces caballos, que parados
estaban tras la guerra y la batalla
con su auriga y su reluciente carro;
ellos a la ciudad lo iban llevando
mientras hondos gemidos exhalaba
por el agotamiento que sentía;
y la sangre le iba corriendo abajo
desde el brazo recientemente herido.

[Interviene Antíloco]

Y los demás seguían combatiendo,   540
y se alzaba un clamor inextinguible.
Luego, Eneas, habiéndose lanzado
contra Afareo, hijo de Calétor,
hirióle en la garganta
con su aguda lanza,
cuando vuelto se hallaba hacia él.
E inclinó él a un lado la cabeza
y el escudo y el yelmo le cayeron
encima, y la muerte desgarradora
del alma derramóse en torno de él.
Y Antíloco, al acecho de Toón,   545
que acababa de dar la media vuelta,
saltando sobre él, le golpeó
y le cortó la vena enteramente

---

[46] De la parte del brazo próxima al hombro.

que corriendo hacia arriba por la espalda,
de parte a parte, hasta el cuello llega;
ésta le cortó entera y él cayóse
boca arriba en el polvo, sus dos manos
tendiendo a sus queridos compañeros.
Y Antíloco lanzóse sobre él,   550
y quitarle intentaba de los hombros
la armadura, mirando a todas partes;
pues los troyanos, de pie alrededor,
cada cual desde un sitio, golpeaban
su escudo ancho y resplandeciente;
no podían, empero, arañar
por dentro con sus bronces despiadados
de Antíloco la carne delicada,
pues extremadamente Posidón,
que la tierra conmueve, protegía   555
aun en medio de dardos numerosos
a un hijo de Néstor. Que, en efecto,
nunca se hallaba libre de enemigos,
antes bien, entre ellos se movía
volviéndose de un lado para el otro;
que ni su lanza quieta se tenía;
por el contrario, bien continuamente
agitada giraba al ser blandida;
y en sus mientes él se preparaba
o a dispararla contra algún guerrero
o a lanzarse a la lucha cuerpo a cuerpo.
Mas según se aprestaba, entre la masa,   560
a disparar, apuntando, su lanza,
no consiguió pasar inadvertido
a Adamante, el hijo de Asio [47],
que, habiéndose lanzado cerca de él,
por el medio su escudo golpeóle
con el agudo bronce; mas la punta
le embotó de su lanza Posidón,
el de la cabellera esmaltada,
negándole de Antíloco la vida,

---

[47] Padre e hijo están enrolados en las tropas de los aliados de los
troyanos. Asio provenía de Abido, en el Helesponto. Cfr. *Il.* II 836.

y de la lanza la mitad quedó
allí mismo, clavada en el escudo   565
de Antíloco, como estaca quemada
por el fuego, y la otra mitad
yacía en tierra; y él hacia atrás
se iba retirando,
hasta el grupo de sus compañeros,
rehuyendo la Parca. Mas Meriones
cuando ya aquél se iba,
fue tras él y acertóle con la lanza
entre el ombligo y sus partes pudendas,
donde es en extremo doloroso
Ares para los míseros mortales;
allí mismo su lanza le clavó;   570
y él, en torno del asta, fue tras ella
y palpitaba como cuando un buey
palpita, al que en los montes los boyeros
habiéndole atado con correas,
aunque no quiera se lo van llevando
por la fuerza; así Adamante, herido,
palpitaba durante un corto tiempo,
no mucho en absoluto, ciertamente,
hasta que, habiendo cerca de él llegado,
el héroe Meriones le arrancó
de sus carnes la lanza, y las tinieblas
sus dos ojos cubrieron.   575
Mas Héleno [48] de cerca traspasó
con su espada, su grande espada tracia [49],
a Deípiro la sien, e hizo saltar
de su cabeza el yelmo, que expelido
vino a caer a tierra y recogiólo,
según rodaba por entre sus pies,
uno de los aqueos combatientes;
y a él desde sus ojos para abajo   580
envolvióle la tenebrosa noche.

---

[48] El vate Héleno es el hijo de Príamo, que dirige un escuadrón de
guerreros en el ataque al muro del canto XII.

[49] Una espada tracia es uno de los premios que se ofrecen en los juegos
funerales en honor de Patroclo. Cfr. *Il.* XXIII 808.

[Intervención de Menelao]

La aflicción hizo presa en el Atrida
Menelao, por el grito distinguido,
y a andar se puso, lanzando amenazas
a Héleno, el heroico soberano,
blandiendo aguda lanza, mientras éste
tiraba hacia atrás la empuñadura
de su arco; pues los dos, justamente,
a la vez anhelaban dispararse,   585
el uno con su aguzada lanza,
y el otro con un dardo impulsado
desde el nervio que es la cuerda del arco.
El Priámida luego le acertó
al otro con su flecha a la altura
del pecho, en el peto
de su coraza, y el amargo dardo,
rebotando en él, salió volando.
Como cuando las habas de piel negra
o los garbanzos saltan aventados
desde el ancho bieldo, en la gran era,
a la merced de los sonoros vientos   590
y del empuje del aventador,
así de la coraza del ilustre
Menelao se fue volando lejos
la amarga flecha, al ser repelida
a gran distancia. Pero el Atrida
Menelao, por el grito distinguido,
justamente en la mano le acertó
en que el arco empuñaba bien pulido,
y en el arco, la broncínea lanza,   595.
al hincarse, su mano atravesaba
en derechura de una parte a otra.
Y hacia atrás él se iba retirando,
hasta el grupo de sus compañeros,
rehuyendo la Parca, y su mano
dejando que a un lado le colgara,
pues aquella [50] detrás iba arrastrada,
en él clavada, la lanza de fresno.

---

[50] *Sc.:* la lanza.

Precisamente ésta se la arrancó
el magnánimo Agénor de la mano,
y con la lana de oveja bien trenzada
se la vendó, con lana procedente
de la honda que, como corresponde,   600
su escudero llevaba para él,
que era pastor de gentes, en la mano.
Y Pisandro derecho iba a enfrentarse
a Menelao glorioso, mas a él
un funesto destino le arrastraba
hasta el punto final que es la muerte,
a ser por ti domado [51], Menelao,
en medio de una tremenda refriega.
Y cuando ya, avanzando frente a frente,
estaban los dos cerca, el Atrida
erró el golpe, pues se le desvió   605
a un lado la lanza, mas Pisandro
golpeó del glorioso Menelao
el escudo, pero no consiguió
de parte a parte hacer pasar el bronce,
pues su ancho escudo lo detuvo
y en pleno astil quebrósele la lanza,
en tanto él en sus mientes se alegró
y abrigaba esperanzas de victoria.
Pero el Atrida, tras desenvainar   610
su espada de argénteos clavos,
sobre Pisandro se abalanzó;
mas éste de por dentro del escudo
un hacha empuñó de fino bronce
encastrada en el borde de un mango
largo y de olivo bien pulido;
y a la vez llegaron al encuentro.
Pisandro, en verdad, le alcanzó
en la parte más alta del crestón,   615
debajo del mismísimo penacho
de su casco adornado con crines
espesas de caballo, y Menelao,

---

[51] Homero, que siente especial simpatía por dos héroes de la *Ilíada* que
son especialmente humanos (Menelao, el marido burlado, y Patroclo, el
generoso y fiel amigo de Aquiles), se dirige a ellos en segunda persona.

en cambio, en la frente le hirió,
cuando iba avanzando contra él,
por encima del punto más extremo
de la nariz, y crujieron sus huesos
y sus ojos anegados en sangre
cayéronsele al suelo, a sus pies,
entre el polvo, y se dobló al caer.
Y Menelao, poniéndole en el pecho
el pie, de su armadura despojóle,
y, ufano, decía, estas palabras:
«Así, por cierto, vais a abandonar,   620
insolentes troyanos, insaciables
de la tremenda grita del combate,
las naves de los dánaos
de rápidos corceles,
vosotros, a los que ya no hace falta
más afrenta ni infamia que aquélla
con que a mí me ultrajasteis, viles perras,
sin tener miedo alguno en vuestras almas
ante la dura cólera de Zeus
altisonante y hospitalario   625
que habrá de arrasaros algún día
esa vuestra escarpada ciudadela;
vosotros que, obrando locamente,
os marchasteis llevando, mar arriba,
a mi esposa legítima y mil cosas
que me pertenecían,
después de ser tratados como amigos
en casa de ella; y de nuevo ahora
deseáis ardientemente a nuestras naves
de la mar surcadoras
echar funesto fuego
y dar muerte a los héroes aqueos.
Pero en un punto habréis de deteneros,   630
aunque por Ares estéis impacientes.
¡Padre Zeus!, de seguro afirman
que en mientes tú estás muy por encima
de los demás, tanto hombres como dioses,
mas todas estas cosas acontecen
porque salen de ti. ¡Cómo, entonces,
concedes gracia a esos insolentes,

los troyanos de ardor insensato,
que no tienen poder sobre sí mismos
para hartarse del grito de la guerra   635
y del combate igual para ambas partes!
Toda cosa, en verdad, produce hartura,
tanto el sueño como hacer el amor,
el dulce canto y el baile sin tacha,
cosas cuyo deseo un hombre anhela
echar fuera de sí incluso más
que la guerra; los troyanos, empero,
de las batallas no se sacian nunca».
Habiendo hablado así, el intachable   640
Menelao de su cuerpo le quitó
su armadura cubierta de sangre
y se la daba a sus compañeros,
y él mismo, de nuevo, por su parte,
fue a colocarse entre los combatientes
que luchaban en la primera fila.
Entonces contra él se abalanzó
Harpalión, el hijo del rey Pilámenes,
que venía siguiendo a su padre
hasta Troya para allí hacer la guerra   645
pero de nuevo a su tierra patria
ya no llegó; y éste, precisamente,
golpeó con su lanza, desde cerca,
por el medio, el escudo del Atrida;
pero no consiguió de parte a parte
hacer pasar el bronce;
y él hacia atrás se iba retirando,
hasta el grupo de sus compañeros,
rehuyendo la Parca y mirando
con aprensión en todas direcciones,
no fuera algún guerrero a rozarle
la carne con el bronce.
Pero Meriones a él le disparaba,   650
cuando se retiraba, una flecha
guarnecida de bronce y alcanzóle
en la nalga derecha; mas la flecha
derechamente se abrió camino
por la vejiga, debajo del hueso.
Y allí mismo dejándose caer

sentado en los brazos de sus queridos
compañeros de armas, expirando,
sobre la tierra se quedó tendido   655
como un gusano y de él fluía
negra sangre que la tierra empapaba.
A ambos lados de él le atendían
magnánimos guerreros paflagonios,
y, habiéndole en el carro colocado,
le llevaban hacia la sacra Ilión,
afligidos, y con ellos su padre[52],
lágrimas derramando, caminaba,
pero por su hijo muerto no surgía
compensación ninguna en absoluto.
Y Paris, por su[53] muerte, en su alma   660
de manera extremada se irritó,
pues huésped, entre muchos paflagonios,
de él había sido. Irritado
por él, hacia adelante disparaba
una flecha de bronce guarnecida.
Había un tal Euquénor, rico y noble,
hijo del adivino Poliido[54],
que en Corinto[55] moraba en sus mansiones,
el cual precisamente, aunque sabía   665
de su nefasta Parca, se atrevía
a subir a la nave. Que, en efecto,
a él le había dicho muchas veces
el anciano y noble Poliido
que o bien moriría en su palacio
a manos de una cruel enfermedad
o domado sería por troyanos
entre las naos de las huestes aqueas.
Así que intentaba, al mismo tiempo,
escapar a la multa dolorosa

---

[52] El padre de Harpalión, el rey Pilámenes, aunque el poeta lo haya
olvidado, ya había sido muerto por Menelao en *Il.* V 576-9.

[53] *Sc.:* de Harpalión.

[54] Es éste un nombre muy apropiado para un adivino: «que ve mucho»;
es un nombre parlante de profesional. Se llama así también el hijo de un
adivino en *Il.* V 148.

[55] Corinto es una «rica» ciudad en *Il.* II 570.

que le habrían impuesto los aqueos [56],
así como a la odiosa enfermedad,   670
por no sufrir dolores en su alma.
A él acertóle Paris por debajo
de la mandíbula y de la oreja,
y velozmente su hálito vital
marchóse de sus miembros, y entonces
la odiosa oscuridad se hizo con él.

[Situación de la batalla en el centro del frente]

Así ellos combatían,
a manera de flameante fuego;
mas Héctor, caro a Zeus,
no estaba enterado ni sabía
en absoluto cómo eran diezmadas   675
sus gentes por los guerreros argivos
en el ala izquierda de las naves;
y pronto, incluso, el glorioso triunfo
de los aqueos se produciría,
porque de tal manera a los argivos
los incitaba el que la tierra ciñe [57],
sacudidor del suelo [58], que, además,
los defendía él mismo con su fuerza;
Héctor, empero, allí se mantenía
donde por vez primera muro y puertas
había asaltado destrozando   680
densas líneas de dánaos guerreros.
Allí estaban varados los navíos
de Ayante y de Protesilao [59]
a la orilla de la grisácea mar,

---

[56] *Sc.*: por no haberse enrolado como combatiente en la expedición
militar contra Troya.
[57] Posidón.
[58] Posidón.
[59] Se trata de Ayante el hijo de Oileo. En cuanto a Protesilao, comandante de contingentes tésalos, había sido el primer griego en saltar a tierra
enemiga y había encontrado la muerte recién llegado a ella (*Il.* II 698).
Héctor y los troyanos prenden fuego al bajel de Protesilao; cfr. *Il.* XV 704
y ss. y XVI 122.

y el muro tras de ellos [60] construido
estaba en extremo a ras de tierra;
allí sobremanera impetuosos
luchando resultaban los troyanos,
tanto ellos mismos como sus caballos [61].
Y allí los beocios y los jonios   685
cuyas túnicas llegan hasta el suelo,
locrios, ftíos y epeos afamados,
con ímprobo esfuerzo contenían
el asalto de Héctor a las naves,
del héroe descendiente de Zeus
y que es a una llama parecido,
a quien tampoco rechazar podían
bien lejos de sí mismos,
por una parte, hombres escogidos
de entre los atenienses, a los cuales
los mandaba el hijo de Peleo,   690
Menesteo, a quien acompañaban
Fidante, Estiquio y el noble Biante;
mandaban, por su parte, a los epeos
Megete el Filida, y Anfión
y Draquio; y, al frente de los ftíos,
Medonte y el aguerrido Podarces;
por cierto que éste era hijo bastardo   695
de Oileo el divino, ese Medonte,
y hermano de Ayante, y habitaba
en Fílaca, bien lejos de su patria,
pues a un varón había dado muerte,
de su madrastra Eriópide al hermano,
a la que por esposa
tenía Oileo; por su parte, el otro [62]
del Filácida Íficlo era hijo;
ellos luchaban junto a los beocios,   700
con sus corazas puestas,

---

[60] El texto dice, literalmente: «por encima», es decir: en el interior, en
contraposición con las naves varadas en la playa.
[61] Sin embargo, los troyanos dejaron sus carros junto al foso del
campamento aqueo; todos excepto Asio. Cfr. *Il.* XII 108 y ss.
[62] Es decir: Podarces, que era hermano de Protesilao; ambos eran hijos
de Íficlo, el cual lo era, a su vez, de Fílaco.

defendiendo las naves,
al frente de los magnánimos ftíos.
Y Ayante, el veloz hijo de Oileo,
ya no se separaba, en absoluto,
ni un instante de Ayante Telamonio;
por el contrario, como un par de bueyes
de color vino tiran del arado
bien ajustado, en tierra de barbecho,
albergando los dos igual aliento,
y, como es natural, de los dos lados,
en las raíces mismas de sus cuernos,   705
un copioso sudor les va brotando,
y a ellos dos, por cierto, los separa
solamente el yugo bien pulido
según van afanosos por el surco
y el arado el límite alcanza
del labrantío que va roturando,
de la misma manera ambos Ayantes,
firmes estaban cerca uno de otro,
ocupando, muy próximos, sus puestos.
Pero bien es verdad que al Telamonio
le seguían, numerosas y bravas,
sus huestes, sus compañeros de armas,   710
que a él el escudo le tomaban
cada vez que el cansancio y el sudor
llegaba a alcanzarle las rodillas.
Pero no, en cambio —claro—, al Oiliada
le seguían los magnánimos locrios,
que el corazón de ellos no aguantaba
en combate librado cuerpo a cuerpo;
pues que yelmos de bronce no tenían
con penachos de crines de caballo
ni escudos bien redondos ni tampoco   715
lanzas de fresno, sino, justamente,
tan sólo en sus arcos confiados
y en la lana bien trenzada [63] de oveja,
le seguían a Ilio, con los cuales
realizando disparos muy frecuentes

---

[63] Que servía para hacer hondas; cfr. *Il.* XIII 599.

quebraban las falanges de los teucros.
Ya entonces, pues, los unos [64] por delante,
armados de sus armas bien labradas,
con los teucros estaban combatiendo   720
y con Héctor, el del yelmo de bronce,
en tanto que los otros [65] por detrás,
pasando inadvertidos, disparaban;
y los troyanos ya no se acordaban
de su contento por trabar combate,
pues los dardos la confusión sembraban.

[Consejo de Polidamante]

En ese punto, miserablemente
se habrían retirado los troyanos
de las naos y las tiendas hacia Ilio,
la ventosa, si al aguerrido Héctor   725
Polidamante [66] no le hubiera hablado,
plantándosele cerca, de este modo:
«Es imposible, Héctor, convencerte
con consejos, pues te concedió un dios
supremacía en bélicas hazañas,
por lo que quieres también en consejos
ser más conocedor que los demás;
pero en modo alguno tú podrás
apropiártelo todo el mismo tiempo:
pues la divinidad concedió a uno   730
las bélicas hazañas y a otro
la danza, y a un tercero
la cítara y el canto;
a otro, empero, le pone en el pecho
Zeus tonante buena inteligencia,
y de él sacan provecho muchos hombres
y también salva a muchos y aun él mismo
lo reconoce más que ningún otro.
Pues bien, voy a decir de qué manera   735
me parece a mí

---

[64] Las tropas de Ayante Telamonio.
[65] Los locrios de Ayante Oileo.
[66] Polidamante, hijo de Pántoo, es la contrapartida antiheroica de
Héctor, el héroe capital de los troyanos.

que habrán de resultar mejor las cosas,
pues por doquier en derredor de ti
está ardiendo un círculo de guerra;
empero, los magnánimos troyanos,
una vez que asaltaron la muralla,
unos se han retirado con sus armas,
y los otros aún siguen luchando
en número menor contra más gente,
desperdigados por entre las naves;
pero, ¡venga!, retírate y convoca   740
a este punto a todos los más bravos;
y entonces ya podríamos pensar
en tomar cualquier suerte de consejo,
si hemos de caer sobre las naves
de remos bien provistas, por si acaso
quiere un dios otorgarnos la victoria,
o bien luego debemos retirarnos
todavía indemnes de las naves.
Pues, de verdad, que yo, al menos, temo   745
que los aqueos logren desquitarse
de la deuda de ayer, pues en las naves
nos está aguardando un guerrero
insaciable de guerra, que no creo
en absoluto ya, a estas alturas,
que a la guerra vaya a renunciar».
De esta manera habló Polidamante
y su sano consejo gustó a Héctor,
y, al punto, con sus armas
saltó del carro a tierra,
y hablándole con fuerte y clara voz   750
le dirigía aladas palabras:
«Polidamante, retén tú aquí mismo
a todos los más bravos, mientras yo,
me voy allí a hacer frente a la guerra;
y, al instante, de nuevo aquí vendré,
en cuanto a los de allí les haya dado
las órdenes bien dadas.»
Dijo así justamente y, parecido
a un monte nevado, dando gritos   755
sin tregua alguna, se precipitó
y a través de troyanos y aliados

iba volando. Y unos y otros,
todos a la carrera se lanzaban
adonde estaba el hijo de Pántoo,
Polidamante, el héroe valeroso,
a medida que iban escuchando
las órdenes que a voces daba Héctor.
Pero él iba de un lado para otro,   760
entre los combatientes de vanguardia,
en busca de Deífobo y Héleno,
el fuerte soberano, y de Adamante,
hijo de Asio, y también de Asio
el Hirtácida, por si en algún sitio
encontrarlos lograra; y encontrólos
pero ya no completamente indemnes
ni siquiera escapados de la muerte,
pues los unos yacían ya tendidos
junto a las popas de las naos aqueas,
pues habían perdido ya sus vidas
bajo las manos de argivos guerreros;
otros dentro del muro [67] se encontraban
heridos por el dardo o por la lanza;
pronto, en cambio, encontró a la izquierda   765
del campo de batalla rico en llanto
al divino Alejandro, el esposo
de Helena, la de hermosa cabellera,
ánimos dando a sus compañeros
e incitándoles a entablar batalla.
Y cerca de él poniéndose, increpóle
con palabras de oprobio, de esta guisa:
«Paris funesto, por tu apariencia
espléndido, loco por las mujeres,
embaucador, ¿dónde, dime, se encuentran   770
Deífobo y el fuerte soberano
Héleno, y Adamante, hijo de Asio,
y Asio el Hirtácida? ¿Y dónde,
di, Otrioneo? La escarpada Ilión
pereció ahora, desde su alta cumbre
derruida del todo,
y ahora segura es para ti

---

[67] *Sc.:* dentro de las muralla de Troya.

la abismal ruina».

A su vez, dirigióle la palabra
el deiforme Alejandro de esta guisa:
«Héctor, puesto que tú ánimo tienes   775
para acusar a quien no es culpable,
alguna vez ya, en otra ocasión,
puede que más que ahora de la guerra
retrocediera yo... pues ni del todo
cobarde me parió la madre mía;
porque desde el momento en que la lucha
de nuestros compañeros despertaste
junto a las naves, desde ese momento
aquí estamos manteniendo contacto
con los dánaos encarnizadamente;   780
los compañeros por los que preguntas
muertos han resultado; sólamente
Deífobo y el fuerte soberano
Héleno se marcharon, en el brazo
por largas lanzas entrambos heridos,
mas de la muerte los salvó el Cronida.
Pero, ¡venga!, tú mándanos ahora,
según te ordenen corazón y alma,
que nosotros habremos de seguirte   785
llenos de ardor, y yo te aseguro
que de valor no he de carecer,
de ninguna manera,
hasta el límite, al menos, de mis fuerzas;
más allá de sus fuerzas nadie puede,
por ansioso que esté, hacer la guerra.»
Así diciendo, el héroe pesuadió
las mientes de su hermano, y en marcha
se pusieron a donde la batalla
y el grito de la guerra eran más fuertes,
a uno y otro lado de Cebriones   790
y de Polidamante, el intachable,
y de Falces y Orteo y Polifetes,
comparable a los dioses, y de Palmis
y de Moris y Ascanio [68], ambos hijos

---

[68] Sin embargo, en el *Catálogo de las naves* ya figura Ascanio en calidad de
comandante allí presente, al mando de sus tropas. Cfr. *Il.* II 862.

de Hipotión, que habían llegado
de la Ascania de fértiles terruños,
de reemplazo, con las primeras luces
del día anterior y entonces Zeus
los había impulsado a combatir.
Y ellos avanzaban semejantes   795
a una borrasca de horribles vientos
que desciende bajo el trueno de Zeus,
el padre de los dioses y los hombres,
sobre el llano y con portentoso estruendo
se precipita dentro de la mar
y en ella numerosas se producen
hirviendo, al ir hinchándose, las olas
de la mar que con insistencia brama,
encorvadas y albeantes de espuma,
unas delante y otras detrás;
de este modo, apiñados los troyanos,   800
por el brillo del bronce refulgentes,
iban siguiendo, los unos delante
y los otros detrás, a sus caudillos.
Y Héctor, hijo de Príamo, guiaba,
igual a Ares, ruina de mortales;
y ante el pecho embrazaba el escudo,
equilibrado en todas direcciones,
compacto por sus pieles, sobre el cual
se extendía gruesa capa de bronce;
y un brillante yelmo se agitaba   805
al lado de una y otra de sus sienes.
Y paso a paso yendo hacia adelante,
por todas partes, por entrambos lados
iba él tanteando las escuadras,
a ver si de algún modo le dejaban
paso, avanzando bajo el escudo;
pero el corazón a los aqueos
dentro del pecho turbar no lograba.
Y Ayantes dando largas zancadas,
lanzó, el primero, este desafío:
«¡Acércate, obcecado! ¿Por qué así   810
tratas de amedrentar a los argivos?
En absoluto somos —que lo sepas—
de la batalla desconocedores,

sino que por el látigo dañino
de Zeus fuimos domados los aqueos.
Por cierto que tu ánimo, tal vez,
espera nuestras naves destruir;
pero manos tenemos
también nosotros para defenderlas.
En verdad, mucho antes caería   815
vuestra ciudad, de muy buena vivienda,
tomada y saqueada a nuestras manos.
Y a ti mismo te digo que está cerca
el momento en que dándote a la fuga,
implores a Zeus padre
y a los restantes dioses inmortales
que tus caballos de hermosas crines,
que, por el llano levantando polvo,
te habrán de llevar a la ciudad,   820
más veloces que los halcones sean.»
Habiendo hablado así, precisamente,
Ayante, le pasó por la derecha
un águila, volando, de alto vuelo,
y la hueste aquea daba gritos
de aprobación, confiada en el presagio.
Pero Héctor ilustre respondía:
«¡Ayante, equivocado en tus palabras!
¡Qué palabras, fanfarrón, has soltado!
¡Ojalá que yo fuera para siempre   825
de Zeus portaégida el hijo,
la augusta Hera me hubiera parido,
y honrado fuera como son honrados
Atenea y Apolo, como ahora
es cierto que este día trae consigo
el sufrimiento para los argivos
y tú entre ellos vas a caer muerto
si osas esperar mi larga lanza   830
que te va a desgarrar tu piel de lirio;
y saciarás con tu grasa y tus carnes
a los perros y aves de rapiña
de los troyanos, una vez caído
al lado de los naos de los aqueos».
Después que justamente así, a voces,
había hablado, inició la marcha

guiándoles, y ellos[69] le seguían
en medio de un portentoso clamor,
y las huestes, atrás, iban lanzando
gritos de aprobación. Y los argivos   835
gritando estaban en el otro bando,
mostrándose conformes, y el valor
no lo olvidaron, antes, al contrario,
el ataque estaban esperando
de los troyanos más sobresalientes.
Y el clamor de ambos bandos alcanzó
el éter y los rayos del dios Zeus.

---

[69] Es decir: los distinguidos guerreros troyanos mencionados en los
versos 790 y siguientes de este mismo canto.

El engaño de Zeus *

[Néstor se encuentra con otros tres caudillos
y juntos contemplan la derrota de los suyos]

A Néstor no le pasó inadvertido,
pese a estar bebiendo, el clamor,

---

* En el canto XIV, titulado «El engaño de Zeus», se nos cuenta cómo el padre de los dioses, víctima de una añagaza de Hera, cae rendido por el sueño, oportunidad que aprovecha Posidón para ponerse al frente de los aqueos y rechazar, seguidamente, a los troyanos. Ayante de una pedrada pone a Héctor fuera de combate, y los hombres de éste se van obligados a retroceder más allá del muro y del foso del campamento argivo.

He aquí las partes que integran el argumento del canto: I (1-26): Néstor, ante el fragor del combate, sale de su tienda y contempla la fuga de los aqueos y el derribo de los muros de su campamento, por lo que decide ir a entrevistarse con Agamenón. Se encuentra entonces con los tres caudillos heridos, Diomedes, Odiseo y el propio Agamenón (27-40). Este último propone emprender la huida, pero Odiseo desecha semejante idea, y Diomedes sugiere ir a exhortar a los aqueos que se encuentran alejados del combate (41-134). Posidón, bajo la apariencia de un anciano, exhorta y reconforta a los combatientes argivos (135-151).

En ese momento Hera decide seducir a Zeus, para lo cual se provee del embellecedor cinturón bordado de Afrodita (152-221), pide y obtiene del Sueño colaboración y ayuda (222-276), y se retira con Zeus al monte Ida (277-293); allí el padre de los dioses sucumbe al fascinante atractivo de su esposa y, colmado su ardiente deseo, se queda dormido junto a ella (294-351). El dios Sueño advierte de ello a Posidón (352-360). Entonces los aqueos, exhortados por el dios de los mares, se reúnen, cambian sus armas y vuelven al combate (361-401). Héctor cae desvanecido como consecuencia de la pedrada que le ha asestado el héroe Ayante, y es transportado a

antes bien, al contrario, dirigía
al Asclepíada[1] palabras aladas:
«Repara ahora, Macaón divino,
en de qué modo irán estas empresas;
que más alta es ya cabe las naves
la grita de los jóvenes garridos.
Pero, sentado, tú, sigue bebiendo   5
vino brillante ahora, hasta el momento
en que Hecamede, la de hermosas trenzas,
caliente el baño te haya preparado
y lavado tus sangrientas heridas,
mientras que yo me voy a una loma
y rápido sabré qué es lo que ocurre».
Habiendo hablado así, tomó el escudo
labrado de su hijo Trasimedes,
domador de caballos, que en la tienda   10
yacía relumbrando por su bronce
(pues aquél[2] el escudo de su padre
llevaba), y empuñó fornida lanza
rematada en bronce bien agudo.
Y fuera de la tienda se detuvo
y al punto contempló indecente empresa:
iban los unos[3] con gran susto huyendo
y los otros[4] detrás los acosaban,
los mangánimos teucros, pues el muro   15
de los aqueos derribado estaba.

_____

orillas del río Janto (402-439). Con renovado ardor reemprenden la lucha
los argivos y, así, consiguen imponerse a sus contrarios (440-505), que no
tienen más opción que darse a la fuga (506-522).
  Este canto continúa produciendo el efecto de retardación que el poeta
concibiera ya para el canto XIII. Consta de tres partes claramente diferenciadas: En la primera Néstor se encuentra con los tres héroes que habían
resultado heridos en el canto XI. Con ello se trata de evitar que surja un
hiato entre la acción general y este nuevo canto que sirve fundamental-
mente para retardar la narración de los hechos (1-152). En la segunda el
poeta nos distrae (y nunca mejor dicho) contándonos cómo Hera sedujo a
Zeus (153-351). En la tercera volvemos a tomar el hilo argumental: los
griegos vencen a los troyanos (352-522).
  [1] El Asclepíada es Macaón, hijo de Asclepio.
  [2] _Sc.:_ Trasimedes.
  [3] _Sc.:_ Los aqueos.
  [4] _Sc.:_ Los troyanos.

Como cuando con sordo oleaje
hierve la alta mar, cuando presiente
sólo así los trayectos impetuosos
de los sonoros vientos y por ello
ni se pone a rodar hacia adelante
en esta dirección ni en esa otra,
hasta que ya un soplo favorable
decidido por Zeus del cielo baja,
así el anciano se iba debatiendo   20
entre dos decisiones, en su alma
desgarrándose: o bien él ir debía
hacia el grueso de los guerreros dánaos
de rápidos corceles, o en busca
del hijo de Atreo, Agamenón,
pastor de gentes. Y así pensando,
le pareció que era de más provecho
irse junto al hijo de Atreo.
Los demás mientras tanto en la lucha   25
se mataban los unos a los otros,
y en torno de sus cuerpos
en cada ocasión crujió el bronce
indestructible según mutuamente
se iban hiriendo con sus respectivas
espadas y azagayas
de dos puntas flexibles.
Y con Néstor topáronse los reyes,
que son de Zeus retoños, que venían
subiendo desde sus embarcaciones,
todos los que habían resultado
heridos por el bronce: el Tidida,
Odiseo y Agamenón Atrida.
Pues muy lejos hallábanse varados   30
del campo de batalla los bajeles,
a la orilla de la canosa mar;
porque habían varado a los primeros
arrastrándolos hacia la llanura,
y, luego, construido la muralla
al borde mismo de las popas de ellos;
pues a pesar de ser ancha la playa
ni aun así pudo contener las naves
en su totalidad, de tal manera

[567]

que estrechura las tropas padecían;
justamente por eso las vararon   35
en filas, una detrás de la otra,
y llenaron de toda la ensenada
la espaciosa boca comprendida
entre sus dos extremos promontorios.
Por consiguiente, ellos, deseosos
de contemplar la grita y la batalla,
cada cual en su lanza apoyado,
íbanse todos juntos caminando;
pero a ellos se les iba afligiendo
por dentro de su pecho el corazón;
y con ellos topóse el viejo Néstor   40
que espantó el corazón de los aqueos
en lo hondo de su pechos.

[Conversación de Néstor con los tres caudillos]

Y hablando en voz alta,
el poderoso Agamenón le dijo:
«Néstor, el de Neleo, alta gloria
de las huestes aqueas, ¿por qué causa,
la guerra abandonando destructora
de hombres, aquí vienes? Tengo miedo
no sea que ya cumpla su palabra
el fuerte Héctor, tal como otrora   45
la pronunció en tono de amenaza
hablando en público ante los troyanos:
que de las naves no se apartaría
para irse de vuelta a Ilión,
antes de pegar fuego a nuestras naves
y además a nosotros darnos muerte.
Así aquél decía en su discurso,
y ahora eso ya se cumple todo.
¡Ay, ay!, sí que es bien cierto
que también otros de entre los aqueos
de hermosas canilleras, como Aquiles,   50
contra mí en su pecho se echan saña,
y se resisten a entablar batalla
al borde de las popas de las naves».
A él luego respondía

Néstor Gerenio, conductor de carros;
«Sí es verdad que ya eso está dispuesto
y que ni el propio Zeus en persona,
el que lanza mugidos en lo alto,
de otra manera lo modelaría.
Pues que se vino abajo ya el muro   55
en el que estaba puesta
nuestra esperanza de que a ser vendría
irrompible baluarte protector
de nuestras naves y de nuestras vidas;
y los troyanos un vivo combate
sostienen sin cesar junto a las naves,
y aunque atalayes muy atentamente
llegar a distinguir ya no podrías
desde qué flanco huyendo los aqueos
van sufriendo el acoso de los teucros;
hasta tal punto en confusión extrema   60
van sucumbiendo a la degollina
y la grita hasta el cielo va llegando.
Nosotros, pues, consideremos cómo
habrán de resultar estos trabajos,
por si el seso consigue lograr algo;
pues que entremos nosotros en batalla
no lo aconsejo yo, que no es posible
en modo alguno que luche un herido».
A él, a su vez, repuso Agamenón,
caudillo de guerreros: «Toda vez   65
que ya cabe las popas de las naves,
Néstor, se está luchando,
y no sirvió el muro construido
ni tampoco el foso en absoluto,
por causa de los cuales mil trabajos
los dánaos padecieron, pues en su alma
esperaban que a ser llegarían
irrompible baluarte protector
de sus naves y de sus propias vidas;
así tal vez a Zeus prepotente
debe de serle grato: que aquí
sin renombre y bien lejos de Argos   70
perdamos nuestras vidas los aqueos.
Pues esa experiencia yo tenía

cuando él a los dánaos defendía
benévolo hacia ellos, y ahora
tengo yo asimismo esa experiencia,
cuando a los troyanos está honrando
como si fueran dioses bienhadados,
mientras que nuestra fuerza y nuestros brazos
nos los ha encadenado. Pero, ¡venga!,
como yo diga obedezcamos todos:
cuantas naves varadas se encuentran   75
cerca del mar en la primera línea,
arrastrándolas botémoslas todas
al piélago divino y sobre el ancla
pongámoslas ya en plena alta mar,
hasta que llegue la noche inmortal,
por si acaso también esta noche
de la guerra los teucros se retiran,
y, así, en tal caso, luego
podríamos botar todas las otras.
Que no merece vituperación   80
huir de la desgracia, aun por la noche;
mejor cosa es que un hombre, la desgracia
tratando de evitar, logre evitarla,
que en la huida resultar aprehendido».
A él entonces mirando torvamente,
el astuto Odiseo le decía:
«Hijo de Atreo, ¿qué palabra es ésa
que se escapó del cerco de tus dientes?
¡Malhadado!, ¡ojalá que en infame
ejército mandaras, no en nosotros,   85
a quienes Zeus ha dado devanar
duras guerras desde la juventud
hasta que uno tras otro perezcamos!
¿De esa manera, pues, estás dispuesto
a dejar tras de ti la ciudadela
de los troyanos, la de anchas calles,
por la que tantos males y fatigas
venimos padeciendo?
Cállate, no suceda que algún otro   90
de los aqueos oiga esas palabras
que en absoluto un hombre debería
dejar pasar a través de su boca,

si es que en sus mientes sabe hablar discreto
y empuña el cetro y préstanle obediencia
tan numerosas huestes como son
las argivas en las que tú imperas.
Pero ahora tus mientes te censuro,   95
tan grave es lo que has dicho:
¡Que tú mandes ahora,
cuando ya está trabado el combate,
y en pleno fragor de la batalla,
botar al mar las naves
de remos bien provistas,
para que aún mejor a los troyanos
se les cumplan sus votos, a pesar
de que están ya ahora dominando,
y, en cambio, sobre nosotros se cierna
la ruina abismal! Pues los aqueos,
si a la mar las naves son botadas,   100
el combate ya no soportarán,
sino que de él han de apartar sus ojos
hasta mirar por dónde escapar,
y se retirarán de la refriega.
Será, en ese caso, desastroso,
caudillo de guerreros, tu consejo».
Y a él así después le respondía
Agamenón, caudillo de guerreros:
«Odiseo, de muy cumplido modo
me has llegado hasta el fondo del pecho
con esa dolorosa reprimenda.   105
Pero, a decir verdad, yo no ordeno
a los hijos de guerreros aqueos
contra su voluntad botar las naves
bien cubiertas de remos a la mar.
Pero ahora, pues, ¡ojalá hubiera
algún otro, bien joven o bien viejo,
que expusiera un plan mejor que éste!;
que ello mucho contento me daría.»
Luego entre ellos tomó la palabra
Diomedes, por el grito
de guerra destacado:
«Cerca está ese varón, no lo busquemos   110
por largo tiempo, si es que estáis dispuestos

a hacerme caso y en absoluto
os irritáis ninguno porque yo
soy, es cierto, de edad
el más joven entre todos vosotros;
que hijo de noble padre también yo
me glorío de ser por mi linaje:
de Tideo, a quien en Tebas⁵ cubre
tierra sobre su tumba derramada.
A Porteo, en efecto, le nacieron   115
tres hijos intachables que habitaban
en Pleurón y la abrupta Calidón⁶;
Agrio y Melante, y el tercero era
Eneo, que era conductor de carros,
el padre de mi padre, que de entre ellos
sobresalía por su valentía.
Pero aquel allí mismo⁷ se quedó,
Y, en cambio, mi padre anduvo errante   120
hasta que al fin en Argos habitó,
pues sin duda así era voluntad
de Zeus y también los demás dioses.
Y se casó con la hija de Adrasto⁸,
y un palacio habitaba en recursos
de vida opulento, pues tenía
a su disposición en abundancia
tierras arables de las que dan trigo,
y a ambos lados de ellas poseía
muchas hileras de árboles frutales
y era dueño de innúmeras ovejas;
y a todos los aqueos superaba
por la lanza, y eso lo habéis oído   125
seguramente, puesto que es verdad.
Por tal razón ninguno de vosotros
afirmando que soy cobarde y flojo
precisamente en cuanto a mi linaje,

---

⁵ Tideo, como los demás héroes de «Los Siete contra Tebas», murió en
el ataque que dirigieron contra esa ciudad. Cfr. *Il.* VI 222-3.
⁶ Eran las dos ciudades más importantes de Etolia. Cfr. *Il.* XII 217.
⁷ En Calidón.
⁸ Adrasto fue el famoso rey de Argos que dirigió la expedición de «Los
siete contra Tebas».

podría despreciar el plan expuesto
que con destreza yo os comunique.
¡Venga, pues, ya, vayamos a la guerra
aunque estemos heridos, a la fuerza;
Allí luego nosotros mismos fuera
de la refriega, lejos de los dardos,   130
tengámonos, no vaya a ser que alguien
sobre una herida otra herida se gane;
pero a los demás dando aliento,
les meteremos dentro del combate,
a ésos que ya antes y aun ahora,
dando satisfacción a sus deseos,
se mantienen al margen y no luchan».
Así decía y los demás, por cierto,
le escucharon y le obedecieron;
y emprendieron la marcha y la iba abriendo,
por delante de ellos,
Agamenón, caudillo de guerreros.
Pero no mantenía como un ciego   135
la vigilancia el insigne dios [9]
que sacude la tierra; al contrario,
se fue tras ellos, a un viejo varón
parecido, y la derecha mano
tomó de Agamenón, hijo de Atreo,
y con voz clara y alta
le dirigía aladas palabras:
«Hijo de Atreo, ahora ya sin duda
en su pecho se goza el funesto
corazón de Aquiles, contemplando
la fuga y mortandad de los aqueos,   140
puesto que en él no hay mientes, ni una pizca.
Pero, ¡ojalá él perezca y un dios
lo deje mutilado! Mas contigo
todavía los bienhadados dioses
no están completamente irritados,

---

[9] Posidón ya ayudaba a los griegos en el Canto XIII, pero lo hacía de
manera encubierta por miedo a su hermano Zeus, temiendo incurrir en su
ira. Por eso toma en *Il.* XIII 45 la apariencia de Calcante y en *Il.* XIII 216
la de Toante. Ahora *(Il.* XIV 136) se nos muestra disimulado bajo la forma
de un viejo.

antes bien, todavía, imagino,
nubes de polvo habrán de levantar   145
a lo largo de la ancha llanura
los jefes y caudillos de los teucros,
y tú mismo has de llegar a ver
cómo escapan hacia su ciudad,
de las naos y las tiendas alejados».
Habiendo hablado así, dio un gran grito
y se lanzó a correr por la llanura.
Tan potente como el grito de guerra
que nueve mil o bien diez mil guerreros
lanzan en el combate cuando, unos
chocando contra otros, estimulan
la reyerta de Ares,
así de fuerte resultó la voz   150
que echó fuera del pecho el poderoso
sacudidor del suelo Posidón,
y en los aqueos imbuyó gran fuerza,
dentro del corazón de cada uno,
para luchar y combatir sin tregua.

[Plan de Hera para engañar a Zeus]

Y allí [10], la del trono de oro,
con sus ojos miró desde el Olimpo,
de pie sobre una cumbre en la que ella
se había detenido; y al punto
reconoció a su hermano y su cuñado   155
que andaba jadeante a través
de la batalla que es prez del guerrero,

---

[10] Da comienzo aquí un precioso episodio, «El Engaño de Zeus» (*Diòs
apáte*), con el que Homero relaja a los oyentes de sus versos, apartándolos
del horrísono fragor del combate. Hay en todo el pasaje buenas dosis de
intención cómica, y se trasluce en él el deseo por parte del poeta de
demostrar su habilidad en el manejo del canto épico, de forma que no sólo
se le vea capaz de referir combates y batallas, sino también de describir
escenas llenas de gracia y atractivo, como esa eclosión de la primavera
vegetal acompañando la unión carnal de Zeus con Hera, una trasposición
simbólica de un antiguo rito de la vegetación (el *hieròs gámos*) en el que
mediante un coito se intentaba por magia mimética revitalizar la fecundi-
dad de la tierra.

y se alegró en su alma; mas a Zeus
le vio sentado en la más alta cumbre
del Ida de mil fuentes, y odioso
le fue a su corazón. Y luego Hera,
la augusta diosa de ojos de novilla,
se dio a reflexionar de qué manera   160
llegar podría a engañar la mente
de Zeus portaégida. Y ésta,
de arriba abajo de su corazón,
la mejor decisión le parecía:
ir al Ida, tras haberse arreglado
debidamente, a ver si de algún modo
se despertara en él dulce deseo
de dormir apegado a su cuerpo
haciendo el amor y derramar   165
ella misma lograra
sobre él, sobre sus párpados y mientes
muy sagaces, plácido y tibio sueño.
Y la marcha emprendió hacia la alcoba
que para ella su querido hijo
Hefesto le había construido,
cuyas sólidas puertas a sus jambas
con un cerrojo oculto adaptara
que ningún otro dios abrir podía.
En cuanto en ella entró, cerró las puertas
refulgentes. Y, en primer lugar,   170
limpió con ambrosía [11] toda mancha
de su cuerpo que incita al deseo,
y se ungió con aceite untuoso,
divino y suave y perfumado
con que —es natural— contaba ella;
de él, con sólo agitarlo en el palacio,
de broncíneo suelo, del dios Zeus,

---

[11] La ambrosía es en Homero un manjar sólido del que disponen los
dioses y que les procura la inmortalidad. También adquiere forma de
ungüento perfumado que sirve para realzar el aseo corporal, como en este
caso, o para embalsamar un cadáver (recordemos que valiéndose de
ambrosía Apolo evita la corrupción del cuerpo de Sarpedón —*Il.* XVI
680— y Afrodita impidió que se corrompiera el cadáver de Héctor —*Il.*
XXIII 186-87).

aun así igualmente el aroma
en cada ocasión
llegó hasta la tierra y el cielo.
Con él precisamente se frotó   175
ella su cuerpo hermoso, y los cabellos
habiéndose peinado, los trenzó
con sus manos y en trenzas
lustrosas los dispuso
y bellas y divinas que caían
de su inmortal cabeza.
Y, como es natural, por ambos flancos
se revistió del peplo inmortal
que Atena le había trabajado
con suma artesanía
y alisado, y en el que había ido
bordando mil labores primorosas.
Y con broches de oro   180
se lo abrochaba a la altura del pecho.
Y el cinturón ciñóse de cien franjas
provisto, y se metió, naturalmente,
dentro de cada lóbulo horadado
pendientes con tres gemas como moras,
de los que mucho encanto destellaba.
Por encima, divina entre las diosas,
se tocó con un velo bello y nuevo   185
que era resplandeciente como el sol;
y atóse las hermosas sandalias
por debajo de sus lustrosos pies.
Y después ya que se había puesto
todo adorno en torno de su cuerpo,
se salió de la cámara, y llamando
a Afrodita separadamente
de los restantes dioses,
le dijo estas palabras:
«¡Hija querida!, ¡ojalá quisieras   190
sin vacilar hacerme algún caso
en lo que yo te diga!; ¿o acaso
me lo podías negar, enojada
en tu ánimo por esto: porque yo
a los dánaos y tú a los troyanos
prestas ayuda?» Y a ella contestaba

luego la hija de Zeus, Afrodita:
«Hera, augusta diosa, del gran Crono   195
la hija, di en qué proyectos piensas,
que cumplirlos mi corazón me ordena,
si es que cumplirlos puedo y son cumplibles».
Y a ella con propósito de engaño
se dirigió la venerable Hera:
«Dame ahora el amor y el deseo
con el que tú a todos los domeñas,
tanto inmortales como hombres mortales,
pues me dispongo a ir a los confines   200
de la muy feraz tierra para ver
a Océano, origen de los dioses,
y a la madre Tetis, que a mí
me recibieron de manos de Rea
y ricamente, me alimentaban
y criaban en su propio palacio
cuando Zeus, que hacia lo lejos truena,
a Crono asentó
debajo de la tierra
y de la mar estéril;
a ellos voy a ver y a disipar   205
rencillas entre ellos imposibles
de desenmarañar. Pues largo tiempo
ya llevan uno de otro separados,
lejos del lecho y del acto de amor,
puesto que en sus almas
hizo irrupción la ira.
Si yo con mis palabras
el corazón de entrambos persuadiendo
hasta hacerlos cambiar de parecer,
consiguiera ponerlos en la cama
de nuevo, para unirse en el amor,
siempre de ellos yo recibiría   210
nombre de cara y respetable amiga».
A ella respondióle Afrodita,
de sonreír amiga: «No es posible
ni correcto negarme a tus palabras,
pues en los brazos duermes
del muy excelso Zeus».
Dijo así y de su pecho desatóse

una cinta bordada
de variados colores, donde estaban,   215
por ella fabricados, los hechizos
de toda suerte y todos los posibles:
Allí estaba el amor, allí el deseo,
allí la charla y la seducción,
la que roba el sentido incluso de esos
que piensan con compactos pensamientos.
Ésa, pues, se la puso entre las manos
y a Hera se dirigía por su nombre
y le decía: «He aquí la cinta
de colores en la que fabricada   220
se encuentra toda cosa;
métetela en el pliegue de tu peplo,
y yo te digo que no has de volver
sin que aún no se te haya realizado
una cosa, cualquiera que ésta sea,
que con afán ansíes en tus mientes».

[Hera y Sueño]

Y ella, Afrodita, la hija de Zeus,
se marchó a su morada, mientras que Hera   225
abandonó de un salto
la cumbre del Olimpo, y, en Pieria [12]
poniendo el pie y en la amable Ematia [13],
se lanzó por encima
de los nivosos montes
de los tracios, pastores de corceles,
por encima de sus más altas cumbres,
sin hollar con entrambos pies la tierra.
Y desde el Atos se encaminó
por encima del mar alborotado,
y a Lemnos llegaba, la ciudad   230
del divino Toante [14]; y allí

---

[12] Pieria es la comarca situada al norte de Tesalia y al este del Olimpo.
[13] Ematia es el nombre antiguo de Macedonia.
[14] Toante era el padre de Hipsípila (*Il.* VII 469) y rey de Lemnos; y fue abuelo de Euneo, que aprovisionaba de vino de Lemnos al ejército aqueo asentado en Tróade. Cfr. *Il.* VII 467-69; XXIII 747. Nada tiene que ver

se topó con el Sueño,
hermano de la Muerte, y, cual cumplía,
le tomó de la mano
y por su nombre a él se dirigía
y le decía: «Sueño, soberano
de todas las deidades y de todos
los hombres; como ya antes mi palabra
me escuchaste, también ahora hazme caso;   235
que yo te habré de estar agradecida
ya por todos los días venideros.
Hazme el favor de adormecer de Zeus
los dos brillantes ojos, por debajo
de sus párpados, justo en el momento
en que me tienda yo junto a sus flancos
y en medio esté de su amoroso abrazo.
Y de regalo te daré un trono
hermoso, indestructible para siempre,
de oro, que mi cojo hijo Hefesto
fabricará con primoroso esmero   240
y bajo el cual habrá de colocar
un escabel para los pies pensado,
en el que apoyes tus lustrosos pies
cuando estés un banquete celebrando».
Y a ella contestando, en alta voz
le hablaba el dulce Sueño:
«Hera, augusta diosa,
hija del grande Crono, fácilmente   245
a otro de los dioses, que por siempre
existen, yo podría adormecerlo,
incluso a las corrientes de Océano
que es de hecho el origen de todo;
pero a Zeus, el hijo de Crono,
yo a acercarme no me atrevería
ni a adormecerle cuando él en persona
no me ordenara que se lo hiciera.
Pues ya otrora un mandato tuyo

---

este Toante con su homónimo el hijo de Andremón, que aparece en el
«Catálogo de las naves» como caudillo de los etolios (*Il.* II 638). Cfr. *Il.*
XIII 222; XV 281.

me hizo a mí prudente, aquel día   250
en que el famoso y arrogante hijo
de Zeus navegaba desde Ilio,
una vez que ya había destruido
la ciudad de los teucros. Así fue,
yo adormecí el espíritu de Zeus,
portador de la égida, vertido
suavemente sobre sus dos ojos,
y, mientras, tú en tu ánimo tramaste
contra aquél [15] desventuras, levantando
soplos de fieros vientos sobre el mar,
y luego hasta Cos [16] lo desviaste,   255
ciudad bien habitada, apartado
de todos sus amigos. Pero Zeus,
luego que despertó, se irritaba
zarandeando a los dioses por la estancia,
y a mí me buscaba
más que a cualquier otro de ellos todos,
y me habría lanzado desde el éter
al mar de tal manera que sin huellas
ya habría entonces desaparecido,
si no me hubiera salvado la Noche,
domadora de dioses y de hombres.
A ella me llegué yo, fugitivo,   260
y él se apaciguó, aunque irritado;
pues sentía aprensión ante el hecho
de realizar acción desagradable
que a la rauda Noche disgustara.
Ahora de nuevo me estás ordenando
otra empresa imposible de cumplir».
A él, a su vez, dirigió la palabra
la augusta Hera de ojos de novilla:
«¿Por qué, pues, Sueño, andas dando vueltas
a estas historias dentro de tus mientes?

---

[15] Heracles había saqueado Troya en la generación anterior (*Il.* V 640).
Al regresar a su casa, Hera, siempre enemiga del héroe hijo de los ilícitos
amores de su esposo, lo desvió de su ruta mediante una tempestad que ella
misma desencadenó.
[16] Cos es una isla situada frente a la costa sudoccidental de Asia menor.
(*Il.* II 677).

¿Crees acaso que Zeus longividente   265
quiere prestar ayuda a los troyanos
en la misma medida en que antaño
se irritó en extremo por Heracles
que era hijo suyo? ¡Ea, vete!,
que yo te he de otorgar de entre las Gracias
más jóvenes una con quien te cases
y que el título lleve de "tu esposa",
[Pasitea, a la que de continuo
aspiras día a día]». Así dijo,   270
y se llenó el Sueño de alegría,
y, respondiendo, así le decía:
«¡Venga!, júrame ahora
por el agua inviolable del Estige [17],
y con una de tus manos agarra
la tierra que es de muchos nutridora
y con la otra el mar centelleante,
para que de nosotros sean testigos
todos los dioses que a uno y otro lado
de Crono están debajo de la tierra,
de que tú en verdad me vas a dar   275
una de entre las más jóvenes Gracias,
Pasitea, a la que de continuo
vengo yo aspirando día a día».
Así decía, y la diosa Hera,
la de los blancos brazos,
no desobedeció, y le juraba
tal como le mandaba, y pronunció
el nombre de los dioses, todos ellos,
que habitan bajo el Tártaro [18] y reciben
por denominación la de «Titanes».
Luego, después que hubo   280
jurado y acabado el juramento,
los dos marcharon, tras de sí dejando
las ciudades de Lemnos y de Imbros,

---

[17] Es el «odioso» río del mundo de los muertos, que se bifurca en el
Titaresio y el Cócito. Por las aguas del Estige juran los dioses sus más
solemnes y sagrados juramenteos. Cfr. *Il.* II 755; VIII 369; XV 37.

[18] Estos dioses, que habitan en lo profundo del Tártaro, castigan a los
violadores de los juramentos. Cfr. *Il.* VIII 13-16; 478-81.

en bruma envueltos, y rápidamente
iban los dos haciendo su camino.
Y al Ida llegaron de mil fuentes,
que es madre de fieras,
a Lecto [19], donde ellos abandonaron
por vez primera el mar, y ambos siguieron   285
su camino por tierra,
mientras. bajo sus pies se estremecían
las alturas cimeras de los bosques.
Allí se quedó el Sueño antes de ser
contemplado por los ojos de Zeus,
y subiéndose a un muy alto abeto
(el más alto que entonces en el Ida
crecido había, puesto que llegaba,
atravesando el aire, hasta el éter)
y sentado en él, entre las ramas
envuelto del abeto, se hallaba,
al pájaro armonioso parecido   290
que en los montes se encuentra
y *cálcide* [20] los dioses llamar suelen
y *címinde* lo llaman los humanos [21]

[Zeus se duerme entre los brazos de Hera]

Pero Hera con ímpetu subióse
al Gárgaro [22], la cumbre
del elevado Ida; y la vió

---

[19] Lecto es un promontorio situado al pie del Ida. Desde él a la cumbre del Gárgaro había una escalonada sierra inaccesible para un mortal, no así para Hera.

[20] Se trata, probablemente, del cernícalo nocturno. Cfr. Aristóteles, *Historia de los animales* 615 b 6.

[21] En cuatro ocasiones diferentes se opone en la *Ilíada* la lengua de los dioses a la lengua de los hombres. Así, un gigante se llama, según sea en una o en otra, o bien Briareo, o bien Egeo (*Il.* I 403); y una colina recibe el nombre de Túmulo de Mirina o bien Batiea (*Il.* II 813); y un río recibe la denominación de Janto o de Escamandro (*Il.* XX 74). El cuarto ejemplo de esta oposición que se declara existir entre la lengua de los dioses y la de los hombres es ésta que aparece en el pasaje que estamos comentando.

[22] Sobre el Gárgaro, la cumbre central y más alta del Ida, tiene su trono Zeus. Cfr. *Il.* VIII 42.

Zeus, el amontonador de nubes.
Y en cuanto la vio, en ese punto
le envolvió el amor por ambos flancos
de sus compactas mientes,
como cuando justo por vez primera,   295
acudiendo al lecho con premura,
a escondidas de sus progenitores,
los dos se unieron haciendo el amor.
Y se plantó de pie delante de ella
y, llamándola por todos sus nombres,
le dijo estas palabras:
«Hera, ¿cómo bajando del Olimpo
tan acuciosa hasta aquí te llegas?
Y no tienes a mano tus caballos
ni tu carro en que montar pudieras».
Y a él con propósito de engaño   300
se dirigió la venerable Hera:
«Me dispongo a ir a los confines
de la muy feraz tierra para ver
a Océano, origen de los dioses,
y a la madre Tetis, que a mí
en su palacio me alimentaban
y me criaban esmeradamente;
a ellos voy a ver
y a intentar disipar
rencillas entre ellos imposibles
de desenmarañar. Pues largo tiempo   305
ya llevan uno de otro separados,
lejos del lecho y del acto de amor,
puesto que en sus almas
hizo irrupción la ira.
Los caballos de tiro están dispuestos
parados en la misma extremidad
del Ida de mil fuentes,
que habrán de llevarme por encima
del sólido y del húmedo elemento.
Pero ahora por mor de ti yo vengo
hasta aquí, descendiendo del Olimpo,
no vaya a ser que luego te me irrites   310
si me marcho en silencio al palacio
de Océano de profundas corrientes».

A ella respondiendo, le decía
Zeus, el que las nubes amontona:
«Cabe, Hera, que también más adelante
hacia ese lugar tú te encamines,
y ahora, en cambio, ¡venga!, en la cama
metámonos los dos y disfrutemos
haciendo el amor; que hasta hoy   315
jamás de esta manera el deseo
de una diosa o de mujer mortal,
vertido en torno de mi corazón,
me lo llegó a domar dentro del pecho,
ni cuando de la esposa de Ixión [23]
me enamoré, la que luego parió
a Pirítoo, a los dioses comparable
por lo discreto que era;
ni cuando de la hija de Acrisio [24],
de Dánae, la de hermosos tobillos,
que a Perseo parió,   320
el más ilustre de los hombres todos;
ni cuando de la hija
de Fénix [25], el famoso
en remotos confines, que parió
para mí a Minos y a Radamante,
semejante a los dioses;
ni aun cuando de Sémele [26] siquiera
ni de Alcmena en Tebas,
la que por hijo dio a luz a Heracles,
el héroe de valiente corazón,

---

[23] Ixión, que había intentado violar a Hera, fue castigado muy severa-
mente en el Hades, amarrado a una rueda que le infligía tortura. Su esposa,
la madre de Pirítoo, era Día. Sobre Pirítoo, cfr. *Il.* I 263.

. [24] Acrisio era rey de Argos; para preservar la doncellez de su hija Dánae
de la rijosidad de sus ocasionales amantes, la encerró en una torre; pero
Zeus penetró en ella en forma de lluvia de oro.

[25] Fénix era famoso en lejanas tierras porque era el ancestro epónimo de
los fenicios, con quienes en los viejos mitos se confundía a los cretenses.
Fue padre de Europa, aunque a veces se nombra como padre de ésta a
Agénor. Minos y Radamante, hijos de Europa, fueron famosos jueces y
legisladores primero en este mundo y luego en el otro. Cfr. *Od.* IV 564,
XI 568.

[26] Sémele era hija de Cadmo, y Alcmena era la esposa de Anfitrión.

y Sémele, la que parió a Dioniso,   325
un regocijo para los mortales;
ni cuando de Deméter [27] soberana,
la de hermosas trenzas,
ni cuando de Letó, la muy gloriosa,
ni cuando de ti misma me prendé,
tal como ahora yo te estoy amando
y me apresa de ti un dulce deseo».
Y a él con propósito de engaño
se dirigió la venerable Hera:
«Aterrador Cronida,   330
¿qué palabras profieres?
Conque ahora deseas vivamente
acostarte y hacer el amor
en las cumbres del Ida...
pero, entonces, queda bien a la vista
nuestro encuentro en su totalidad.
¿Qué pasaría si nos contemplara
durmiendo a los dos juntos
alguno de los dioses sempiternos
y, en medio presentándose de todos
los dioses, se lo diera a conocer?   335
Yo, al menos, ya no regresaría
levantada del lecho, a tu palacio;
pues habría de ser escandaloso.
Pero si ya realmente lo deseas
y te resulta grato al corazón,
tienes tú una alcoba que Hefesto,
tu caro hijo, para ti labró,
sobre cuyos jambajes levantó
compactas puertas que al marco se ajustan.
Vayámonos allí a acostarnos,   340
ya que ganas de cama te han entrado».
Y en respuesta le dijo estas palabras
Zeus, el que las nubes amontona:
«Hera, lo que es por eso,
no tengas ningún miedo:

---

[27] Deméter fue por obra de Zeus madre de Perséfone; y Letó parió, fecundada por el padre de los dioses, a Apolo y Ártemis.

porque algún dios o algún hombre nos vea;
tan espesa será la áurea nube,
te lo aseguro, que haré que nos cubra
por un lado y por otro, que a nosotros
ni el mismo Sol podría columbrarnos
a través de ella, pese a que de él   345
se desprende la luz más penetrante
para llegar a percibirlo todo».
Dijo así y en sus brazos estrechaba
a su esposa el hijo de Crono;
y por debajo la divina tierra
hacía que brotase para ellos
hierba reciente y loto
bañado de rocío y azafrán
y jacinto a la vez espeso y blando
que, a una cierta altura recostados,
a ellos dos del suelo protegía [28].
Allí sobre las flores se acostaron   350
y sobre sí, a modo de cubierta,
se echaron una nube áurea y bella,
de la que, al escurrirse, iban cayendo
resplandecientes gotas de rocío.

[Posidón exhorta a los aqueos]

De este modo, sin rebullir dormía
el padre de los dioses en la cumbre
del Gárgaro, domado por el sueño
y el acto amoroso, y a su esposa
tenía entre sus brazos; y entonces
se puso a correr el dulce Sueño
hacia las naos aqueas para darle   355
al que la tierra ciñe y conmociona [29]
la noticia, y, poniéndose a su lado,
le dirigía aladas palabras:
«Ahora, Posidón, presta ayuda
a los dánaos, hacia ellos bien dispuesto,
y otórgales la gloria, aunque sea

---

[28] A la divina pareja de amantes.
[29] *Sc.:* Posidón.

por poco tiempo, mientras aún Zeus
está durmiendo, puesto que yo a él
envuelto le dejé en blando sopor
y Hera con su seducción le indujo   360
a acostarse y hacer el amor».
Habiendo hablado así, íbase el Sueño
a las famosas tribus de los hombres,
y aún incitó más a Posidón
a prestarles apoyo a los dánaos.
Y, al punto, de un gran salto hacia adelante
fue a situarse entre los primeros
y exhortólos: «Argivos, ¿otra vez
ya de nuevo dejamos la victoria
en las manos del Priámida Héctor   365
para que nuestras naves nos conquiste
y alcance la gloria? Sin embargo,
él así lo afirma y lo proclama,
porque Aquiles, en su pecho irritado,
se queda atrás junto a sus huecas naves;
pero no se le habrá de echar de menos
en absoluto excesivamente,
si el resto de nosotros
a prestarnos ayuda mutuamente
nos vamos alentando con premura;
pero, ¡venga!, tal como yo lo diga,   370
hagamos caso todos. Los escudos
mejores y más grandes que hubiere
en todo el campamento, embrazadlos
para quedar con ellos revestidos,
y cubrid las cabezas con los yelmos
en extremo brillantes, y tomad
en vuestras manos las lanzas más largas;
y, así, vayamos; yo iré delante,
y afirmo que el Priámida Héctor   375
no aguantará a pie firme nuestro ataque
por muy enardecido que se encuentre.
Y el varón que, siendo aguerrido,
lleve al hombro un escudo pequeño
que se lo dé a un hombre menos bravo,
y él se revista de escudo más grande».
Así decía, y ellos, como era

de esperar, lo oyeron de buen grado
y le obedecieron. Y los reyes
en persona, pese a haber sido heridos,
a ordenar sus huestes se ponían,
el Tidida, Odiseo   380
y el hijo de Atreo, Agamenón.
Y pasándoles a todos revista,
iban cambiando las armas guerreras:
el bueno de las buenas se vestía
y al inferior las daban inferiores.
Mas cuando ya se hubieron revestido
de refulgente bronce en torno al cuerpo,
a caminar entonces se pusieron;
y a la cabeza de ellos, cual cumplía,
Posidón iba, el que sacude el suelo,
en su robusta mano empuñando   385
una espada tremenda
de alargada punta,
parecida al relámpago, a la cual
no es posible en la lucha luctuosa
aproximarse, antes bien, el miedo
retiene a los guerreros.
Y a los troyanos, en el otro bando,
a su vez, los estaba ordenando
el magnífico Héctor. Ya entonces
tensaron la porfía de la guerra
hasta hacerla terrible en grado sumo
Posidón de azulada cabellera   390
y el magnífico Héctor, ciertamente:
éste a los troyanos, y aquél
a las huestes argivas socorriendo.
Solevantóse el mar contra las tiendas
y las naves de las tropas argivas,
y unos y otros con gran griterío
se encontraron y trabaron combate.
Ni la ola del mar tan gran bramido
produce, al chocar con tierra firme,
cuando desde alta mar se va encrespando,   395
cediendo al feroz soplo de Bóreas;
ni se levanta tan fuerte crujido
del fuego con que un monte en sus quebradas

ardiendo está, cuando ya se lanzó
a quemar la espesura de la selva;
ni resuena el viento tan vibrante
en torno a las encinas de altas copas,
el que sobremanera emite altos
sus mugidos cuando está irritado,
como de los troyanos y aqueos   400
se elevó la voz al proferir
sus horrísonos gritos de combate,
cuando unos contra otros se lanzaron [30].

[Ayante y Héctor]

Lanzó el ilustre Héctor, el primero,
su pica contra Ayante, después que éste
se volviera directamente a él,
y no erró el disparo, antes bien,
en el punto le dio precisamente
en que tensas le estaban por el pecho
las dos correas, a saber: la una,
del escudo; la otra, de la espada   405
claveteada con tachones de plata;
y ellas la tierna piel le protegieron.
Y Héctor se irritó porque en vano
huyera de su mano el raudo tiro;
y hacia atrás se iba retirando
hasta el grupo de sus compañeros,
rehuyendo la Parca. A él, luego,
según se retiraba [31],
el gran Ayante, hijo de Telamón,
con una piedra de las que rodaban   410
junto a los pies de los que combatían,
en gran número, pues eran usadas
como calzos de las rápidas naves
de ésas mismas, precisamente, una
levantando, le acertó en el pecho,
por encima del borde del escudo,

---

[30] He aquí una preciosa serie de tres símiles encadenados en los que se
compara la grita de guerra a los fuertes ruidos de tres elementos de la
naturaleza: el agua del mar, el fuego y el aire.

[31] Súplase: le golpeó.

cerca del cuello, y, al alcanzarle,
lo impulsaba con fuerte sacudida
como a una peonza y por doquier
en derredor dio vueltas.
Como cuando una encina por el golpe
de Zeus padre se viene abajo,
con su raíz incluso arrancada,   415
y se desprende de ella
tremendo olor a azufre,
y a cualquiera que la vea de cerca
el valor no le invade en absoluto,
pues duro es el rayo del gran Zeus;
así càyó a tierra, sobre el polvo,
en un instante, el coraje de Héctor.
De su mano dejó caer la lanza
y escudo y yelmo sobre él cayeron   420
y a ambos lados de él su armadura
en bronce repujada resonó.
Los aqueos entonces, profiriendo
grandes gritos, corrieron, con afán
de llevárselo a rastras, y lanzaban
jabalinas en apretada piña,
pero nadie logró al pastor de gentes
de cerca golpear o herir de lejos,
pues ya antes le habían rodeado
los héroes más notables,
Polidamante y, además, Eneas   425
y el divino Agénor,
Sarpedón el caudillo de los licios,
y el intachable Glauco [32].
De los demás ninguno en absoluto
se descuidó de él; por el contrario,
a su lado, por delante de él
los redondos escudos colocaron.
Luego, sus compañeros en sus brazos
alzándole, lo iban llevando fuera

---

[32] Glauco había sido herido en *Il.* XII 388 y todavía en *Il.* XVI 509 no
se siente con fuerzas para luchar. Pero tal vez sí pudiera proteger a Héctor
amparándole tras su escudo.

de la brega hasta que al fin llegó
donde estaban sus rápidos corceles,
que detrás del combate y la batalla   430
hallábanse parados, con su auriga
y su labrado carro;
éstos a él, mientras iba exhalando
hondos suspiros, le iban llevando
a la ciudad. Mas una vez llegaron
al vado del vertiginoso Janto,
río que avanza con bellas corrientes,
al que había engendrado el inmortal
Zeus, allí bajáronle del carro,   435
le pusieron en tierra y rociaron
con agua; y él entonces recobróse,
y, alzando los párpados, abrió
los ojos, y asentándose encima
de sus rodillas, rompió a vomitar
una sangre de color nebuloso.
Y de nuevo hacia atrás cayó a tierra
y sus ojos veló la negra noche,
pues todavía el golpe
le atenazaba el alma.

[Nuevos combates singulares)

Y los argivos, una vez que vieron   440
a Héctor alejarse del combate,
con más arrojo contra los troyanos
se lanzaron y del ardor guerrero
se acordaron. Entonces, el primero
de entre todos con mucho,
·Ayante el veloz, hijo de Oileo,
saltando sobre Satnio, le hirió
con su aguda lanza,
Satnio, de Énope hijo, al que pariera
una ninfa, una náyade intachable,
para Énope, cuando éste apacentaba   445
bueyes en las riberas del Satnioente [33].

---

[33] El Satnioente es un torrente que desciende por el flanco meridional
del Ida y desemboca entre la isla de Ténedos y el golfo de Adramition, no

A él acercóse el hijo de Oileo,
famoso por su lanza, y le hirió
en el costado, y él cayó de espaldas,
y a ambos lados de él feroz contienda
iban trabando dánaos y troyanos.
Y en su defensa fue Polidamante,
hijo de Pántoo, blandiendo una lanza,   450
y a Protoénor, el hijo de Areílico,
le alcanzó en el hombro derecho,
y a través del hombro
se abrió camino la fornida lanza,
y él, cayendo en el polvo, asió la tierra
con el hueco de su crispada mano.
Y, dando grandes gritos, se jactó
Polidamante sin mesura alguna:
«Una vez más, opino, no en vano,
a la verdad, saltó la jabalina
de la robusta mano   455
del magnánimo hijo de Pantoo;
al contrario, se la llevó consigo,
en sus carnes metida, un argivo,
y creo que apoyándose en ella
descenderá a la morada de Hades».
Dijo así, y sobrevino a los argivos
aflicción ante esas sus jactancias;
pero al valiente Ayante sobre todo,
hijo de Telamón, conmovió el alma,   460
pues de él muy cerca había caído.
E impetuosamente disparó
su refulgente lanza contra él
según se retiraba. Mas saltando
Polidamante a un lado, se zafó,
él, por lo menos, de la negra Parca;
pero Arquéloco[34], el hijo de Anténor
la jabalina se llevó consigo;

---

lejos del promontorio de Lecto. El nombre propio Satnio es un hipocorístico derivado de Satnioeisios, formación que a su vez deriva del
nombre del río: *Satnioéis*.

[34] Arquéloco y su hermano Acamante, que aparecerá más adelante
(*Il.* XIV 476), eran, con Eneas, comandantes de los dárdanos.

pues a él, justamente, le habían
decretado los dioses la ruina.
A él le acertó, en efecto, en la juntura   465
del cuello y la cabeza,
en la vértebra extrema, y le cortó
los dos tendones. Y al suelo llegaron,
cuando el héroe cayó,
su cabeza, la boca y la nariz
mucho antes que piernas y rodillas.
Y Ayante, a su vez, lanzaba un grito
hacia Polidamante, el intachable:
«¡Polidamante!, reflexiona ahora   470
y dime con franqueza, ¿no compensa
acaso este guerrero a Protoénor,
en cuanto bajas que uno y otro son?
No me parece, realmente, a mí
ni villano ni hijo de villanos,
sino hermano de Anténor, domador
de caballos, o bien, si no, su hijo;
pues a él en persona resultaba
parecido en extremo,
a juzgar por sus rasgos de familia».
Así dijo, aunque bien le conocía,   475
y aflicción en el ánimo hizo presa
de los troyanos. Acamante [35] entonces
a Prómaco el beocio con su lanza
hirió, en defensa habiendo acudido
de su hermano, a quien aquél trataba
de arrastrar tirando de su pies;
y por ello Acamante se jactó
sin mesura y dando grandes gritos:
«¡Argivos, fanfarrones, insaciables
de amenazas!, no será, en verdad,   480
para nosotros solos el trabajo
y la miseria, mas también vosotros
alguna vez así [36] habréis de morir.
Reflexionad: ved cómo por mi lanza

---

[35] Hermano de Arquéloco.
[36] Es decir: como Prómaco.

domado vuestro Prómaco ahora duerme,
para que en absoluto ya no quede
sin pagar largo tiempo la expiación
pecuniaria debida por mi hermano.
Por eso, justamente, algunas veces
un varón hace votos por dejar
tras de sí en el palacio un hermano   485
que le proteja a él de la ruina».
Dijo así, y sobrevino a los argivos
aflicción ante esas sus jactancias;
pero conmovió el alma sobre todo
al valiente Penéleo [37], que, al punto,
derecho arremetió contra Acamante;
mas éste no aguantó la acometida
del caudillo Penéleo, que hirió
a Ilioneo, hijo de Forbante,   490
un ganadero rico en rebaños,
a quien precisamente Hermes amaba
mucho más que a ningún otro troyano,
y le había otorgado la fortuna;
para él su esposa, convertida en madre
entre sus brazos, le parió a Ilioneo,
que fue su único hijo; a éste entonces
Penéleo le hirió bajo la ceja,
en los cimientos de uno de sus ojos,
y de cuajo arrancóle la pupila;
y la lanza pasóle por el ojo   495
hacia adelante y por entre la nuca,
y tendiendo sus manos, una y otra,
postura de sentado iba adoptando.
Y Penéleo, extrayendo de la vaina
su aguda espada, asestóle un golpe
en mitad de su cuello, y la cabeza
con yelmo y todo hizo saltar a tierra;
y todavía la robusta lanza
clavada en el ojo se encontraba,
y, habiéndola hacia arriba levantado,
como cabeza de adormidera,

---

[37] Penéleo era, como Protoénor, caudillo de los beocios (*Il.* II 494), y
paisano del Prómaco (cfr. *Il.* XIV 476).

la mostró a los troyanos y decía   500
en tono jactancioso estas palabras:
«Hacedme este favor: decid, troyanos,
al padre y a la madre
del noble Ilioneo
que en palacio no lloren, pues tampoco
la esposa de Prómaco, el hijo
de Alégenor, radiante de alegría
recibirá de vuelta al caro esposo
cuando ya desde Troya en nuestras naves   505
regresemos los jóvenes aqueos».
Dijo así, y, como era de esperar,
en todos hizo presa un temblor
que recorrió sus miembros, y miraba
con inquietud cada uno por dónde
de la abismal ruina escaparía.

[*Últimos combates. Huyen los troyanos*]

Decidme ahora, Musas [38] que habitáis
palacios del Olimpo, quién fue ya
el primero de entre los aqueos
que sangrientos despojos consiguió,   510
una vez que el combate inclinara
el famoso conmovedor del suelo.
Ayante Telamonio, el primero,
hirió a Hirtio [39] el Girtíada, caudillo
de los misios intrépidos; y a Falces [40]
y a Mérmero Antíloco mató
y Meriones dio muerte
a Moris [41] e Hipotión;
y Teucro liquidó a Protoón   515
y a Perifetes. Y el Atrida [42] luego

---

[38] Esta invocación intenta poner de relieve el hecho decisivo del que se
nos va a informar a continuación, a saber: la huida de los troyanos.
[39] Hirtio, sin embargo, no aparece mencionado como caudillo de los
misios en el «Catálogo de las huestes troyanas y de los aliados» (*Il.* II 858).
[40] Cfr. *Il.* XIII 791.
[41] Cfr. *Il.* XIII 792.
[42] Menelao; no Agamenón, que está herido y no puede combatir. Cfr. *Il.*
XVII 24, donde Menelao, a punto de combatir con Euforbo, hermano de

golpeó en el costado a Hiperénor,
pastor de gentes; y penetró el bronce
por entre sus entrañas,
provocando desgarros; y el alma
por la herida abierta se lanzó
presurosa, y la sombra envolvióle
a él entrambos ojos.
Pero a la mayoría los mató   520
Ayante el veloz, hijo de Oileo,
pues nadie era comparable a él
en la persecución a la carrera,
tan pronto los guerreros
a la fuga se dan, cada vez que
Zeus suscita en ellos el pavor.

Hiperénor, alude a cómo ya ha dado muerte a este último. Tanto Euforbo
como Hiperénor son hermanos de Polidamante y, por tanto, hijos de
Pántoo. Cfr. *Il.* XIV 450.

CANTO XV

Contraataque desde las naves *

[Zeus se despierta y reprende a Hera]

Luego, después que huyendo atravesaron
la estacada y el foso, y que domados
cayeron numerosos bajo el brazo
de los dánaos, entonces ya sus pasos
retenían y firmes se quedaban
al lado de los carros, verdecidos
por el miedo y llenos de terror,
y entonces en las cumbres del Ida
Zeus se despertó de al lado de Hera,

---

* Los troyanos huyen más allá del foso del campamento. Pero al
despertar Zeus y alejarse Posidón, dirigidos por Apolo reemprenden el
ataque y alcanzan de nuevo la situación en que se encontraban al comienzo
del canto XIII: vuelven a rebasar el foso y la muralla del campamento
aqueo. Luego, guiados por el propio Zeus, atacan los navíos griegos y
ponen en fuga a los argivos.

La verdad es que el título «Contraataque desde las naves» es sumamente
desafortunado y sólo encaja con la primera parte del canto. En realidad, el
verdadero «Contraataque» no empieza hasta el Canto XVI.

He aquí las distintas unidades de contenido que configuran el argumento
de este canto XV: 1. Zeus se despierta y toma medidas para invertir la
situación que percibe en el campo de batalla (1-280). 2. Los aqueos se ven
obligados a retroceder hasta sus baluartes (281-366). 3. Intervenciones de
Néstor y Patroclo (367-404). 4. Comienza la batalla junto a las naves (405-
591). 5. Héctor llega hasta las mismas naves e intenta pegarles fuego (592-
746).

la del trono de oro, y de un salto 5
se puso en pie y vio a los troyanos
y a los aqueos; unos, perseguidos,
y los otros, por detrás, acosando,
y entre ellos, Posidón soberano.
Y a Héctor vio tendido en la llanura,
y a ambos lados de él se encontraban 10
sus compañeros; y él era atacado
por un penoso ahogo, y sin sentido
estaba dentro de su corazón,
y vomitando sangre, toda vez
que el tiro no se lo había soltado
el más débil de todos los aqueos.
Y, al verlo, le hubo compasión
el padre de los hombres y los dioses,
y con terrible y torva mirada
a Hera dirigió estas palabras:
«Bien cierto es ya, incorregible Hera,
que tu embuste maléfico ha puesto 15
a Héctor divino fuera de combate
y a sus huestes las ha puesto en fuga.
En verdad, yo no sé si vas a ser
tú, a tu vez, la primera en disfrutar
de tu penosa sarta de maldades
y te propino yo unos correazos.
¿No te acuerdas de cuando te colgué
de lo alto y dos yunques, sujetos
a tus dos pies, los dejé suspendidos,
y en torno de tus manos eché esposas
irrompibles, de oro, y colgada 20
tú te quedaste en medio del éter
y entre las nubes, y no ocultaban
su disgusto los dioses por el vasto
Olimpo, pero no eran capaces
de llegarse a tu lado y desatarte;
que a quien yo cogía en el intento,
asiéndole, del umbral le arrojaba
hasta hacerle llegar con poca fuerza
a tierra. Pero a mí ni aún así
lograba abandonarme el corazón
el dolor incesante que sentía 25

[598]

por el divino Heracles a quien tú
con ayuda de Bóreas, el viento,
y habiendo a las borrascas persuadido,
enviaste con intención perversa
sobre la mar estéril
y luego desviaste
a Cos bien habitada. A él yo
de allí lo saqué libre y de nuevo
lo reconduje a Argos, criadora   30
de caballos[1], aunque después que hubo
padecido innúmeros trabajos.
Eso de nuevo voy a recordarte
para que dejes ya de engañarme,
para que veas si de algo te valen
el lecho y el carnal ayuntamiento
en que viniste a unirte conmigo,
lejos de la presencia de los dioses,
y con el que lograste engañarme.»
Dijo así y tiritó la augusta Hera,
la de ojos de novilla, y en voz alta   35
le dirigía aladas palabras:
«Séanme ahora de esto testigos
la tierra y por encima el vasto cielo
y el agua del Estige[2] según va
descendiendo, que es para los dioses
bienhadados el más impresionante
y el más formidable juramento,
y aun tu propia sagrada cabeza,
y nuestro propio lecho conyugal,   40
por el que nunca en falso juraría:
Posidón el que conmueve la tierra
no por deseo mío causa daño
a Héctor y a los troyanos, y socorre,

---

[1] El Argos en que se criaba caballos debió de ser en un principio el
Argos Pelásgico (cfr. *Il.* II 681) de Tesalia. En cambio, el Argos de este
pasaje, a pesar del epíteto que le acompaña (*hippóbotos:* «donde se crían
caballos»), se refiere a la ciudad de Argos del Peloponeso. A veces por
«Argos» hay que entender toda la Argólide y hasta Grecia entera.

[2] En caso de perjurio, el dios que haya jurado por el Estige pierde de
inmediato su inmortalidad.

en cambio, a los otros, sino que
a él mismo tal vez su corazón
a ello le incita y se lo ordena,
pues sintió compasión por los aqueos
cuando junto a las naos los vio agotados;
pero, es más, incluso a él yo misma
podría aconsejarle que se mueva   45
por la ruta por la que exactamente,
dios de sombrías nubes, tú le guíes».
Dijo así y sonrió
el padre de los hombres y los dioses,
y a ella en respuesta
le dirigía aladas palabras:
«¡Así ya tú de ahora en adelante,
augusta Hera de ojos de novilla,   50
conmigo estando de común acuerdo,
ocuparas tu puesto en el asiento
en medio de los dioses inmortales!;
en ese caso, hasta Posidón,
aunque en verdad sean otros sus deseos,
al punto la dirección cambiaría
de su mente para hacerla seguir
la de los corazones tuyo y mío...
Pero si ya en verdad y exactamente
me estás hablando, vete ahora mismo
donde se hallan las tribus de los dioses
y llama a Iris para que aquí venga   55
y a Apolo, famoso por su arco,
para que ella vaya al campamento
de las huestes aqueas que se visten
de broncíneas cotas y le diga
al soberano Posidón que deje
la guerra y se vuelva a su palacio.
Y a Héctor, que le incite al combate
Febo Apolo, y que una vez más
le inspire coraje y le haga   60
olvidar los dolores que ahora
en sus mientes lo están atormentando,
y, por el otro lado, a los aqueos,
en ellos suscitando
el pánico cobarde,

les hagan dar la vuelta, de manera
que en su huida caigan en las naves,
de muchos remos, del Pelida Aquiles[3];
y éste habrá de poner en pie de guerra
a Patroclo, su caro compañero;   65
y a él con su lanza el ilustre
Héctor le matará ante Ilión
después de que haya hecho perecer
a muchos esforzados combatientes,
entre otros a mi hijo, el divino
Sarpedón[4]. E irritado por la muerte
de Patroclo, Aquiles el divino
a Héctor matará, y, a partir
de ese momento, en adelante haré
que un contraataque surja de las naves
de continuo y sin interrupción,
hasta que los aqueos tomar logren   70
la escarpada Ilión en un futuro
merced a los designios de Atenea[5].
Antes de eso ni yo pienso mi enojo
hacer cesar ni voy a permitir
que ningún otro de los inmortales
ayude aquí a los dánaos, en tanto
no se cumpla el deseo del Pelida,
cual se lo prometí por vez primera,   75
y a ello asentí con mi cabeza,
el día en que tocó mis rodillas,
suplicándome a mí la diosa Tetis
honrar a Aquiles, destructor de villas».

[Los dioses obedecen]

Así dijo, y no desobedeció
Hera, la diosa de los blancos brazos,
y se marchó desde los montes de Ida

---

[3] Zeus hace un resumen de los acontecimientos que van a tener lugar en
el futuro.
[4] Sarpedón muere en *Il.* XVI 419-505.
[5] Cfr. *Od.* VII. Se refiere a la estratagema del caballo de madera
contruido por Epeo.

hasta el alto Olimpo. Como cuando   80
salta el pensamiento de un hombre
que ha recorrido numerosas tierras
y en sus sutiles mientes así piensa:
«¡Ojalá acá estuviera o acullá!»
y da vueltas a innúmeros proyectos,
de manera igualmente impetuosa
por el aire voló la augusta Hera.
Y llegó al Olimpo escarpado
y topó con los dioses inmortales   85
en el palacio de Zeus reunidos;
y, al verla, todos se levantaron
de un salto y, haciéndole señales,
a su salud brindaban con sus copas.
Ella a los otros dejóles estar,
pero a Temis, la de hermosas mejillas,
la copa le tomó, pues, la primera,
a su encuentro habíale salido
a la carrera y con voz fuerte y clara
le dirigía aladas palabras:
«Hera, ¿cómo has venido?   90
De espantada tienes el semblante.
A buen seguro, a ti el hijo de Crono
que tienes por esposo te asustó.
Ya luego a ella le respondía
Hera, la diosa de los blancos brazos:
«No me preguntes eso, diosa Temis,
pues también tú en persona bien que sabes
cómo es de aquél el corazón, soberbio
e implacable; mas, ¡ea!, tú ahora   95
da señal a los dioses de que empiecen
el banquete por igual repartido
en palacio, que luego tú también
vas a escuchar, en medio
de los restantes dioses inmortales,
qué malas obras nos anuncia Zeus;
y te aseguro que en absoluto
se alegrarán las almas por igual
de todos juntos, dioses y mortales,
por más que uno esté bienhumorado
participando ahora en el banquete.»

Y ella, la augusta Hera,
tomaba asiento luego que así habló.
Y los dioses se apesadumbraron
a lo largo del palacio de Zeus.
Mas ella con sus labios se rió,
pero su frente, encima de sus cejas
cerúleas, no se regocijó,
e indignada, en medio de todos
así decía: «¡Pobres infelices,
los que, insensatos, nos enfurecemos
contra Zeus! Es más, aún tratamos   105
de acercarnos a él y reprimirle
bien de palabra o bien por la fuerza.
Pero él, sentado aparte, no se cuida
ni se preocupa, porque con firmeza
dice que entre los dioses inmortales
es decididamente el más cumplido,
a la vez por su fuerza y poderío.
Por eso, aguantad
el mal que a cada uno os envíe;
pues creo que ya ahora está dispuesta   110
para Ares una calamidad:
en efecto, ya le ha perecido
Ascálafo⁶, su hijo, en la batalla,
para él el más querido de los hombres,
de quien afirma el fornido Ares
que es suyo». Así dijo,
y Ares con las palmas de las manos
golpeó sus dos muslos vigorosos
y gimiendo decía estas palabras:
«No vayáis a irritaros, habitantes   115
de palacios olímpicos, conmigo
ahora por el hecho de que vaya
a las naves de las huestes aqueas
para vengar la muerte de mi hijo,
aunque también a mí me corresponda
el destino de caer fulminado
por el rayo de Zeus y yacer

---

⁶ Ascálafo fue muerto en *Il.* XIII 518.

en el suelo entre muertos confundido
y en medio de la sangre y del polvo».
Así dijo y mandaba de inmediato
al Terror y la Fuga que le uncieran
sus caballos, en tanto que él mismo   120
de sus fúlgidas armas revistióse.
Y entonces se hubiera preparado
otro acceso de cólera mayor
y otro enfado aún más doloroso
de Zeus para con los inmortales,
si Atena, en extremo temerosa
por todas las deidades, no se hubiera
levantado y dejado el asiento
en que estaba sentada
y el vestíbulo no hubiera cruzado;
y el yelmo le quitó de su cabeza   125
así como el escudo de sus hombros,
y arrancó de su fornida mano
la broncínea lanza y colocóla
con la punta mirando para arriba,
y a la vez increpaba con palabras
de represión al impetuoso Ares:
«Alocado, mentecato, estás
totalmente perdido. Bien seguro
que en vano para oír tienes orejas
y muertas tienes razón y vergüenza.
¿No oyes lo que te dice la diosa,   130
Hera de blancos brazos, que ahora mismo
de estar con Zeus Olímpico ha llegado?
¿Acaso quieres tú personalmente
sufrir hasta las heces muchos males
para luego regresar al Olimpo,
aunque pesar te cause, por la fuerza,
y luego para todos los demás
plantarnos un desastre de importancia?
Al punto, en efecto, dejará   135
a los soberbios teucros
y a los aqueos, y vendrá al Olimpo
a alborotarnos y a uno tras otro
echarnos mano, tanto al culpable
como al que no lo sea en absoluto.

[604]

Por eso ahora de nuevo te mando
que depongas la ira por tu hijo;
pues ya alguno mejor que él en fuerza
y en brazos o bien está ya muerto   140
o, asimismo, más tarde habrá de estarlo;
que penosa tarea es salvar
la raza y descendencia
de todos los humanos».
Después que así habló, hizo sentarse
en su sillón al impetuoso Ares.
Y Hera llamó fuera de palacio
a Apolo y a Iris, que ejerce
de mensajera entre los inmortales,
y hablándoles con clara voz y alta,   145
les dirigía aladas palabras:
«Zeus ordena que vayáis al Ida
lo más rápidamente que podáis;
luego, cuando lleguéis y a la cara
miréis a Zeus, haced lo que aquél
con apremio os mande y os ordene».
Una vez que así dijo exactamente,
la augusta Hera se fue de regreso,
y tomaba asiento en su trono;   150
y ellos dos de un salto
emprendieron el vuelo. Y al Ida
de muchas fuentes, madre de las fieras,
iban llegando y en él encontraron,
en la cumbre del Gárgaro sentado,
al Cronida que truena hacia lo lejos;
y en torno de él a modo de corona
una fragante nube le aureolaba.
Y ellos dos, llegados ante Zeus[7],
concentrador de nubes, se pararon,   155
y él, al verlos, no se enojó
en su ánimo de que a las palabras
de su esposa hubieran tan de prisa,

---

[7] Zeus desea enviar a Iris y a Apolo a cumplir sendas misiones: la mensajera debe llegarse adonde está Posidón, y el dios ha de acudir al lado de Héctor. Pues bien, estos dos sucesos simultáneos los describe Homero como si fuesen consecutivos.

por darle gusto a él, obedecido.
Y a Iris, la primera,
le dirigía aladas palabras:
«Vete yéndote ya, rápida Iris,
y al soberano Posidón anuncia
en su totalidad este mensaje
y no seas de embustes mensajera:
mándale que al punto abandonando   160
la batalla y la guerra, se encamine
adonde están las tribus de los dioses
o bien a lo hondo del divino mar.
Y si no obedece mis palabras,
mas, al contrario, no hace caso de ellas,
que ya a partir de entonces para luego
reflexione en su mente y corazón:
Que no ose esperarme a pie firme,   165
ni siquiera aunque bien fuerte sea,
pues afirmo que le llevo ventaja
considerable en fuerza,
y que en edad yo voy de él por delante;
pero en su corazón no siente empacho
de proclamarse igual a mí mismo,
a quien aun los demás miran con miedo».
Así dijo, y no hizo caso omiso
la rauda Iris de los pies de viento,
y descendió de las cumbres del Ida
hasta la sacra Ilión.
Como cuando la nieve o el granizo   170
helado, de las nubes al caer,
va volando movido por la fuerza
impulsiva del Bóreas, nacido
en el éter, así de velozmente,
enardecida, se echó a volar
la rauda Iris a través del aire;
y de él cerca parándose le dijo
al glorioso sacudidor del suelo:
«Un mensaje a traerte aquí he venido,   175
señor de azulada cabellera
que abrazas la tierra,
de Zeus portaégida en nombre.
Ordenó que tú al punto, abandonando

la batalla y la guerra, te encamines
adonde están las tribus de los dioses
o bien a lo hondo del divino mar.
Y si a sus palabras no obedeces,
mas, al contrario, no haces caso de ellas,
también él profería amenazas
de venir aquí mismo   180
a enfrentarse contigo en combate;
y ordenaba que esquivaras sus manos,
puesto que afirma que una ventaja
considerable te lleva en fuerza
y que en edad por delante va él,
pero tu corazón no siente empacho
de igual proclamarte a él mismo,
a quien aun los demás miran con miedo».
A ella, hondamente apesadumbrado,
respondióle el glorioso
sacudidor del suelo:
«¡Ay! En verdad, aunque sea valiente,   185
me habla arrogantemente, si pretende
reducirme contra mi voluntad
y por la fuerza, a mí
que en honor soy su igual; pues tres hermanos
de Crono hemos nacido a los que Rea
parió; Zeus y yo y, el tercero,
Hades que es soberano de los muertos;
y en tres partes todo está repartido
y cada uno participa ya
de su prerrogativa, a saber:
yo obtuve, al ser echadas   190
las suertes, habitar la mar canosa
y Hades obtuvo las brumosas sombras,
y a Zeus le tocó el ancho cielo
en medio de las nubes y del éter.
Mas la tierra aún
común a todos es,
como también lo es el amplio Olimpo.
Por eso, pues, tampoco, en absoluto,
yo he de vivir de acuerdo con la mientes
de Zeus. Antes bien, que permanezca   195
tranquilo, aunque poderoso sea,

en su parte tercera, y con sus manos
no quiera en absoluto amedrentarme
a mí, como si yo fuera un villano.
Pues sería mejor que reprendiera
con violentas palabras a sus hijas
y a sus hijos, a los que engendró
él mismo en persona;
que ésos sí habrán de escucharle
cuando les mande, incluso a la fuerza».
A él luego respondía   200
la rauda Iris de los pies de viento:
«Así, pues, ya, señor de la azulada
cabellera, que abrazas la tierra,
¿esta respuesta despiadada y fuerte
debo llevar a Zeus?
¿Te vas a retractar en algún punto?
Las mientes de los buenos son flexibles.
Sabes que las Erinias [8]
siempre de parte están de los mayores».
A ella, a su vez, le dijo Posidón,   205
que sacude la tierra:
«Diosa Iris, muy oportunamente
has dicho esas palabras: buena cosa
también es que discreto
el mensajero sea. Sin embargo,
un terrible dolor va alcanzando
mi corazón y mi alma cada vez
que pretende con airadas palabras   210
reñirme a mí que partícipe soy
en la misma medida que lo es él
y sometido a idéntico destino.
Pero por esta vez, pese a todo,
aunque irritado, me someteré,
pero voy a decirte otra cosa
que amenaza será de corazón:
Si de mí prescindiendo y de Atena,
la diosa de botín apresadora,
y Hera y Hermes y Hefesto soberano,

---

[8] Las Erinias castigan a los que cometen delitos contra miembros de la propia familia, sobre todo contra padres o hermanos mayores.

de la abrupta Ilión piensa abstenerse,   215
por tratarla con consideración,
y no va a estar dispuesto a devastarla
ni a otorgar grande triunfo a los argivos,
que sepa esto: que irremediable
será la ira de nosotros dos»⁹.

[Zeus socorre a los troyanos]

Así diciendo abandonó las huestes
aqueas el sacudidor del suelo,
y fue a hundirse en el mar y le echaron
de menos a él los héroes aqueos.
Y entonces a Apolo le decía   220
Zeus el que las nubes amontona:
«Ve ahora, caro Febo, en busca de Héctor,
el del casco de bronce, pues ya —¿sabes?—
el que ciñe y sacude la tierra
se ha ido a la divina mar,
mi arrebatada cólera esquivando;
pues hubieran podido percibir
perfectamente nuestro batallar
también los demás dioses,
especialmente los que bajo tierra   225
están de Crono a uno y otro lado.
Pero esto de mucho más provecho
ha resultado tanto para mí
como para él mismo: que él antes
a mis manos cediera, aunque indignado;
pues no hubiera llegado el asunto
hasta su fin sin derramar sudor.
Mas tú en tus manos toma
la égida de fleco guarnecida,
y blandiéndola bien briosamente,   230
pon en fuga a los héroes aqueos.
Y tú en persona, flechador Apolo,
ocúpate del magnífico Héctor,
o sea: en él despierta un gran coraje
hasta que huyendo lleguen los aqueos

---

⁹ Es decir: de él mismo y de Atenea.

a sus naves e incluso al Helesponto [10].
Que yo mismo desde ese momento
discurriré la palabra y la obra,
de manera que aún   235
de nuevo los aqueos
se tomen un respiro en sus trabajos».
Así decía, y Apolo a su padre,
como era de esperar,
no desobedecío; y de inmediato
de las cumbres del Ida descendió,
parecido a un raudo gavilán
matador de palomas,
que de las aves es la más ligera.
Sentado encontró al divino Héctor,   240
del aguerrido Príamo el hijo,
que ya en el suelo no estaba tendido
y estaba, hacía poco, recobrando
su hálito vital y a entrambos lados
de sí a sus compañeros
iba reconociendo; a la vez,
su sofoco y sudor iban cesando,
pues la mente de Zeus, portador
de égida, le iba despertando.
Y cerca de él plantándose, Apolo
el todopoderoso, le decía:
«Héctor, hijo de Príamo, ¿por qué
sentado estás aparte, alejado
de los demás y con escasas fuerzas?   245
¿Alguna aflicción, tal vez, te alcanza?»
A él, con pocas fuerzas, dijo Héctor,
el héroe del yelmo refulgente:
«¿Quién eres tú, deidad sobresaliente,
que me haces preguntas frente a frente?
¿No oyes decir que Ayante, destacado
por su grito de guerra, me alcanzó
con proyectil de piedra en el pecho
y fin puso a mi fuerza impetuosa,   250

---

[10] El Helesponto se encontraba tras el campamento aqueo, el cual se
hallaba situado al sur de Troya.

cuando estaba yo junto a las popas
de las naos de las huestes aqueas
haciendo estrago entre sus compañeros?
Y yo ya me decía que este día
llegaría a la mansión de Hades
y adonde están los muertos, pues estaba
a punto de exhalar mi último aliento».
A él, a su vez, le dijo el soberano
Apolo, el dios todopoderoso:
«Ten ánimo ahora, que el Cronida
envió por delante para ti
un valedor para que te asista   255
y te defienda, a mí, Febo Apolo,
el de la espada de oro,
que ya hasta ahora os vengo protegiendo,
al mismo tiempo, a ti en persona
y a tu escarpada ciudadela.
Pero, ¡venga!, ahora con apremio
ordena a tus aurigas numerosos
que dirijan sus rápidos caballos
en dirección a las cóncavas naves;
por mi parte, yo, yendo por delante,   260
a los caballos les alisaré
el camino en su totalidad
y a los héroes aqueos pondré en fuga».
Así dijo, y al pastor de hombres
le infundió gran coraje.

[*Reaparición de Héctor. Retroceden los aqueos*]

Y al igual que un corcel en el establo,
cebado en el pesebre con cebada,
destroza de un tirón sus ataduras
y al galope recorre la llanura,
el suelo con sus cascos golpeando,
a bañarse habituado en las corrientes   265
de las aguas hermosas de algún río,
y orgulloso de sí yergue su cuello
y de uno y otro lado de sus hombros
vanle al compás las crines oscilando,
y a él, bien seguro de su lozanía,

muy ligeras sus patas le conducen
hasta el pasto y manada de las yeguas,
así Héctor sus pies y sus rodillas
ágiles los movía, apremiando   270
a sus aurigas, después de que había
la voz del dios oído. Pero ellos,
los argivos, como a ciervo cornudo
o a cabra montés, impetuosos,
persiguen perros y hombres campesinos,
mas escarpada roca o bosque umbroso
le brindan protección, pues, justamente,
no estaba para ellos decretado
por el hado que le dieran alcance,
pero a los gritos de ellos,   275
un león de melenas bien crecidas
les aparece en medio del camino
y al punto a todos pone en fuga
por mucho que estén enardecidos,
así los dánaos en masa seguían,
continuamente hasta ese momento,
hiriendo con espadas y con lanzas
guarnecidas de dos puntas flexibles;
mas cuando a Héctor vieron recorriendo
las filas de guerreros, se turbaron,   280
presos por el espanto, y a todos
se les cayó el ánimo a los pies.
Y a ellos después se dirigía,
con esta alocución, Toante[11], el hijo
de Andremón; el cual Toante era
con mucho el mejor de los etolios,
experto en arrojar al jabalina
y bravo en la lucha cuerpo a cuerpo;
y en la asamblea a él pocos aqueos
le vencían, cada vez que los mozos
rivalizaban exponiendo planes;
él con buena intención para con ellos   285
les arengó y hablóles de este modo:

---

[11] Toante es caudillo de los etolios. Posidón tomó su apariencia cuando
en *Il*. XIII 216 increpa a Idomeneo preguntándole qué se han hecho las
amenazas con que los aqueos conminaban a los troyanos.

«¡Ay, ay! Es, en verdad, un gran prodigio
éste que con mis ojos estoy viendo:
Cómo es, pues, que de nuevo, otra vez,
las Parcas esquivando,
Héctor se levantó;
de cierto, el corazón de cada uno
nos hacía concebir la esperanza
de que él moriría sometido
a las manos de Ayante Telamonio;
pero algún dios le protegió de nuevo   290
y a Héctor salvó; él que de muchos
dánaos las rodillas desató,
como creo también pasará ahora;
porque no sin la voluntad de Zeus
altitonante está en primera línea
plantándose él ahora
firme y con tantas ansias de combate.
Pero, ¡venga!, tal como yo os diga,
obedezcamos todos: a la masa   295
ordenemos que se vuelva a las naves;
pero nosotros mismos, sin embargo,
cuantos nos ufanamos
de ser los más valientes
que hay en el campamento,
permanezcamos quietos a pie firme,
por ver si lanza en ristre conseguimos,
lo primero de todo,
contenerles arrostrando su embate;
pues imagino que, aunque enardecido,
él en su corazón sentirá miedo
de meterse en el grueso de los dánaos».
Así dijo, y ellos, como era   300
de esperar, le oyeron de buen grado
y le obedecieron.
Y a uno y otro lado de Ayante
y de Idomeneo el soberano,
y de Teucro y Meríones y Meges,
comparable a Ares, convocando
a los más distinguidos combatientes,
iban formando un frente de batalla,
encarándose a Héctor y los teucros;

la masa, por detrás, empero, se iba   305
volviendo a las naos de los aqueos.

[Los troyanos ponen en fuga los argivos]

Y los troyanos se abalanzaron
en masa y, por supuesto, dirigidos
por Héctor, que iba dando largos pasos;
mas delante de él iba Febo Apolo,
sus dos hombros en una nube envueltos,
que la égida empuñaba impetuosa,
espantosa, velluda en sus dos bordes[12],
y conspicua a la vista, la que a Zeus
le había dado Hefesto el herrero,   310
para que él llevándola consigo
infundiera terror a los varones;
ésta precisamente empuñando
entre sus manos, Apolo se puso
al frente de las tropas.
Los argivos en masa resistieron
y un agudo grito se elevó
de uno y otro bando; y saltaban
los dardos de las cuerdas de los arcos,
y de atrevidas manos muchas lanzas:
las unas se clavaban en la carne   315
de jóvenes guerreros
ágiles en el campo de batalla,
pero muchas también, entre los bandos,
se quedaban clavadas en el suelo,
antes de alcanzar la blanca carne,
anhelosas de saciarse de ella.
Mientras entre sus manos Febo Apolo
la égida empuñaba sin moverla,
acertaban los tiros de ambos bandos
y las huestes caían; pero luego   320
que mirando a la cara de los dánaos
de rápidos corceles, la agitó,
y además él mismo
lanzó un muy alto grito,

---

[12] Hemos visto ya (cfr. *Il.* XV 229) que la égida tiene flecos o borlas.

el corazón les hechizó en el pecho
y se olvidaron de su ardiente fuerza.
Y·ellos, a la manera en que dos fieras
que se han presentado de repente
persiguen a una manada de bueyes
o un numeroso rebaño de ovejas,
en lo profundo de la negra noche,
en tanto· que el pastor no está presente,   325
de esa forma se pusieron en fuga,
cobardes, los aqueos; pues Apolo
pavor les infundió, y a los troyanos
y a Héctor la gloria otorgaba.
Y entonces, dispersando el combate,
un guerrero mató a otro guerrero:
Héctor a Estiquio[13] y a Arcesilao
los mató; el segundo, general   330
de los beocios de cotas de bronce,
y el primero, un fiel compañero
del magnánimo héroe Menesteo;
y Eneas mató a Medonte[14] y Jaso;
es a saber: Medonte era bastardo
del divino Oileo,
y de Ayante, hermano;
en Fílaca habitaba,
de su patria alejado,   335
pues a un varón había dado muerte,
de su madrastra Eriópide al hermano,
a la que por esposa
tenía Oileo; por su parte, Jaso
era caudillo de los atenienses
y era llamado hijo de Esfelo,
el cual era de Búcolo[15] el hijo.
Y cazó a Mecisteo

---

[13] Estiquio es un ateniense (cfr. *Il.* XIII 195; 691) y Arcesilao es uno de
los cinco caudillos beocios (*Il.* II 495).
[14] Medonte había tomado el mando los contingentes griegos que antes
comandaba Filoctetes. Cfr. *Il.* II 727.
[15] Los versos 333-338 tal vez fueron interpolados para halagar a Pisístrato que era por su linaje un Bucólida.

Polidamante, a Equio Polites [16]
en la primera línea de batalla;   340
y a Clonio cazó el divino Agénor [17].
Y a Deíoco [18] Paris
le alcanzó, de un disparo,
por detrás, en lo más bajo del hombro,
cuando estaba emprendiendo la fuga,
entre los combatientes de vanguardia,
y a fondo traspasóle con el bronce.
Mientras ellos les iban despojando
de su armadura, en tanto los aqueos
sobre el foso excavado y las estacas
echándose, se daban a la fuga
por aquí y por allá y se ocultaban   345
contra su voluntad, detrás del muro.
Y Héctor a grandes gritos
exhortó a los troyanos:
«Lanzaos sobre las naos impetuosos
e intactos dejad
los sangrientos despojos;
pues a quien vea yo en otro sitio,
distante de las naves,
allí mismo decretaré su muerte,
y no espere, creo yo, que sus parientes   350
ni sus parientas a él le concedan,
después de muerto, la asignación
de fuego que a los muertos es debida,
antes bien, al contrario,
le arrastrarán los perros
delante mismo de nuestra ciudad».
Así dijo e hizo avanzar el carro
tirado por caballos,
el látigo chascando por encima
de sus hombros, y, una fila tras otra,

---

[16] Mecisteo es hijo de Equio. En *Il.* VIII 333 saca a un herido del campo de batalla y a un muerto en *Il.* XIII 422. En cuanto a Polites, cfr. *Il.* II 791, XIII 533.

[17] Clonio es otro comandante de los beocios. Cfr. *Il.* II 495. Ya antes han muerto otros dos; cfr. *Il.* XIV 450; XV 329.

[18] Este personaje sólo aparece mencionado en este lugar del texto.

exhortó a los troyanos, y con él
todos ellos, llamándose a gritos,
dirigían los carros arrastrados
por caballos, con ruido portentoso.   355
Y Febo Apolo, por delante de ellos,
con sus pies fácilmente derribando
los rebordes de la profunda fosa,
los arrojó en medio mismo de ella,
y a modo de puente les formó
una vereda larga y también ancha,
cuanto trecho alcanza
de una lanza el disparo
cada vez que la arroja un varón
intentando probar sus propias fuerzas.
Por allí en escuadrones   360
se iban derramando hacia adelante,
y por delante Apolo
le égida muy valiosa iba empuñando.
Y el muro aqueo echaba abajo
con gran facilidad,
como cuando un niño la arena,
a la orilla del mar, echa por tierra,
después de que con ella sus juguetes
hizo según sus gustos infantiles,
y de nuevo, otra vez, con pies y manos
los arrasa sin dejar de jugar.
Así exactamente tú, ¡oh Febo [19]!,   365
arrasaste la obra que supuso
gran trabajo y laceria a los argivos,
y el pánico entre ellos provocaste.
Así junto a las naves los aqueos
se iban deteniendo y se quedaban
firmes, y unos a otros
exhortándose, y a todos los dioses
sus manos levantando,
hacía cada uno grandes votos;

---

[19] Renunciamos a dar una traducción de la voz *éïe* que aparece en este
lugar del texto y que parece ser el vocativo de un adjetivo epíteto con que
se invoca a Apolo. Pero no sabemos mucho más acerca de ella.

y muy en especial Néstor Gerenio,   370
vigilante de las huestes aqueas,
suplicaba extendiendo sus brazos
hacia el cielo cuajado de estrellas:
«Padre Zeus, si alguna vez en Argos,
rica en trigo, alguien te suplicaba,
quemando de un buey o de una oveja
grasientos muslos, el regreso a casa,
y se lo prometiste y acordaste,
acuérdate, Olímpico, de ello   375
y apártanos el implacable día,
y no permitas que de esa manera
vayan siendo domados los aqueos
bajo el peso de las huestes troyanas».
Así dijo en sus ruegos, y tronó
con gran estruendo Zeus consejero
al oír las plegarias
del viejo descendiente de Neleo.
Mas los troyanos, cuando percibieron
de Zeus portaégida el trueno,
con furor redoblado se lanzaron   380
contra los hombres de Argos,
y del furor guerrero se acordaron.
Y ellos, entonces, como una gran ola
del mar de anchos caminos
se abate por encima
de uno y otro costado de una nave,
cuando empuja acuciante
el ímpetu del viento,
pues es él sobre todo
el que hace que se hinchen las olas;
así, con grandes gritos los troyanos
bajaban por el muro, y los carros   385
llevando hasta adentro del campamento,
junto a las popas de las naos luchaban
con sus lanzas flexibles en las puntas,
cuerpo a cuerpo, éstos desde sus carros,
en cambio, los aqueos,
desde lo alto de sus negras naves,
a las que previamente
se habían subido, combatían

con pértigas enormes
y bien pulidas que, naturalmente,
en las naves hallábanse guardadas
para servir de picas de abordaje,
bien trabadas sus diferentes partes,
y, en la punta, de bronce revestidas[20].

[Patroclo y Eurípilo]

Pero Patroclo, mientras los aqueos   390
y los troyanos combatiendo estaban
por la muralla, fuera del alcance
de las veloces naves,
sentado estaba dentro de la tienda
de Eurípilo, el guerrero viril,
a quien con sus relatos deleitaba
y aplicaba a su penosa herida
polvos medicinales,
remedios de sus negros sufrimientos.
Mas después que vio ya a los troyanos   395
con ímpetu lanzados contra el muro,
y que entre los dánaos surgiera
pánico y griterío,
exhaló un gemido al instante
y luego se dio un golpe en sus dos muslos
con la palmas de sus manos abiertas,
y en tono de lamento
decía estas palabras:
«Eurípilo, ahora ya no puedo,
aunque lo necesites y desees,
quedarme aquí, a tu lado;   400
pues ha surgido ya una gran contienda.
Pero, ¡venga!, que de darte deleite
se cuide tu escudero, en tanto yo
me doy prisa en llegar donde Aquiles,
a ver si le incito a combatir.
¿Quién sabe si, ayudado por un dios,

---

[20] Estas pértigas se componían de varios listones sujetos unos a otros mediante arandelas hasta alcanzar una longitud de veintiún codos (cfr. *Il.* XV 678).

consigo yo a base de consejos
mover su corazón?
Pues bueno es el consejo
que se recibe de un compañero».

[El combate junto a las naves]

A Patroclo, después de haber hablado,   405
de esta manera, al punto le llevaban
sus pies; mas los aqueos
bien firmes aguantaban
el ataque troyano;
pero no eran capaces
de apartarles de sí
y rechazarles, así, de las naves,
aunque en número eran inferiorres;
pero tampoco en ningún momento
podían los troyanos,
tras romper las escuadras de los dánaos,
meterse entre las tiendas y las naves.
Antes bien, de la forma en que el cordel   410
endereza de un extremo a otro
la quilla de una nave,
en manos de un experto carpintero
que, efectivamente, bien conoce
su arte, toda ella,
por la inspiración de Atenea,
así mismo estaba por igual
tensa entre uno y el otro bando
la batalla y la guerra;
unos por una nave
trababan la batalla
y otros por otra nave.
Y Héctor fue a colocarse   415
frente al glorioso Ayante,
y ambos estaban dándose fatiga
por una sola nave, y no podían
ni Héctor echar a Ayante y prender fuego
a la nave, ni Ayante a Héctor
repelerlo de ella, toda vez
que a ella un dios le había aproximado.

Allí al hijo de Clitio[21], a Célator,
el ilustre Ayante
le alcanzó con la lanza en el pecho
en el momento en que iba llevando   420
fuego a una nave, y retumbó al caer
y la antorcha le cayó de la mano.
Y Héctor, al ver con sus ojos al primo
en el polvo caído
ante la negra nave,
lanzando un alto grito,
exhortó a los troyanos y a los licios:
«Troyanos, licios, dárdanos, guerreros   425
expertos en la lucha cuerpo a cuerpo,
aún no os retiréis de la batalla
aquí en esta estrechura, antes bien,
salvad de Clitio al hijo, no suceda
que, habiendo sucumbido en el combate
librado por las naves, los aqueos
logren de su armadura despojarlo».
Así dijo y disparó a Ayante
su refulgente lanza,
pero no le acertó, mas de seguida   430
dio al hijo de Mástor[22], Licofrón[23],
escudero de Ayante, de Citera[24],
que junto a él vivía en su palacio
porque a un hombre había dado muerte
entre los muy divinos citereos;
a él, justamente, que en pie se encontraba
cerca de Ayante, con el bronce agudo
le acertó en la cabeza
encima de la oreja; y cayó   435
boca arriba a tierra desde lo alto
de la popa del barco,

---

[21] Clitio era hermano de Príamo (cfr. *Il.* III 147, XX 238). Y Calétor,
«voceador», es, por tanto, primo de Héctor.

[22] Mástor es un nombre parlante que significa «rastreador».

[23] Licofrón es el personaje de un tipo de leyenda muy extendido: la
leyenda del héroe que por un delito de sangre se ve obligado a exiliarse.

[24] Citera es la isla que se extiende frente a la costa meridional del
Peloponeso.

y sus miembros, pues, se le desataron.
Se estremeció Ayante, y a su hermano
se dirigía con estas palabras:
«Dulce Teucro, ya un fiel compañero
tuyo y mío ha resultado muerto,
aquel hijo de Mástor que vivía
en nuestra casa aunque era de Citera,
y al que nosotros en nuestro palacio
precisábamos igual que a nuestros padres;
a él Héctor magnánimo mató.
¿Dónde están, pues, tus flechas,   440
de la muerte veloces portadoras,
y el arco que a ti Febo Apolo
te había procurado?»
Así dijo, y Teucro lo entendió
y, corriendo, plantóse cerca de él,
empuñando en su mano
el arco que se tiende hacia atrás
y el carcaj, receptáculo de flechas,
y muy rápidamente a los troyanos
les dirigía él sus proyectiles.
Y a Clito alcanzó, ilustre hijo   445
de Pisénor, y de Polidamante,
noble hijo de Pántoo, compañero,
cuando, riendas en mano, se encontraba
ocupado con trabajo en su carro;
pues lo iba guiando al lugar
en que más numerosas las escuadras
iban siendo oprimidas,
por complacer a Héctor y a los teucros;
pero rápidamente le llegó   450
a él mismo la desgracia
que de él nadie pudo alejar,
por más que ardientemente lo desearan.
Pues en la parte de atrás de su cuello
se le hincó la flecha gemebunda
y derribado se cayó del carro
y hacia atrás se le fueron los caballos
traqueteando y haciendo resonar
con estrépito el carro vacío.
Pero al punto se percató de ello

[622]

Polidamante el rey, y, el primero,
se fue derecho frente a los caballos.
Y se los entregó   455
a Astínoo, el hijo de Protiaon,
y le mandó encarecidamente
que próximos a él los mantuviera
y a él no le dejara de mirar;
y él mismo, marchándose de nuevo,
se metió en medio de los combatientes
de las primeras filas.
Pero Teucro tomaba otro dardo
contra Héctor, el del yelmo de bronce;
y hubiera puesto fin a la batalla
librada junto a las naos aqueas,
si, acertándole a él mientras campaba   460
como un hazañoso paladín,
el aliento le hubiera arrebatado.
Pero a la mente compacta de Zeus,
que (es bien sabido) protegía a Héctor,
no pasó eso desapercibido,
mas a Teucro, hijo de Telamón,
le privó de la gloria, pues la cuerda
en el arco sin tacha, bien trenzada,
le rompió en el momento
en que, apuntando a Héctor,
de ella estaba tirando hacia atrás;
y la flecha, pesada por el bronce,   465
se le fue, desviada, a otro lugar,
y el arco se le cayó de la mano.
Y Teucro estremecióse, y a su hermano
se dirigía con estas palabras:
«¡Ay, ay!, un dios, sin duda ya, del todo
trasquilando está
nuestros planes de lucha,
pues me hizo caer
el arco de la mano, y la cuerda
rompió recién trenzada
que ayer le había atado   470
para que resistiera
los dardos que de ella
saltaran con frecuencia».

Luego le contestaba el gran Ayante,
hijo de Telamón: «Dulce amigo,
¡venga!, deja estar
el arco y las abundantes flechas,
puesto que un dios las hizo inservibles
por envidia, para mal de los dánaos,
y coge en tus manos larga lanza
y el escudo pon sobre los hombros
y sigue con los troyanos luchando   475
y excitando al resto de tus gentes.
Que, aunque nos han domado,
al menos no nos tomen sin trabajo
nuestras naves bien provistas de remos;
antes bien, traigamos a la memoria
nuestro ardor guerrero».
Así dijo, y aquél dejó en la tienda
el arco, pero él mismo a los hombros
el escudo se echó confeccionado
a base de cuatro capas de pieles,
y sobre su cabeza vigorosa   480
un yelmo bien labrado colocó,
de crines de caballo guarnecido,
y sobre el que un penacho ondeaba
hacia adelante infundiendo espanto;
y echó mano a la vigorosa lanza
rematada en afilado bronce,
y emprendió la marcha,
y muy rápidamente, a la carrera,
al lado de Ayante se plantó.
Mas Héctor cuando vio que las saetas
de Teucro le resultaban fallidas,
a troyanos y licios   485
con voz potente así los arengó:
«Troyanos, licios, dárdanos, guerreros
expertos en la lucha cuerpo a cuerpo,
sed varones, amigos, y acordaos
de vuestro ardor guerrero a lo largo
de las hileras de cóncavas naves;
pues ya he visto con mis propios ojos
cómo han resultado ineficaces,
por voluntad de Zeus, las saetas

disparadas por bravo campeón;
se hace bien fácil de reconocer   490
el apoyo que Zeus da a los hombres
prestándoles su fuerza defensiva,
sea que otorgue a unos
la más excelsa gloria, o bien que a otros
les mengüe y se niegue a defenderles,
como ahora amengua el ardor
de los argivos, mientras que a nosotros
nos va favoreciendo con su ayuda.
Pero, ¡venga!, formando una piña,
luchad junto a las naves, y si alguno
de vosotros herido resultara   495
por un dardo o de cerca golpeado,
y tras la muerte va y tras su destino,
que muera; que no es indecoroso
para él morir defendiendo a su patria;
por el contrario, salva está su esposa
y sus hijos lo están en adelante,
y su casa y el patrimonio intactos,
si los aqueos se van con sus naves
hacia su tierra patria».
Así diciendo, su ánimo y coraje   500
excitó a cada uno.
Y, en tanto, Ayante, en el otro bando,
por su parte, exhortó
de esta manera a sus compañeros:
«¡Tened vergüenza, argivos!
Ahora es cosa segura
o bien que perezcamos
o nos salvemos y de nuestras naves
rechacemos los males que amenazan.
¿Acaso esperáis que, si las naves
llega a tomar Héctor,
el del brillante yelmo,
yendo a pie llegaréis   505
cada uno a vuestra propia patria?
¿Acaso no oís cómo arenga
Héctor a su ejército entero,
él que ya prender fuego a nuestras naves
desea con afán?

No es, en verdad, al baile, por lo menos,
adonde exhorta a ir a sus gentes,
sino a combatir.
De modo que no hay para nosotros
ni mejor plan ni mejor pensamiento
que éste: el de mezclar coraje y manos   510
en combate trabado cuerpo a cuerpo.
Mejor es perecer, o bien, vivir
de una vez por todas,
que lentamente irse extenuando
en contienda feroz y de esta guisa,
tan vanamente, junto a las naves,
durante largo tiempo, y por obra
de hombres inferiores a nosotros».
Así diciendo, ánimo y coraje
excitó a cada uno.
Entonces Héctor a Esquedio[25] mató   515
hijo de Perimedes y caudillo
de los focios, y Ayante
cazó a Laodamante,
comandante de soldados de a pie,
ilustre hijo de Anténor; y mató
Polidamante a Oto el cilenio[26],
caudillo de magnánimos epeos[27],
compañero que era del Filida[28].
Al verlo, Meges saltó sobre él;   520
pero Polidamante,
agachándose se apartó de él
y, de este modo, a él no le acertó,
pues Apolo[29] no estaba dispuesto
a permitir que el hijo de Pántoo
domado sucumbiera
entre los combatientes de vanguardia;

---

[25] Esquedio, hijo de Ífito, aparece como caudillo de los focios en *Il.* II
517. Vuelve a morir a manos de Héctor en *Il.* XVIII 306. Se trata de otro
pequeño descuido del buen Homero, a no ser que haya que contar con dos
caudillos homónimos de los focios, dos Esquedios.
[26] Es decir: de Cilene, ciudad de Élide; no del monte Cilene.
[27] Cfr. *Il.* XIII 692.
[28] Meges.
[29] Pántoo era sacerdote de Apolo. Cfr. Virgilio, *Eneida* II 319.

pero a Cresmo hirió en mitad del pecho
con su lanza, y él retumbó al caer,
y de sus hombros Meges intentaba
a él de su armadura despojarle.
Pero entretanto se abalanzó   525
sobre él Dólope [30], sumamente experto
en la lucha con lanza,
el Lampétida [31], a quien engendrara
Lampo, el hijo de Laomedonte,
que aventajaba a todos los varones,
muy experto en la fuerza impetuosa.
Él entonces al hijo de Fileo
le acometió de cerca y con la lanza
le golpeó en mitad del escudo;
pero le protegió
la espesa coraza que llevaba   530
puesta, con sus dos planchas ajustadas.
Otrora de Efira [32]
Fileo se la había
traído, de la vera
del río Seleente [33];
un huésped, en efecto, se la había
regalado, Eufetes,
caudillo de guerreros,
para que a la guerra la llevara
sobre sí mismo puesta
como defensa de sus enemigos,
y ella también entonces
del cuerpo de su hijo
la muerte rechazó.
Pero Meges a Dólope golpeó   535
con su aguda lanza en la cimera
más prominente del broncíneo yelmo

---

[30] Dólope es primo de Héctor. Su padre era Lampo, hijo de Laomedonte.
[31] Lampétida (*Lampetídes*) presupone Lámpeto (*Lámpetos*), nombre
sobre el que se ha formado el gentilicio. Y Lampo (*Lámpos*) es forma
hipocorística y acortada de *Lámpetos*.
[32] Se trata de una ciudad de Élide.
[33] Río de Élide.

adornado con crines de caballo
y de ella el penacho le arrancó,
que cayó todo entero,
brillante por la púrpura
desde hacía aún muy poco tiempo.
Mientras Meges, aguantando a pie firme,
luchaba y esperaba la victoria,
en su ayuda llegó el aguerrido   540
Menelao, que se paró a un lado,
empuñando su lanza sin ser visto,
y por detrás hirióle [34] en el hombro.
Y, ávida, la punta atravesó,
en su apresuramiento hacia adelante,
el pecho, y él entonces boca abajo
se derrumbó. Y los dos [35] se abalanzaron
a quitarle la broncínea armadura   545
de sus hombros. Pero Héctor exhortó
a todos sus hermanos,
sin dejar uno; y, en primer lugar,
reprendió a Melanipo,
el valeroso hijo de Hicetaon [36];
él que durante un tiempo apacentaba
bueyes de andares curvos en Percota [37],
en tanto el enemigo estaba lejos;
mas después que las naves de los dánaos,
combas por ambos lados, ya llegaran,
regresó a Ilio y entre los troyanos   550
destacaba, y moraba
en la casa de Príamo, que a él
al igual le preciaba que a sus hijos;
a él Héctor reprendió
y, nombrándole, dijo estas palabras:
«¿Así ya, Melanipo, aflojaremos?
¿Ni tan siquiera, pues, se te revuelve

---

[34] *Sc.:* a Dólope.
[35] Menelao y Meges.
[36] Hicetaón, padre de Melanipo, es un hermano de Príamo. Luego está
claro que «a todos sus hermanos» del verso anterior ha de entenderse en
sentido amplio, incluyendo también a los primos bajo esa denominación.
[37] Percota era una villa del Helesponto; cfr. *Il.* II 835.

el corazón al ver muerto a tu primo?
¿No estás viendo cómo andan ocupados   555
en conseguir de Dólope las armas?
Mas sígueme, pues ya no es posible
luchar con los argivos desde lejos,
antes de que o los aniquilemos
o bien arrasen ellos,
desde lo alto hasta sus fundamentos,
la escarpada Ilio
y sean muertos los que en ella habitan».
Dijo así y se ponía a la cabeza,
y el guerrero, parecido a los dioses [38],
se fue en pos de aquél.
Pero a los argivos exhortaba   560
el gran Ayante hijo de Telamón:
«Amigos, sed varones, y en el alma
armaos de sentimiento de vergüenza,
y vergüenza sentid unos de otros
en el curso de las fuertes refriegas;
que de guerreros que sienten vergüenza
más son los que se salvan que los muertos;
en cambio, de los que huyen
no resulta ni gloria ni defensa».
Así dijo, mas ellos ya de suyo   565
en deseos ardían
de defenderse de los enemigos
rechazándolos, y en el corazón
la exhortación de Ayante se metieron,
y con muro de bronce
el acceso a las naves obstruyeron;
mas Zeus incitaba a los troyanos
a que fueran contra el broncíneo muro.
Y a Antíloco, entonces, Menelao,
por su grito de guerra distinguido,
exhortaba: «Antíloco, no hay
ningún aqueo más joven que tú
ni de pies más veloz, ni valeroso   570
a la hora de luchar en combate;

---

[38] Es decir: Melanipo.

[629]

¡ojalá, de un salto, con tu lanza
lograras alcanzar a algún troyano!».
Así dijo y se retiró de nuevo
Menelao, mas al otro enardecía;
y éste, de un salto, salió de la fila
de los campeones y, a los dos lados
de sí avizorando, disparó
su refulgente lanza, y los troyanos,
retrocedieron ante el disparo
de este varón, que no disparó en vano   575
su proyectil; al contrario, acertó
al hijo de Hicetaon, el soberbio
Melanipo, en el pecho,
cerca de la tetilla,
cuando de vuelta entraba en el combate.
Y retumbó al caer
y envolvió la tiniebla sus dos ojos.
Y Antíloco se le abalanzó
como el perro que salta sobre el ciervo
herido al que, al salir de su yacija   580
saltando, le acertó con su disparo
el cazador y desató sus miembros;
de esa manera sobre ti saltó,
Melanipo, Antíloco, el firme
en la lucha, dispuesto a despojarte
de tu armadura; pero no pasó
inadvertido al divino Héctor,
que, justamente, corriendo llegó,
yendo a través de la feroz pelea,
hasta ponerse enfrente de él.
Pero Antíloco no le aguardó,   585
aunque era un guerrero bien dispuesto,
por el contrario, se dio a la fuga,
parecido a la fiera que ha causado
algún daño y escapa,
después de haber matado o a un perro
o a un boyero que estaba
guardando su vacada,
antes de que un grupo de varones,
se reúna; de esa manera huyó
el Nestórida, mientras los troyanos

y Héctor con estruendo portentoso   590
en masa derramaban proyectiles
colmados de gemidos; y paróse
y dio la media vuelta,
cuando al grupo llegó de sus amigos.

[*Zeus dirige la batalla*]

Y entonces los troyanos, parecidos
a leones que comen carne cruda,
asaltaron las naos, y los mandatos
de Zeus iban cumpliendo, él que a ellos
continuamente el ánimo elevaba,
mientras que el corazón de los argivos   595
hechizaba, y les quitaba la gloria,
a la vez que incitaba a los teucros.
Pues a Héctor, de Príamo el hijo,
otorgarle su corazón quería
la gloria, con el fin de que prendiera
en las naos recorvadas
el portentoso e incansable fuego,
y, de este modo, le diera remate
en su totalidad a la plegaria
desmedida de Tetis.
Esto era, en efecto,
lo que el prudente Zeus aguardaba:
el resplandor de una nave ardiendo   600
con sus ojos llegar a contemplar;
pues ya desde ese punto se aprestaba
a poner en acción un contraataque
desde las naves contra los troyanos
y a otorgar a los dánaos la gloria.
Con estos pensamientos, incitaba
contra las huecas naves
al Priámida Héctor, ya de suyo
de modo extremado enardecido.

[*Héctor rompe la resistencia aquea*]

Y Héctor iba furioso, como cuando   605
blandiendo una lanza va furioso
Ares, o como el fuego destructor

furioso avanza entre los matorrales
de espeso monte bajo en las montañas.
Espuma le salía en derredor
de la boca, y sus ojos brillaban
debajo de sus cejas espantosas,
y a ambos lados de sus sienes el yelmo
de manera terrible se agitaba,
mientras luchaba Héctor;   610
pues de él era Zeus en persona
defensor desde el éter y a él solo,
entre muchos, más que muchos, varones,
estimaba y honraba.
Corta, en efecto, iba a ser su vida,
pues ya iba poniendo en movimiento
Palas Atena contra él su día
fatal bajo la fuerza del Pelida.
Pretendía también, naturalmente,   615
romper los escuadrones de guerreros,
tanteando, por donde ya veía
que era su agrupación más numerosa
y eran las armaduras excelentes;
pero ni así podía él romperlos,
aunque mucho en verdad lo deseaba;
pues, ensamblados a modo de torre,
se mantenían firmes,
como una alta y escarpada roca
que de la mar canosa se halla cerca
y aguanta los accesos impetuosos   620
de los sonoros vientos y el embate
de las hinchadas olas que vomitan
sus aguas sobre ella; de ese modo
los dánaos a los teucros resistían
a pie firme y sin darse a la fuga.
Pero él, reluciente por el fuego
alrededor de su cuerpo entero,
saltó sobre la turba
de los aqueos y cayó entre ellos
como cuando una ola
cae encima de una rápida nave,
impetuosa ola, alimentada   625
por los vientos debajo de las nubes,

[632]

y la nave entera queda oculta
bajo la espuma, y huracán terrible
brama sobre el velamen,
y tiemblan en sus almas los marinos
llenos de miedo, porque por bien poco
escapan a la muerte; de ese modo
el corazón se iba desgarrando
de los aqueos dentro de sus pechos.
Pero Héctor, como un león dañino   630
se abalanza sobre unas vacas
que por millares pacen
en la pradera de un gran pantano
y entre ellas se encuentra un vaquero
que aún no está a ciencia cierta experto
en luchar con la fiera
para así impedirle la matanza
de una vaca de cuernos retorcidos;
la verdad es que él va siguiendo el paso
continuamente o de las primeras   635
o las últimas, mientras que el león,
saltando sobre las que van en medio,
devora una vaca,
pues ya las demás todas
espantadas habían escapado;
así mismo entonces los aqueos
fueron presa de extraordinario miedo
todos ellos, por Héctor
y por el padre Zeus impresionados,
aunque aquél mató sólo a Perifetes
de Micenas, el hijo de Copreo,
que iba y venía como mensajero   640
de Euristeo, el rey[39], para Heracles,
el héroe esforzado;
de padre que le fue muy inferior,
nació un hijo que le aventajaba
en todas las especies de excelencias,
tanto por la destreza de sus pies
como por su manera de luchar;

---

[39] Euristeo fue el rey de Micenas que envió a Heracles a realizar, lejos del reino, en los más remotos lugares, sus famosos doce trabajos.

también en discreción
él figuraba entre los primeros
de Micenas. Éste, pues, justamente,
a Héctor entonces le proporcionó
una gloria suprema;
pues, al darse la vuelta desde atrás,   645
tropezó con el borde del escudo
que él mismo portaba y le llegaba,
valladar de disparos, a los pies.
Tropezando en él, cayó de espaldas,
y al caer, el yelmo a los dos lados
con un ruido terrible resonó
en torno de las sienes del caído.
A él Héctor lo vio agudamente
y, corriendo, a su lado se plantó
y en el pecho le clavó la lanza   650
y cerca de los suyos lo mató;
pero ellos no podían,
aunque afligidos por su compañero,
serle de utilidad; pues ellos mismos
mucho temían al divino Héctor.
Y a la vista estuvieron de las naves,
y de éstas las extremas,
cuantas habían sido
varadas las primeras, acogieron
a los aqueos dentro de su entorno;
los troyanos, empero,
se derramaron por encima de ellas.
Y entonces los argivos de sus naves   655
retrocedieron, aun de las primeras,
incluso en contra de su voluntad;
y allí mismo, al lado de las tiendas,
resistieron compactos
y por el campamento
no se desperdigaron,
pues vergüenza y temor les contenían,
porque incesantemente unos a otros
a gritos se increpaban. Por su parte,
de manera especial Néstor Gerenio,
vigilante de las huestes aqueas,
rogaba e imploraba fervoroso,   660

[634]

uno a uno, a todos los guerreros
en nombre de sus padres:
«Amigos, sed varones y en el alma
armaos de sentimiento de vergüenza
ante los demás hombres,
y además acordaos cada uno
de vuestros hijos y vuestras esposas
y vuestra hacienda y de vuestros padres,
tanto aquél que aún los tiene vivos
como aquél otro al que se le han muerto;
al no estar presentes, en su nombre   665
yo ahora os imploro que a pie firme
resistáis con firmeza; y no sigáis
volviendo las espaldas para huir».
Así diciendo, su ánimo y coraje
excitó a cada uno. Y Atenea
les quitó de los ojos una nube
prodigiosa de niebla.
Y una luz les brilló por ambos lados
extraordinariamente
desde el lugar en que estaban las naves   670
y desde el del combate igualador.
Y entonces a Héctor percibieron,
distinguido por su grito de guerra,
y a sus compañeros
tanto a los que, detrás de él, estaban
aparte y no luchaban,
como a cuantos estaban combatiendo
junto a las raudas naves.

[*Ayante defiende las naves*]

Pero, naturalmente,
al corazón del magnánimo Ayante
no le agradaba ya
quedarse quieto donde los restantes   675
hijos de los aqueos se habían
retirado; antes bien,
iba a grandes zancadas avanzando
por sobre las cubiertas de las naves,
y una pértiga larga y bien pulida,

de diferente partes ensambladas
mediante clavos, de veintidós codos,
blandía entre las palmas de sus manos.
Como cuando un varón muy entendido
en montar, de jinete, en sus caballos,
unce a cuatro de ellos de entre muchos   680
y los hace avanzar y por el llano
a escape corre hacia la gran ciudad
por el camino que frecuenta el pueblo,
y numerosos hombres y mujeres
le contemplan, y entretanto él
sin cesar va saltando
firme y seguro del uno al otro,
cambiando de caballo
mientras ellos lanzados van al vuelo,
del mismo modo Ayante iba y venía   685
por encima de muchas plataformas
de raudas naves, dando largos pasos;
y la voz hasta el éter le llegaba.
Y a los dánaos, con gritos espantosos,
exhortaba sin tregua
a defender sus naves y sus tiendas.
Pero tampoco Héctor se quedaba
metido entre la turba de troyanos
pertrechados de sólidas corazas;
antes bien, como el águila parduzca   690
se dispara contra una bandada
de aves voladoras que a la orilla
de un río se están apacentando
—ocas, grullas o cisnes
de cuello largo—, así mismo Héctor
derecho arremetió contra una nave
de azulada proa,
lanzándose de cara sobre ella;
pues por detrás a él Zeus le empujó
con su muy grande mano   695
e incitó a sus huestes a ir tras él.

[*Combate en torno a la nave de Protesilao*]

Y otra vez una áspera pelea
al lado de las naves se trabó;

dirías que los combatientes eran
infatigables e indestructibles
al enfrentarse en lucha unos a otros;
con tanto empuje estaban combatiendo;
pero a los dos bandos en la liza
les dominaba este pensamiento:
a saber, los aqueos se decían
que no iban a escapar
del desastre, al contrario,   700
pensaban que iban a perecer;
el alma, en cambio, de cada troyano
esperaba, en el fondo de su pecho,
pegar fuego a las naves
y matar a los héroes aqueos.
Pensando ellos así, arremetieron
los unos a los otros,
pero Héctor echó mano a la popa
de la nave surcadora del mar,
hermosa y de veloz navegación,   705
que a Troya llevó a Protesilao,
pero que ya a la tierra de su patria
de regreso no le volvió a llevar.
Por esta nave de él, precisamente,
aqueos y troyanos, cuerpo a cuerpo,
se estaban mutuamente desgarrando;
pues el ímpetu ellos no aguardaban
de los dardos ni de las jabalinas,
separados los unos de los otros,
antes bien, a pie firme,   710
plantándose cercanos entre sí,
respirando un único aliento,
luchaban ya con afiladas hachas
y con segures y enormes espadas
y con lanzas provistas de dos puntas.
¡Muchas hermosas dagas
guarnecidas de negra empuñadura
al suelo se cayeron de las manos
de algunos combatientes,   715
en medio de la brega,
así como de los hombros de otros!
Con la sangre la tierra

iba manando negra.
Pero Héctor, una vez se agarró
a un punto de la popa de la nave,
de él no se soltaba,
tenía el gallardete entre sus manos,
y estas órdenes daba a los troyanos:
«Traed fuego, y a la vez todos juntos
activad el combate.
Ahora Zeus nos ha dado un día
que nos compensa por los otros todos:
el día de la toma de las naves   720
que contra el albedrío de los dioses
vinieron y muchas calamidades
nos infligieron por la cobardía
de los viejos que a mí mismo, dispuesto
a luchar cerca de ellas, y a mis gentes
nos retenían y nos refrenaban.
Pero si ya precisamente entonces,
en efecto, cegaba nuestras mientes   725
Zeus que truena en la lejanía,
ahora él mismo nos incita y manda».

[Retirada de Ayante]

Dijo así, y los troyanos a los de Argos
con mayor ímpetu acometieron.
Y Ayante ya firme no aguantaba,
pues agobiado estaba por los dardos;
por el contrario, se iba retirando
poco a poco, creyéndose morir,
hacia un banco a remeros destinado
que siete pies medía,
y el puente abandonó
de la embarcación equilibrada.
Y allí estaba quieto, bien derecho,   730
alerta, y con la lanza de continuo
de las naos repelía a los troyanos,
a todo aquél que fuego infatigable
llevara contra ellas, y exhortaba
a los dánaos con espantosos gritos:
«¡Amigos, héroes dánaos, servidores

[638]

de Ares, sed varones,
amigos y acordaos
de vuestra impetuosa bizarría!
¿O nos imaginamos que detrás   735
de nosotros hay tropas de socorro,
o más fuerte muralla que pudiera
de nuestros hombres repeler la ruina?
No hay cerca, en absoluto,
ciudadela de torres guarnecida,
en la que defendernos
pudiéramos, teniendo a nuestro lado
un pueblo que la suerte
del combate cambiara.
Pero pues, en verdad, nos encontramos
en llanura que es de los troyanos
de sólidas corazas,
contra el borde del mar arrinconados,   740
alejados de nuestra tierra patria,
por tal razón está en nuestras manos
la luz de salvación
y no en el ser blandos en la guerra».
Dijo así y atacaba enfurecido
con su aguda lanza.
Y aquél de los troyanos
que a las cóncavas naves
se lanzaba con fuego abrasador,
por complacer a Héctor,
que esa orden les había dado,
a ése Ayante, siempre al acecho,   745
le golpeaba con su larga lanza,
y en lucha cuerpo a cuerpo
hirió a doce delante de las naves.

CANTO XVI

La Patroclia *

[Aquiles permite a Patroclo ayudar a los aqueos]

Así ellos combatían por la nave[1]
de bancos bien provista; mientras tanto

---

* El canto XVI es la Patroclia. Es decir, culmina un proceso que se ha
iniciado en el Canto XI: la entrada de Patroclo en la escena del campo de
batalla situado junto a las naves. Los aqueos se sienten agobiados por la
incesante presión de los troyanos. Por esa razón Patroclo ha abandonado a
Eurípilo y va a la tienda de Aquiles a ver si consigue persuadirle y moverle
a apoyar a los dánaos, que mucho necesitan de su asistencia. Ése era al
menos el deseo de Néstor: que Patroclo lograra conmover el corazón del
rencoroso héroe. Pero todo lo que consigue Patroclo de Aquiles es el
permiso para combatir a los troyanos con el apoyo de las tropas de
mimírdones, en las que él directamente manda. De ese modo, el fiel amigo
del Pélida, pertrechado con las armas de éste, logra alejar a los troyanos,
que hasta muy poco antes acosaban a los aqueos, del campamento de éstos,
y los hace retroceder hasta más allá de la fosa. Pero embriagado por el
inicial éxito, continúa Patroclo persiguiendo a quienes antes habían atacado
en tromba y ahora huyen desordenadamente. Obrando sin hacer caso de las
recomendaciones de Aquiles, el infeliz Patroclo mata a Sarpedón, hijo de
Apolo. Seguidamente Héctor, ayudado por este dios que está enfurecido
por la muerte de su hijo, liquida a Patroclo. El Canto XVI es un hito
decisivo en la marcha de la acción de *La Ilíada*. En el Canto I surgía la
reyerta entre Agamerón y Aquiles; en el Canto IX este último, enojado, no
hizo caso de las propuestas de reconciliación que le transmitieron los
embajadores de aquél, el rey de reyes. En el Canto XI contemplamos cómo
van resultando heridos, peligrosamente para las fuerzas aqueas, los caudillos de éstas. Y ahora alcanzamos el punto culminante del argumento de la

se llegaba Patroclo[2] junto a Aquiles,
pastor de gentes, lágrimas ardientes
derramando, cual fuente de aguas negras

Ilíada, que señala una inflexión de la acción: de manera irracional Aquiles
concede permiso a Patroclo para ponerse al frente de los mirmídones con
el fin de defender las naves y el ejército de los griegos. He aquí las partes
en que se puede dividir el Canto XVI: 1. Patroclo obtiene de Aquiles
permiso para, poniéndose a la cabeza de los mirmídones, prestar ayuda a
los aqueos (1-100). 2. No obstante, Ayante se ve obligado a retroceder
ante Héctor y los troyanos prenden fuego a la nave de Protesilao (101-123).
3. Patroclo se viste las armas de Aquiles (124-154). 4. Aquiles manda
armarse a los mirmídones y les da órdenes y dirige una arenga (155-200).
5. Aquiles pide a los dioses fama y feliz regreso para Patroclo (220-256).
6. Patroclo parte, al frente de los mirmídones, dispuesto a atacar a los
troyanos (257-283). 7. Patroclo hace retroceder a los troyanos lejos de las
naves (284-305). 8. Se entablan combates singulares entre caudillos de
ambos bandos (306-350). 9. Huyen los troyanos y en su huida se encuentran de pronto acorralados en el foso (351-376). 10. Patroclo salva el foso
y corta a los troyanos la vía de retirada hacia la ciudad de Troya (377-418).
11. Sarpedón sale al encuentro de Patroclo (419-430). 12. Zeus y Hera
conversan acerca del destino de Sarpedón (431-461). 13. Sarpedón, abatido
por Patroclo, antes de morir pide a voces a Glauco que vengue su muerte
ya inminente (462-507). 14. Glauco dirige una plegaria a Apolo y de este
modo quedan curadas sus heridas (508-529). 15. Glauco exhorta a la lucha
a licios y troyanos, en especial a Héctor; Patroclo hace eso mismo con los
aqueos y particularmente incita a la batalla a los dos Ayantes (530-562).
16. Un encarnizado combate se libra en torno del cadáver de Sarpedón
(563-643). 17. Héctor, por decisión de Zeus, huye junto con los licios y
troyanos (644-665). 18. El dios Apolo dedica sus cuidados al cadáver de
Sarpedón (666-683). 19. Patroclo prosigue en su avance, yendo, así,
irreversiblemente, tras su propia ruina (684-697). 20. Patroclo ataca los
muros de Troya pero es rechazado por Apolo (698-711). 21. Apolo induce
a Héctor a luchar contra Patroclo y atemoriza a los aqueos (712-730).
22. Héctor y Patroclo se arrostran frente a frente. El mirmidón mata a
Cebríones. Se entabla una lucha por su cadáver (731-776). 23. Victoria de
los aqueos. Pero, por obra de Apolo, Patroclo va a dar en tierra bajo los
golpes de Euforbo y Héctor (777-828). 24. Conversación entre Héctor y
Patroclo moribundo (828-867).

[1] La nave de Protesilao. Cfr. _Il._ XV 704-8.

[2] Aquiles había enviado a Patroclo a la tienda de Néstor a cerciorarse de
la identidad de un guerrero herido. Allí Néstor sugiere al camarada del
Pelida que intente hacer cambiar de actitud al inflexible caudillo de los
mirmídones y le induzca a prestar ayuda a los aqueos a la sazón agobiados
por los troyanos. Pero Patroclo se topa con Eurípilo herido y le atiende
solícitamente. Todo esto se cuenta en el canto XI. En el canto XV
Patroclo se decide a intervenir y a poner en práctica el propósito de
auxiliar a los aqueos.

que desde lo alto de escarpada roca
va derramando sus aguas oscuras.
Y viéndole Aquiles,   5
el héroe de pies infatigables,
le tuvo compasión, y con voz clara
le dirigía aladas palabras:
«¿Por qué, Patroclo, anegado estás
en lágrimas como una muchacha
infantil que corriendo
va de su madre en pos y la va urgiendo,
asiéndola del traje,
a que la aúpe y la tome en brazos,
y aunque lleve prisa la detiene,
y fijamente sin cesar la mira   10
con sus ojos de lágrimas cuajados,
hasta que entre sus brazos la levante?
A ella semejante, tú, Patroclo,
lágrimas tiernas estás derramando,
¿Acaso algo a los mirmidones
o a mí mismo intentas revelar,
o tú solo has oído una noticia
procedente de Ftía ³? Aseguran,
de cierto, que aún vive
Menetio ⁴, hijo de Áctor, y Peleo,   15
hijo de Éaco, vive
entre los mirmidones,
ambos por cuya muerte tú y yo
sentiríamos muy honda aflicción.
¿Acaso tú de compasión deploras
la forma en que perecen los aqueos
junto a las huecas naves
por culpa de sus propias transgresiones?
Habla, no me lo ocultes en tu mente,
para que lo sepamos uno y otro».
Con profundos gemidos,   20
Patroclo, conductor
de carros, le dijiste:

---

³ Aquiles es hijo de Peleo, rey de Ftía.
⁴ Menetio es el padre de Patroclo, que vivía en Ftía probablemente (cfr.
Il. XI 765).

«Aquiles, de Peleo
el hijo, tú, con mucho
el más aventajado
de entre los aqueos, no te irrites,
pues tan grande dolor a los aqueos
les está abrumando con violencia.
Ya todos, en efecto, cuantos antes
eran los hombres más sobresalientes,
heridos yacen dentro de las naves,
de un disparo o de una lanzada.
Herido está el Tidida,   25
el fuerte Diomedes, por un dardo,
y por una lanzada están heridos
Odiseo, famoso por su lanza,
y Agamenón, y herido está también
Eurípilo por un dardo en el muslo [5].
A ellos con cuidados los atienden,
tratando de curarles las heridas,
médicos que poseen mil remedios,
pero tú, en cambio, Aquiles,
te has vuelto imposible.
¡Que nunca, en cualquier caso, haga en mí presa   30
el rencor ese tuyo que vigilas,
héroe que acarreas destrucción!
¿Qué provecho de ti obtendrá otro,
nacido tras de ti, si a los argivos
no les alejas su indigno desastre?
¡Hombre sin compasión!
¡No fue, entonces, tu padre
el jinete Peleo,
ni fue tu madre Tetis, que tu madre
eran la mar verdosa
y asimismo las rocas escarpadas,   35
pues tienes una mente inexorable!
Pero si en el fondo de tus mientes
intentas esquivar algún augurio,
incluso uno que tu augusta madre,
enterada por Zeus,

---

[5] Cfr. Il. XI 376; 583; 434; 252.

[643]

te hubiera hecho saber,
déjame ir a mí,
no obstante, a toda prisa,
y dame juntamente como escolta
a las restantes huestes
de los mirmídones, por si acaso
llego a ser una luz para los dánaos.
Y dame tu armadura   40
para ajustarla yo a mis dos hombros
al armarme con ella,
por ver si confundiéndome contigo,
de la guerra desisten los troyanos
y los marciales hijos
de los aqueos toman un respiro
de las angustias que están padeciendo;
que breve es el respiro de la guerra.
Fácilmente, por no estar cansados,
podríamos llegar a repeler   45
hasta la villa a unos guerreros
cansados de combate, y alejarlos
de nuestras naves y de nuestras tiendas».
Dijo así suplicando
Patroclo en extremo infeliz;
pues, en verdad, le estaba suplicando
lo que iba a resultar para él mismo
su infortunio y su hado.
Grandemente irritado respondióle
Aquiles, héroe de los pies ligeros:
«¡Ay de mí, lo que has dicho
tú, Patroclo, descendiente de Zeus!
Ni de oráculo alguno que yo sepa   50
me preocupo, ni a mí mi augusta madre,
enterada por Zeus,
me ha hecho saber nada;
pero he aquí la terrible aflicción
que al corazón me llega y aun al alma;
cuando ya a su igual pretende un hombre
despojarle y retirarle su parte
tan sólo porque en poder le aventaja;
ésa es mi terrible aflicción,   55
después de haber sufrido

[644]

dolores en mi alma.
Una muchacha, la que, justamente,
para que fuera mi lote de honor,
me habían escogido
los hijos de los guerreros aqueos,
y con mi lanza yo había adquirido
habiendo destruido una ciudad[6]
de sólidas murallas,
a ésa me la arrebató de nuevo
de entre las manos el hijo de Atreo,
Agamenón, el poderoso rey,
como a un despreciable emigrante.
Pero dejemos que eso   60
sea ya un asunto del pasado;
pues tampoco, en verdad, era posible,
según veo, mantenerse irritado
en lo más hondo de nuestras entrañas
con incesante ardor;
y, sin embargo, bien que yo decía
que no pondría fin a mi enojo
sino cuando ya a mis propias naves
llegado hubieran el grito de guerra
y el combate; mas vístete tú mismo
sobre tus hombros mis armas famosas
y acaudilla a los mirmidones,   65
amantes de la guerra, en la batalla;
que ya una oscura nube de troyanos
plantada está a uno y otro lado
de las naves con fuerza prepotente,
mientras que los argivos se encuentran
arrinconados contra la rompiente
de la mar y teniendo de terreno
ya un espacio pequeño,
pues la ciudad entera de los teucros,
llena de confianza, está atacando,   70
pues no ven el frontal
de mi yelmo que despide destellos;
rápidamente huyendo llenarían

---

[6] Lirneso. Cfr. *Il*. II 690.

barrancos de cadáveres, si amables
sentimientos tuviera el poderoso
señor Agamenón para conmigo;
ahora, empero, se encuentran luchando
del campamento a uno y otro lado.
Pues con furia no se mueve la lanza   75
en las manos del hijo de Tideo,
de Diomedes, para rechazar
de los dánaos la ruina, ni tampoco
se escucha ya la voz
del hijo de Atreo
gritando desde su odiosa cabeza;
sin embargo, se quiebra en derredor
la de Héctor, asesino de guerreros,
exhortando a los teucros,
mientras ellos en medio de alaridos
la llanura ocupan toda entera,
en la lucha venciendo a los aqueos.
Pero, aun así, Patroclo,   80
tratando de alejar de nuestras naves
el desastre, lánzate sobre ellos
impetuosamente, no suceda
que con ardiente fuego
las naves quemen y de esta manera
nos arrebaten el caro regreso.
Y hazme caso tal como yo en tus mientes
el propósito ponga de mi encargo,
para que me conquistes
alto honor y gloria
de la parte de los dánaos todos,   85
y de esta guisa ellos me devuelvan
la doncella sobremanera hermosa
y además me procuren
espléndidos regalos:
una vez de las naves
los hayas expulsado, vuelve luego[7];
y aunque de nuevo a ti te deparara

---

[7] En este punto, Aquiles, muy preocupado por la suerte de su querido compañero de armas Patroclo, le recomienda encarecidamente regresar al campamento una vez haya expulsado de él a las huestes troyanas.

conquistar gloria el tonante esposo
de Hera, tú, al menos, no ansíes
alejado de mí seguir luchando
con los troyanos ansiosos de guerra;   90
que de ese modo menguarás mi honra.
Ni tampoco, engreído por la guerra
y la pelea, guíes hacia Ilio
a nuestra gente, matando troyanos,
no sea que algún sempiterno dios
desde el Olimpo entre en la liza;
mucho les ama el protector Apolo.
Por el contrario, tú date la vuelta   95
una vez que en medio de las naves
hayas fijado la luz salvadora,
y deja a los demás seguir luchando
por la llanura, aqueos y troyanos.
¡Ojalá, padre Zeus,
y Atena y Apolo,
ni un solo troyano huir consiga
de la muerte, de todos cuantos son,
ni uno tampoco de entre los argivos;
y nosotros, en cambio, consigamos
entrambos escapar a la ruina,
para que los dos solos desciñamos   100
de la ciudad de Troya el sacro velo»[8].

[Ayante retrocede y Héctor incendia las naves]

Así ellos, el uno con el otro,
intercambiaban propósitos tales.
Y entre tanto Ayante no podía
aguantar ya, pues estaba agobiado
por los dardos: estábanle domando
la decisión de Zeus
y los nobles troyanos
disparando sus dardos;
y en torno de sus sienes retumbaba
con un tremendo ruido el refulgente

_____

[8] El sacro velo de Troya es, metafóricamente, el conjunto de los lienzos
de sus murallas.

yelmo, al ser golpeado,
pues era golpeado de continuo
en sus abolladuras bien labradas;
iba sintiendo más y más cansancio
en su hombro izquierdo,
pues sin cesar su escudo abigarrado
firmemente estaba sosteniendo,
mas no podían, por más que cargaban
con sus dardos a ambos lados de él,
hacerle tambalear. Pero era presa
de un penoso jadeo continuado,
y un sudor abundante le corría   110
por doquier de sus miembros para abajo
y no podía de modo ninguno
recobrar el aliento;
pues por todos los lados se apoyaba
un sufrimiento en otro sufrimiento.
Decidme ahora, Musas
que olímpicas mansiones ocupáis,
de qué manera ya el primer fuego
cayó sobre las naos de los aqueos.
Héctor, plantándose cerca de Ayante,
con su enorme espada   115
le golpeó la lanza hecha de fresno
junto al comienzo mismo del astil,
por detrás de la punta, y la tronchó
completamente, y el Telamonio
Ayante en vano al aire
blandió en su mano la truncada lanza,
mientras que lejos de él, al caer en tierra,
la broncínea punta
produjo un sordo ruido.
Y entonces, en su alma sin reproche,
reconoció Ayante
las obras de los dioses   120
y por ello se estremeció de miedo:
que, efectivamente,
Zeus, el que resuena en lo alto,
le estaba enteramente trasquilando
los planes del combate,
pues para los troyanos

quería la victoria.
Y fuera del alcance de los dardos
se iba retirando, mientras ellos
el incansable fuego arrojaron
sobre la rauda nave y al punto
desde lo alto hasta lo bajo de ella
la inextinguible llama
quedaba esparcida.

[*Patroclo y los mirmídones se preparan*]

De esa manera envolvía el fuego
la popa de la nave; y Aquiles,
golpeándose ambos muslos, a Patroclo   125
dirigió la palabra de este modo:
«Arriba ya, Patroclo, descendiente
de Zeus que combates desde el carro,
ya estoy viendo al lado de la naves
el flamear del fuego destructor;
no vaya a ser que tomen nuestras naves
y ya no haya posibilidades
para emprender la huida;
vístete a toda prisa mi armadura,
que yo voy a reunir a nuestra gente».
Así dijo, y Patroclo   130
con deslumbrante bronce se armaba[9].
Las canilleras se puso primero,
bien hermosas, en torno a sus canillas,
con argénteas hebillas ajustadas;
en segundo lugar, él se ceñía
al pecho la coraza abigarrada,
con estrellas por ornamentación,
del Éacida de los pies ligeros.
Y se terció al bies de sus espaldas,   135
como es natural,

---

[9] Comienza aquí una escena típica: la del vestirse las armas, provista de
todos los rasgos esenciales y desarrollada según el orden preestablecido: las
canilleras, la coraza, la espada, el escudo, el yelmo y las lanzas (o la lanza);
cfr. otras escenas del mismo género: *Il.* III 330-8 (Paris), XI 17-43
(Agamenón), XIX 369-91 (Aquiles).

una espada de bronce,
de empuñadura con clavos de plata,
y luego un grande y robusto escudo;
y sobre su cabeza vigorosa
se puso un yelmo muy bien trabajado,
de crines de caballos guarnecido,
y encima de él
oscilaba el penacho hacia adelante
infundiendo espanto;
y echó mano a dos fornidas lanzas
que a sus palmas bien se adaptaban.
Tan sólo a la lanza no echó mano   140
del intachable Eácida, pesada,
grande y fornida, que otro ninguno
de los aqueos podía blandir,
sino tan sólo Aquiles
estaba en condiciones de blandirla,
lanza que era un fresno
del monte Pelio, que le procurara
a su padre [10] Quirón,
arrancado de la cumbre del Pelio,
para ser instrumento homicida
de los héroes. Y a Automedonte   145
le ordenaba que unciera los caballos
a la carrera, aquél a quien Patroclo,
después del héroe Aquiles,
el destructor de huestes, más honraba,
pues era para él el más fiable
a la hora de esperar la llamada
en medio del combate.
Para él, además, Automedonte
al yugo uncía rápidos corceles,
a Janto [11] y Balio [12], que entrambos volaban
a la par de los soplidos del viento,

---

[10] Al padre de Aquiles, o sea: Peleo.

[11] Literalmente, *Janto* (gr. *ksanthós*) quiere decir «overo», «bayo», «isabelino», o sea: caballo o yegua de color blanco amarillento.

[12] Literalmente, *Balio* (gr. *balíos*) quiere decir «pío», o sea: caballería de piel moteada o provista de motas o manchas. Por lo general, el pelo suele ser de color blanco y las manchas, o motas, negras.

a quienes para Zéfiro[13], el viento,   150
parido había la harpía Podarga[14]
cuando paciendo estaba en la pradera
al pie de la corriente de Océano.
Y en los arneses de corcel de tiro
al intachable Pédaso metía,
justamente aquél que un día Aquiles
consigo se trajera,
cuando tomó de Eetión[15] la ciudadela,
que, pese a ser mortal, iba siguiendo
a inmortales corceles.

[*Aquiles manda armarse a los mirmídones*]

Y a los mirmidones, cual cumplía,   155
pasándoles revista tienda a tienda,
Aquiles ordenó
se revistiesen de sus armaduras.
Y ellos, como lobos comedores
de carne cruda, de cuyas entrañas
en derredor reside enorme fuerza,
que en las montañas un cornudo ciervo
devoran una vez lo han desgarrado,
y, así, rojas de sangre llevan todos
las carrilladas, y, además de eso   160
en manada se marchan a lamer
con sus delgadas lenguas
la superficie de aguas oscuras
que manan de una fuente de agua negra,
regoldando la sangre de la víctima,
y dentro de sus pechos sigue estando
el corazón intrépido y, en cambio,
su vientre en derredor está oprimido;
tales se iban moviendo presurosos

---

13 Zéfiro es el más veloz de los vientos.
14 Las harpías son en Homero personificaciones de los vientos huracanados. *Podarga* quiere decir «la veloz de pie».
15 Eetión era el padre de Andrómaca. La ciudad era Teba Hipoplacia (cfr. *Il.* VI 396-7).

a ambos lados del bravo escudero   165
del Eácida de los pies ligeros
los caudillos y aun los consejeros
del ejército de los mirmidones;
y entre ellos, como era de esperar,
se alzaba el aguerrido Aquiles
acuciando a carros y guerreros
portadores de escudo.
Cincuenta[16] eran las rápidas naves
en las que Aquiles, querido por Zeus,
hasta Troya sus tropas conducía,
y en cada una de ellas a los remos   170
estaban puestos cincuenta guerreros,
sus camaradas[17], y, precisamente,
cinco jefes nombró en que confiaba,
para que ellos las órdenes dieran
mientras él en persona ejercía,
cual soberano, el mando supremo.
A la primera fila la mandaba
Menestio, el de coraza abigarrada,
hijo de Esperqueo[18],
río caído del agua de Zeus,
a quien la hermosa hija de Peleo,   175
Polidora[19], habíale parido
para Esperqueo, el infatigable,
mujer mortal unida
por el lecho a un dios,
aunque de nombre lo estaba a Boro,
hijo de Perieres,
quien, en concreto, estaba casado
con ella en forma pública y notoria,
después de procurar a cambio de ella
infinitos regalos como dote.
La segunda Eudoro, el aguerrido,
a fuer de comandante dirigía,
hijo de una madre no casada,   180

---

[16] Cfr. *Il.* II 685.
[17] Cfr. *Il.* II 719.
[18] El Esperqueo era el río de la patria de Aquiles. Cfr. *Il.* XXIII 142.
[19] Polidora es, pues, hermana de Aquiles por parte de padre.

pues que su madre era Polimela,
la hija de Filante,
de belleza en el baile destacada,
de quien el poderoso Argifonte[20]
se enamoró al verla con sus ojos
en medio de cantantes bailarinas[21]
de un coro de Ártemis ruidosa[22],
la diosa del carcaj de flechas de oro.
Y, al punto, subiendo al alto piso,
Hermes remediador se echó a su lado   185
en su lecho, a escondidas,
y un espléndido hijo regalóle,
Eudoro, en la carrera
en extremo veloz, y combativo.
Mas después ya que Ilitia,
la diosa de los partos dolorosos,
lo sacó hacia adelante, a la luz,
y del sol llegó a ver los resplandores,
a la madre llevósela consigo,   190
a su casa, el coraje poderoso
de Equecles, hijo de Áctor[23], tras pagar
por ella mil regalos como dote,
en tanto que al niño lo criaba
cumplidamente y le daba mimos
el anciano Filante[24], que del niño
a entrambos lados con todo su afecto,
cual si fuera su hijo, se volcaba.
La tercera Pisandro el aguerrido
a fuer de comandante dirigía,
de Mémalo el hijo,
que entre los mirmidones, todos ellos,
destacaba luchando con la lanza,   195

---

[20] *Sc.:* Hermes.

[21] La *molpé* (el texto original dice *melpoméneisin,* es decir: «muchachas que ejecutan la *molpé*») se componía de música, canto y baile.

[22] Ártemis, diosa de la caza, es ruidosa porque ojea, o sea: ahuyenta con voces y gritos a los animales; y lleva, naturalmente, a la espalda un carcaj repleto de flechas.

[23] Áctor es el nombre, también, del abuelo de Patroclo (cfr. *Il.* XVI 14). Se trata, probablemente, de otro personaje distinto.

[24] Filante es el padre de Polimela. Cfr. *Il.* XVI 181.

después del camarada del Pelida[25].
La cuarta la mandaba
el viejo Fénix[26], conductor de carros,
y en la quinta mandaba Alcimedonte,
el hijo irreprochable de Laerces.
Y luego ya que a todos
los colocó junto con sus caudillos,
debidamente habiéndoles dispuesto,
les dirigía Aquiles
exhortación vehemente:
«Mirmídones, que nadie se me olvide   200
de aquellas amenazas con las cuales
solíais conminar a los troyanos,
junto a las raudas naves,
durante el tiempo que duró mi enojo,
y todos y cada uno de vosotros
me acusabais con estas palabras:
Inconmovible hijo de Peleo,
con bilis, pues, tu madre te nutría,
despiadado, que junto a las naves
retienes a la fuerza
a quienes son tus compañeros de armas;
a casa, en todo caso, regresemos   205
con las naves de la mar surcadoras,
de nuevo, toda vez que un enojo,
tan funesto cayó sobre tu alma.
Eso me lo gritabais, reunidos
frecuentemente. Pues ahora mismo
a la vista está la gran labor
de la pelea, la que al menos antes
anhelabais; que en ella cada uno
con aguerrido pecho
trabe batalla contra los troyanos».
Diciendo así, el ánimo y coraje   210
de cada uno de ellos excitó,
y las filas, así, más se trabaron

---

[25] Es decir: Patroclo.
[26] Respecto de Fénix, que desempeña un importante papel en la Embajada (cfr. *Il.* IX), cfr. asimismo *Il.* XVII 555; XIX 311; XXIII 360.

las unas con las otras,
después que al rey oyeron.
Como cuando un hombre una pared
de una casa alta
hace compacta a base de piedras
bien encajadas la una en la otra,
tratando de esquivar
los violentos ataques de los vientos,
de ese modo entre sí se apiñaron
en un todo compacto y ajustado
los yelmos y escudos con bollones.
Un escudo a otro escudo, justamente,   215
apoyaba, un yelmo a otro yelmo,
y un guerrero apoyaba a otro guerrero,
y tocaban los yelmos bien provistos
de crines de caballos,
al mover hacia abajo las cabezas,
las brillantes cimeras;
tan compactos estaban apiñados
unos encima de otros.
Mas delante de todos, dos guerreros
se aprestaban a entrar en batalla,
los dos al frente de los mirmidones,   220
con un único aliento en el pecho:
Patroclo y, además, Automedonte.

[*Aquiles dirige una plegaria a Zeus*]

Pero Aquiles sus pasos dirigió
a la tienda, y en ella, para abrirlo,
la tapa de un cofre levantaba,
bello y de labrado primoroso,
que a él Tetis la de los pies de plata
sobre la nao le había colocado
para que aquél consigo lo llevara,
después que ella lo hubo llenado
de túnicas y abrigos contra el viento
y de cubiertas de espesa lana.
Allí tenía él para su uso   225
una copa labrada, de la cual
ningún otro varón beber solía

[655]

el vino chispeante, ni tampoco
hacía él libación a ningún otro
de entre los dioses, salvo al padre Zeus.
Ésa, pues, justamente, la tomó
del cofre y con azufre [27],
primeramente, la purificó,
y después la lavó
con hermosas corrientes
de agua, y él mismo   230
las manos se lavó y escanció luego
el chispeante vino; y después,
de pie en medio del patio,
hacía oración
y libaba, al mismo tiempo, vino,
su mirada hacia el cielo levantada;
y a Zeus que en el rayo se deleita
no pasó inadvertido:
«¡Zeus Pelásgico [28], señor de Dodona [29],
que moras lejos y Dodona riges
la de inclemente invierno,
y a cuyo alrededor moran los Selos [30],   235
tus intérpretes, que sus pies no lavan
y sus yacijas tienen en el suelo!
Al igual que ya antaño escuchaste,
cuando te suplicaba, mis palabras,
y a mí dándome honra,
tremendo golpe, en cambio,
asestaste a las huestes aqueas,

---

[27] Con azufre se limpiaba y se hacían purificaciones. Odiseo, tras la matanza de los pretendientes, purifica y fumiga su casa con este mineral. En *Od.* XXII 481 se llama al azufre «remedio de males» *(kakôn ákos).*

[28] Aquiles invoca al Zeus de su patria, del norte de Grecia, pues el reino de Aquiles se llama en el Catálogo de las naves «Argos Pelásgico» (cfr. *Il.* II 681).

[29] Dodona, localidad del Epiro, era sede de un antiguo oráculo (cfr. *Il.* II 750).

[30] Los Selos (o Helos) eran una secta ascética primitiva de intérpretes del Zeus Nayo de Dodona. Se refieren a ellos Sófocles en Las Traquinias *(Traquinias* 1166) y Eurípides en un fragmento del Erecteo *(Erecteo,* fragmento 355).

así, una vez más, también ahora
cúmpleme este deseo.
Pues yo mismo en medio permanezco
de este concurso de varadas naves,
pero envío a mi compañero   240
a la lucha rodeado
de muchos mirmidones;
a él mándale gloria por delante
para que le acompañe,
Zeus longitonante,
y a su corazón dale valor
por dentro de su pecho,
con el fin de que incluso Héctor sepa
si sabe también solo combatir
nuestro escudero o si sólo entonces
enloquecen sus manos intangibles,   245
cada vez que yo mismo me dirijo
a la refriega de Ares.
Mas después que aleje de las naves
la lucha y la grita,
¡ojalá que incólume me vuelva
a las rápidas naves con sus armas,
todas ellas, y con sus compañeros
que luchan cuerpo a cuerpo!».
Así decía haciendo su oración,
y su ruego oyó Zeus consejero.
Y de la dos peticiones que hacía,
una le otorgó el padre, mas la otra   250
se la negó. Le otorgó, en efecto,
rechazar de las naves
la guerra y la batalla,
mas le negó que aquél de la contienda
sano y salvo volviera de regreso.
No obstante, aquél, después de haber libado
y hecho al padre Zeus oración,
de nuevo entró en su tienda, y la copa
depositó en el cofre; y, saliendo,
delante de la tienda se paró,   255
pues en su alma quería todavía
contemplar de troyanos y de aqueos
la tremenda refriega.

[657]

Y ellos, los mirmidones, mientras tanto,
armados de coraza iban en fila
siguiendo al magnánimo Patroclo,
hasta que, con el ánimo bien alto,
se lanzaron en medio de los teucros.
Y al punto, a la salida, se esparcían
parecidos a avispas
que a la vera están de los caminos   260
y los niños, siguiendo su costumbre,
infelices, irritan, [de continuo
causándoles molestias
a ellas que al borde del camino
tienen los avisperos en que habitan, 31]
de forma que un mal común provocan
para muchos; a ellas, si un hombre
que, caminante, a su lado pasa,
sin querer las ahuyenta con el susto,
ellas, con esforzado corazón,
volando se echan todas adelante   265
y a sus hijos defienden.
Con ese corazón y ese coraje
de ellas los mirmídones salían
de las naves y se desparramaban;
y se alzaba un clamor inextinguible.
Y Patroclo exhortó a sus compañeros
hablando a grandes gritos:
«¡Mirmídones, compañeros de armas
de Aquiles el hijo de Peleo!,
sed varones, amigos, y acordaos   270
de ese vuestro vigor impetuoso,
para que, así, honremos al Pelida,
que es con mucho el mejor de los argivos
junto a las naves, como también somos
nosotros los mejores escuderos

---

31 A nuestro juicio, este verso es una interpolación que no hace sino
repetir el contenido del anterior. Ya Aristarco, con muy acertado criterio,
lo rechazaba.

expertos en la lucha cuerpo a cuerpo;
y para que también Agamenón,
poderoso señor de amplios dominios,
el hijo de Atreo, se dé cuenta
de su ceguera: el no haber honrado
al más valiente de entre los aqueos».
Diciendo así, el ánimo y coraje   275
de todos excitó y de cada uno,
y entonces en masa ellos cayeron
en medio de los teucros; y las naves
a uno y otro lado resonaron
con espantoso estruendo bajo el grito
que lanzó el ejército de aqueos [32].
Y los troyanos, en cuanto que vieron
al vigoroso hijo de Menetio,
en persona a él y a su escudero,
entrambos fulgurantes con sus armas,
a todos se les conmovió el alma   280
y se les conturbaron las escuadras,
pues se imaginaban que el Pelida
de pies ligeros desechado había
su enojo y salido
de al pie de las naves
y preferido la afabilidad.
Y cada uno a mirar se puso
con inquietud por dónde escaparía
a la abismal ruina.
Y Patroclo, el primero, disparó
su refulgente lanza
directamente al medio,   285
donde más numerosos se agitaban
en tumulto los teucros,
al lado de la popa de la nave
del muy magnánimo Protesilao,
y alcanzó a Pirecmes [33], que había
conducido a los péones, provistos
de empenachados yelmos,

---

[32] Entiéndase: los mirmídones.
[33] Sobre Pirecmes, cfr. *Il.* II 848.

desde Amidón, desde orillas del Axio [34]
que fluye caudaloso;
en el hombro derecho le acertó,
y él, lanzando un gemido, en el polvo   290
de espaldas se cayó, y sus compañeros,
los péones, a entrambos lados de él,
se dieron a la fuga; pues Patroclo
había infundido
miedo en todos por haber dado muerte
al caudillo de ellos que en la lucha
solía destacar. Y de las naves
los echó y el fuego llameante
extinguió. Y, así, a medio quemar,
la nave allí mismo se quedó;
y los troyanos a huir se pusieron   295
en medio de un tumulto extraordinario,
al tiempo que los dánaos tras ellos,
a lo largo de las cóncavas naves,
se derramaron, y un alboroto
incesante formóse. Como cuando
Zeus, el que relámpagos concentra,
desplaza una bien compacta nube
lejos de la alta cumbre de un gran monte
y aparecen todas las atalayas,
los altos promontorios y los valles,   300
con suma claridad y de repente,
pues desde el cielo entonces, justamente,
el infinito éter
se rompió por debajo;
de igual modo los dánaos recobraron
el resuello durante un corto tiempo,
una vez de sus naves rechazaron
el fuego destructor,
pues no se producía interrupción
del combate, ya que aún los troyanos
no huían en tropel hacia adelante
desde las negras naves hostigados
por los aqueos, amigos de Ares,

---

[34] Cfr. *Il.* 849.

antes bien, todavía, justamente,   305
seguían resistiendo y a la fuerza
se iban retirando de las naves.

  [Combates singulares de los caudillos
     aqueos y troyanos]

Y entonces, dispersa la refriega,
de entre los caudillos [35]
un guerrero mató a otro guerrero.
El primero, el hijo aguerrido
de Menetio hizo blanco
con su aguda lanza en el muslo
de Areílico al punto, justamente,
en que acababa de darse la vuelta,
y de una parte a otra
el bronce le introdujo hacia adelante,
y la lanza el hueso le quebró   310
y él cayó boca abajo sobre el suelo.
Por su parte, el marcial Menelao
golpeó a Toante en el pecho,
que él, puesto que estaba a descubierto,
a un lado tenía del escudo,
y desató sus miembros.
Y el hijo de Fileo [36], que había
acechado a Ánficlo
en su acometida contra él,
se le anticipó en el ataque
y le alcanzó en la parte superior
de la pierna, allí donde se mueve   315
el músculo más grueso de un ‚hombre;
en torno de la punta de la lanza
desgarrados quedaron sus tendones
y las tinieblas cubrieron sus ojos.
De los hijos de Néstor, uno de ellos,
Antíloco, a Atimnio golpeó
con su aguda lanza, cuya punta

---

[35] Nueve caudillos griegos matan cada uno de ellos a un adversario
troyano.
[36] Es decir: Meges. Cfr. *Il.* II 627 y ss.

de bronce le pasó por el costado;
y se cayó al suelo hacia adelante;
pero irritado Maris por la muerte   320
de su hermano, plantándose delante
del cadáver, de un salto se arrojó
sobre Antíloco, el hijo de Néstor,
cuerpo a cuerpo y con la lanza en ristre.
Pero antes de golpearle[37], adelantóse
en el ataque y, así, le alcanzó
al punto en el hombro sin fallar
Trasimedes, a un dios parecido;
y la parte más alta de su brazo
la desgarró la punta de la lanza
y de sus músculos la separó
y enteramente le arrancó el hueso.
Y al caer resonó con gran estruendo   325
y las tinieblas cubrieron sus ojos.
De este modo los dos,
tras ser domados por sendos hermanos,
en el Érebo entraron,
ellos dos, valerosos compañeros
de Sarpedón, tiradores de dardos,
hijos de Amisodoro, justamente
quien había a Quimera[38] alimentado,
la rabiosa, mal para muchos hombres.
Y Ayante, hijo de Oileo, se lanzó   330
sobre Cleobulo y lo cogió vivo,
pues había en medio de la turba
tropezado y habíase caído;
pero a él allí mismo, de un golpe
asestado en el cuello
con su espada de gran empuñadura,
le desató el ímpetu vital;
con la sangre la espada toda ella
se calentó una pizca;
mas de aquél, en la zona de sus ojos,
se apoderaron la purpúrea muerte

---

[37] Antes de que Maris golpeara a Antíloco.
[38] El fabuloso animal llamado Quimera tiene, en efecto, especiales
relaciones con Licia; cfr. *Il.* VI 179.

y el imperioso hado.
Y Penéleo [39] y Licón fueron corriendo   335
al encuentro uno de otro, pues los dos
con sus lanzas habían sendos golpes
fallado, porque entrambos un disparo
habían hecho vano; y los dos,
por tanto, nuevamente
corrieron a enfrentarse con espadas.
Entonces asestó Licón un golpe
en la cimera del yelmo del otro,
con crines de caballo empenachado,
y a ambos lados de la empuñadura
se le quebró la espada;
y Penéleo, debajo de la oreja,   340
le asestaba un golpe en el cuello,
y la espalda, entera, penetró,
pues a ella solamente la piel
le había prestado resistencia,
y la cabeza a un lado
colgando le quedó
y sus miembros se le desengancharon.
Y Meríones, habiendo alcanzado
con sus ágiles pies a Acamante,
la punta de la lanza le clavó
en el hombro derecho,
a punto de montarse en su carro.
Y de su carro cayó desplomado
y ya estaba la oscuridad vertida
desde arriba abajo de sus ojos.
E Idomeneo a Euridamante   345
le hirió con su bronce despiadado
en la boca, y la lanza de bronce
directamente le fue a salir
de por bajo el cerebro,
y le hendió, claro está, los blancos huesos.
Con el golpe los dientes le saltaron
y sus ojos de sangre se llenaron
que él, con la boca abierta,

---

[39] Cfr. *Il.* II 494.

arrojaba de la boca hacia arriba   350
y desde su narices hacia abajo.
Y a él la negra nube de la muerte
le envolvió por un lado y por el otro.

[Huyen los troyanos]

Así, ésos, caudillos de los dánaos,
mataron a un guerrero cada uno.
Como los lobos se echan encima,
rapaces, de cabritos y corderos
que arrancan a las ubres
de las ovejas que los amamantan,
las cuales en los montes se quedaron
dispersas por desidia del pastor,
y aquellos, al verlas, de inmediato   355
los van de aquí y de allá arrebatando,
a ellas que tienen ánimo cobarde;
del mismo modo sobre los troyanos
los dánaos se echaron, y aquellos
de la fuga de estrépito siniestro
se acordaron y, en cambio, se olvidaron
del vigor de su fuerza impetuosa.
Sin cesar anhelaba el gran Ayante
la jabalina disparar sobre Héctor,
el del yelmo de bronce, pero él,
merced a su experiencia de la guerra,
con escudo hecho de piel de toro   360
sus anchos hombros tenía cubiertos,
y precaución tenía del silbido
de las flechas y estruendo de los dardos.
Pues en verdad se iba dando cuenta
de lo variable del triunfo en la lucha;
pero aun así seguía resistiendo
e intentaba salvar
a sus leales compañeros de armas.
Como cuando una nube se levanta
para entrar en el cielo
desde el brillante éter, cuando Zeus   365
desencadena una fuerte tormenta,

así la grita y la huida de ellos [40]
se produjo partiendo de las naves,
y ya sin orden, dando marcha atrás,
iban tratando de salir de allí.
Y a Héctor armado con sus armas
trataban de sacarle de la fosa
sus corceles de rápidas pezuñas,
y, así, iba atrás dejando
a las huestes troyanas,
a las que en contra de su voluntad
la excavada fosa retenía.
Y numerosos rápidos corceles,   370
que, cada dos, tiraban de sus carros,
por el timón extremo los rompieron
y el carro de su dueño abandonaron.
Y Patroclo los iba persiguiendo
arengando a los dánaos con vehemencia
y pensando en dañar a los troyanos;
pero ellos, una vez dispersados,
con su huida y con su griterío
llenado habían todos los caminos,
y en lo alto una polvareda
bajo las nubes se iba esparciendo   375
según a la carrera iban tendidos
los caballos de sólidas pezuñas,
de regreso volviendo hacia la villa,
de la naos alejándose y las tiendas.

[Patroclo corta la retirada a los troyanos]

Mas Patroclo por donde más nutridas
vio agitarse las huestes, por allí
su rumbo mantenía dando gritos;
debajo de los ejes los guerreros,
desde sus propios carros, de cabeza
iban cayendo, en tanto que los carros
con ruido estrepitoso iban volcando.
En derechura, empero, por encima   380
de la fosa, saltaron, justamente,

---

[40] *Sc.:* los troyanos.

sus [41] veloces caballos inmortales
que a Peleo los dioses regalaran,
espléndidos presentes,
lanzándose ellos mismos adelante.
Y su ánimo a él mismo [42] le exhortó
a ir en contra de Héctor, pues ansiaba
con la lanza acertarle;
pero a él [43] sus veloces caballos
fuera del foso le iban sacando.
Como cuando bajo una tormenta
la tierra toda, oscura, está pesada
en un día otoñal, cuando derrama   385
Zeus la lluvia muy impetuosa,
cada vez, claro está, que se irrita
y, airado, se enfurece
con los varones que, haciendo violencia
al recto juicio, torcidas sentencias
en plena plaza pública arbitran
y expulsan de allí fuera
a la justicia, sin tener en cuenta
el respeto debido a los dioses;
de esas aguas repletos van fluyendo
los ríos todos; y muchas laderas   390
los torrentes entonces van cortando
que desde las montañas
cayendo de cabeza despeñados
y fluyendo hacia la mar bullente
van emitiendo bien hondos bramidos,
y achican las labores de los hombres;
así, a la carrera hondos bramidos
iban lanzando las yeguas troyanas.
Y Patroclo, una vez que segó
las escuadras que iban en vanguardia,
intentaba encerrarlos
llevándolos de nuevo para atrás,   395
hacia las naves, y no les dejaba,

---

[41] *Sc.:* de Patroclo.
[42] *Sc.:* a Patroclo.
[43] *Sc.:* a Héctor.

aunque bien lo deseaban, poner pie
en la ciudad, sino que en el medio
de las naves y el río
y la alta muralla, tras de ellos
lanzándose les iba dando muerte
y de muchos de ellos
venganza se cobraba [44].
Entonces, ciertamente, acertó
con su brillante lanza
a Prónoo, el primero, en el pecho   400
que él, puesto que estaba a descubierto,
a un lado tenía del escudo.
Y desató sus miembros.
Y retumbó al caer. Y se lanzó,
en segundo lugar,
Patroclo sobre Téstor [45],
hijo de Énope, que dentro del carro
bien pulido se encontraba sentado,
acurrucado, pues él en sus mientes
sufrido había una conmoción
y de sus manos, claro está, las riendas,
soltándosele con un salto brusco,
se le habían escapado de golpe;
y él, plantándose al lado, le hincó
la lanza en la mandíbula derecha   405
y atravesaba con ella sus dientes,
y al tirar de la lanza le arrastraba
por encima del barandal del carro,
como cuando un varón que está sentado
encima del saliente de una roca
arrastra afuera desde la alta mar,
con cuerda y resplandeciente bronce [46]

---

[44] Esto es precisamente lo que en *Il.* XIII 745 s. Polidamante temía que
ocurriera: «Pues, de verdad, que yo, al menos, temo / que los aqueos
logren desquitarse / de la deuda de ayer, pues en las naves / nos está
aguardando un guerrero / insaciable de guerra, que no creo / en absoluto
ya, a estas alturas, / que a la guerra vaya a renunciar.»

[45] Como en otros muchos casos, el cochero muere una vez ha caído el
guerrero al que aquél servía.

[46] Entiéndase: anzuelo de bronce.

un pez lleno de vida;
así fuera del carro él arrastraba
con su brillante lanza
a Téstor con la boca bien abierta,
y boca abajo, ¡claro!, lo empujó,   410
y al caer el alma abandonóle.
Y a Eríalo después,
cuando en contra suya se lanzó,
le dio con una piedra
justo en la mitad de la cabeza,
que entera en dos partes se le hendió
por dentro de su yelmo bien potente;
y él, claro está, de bruces se cayó
a tierra, y la muerte que destroza
el alma derramóse en torno de él.
Y después [47] a Erimante   415
y Anfótero y Epaltas,
y a Tlepólemo, el hijo de Damástor,
y a Equio y a Piris y a Ifis
y a Evipo y también a Polimelo,
el hijo de Argeas,
a todos, el uno detrás del otro,
los acercó a la nutricia tierra.

[Sarpedón hace frente a Patroclo]

Mas Sarpedón, al ver, pues, que domados   420
habían resultado
sus compañeros de armas,
que vestían las túnicas sin cinto,
a manos de Patroclo,
el hijo de Menetio,
arengó, cual cumplía, a los licios,
a dioses comparables,
increpándolos de esta manera:
«¡Qué vergüenza, oh licios!
¿A dónde huyendo vais?
Sed ahora ardorosos;

---

[47] Todos los nombres propios que ahora se suceden uno a otro corresponden a guerreros licios.

pues yo saldré al encuentro
de este hombre, a ver si me entero
de quién puede ser éste que aquí
impone su dominio y mucho daño
a los troyanos ya les tiene hecho,
toda vez que desató las rodillas   425
de muchos y esforzados combatientes».
Dijo así, y con armas y armadura
saltó del carro a tierra, y Patroclo,
del otro lado, nada más lo vio,
saltó fuera del carro;
y ellos, como buitres
de corvas garras y ganchudo pico
que luchan en lo alto de una roca
emitiendo graznidos estridentes,
así, entre chillidos incesantes,   430
se lanzaron, el uno contra el otro [48].

[Diálogo entre Zeus y Hera
acerca del hado de Sarpedón]

Y, al verlos, de ellos tuvo compasión
el hijo del dios Crono,
de tortuosa mente,
y dirigióse a Hera,
su hermana y su esposa:
«¡Ay de mí!, que es decisión del hado
que Sarpedón, de entre los varones
para mí el más amado,
sea domado a manos de Patroclo,
el hijo de Menetio.
Mi corazón anhelante se muere   435
dividido en dos partes, indeciso,
según voy dando vueltas al asunto
en lo hondo de mis mientes:
o bien, estando aún vivo, lo arrebato

---

[48] Con la batalla singular entre Patroclo y Sarpedón, rey de los licios,
alcanza culminación la *aristeia* o «principalía» del camarada de armas de
Aquiles, que al matar a su adversario se hará acreedor al odio de Apolo,
que tomará venganza en él por mediación de Héctor.

de la batalla en lágrima rica,
y en el territorio comunal
feraz de Licia luego le reinstalo,
o bien ya dejo que bajo las manos
del hijo de Menetio sea domado».
Y a él luego respondía
la augusta Hera de ojos de novilla:
«Tremendo hijo de Crono,   440
¡qué palabras son ésas que profieres!
¿A un hombre que es mortal,
desde antiguo a su suerte destinado,
quieres, volviendo atrás, [49] dejarle libre
de la muerte de sones lastimeros?
Hazlo; no obstante, los restantes dioses
no todos te aplaudimos, ciertamente.
Y otra cosa yo voy a decirte
y tú en tus mientes métetela bien:
si con vida a Sarpedón envías   445
a su palacio, hazte cargo de ello,
no vaya a querer luego algún otro
de entre los dioses tambíen sacar fuera
de la feroz refriega a su hijo;
pues muchos son los hijos de inmortales
que en torno están luchando de la alta
ciudadela de Príamo; en ellos,
los inmortales padres,
un tremendo rencor infundirás.
Pero si te es querido y se lamenta   450
por él tu corazón,
déjalo que, aun así, en la refriega
feroz domado sea
a manos de Patroclo el Menetíada;
y cuando ya le hayan abandonado
el alma y el tiempo de su vida,
envía a la Muerte
y al dulce Sueño, para que lo lleven

---

[49] Cuando se cumple el tiempo de vida de un hombre, fijado por el
hado, la muerte es la única meta *(télos thanátoio)* o solución posible.
Prolongarle la vida sería dar marcha atrás y dar salida de nuevo, antes de
ser cortado, al hilo que manejan sutilmente las Parcas.

hasta que al fin el territorio alcancen   455
de la anchurosa Licia, donde a él
sus hermanos y deudos
le darán sepultura
con túmulo y columna funeraria,
que eso es privilegio de los muertos».
Así dijo, y no hizo caso omiso
el padre de los dioses y los hombres,
mas del cielo vertió sobre la tierra
gotas de sangre en honor de su hijo,   460
al que Patroclo lejos de su patria
y en la Troya feraz iba a matar.
Y ellos cuando, avanzando frente a frente,
cerca ya uno de otro se encontraban,
Patroclo al muy famoso Trasimelo,
que era el valeroso escudero
del soberano Sarpedón, le dio   465
con su azagaya en el bajo vientre,
y desató sus miembros.
Y Sarpedón, que en segundo lugar
se abalanzó con su brillante lanza,
no acertó a Patroclo propiamente,
pero al caballo Pédaso hirió
en el hombro derecho con su lanza;
y al exhalar el ánima, bramó
y en el polvo cayó con un relincho,
y su aliento vital salió volando.
Y los dos que quedaban [50]   470
se distanciaron el uno del otro
y entonces crujió el yugo, y las riendas
de entrambos confundidas se enredaron,
puesto que ya en el polvo se encontraba
tendido el caballo
que va fuera de varas.
A ello halló remedio Automedonte,
famoso por su lanza: de al lado
del grueso muslo sacando una espada
de adelgazado filo, de un salto,

---

[50] Es decir: los otros dos caballos, Janto y Balio.

dando un tajo que asestó sin fallo,
los tiros del caballo
que va fuera de varas
los cortó separándolos del carro;
y entonces los otros dos caballos   475
fueron derechamente conducidos
y dentro de las riendas bien tirantes
quedaron fuertemente apretados.
Y ellos dos [51] de nuevo se enfrentaron
en la porfía que el alma devora.
Entonces, por su parte, Sarpedón
erró el golpe con su fúlgida lanza,
cuya punta pasóle por encima
de su hombro izquierdo a Patroclo,
y no le alcanzó; y él, entonces,
se lanzaba, en segundo lugar,
con su bronce, Patroclo, y no en vano   480
de su mano se escapó el venablo,
sino que le acertó allí justamente
donde están las entrañas [52] encerradas
en torno al agitado corazón.
Y él se desplomó tal como cuando
se desploma una encina o un chopo
o un excelso pino que en los montes
lo cortaron varones carpinteros
con sus segures recién afiladas,
para que fuera quilla de una nave;
así ante sus caballos y su carro   485
yacía él tendido,
dando sin tregua gritos de dolor
y agarrándose al polvo ensangrentado.
Como un león que se planta en medio
de una manada y mata
a un toro de rojizo pelaje
y de gran corazón,
en medio de los bueyes
de envolventes andares,

---

[51] Es decir: Sarpedón y Patroclo.
[52] Hay que pensar en el diafragma, el músculo que bajo el corazón lo
separa del estómago y, en general, del abdomen.

y perece gemidos exhalando
debajo de las garras del león,
de igual manera estaba jadeando,   490
lleno de rabia, el jefe de los licios
portadores de escudo,
a manos de Patroclo al ser matado,
y llamaba a su caro compañero:
«Dulce Glauco, guerrero entre varones,
ahora es muy preciso que tú seas
lancero y atrevido combatiente;
que ahora sea por ti deseada,
si eres bravo, la funesta guerra.
Primeramente, incita a los varones   495
que son caudillos de las tropas licias,
recorriendo enteramente el frente,
a que luchen en torno a Sarpedón,
y después aun tú mismo
combate con tu bronce en torno a mí.
Pues oprobio y vergüenza yo sería
incluso en el futuro para ti,
siempre, continuamente, día a día,
si lograran quitarme los aqueos,
caído entre sus naos, a mí las armas.   500
Pero, ¡venga!, aguanta con firmeza
y estimula a toda nuestra gente».
Así exactamente habiendo dicho,
la muerte, postrer meta, le envolvió
los ojos y narices. Y Patroclo,
con el pie puesto encima de su pecho,
de su cuerpo la lanza iba arrancando,
y tras ella seguían añadidas
sus entrañas, y junto con la punta   505
de la lanza, además, le extrajo el alma.
Los mirmídones justamente allí
sus [53] potros resoplantes retuvieron
que ansiaban escapar luego que el carro
de sus dueños abandonado habían.
A Glauco una terrible aflicción

---

[53] De Sarpedón y Trasimelo.

se le produjo al percibir su voz,
y se le conmovió el corazón,
pues ayuda no podía prestarle.
Y asiéndose el brazo con la mano,   510
se lo apretaba, pues le afligía
la herida que ya Teucro le causara
con su dardo acertándole, cuando él
al asalto habíase lanzado
del elevado muro, intentando
de los suyos apartar la ruina.
Y entonces, suplicando,
a Apolo flechador así le dijo:
«Escúchame, señor, que en la comarca
pingüe de Licia, muy probablemente,
o bien en Troya estás; pues sí que puedes   515
en toda dirección oír a un hombre
que se siente afligido
al igual que a mí ahora
alcance me va dando la aflicción.
Hela aquí, en efecto,
esta recia herida
que tengo, y mi brazo
está de un lado y otro
por agudos dolores traspasado,
sin que la sangre secárseme pueda,
y a causa de la herida
siento mi hombro agobiado,
y la lanza no puedo tener firme   520
ni ir a luchar contra los enemigos.
Muerto está el varón más excelente,
Sarpedón, que era hijo del dios Zeus,
el cual ni tan siquiera
está al quite de su propio hijo.
Pero, al menos tú, señor, remedia
esta mi recia herida
y los dolores de ella adormece,
y dame fuerza para que a los licios,
mis compañeros de armas, exhortando,   525
a combatir incite, y yo mismo
a los dos lados luche del cadáver
del héroe fenecido».

Asi dijo en sus ruegos, y escuchóle
Febo Apolo. Inmediatamente
fin puso a sus dolores, y la sangre
oscura que manaba
de la penosa herida restañó
e infundió en su ánimo coraje,
y Glauco en sus mientes se dio cuenta   530
de ello y se alegró de que le hubiera
tan pronto un dios tan grande
oído su plegaria.

[*Glauco exhorta a licios y troyanos*]

Y, en primer lugar, iba exhortando
a los caudillos de las tropas licias,
recorriendo enteramente el frente,
a luchar en torno de Sarpedón.
Luego, después, dando grandes zancadas,
al medio fue a dar de los troyanos,
junto a Polidamante[54] el Pantoída   535
y el divino Agénor[55],
y en busca fue de Eneas
y de Héctor, el de yelmo de bronce.
Y plantándose cerca,
les dirigía aladas palabras:
«Héctor, ahora ya desmemoriado
estás al olvidarte
completamente de tus aliados,
quienes por ti lejos de sus amigos
y de su tierra patria
van consumiendo su ánimo del todo,   540
y, en cambio, tú no quieres socorrerles.
Sarpedón yace muerto, capitán
de los licios pertrechados de escudos,
que a Licia tenía protegida
con sus sentencias y sus propia fuerza;

---

[54] Hijo de Pántoo y de Frontis. Había nacido la misma noche que
Héctor y era consejero tan excelente cuanto el hijo de Príamo era distinguido guerrero. Cfr. *Il*. XIV 449, 453; XV 339, 518, 521; XVIII 535.
[55] Hijo de Anténor y Téano. Cfr. *Il*. XI 59, XX 474, XXI 579.

a él Ares de bronce le domó
con la lanza a manos de Patroclo.
¡Ea, amigos, acudid a su lado
e indignaos en vuestros corazones!,
no vaya a ser que las armas le quiten   545
y trato indigno inflijan al cadáver
los mirmídones, que están irritados
por cuantos de los dánaos perecieron,
a los que dimos muerte
junto a las raudas naos con nuestras lanzas».
Así dijo, y duelo incontenible,
intolerable, de pies a cabeza
de los troyanos se enseñoreó,
puesto que para ellos
venía siendo de la ciudadela   550
baluarte, aunque fuera extranjero;
que huestes numerosas le seguían
entre las que él mismo descollaba
al batirse en la lucha.
Y enardecidos marcharon derechos
contra los dánaos, y al frente de ellos
iba Héctor (como era natural),
indignado por lo [56] de Sarpedón.
Por otra parte, incitó a los aqueos
el corazón velludo de Patroclo,
el hijo de Menetio;
a entrambos Ayantes, los primeros,
dirigió la palabra, que estaban
ya por sí mismos bien enardecidos:
«¡Ayantes!, que ahora os agrade   555
defendernos, mostrándoos como antes
erais exactamente entre guerreros,
o incluso mejores. Yace muerto
el varón que primero asaltó
la muralla aquea: Sarpedón.
¡Ojalá que, haciéndonos con él,
ya cogido, pudiéramos entonces
ultrajarle y quitarle las armas   560

---

[56] Es decir: por la muerte de Sarpedón.

[676]

de sus hombros, y a algún compañero
de él que intentara defenderle,
con implacable bronce domeñarle!».

[Combate en torno al cadáver de Sarpedón]

Así dijo, y ellos
ya incluso por sí mismos
anhelaban· rechazar el ataque.
Y luego que de uno y otro lado
fortificado habían las escuadras,
los troyanos y licios
y los mirmídones y los aqueos
un espantoso grito de batalla   565
lanzaron y a ambos lados del cadáver
del héroe fenecido entablaron
combate, y resonaron estridentes
las armaduras de los combatientes.
Y Zeus sobre la feroz contienda
una funesta noche extendió,
para que fuera funesto el trabajo
de la batalla en torno de su hijo.
Y fueron los troyanos los primeros
en rechazar a los hombres aqueos
de ojos vivos; pues había sido
herido con un dardo un guerrero   570
que no era en absoluto el menos bravo
entre los mirmidones:
el hijo del magnánimo Agacleo,
el divino Epigeo, que en Budeo,
ciudad bien habitada, en otro tiempo
vivía; pero ya en aquel entonces,
habiendo dado muerte a un noble primo,
acudiera a Peleo[57], suplicante,

---

[57] Recordemos que asimismo Patroclo, que, al igual que Epigeo, no es
tampoco «en modo alguno el menos bravo de los mirmídones», había dado
muerte a un compañero de juego *(Il.* XVII 84-9) y acudido a Peleo, como
suplicante, en busca de asilo. Esta mención de la muerte de Epigeo
presagia, por tanto la del propio Patroclo. Cfr. G. Strassburger, *Die kleinen
Kämpfer der Ilias,* Frankfurt 1954, 30.

y a Tetis, la de los pies de plata;
y ellos lo enviaban juntamente
con Aquiles, rompedor de las filas
de enemigos, para que le siguiera
a Ilio, la ciudad de bellos potros,
y luchara allí con los troyanos.
A él justamente, entonces,
cuando asía el cadáver para sí,
con una piedra el ilustre Héctor
le acertó en la cabeza,
y ésta entera en dos partes se le hendió
por dentro de su yelmo bien potente;
y él, claro está, de bruces se cayó
a tierra, y la muerte que destroza
el alma derramóse en torno de él.
Sobrevino a Patroclo una aflicción,
como era natural,
ante la muerte de su compañero,
y se lanzó derecho
entre los combatientes de vanguardia,
parecido a un gavilán veloz
que hace huir a grajos y estorninos;
así, en derechura hacia los licios
y hacia los troyanos te arrojaste,
¡Patroclo, tú que combates en carro!,
y estabas en tu corazón airado
por causa de tu compañero de armas.
Y entonces acertó a Estenelao,
de Itémenes el hijo, en el cuello
con una piedra y le arrancó
del cuello los tendones.
Y un poco se echaron para atrás
los combatientes de primera fila
y aun el ilustre Héctor.
Cuanto alcanza el impulso de un venablo
alargado que dispara un varón,
o haciendo una prueba o en el juego,
o incluso en la guerra, respondiendo
al acoso de unos enemigos
que aniquilan el hálito vital,
tanto retrocedieron los troyanos

575

580

585

590

y tanto los aqueos empujaron.
Pero Glauco, el primero, comandante
de los licios, de escudos pertrechados,
se dio la vuelta y mató a Baticles,
el magnánimo, hijo de Calcón,   595
que en la Hélade[58] tenía su morada
y destacaba entre los mirmidones
por su prosperidad y su riqueza.
A él, justamente, Glauco le hirió
con la lanza en la mitad del pecho,
tras una repentina media vuelta
que dio cuando aquél le perseguía
y al punto estaba ya de darle alcance.
Resonó, al caer, con gran estruendo,
y una intensa aflicción se apoderó
de los aqueos: ¡que hubiera caído   600
un tan bravo guerrero!; mucho, en cambio,
por ello los troyanos se alegraron.
Y éstos, apiñados avanzando,
a ambos lados de Glauco se plantaron;
mas tampoco, como era de esperar,
los aqueos su vigor olvidaron,
sino que impulsaban su coraje
derechamente contra los troyanos.
En la ocasión aquella, por su parte,
Meríones dio muerte a un guerrero
de los troyanos provisto de yelmo,
Laógono, el audaz, hijo de Onétor,
que era de Zeus Ideo[59] sacerdote   605
y por el pueblo era venerado
como un dios; a aquél le alcanzó
por bajo la mandíbula y la oreja;
y velozmente se le iba el aliento
de sus miembros, y, consecuentemente,
le arrebataron odiosas tinieblas.
Y Eneas lanzó sobre Meríones
su lanza hecha de bronce,

---

[58] Era la Hélade una región o comarca que formaba parte del reino de Peleo y, por ende, del de Aquiles (cfr. *Il.* II 683).
[59] Zeus posee en el monte Ida una floresta y un altar. Cfr. *Il.* VIII 48.

pues esperaba que le alcanzaría
según iba avanzando paso a paso
debajo del escudo. Pero aquél,   610
dirigiendo al frente su mirada,
logró esquivar la lanza hecha de bronce,
pues bajó la cabeza hacia adelante
y por detrás de él la larga lanza
voló y quedó clavada en el suelo.
Y vibrando quedó su regatón;
y entonces, luego, el fornido Ares
aflojaba su fuerza; y la punta
de la lanza de Eneas,
agitándose, fue a dar bajo tierra
y desapareció, pues, justamente,   615
de su mano robusta saltó en vano.
Y Eneas entonces se irritó
en el alma y dijo con voz clara:
«Rápidamente, Meriones, a ti,
por bailarín que seas, te habría
hecho cesar de una vez por todas,
si te hubiera alcanzado».
A él, a su vez, Meriones, famoso
por su lanza, de frente le decía:
«Eneas, te es difícil, aunque seas   620
esforzado, apagar el coraje
de quienquiera de entre los hombres todos
que te haga frente para defenderse;
pues mortal creo yo que también tú
por tus hechuras eres.
También yo, si alcanzarte consiguiera
por el medio con mi agudo bronce,
al punto, aunque eres fuerte y confiado
en tus brazos, gloria a mí me darías   625
y tu alma a Hades,
famoso por sus potros».
Así él dijo, y le reprendió
el valeroso hijo de Menetio:
«Meriones, ¿por qué esos discursos,
aunque seas valiente, tú pronuncias?
Dulce amigo, no habrán de retirarse,
abriéndote a ti paso, del cadáver

los troyanos a base de palabras
injuriosas; antes de ello la tierra
a alguien en su seno acogerá;
pues la consumación de una guerra   630
radica en los brazos,
mientras que, en cambio, la de las palabras
radica en el consejo;
por lo cual no es preciso en absoluto
amontonar palabras,
sino entablar combate».
Dijo así y él marchaba a la cabeza
y el otro [60] fue tras él,
varón igual a un dios.
Y como en las gargantas de un monte
se levanta el tumulto
que originan varones leñadores
y de lejos se percibe el rumor,
así de ellos se iba levantando   635
desde la tierra de anchos caminos
un sordo resonar
de bronce, cuero y de pieles de buey
de esmerada hechura,
a medida que se iban golpeando
los unos y los otros con espadas
y lanzas de dos puntas.
Y ya ningún varón, por más que fuera
observador, reconocido hubiera
a Sarpedón divino, toda vez
que envuelto estaba desde la cabeza   640
hasta las mismas puntas de los pies,
de extremo a extremo sin interrupción,
en dardos, sangre y polvo.

[Decisión de Zeus]

Y aquéllos en derredor del cadáver
rebullían como cuando las moscas
zumban en el establo, dando vueltas

---

[60] *Sc.:* Meríones.

por las colodras que rebosan leche,
en plena estación primaveral,
cuando la leche los cuencos empapa;
así exactamente ellos bullían
en torno del cadáver; pero Zeus
sus refulgentes ojos no apartó   645
de la feroz refriega ni un momento,
sino que de continuo hacia ellos
tenía la mirada dirigida
y en su ánimo estaba meditando,
muchísimos asuntos relativos
a la muerte que iba a sufrir Patroclo,
sobre ellos cavilando preocupado,
reflexionando sobre si allí mismo,
al lado del divino Sarpedón
y en medio de la feroz refriega,
ya a él asimismo le matara
el magnífico Héctor con su bronce
y quitara de sus hombros las armas,   650
o todavía aun a muchos otros
el trabajo escabroso aumentaría.
Y a él que así pensaba parecióle
que era más ventajoso
que el noble escudero
de Aquiles el hijo de Peleo
de nuevo empujara a los troyanos   655
y a Héctor el del yelmo de bronce
hacia la villa y que arrebatara
el hálito vital de muchos hombres.
Y a Héctor antes que a ningún otro
un ánimo cobarde le infundió,
y subido a su carro
se dio la vuelta y emprendió la huida,
y exhortó a los demás troyanos
a darse a la fuga, pues había
la sagraba balanza
de Zeus reconocido.
Entonces ni siquiera resistían
quietos allí los esforzados licios;
antes bien, todos ellos se pusieron   660
a huir desde el momento en que vieron

a su rey [61] en el corazón dañado,
tendido en medio de una multitud
de cadáveres, pues encima de él
muchos guerreros habían caído,
una vez el Cronida hubo tensado
la maroma [62] de la brutal reyerta.
Ellos, seguidamente, de los hombros
de Sarpedón las armas le quitaron
hechas de bronce y resplandecientes,
y el esforzado hijo de Menetio   665
se las dio a sus compañeros de armas
para que las llevaran
a las cóncavas naves.
Y entonces a Apolo
dirigió la palabra
Zeus, de nubes aglomerador:
«¡Venga!, ahora, querido Febo, limpia
a Sarpedón la sangre nebulosa,
una vez de la zona hayas salido
de los dardos, y llévalo bien lejos
después, y en las corrientes de un río
lávalo y úngelo con ambrosía [63],   670
y vístele inmortales vestiduras;
y envíalo, para que se lo lleven
consigo, a los raudos acompañantes
que son los dos gemelos Sueño y Muerte,
los cuales, justamente, muy deprisa
lo pondrán en el fértil territorio
comunal de la dilatada Licia,
donde a él sus hermanos y sus deudos
le darán sepultura
con túmulo y columna funeraria,   675

---

[61] O sea: a Sarpedón.
[62] Esta expresión se basa en la imagen de una maroma de cuyos dos
extremos tiran dos equipos enfrentados. Cfr. *Il.* XI 336; XIII 359-360; XIV
389-390; XX 101.
[63] La voz «ambrosía» se aplica a una planta *(Il.* V 777) y también al
perfume con ella elaborado sobre la base de aceite, con el que se ungen
determinados cadáveres para preservarlos de la putrefacción (cfr. *Il.* XXIII
186 y ss.).

que eso es privilegio de los muertos».
Así dijo, y Apolo, claro está,
oídos sordos no prestó a su padre,
y descendió de los montes del Ida
a la horrenda refriega, y, al punto,
a Sarpedón divino levantando
y llevándolo a muy luenga distancia
de la zona poblada de disparos,
lo lavó en las corrientes de un río
y lo ungió de ambrosía   680
y vistió de inmortales vestiduras,
y lo enviaba, para que consigo
se lo llevaran, a Sueño y a Muerte,
gemelos y raudos acompañantes,
que, justamente, le depositaron
muy deprisa en el fértil territorio
comunal de la dilatada Licia.
Patroclo, por su parte, luego que hubo
órdenes impartido
a sus caballos y a Automedonte,
fue al encuentro de licios y troyanos,   685
y con ello incurrió en gran ceguera,
¡inocente!, pues si hubiera observado
las palabras del hijo de Peleo,
en verdad sí que habría escapado
a la funesta Parca
de la sombría muerte.
Pero siempre más fuerte es el designio
de Zeus que el de los hombres:
él que a un varón ahuyenta
incluso vigoroso
y al punto arrebatóle la victoria
de manera bien fácil, y, a veces,   690
cuando él mismo le incita a combatir;
aquél a él[64] también en ese punto
dentro del pecho su ánimo azuzó.
Allí ¿a quién primero, a quien postrero
diste muerte, Patroclo, cuando ya

---

[64] A Patroclo.

a la muerte los dioses te llamaron?
A Adrasto [65] antes que a ningún otro,
y a Autónoo [66], Équeclo y Périmo,   695
que era hijo de Meges, y a Epístor
y Melanipo, y luego
a Élaso y Mulio y a Pilartes;
a éstos caza dió, pues los demás
de la fuga, uno a uno, se acordaban.
En ese punto Troya de altas puertas
hubieran conquistado
los hijos de los guerreros aqueos
por obra de las manos de Patroclo
(pues, lanza en ristre, en torno y adelante
se movía muy agitadamente),
de no haber sido porque Febo Apolo   700
encima del torreón bien construido
se plantó, planeando contra él [67]
propósitos funestos y dispuesto
a prestarles ayuda a los troyanos».

[*Ataque de Patroclo a los muros
de Troya defendidos por Apolo*]

Tres veces en lo bajo del recodo
del alto muro puso el pie Patroclo
y tres veces de él le rechazó
Apolo golpeando con sus manos
inmortales el esplendente escudo.
Pero cuando ya él arremetió   705
en su cuarto intento, a un dios igual,

---

65 El nombre *Adrasto* quiere decir «que no huye corriendo», cfr. *didráskō*
«huir corriendo».

66 Autónoo se llamaba también un griego al que mató Héctor (cfr. *Il.*
XI 301); Équeclo es asimismo nombre de otro personaje que aparece en *Il.*
XX 474. Este nombre es un derivado hipocorístico de Équecles [*Ekhek-
lées*], como *Patroclo* lo es de *Patrocles* [*Patroklées*], y Périmo lo es de
Perimedes [*Perimédes*]. *Epístōr* es nombre propio que tiene que ver con
epiístōr, que significa «confidente», «cómplice». *Melanipo* significa «el del
caballo (o caballos) negro». Élaso es hipocorístico abreviado o recortado
de *Elásippos* («el que aguija caballos o los pica con espuela»).

67 *Sc.*: contra Patroclo.

interpelándole espantosamente,
le dirigía aladas palabras:
«¡Retírate, Patroclo, descendiente
de Zeus!, pues no hay parte
que a ti te toque para devastar
la ciudad de los altivos troyanos
bajo tu lanza ni de la de Aquiles,
que es por cierto mucho mejor que tú».
Así dijo, y Patroclo   710
muy para atrás se iba retirando,
escapando a la cólera de Apolo,
el que de lejos los dardos dispara.

[Apolo incita a Héctor al combate]

Héctor, en tanto, en las puertas Esceas
estaba deteniendo sus caballos
de sólidas pezuñas, pues dudaba
si, arreándolos de nuevo hasta meterse
en medio del tumulto, lucharía,
o llamaría a voces a sus tropas
para que se apiñaran reunidas
dentro de las murallas.
A él, pues, que a estas cosas daba vueltas,   715
se le plantaba al lado Febo Apolo,
parecido a un varón robusto y fuerte,
a Asio[68], que de Héctor, domador
de corceles, tío materno era,
de Hécabe el hermano carnal
y el hijo de Dímante,
y que en Frigia habitaba,
al pie de las corrientes del Sangario[69].
A él parecido, Apolo, hijo de Zeus,   720
dirigió la palabra:
«Héctor, ¿por qué desistes de la lucha?
Pues que de ningún modo te es preciso.

---

[68] Este Asio, tío materno de Héctor, nada tiene que ver con Asio el
Hirtácida que aparece en *Il.* II 837 y muere a manos de Idomeneo en *Il.*
XII.

[69] En su conversación con Helena, Príamo menciona Frigia y el río
Sangario que discurre a través de ella (cfr. *Il.* III 184-7).

¡Ojalá que por cuanto inferior
soy yo respecto a ti,
en tanto yo ventaja te llevara!
En tal caso te habrías retirado
de la guerra, quizás,
de manera para ti aborrecible[70].
Pero, ¡venga!, dirige tus caballos
de robustas pezuñas a Patroclo,
a ver si de algún modo consiguieras   725
darle caza y Apolo te otorgara
la gloria». Habiendo hablado
de esta manera, él, una deidad,
se fue de nuevo a andar a la brega
de los guerreros, y mandó a Cebríones[71]
el magnífico Héctor arrear
los caballos para entrar en la liza.
Por su parte, Apolo, a la turba
dirigiéndose, en ella se metió
e introdujo una funesta algarada   730
por entre los argivos, y la gloria
a los troyanos y Héctor concedía.
Y Héctor iba dejando de lado
y no mataba a los restantes dánaos,
mientras que dirigía sus corceles
de robustas pezuñas a Patroclo.
Pero Patroclo, desde el otro lado,
del carro saltó a tierra, empuñando
con su izquierda mano una lanza,
mientras que con la otra aferraba
una piedra brillante, puntiaguda,   735
que su mano, envolviéndola, ocultó,
y, habiéndose afirmado, la lanzó
y no por mucho tiempo del varón
se iba retirando, ni en vano
hizo el disparo, sino que alcanzó
al auriga de Héctor, a Cebríones[72],

---

[70] Es decir: te habría costado caro haberte retirado del campo de batalla.
[71] Cebríones es hermano y auriga de Héctor.
[72] Cfr. *Il.* XIII 790. Los aqueos le habían matado a Héctor dos aurigas
consecutivos cuando, en *Il.* VIII 319, éste toma como conductor de su

hijo bastardo del glorioso Príamo,
que del carro las riendas empuñaba,
en la frente con la picuda piedra.
La piedra destrozóle entrambas cejas,   740
pues no le opuso el hueso resistencia
y sus ojos a tierra se cayeron,
entre el polvo, delante de sus pies;
y él, entonces, a un volatinero
parecido, de lo alto cayó
del bien labrado carro,
y su aliento abandonó sus huesos.
Y tú, Patroclo, conductor de carros,
haciendo burla de ello,
lanzaste estas palabras[73]:
«¡Ay, ay, qué hombre más ágil!   745
¡Con qué facilidad,
dando la voltereta,
se tira de cabeza!
Bien creo yo que si a estar llegara
en la mar de pescados abundosa,
ese varón, buceando en busca
de ostras y saltando
con frecuencia del borde de su nave,
a muchos saciaría, aunque estuviera
encrespada la mar y borrascosa,
a juzgar por la forma en la que ahora,
dando la voltereta, fácilmente
se tira de cabeza
desde su carro al suelo.
También, sin duda, hay entre los troyanos   750
saltadores de vuelta de campana».

---

carro a su hermanastro Cebríones, hijo bastardo de Príamo. En *Il.* XIII
790, cuando los troyanos dejaron sus carros en el foso del campamento
aqueo, Cebríones y Polidamante juntamente con Héctor comandaron el
primer destacamento troyano que se lanzó al asalto de las murallas de la
fortificación aquea.
[73] El humor negro de las palabras de Patroclo no carece de precedente
en la Ilíada. Véase cómo Polidamante, hijo de Pántoo, hace desmesurada
chanza de Protoénor, en el preciso momento en que le alcanzó con su
jabalina en certero disparo: Cfr. *Il.* XIV 456 y ss.

Habiendo dicho así, se puso en marcha,
y encima estaba del héroe Cebríones,
por ímpetu arrastrado del león
que devastando establos resultó
herido en el pecho
y al que perdió su mismísimo arrojo;
de esa misma manera, tú, Patroclo,
saltaste enardecido
encima de Cebríones.
Pero Héctor, a su vez, del otro lado,   755
saltó del carro a tierra.
Uno y otro en torno de Cebríones
pelearon cual lo hicieran dos leones
que en las cumbres de un monte,
altaneros los dos, los dos hambrientos,
batallan por una anta que fue muerta;
así en torno del cuerpo de Cebríones
uno y otro, expertos
en el grito de guerra,
Patroclo el de Menetio   760
y el magnífico Héctor,
anhelaban henderse mutuamente
las carnes con el bronce despiadado.
Héctor, después que le [74] hubo
por la cabeza asido,
no le dejaba suelto en absoluto;
pero Patroclo, por el otro lado,
cogido lo tenía por el pie;
y los demás ya, dánaos y troyanos,
trababan entre sí fuerte combate.
Y como el Euro y el Noto contienden,   765
el uno contra el otro, en los barrancos
de un monte, porfiando
en agitar la espesura de un bosque
(haya, fresno y cornejo
de delgada corteza,
que se lanzan, unos contra los otros,
sus alargadas ramas

---

[74] Entiéndase: al cadáver de Cebríones.

con resonancias sobrenaturales,
y al romperse se produce un crujido).
así lanzándose unos sobre otros,   770
se exterminaban troyanos y aqueos,
sin acordarse ni un bando ni el otro
de la funesta huida. Muchas lanzas
puntiagudas, flechas de alas provistas,
disparadas desde el nervio del arco,
a entrambos lados quedaban clavadas
de Cebriones; y muchas piedras grandes
con fuerza los escudos sacudieron
de quienes se batían a ambos lados   775
de él; el cual yacía,
todo lo largo que era, en largo espacio,
en medio de un torbellino de polvo,
del arte de guiar carros olvidado.

[*Victoria de los aqueos y muerte de Patroclo*]

Hasta que el sol alcanzó el punto medio
del cielo, en su carrera, y lo ocupaba,
hasta ese instante los dardos de ambos
ejércitos iban dando en el blanco
e iban cayendo las gentes de armas;
pero cuando el sol ya regresaba,
declinando al pasar al otro lado,
a la hora de desuncir los bueyes,
también entonces ya precisamente,   780
por encima de la porción debida,
los aqueos llevaban la ventaja.
Al héroe Cebriones lo sacaron
fuera ya del alcance de los dardos
y fuera de la grita
de los troyanos, y su armadura
le quitaron de en torno de los hombros,
y Patroclo, albergando
sentimientos hostiles a los teucros,
se lanzó sobre ellos. Por tres veces
sobre ellos cargó, equiparable
a Ares impetuoso en la carrera,
profiriendo espantosos alaridos,   785
y tres veces mató nueve varones.

Mas cuando ya atacó la cuarta vez,
semejante a un dios,
precisamente entonces para ti,
Patroclo, desvelóse
el final de tu vida:
en efecto, a tu encuentro salía,
tremendo, Febo en medio
de la feroz contienda. Pero él
no le vio avanzar entre la turba,
pues le había venido al encuentro   790
envuelto en un cumplido brumazón.
Y detrás de él plantóse y golpeó,
con la palma de la mano abierta,
la espalda y los dos anchos hombros de él,
y a girar se pusieron sus dos ojos.
Y el yelmo le arrojó de la cabeza
Febo Apolo, y rodando
debajo de los pies de los caballos
la celada de tubos como ojos [75]   795
producía estrepitoso ruido,
y las crines del penacho del yelmo
de sangre y de polvo se mancharon.
En otro tiempo, al menos, ciertamente,
no estaba por los dioses permitido
que llegara a mancharse de polvo
aquel yelmo guarnido
con crines de caballos; antes bien,
de un varón divino protegía
la cabeza y la frente graciosa:
de Aquiles; pero entonces
Zeus se lo había dado a Héctor
para que lo llevara en su cabeza,   800
pues cerca de él su perdición estaba.
Y entera se le quebró en sus [76] manos
la lanza que proyecta larga sombra,
pesada, grande, sólida y con yelmo

---

[75] No encuentro mejor manera de traducir *aulôpis* («provista de tubos a guisa de ojos») y *trupháleia* («celada de cuatro penachos o airones»).
[76] *Sc.*: de Patroclo.

[691]

guarnecida[77]; y cayó de sus hombros,
por otra parte, a tierra el escudo
provisto de reborde bien marcado,
y con él justamente el talabarte;
y la coraza se la desató
el soberano Apolo, hijo de Zeus.
Sus mientes la ceguera arrebató   805
y sus miembros espléndidos quedaron
desuncidos, desprovistos de apoyo,
y enhiesto se detuvo estupefecto
y, por detrás, con una aguda lanza
le acertó en la espalda, entre los hombros[78],
desde cerca un dárdano guerrero,
el Pantoída Euforbo[79], que en la lanza
y en el arte de guiar el carro
y por sus pies veloces superaba
a cuantos eran de su misma edad;
pues, en efecto, ya en ese momento   810
veinte guerreros derribado había
de sus carros, él que había acudido
por vez primera junto con su carro,
tratando como aprendiz de instruirse
en el arte y oficio de la guera;
él contra ti el primero disparó
su proyectil, caballero Patroclo,
pero no te domó; él nuevamente
retrocedió corriendo y confundióse
entre la muchedumbre,
luego que de la carne de Patroclo
arrebató la lanza hecha de fresno,
mas no aguardó metido en la refriega   815
el ataque del héroe Patroclo,
aunque éste estaba de armas desprovisto.
Y Patroclo, domado

---

[77] Entiéndase: La punta de la lanza es como su yelmo.

[78] Obsérvese cómo el poeta pone de relieve la intervención divina en la mente de Patroclo, que es herido justamente en el lugar en que había sido golpeado por la palma de la mano abierta de Apolo.

[79] Euforbo, hijo de Pántoo es hermano de Polidamante. Cfr. *Il.* III 146; XVII 51 y ss.

por el golpe del dios y por la lanza,
rehuyendo la Parca,
se iba retirando hacia atrás,
hasta el grupo de sus compañeros.
Pero Héctor, de que vió retroceder
a Patroclo magnánimo herido
por el agudo bronce,
entonces, avanzando
a través de las filas,
se llegó cerca de él y con su lanza   820
un golpe le asestó en el bajo vientre
y de una parte a otra
el bronce le introdujo.
Y retumbó al caer y gran congoja
produjo en las huestes de los aqueos.
Como cuando a un jabalí incansable
un león le violenta en el combate
que altaneros los dos están librando
en la cumbres de un monte
por una fuente insignificante,   825
pues que beber desean uno y otro,
y el león domeña por la fuerza
el jabalí sin tregua jadeante,
así al hijo esforzado de Menetio,
que había a muchos dado muerte,
Héctor el Priamida, desde cerca,
con su lanza el resuello arrebató,
y, gloriándose de ello,
le dirigía aladas palabras:
«Patroclo, ciertamente en algún sitio   830
tú decías que ibas a devastar
nuestra ciudad y que a la mujeres
troyanas ibas tú a arrebatarles
los días que con libertad se viven
y en las naves llevarlas
a la querida tierra de tus padres;
¡insensato!: Delante están de ellas,
a la carrera con sus pies tendidos
para luchar, los rápidos corceles
de Héctor, y yo mismo con mi lanza
descuello entre los teucros belicosos,   835

yo que de ellos alejo
el día de la esclavitud forzada;
en cambio, a ti los buitres
te comerán aquí.
¡Ay, pobre hombre, que, ni aun siendo bravo,
te fue Aquiles de utilidad ninguna!
Él, quedándose, a ti que te ibas,
innumerables recomendaciones
te hacía, digo yo, seguramente:
«No me vuelvas, Patroclo caballero,
a las cóncavas naves,   840
antes de que le hayas desgarrado
en torno de su pecho,
y, así, manchado de su propia sangre,
la túnica a Héctor,
matador de guerreros».
Así, seguramente,
a tí te dirigía
la palabra, ¡insensato!, e intentaba
de esa manera persuadir tu seso».
A él, rebullendo con escasas fuerzas,
dirigiste, Patroclo caballero,
estas palabras: «Desde ahora ya
glóriate, Héctor, altaneramente,
pues que a ti la victoria te dio Zeus   845
el Cronida y Apolo, que a mí
me domaron con gran facilidad;
que ellos mismos las armas de mis hombros
me quitaron. Porque, aunque veinte tales
como eres tú me hubieran salido
al encuentro, todos habrían muerto
aquí mismo, domados por mi lanza.
Pero a mí me dio muerte el Hado aciago
y el hijo de Letó y, de entre los hombres,   850
Euforbo, y tú, el tercero, me despojas.
Y otra cosa yo voy a decirte
y tú en tus mientes métetela bien:
No, en verdad, ni siquiera tú mismo
vivirás largo tiempo,
antes bien, ya de cerca
la muerte y el hado poderoso

te andan rondando,
forzado como estás a sucumbir
domado por las manos
de Aquiles el Eácida intachable.»
A él que justamente   855
así había hablado,
la muerte, postrer meta, le envolvió,
y su alma, volando de sus miembros,
ya estaba camino hacia el Hades
su suerte lamentando,
pues juventud y hombría
había abandonado tras de sí.
Pero a él aun muerto estas palabras
le dirigió el magnífico Héctor:
«Patroclo, ¿por qué ya
mi abismal perdición me vaticinas?
¿Quién sabe si Aquiles,   860
hijo de Tetis de hermosos cabellos,
me tome en ser herido por mi lanza,
la delantera y pierda así la vida?»
Así habiendo dicho, justamente,
apoyando su pie sobre el cadáver,
la broncínea lanza le extrajo
de la herida, y suelto de la lanza
de un empujón lo dejó boca arriba.
Y, al punto, con la lanza ya estaba
en camino detrás de Automedonte[80],
escudero, a los dioses comparable,   865
del Eácida de los pies ligeros;
pues ansiaba acertarle con la lanza,
pero a él sus rápidos corceles
inmortales de allí le iban sacando,
aquéllos que los dioses
a Peleo le habían regalado,
espléndidos presentes[81].

---

[80] Automedonte es el auriga de Aquiles; cfr. *Il*. XVI 145; XVIII 536.
[81] Un buen comentario de los versos 684 al 867 de este canto XVI de la *Ilíada* es el de J. Untermann, *Einführung in die Sprache Homers. Der Tod des Patroklos*, Ilias XVI 684-867, Heidelberg 1987.

Guerreros griegos

Canto XVII

La principalía de Menelao *

[Menelao defiende el cadáver de Patroclo]

Ni tampoco al hijo de Atreo,
a Menelao, de Ares bien querido,

---

* Muerto Patroclo, su cadáver queda entre el polvo en pleno campo de batalla; y a Héctor lo vimos persiguiendo a Automedonte, movido por el deseo de capturar los corceles y el carro de Aquiles: éstos son los dos temas que dieron fin al canto XVI y que siguen tratándose en este canto XVII, que no es sino la mera continuación del precedente. Euforbo, que fue el primer troyano que hirió a Patroclo, anhela poseer las armas de su víctima, que en realidad son las de Aquiles. Pero en su intento de hacerse con ellas se ve enfrentado a Menelao, cuya principalía, o preponderancia en las acciones de armas narradas al comienzo de este canto, es evidente. Son Menelao y Ayante, sin embargo, quienes descuellan entre los griegos por lo que se refiere a la defensa del cadáver del infeliz Patroclo. La lucha por las armas del héroe aqueo es, pues, el tema principal del presente canto: un combate que, finalmente, por decisión de Zeus, resulta favorable a los troyanos, que se imponen en la refriega mientras Menelao y Meríones, protegidos por los dos Ayantes, cargan el cadáver de Patroclo sobre sus espaldas y tratan de llevarlo al campamento para ponerlo a buen recaudo.

He aquí las partes de que consta este canto: 1. Menelao, defendiendo el cadáver de Patroclo, mata a Euforbo (1-60). 2. Héctor, exhortado por Apolo, ataca a Menelao y le hace retroceder (61-113). 3. Menelao pide ayuda a Ayante, y Héctor, que se ha hecho con la armadura de Patroclo, retrocede ante él (114-139). 4. Héctor es censurado por Glauco (140-182). 5. Héctor se ciñe la armadura de Aquiles (183-212). 6. Héctor exhorta y reanima a los aliados (213-236). 7. Menelao, a instancias de Ayante, convoca a los demás héroes aqueos a la salvaguarda y protección del cadáver de Patroclo (237-261). 8. Los aqueos se van imponiendo a los

le pasó inadvertido que Patroclo
domado había sido en el combate
a manos de los teucros.
Y andar se puso entre los combatientes
de las primeras filas,
de refulgente bronce pertrechado,
y, claro está, andaba
de aquél a los dos lados,
al igual que una vaca gemebunda
que ha sido madre por primera vez   5
y que del parto antes no sabía,
lo hace en derredor de su ternero.
Así andaba el rubio Menelao
en torno de Patroclo. Y tendió,
por darle protección[1],
su lanza hacia adelante
y su escudo por doquier igualado,
a dar muerte dispuesto con ardor
a quienquiera que osara llegarse
de frente al cadáver de Patroclo.
Ni tampoco, como era de esperar,
el buen lancero hijo de Pantoo,
hizo caso omiso de Patroclo   10
intachable que caído yacía;

troyanos en la lucha que ambos bandos sostienen en torno del cadáver de
Patroclo (262-318). 9. Eneas, animado por Apolo, da, a su vez, ánimos a
Héctor y reactiva la batalla, en tanto Ayante estimula a los aqueos (319-
365). 10. Combates entablados por otros héroes aqueos y troyanos (366-
383). 11. Recrudecimiento de la lucha en torno del cadáver de Patroclo
(384-399). 12. Aquiles ni se imagina la muerte de Patroclo (400-411).
13. Estado de ánimo de los contendientes de uno y otro bando (412-423).
14. Los corceles de Aquiles, entristecidos, son reconfortados y animados
por Zeus (424-458). 15. Automedonte y Alcimedonte (459-483). 16. Automedonte se ve amenzado por Eneas y Héctor (483-515). 17. Los dos
Ayantes libran a Automedonte de la amenaza de Héctor (515-542). 18.
Atenea apoya a Menelao y Apolo a Héctor (543-596). 19. Combates singulares entre héroes de los dos bandos (597-625). 20. Ayante envía a Menelao
en busca de Antíloco para que éste informe a Aquiles de la muerte de
Patroclo (626-672). 21. Menelao encuentra a Antíloco y le encomienda la
susodicha misión (673-701). 22. Entre Menelao y Meríones llevan el
cadáver de Patroclo al campamento aqueo mientras los dos Ayantes les
defienden del ataque de los troyanos (702-761).

[1] Sc.: al cadáver de Patroclo.

y, entonces, plantóse de él cerca
y a Menelao, bien querido de Ares,
dirigió la palabra:
«¡Atrida Menelao, por Zeus nutrido,
comandante de huestes!,
retírate y abandona el cadáver,
y deja estar sus sangrientos despojos,
pues nadie antes que yo de los troyanos
ni de entre sus famosos aliados
acertó a Patroclo con la lanza   15
en medio de la refriega feroz.
Por lo cual déjame entre los troyanos
obtener esta gloria bien preciosa,
no vaya yo a alcanzarte con mi lanza
y te arranque el alma
dulce como la miel.»
A él, en gran manera irritado,
le respondió el rubio Menelao:
«¡Padre Zeus!, no es, en verdad, hermoso
jactarse uno insolentemente.
En efecto, no es propio   20
tan gran coraje ni del leopardo
ni del león ni el jabalí salvaje
que alberga funestas intenciones,
cuyo ánimo sumamente altanero
por dentro de su pecho
se envanece en extremo de su fuerza,
como tan grande es la altanería
de los hijos de Pántoo [2], los lanceros.
Pero, en verdad, tampoco
la fuerza de Hiperénor,
domador de caballos [3],
sacó provecho de su lozanía   25
cuando me insultó
y me aguardó a pie firme
y afirmó que yo era entre los dánaos
el guerrero más digno de reproche;

---

[2] Polidamante, Euforbo e Hiperénor.
[3] Cfr. *Il.* XV 640.

pero yo afirmo que tampoco él,
volviendo, al menos, con sus propios pies,
a su casa, habrá regocijado
a su querida esposa
y a sus venerables genitores.
Así, de cierto, también tu coraje
yo voy a desatarte, si te atreves
a enfrentarte conmigo,
firmemente plantado en tu terreno;
pero, por el contrario, yo te exhorto,   30
precisamente yo,
a que, retrocediendo, te dirijas
al grueso de tus huestes,
(¡y no te pongas delante de mí!),
antes de que algo malo te suceda,
pues un necio comprende lo ya hecho»[4].
Dijo así, pero no lo persuadía;
y a él le dirigía la palabra
el otro, respondiendo de esta guisa:
«Ahora sí que ya, de todas todas,
Menelao por Zeus alimentado,
vas a pagar la muerte de mi hermano,   35
al que mataste, cosa de que hablas
en público jactándote de ella;
con ello a su mujer dejaste viuda
en un rincón del recién aprestado
dormitorio nupcial, y llanto y duelo
indecible a sus padres procuraste.
Podría ser yo de ellos, infelices,
un alivio a su llanto, si llevando
tu cabeza y tus armas, en las manos   40
de Pántoo y la divina
Fróntide[5] las pusiera.
Pero, a fe, ya no por largo tiempo

---

[4] Es decir: cuando una calamidad ha sucedido ya, hasta un tonto se da
cuenta de ello. Lo importante, en cambio, que es preverla, sólo le es dado
al hombre inteligente o prudente. Cfr. Hesíodo, *Trabajos y días* 218 *pathò dé
te népios égnō* («sufriéndolo en sus carnes, llega el necio/ a darse cuenta de
algo»).
[5] Son padre y madre de Hiperénor.

sin ser probado permanecerá
el combate y sin resolución,
bien sea de defensa, bien de huida.»
Habiendo hablado así,
le golpeó en el escudo a Menelao,
en el escudo por doquier igual,
pero no logró el bronce penetrarlo,
pues en el fuerte escudo   45
doblósele la punta de la lanza.
Y, el segundo, lanzóse con su bronce
Menelao el Atrida, una vez
que a su padre Zeus suplicara;
y a Euforbo, según retrocedía,
en la base le hirió de la garganta
y encima él en persona se apoyó,
en su fornida mano confiado;
y de cara la punta le pasó
a través de su delicado cuello.
Y al caer retumbó y rechinaron   50
por encima de él sus propias armas.
De sangre[6] se le iban empapando
sus cabellos parejos
a los de las cabezas de las Gracias[7],
y sus bucles que en oro y en plata
apretados llevaba[8].
Cual un varón un lozano retoño
de olivo alimenta que ha brotado
en un lugar aislado, donde agua
abundante ha absorbido,
hermoso y floreciente, al que sacuden   55
los soplos de los vientos por doquier,
y, además, de blanca flor se cuaja,

---

[6] Hay un asíndeton muy marcado, en el texto original, entre la anterior frase y la que aquí empieza.

[7] En el texto original leemos: *kharítessin homoîai,* es decir, «parecidos a las Gracias». Es esta una comparación abreviada *(comparatio compendiaria).*

[8] En las tumbas de Micenas, Olimpia y Beocia han aparecido muchas de estas «espirales» que parecen zarcillos pero en realidad servían para encerrar dentro de ellas los bucles y las trenzas. Cfr. H. Thomas, *Annual of the British School at Athens* 39 (1938-39), 73.

y de repente un viento llega a él
con ráfaga violenta y en un punto
lo arranca del hoyo
y lo deja tendido por el suelo,
así al hijo de Pántoo, Euforbo,
el buen lancero, luego que el Atrida   60
Menelao le mató,
le despojaba de su armadura.

[Héctor, incitado por Apolo, se lanza
contra Menelao]

Como cuando un león
criado en las montañas, confiado
en su vigor, una vaca arrebata,
del ganado que pace la mejor,
y el cuello le rompe, lo primero [9],
y con sus robustos dientes al asirla,
y luego, al desgarrarla,
lame su sangre y sus entrañas todas,
y a entrambos lados justamente de él   65
los perros y los varones pastores
dan muchos alaridos desde lejos,
sin atreverse a irle de frente,
pues el lívido miedo
los tiene bien cogidos,
así en el pecho de ninguno de ellos
el ánimo tenía el valor
de enfrentarse al glorioso Menelao.
Entonces fácilmente el Atrida   70
bien habría podido
llevarse la famosa
armadura del hijo de Pantoo,
si eso no se lo hubiera envidiado
Febo Apolo, que, en consecuencia,
lanzó contra él a Héctor,

---

[9] Asimismo, primeramente, un guerrero mata a su adversario en el
campo de batalla, y luego se inclina sobre él para proceder a despojarle de
su armadura. Cfr. H. Fränkel, *Die homerischen Gleichnisse* Göttingen 1921,
64, y G. Strassburguer, *Die kleinen Kämpfer der Ilias,* Frankfurt 1954, 41.

al ardoroso Ares comparable,
tomando para ello la apariencia
de un varón, de Mentes, el caudillo
de los cícones [10], y con él hablando
en alta y clara voz,
le dirigía aladas palabras:
«Héctor, ahora tú, así corriendo   75
vas persiguiendo lo inalcanzable,
los caballos del Eácida valiente;
pero ellos son penosos de domar,
al menos para varones mortales,
y de guiarlos uncidos al carro,
para cualquiera que no sea Aquiles,
a quien parió una madre inmortal [11].
Entretanto, Menelao, guerrero
hijo de Atreo, dando protección
a Patroclo, mató al más valiente   80
de los teucros, al hijo de Pantoo,
a Euforbo, a cuya fuerza
impetuosa le impuso fin.»
Así dijo y de nuevo se marchó
él, un dios, a la brega de los hombres,
mientras a Héctor tremenda aflicción
le ensombreció las mientes
que negras le quedaron de ambos lados.
Y justamente luego dirigió
bien fija la mirada por las filas,
y percibió al punto
al uno intentando despojarle   85

---

[10] Hay un par de cuestiones interesantes que nos interesa rescatar del
olvido: en primer término, en el Canto II de este mismo poema se nos dice
que el caudillo de los cícones se llama Eufemo (cfr. *Il.* II 846). En segundo
lugar, este verso que estamos comentando (*Il.* XVII 73) se parece muchísimo a aquel de la *Odisea* en que se nos refería cómo Atenea —de nuevo
estamos ante una epifanía divina— tomaba la figura de Mentes, un
huésped, caudillo de los tafios (cfr. *Od.* I 105).

[11] Zeus y Posidón habían sido rivales al tratar ambos de casarse con
Tetis. Pero una profecía según la cual el hijo de Tetis sería más fuerte que
su padre hizo que ambos dioses renunciasen a la anhelada boda y que
casasen a la diosa con un mortal, Peleo. Cfr. Píndaro, *Ístmica VIII* 26-48;
Esquilo, *Prometeo Encadenado* 907-27.

de sus armas famosas, y al otro
sobre la tierra tendido yaciendo;
y sangre le corría herida abajo,
por la herida que el golpe le causara.
Y a andar se puso entre los combatientes
de las primeras filas,
pertrechado de refulgente bronce,
dando agudos gritos,
comparable a la llamada inextinguible
de Hefesto; y no pasó inadvertido,
con sus agudos gritos
al hijo de Atreo, que, irritado [12],   90
como era de esperar,
dijo a su generoso corazón:
«¡Ay de mí!, si abandono
estas hermosas armas y a Patroclo,
que yace aquí tendido
por la compensación que estoy buscando,
que un dánao que me vea,
conmigo no se indigne;
pero si estando solo, por vergüenza   95
lucho con Héctor y con los troyanos,
que de un modo o de otro
no me rodeen muchos a mí solo;
pues a los teucros todos
los viene conduciendo hasta aquí
Héctor, el de yelmo resplandeciente.
Pero ¿por qué de propósitos tales
habla mi corazón conmigo mismo? [13]
Cuando un hombre, en contra de los dioses,
quiere luchar con un varón al que honra
algún dios, contra él

_____

[12] Éste es el verso («que irritado... corazón») que sirve en la *Ilíada* para introducir soliloquios. Cfr. G. Petersmann, «Die Entscheidungsmonologe in den homerischen Epen», *Grazer Beiträge* 2 (1974) 147-169. Otros monólogos son: el de Odiseo (*Il.* XI 404-10), el de Agénor (*Il.* XXI 553-70) y el de Héctor (*Il.* XXII 99-130).

[13] Estos versos («Pero ¿por qué... conmigo mismo?»), que corresponden al verso 97 del original, aparecen también en los otros soliloquios de la *Ilíada* a los que nos hemos referido en la anterior nota.

rápidamente se pone a rodar
una calamidad extraordinaria.
Por eso yo no creo que se indigne   100
un dánao conmigo que me vea
retroceder ante Héctor,
puesto que lucha por un dios movido.
Pero si acaso yo la voz de Ayante,
distinguido por el grito de guerra,
llegara a percibir,
los dos, yendo de nuevo,
habríamos de recordar la lucha
ardorosa, aun en contra de los dioses,
por ver si de algún modo
lográsemos arrastrando sacar
el cadáver por llevárselo a Aquiles,   105
el hijo de Peleo. De los males
que sufrimos sería el preferible.»
Mientras él a estas cosas daba vueltas
en sus mientes y en su corazón,
en tanto avanzaron
las filas de troyanos que mandaba
y guiaba precisamente Héctor.
Por la otra parte, en correspondencia,
él iba hacia atrás retrocediendo,
y el cadáver, así, abandonando,
y se daba la vuelta con frecuencia,
cual léon melenudo al que los perros   110
y los varones tratan de ahuyentar,
valiéndose de pértigas y voces,
bien lejos del establo;
pero en sus entrañas
su bravo corazón se le congela
y a su pesar se marcha del corral;
así el rubio Menelao se iba
de Patroclo alejando. Y se paró
y la vuelta se dio cuando llegó
al grupo de sus compañeros de armas,
con avidez mirando en torno suyo,   115
por si al talludo Ayante divisara,
hijo de Telamón.
Lo vio muy pronto en el punto extremo

[705]

de la izquierda del campo de batalla
animando a sus compañeros de armas
y exhortándoles a trabar combate,
pues miedo sobrehumano
les había infundido Febo Apolo.
Y dando un paso[14], púsose a correr
y, luego, de inmediato,
plantándose a su lado,
le hablaba diciendo estas palabras:
«Ayante, ven aquí, mi dulce amigo,   120
démonos prisa por si del cadáver
de Patroclo en derredor luchando,
aunque sea de sus armas desnudo,
logramos presentárselo a Aquiles;
que las armas las tiene en su poder
Héctor, el de yelmo resplandeciente.»
Así dijo y a Ayante valeroso
el ánimo movióle. Y se puso
a caminar entre los combatientes
de vanguardia y con él juntamente
iba marchando el rubio Menelao.
Héctor iba arrastrando a Patroclo,   125
luego que ya le hubo despojado
de su ínclita armadura[15],
con el fin de cortarle de sus hombros
la cabeza con su aguzado bronce,
y el cadáver, llevándolo a rastras,
entregarlo a las perras troyanas.
Pero Ayante llegó cerca portando
un escudo que era como una torre[16].
Y Héctor, yendo hacia atrás, retrocedía
hasta el grupo de sus compañeros,

---

[14] *Sc.*: Menelao.

[15] Al final del Canto XVI, Apolo, de un golpe, hace caer al suelo la armadura de Patroclo. No es ésta la única incongruencia, disconformidad o desacuerdo observable en el poema.

[16] Este escudo que cubre completamente, de pies a cabeza, el cuerpo del guerrero, que aparece representado en objetos de época micénica, y que en la *Ilíada* lo usa exclusivamente Ayante, es mencionado en otras ocasiones a lo largo de este poema: *Il*. VI 117, VIII 267-334, XIII 158, XV 645.

y al carro saltó y él iba dando   130
a los troyanos las hermosas armas
para que a la villa las llevaran
y fueran para él excelsa gloria.
Ayante, empero, habiendo cubierto
por uno y otro lado al Menetíada
con su ancho escudo, firme se tenía,
como un león en torno de sus crías
al que, precisamente,
le salen al encuentro cazadores,   135
cuando en el bosque conduciendo va
a sus cachorros, y entonces él
se ufana de su fuerza
y tira para abajo, toda ella,
la sobreceja, cubriendo sus ojos;
así Ayante en torno a Patroclo
el héroe, estando firme,
cubriéndole le daba protección.
Y el hijo de Atreo,
Menelao, caro a Ares,
firme estaba por el otro lado,
incrementando en su pecho un duelo
que poco a poco se iba haciendo grande.

[Héctor es increpado por Glauco]

Pero Glauco, de Hipóloco el hijo,   140
de los varones licios el caudillo,
tras dirigir torva mirada a Héctor,
con ásperas palabras reprendióle:
«Héctor, de rostro el más distinguido [17],
en la lucha mucho vas a la zaga,
como ahora viene resultando cierto:
A fe que a ti te ampara buena fama
vanamente, siendo tú, como eres,
un cobarde. Ahora considerá
de qué manera ciudadela y villa

---

[17] Esta designación con que en tono increpatorio un guerrero califica a
otro guerrero, es, a todas luces, un insulto. Ahora bien, normalmente es a
Paris a quien se le dirige este denuesto. Cfr. *Il.* XIII 769.

salvar podrás tú solo con tus gentes   145
que en Ilio son nacidas;
pues, por lo menos de los licios, nadie
a combatir irá contra los dánaos
en defensa de esta tu ciudad,
ya que no es en absoluto objeto
de agradecimiento,
como ahora se viene comprobando,
batirse con guerreros enemigos
encarnizadamente y sin tregua.
¿Cómo tú en medio del alboroto
de la pelea salvar lograrías
a un guerrero inferior, ¡tú, inconmovible!,   150
después que abandonaste a Sarpedón,
tu huésped a la vez que compañero,
para que a ser llegara
botín y presa para los argivos?
Él que fue muchas veces para ti,
para ti mismo y para tu ciudad,
mientras estaba áun vivo, de provecho;
ahora, en cambio, valor no tuviste
para alejar de su vera a los perros.
Por ello ahora, si me obedecen
todos y cada uno
de los guerreros licios, nos iremos   155
a casa y para Troya quedará
a la vista su abismal ruina.
¡Ojalá que ahora los troyanos
un muy audaz coraje albergaran,
intrépido, como el que penetra
en varones que sobre sí tomaron
la brega y el combate por la patria,
enfrentados a hombres enemigos!
Habríamos, al punto, arrastrado,
a Patroclo hasta dentro de Ilión.
Pero si ése, aun muerto, llegara   160
del rey Príamo a la gran ciudad
y fuera de la lucha lo arrastráramos,
al punto los argivos soltarían
de Sarpedón la hermosa armadura,
y a él mismo llevaríamos en carro

[708]

hasta dentro de Ilión. Pues yace muerto
el servidor de un guerrero tal,
que es con mucho el mejor de los argivos   165
que están junto a las naves,
como lo son también sus servidores,
expertos en la lucha cuerpo a cuerpo.
Pero tú, lo que es tú, no te atreviste
a mantenerte firme frente a Ayante,
el de gran corazón, cuando a sus ojos
le miraste por entre el griterío
del enemigo, ni a trabar combate
directamente, puesto que a ti
él te lleva ventaja.»
Y a él, luego, mirando torvamente,
Héctor le respondió,
el héroe del yelmo refulgente:
«¿Cómo es, Glauco, que, siendo tú cual eres,   170
me has hablado desmesuradamente?
¡Ay, yo que, a fe mía, me decía
que, por tus mientes, por encima estabas
de todos los demás cuantos habitan
la Licia rica en feraces terruños!
Pero ahora, tal es lo que dijiste,
tus mientes las encontré insuficientes
del todo, tú que afirmas
que al gigantesco Ayante
no podría yo a pie firme aguardarle.
Yo, para que lo sepas,   175
no tiemblo en modo alguno
ni ante la lucha ni ante el estruendo
de los carros; pero siempre es más fuerte
el designio de Zeus,
portador de la égida, que ahuyenta
a un varón esforzado y fácilmente
le quita la victoria, cuando él mismo,
a veces, le incita a combartir;
Mas, ¡venga!, dulce amigo, ven aquí,
ponte a mi lado y mira mi labor:
o bien el día entero voy a ser   180
un cobarde, tal como tú proclamas,
o a uno cualquiera de los dánaos

precisamente, aunque esté muy ansioso
por ejercer su fuerza ahuyentadora,
le retendré en su intento de luchar
defendiendo el cadáver de Patroclo.»
Habiendo hablado así
y tras lanzar un grito a gran distancia,
exhortó a los troyanos de esta guisa:
«Troyanos, licios, dánaos expertos
en luchar cuerpo a cuerpo, sed varones,   185
amigos, y acordaos
de la impetuosa fuerza defensiva,
hasta que yo del intachable Aquiles
me ponga la hermosa armadura,
de la que despojé, tras darle muerte,
a Patroclo, el héroe valeroso.»
Habiendo hablado así, precisamente,
con voz bien clara, fuera se marchó
de la batalla aniquiladora
Héctor, el del yelmo tornasolado
y, a la carrera, muy rápidamente
alcanzaba a sus camaradas de armas,
que aún no estaban lejos,   190
a los que con pies ágiles siguiera,
los cuales a la villa iban llevando
la famosa armadura del Pelida.
Y parándose lejos y aparte
del campo de batalla,
que numerosas lágrimas produce,
cambiaba allí sus armas; a saber:
él las suyas se las dio a los troyanos,
amigos de la guerra,
para que las llevaran
a la sacra Ilión, y él se ponía
la armadura inmortal
de Aquiles, el hijo de Peleo,   195
que los dioses que habitan en el cielo
a su padre le habían procurado,
el cual, siendo ya viejo, a su hijo
se la dio de regalo; sin embargo,
su hijo no se hizo viejo
metido en la armadura de su padre.

Pero a él cuando lo vio
Zeus, el que las nubes amontona,
aparte y de las armas pertrechado
del divino Pelida,
moviendo, acto seguido, la cabeza,   200
se habló a su corazón de esta manera:
«¡Ay, infeliz!, ni siquiera la muerte,
que ya se encuentra tan cerca de ti,
se hace a tu espíritu presente,
pues te ciñes las armas inmortales
de un señaladísimo guerrero
ante el que tiemblan también los demás [18];
de él mataste ya a su compañero
de armas, a la vez dulce y valiente,
y sus armas después le arrebataste   205
de su cabeza y también de sus hombros
no conforme al buen orden debido [19].
Sin embargo, ahora por lo menos
yo pondré en tus manos
una fuerza enorme
como compensación de lo siguiente:
de que Andrómaca no recibirá
de ti, cuando regreses de la lucha,
en absoluto las famosas armas
del hijo de Peleo.»
Así dijo el Cronida y asintió
con sus oscuras cejas, y a Héctor   210
le adaptó las armas a su cuerpo,
y el tremendo Ares Enialio
penetró en él, y sus miembros por dentro
se le llenaron de vigor y fuerza.
Y, al punto, lanzando grandes gritos,
marchó tras sus ilustres aliados,
y a todos ellos se aparecía
brillando con el fulgor de las armas
del magnánimo hijo de Peleo.

---

[18] Entiéndase: ante el que no sólo tú (que no lo haces) debieras temblar.

[19] Es decir: Héctor no tiene categoría suficiente para revestirse de esas armas inmortales.

Y moviéndose de un lado a otro,
los iba exhortando a cada uno   215
con sus palabras: a Mestles y Glauco,
Tersíloco, Medonte, Asteropeo,
Hipótoo, Disénor, Forcis, Cromio,
y a Énnomo, también, el agorero[20].

[*Héctor exhorta a sus aliados*]

E intentando incitarles,
les dirigía palabras aladas:
«¡Escuchadme, innumerables tribus   220
de aliados que en derredor moráis!:
no soy yo, en efecto, quien buscando
ni habiendo menester de muchedumbre,
aquí os hice venir a cada uno
desde vuestras ciudades respectivas,
sino para que con benevolencia
me hicierais el favor de defender
a las esposas y a los tiernos hijos
de los troyanos, que están acosados
por los aqueos amigos de guerras.
Teniendo estos propósitos en mente,   225
a mis gentes las estoy abrumando
exigiéndoles víveres y dones,
intentando con ello acrecentar
el ánimo en cada uno de vosotros.
Por eso ahora vaya cada uno
derecho al enemigo y o bien muera
o bien resulte salvo,
pues en eso consiste
la amorosa cita de la guerra.
Pero aquél que a Patroclo, aunque muerto,
logre a rastras llevarle hasta las filas
de los teucros domadores de potros,   230
y consiga que ceda ante él Ayante,
le daré la mitad de los despojos,

---

[20] Sobre Mestles, cfr. *Il.* II 864; acerca de Tersíloco cfr. *Il.* XXI 209.
Asteropeo aparece en *Il.* II 848; Hipótoo, en *Il.* II 840; Forcis, en *Il.* II 862;
Cromio, en *Il.* 858, y Énnomo, en *Il.* II 858.

y la mitad me quedaré yo mismo,
y su gloria será como la mía.»
Así dijo, y ellos en derechura
contra los dánaos, las lanzas en ristre,
se pusieron en marcha y cargaron;
gran esperanza sus almas tenían
de conseguir arrastrar el cadáver,   235
quitándoselo a Ayante Telamonio
que bajo su escudo lo amparaba;
¡infelices!, ¡y a cuán numerosos
guerreros más bien él
sobre el propio cadáver
les despojó del aliento vital!
Y entonces justamente,
así le dijo Ayante a Menelao,
por el grito de guerra distinguido:
«Menelao, dulce amigo,
por Zeus alimentado,
ya no espero que nosotros dos,
nosotros dos, al menos, en persona,
consigamos regresar de la guerra.
En absoluto tengo tanto miedo   240
por el cadáver del héroe Patroclo,
que pronto saciará a perros y buitres
de los teucros, cuanto por mi cabeza,
no le vaya a ocurrir alguna cosa,
y por la tuya, toda vez que Héctor,
la nube de la guerra,
todo lo va cubriendo en torno suyo,
y a nosotros, en cambio, se nos muestra
abiertamente la abismal ruina.
Pero, ¡venga! convoca   245
a los más valerosos de los dánaos,
por si alguno de ellos nos escucha.»
Así dijo, y no hizo caso omiso
Menelao, por el grito
de guerra distinguido,
quien profirió un chillido penetrante,
haciéndolo a los dánaos perceptible:
«¡Amigos, consejeros y caudillos
de las huestes argivas,

que junto a Agamenón y Menelao,
los hijos de Atreo,
bebéis el vino a expensas del pueblo[21]   250
y mandáis cada uno a vuestras gentes,
y honra y gloria de Zeus os acompaña!;
para mí es arduo ir, uno tras otro,
distinguiendo a todos vuestros jefes;
pues tan grande es la llama con que arde
la porfía que reina en esta guerra;
mas venga aquí cada uno por sí mismo
y siéntase en su pecho indignado
de que Patroclo llegue a convertirse   255
en juguete de las perras troyanas.»
Así dijo, y le oyó claramente
Ayante el veloz, hijo de Oileo;
y antes que nadie corriendo llegó,
yendo a través de la feroz pelea,
a colocarse enfrente de él;
y fueron detrás de él Idomeneo,
y Meriones, su compañero de armas,
a Enialio semejante,
matador de varones[22].
¿Y quién de los demás decir podría,   260
con el apoyo de sus propias mientes[23],
los nombres de los restantes aqueos,
que ya luego la lucha excitaron?

[*Combate en torno de cadáver de Patroclo*]

Los troyanos en masa
se abalanzaron, y al frente de ellos,

---

[21] Cfr. *Il.* IV 259-60; IX 71-3.

[22] Idomeneo es hijo de Deucalión, nieto de Minos y caudillo de las
huestes cretenses (*Il.* II 645, IV 265, XII 117). Su hijo Arsíloco aparece en
la *Odisea* (cfr. *Od.* XIII 259). Meríones es el compañero de armas *(opáōn)* de
Idomeneo (*Il.* XII 246), del que se relatan las hazañas en *Il.* XII 566; 650;
XIV 514 y XVI 342; 603. Era Meríones hijo de Molo (*Il.* XIII 249) y
natural de Creta (*Il.* X 270).
En cuanto a Enialio, es Ares (o, mejor, se sincretiza con Ares), dios de
las batallas (cfr. *Il.* XVII 211).

[23] Sin ayuda de la Musa, el poeta no puede recordar los pormenores del
pasado. Cfr. *Il.* II 484.

[714]

como esperar cabía, iba Héctor;
como cuando en las bocas de un río
por las aguas de Zeus alimentado,
una alta ola de la mar que choca
con su corriente brama,
y gritan a ambos lados   265
los promontorios de junto a la costa,
al ser la agua marina vomitada
por fuera de la orilla,
con tan gran griterío, justamente,
avanzaban los teucros.
Los aqueos, empero,
se mantuvieron firmes
a ambos lados del hijo de Menetio,
respirando un único aliento,
parapetados tras de sus escudos
fabricados de bronce.
Y a ambos lados de ellos,
de sus brillantes yelmos,
precisamente, el hijo de Crono
había derramado espesa niebla[24],
pues tampoco al hijo de Menetio   270
aborrecía, por lo menos antes,
mientras, estando vivo,
era escudero del nieto de Éaco;
y, por tanto, la idea había odiado
de que en botín aquel se convirtiera
del enemigo y las perras troyanas;
también por eso a los compañeros
de aquél les había incitado
a que le defendieran.

---

[24] Ya nos es conocido el recurso, divino y maravilloso, de la protectora
niebla espesa (cfr. *Il.* XV 668; XVI 567). Echando mano de él, Zeus
protege a Patroclo, por quien siente afecto. Más adelante, en este mismo
canto (*Il.* XVII 368), se insiste en el tema de «la espesa niebla», con lo que
se prepara el clímax o momento culminante en el desarrollo de esta acción
bélica en que intervienen los dioses y a la que el tema de «la espesa niebla»
se subordina; nos referimos a la famosa plegaria de Ayante a Zeus (*Il.*
XVII 647-7).

Primero, los troyanos rechazaron[25]
a los aqueos de ojos giradores,
que a su suerte el cuerpo abandonando, 275
huyeron retrocediendo ante ellos;
mas de éstos a ninguno los troyanos
arrogantes mataron con sus lanzas,
aunque lo deseaban con vehemencia,
pero intentaban arrastrar el cuerpo;
mas breve tiempo también los aqueos
iban a estar de éste alejados;
pues muy rápidamente
les hizo dar la vuelta
Ayante, quien con mucho, por su aspecto,
y con mucho, en cuanto a sus hazañas,
de entre los demás dánaos descollaba, 280
después del intachable
vástago de Peleo.
Y derecho por entre los guerreros
que combaten en la primera fila,
se lanzó, parecido a un jabalí
en la bravura para la defensa,
un jabalí que en los montes dispersa
con gran facilidad,
por las quebradas al dar media vuelta,
a los canes y los mozos garridos;
así el ilustre Ayante,
el hijo del notable Telamón,
metiéndose entre ellos, fácilmente 285
dispersó las escuadras de troyanos
que en pie estaban en torno de Patroclo
y la intención tenían más que nada
de arrastrarlo hasta su ciudad
y de este modo conquistarse gloria.
En efecto, Hipótoo,

---

[25] Comienza aquí la narración, por un lado, de alternativas suertes en la lucha entre aqueos y troyanos y aliados; por otro, de cómo Ayante mata a Hipótoo; Héctor, a Esquedio; Eneas, a Liócrito; Licomedes, a Apisaon (cfr. *Il.* XVII 274-365).

ilustre hijo de Leto el Pelasgo,
por el pie lo arrastraba
en el medio de la feroz refriega,
después que una correa le pasara   290
del tobillo a lo largo
y a entrambos lados de sus dos tendones,
intentando con ello complacer
a Héctor así como a los troyanos;
pero rápidamente le llegó
a él la desventura
que nadie apartarle consiguió,
I por más que ardientemente lo desearan.
Pues a él el hijo de Telamón,
a través de la turba dando un salto
sobre él, desde cerca le asestó
un golpe sobre el yelmo
provisto de carrilleras de bronce;
y se resquebrajó el yelmo,ˉornado   295
con penacho de crines de caballo,
en torno de la punta de la lanza,
al ser golpeado por fornida asta
y, juntamente, por robusta mano,
y los sesos empapados en sangre
salieron de la herida a borbotones
a lo largo del cubo de la lanza;
y allí mismo se desató su fuerza,
y entonces de sus manos, claro está,
dejó caer al suelo
de Patroclo, el magnánimo, el pie,
de modo que tendido aún seguía;   300
e Hipótoo cerca de él cayó de bruces,
encima del cadáver, de Larisa [26]
de feraces terruños alejado,
y sin haber podido devolver
a sus queridos padres
los gastos de crianza, pues el tiempo
que su vida duró tornóse breve,
por la lanza domado

[26] Cfr. *Il.* II 841.

del animoso Ayante.
Y Héctor, por su parte, disparó
contra Ayante su refulgente lanza,
pero él, mirando al frente,   305
por muy poco esquivó el asta de bronce,
que a Esquedio[27] alcanzó,
el hijo del magnánimo Ifito,
de los focios con mucho el más bravo,
quien en el renombrado Panopeo[28]
vivía habitualmente en sus moradas,
reinando sobre innúmeros varones;
le alcanzó por debajo
de la clavícula en su parte media;
y el cabo de la punta de la lanza   310
le atravesó de una parte a otra
hasta salir rozándole el extremo
del hombro. Y con estruendo se cayó
y sobre él sus armas resonaron.
Pero Ayante, a su vez, al esforzado
Forcis, hijo de Fénope, que andaba
dando vueltas en torno a Hipótoo,
le hirió en pleno vientre,
y el peto le rompió de la coraza
y arrancó el bronce sus entrañas,   315
y él, cayendo en el polvo,
con la mano crispada asió la tierra.
Y, así, retrocedieron los guerreros
de vanguardia y aun el ilustre Héctor,
y los argivos daban un gran grito,
sus muertos retiraron
y a Forcis y a Hipótoo, cuyas armas
les iban de sus hombros desatando.
Entonces los troyanos, por su parte,
cediendo a los aqueos belicosos,
subido habrían a la ciudadela   320
de Ilión y entrado en ella,

---

[27] Cfr. *Il*. II 517. Había otro Esquedio, caudillo también de los focios,
que fue muerto en *Il*. XV 515.
[28] Cfr. *Il*. II 520.

domados por sus propias cobardías,
y habrían los argivos conquistado
el renombre, incluso por encima
el decreto de Zeus,
por su propio poder y por su fuerza;
pero incitó a Eneas
Apolo en persona,
parecido en el porte a Perifante,
el Epítida[29], el cual,
junto al padre de aquél,[30]
anciano como heraldo envejecía,   325
albergando en su pecho
cariñosos, solícitos cuidados.
A él, pues, parecido, dirigía
la palabra Apolo, hijo de Zeus:
«Eneas, ¿de qué modo aun por encima
de los dioses podríais defender
la escarpada Ilión?
Como yo ya vi hacer a otros guerreros
en sus bríos y fuerzas confiados
y en la hombría y cuantía de los suyos,   330
aun contando con muy escasas gentes.
Y la verdad es que Zeus bien prefiere
la victoria a nosotros otorgarnos
antes que a los dánaos; empero,
vosotros en persona tenéis miedo
hasta un punto indecible y no lucháis.»
Así dijo, y Eneas conoció,
mirándole a la cara,
al flechador Apolo,
y, dando grande voces, dijo a Héctor:
«Héctor y demás jefes   335

---

[29] La voz *ēpúta* es un epíteto del heraldo, que describe una de las
funciones de la profesión, la de «vocear» (*ēpúō*, cfr. *Il.* VII 384), es decir, la
de hablar, con voz clara y perceptible a lo lejos, en los sacrificios y en las
asambleas. No es la primera vez que nos encontramos en la *Ilíada* con
nombres propios que aluden a la profesión que ejerce quien con ellos es
nombrado. Recordemos al carpintero Tecton, hijo de Harmón (*Il.* V 59), y
al adivino Políido.

[30] *Sc.:* Anquises, padre de Eneas.

de los troyanos y los aliados,
vergüenza sí que es esto: que cediendo
a los aqueos, amados de Ares,
hasta Ilión subiendo, en ella entremos,
por nuestra falta de vigor domados.
Sin embargo, todavía, en efecto,
afirma un dios que se plantó a mi lado,
que Zeus, el más alto consejero,
es nuestro valedor en la batalla;
por lo cual justamente, en derechura
vayamos a los dánaos, y que ellos
sin temor ni embarazo
acercar no consigan   340
hasta sus naves a Patroclo muerto.»
Así dijo, y, al punto, dando un salto,
se plantó mucho trecho por delante
de los guerreros de primera fila,
y ellos, entonces, se dieron la vuelta
y se plantaron frente a los aqueos.
Entonces, por su parte,
Eneas con su lanza golpeó
a Leócrito, hijo de Arisbante,
de Licomedes [31] bravo compañero.   345
De él, cuando cayó, compasión tuvo
Licomedes, bienquerido por Ares,
y avanzando, de él cerca se plantó [32]
y le lanzó su brillante azagaya,
que alcanzó al Hipásida Apisaon,
pastor de gente armada,

---

[31] Licomedes es un joven caudillo de los argivos (era cretense, según
Hesíodo, tal como se desprende del escolio a *Il.* XIX 240) a quien Ayante
Telamonio encomienda, en *Il.* XII 366, apoyar a Ayante Oileo, que con su
esfuerzo protege el muro: «Aquí mismo quedaos vosotros dos, / tú,
Ayante, y también tú,/ el fuerte Licomedes...» Aparece asimismo en otros
dos pasajes: *Il.* IX 84 y XIX 240.

[32] En tres pasajes de la *Ilíada* (*Il.* XI 577-9; XII 411-2 y éste que ahora
nos ocupa: *Il.* XVII 347-9), con fórmulas prácticamente iguales, se nos
refiere cómo un héroe aqueo mata a un troyano Hipásida (hijo de Hípaso)
o un tal Apisaon.

en el hígado, bajo las entrañas,
y al punto desatóle las rodillas,
a él, precisamente, que había   350
venido de Peonia
de feraces terruños,
y era el más distinguido, además,
en la lucha, después de Asteropeo.
De él, cuando cayó,
apiadóse el marcial Asteropeo.
Y derecho también él se lanzó
decidido a luchar contra los dánaos;
pero ya no podía en modo alguno,
pues por doquier estaban encerrados
dentro de sus escudos
y bien firmes en torno a Patroclo   355
y con la lanza en ristre.
Y es que Ayante absolutamente a todos
se les iba acercando,
órdenes insistentes impartiendo:
ordenaba que nadie se apartara,
hacia atrás, del cadáver y que nadie
luchara por delante
de la línea en que estaban los aqueos,
destacado del resto,
mas que, al contrario, firmes se quedaran
bien colocados a ambos lados de él
y lucharan de cerca.
Así mandaba hacer   360
el gigantesco Ayante, y de sangre
purpúrea la tierra se empapaba,
y ellos cayendo iban hacinados,
los muertos de los teucros y, a la vez,
de los muy ardorosos aliados,
pero los de los dánaos también,
pues, ciertamente, sin derramar sangre
ni tan siquiera ellos combatían,
pero iban pereciendo
en número mucho más reducido;
en efecto, estaban siempre atentos
a apartar los unos de los otros,   365
en plena turba, la escabrosa muerte.

[721]

[*La lucha en otros puntos del campo
de batalla*]

Así ellos se batían, como el fuego,
y decir no podrías en buen hora
que ni el sol ni la luna
incólumes se hallaran.
Pues estaban cubiertos por la bruma
en la extensión del campo de batalla
en que firmes estaban los más bravos
a ambos lados del Menetiada muerto.
Pero el resto de troyanos y aqueos   370
de hermosas canilleras combatían
tranquilos bajo el cielo reluciente,
pues desplegada estaba
la aguda luz de los rayos del sol
y ni una sola nube se veía
sobre la tierra entera ni los montes.
Y combatían con interrupciones,
tratando de evitar unos de otros
los venablos colmados de gemidos,
y separados por un largo trecho.   375
Mientras tanto, los otros[33], en el medio,
se veían en doloroso trance
por causa de la niebla y de la guerra,
y cuantos de ellos eran los más bravos
sentíanse agotados por efecto
del implacable bronce.
Mas dos varones, guerreros gloriosos,
Trasimedes y Antíloco, los dos,
no se habían todavía enterado
de la muerte de Patroclo sin tacha,
sino que se decían que aún
vivo estaba luchando con los teucros   380
en el tumulto de primera línea.
Pues ellos dos, dirigiendo sus ojos
a evitar la muerte
y la huida de sus compañeros,
se batían aparte, toda vez

---

[33] *Sc.* los que combatían alrededor del cadáver de Patroclo.

que así Néstor se lo encomendaba
cuando les incitaba a ir al combate
desde las negras naves.

[*Se recrudece la lucha en torno del
cadáver de Patroclo*]

Entre los otros una gran reyerta
de penosa porfía,   385
que se había desencadenado,
duraba aún todo el resto del día.
De cansancio y también de sudor,
constantemente y sin interrupción,
se iban rociando
las rodillas, las piernas y los pies,
por debajo, y los brazos y ojos
de cada combatiente
de ambos bandos enfrentados en liza
a uno y otro lado
del bravo escudero
del Eácida de los pies ligeros.
Como cuando un hombre da a estirar
una piel de un gran toro a sus muchachos,
de grasa fuertemente impregnada,
y ellos, entonces, luego que la toman,
se distancian en círculo y la estiran,
y al momento se le fue la humedad,
pues penetrando va en ella la grasa,
porque son muchos los que de ella tiran
y ella toda va quedando extendida
de una parte a la otra,
de igual manera aquellos,
los de uno y otro bando,
en reducido espacio
iban tirando de aquí para allá   395
del cadáver, pues sus almas tenían
gran esperanza, los unos, los teucros,
de lograr arrastrarlo hacia Ilión,
y, a su vez, los aqueos,
de arrastrarlo hasta las huecas naves;
y estaba en torno de él

feroz contienda desencadenada:
que ni siquiera Ares,
que es de los guerreros acicate,
ni tampoco Atenea, si la vieran,
la encontrarían insastisfactoria,
por mucho que el rencor les alcanzara.
Tal resultó el trabajo pernicioso   400
de hombres y caballos,
que al pie del cadáver de Patroclo
tensó aquel día Zeus.

*[Aquiles aún nada sabe de la muerte de
Patroclo]*

Pero, sin duda, aún conocimiento
el divino Aquiles no tenía
de que Patroclo estuviera muerto,
pues muy lejos de las rápidas naves
se batían, al pie de las murallas
de los troyanos. No se lo esperaba
en su alma: que muerto estuviera,   405
sino, al contrario, que estuviese vivo
y que una vez pegado estrechamente
a las puertas del Ilio,
dándose ya la vuelta, regresara,
dado que esto tampoco en absoluto
se lo esperaba él: que saqueara
la ciudadela de Ilión sin él,
ni tampoco con él, pues eso sí
que decir se lo oía muchas veces
a su madre cuando, estando aparte
de todos, la escuchaba con frecuencia
anunciarle el designio del gran Zeus;
tan sólo una desgracia,   410
la que se había hecho realidad,
no se la había dicho
ya, por lo menos en aquel entonces:
que, justamente, se le había muerto
precisamente quien para él era
con mucho el más querido compañero.
Y los otros, en torno del cadáver

blandiendo sin cesar
sus aguzadas lanzas,
se apretaban los unos a los otros
y se iban dando muerte entre sí.
Y así una vez y otra se decían
los aqueos de túnicas de bronce:
«¡Amigos!, ciertamente no es glorioso   415
para nosotros que ahora nos volvamos
a las cóncavas naves; antes bien,
¡que aquí mismo a todos se nos abra
la negra tierra!; inmediatamente
ello habría de ser para nosotros
mucho más provechoso...
si es que a los troyanos, domadores
de potros, les vamos a entregar
a ese que está ahí, de tal manera
que ellos lo arrastren hacia su ciudad
y de este modo se conquisten gloria.»
Así, por otro lado, iban diciendo   420
con frecuencia los magnánimos teucros:
«¡Amigos! aunque fuera
disposición del hado
que al lado de este hombre
seamos todos por igual domados,
nadie aún se retire del combate.»
Así decían una vez y otra,
justamente, y el ardor excitaban
de cada uno de ellos.
De este modo batiéndose seguían
y un férreo estrépito llegaba
hasta el cielo de bronce   425
a través del infatigable éter.

[*Llanto de los caballos de Aquiles*]

Y entonces los caballos
del Eácida, que aparte estaban
del campo de batalla,
lloraban ya desde el primer momento
en que su auriga se había caído

en el polvo por obra
de Héctor, el matador de guerreros.
Cierto es que Automedonte,
el valeroso hijo de Dioreo,
los fustigaba con flexible tralla,⁣   430
dándoles suaves golpes muchas veces,
y, hablándoles, a ellos se dirigía
muchas veces con melifluas palabras
y otras muchas con una imprecación.
Mas ellos ni de regreso a las naves
hacia el ancho Helesponto ir querían
ni a meterse entre los aqueos
y en pleno combate, antes bien,
como estela que firme permanece,
que sobre tumba de un varón se yergue⁣   435
fallecido, o bien de una mujer,
así, sin vacilar, permanecían
sujetando el muy hermoso carro
y pegando al suelo sus testuces;
y lágrimas calientes les caían,
fluyendo, de sus párpados a tierra,
según lloraban al echar de menos
al auriga; y sus crines, lozanas,
se iban manchando, pues, por los dos lados⁣   440
del collar rebosando,
se habían caído
a lo largo del yugo.
Y de ellos, entonces, piedad tuvo,
cuando vio que lloraban, el Cronida
y movió la cabeza y se habló
de esta manera a su corazón:
«¡Ay, infelices! ¿Por qué al soberano
Peleo os dimos, que es hombre mortal,
mientras vosotros dos
nunca sois viejos y sois inmortales?
¿Acaso para que ambos compartáis⁣   445
dolores con los míseros humanos?
Pues nada hay, en efecto, en parte alguna
más miserable que el ser humano
de entre todos los seres que alientan
y se arrastran también sobre la tierra.

[726]

Pero a fe que al menos en vosotros
y en vuestro carro de hermosa hechura
no ha de montarse Héctor Priamida;
pues que yo no lo he de permitir.
¿O no es bastante acaso   450
que ya las armas tenga
y de ello se jacte vanamente?
Pero a vosotros en vuestras rodillas
y ánimo infundiré coraje,
a fin de que saquéis de la batalla
también a Automedonte, y sano y salvo
a las cóncavas naves lo llevéis;
pues todavía voy a otorgar gloria
a los troyanos para que aún maten
hasta que hayan llegado a las naves
bien provistas de bancos de remeros,
y se haya hundido el sol   455
y el sacro anochecer haya llegado.»
Habiendo dicho así, en los caballos
insufló noble ardor, y ellos dos
el polvo de sus crines sacudieron
arrojándolo al suelo, y vivamente
iban llevando el rápido carro
en medio de troyanos y de aqueos.
Contra aquéllos [34] luchaba Automedonte,
aunque afligido por su compañero,
lanzándose de un lado para otro   460
con sus caballos, como hace un buitre
que se arroja en medio de las ocas;
fácilmente, en efecto, iba escapando
del fragor de los teucros,
y fácilmente una vez y otra
se daba a atacar y perseguir
a través de la turba innumerable;
pero no daba muerte a guerreros
cada vez que tras ellos se lanzaba;
pues no le era posible en modo alguno,

---

[34] *Sc.* los troyanos.

estando solo en su impetuoso carro,
con la lanza atacar y, al mismo tiempo,   465
contra los enemigos dirigir
los veloces corceles.
Y tarde ya, con sus ojos lo vio
un guerrero, su compañero de armas,
Alcimedonte [35], hijo de Laerces
el hijo de Hemón; y se paró
detrás del carro, y a Automedonte
así le dirigía la palabra:
«Automedonte, ¿quién de entre los dioses
pudo dentro de tu pecho meterte   470
una traza carente de provecho
y arrebatarte tus cabales mientes?
¡Como que estás tú solo combatiendo
contra los teucros entre los guerreros
de vanguardia!; pues sí, tu compañero
de armas ya fue muerto,
y Héctor en persona se gloría
de llevar a sus hombros ajustada
la armadura del Eácida Aquiles.»
Y a él, a su vez, Automedonte,
el hijo de Dioreo, replicó:
«Alcimedonte, pues ¿qué otro aqueo   475
te iguala dirigiendo la doma
y la ardorosa fuerza conteniendo
de inmortales caballos,
si no es Patroclo, sabio consejero
comparable a los dioses,
en tanto estaba vivo?
Ahora, empero, la muerte y el destino
ya le ha dado alcance;
pero, ¡venga!, empuña tú la tralla   480
y las brillantes riendas; yo, en cambio,
para luchar me bajaré del carro.»
Así él dijo, y Alcimedonte,
saltando sobre el carro

---

[35] Cfr. *Il.* XVI 197.

que acudir suele al grito de guerra,
en sus manos ágilmente tomaba
el látigo y las riendas, y, de un salto,
a tierra se bajó Automedonte.
Pero el ilustre Héctor
de ello se percató y, al instante,
a Eneas que allí cerca se encontraba
le dijo con voz clara y perceptible:
«Eneas, consejero   485
de los troyanos de cotas de bronce,
en este instante vi aparecer
y entrar en el combate
este par de caballos que aquí ves,
del Eácida de los pies veloces,
junto con sus aurigas incapaces;
yo tendría esperanzas de aprehenderlos,
si tú en tu alma dispuesto estuvieras,
puesto que a nosotros dos lanzados
al ataque, el valor no tendrían   490
de enfrentarse a pie firme
para entablar un combate marcial.»
Así dijo, y no hizo caso omiso
el noble hijo de Anquises,
mas los dos avanzaron caminando
en línea recta, sus hombros cubiertos
por resecas y endurecidas pieles
de bueyes sobre las que se extendía
gruesa capa de bronce.
Juntamente con ellos iban Cromio [36]   495
y, además, Areto, semejante
a los dioses, formando la pareja;
gran esperanza sus almas tenían
de conseguir matar a los aurigas
y apresar los caballos de altos cuellos;
¡infelices!, ni siquiera, en efecto,
iban a regresar incruentamente
de su encuentro con Automedonte.
Y éste a Zeus padre suplicó

---

[36] Cfr. *Il.* XVII 218.

y sus negras entrañas se llenaron
por un lado y por otro
de vigor defensivo y de fuerza.
Y, al punto, a Alcimedonte,   500
fiel compañero de armas,
así le dirigía la palabra:
«Alcimedonte, no me tengas lejos
ya los caballos, antes bien, echando
sus resuellos encima de mi espalda;
pues yo, al menos, no pienso
que Héctor el Priámida desista
de su ardor guerrero
antes de conseguir, una de dos,
o en el carro montar al que uncidos
van los caballos de hermosas crines
del Eácida Aquiles,   505
tras habernos matado
a nosotros y haber puesto en fuga
las líneas de combate
de guerreros argivos,
o él mismo, en otro caso, bien pudiera
ser alcanzado entre los guerreros
que combaten en las primeras filas.»
Después de hablar así,
llamó a los dos Ayantes
y a Menelao con ellos:
«¡Ayantes, conductores
de los argivos, y tú, Menelao!,
encomendad a los más valerosos
a ése, al cadáver;
que a ambos lados de él   510
bien firmes se mantengan
y le aparten las filas de enemigos,
y alejad de nosotros, de los vivos,
el día inexorable;
pues por aquí cargaron,
por en medio del combate luctuoso,
Héctor y Eneas, que son los más bravos
de los troyanos. Sin embargo, eso
está entre las rodillas de los dioses;
en efecto, yo, particularmente,   515

lanzaré mi azagaya,
y de lo demás todo
Zeus se cuidará.»

Dijo así y, tras blandirla, su lanza
de prolongada sombra disparaba,
y acertó de Areto en el escudo
que parejo es en todas direcciones;
mas la lanza el escudo no detuvo
pues el bronce pasó a través de él,
y en la parte baja de su vientre
clavósele a través del cinturón.
Como cuando un robusto varón,   520
blandiendo una segur bien afilada,
un golpe asesta detrás de las astas
de un buey montaraz, y entero corta
su manojo de músculos en dos,
y, dando el buey un salto hacia adelante,
se viene abajo, así mismo Areto
dio un salto hacia adelante
y cayó boca arriba, pues la lanza,
vibrándole dentro de sus entrañas
sumamente aguzada como estaba,
íbale a él los miembros desatando.
Y Héctor a Automedonte disparóle   525
con su resplandeciente azagaya.
Pero aquél, dirigiendo
al frente su mirada,
logró esquivar la lanza hecha de bronce,
pues bajó la cabeza hacia adelante,
y por detrás de él la larga lanza
voló y quedó clavada en el suelo,
y vibrando quedó su regatón,
y entonces, luego, el fornido Ares
aflojaba su fuerza.
Y ya con las espadas, cuerpo a cuerpo,
irían a golpearse mutuamente,   530
si no hubieran a entrambos separado,
estando enardecidos como estaban,

los dos Ayantes, que, precisamente,
llegado habían por entre la turba,
ya que con insistencia les llamaba
su compañero de armas [37].
Y un poco asustados ante ellos,
una vez más se echaron hacia atrás
Héctor y Eneas, así como Cromio,
parecido a los dioses, y dejaron   535
allí mismo tendido en el suelo
y con desgarros en su corazón
a Areto. Y despojóle
a él de su armadura Automedonte,
equiparable a Ares impetuoso,
y, ufano, decía estas palabras:
«Por cierto, un poco, al menos,
he aliviado yo mi corazón
de la aflicción sentida por la muerte
del hijo de Menetio,
si bien maté a un guerrero inferior.»
Así dijo, y cogiendo los despojos   540
sangrientos, en el carro los metió,
y él mismo se subía, ensangrentado
en sus pies, y, por arriba, en sus manos,
como león que a un toro ha devorado.

*[Continúa la lucha. Atenea anima a Menelao
y Apolo a Héctor]*

De nuevo al pie del cuerpo de Patroclo
tendida estaba la feroz refriega
dolorosa y de lágrimas colmada,
ya que Atena, que del cielo bajara,   545
iba ya la reyerta despertando,
pues la había enviado por delante
Zeus, el dios que truena hacia lo lejos,
para que a los dánaos incitara,
pues su designio entonces
había ya virado en redondo.

---

[37] Automedonte. Cfr. *Il.* XVII 507: «Después de hablar así, / llamó a los
dos Ayantes...»

Como Zeus a los mortales tiende
el purpúreo arco iris desde el cielo,
para que sea signo de la guerra
o del glacial invierno que a los hombres,   550
justamente, les hace interrumpir
las labores encima de la tierra
y produce aflicción a los rebaños,
así mismo envuelta en una nube
de púrpura en el grupo se metió
de los aqueos e iba despertando
uno a uno a los hombres.
Y al hijo de Atreo, Menelao,
el aguerrido, exhortando, le hablaba
el primero (porque precisamente
él era quien se hallaba cerca de ella),
a Fénix [38] parecida   555
por su porte y su voz inquebrantable:
«En verdad, para ti ya, Menelao,
será oprobio y vergüenza si al fiel
compañero de armas del ilustre
Aquiles, bajo el muro de los teucros,
le han de arrastrar un día raudos canes;
pero, ¡venga!, resiste con firmeza,
y estimula a todas tus gentes.»
A ella, a su vez, respondió Menelao,   560
por el grito de guerra distinguido:
«¡Fénix, anciano padre [39],
nacido ya hace años, así Atena
me diera fortaleza y apartara
la fuerza impetuosa de los dardos!;
yo entonces bien dispuesto estaría
a plantarme al lado de Patroclo
y defenderle; pues que grandemente
en mi alma su muerte me ha afectado.
Pero Héctor tiene dentro de sí   565
el ímpetu tremendo
del fuego y no cesa

---

[38] Cfr. *Il.* XVI 196.
[39] Cfr. *Il.* IX 607.

de degollar argivos con su bronce,
pues que ahora Zeus le concede
la gloria en calidad de compañera.»
Así dijo, y se alegró la diosa,
Atena, la de ojos de lechuza,
de que en efecto a ella Menelao,
de entre todos los dioses,
le hubiera implorado
antes que a cualquier otro en absoluto.
Y púsole en sus hombros y rodillas
agresivo vigor, y en su pecho   570
la audacia de la mosca [40] le infundió
que, aunque apartarla intenten con frecuencia
de la piel de los hombres,
se obstina en morderles, pues la sangre
del hombre a ella sabrosa le resulta.
De tal audacia le llenó las mientes
negras por ambos lados.
Y andando se fue al lado de Patroclo
y su fúlgida lanza disparó.
Había entre los teucros un tal Podes,   575
hijo de Eetión [41], rico y bravo;
sobremanera le estimaba Héctor
de entre el pueblo, dado que para él
era un buen compañero de banquetes;
a él, precisamente, le acertó
en pleno cinto el rubio Menelao,
cuando a emprender la fuga se lanzó,
y de una parte a otra
el bronce le introdujo,

[40] Menelao (él mismo es consciente de ello, cfr. *Il.* XVII 26-27; 587-8)
no es precisamente uno de los más esforzados y distinguidos guerreros de
los dánaos. Homero lo compara a una vaca que ha sido madre por primera
vez (*Il.* XVII 4-5), a un león, a una mosca (en este caso) y a un águila (*Il.*
XVII 674). En realidad, Menelao es un héroe de mediano valor, pero de
buen carácter y amable (cfr. el cariñoso elogio de Patroclo que pone el
poeta en sus labios en *Il.* XVII 674), por lo cual Homero se sintió obligado
a narrar también una *aristeía* o principalía de Menelao, título de este canto
en la antigüedad.
[41] Rey de Teba y suegro de Héctor, pues era el padre de Andrómaca.
Pero Andrómaca dice en *Il.* VI 422 que todos sus hermanos han muerto.

y retumbó al caer; y el Atrida   580
Menelao, por su parte, el cadáver
por debajo y fuera de alcance
de las huestes troyanas lo sacó
y a rastras lo llevó
hasta el grupo de sus compañeros.
Y cerca de Héctor plantándose, Apolo,
a Fénope, hijo de Asio [42], parecido,
que el más querido era para él
de sus huéspedes todos y en Abido
su morada habitaba,
tomando su apariencia, así le dijo   585
Apolo, dios que obra a voluntad:
«Héctor, ¿qué otro aqueo todavía,
de ti se espantaría, a juzgar
por la manera en que has huido,
retrocediendo ante Menelao
que, anteriormente al menos,
era un blando lancero,
en cambio ahora solo se va yendo
tras haber levantado un cadáver [43]
que llevándose va de por debajo
y fuera del alcance de los teucros,
pues que mató a tu fiel compañero,
bravo entre los que luchan en vanguardia,   590
Podes, hijo de Eetión.»
Así dijo, y a Héctor
negra nube de aflicción le envolvió,
y a andar se puso entre los combatientes
que se baten en las primeras filas,
pertrechado de refulgente bronce.
Y entonces, justamente, el Cronida
la égida cogió centelleante [44]
y provista de franjas numerosas,

---

[42] Cfr. *Il.* XIII 560.
[43] El de Podes. Cfr. *Il.* XVII 581.
[44] En el blandir la égida provista de franjas y centelleante se vislumbra
la vieja explicación precientífica de las tormentas. La égida es de metal
forjado y trabajado por Hefesto (*Il.* XV 309-310). Cfr. *Il.* XIII 825; XV
308-10.

y el monte Ida encapotó de nubes 595
y, relampagueando,
con estruendo grandísimo tronó,
y sacudió la égida y con ello
les daba la victoria a los troyanos
y, a la vez, puso en fuga a los aqueos.

[Combates particulares]

Era el primero en emprender la fuga
el beocio Penéleo [45], pues él,
siempre vuelto de cara al enemigo,
de lanza estaba herido en el hombro,
en lo más alto de él, a flor de piel;
pues la punta del asta que empuñaba 600
Polidamante habíale arañado
hasta llegar al hueso,
porque él, precisamente,
poniéndosele cerca
le había con ella acertado.
A Leito [46], por su parte,
Héctor hirió de cerca
la mano, en la muñeca,
al hijo del magnánimo Alectrión,
y en su bélico ardor le hizo cesar;
y en derredor mirando inquietamente,
se dio a la fuga, toda vez que ya
no esperaba en su ánimo batirse,
lanza en mano, contra los troyanos.
Pero a Héctor, que detrás de Leito 605
habíase lanzado, Idomeneo
le había ya acertado en la coraza
en pleno pecho, junto a una tetilla;
pero su larga lanza se quebró
en el tallo, por donde empieza el asta,
y un grito lanzaron los troyanos.
Y él a Idomeneo disparó,
hijo de Deucalión, su jabalina,

---

[45] Cfr. *Il.* II 494.
[46] Leito es, al igual que Penéleo, caudillo de los beocios. Cfr. *Il.* II 494.

cuando estaba en el carro [47] ya montado,
y a él, precisamente, por un poco
no le acertó, pero sí, sin embargo,   610
a Cérano, auriga y escudero
del héroe Meríones,
que desde Licto [48] la bien asentada
veníale haciendo compañía,
pues desde un principio Idomeneo,
cuando detrás de sí dejó las naves
combas por ambos lados,
a pie había venido, y a los teucros
gran triunfo les habría otorgado,
si Cérano no hubiera velozmente
guiado allí sus rápidos corceles;
y para él [49] llegó como la luz   615
y le libró del día sin piedad,
mientras que él mismo a manos de Héctor
el homicida la vida perdió.
Le acertó por debajo
de la mandíbula y de la oreja,
y de raíz los dientes le arrancó
la parte delantera del astil
y le cortó la lengua por el medio.
Se desplomó del carro, y las riendas,
sueltas, se fueron a caer a tierra.
Y del suelo, inclinándose, tomólas   620
en sus manos Meríones,
y luego a Idomeneo
así le dirigía la palabra:
«Fustiga ahora y sigue fustigando
hasta que llegues a las raudas naves,
pues incluso tú mismo te das cuenta
del hecho de que la supremacía
en manos no está ya de los aqueos.»
Así dijo, y luego Idomeneo

---

[47] Idomeneo, para zafarse del peligro, se había subido al carro de
Meríones. Recordemos que Idomeneo, al igual que Odiseo y Ayante,
nunca combate en carro.
[48] Ciudad de Creta. Cfr. *Il.* II 647.
[49] *Sc.*: Idomeno.

los potros fustigó de hermosas crines
hacia las huecas naves, pues ya el miedo   625
había en su ánimo incidido.

*[Ayante envía a Menelao a comunicar
a Aquiles la muerte de Patroclo]*

Y al magnánimo Ayante no pasó
inadvertido, ni a Menelao,
Zeus en cuanto al hecho de que estaba
otorgando a los teucros la victoria
que hace alternar las fuerzas.
Y entre ellos tomaba la palabra
el grande Ayante, en primer lugar,
de Telamón el hijo:
«¡Ay, ay, dolor!, ya hasta quien fuera necio   630
sobremanera llegaría a darse
cuenta de que es el propio padre Zeus
quien está a los troyanos defendiendo,
pues que dan en el blanco los disparos
de ellos todos, quienquiera que dispare,
ora sea un cobarde ora un valiente,
pues Zeus todos ellos los dirige,
en cualquier caso, derechos al blanco;
mientras, en cambio, a todos nosotros,
de este modo, continuamente, en vano,
se nos vienen cayendo siempre a tierra.
Pero, ¡venga!, nosotros, por lo menos,
pensemos en la fórmula mejor
para que consigamos sacar fuera   635
el cadáver a rastras, e, igualmente,
también, al regresar, nosotros mismos,
lleguemos a ser causa de alegría
para nuestros queridos compañeros
que sin duda se encuentran afligidos
hacia aquí dirigiendo la mirada,
y aseguran que ya no podrán más
ser contenidos la fueria y las manos
intangibles de Héctor, matador
de guerreros, sino que, al contrario,

[738]

sobre las negras naves caerán.
¡Ojalá hubiera algún compañero [50]   640
que sin tardanza avisara al Pelida
(pues no creo que ni esté enterado
tan siquiera de la lúgubre nueva)
de que murió su caro compañero!
Pero por ningún lado puedo ver
a alguien así aquí entre los aqueos.
Pues cubiertos se hallan por la bruma
guerreros y caballos a la par.
¡Padre Zeus, libera, pese a todo,   645
de la bruma a los hijos
de los aqueos y haz sereno el cielo,
y concédenos ver con nuestros ojos,
y en la luz llega incluso a destruirnos,
puesto que de este modo a ti te plugo!»
Así dijo, y de él compadecióse,
al verle verter lágrimas, su padre,
y al punto la bruma disipó
y golpeándola, apartó la niebla,
y desde arriba abajo brilló el sol,   650
y apareció el campo de batalla
todo él iluminado por su luz.
Y entonces dijo Ayante a Menelao,
distinguido por su grito de guerra:
«Mira ahora, si aún vivo ves,
Menelao, de Zeus descendiente,
a Antíloco [51], el hijo
del magnánimo Néstor,

---

50 Ayante está pensando en Antíloco.
51 Antíloco es para Aquiles como un nuevo Patroclo, una vez muerto
éste. Se encuentran ambos héroes en Il. XVIII 16-34, XXIII 541-62 y 785-
97 (en esta ocasión, con motivo de los Juegos fúnebres). En la Odisea (Od.
XI 467-8, XXIV 15-16) se da por sabida esa especial amistad existente
entre el héroe de los pies ligeros y el hijo de Néstor. Por último, en la
Etiópida, Antíloco moría, al igual que Patroclo, víctima del enemigo, a
manos de Memnón, a quien, a su vez, mataba Aquiles para vengar, así, la
muerte de su muy querido compañero. También Antíloco era íntimo
amigo de Menelao (cfr. Il. XXIII 566-613), razón por la que en esta
ocasión el Atrida entra en contacto con él.

y mándale que vaya a toda prisa
a decirle al valeroso Aquiles
que justamente ya se le murió
quien era para él precisamente
con mucho el más querido compañero.»
Así dijo, y no hizo caso omiso
Menelao, por el grito
de guerra, distinguido,
y emprendió la marcha para irse
como un león se aleja del establo
luego que, justamente, se ha cansado
de irritar a perros y varones,
que no permiten que les arrebate
la mantecosa carne de sus bueyes,
por lo que están la noche entera en vela;
y él, las carnes de ellos anhelando,
va hacia ellas derecho, pero nada
consigue realmente, pues en piña
se precipitan contra él los dardos
que de intrépidas manos han salido,
y antorchas encendidas, de las cuales
escapa amedrentado,
aunque corriendo vaya impetuoso;
y al alba él lejos se retira
con pesadumbre dentro de su alma;
así se iba alejando Menelao,
distinguido por el grito de guerra,
muy contra su deseo, de Patroclo;
pues temía en extremo que a causa
de la penosa huida le dejaran
a él abandonado los aqueos,
fácil presa para los enemigos.
Y a Meríones y los dos Ayantes
les encargaba encarecidamente:
«¡Ayantes, capitanes
que sois de los argivos, y Meríones!,
que ahora se acuerde cada uno
de la dulzura del triste Patroclo,
pues para todos ser dulce sabía
cuando vivo; en cambio, ahora la muerte
y el destino le han dado alcance.»

655

660

665

670

*[Menelao trasmite a Antíloco
el encargo de dar a conocer a Aquiles
la muerte de Patroclo]*

Dijo así con voz fuerte y perceptible,
y marchóse el rubio Menelao
con inquietud mirando a todos lados,
como el águila, de la que aseguran,
precisamente, que es de entre las aves   675
que vuelan bajo el cielo la que tiene
la mayor agudeza en el mirar,
y a la que, aunque está alta,
no le pasa una liebre inadvertida
de pies veloces que esté agazapada
debajo de un frondoso matorral,
antes bien, se abalanza sobre ella
y, haciendo en ella presa,
la vida prestamente le arrebata.
De ese modo a ti entonces, Menelao,
descendiente de Zeus,
tus relucientes ojos te giraban   680
en todas direcciones, entre el grupo
de tus muchos compañeros de armas,
por si, en algún sitio, todavía
vivo atisbaban al hijo de Néstor [52].
Lo vio muy pronto en el punto extremo
de la izquierda del campo de batalla
animando a sus compañeros de armas
y exhortándolos a trabar combate;
y plantándose cerca, dirigióle
el rubio Menelao estas palabras:
«¡Antíloco, de Zeus descendiente!,   685
¡ea, pues, ya!, ven aquí a enterarte
de una lúgubre nueva
que no debiera haber sucedido.
Imagino que ya incluso tú mismo,
la mirada tendiendo, te das cuenta
de que un dios está haciendo rodar
una calamidad sobre los dánaos

---

[52] *Sc.:* Antíloco.

y la victoria es de los troyanos,
pues muerto está el mejor de los aqueos,
Patroclo, y así s ha producido   690
una grande añoranza entre los dánaos.
Pero tú a toda prisa,
corriendo hacia las naves
de las huestes aqueas,
díselo a Aquiles, por si acaso puede
recuperar lo más pronto posible
el cadáver sin armas y llevarlo
a su nave, pues sus armas las tiene
Héctor el de yelmo atornasolado.»
Así dijo, y Antíloco, al oír
esas palabras, se llenó de espanto
y se quedó un buen rato sin palabras;   695
de lágrimas sus ojos se llenaron
y su lozana voz quedó cortada.
Pero ni aun así desentendióse
de la orden que le dio Menelao
y se puso a correr luego que dio
sus armas a Laódoco,
compañero intachable,
que cerca de él los solípedos potros
de un lado para el otro dirigía.
Y lágrimas vertiendo, le [53] llevaban   700
sus propios pies fuera de la batalla,
a anunciar la noticia infortunada
a Aquiles el Pelida.

[Menelao y Meríones recogen
el cadáver de Patroclo]

Pero a ti, Menelao,
descendiente de Zeus, no te estaba
el ánimo dispuesto a defender
a los cansados compañeros de armas
de Antíloco, de quienes se apartó
éste dejando una gran añoranza
entre los pilios; antes bien, a éstos   705

---

[53] *Sc.:* a Antíloco.

el héroe Menelao
les envió al divino Trasimedes,
para que a su cargo los tuviera,
mientras él mismo, por su parte, fuese
junto al héroe Patroclo, y, corriendo,
fue a plantarse cabe los Ayantes
y, al punto, la palabra
así les dirigía:
«A aquél ya por delante lo envié
a las rápidas naves, a que fuera
junto a Aquiles el de pies ligeros;
mas no creo que él[54] venga enseguida,
por muy lleno de cólera que esté
contra el divino Héctor, pues estando
de armas desprovisto, en modo alguno   710
luchar podría contra los troyanos.
Pero ¡venga!, nosotros, por lo menos,
pensemos en la fórmula mejor
para que consigamos sacar fuera
el cadáver a rastras, e, igualmente,
también nosotros mismos consigamos,
fuera del vocerío de los teucros,
escapar de la muerte y de la Parca.»
A él luego respondía   715
el gran Ayante hijo de Telamón:
«Todo eso, glorioso Menelao,
lo has dicho tal como es debido.
pero ¡venga!, poneos muy de prisa
tú y Meríones bajo el cadáver,
una vez que lo hayáis ya levantado,
y sacadlo fuera de la refriega;
y por detrás nosotros lucharemos
con los troyanos y el divino Héctor,
manteniendo los dos igual aliento,   720
como el mismo es el nombre de los dos,
nosotros que ya antes a pie firme
aguantábamos a Ares penetrante,
permaneciendo el uno junto al otro.»

---

[54] *Sc.:* Aquiles.

Así dijo, y entonces ellos
de la tierra en sus brazos levantaban
el cadáver en alto, y muy mucho;
y las huestes troyanas prorrumpieron
en gritos por detrás, en cuanto vieron
que estaban los aqueos
tratando de levantar el cadáver.
Y atacaron derechos los troyanos,   725
parecidos a perros que se lanzan
sobre un jabalí, recién herido,
por delante de mozos cazadores;
van corriendo, en efecto, por un tiempo,
anhelosos de hacerlo pedazos;
mas cuando él ya en su fuerza confiado
capaz de defenderse del acoso,
gira en redondo en medio de ellos,
marcha atrás retroceden y, dispersos,
huyen miedosos cada uno a un sitio;
así hasta ese momento los troyanos   730
continuamente, en masa, les seguían,
hiriendo con espadas y con lanzas
guarnecidas de dos puntas flexibles;
mas cuando ya se dieron media vuelta
los dos Ayantes y, así, se plantaron
frente por frente de ellos,
entonces se les mudó la color
y nadie se atrevió a abalanzarse
hacia adelante para en disputa
enzarzarse en torno del cadáver.
Así ellos, llenos de ardor guerrero,   735
fuera de la batalla iban llevando
el cadáver hacia las huecas naves;
pero a espaldas de ellos se extendía
la lucha encarnizada, como el fuego
que impetuoso de repente surge
y una ciudad de varones abrasa
y en él las casas se van consumiendo
envueltas en un grande resplandor,
y sobre él brama la fuerza del viento.
Así tras ellos seguía, incesante,   740
según se iban yendo del combate,

un estruendo de carros y lanceros.
Pero ellos, como mulos
de poderosos brío revestidos,
que van desde un monte arrastrando
a lo largo de un sendero escarpado
una viga o bien una gran quilla
de nave, y su corazón por dentro
con el apremio se les va agobiando   745
a la vez de sudor y de fatiga,
así ellos, ardorosos, el cadáver
iban llevando. Y por detrás de ellos
resistencia ofrecían
los dos Ayantes, como un promontorio
que, cubierto de bosque,
se extiende, penetrante, llano adentro,
y le ofrece al agua resistencia,
y aun de ríos detiene impetuosos
las nocivas corrientes y al punto
desviando las aguas de ellos todos,   750
las encamina hacia la llanura,
y, aunque con fuerza fluyan contra él,
no consiguen quebrarlo; de ese modo
tras de sí ambos Ayantes rechazaban
la lucha que los teucros provocaban:
y éstos les seguían, y, entre ellos,
sobremanera dos:
Eneas el de Anquises
y el ilustre Héctor.
Y en cuanto a los otros,   755
como nube de grajos o estorninos
va por el aire en confusión chillando,
cuando a lo lejos ven
venir al gavilán,
que a las aves pequeñas
mortandad acarrea,
justamente de esa manera,
bajo el acoso de Héctor y de Eneas,
los mancebos de las aqueas huestes
en confusión, según iban, chillaban
y se olvidaban del ardor guerrero.
Y cayeron muchas armas hermosas   760

en torno y a ambos lados de la fosa,
de los dánaos a medida que huían,
y no se producía en absoluto
interrupción ninguna en el combate.

Canto XVIII

La fabricación de las armas *

*[Aquiles, con gran dolor, se entera de la
muerte de Patroclo]*

Así luchaban ellos,
a la manera del ardiente fuego,

---

* El canto XVIII es el de la «Fabricación de las armas», es decir:
especialmente del escudo entre otras que para él elaboró primorosamente
Hefesto para reemplazar a las que Héctor tomó como botín del cadáver de
Patroclo. La decoración del nuevo escudo de Aquiles aparece descrita
pormenorizadamente cuando se trata de la hechura de las armas en su
conjunto, lo que tiene lugar en la segunda parte del canto (468-617). En la
primera mitad se nos narra (1) cómo Antíloco comunica a Aquiles la triste
noticia de la muerte de Patroclo. Acto seguido (2), acude Tetis a consolar a
su hijo (1-147). Luego (3), con la ayuda de Aquiles, el cuerpo de Patroclo,
amenazado por Héctor, es llevado al campamento: el de los pies ligeros se
acerca a la fosa del campamento aqueo y con ayuda de Atenea lanza un
grito que pone en fuga a los troyanos; y cae la noche (148-282). Seguidamente (4), se nos traslada a la asamblea que celebran los troyanos (243-
314), en la que asistimos a sendos discursos en que Héctor y Polidamante
exponen sus pareceres discrepantes. A continuación (5) Aquiles llora y se
lamenta ante el cadáver de Patroclo y se ocupa de él (315-355). Después
(6), presenciamos el coloquio entre Zeus y Hera (356-368). Tetis acude, a
continuación (7), al palacio de Hefesto donde es recibida por Caris (369-
390); y allí ésta llama a aquél (8), que se encontraba trabajando en su taller
(391-421). Hefesto y Tetis (9) conversan (422-467). Finalmente (10),
Hefesto le fabrica las nuevas armas a Aquiles (468-617).
Con este canto acaba, por fin, el tercer día de batalla (día vigésimo sexto
de la Ilíada) que había empezado en el canto undécimo.

y Antíloco llegó junto a Aquiles
a fuer de mensajero
rápido por sus pies.
Y lo encontró delante de sus naves
de enhiestos cuernos, en su corazón
barruntando lo que era ya cumplido;
pues que, precisamente, irritado,   5
a su gran corazón
le había dicho así:
«¡Ay de mí! ¿Y por qué razón de nuevo
los aqueos de intonsas cabelleras
en sus cabezas, pues, hacia las naves
son tumultuosamente empujados
y horrorizados huyen por el llano?
¡Con tal que ya los dioses
no hayan llevado a cabo
para mi mal desgracias luctuosas
que el corazón me aflijan,
como otrora mi madre me dijera
y con exactitud me lo mostrara,
a saber: que, aún estando yo con vida,   10
el más bravo de entre los mirmidones [1],
a manos de troyanos sucumbiendo,
habría de dejar la luz del sol.
¡A fe, ya es bien seguro que está muerto
el aguerrido hijo de Menetio,
el obstinado; bien que le mandaba
yo que, una vez que hubiera rechazado
el fuego destructor, retrocediera
hacia las naves y que por la fuerza
no se batiera en lucha con Héctor.»
Mientras él a estas cosas daba vueltas   15
en su mente y en su corazón,
llegó de él cerca el hijo
del noble Néstor, lágrimas calientes

---

[1] Aunque, por su origen, Patroclo era un locrio de Opunte (cfr. *Il.*
XVIII 326), una vez fue acogido como suplicante por Peleo, a quien
acudió huyendo de las consecuencias de la «mancha de sangre» de un
homicidio involuntario (*Il.* XI 765 ss.) que él había consumado, fue
considerado un guerrero mirmidón.

derramado y le dio a conocer
la lúgubre noticia: «¡Ay de mí!,
tú, hijo del valeroso Peleo,
de una noticia te vas a enterar
en verdad francamente luctuosa
que no debiera haber ocurrido.
Tendido está Patroclo y ya luchando   20
están por su cadáver,
desprovisto de armas, a porfía;
que las armas en su poder las tiene
Héctor el del yelmo tornasolado.»
Así dijo, y una negra nube
de aflicción le envolvió, a él, Aquiles,
y con entrambas manos cogió polvo
de quemada color y se lo echó
de sobre su cabeza para abajo
y su agraciado rostro mancillaba;
y la negra ceniza se asentaba   25
por uno y otro lado
de su túnica suave como el néctar.
Y él mismo, todo lo largo que era,
en largo espacio yacía tendido,
y con sus propias manos se manchaba
los cabellos al tratar de arrancarlos;
y unas cautivas que habían cobrado
como botín Aquiles y Patroclo,
acongojadas en su corazón,
lanzaban grandes gritos y de dentro
corrieron a las puertas de la tienda,   30
para ir a ponerse a los dos lados
del valeroso Aquiles, y el pecho
todas se golpearon con sus manos
y los miembros de cada una de ellas
por debajo[2] se les desengancharon.
Y Antíloco, por el otro lado,
se lamentaba lágrimas vertiendo,
en sus manos teniendo las de Aquiles
(el cual en su glorioso corazón

---

[2] A las pobres cautivas, estremecidas, les temblaron las rodillas.

sollozaba gemidos exhalando),
pues temía no se fuese a cortar
con cuchillo de hierro la garganta.
Y exhaló un espantoso gemido,   35
y a él oyóle su augusta madre
que sentada se hallaba en los abismos
del mar, al lado de su viejo padre[3],
y al punto luego profirió un lamento,
y las diosas a ambos lados de ella
se iban reuniendo,
todas aquéllas que por ser Nereidas
en los abismos de la mar se hallaban[4].
Allí, en efecto, estaban Glauca y Talia,
Cimódoca, Nesea, Espeo y Toa   40
y Halia la de cara de novilla,
y Cimótoa, Actea, Limnorea
y Mélita y Yera y Anfítoa
y Ágava, Doto, Proto,
y Férusa, Dinámena y Dexámena,
y Anfínoma también y Calianira
y Dóride y Pánopa,   45
y la muy renombrada Galatea,
y Némertes y Apseudes juntamente
y Caliánasa. Y allí estaban
Clímena y Yanira y también
Yánasa, Mera, Oritia
y Amatia la de las bellas trenzas,
y otras que, Nereides, se encontraban
en las profundidades de la mar.
Y de ellas justamente se llenó   50
la cueva esplendorosa de blancura,
y ellas, a un tiempo todas, se golpearon
los pechos a la vez que a sus lamentos
daba principio Tetis: «Escuchadme,
Nereides, mis hermanas,
para que bien sepáis,

---

[3] Nereo, a quien Homero llama mediante circunloquio «el Viejo del
mar» *(hálios gérōn)*.
[4] Cfr. Hesíodo, *Teogonía* 243-262, que cuenta cincuenta Nereidas, mientras que en este catálogo sólo aparecen treinta y tres.

por escucharme, todas,
cuántos duelos hay en mi corazón.
¡Ay de mí, desdichada,
de un héroe en mal hora engendradora!;
que una vez que, en efecto, yo parí   55
un hijo irreprochable y esforzado
que descuella entre los adalides,
y él rebrotó al igual que un pimpollo,
y a él yo le cuidé
como planta en recodo de un jardín
y al interior de Ilio lo envié,
en encorvadas naves embarcado,
a luchar con los teucros, mas de nuevo
no habré de acogerle,
en su regreso a casa,   60
entrando en la morada de Peleo.
Y en tanto que me vive todavía
y ve la luz del sol, está afligido,
y aunque a su lado vaya,
en nada puedo a él serle yo útil.
Pero iré, para ver a mi querido
hijo y escuchar
de él qué aflicción le ha alcanzado
ahora que se abstiene de la guerra.»

[Tetis conversa con Aquiles]

Habiendo hablado así, precisamente,   65
con clara voz, abandonó la gruta,
y las otras con ellas se marcharon,
lacrimosas, y alrededor de ellas
las olas de la mar se iban rompiendo.
Y una vez que ellas ya llegaron
a la fecunda Troya, iban subiendo
en fila, una tras otra, a la ribera
donde las naves de los mirmidones,
numerosas, hallábanse varadas
a ambos lados del veloz Aquiles[5].

_____

[5] Entiéndase: de la nave de Aquiles, o sea: de la nave capitana de la flotilla.

Y junto a éste, que estaba gimiendo   70
con profundos suspiros, se plantaba
su augusta madre, que lanzando un grito
agudo de dolor,
la cabeza de su hijo tomó
y en tono quejumbroso y compasivo
le dirigía aladas palabras:
«Hijo mío, ¿por qué estás llorando?
¿qué dolor te ha llegado a las mientes?
Dímelo abiertamente, no lo ocultes.
Aquello, de verdad, ya está cumplido,
ya lo tienes, por decisión de Zeus,   75
tal justamente como antes ya,
levantando tus manos, suplicabas:
que al pie de las popas de sus naves
se viesen encerrados, todos ellos,
los hijos de los guerreros aqueos,
de ti necesitados, y sufrieran
vergonzosos trabajos.»
Y a ella Aquiles, el de pies ligeros,
hondamente gimiendo, así le dijo:
«Madre mía, eso precisamente
me lo ha el Olímpico cumplido,
más ¿qué placer obtengo yo de ello,   80
una vez que murió mi compañero
Patroclo, al que estimaba
por encima de todos los demás,
al igual que a mi propia cabeza?;
a él yo lo perdí, y de sus armas
prodigiosas Héctor le despojó,
después de que lo hubo destrozado,
esas armas hermosas
que al verlas causaban maravilla,
las que los dioses dieron a Peleo
a fuer de un espléndido regalo,
aquél día en el que a tí te echaron   85
en el lecho de un varón mortal⁶.

---

⁶ Zeus y Posidón habían sido pretendientes rivales de Tetis. Pero una
profecía, según la cual la Nereida daría a luz un hijo más fuerte que su
padre, desaconsejó a ambos dioses la boda con la deidad marina. Y, así,

[752]

¡Ojalá tú allí mismo en compañía
de las divinas diosas de la mar
aún hubieras seguido habitando,
y a su casa se hubiera llevado
a una mortal Peleo por esposa!
En cambio, ha ocurrido lo contrario,
para que, así, en tus mientes
también tú sientas una pena inmensa
por la muerte de tu hijo, a quien de nuevo
no habrás de acoger en su regreso
de vuelta a casa, ya que ni a mí   90
me ordena vivir el corazón
ni seguir entre los hombres viviendo,
si, antes que ningún otro, Héctor no pierde,
golpeado por mi lanza, el aliento
y así paga el precio por la sangre
de Patroclo el hijo de Menetio.»
A él, a su vez, Tetis,
lágrimas derramando, respondió:
«Por la forma en que hablas, hijo mío,   95
ya estarás destinado a morir pronto,
para desgracia mía; pues al punto,
luego después de Héctor,
para ti está el destino preparado.»
A ella respondió muy irritado
el héroe Aquiles de los pies ligeros:
«¡Así ahora mismo yo estuviera muerto,
puesto que no iba yo, como es notorio,
a ayudar a mi compañero de armas
a punto de ser muerto!; él muy lejos
pereció de su patria, pues de mí   100
hubo falta para que yo fuera
de él protector, su ruina rechazando.
Pero ahora, ya que no he de volver
a la querida tierra de mis padres
y no he sido luz en absoluto
para Patroclo ni para los otros

Tetis fue dada por esposa a un varón mortal. Cfr. Píndaro, *Ístmica* VIII,
26-48; Esquilo, *Prometeo Encadenado,* 907-927. Cfr. *Ilíada* XVII 194-196.

compañeros de armas
que han sido ya en gran número domados
por el divino Héctor,
sino que estoy, inactivo, sentado
al lado de las naves,
inútil peso sobre el labrantío,
a pesar de que soy cual ningún otro   105
de entre los aqueos
de lorigas de bronce,
en la guerra, porque en la asamblea
aun otros hay mejores...
¡Así de entre los dioses y los hombres
la disensión pereciera y la ira
que aun al muy prudente le dispara
a irritarse, y que, mucho más dulce
que la miel que nos cae gota a gota,
va creciendo en el pecho de los hombres   110
al igual que si de humo se tratara;
tal como a mí ahora me irritó
Agamenón, caudillo de guerreros.
Pero dejemos eso que ha sido
concluido definitivamente,
aunque nos pese, nuestro corazón
por la fuerza domando en nuestro pecho;
y ahora voy a ir a ver si alcanzo
al asesino de esa cabeza
querida para mí,   115
a Héctor, pues yo aceptaré el destino
en el momento en que cumplirlo quieran
Zeus y los demás dioses inmortales;
pues no, ni tan siquiera
Heracles de coraje valeroso
escapó al destino,
él que, precisamente,
queridísimo era para Zeus,
el soberano dios hijo de Crono;
pero a él el destino le domó
y la aciaga cólera de Hera.
De ese modo también yo he de yacer   120
luego que muera, si está preparado
ya para mí un destino semejante;

pero ahora ¡ojalá yo conquistara
valioso renombre
y, así, impusiera a una que otra mujer
de entre las troyanas
o dardánidas de sinuosa veste,
la obligación de exhalar suspiros
abundantes tras haber enjugado
con entrambas sus manos
las lágrimasde sus tiernas mejillas!;
y ¡ojalá llegaran a enterarse   125
de que ya largo tiempo
he estado yo ausente de la guerra!
Y no intentes, por mucho que me quieras,
de la lucha alejarme,
pues convencerme no conseguirás.»
Luego le respondía
la diosa Tetis de los pies de plata:
«Sí, hijo mío, en efecto, sí,
verdad es eso al menos: nada malo
es alejar la abismal ruina
de compañeros de armas agobiados;
pero, recuerda, tus hermosas armas   130
en las manos están de los troyanos,
hechas de bronce y centelleantes;
de llevarlas sobre sus hombros puestas
se jacta el propio Héctor,
el del brillante yelmo; pero afirmo
que él no se va a jactear por mucho tiempo,
puesto que está su muerte cerca de él.
Pero tú no te metas todavía
en el tumulto de Ares,
antes de verme con tus propios ojos   135
de regreso aquí;
pues con el alba voy a regresar,
a la par que se va el sol levantando,
trayéndote unas hermosas armas
del soberano Hefesto provenientes.»
Después de haber hablado justamente
así, con clara voz, se dio la vuelta
y ella de su hijo se apartó
y, dirigiéndose a sus hermanas

marinas, entre ellas así hablaba:
«Ahora vosotras en el ancho seno   140
de la mar sumergíos
para ir a ver al Viejo de la mar
y los palacios de él, de nuestro padre,
y contádselo todo; yo, en tanto,
al alto Olimpo iré, junto a Hefesto,
artífice afamado, a ver si quiere
darle él a mi hijo una armadura
magnífica y de intensos resplandores.»

[Héctor amenaza al cadáver de Patroclo]

Así dijo, y ellas al instante   145
se metieron debajo de las olas
de la mar, mientras que ella, por su parte,
la diosa Tetis de los pies de plata,
se iba al Olimpo a traer
las magníficas armas a su hijo.
A ella, pues, sus pies la iban llevando
al Olimpo; en tanto, los aqueos,
entre descomunales alaridos,
perseguidos por Héctor, matador
de guerreros, huyendo al fin llegaron   150
hasta las naves y el Helesponto.
Ni el propio cadáver de Patroclo,
escudero de Aquiles, los aqueos
de hermosas grebas habrían sacado
fuera de las saetas disparadas...
pues ya, una vez más, lo alcanzaron
las huestes de a pie y también los carros
y Héctor, hijo de Príamo, parejo
a una llama en vigor defensivo.
Tres veces le tomó el ilustre Héctor,   155
por detrás, de los pies,
ansioso de arrastrarle,
al tiempo que increpaba
a los troyanos, dando grandes gritos;
pero tres veces uno y otro Ayante,
de vigor impetuoso revestidos,
lograron apartarle con violencia

del cadáver; mas él con gran ahínco,
confiado con su fuerza, unas veces
se lanzaba por entre el tumulto,
otras veces, empero, se quedaba   160
quieto a pie firme y dando grandes gritos,
y no se retiraba
de ninguna manera hacia atrás.
Como de un cuerpo muerto
no pueden ahuyentar en absoluto
los rústicos pastores a un león
flavo y muy hambriento,
así precisamente no podían
los dos Ayantes, guerreros con yelmo,
a Héctor Priamida espantar,
logrando, así, alejarle del cadáver.
Y hubiera conseguido arrastrarlo   165
y habría ganado inmensa gloria,
si Iris veloz, la de los pies de viento,
no hubiese ido como mensajera,
a la carrera desde el Olimpo,
a escondidas de Zeus
y de los demás dioses,
a decirle al Pelida que se armara;
pues la había enviado por delante
Hera. Y plantándose cerca de él,
le dirigía aladas palabras:
«¡Vamos, arriba, hijo de Peleo,   170
el más fiero de todos los guerreros!,
defiende a Patroclo,
por quien una tremenda
refriega está entablada ante las naves.
Matándose están unos a otros,
defendiendo los unos el cadáver,
en tanto que los otros, los troyanos   175
se lanzan sobre él
con el fin de llevárselo a rastras
hasta Ilión batida por los vientos;
y sobre todo el ilustre Héctor
ansioso está por lograr arrastrarlo;
y el corazón le manda
cortarle la cabeza,

y, de su tierno cuello separada,
clavarla en lo alto
de las estacas de la empalizada[7].
Pero, ¡venga, arriba, y ya no sigas
yaciendo ahí tendido!, y que te alcance
pavoroso respeto sacrosanto
hasta tu corazón, que te horrorice
de que pueda llegar a ser Patroclo
juguete para las perras troyanas.
Será un menoscabo para ti   180
que vuelva su cadáver
de alguna manera mancillado.»
Y a ella luego le respondía
el divino Aquiles,
el de ágiles pies:
«¿Quién, pues, de entre los dioses,
hasta mí, diosa Iris,
te envió en calidad de mensajera?»
A su vez, respondióle,
la veloz Iris de los pies de viento:
«Hera a mí por delante me ha enviado,
la renombrada esposa de Zeus;
ni lo sabe el Cronida tan siquiera,   185
el que su trono tiene en las alturas,
ni ningún otro de los inmortales
que habitan por uno y otro lado
del muy nivoso Olimpo.»
Y a ella, respondiendo, dirigió
la palabra Aquiles
el de los pies veloces:
«¿Y cómo puedo, entonces, justamente,
ir a meterme en medio del combate?
Pues mis armas aquellos las retienen,

---

[7] Los sentimientos de Héctor respecto de sus enemigos se han ido
deteriorando, entiéndase: recrudeciendo y deshumanizando. En *Il.* VII 79-
84 propuso que se devolvieran los cadáveres de los adversarios; en *Il.* XVI
836 desea al moribundo Patroclo que lo devoren los buitres; y en *Il.* XVII
126-7 Héctor se proponía cortar la cabeza de Patroclo y echarla a los
perros. Cfr. C. Segal, *The Theme of the Mutilation of the Corpse in the Iliad*,
Leiden 1971, 19-25.

y mi querida madre
acaba de prohibirme que me arme
antes de que la vea con mis ojos   190
ya de regreso, pues aseguró
que unas hermosas armas,
provenientes de Hefesto,
me habría de traer.
Y de otro ninguno yo no sé
de quien pudiera yo ceñir las armas
magníficas, de no ser el escudo
de Ayante, hijo de Telamón.
Pero también él mismo, pienso yo,
en pleno encuentro está,
entre los combatientes de vanguardia,
con su lanza sembrando mortandad
en torno del cadáver de Patroclo.»   195
Y a él, a su vez, le respondió
la veloz Iris de los pies de viento:
«Pues sí, también nosotras bien sabemos
que otros tienen tus magníficas armas;
pero así, tal cual, yendo hasta el foso,
muéstrate a los troyanos,
por si, de ti un tanto temerosos,
desisten los troyanos de la guerra,   200
y los marciales hijos
de los aqueos toman un respiro
en las angustias que están padeciendo;
que, aunque pequeño sea,
ha de ser un respiro de la guerra».

[Aquiles ahuyenta a los troyanos]

Así, en efecto, ella habiendo dicho,
marchóse, Iris la de pies veloces,
y luego, justamente, levantóse
Aquiles caro a Zeus;
y Atenea le echó a ambos lados
de sus robustos hombros
la égida hecha a franjas,
y cubría, divina entre las diosas,   205
por uno y otro lado
su cabeza con una nube de oro

y de ella hizo brotar brillante llama.
Como cuando el humo va saliendo
de una villa y hasta el éter llega,
allá a lo lejos, desde una isla
que asediando están los enemigos,
y los que en ella habitan, todo el día
son cribados por el odioso Ares
desde los muros de su propia villa,   210
y a un tiempo con la puesta del sol
se encienden en cadena las hogueras
y hacia lo alto se va produciendo
un fulgor que va revoloteando,
para que bien lo vean los vecinos,
por si de algún modo llegar pueden
con sus naves en plan de valedores
que logren apartarles del desastre;
así de la cabeza de Aquiles
un resplandor hasta el éter llegaba.
Y a plantarse fue sobre la fosa,   215
lejos de la muralla[8], y entre el grueso
de los aqueos no iba a meterse,
pues tenía en consideración
el sólido mandato de su madre.
Allí, de pie, dio un grito, y aparte
gritó asimismo Palas Atenea,
y entre los troyanos suscitó
un tumulto indecible.
Como cuando un son bien perceptible
al sonar la trompeta se produce,
promovido porque los enemigos   220
que desgarran el alma
la ciudad rodearon;
tan perceptible entonces resultó
el timbre de la voz del Eácida.
Y ellos, los troyanos, cuando oyeron
la broncínea voz del Eácida[9],

---

[8] Hay gran distancia entre el campamento aqueo y el dique que lo rodea (cfr. *Il.* VIII 213).

[9] Como en tantas otras ocasiones, sacrificamos el acento correcto (Eácida) a las necesidades que impone el verso en español.

a todos se les movió el corazón,
y los corceles de hermosas crines
hacían dar la vuelta a los carros,
pues dolores en su alma presentían;
y de estupor quedaron los aurigas   225
transportados, después que el fuego vieran
infatigable y aterrador
que chispeaba sobre la cabeza
del magnánimo hijo de Peleo
y que arder hacía una diosa,
Atenea, la de ojos de lechuza.
Tres veces por encima de la fosa
lanzaba un grito agudo
el divino Aquiles, y tres veces
sintiéronse turbados los troyanos
y, a la par, sus ilustres aliados.
Y allí también, entonces, perecieron   230
doce guerreros de los más selectos,
en torno de sus carros y sus lanzas;
por su parte, sacaron los aqueos
de por debajo de los proyectiles
a Patroclo con no poco contento,
y yacente en un lecho lo pusieron,
y a ambos lados del féretro llorando
sus compañeros de armas se plantaron,
y entre ellos iba,
formando parte de la comitiva,
Aquiles el de los rápidos pies,
lágrimas bien ardientes derramando,   235
una vez vio en el féretro tendido
a su leal compañero
por el agudo bronce desgarrado.
A él, precisamente, era bien cierto,
acababa de enviarle a la guerra
con sus caballos y también su carro,
mas ya de vuelta no le recibió.

                    [*Ocaso intempestivo del Sol*]

Y al Sol infatigable la augusta
Hera, la de los ojos de novilla,

lo envió, contra su voluntad,   240
a regresar por sobre las corrientes
de Océano: se puso
el Sol y, así, cesaron
los divinos aqueos
en la feroz refriega
y en la guerra igual para ambas partes.

[*Asamblea de los troyanos*]

Los teucros, a su vez, por otro lado,
de la feroz contienda apartados,
desuncieron sus rápidos corceles
de los carros, y, antes de ocuparse   245
de la cena, se iban reuniendo
en asamblea. Y se celebró
una asamblea cuyos asistentes
estábanse derechos y de pie,
pues nadie se atrevió a tomar asiento,
porque a todos tenía dominados
un temblor por el hecho de que Aquiles
hubiera aparecido
después de haber estado largo tiempo
inactivo en la guerra dolorosa.
Y entre ellos hablaba, el primero,
Polidamante, el hijo de Pántoo,   250
prudente, pues tan sólo él observaba
tanto hacia atrás como hacia adelante.
Aquél era camarada de Héctor,
pues nacieron los dos la misma noche;
pero el uno, justamente, en palabras,
el otro por la lanza se llevaba
con mucho la victoria.
Él, con buena intención para con ellos,
les arengó y habló de esta manera:
«Considerad muy cuidadosamente,
en ambas direcciones, la cuestión,
porque yo, por mi parte, amigos míos,
os exhorto ahora a que vayáis   255
a la ciudad, y no estéis esperando
a la divina aurora en la llanura

[762]

al lado de las naves, pues estamos
apartados, bien lejos, de los muros.
Pues en tanto ese hombre persistía
en su cólera contra el divino
Agamenón, más fácil resultaba
entonces combatir con los aqueos;
yo, al menos, en efecto, bien contento
estar solía de pasar la noche
a la vera de las rápidas naos,
esperando tomar ya los navíos   260
recorvados por entrambos extremos.
Pero ahora terriblemente temo
al de los pies ligeros, al Pelida.
Tal cual su ánimo es, en demasía
vehemente, no estará dispuesto
a permanecer firme en la llanura,
donde, precisamente,
en medio de los frentes,
troyanos y aqueos, ambos bandos,
se reparten el coraje de Ares;
antes bien, luchará por la ciudad   265
y por nuestras mujeres. Pero, ¡venga!,
volvamos a la villa, hacedme caso,
pues he aquí lo que va a suceder:
la noche inmortal ha hecho ahora
al Pelida cesar de pies veloces;
pero si aquí mañana nos topara,
lanzado con sus armas al ataque,
bien le conocerá ya más de uno;   270
con gran contento llegará, en efecto,
a la sacra Ilión el que consiga
escaparse, porque a muchos troyanos
les comerán los perros y los buitres;
¡ojalá unas palabras de esta suerte
de mi oído llegaran a estar lejos!
Pero si hacemos caso a mis palabras,
aunque ello nos produzca aflicción,
tendremos retenidas a lo largo
de la noche, en la plaza, a nuestras fuerzas
armadas, y defenderán la villa
las torres y altas puertas con sus hojas   275

a ellas ajustadas, ensambladas
por un cerrojo a modo de yugo,
altas y bien pulidas; y mañana
temprano, con los primeros albores,
y ya de nuestras armas pertrechados,
posición tomaremos en lo alto
de nuestras torres; y tanto peor
para él [10], si, saliendo de las naves,
a luchar se dispone
contra nosotros por tomar el muro:
marcha atrás, otra vez, irá a las naves,   280
luego que haya hartado a sus corceles
de erguidos cuellos con unas carreras
de aquí para allá, dando mil vueltas,
errabundo, al pie de las murallas
de la ciudad; mas no le dejará
su corazón lanzarse dentro de ella
y no ha de lograr nunca devastarla;
antes de eso a él
se lo habrán de comer veloces canes.»
A él entonces mirando torvamente
dijo Héctor el del brillante yelmo:
«Polidamante, ya no me son gratas   285
esas palabras que tú ahora diriges,
tú que a darnos la vuelta nos exhortas
y a que nos encerremos en la villa.
¿Acaso no estáis hartos todavía
de estar encerrados
dentro de los baluartes de los muros?
Pues antaño los caducos humanos
a la ciudad de Príamo solían
llamarla rica en oro y rica en bronce;
en cambio, ahora ya están extinguidos   290
los hermosos tesoros de las casas,
y a Frigia y a la amable Meonia
han llegado numerosas riquezas
vendidas, desde el día en que el gran Zeus
contra nosotros comenzó a irritarse.

---

[10] *Sc.:* Aquiles.

Ahora, en cambio, cuando justamente
a mí me concedió el hijo de Crono
el de torcida mente,
ganar gloria al lado de las naves
y encerrar contra el mar a los aqueos,
¡insensato!, no des a conocer   295
entre el pueblo unos proyectos tales;
pues que ningún troyano te hará caso,
porque yo no lo he de consentir.
Pero, ¡venga!, tal como yo lo diga,
obedezcamos todos: ahora mismo
tomad la cena por el campamento
en vuestras respectivas compañías,
y en la vigilancia parad mientes
y estad despiertos todos, uno a uno;
y si hay algún troyano que en exceso   300
está por sus riquezas angustiado,
que las reúna y se las dé a las huestes
para que, en calidad de bien común,
sin dejar nada ellas las devoren.
Es preferible que alguien de entre ellos [11]
las disfrute a que lo hagan los aqueos.
Y mañana temprano, al mismo tiempo
en que lucen los primeros albores,
y ya de nuestras armas pertrechados,
junto a las huecas naves despertemos
al penetrante Ares. Y si es cierto   305
que de las naves se ha levantado
el divino Aquiles, para él
habrá de ser peor, si así lo quiere;
yo, por lo menos, no pienso ante él
de la horrísona guerra
salir huyendo a escape,
sino cumplidamente hacerle frente,
aguantando a pie firme,
bien sea que él se lleve gran victoria,
bien que pudiera llevármela yo.
Enialio es el mismo para todos

---

[11] Es decir: de los miembros de las huestes troyanas.

y a veces mata al que va a matar.»
Así Héctor arengaba, y los troyanos   310
le aclamaron luego, ¡insensatos!,
pues Palas Atenea
las mientes les había arrebatado,
porque a Héctor, que nefastos planes
aconsejaba, habían aplaudido,
y nadie, en cambio, a Polidamante,
que daba a conocer buenos consejos.

[Llanto de Aquiles por Patroclo]

Luego, la cena por el campamento
tomaron; por su parte, los aqueos
la noche entera exhalaban gemidos   315
por Patroclo, en medio de lamentos.
Y entre ellos el hijo de Peleo [12]
el lamento vehemente
entonaba el primero,
colocando sus manos asesinas
sobre el pecho de su buen compañero,
sollozando muy abundantemente,
como el león de copiosa melena
al que, precisamente, ha arrebatado
secretamente un flechador de ciervos
de en medio de la espesura del bosque   320
sus cachorros, y él se aflige por ello
al llegar después de que ha sucedido,
y numerosos valles él recorre
tras las huellas del hombre, rastreando,
por si en algún sitio lo encontrara,
pues muy áspera cólera se va
apoderando de él;
así, exhalando profundos suspiros,
con clara y fuerte voz hablaba Aquiles
entre los mirmidones:
«¡Ay, qué palabras ciertamente vanas
las que fuera de mí eché aquel día,
cuando intentaba yo en mi palacio   325

---

[12] Cfr. *Il.* XXIII 17 ss.

dar ánimos al héroe Menetio,
pues le aseguraba que a Opunte [13]
de vuelta a su hijo le traería
en varón muy ilustre convertido,
después de haber la sagrada Ilión
saqueado y su correspondiente
parte obtenido en el botín de guerra.
Pero no, no da Zeus cumplimiento
a todos los proyectos de los hombres:
pues está por el destino dispuesto
que ambos la misma tierra enrojezcamos
aquí en Troya, puesto que de vuelta   330
no habrá de recibirme en su palacio
Peleo el viejo conductor de carros
ni tampoco lo hará mi madre Tetis,
antes bien, aquí mismo, en su seno
me retendrá prisionero la tierra.
Pero ahora, Patroclo,
puesto que ya sin duda he de ir
yo bajo tierra más tarde que tú,
no te tributaré
los últimos honores
antes de que aquí yo haya traído
las armas y la cabeza de Héctor,   335
que fuera tu magnánimo asesino;
y he de degollar ante tu pira
a doce hijos ilustres de troyanos,
pues estoy irritado por tu muerte.
Y mientras tanto me estarás tendido
de la misma manera, como ahora,
junto a las corvas naves,
y a uno y otro lado de tu cuerpo
te llorarán, lágrimas derramado,   340
las noches y los días, las troyanas
y dardánidas de sinuosa veste,
las que nosotros mismos nos ganamos
a base de trabajos y mediante

---

[13] Opunte era la patria de Patroclo, como puede verse en *Il.* XXIII
85 y ss.

nuestra fuerza y nuestra larga lanza,
saqueando los dos pingües ciudades
de caducos mortales.»
Después de hablar así, a sus compañeros
les ordenaba el divino Aquiles
a ambos lados del fuego colocar
un gran trípode para que cuanto antes
lavaran a Patroclo   345
y le quitaran las manchas de sangre.
Y ellos después sobre el ardiente fuego
un caldero de tres pies colocaban
y agua en él virtieron, y, cogiendo
leña, la encendían por debajo;
y el fuego la panza envolvía
del caldero por uno y otro lado,
y, así, el agua se iba calentando.
Y después que ya empezó a borbotear
por dentro del resplandeciente bronce,
ya entonces, justamente, el cadáver   350
lavaron y lo untaron pingüemente
con aceite y llenaron sus heridas
con un añejo unto de nueve años.
Y luego que en el lecho
lo colocaron, con un fino lienzo
de lino lo cubrieron
de cabeza a pies, y por encima
aún le taparon con un manto blanco.
Luego, toda la noche, a los dos lados
de Aquiles el de los pies ligeros,
los mirmídones estaban gimiendo   355
por Patroclo, en medio de lamentos.

[Diálogo entre Zeus y Hera]

Y Zeus a Hera, su hermana y esposa,
dirigió la palabra de esta guisa:
«Lo conseguiste luego realmente,
augusta Hera de ojos de novilla:
al héroe Aquiles de los pies ligeros
le hiciste levantar; sin duda, pues,
de ti misma nacieron los aqueos

de intonsa cabellera en sus cabezas.»
Y a él le respondía
la augusta Hera de ojos de novilla:
«Tremendo hijo de Crono,
¡qué palabras has dicho!
Incluso un mortal, seguramente,
puede, a decir verdad, y, pese a todo,
a un varón imponer su voluntad,
aunque es un mortal y en absoluto
tantas trazas conoce como yo.
¿Cómo, pues, yo que afirmo
ser de entre las diosas la más fuerte
por dos razones: por mi nacimiento   365
y porque esposa tuya soy llamada
y es así que tú mandas soberano
sobre todos los dioses inmortales,
no había de urdir calamidades
contra los teucros, causa de mi enojo?»

[*Tetis es recibida en el palacio de
Hefesto*]

Así tales propósitos entrambos
intercambiaban uno con el otro
mientras Tetis la de los pies de plata
al palacio de Hefesto iba llegando
indestructible y cuajado de estrellas,
conspicuo entre moradas de inmortales,   370
de bronce, que él mismo, el patizambo,
se había construido para sí.
Y lo encontró sudando y dando vueltas
en torno de los fuelles, presuroso,
pues fabricando estaba en total
veinte trípodes para que estuvieran
colocados de pie sobre sus patas
a lo largo del muro de la sala
con sólidos cimientos construida,
y puso ruedas de oro por debajo   375
de la base de cada uno de ellos,
para que por sí mismos le pudieran
penetrar en la junta de los dioses
y de vuelta luego le regresaran

[769]

a su casa, ¡cosa digna de ver!
Y ellos, en verdad,
hasta ese momento
habían alcanzado su remate,
pero a ellos no estaban adheridas
todavía las asas bien labradas,
que a punto, justamente,
estaba de ajustar,
pues los clavos estaba martillando.
Y en tanto él con expertos sentidos   380
estaba realizando esas labores,
llegó cerca de él la diosa Tetis,
la de los pies de plata. Y la vio,
pues había salido hacia la puerta,
la hermosa Caris del fúlgido velo,
con la que el Cojo ilustre
casado estaba, y le estrechó la mano,
como era de esperar, y, por su nombre
llamándola, le dijo estas palabras:
«¿Cómo es que, Tetis, la de largo peplo,   385
venerable y querida,
llegas a mi morada,
cuando, al menos antes, ciertamente,
y aun hasta este momento no vienen
siendo nada frecuentes tus visitas?
Pero conmigo ven más adelante,
para que, así, yo pueda ofrecerte
los regalos de hospitalidad.»
Así, precisamente, con voz clara
habló y la iba llevando hacia adelante
ella, diosa divina entre las diosas.
Y luego en un sitial la hizo sentarse
tachonado con argénteos clavos,
hermoso y bien labrado;   390
y de sus pies debajo
había un escabel.

*[Caris llama a Hefesto, que se encontraba
en su taller]*

Y a Hefesto llamó,
artífice ilustre, y le dijo

estas palabras: «Ven aquí, Hefesto,
hacia adelante, que Tetis, sin duda,
a ti te necesita para algo.»
Y luego a ella el ilustre Cojo
así le contestaba:
«Cierto es, pues, que dentro de mi casa
tengo yo una diosa, como huésped,
venerable y digna de respeto,
que me salvó cuando a mí me alcanzó,   395
el dolor que sentí al caer lejos
por causa del deseo de mi madre,
la de cara de perro, que me quiso
ocultar por ser cojo. Yo entonces
hubiera en mi corazón sufrido
dolores, si Eurínoma y Tetis
no me hubieran acogido en su seno,
Eurínoma, la hija de Océano
que en sí mismo refluye.
Junto a ella durante nueve años   400
forjaba yo objetos bien labrados
numerosos: broches y brazaletes
flexibles y pendientes y collares,
en el fondo de una hueca espelunca,
mientras en derredor iba fluyendo
la corriente de Océano inmensa
bullendo con espuma, y ningún otro
lo sabía ni de entre los dioses
ni tampoco entre los hombres mortales,
sino sólo Eurínoma y Tetis,   405
que me habían salvado, lo sabían.
Y ella ahora ha llegado a mi morada;
por lo cual, estoy yo muy obligado
a pagarle a Tetis,
la de hermosas trenzas,
el precio, todo él, de mi rescate.
¡Ea, pues!, tú ahora ante ella
pon los presentes de hospitalidad,
en tanto que yo me voy desprendiendo
de los fuelles y toda la herramienta.»
Así dijo, y del yunque levantóse   410
el monstruo resoplante, cojeando,

pues sus frágiles piernas iban raudas
moviéndose por debajo de él.
Colocaba los fuelles bien aparte
del fuego; y todas las herramientas
con las que trabajaba, todas juntas,
las recogió en un cofre de plata;
y con una esponja se enjugaba
el rostro por una y otra mejilla
y las dos manos y el fornido cuello   415
y el pecho recubierto de vello,
y se puso la túnica, y su grueso
bastón cogió y se fue, cojeando,
hacia la puerta, afuera;
y dos sirvientas por debajo de él,
de oro, iban bien raudas moviéndose
al servicio de su dueño y señor,
parecidas a muchachas con vida [14].
Tienen ellas sentido en sus entrañas
y, asimismo, tienen fuerza y voz   420
y, por don de los dioses inmortales,
son duchas en artísticas labores,
ellas que por debajo de su dueño
y soberano iban jadeando;
y llegando él, por su parte, a rastras,
cerca de donde, justamente, Tetis,
se encontraba, en un sitial brillante
tomaba asiento, y le estrechó la mano,
como era de esperar, y por su nombre
llamándola, le dijo estas palabras:
«¿Cómo es que, Tetis, la de largo peplo,
venerable y querida,   425
llegas a mi morada,
cuando, al menos, antes, ciertamente,
y aun hasta este momento no vienen
siendo nada frecuentes tus visitas?»
Di en qué proyectos piensas,
que cumplirlos mi corazón me ordena,

---

[14] Se trata, pues, de muchachas robots, androides, autómatas con figura
humana, como en nuestras mejores novelas de ciencia ficción.

si es que cumplirlos puedo y son cumplibles.»
Y a él luego Tetis respondía,
lágrimas derramando, de este modo:
«¿Acaso alguna diosa de entre todas
cuantas en el Olimpo diosas son,
tantas lúgubres penas soportó   430
en sus propias entrañas,
Hefesto, cuantos fueron los dolores
que a mí me procuró, de entre todas,
Zeus, hijo de Crono?
A mí sola, en efecto, entre todas
las diosas de la mar, me doblegó
bajo el yugo de un varón mortal,
de Peleo el Eácida, y el lecho
soporté de un varón, muy a disgusto.
Él postrado se encuentra en su palacio,   435
por la triste vejez ya consumido.
Pero ahora Zeus me dio más dolores:
desde el momento en que me concedió
un hijo para que de mí naciera
y que fuese por mí alimentado
descollando entre los adalides,
y rebrotó al igual que un pimpollo,
y a él yo le cuidé
como planta en recodo de un jardín,
y al interior de Ilio lo envié
en encorvadas naves embarcado,
a luchar con los teucros, mas de nuevo   440
no habré de acogerle,
en su regreso a casa,
entrando en la morada de Peleo.
Y en tanto que me vive todavía
y ve la luz del sol, está afligido,
y, aunque a su lado vaya,
en nada puedo a él serle yo útil.
Una muchacha, la que, justamente,
para que fuera su lote de honor,
le habían escogido
los hijos de los guerreros aqueos,
a ésa se la arrebató de nuevo   445
de entre las manos el hijo de Atreo,

Agamenón el poderoso rey.
Entonces él, por ella afligido,
se iba reconcomiendo las entrañas
y, al mismo tiempo, iban los troyanos
acorralando junto a las popas
de las naves a las huestes aqueas
y no les permitían salir fuera.
Y a él le suplicaban los ancianos
de los argivos y le enumeraban
abundantes y famosos presentes;
en ese punto, luego, se negaba   450
a alejar el desastre
él mismo en persona,
mas con sus propias armas
revistió a Patroclo, y a la guerra
lo enviaba y él le concedió
como séquito huestes numerosas.
Todo el día luchando lo pasaban
alrededor de las puertas Esceas,
y así, tal vez, habrían destruido
la ciudadela ese mismo día,
si Apolo no hubiera matado
al valeroso hijo de Menetio
(después de infligir éste muchos males   445
al enemigo en las primeras filas),
dando con ello a Héctor la gloria.
Por eso yo ahora suplicante
me llego a tus rodillas, por si quieres
darle a mi hijo, de fugaz destino,
escudo y yelmo y hermosas grebas,
con broches sobre el tobillo ajustadas,
y coraza; pues la que él tenía   460
se la perdió su leal compañero,
por los teucros domado. Y él, ahora,
tendido está en el suelo
y afligido en su corazón.»
Y a ella después le respondía
el muy ilustre Cojo:
«Ten ánimo y que eso en tus mientes
no te preocupe. ¡Así pudiera yo
de la misma manera esconderle

bien lejos del alcance de la muerte   465
acompañada de tristes lamentos,
cuando le alcance el terrible hado,
como que habrán de estar a su alcance
y a su disposición
unas armas tan sumamente bellas,
que quienquiera de entre muchos hombres
que llegue a contemplarlas,
de nuevo se quedará admirado.»

[Hefesto forja las nuevas armas de Aquiles]

Una vez que así dijo, allí mismo
dejó a Tetis y él se marchó
a los fuelles, a los que dirigió
al fuego y ordenó que trabajasen.
Y los fuelles soplaban, todos ellos   470
en número de veinte, en los crisoles
espirando una ráfaga de viento
variada, exhalada con fuerza,
unas veces para que le asistiera
cuando andaba con prisas, otras veces,
por el contrario, como deseaba
el dios Hefesto en cada ocasión,
y conforme el trabajo
se iba llevando a cabo.
Y echaba en el fuego
indestructible bronce
y estaño y oro valioso
y plata; y después de eso colocó
un gran yunque en el tajo
y tomó en una mano un robusto
martillo y en la otra unas tenazas [15].

---

[15] El poeta, que vivió en la Edad de Hierro, ha heredado un material
poético típico de la Edad del Bronce, por lo que a los ingredientes de la
técnica del embutido de metales, propia de la época micénica, le añade
anacrónicamente una buena ración de martillazos («robusto martillo») que
nada tiene que ver con ella. Cfr. D.H. Gray, «Metal-working in Homer»,
JHS 74 (1954) 3-4.

Y hacía, lo primero de todo,
un escudo bien grande y robusto,
que él labraba en todas direcciones,
y en cuyo derredor colocó un cerco
brillante, de tres capas, refulgente,   480
y hacía partir
de él un talabarte hecho de plata.
Cinco capas tenía el escudo,
justamente, en sí, y sobre él,
con expertos sentidos
labraba mil relieves.
Y dispuso en él [16]
la tierra y el cielo y el mar,
y el sol infatigable,
la luna llena y todas   485
las estrellas de las constelaciones
de las que está el cielo coronado,
las Pléyades, Híades y la fuerza
de Orión y la Osa y aquella
a la que Carro asimismo llaman
de sobrenombre, y en el mismo sitio
gira, y mira, aprensiva, a Orión,
y es la única que no participa
de los baños de Océano.
Y en él dos ciudades figuró   490
de hombres mortales, bellas. En la una
se celebraban bodas y festines,
y a las novias las iban llevando
fuera de sus alcobas, por la villa,
bajo el resplandor de las antorchas,

---

[16] En el centro del escudo están representados la tierra, el mar, el sol, la luna y las estrellas.
En torno a él hay cuatro franjas concéntricas. En la primera (empezando a contar de adentro hacia afuera) están figuradas las dos ciudades, la ciudad en paz y la ciudad en guerra; en la segunda franja se contemplan las escenas campestres del arado, cosecha y vendimia; en la tercera se encuentra la del ganado, la de las ovejas y la de la danza; por último, en la franja más extrema, formada por el borde del propio escudo y un círculo interno paralelo a aquél, fluye el río Océano.

y alto el himeneo resonaba.
Y mozos danzarines daban vueltas
y en medio de ellos, justamente,
las flautas y las fórminges [17] sonaban   495
y las mujeres, cada una de ellas,
plantándose en el umbral de su casa,
miraban asombradas.
Y en la plaza estaba reunida
muchedumbre de gente, y allí
un pleito se había suscitado,
pues estaban dos hombres pleiteando
a propósito de una expiación
debida por un delito de sangre,
por la muerte de un hombre:
el uno proclamaba que la había
pagado por entero,
intentando explicárselo al pueblo;   500
pero el otro, en cambio,
negaba que algo hubiera recibido.
Y ambos deseaban obtener
en presencia del juez un veredicto.
Y las gentes al uno y al otro,
defensoras de una u otra parte,
los aclamaban con gritos de apoyo;
y los heraldos, como es natural,
intentaban contener a la gente;
y los ancianos estaban sentados
sobre pulidas piedras
en el círculo sacro, y en sus manos   505
tenían el bastón de los heraldos
de voz sonora a través del aire,
y con ellos se iban levantando
luego, de un salto poniéndose en pie,
y uno tras otro, alternativamente,
cada cual pronunciaba su sentencia.
Y había, justamente, en el medio
de los ancianos dos talentos de oro,

---

[17] La fórminge es una especie de laúd o pequeña arpa de tres, cuatro o,
incluso, siete cuerdas.

para dárselos al que entre ellos
más recta la sentencia pronunciara.
Y a los dos lados de la otra ciudad
dos cuerpos de ejército acampaban
resplandecientes por las armaduras.   510
Y en dos alternativas escindida
la decisión de ellos se encontraba:
o bien de cabo a rabo devastarla
o en dos partes dividir las riquezas,
todas ellas, la fortuna que dentro
de sí encerraba la amable ciudad;
pero hasta el momento los sitiados
no hacían caso, sino que se armaban
en secreto para una emboscada.
La muralla, entonces, ciertamente,
la defendían, de pie sobre ella,   515
sus queridas esposas y sus hijos
aún pequeños, y en medio de ellos
se encontraban situados los varones
en los que hacía presa la vejez;
y, entretanto, los otros iban yendo,
y, a su cabeza, abrían la marcha
Ares y también Palas Atenea,
los dos de oro, puesto que vestidos
de oro ambos vestían;
los dos, altos y hermosos con sus armas,
por un costado y otro, como dioses,
sumamente conspicuos;
pues los hombres que formaban las huestes
eran de algo menores dimensiones.
Y cuando ya llegaban a un lugar   520
donde había espacio para en él
apostarse al acecho en emboscada,
un río donde había abrevadero
para todo el ganado, se apostaban
precisamente allí,
bien envueltos en reluciente bronce.
Y después dos vigas, por bien de ellos,
aparte situados de las tropas,
estaban al acecho, aguardando
el momento en que vieran ovejas

y bueyes con sus cuernos retorcidos.
Y pronto a estar llegaron ante ellos,   525
y les iban siguiendo dos pastores
que con síringes[18] se iban deleitando
y no habían previsto en absoluto
la artimaña. Al verlos ante sí,
se echaron a correr los emboscados
sobre ellos y, luego, prestamente
cortaban el camino
por un lado y el otro a las manadas
de bueyes y a los hermosos rebaños
de cándidas ovejas y, además,
iban a los pastores dando muerte.
Pero los otros, los del otro bando,   530
cuando el gran tumulto percibieron
de junto a los bueyes, mientras ellos
sentados se encontraban por delante
del lugar destinado a reuniones,
al punto se montaron en los carros
tirados por corceles trotadores,
y al encuentro de ellos se lanzaban,
y enseguida les dieron alcance.
Y, organizando luego la batalla,
entablaron combate a las riberas
del río, y los unos a los otros
sus lanzas se arrojaban
guarnecillas de bronce.
Y allí la Discordia, allí el Tumulto   535
en la confrontación intervenían
y allí estaba la Parca perniciosa
que a uno, vivo aún, recién herido,
lo tenía cogido, y a otro,
no herido todavía;
y a otro, muerto ya,
pues los pues lo arrastraba entre la turba.
Llevaba ajustado a sus hombros
un vestido rojizo por la sangre

---

[18] La síringe es una especie de flauta pastoril.

de los guerreros. Y se enzarzaban
en la confrontación como si fueran
mortales vivos, y así luchaban,
e intentaban los unos a los otros
quitarse los cadáveres,
llevándolos a rastras,
de los que habían muerto en la refriega [19].   540
Y en él figuraba
blando barbecho, una pingüe tierra
y extensa de labor, de tres aradas;
y en ella numerosos labradores
a sus yuntas hacíanlas girar,
conduciéndolas de aquí para allá
de forma incesante, y cada vez
que, dando media vuelta,
al límite llegaban del barbecho,
luego a ellos se acercaba un varón   545
y les daba, poniéndola en sus manos,
una copa de vino, cual miel, dulce;
y ellos daban la vuelta muchas veces,
la dirección siguiendo de los surcos,
anhelando el límite alcanzar
del profundo barbecho.
Y la tierra detrás se ennegrecía,
y una tierra labrada semejaba,
aunque era labor hecha en oro,
cosa que era, en efecto,
sobremanera una maravilla
de artístico trabajo.
Y en él figuraba   550
un dominio real
de altas mieses, en el que segaban
jornaleros, las afiladas hoces
empuñando en sus manos.
Y a tierra iban cayendo unas gavillas

---

[19] Una representación alegórica similar de la Discordia, el Tumulto y la
Parca, la encontramos también en *El escudo de Heracles* (156-59), obra
atribuida a Hesíodo. Por eso se piensa que, tal vez, los versos (*Il.* XVIII
535-8) que comentamos sean una interpolación posthomérica.

en hilera a lo largo de la ringla;
otras gavillas las iban atando
los atadores mediante vencejos,
a saber: tres había encargados
de esta labor de atador de gavillas,
y detrás de ellos liaban las garbas   555
unos niños que luego las llevaban
entre sus brazos e incesantemente
las iban presentando. Y el rey
entre ellos de pie estaba, en silencio,
al borde de la ringla, con su cetro
en la mano y gozoso el corazón.
Heraldos, a lo lejos, preparaban
un banquete debajo de una encina,
los cuales después de sacrificar
un buey enorme, a él se aplicaban.
Y unas mujeres iban amasando,
como comida de los jornaleros,   560
harina blanca en gran abundacia.
Y en él figuraba una viña
muy cargada de racimos de uvas,
hermosa, hecha de oro
(arriba los racimos eran negros),
que estaba en estacas sustentada,
hechas en plata, de una parte a otra.
Y a ambos lados de ella
trazó un foso de esmalte;
y, en derredor, una cerca de estaño.   565
Y una sola senda
había hacia ella
y por ella los acarreadores
ir y venir solían cada vez
que se hacía vendimia en la viña.
Y jóvenes doncellas y muchachos
de ingenuos pensamientos
llevaban en trenzadas canastillas
el fruto de la vid, cual la miel, dulce.
Y, en medio de ellos, un chiquillo
la fórminge sonora con encanto   570
conmovedor tañía, y entonaba
al compás de la lira una canción

de Lino [20] hermosamente
con tenue voz; y los otros, en tanto,
golpeando el suelo cadenciosamente
con sus pies, y con danza y alaridos,
dando saltos al niño acompañaban.
Y en él confeccionó una manada
de vacas de astas rectas. Y las vacas
de oro estaban hechas y de estaño,
y se apresuraban, con mugidos,   575
desde el establo hasta el pastizal,
a la orilla de un sonoro río
y a la vera de un cimbreante
cañaveral. Y, al lado de las vacas,
en línea caminaban
cuatro vaqueros de oro
y nueve canes de ágiles pies
les seguían. Y entre las primeras
vacas de la manada, dos leones
espantosos tenían apresado
a un toro mugidor que, mientras era   580
arrastrado, bien en alto mugía.
Y tras él canes iban y mancebos.
Pero los dos leones,
después que desgarraron del gran toro
la piel, le devoraban las entrañas
y sorbían, también, su negra sangre;
y en vano los pastores azuzaron
a sus veloces perros
incitándolos; ellos se apartaban,
ciertamente, a la hora de morder,   585
de los leones, y muy cerca de ellos,

[20] Lino era un bello muchacho de origen divino que creció entre
corderos y fue desgarrado por perros rabiosos (representación simbólico-
alegórica de la muerte de la primavera a manos del sofocante calor del
verano). «La canción de Lino» se llamaba así porque era una triste canción
de lamento en que la exclamación «¡ay, Lino, Lino!», que expresaba el
dolor nostálgico y la añoranza por el muerto Lino, era recurrente. Este
tipo de lamento tiene paralelos en el mundo griego (los cantos quejumbrosos por la muerte de Adonis) y fuera de él (por ejemplo, en Oriente). El
fragmento 880 de *Poetae Melici Graeci* (ed. D.L. Page, Oxford 1962) es un
«lino» o «canción de Lino».

plantándoseles firmes,
les ladraban y a la vez esquivaban.
Y en él representó el ínclito Cojo
un pastizal en un hermoso valle,
grande y poblado de blancas ovejas,
y establos y chozas con tejados
y, asimismo, apriscos.
Y labraba en él   590
con perfección notable
el Cojo ilustre un lugar de danza,
semejante a aquel que en otro tiempo
Dédalo²¹ constuyera en la ancha Cnoso
para Ariadna la de las bellas trenzas.
Allí danzaban mozos y doncellas
que a título de dote valen bueyes,
con las manos cogidas por encima
del puño. Y llevaban las muchachas   595
sutiles velos, y ellos vestían
túnicas bien tejidas,
ligeramente brillantes de aceite²²;
además, claro está, bellas coronas
llevaban ellas; y ellos, espadas
de oro que colgaban
de tahalís de plata.
Y unas veces corrían,
impuestos como estaban en el arte
de hacer mover sus pies,
muy fácilmente, como cuando prueba,   600
sentado, un alfarero
la rueda a las palmas ajustada
de su mano, por comprobar si corre;
y otras veces, en cambio, iban corriendo
en líneas formados,
los unos en dirección de los otros.

---

²¹ Dédalo es el famoso artesano que construyó el laberinto de Creta. Y
Ariadna era hija del rey Minos. En el palacio de Creta ha aparecido una
especie de pista *(orkhéstra)* destinada a danzantes y rodeada de gradas para
los espectadores.
²² Para hacer el tejido brillante y a la vez elástico, se untaban en el telar
los hilos con aceite.

Y una gran muchedumbre en derredor,
de pie, se deleitaba contemplando
esta encantadora danza en rueda;
y dos volatineros, que a la danza
daban principio, hacían cabriolas
por entre ellos, en medio de ellos.
Y en él figuraba la gran fuerza
de Océano, a lo largo del borde
extremo del escudo
de sólida hechura.
Y después ya de que hubo fabricado
el escudo a la vez grande y robusto,
le fabricó, al punto, la coraza,
más brillante que el resplandor del fuego,
y fabricóle un yelmo macizo
ajustado a sus sienes,
hermoso y de artística factura,
y encima le puso una cimera,
y de blando estaño
fabricó para él las canilleras.
Y después que estas armas, todas ellas,
las hubo con esmero trabajado
el Cojo ilustre, las tomó en alto
y las puso delante
de la madre de Aquiles.
Y ella, cual gavilán,
un salto dio desde el nivoso Olimpo
transportando las armas centelleantes
que Hefesto le había procurado.

605

610

615

Canto XIX

La renuncia a la cólera *

[Entrega a Aquiles de las nuevas armas]

La aurora del azafranado velo
se iba de las corrientes levantando

---

* Este canto comienza al amanecer el día que siguió a la noche cuyos acontecimientos fueron contados en la parte final del anterior (canto XVIII). Ahora acude Tetis a la tienda de Aquiles llevándole las armas que por encargo suyo ha fabricado Hefesto. Se las entrega al caudillo de los mirmídones, y, acto seguido, tiene lugar la reconciliación de Aquiles y Agamenón presenciada por el ejército reunido en junta. A continuación contemplamos los lamentos y el llanto de Briseida por Patroclo y la preparación de la batalla que va a tener lugar de inmediato y que se nos narra al comienzo del siguiente canto.

He aquí las partes que se distinguen nítidamente en este canto: 1. La entrega de las armas a Aquiles (1-39). 2. Aquiles depone su actitud, se desdice de su cólera, se reconcilia con Agamenón e insta a los aqueos a entrar en combate (40-75). 3. Agamenón reconoce su culpa y se declara dispuesto a devolver la cautiva Briseida a Aquiles y a darle los regalos de reconciliación prometidos (76-144). 4. Tratan de la entrega de los susodichos regalos y, luego, del comienzo de la batalla, Aquiles, Odiseo y Agamenón (145-237). 5. Le entregan los regalos a Aquiles y tiene lugar la reconciliación de ambos caudillos antes enemistados, Agamenón y Aquiles (238-281). 6. Briseida rompe en gemidos ante el cadáver de Patroclo (282-302). 7. Aquiles se lamenta quejumbrosamente de la muerte de Patroclo (303-339). 8. Atenea, por encargo de Zeus, vigoriza a Aquiles mediante néctar y ambrosía (340-356). 9. El ejército aqueo se pone en marcha y Aquiles se arma (357-398). 10. El corcel Janto profetiza a Aquiles su próxima muerte (399-424).

de Océano, para llevar la luz
a inmortales así como a mortales;
e iba llegando Tetis a las naves
llevando los regalos
de parte de un dios.
Y a su hijo encontró desparramado
en torno del cadáver de Patroclo,
llorando con un llanto bien agudo,   5
y alrededor de él sus compañeros
lágrimas derramaban numerosos;
y entre ellos se colocaba ella,
divina entre las diosas,
y le asió de la mano fuertemente
y lo llamaba por su propio nombre:
«Hijo mío, dejemos que éste yazga,
aunque nos encontremos afligidos,
dado que ya de una vez por todas
por querer de los dioses fue domado;
más tú recibe de Hefesto las armas   10
ilustres y hermosas, cuales nunca
hasta este momento todavía
a sus hombros llevó varón ninguno.»
Justamente así habló la diosa
con clara voz y dejó sobre el suelo
las armas ante Aquiles, y ellas, todas,
labor de filigrana, resonaron.
Y entonces un temblor sobrecogió
a todos los mirmídones, y nadie
a mirarlas de frente se atrevió,   15
sino que de temor retrocedieron.
Cuando Aquiles, por su parte, las vio,
la cólera le entró en mayor grado,
y en él sus ojos relampaguearon
entrambos por debajo de sus cejas
despidiendo destellos espantosos,
a la manera del fulgor del fuego;
luego se delitaba
teniendo entre sus manos
de un dios los espléndidos regalos.
Mas luego que se hubo deleitado
en sus mientes mirando

esas obras de pura filigrana,
al punto, a su madre   20
le dirigía aladas palabras:
«Madre mía, estas armas que he ahí
me las ha procurado, en verdad,
un dios, pues que son tales,
cuales es razonable que así sean
las labores de seres inmortales
y que un hombre mortal no realice.
Y ahora voy, ciertamente,
a armarme yo con ellas;
pero mucho, tremendamente temo
que entretanto al aguerrido hijo
de Menetio, las moscas, penetrando   25
por las heridas que grabara el bronce,
a engendrar lleguen dentro de él gusanos
y, así, desfiguren su cadáver
(pues su vida ya está exterminada)
y se corrompa en toda su carne.»
A él luego la diosa respondía,
Tetis de pies plata: «Hijo mío,
no te preocupe eso en tus mientes.
Yo intentaré alejarle los agrestes   30
enjambres de las moscas, que, en efecto,
devoran a los hombres que son muertos
por los golpes de Ares;
pues aunque yazga hasta un año completo,
de continuo su piel estará firme
o hasta en mejor estado todavía.
Pero tú a la junta
convoca a los héroes aqueos,
y desdícete en ella del rencor   35
que albergabas contra Agamenón,
pastor de gentes de armas,
y muy rápidamente,
para ir a la guerra,
ármate, y de vigor
defensivo revístete.» Así dijo,
justamente, con clara voz, y fuerza
para muchas audacias infundióle.
Y a su vez, a Patroclo, le instiló

por sus narices[1] divina ambrosía
y néctar rojo, para que su piel
inconmovible se le conservara.

[*Aquiles se reconcilia con Agamenón*]

Él, por su parte, el divino Aquiles,   40
echó a andar a lo largo de la orilla
del mar, lanzando espantosos gritos,
y puso en movimiento
a los héroes aqueos.
Incluso aquellos que, precisamente,
al menos antes quedarse solían
donde estaban las naves reunidas
—quienes eran pilotos y empuñaban
en sus manos el timón de las naves
y eran cabe las naves intendentes
y de trigo los administradores—
incluso ésos, a decir verdad,   45
por lo menos entonces, acudieron
a la junta, pues se había mostrado
Aquiles, que inactivo
y ausente estuviera largo tiempo
del penoso combate.
Pero esos dos, servidores de Ares,
se pusieron en marcha
renqueando: el Tidida[2],
que aguanta la guerra a pie firme,
y el divino Odiseo,
uno y otro apoyándose en su lanza,
pues de heridas penosas
estaban afectados todavía;
y se iban sentado, al llegar,   50
en plena junta, en la primera fila.
Por otra parte, el último él llegó,

---

[1] Según Heródoto (Hdt. II 86), los embalsamadores egipcios extraían el
cerebro del cadáver que se proponían momificar, a través de las fosas
nasales.

[2] El Tidida, o hijo de Tideo, es Diomedes y, al igual que Odiseo, había
sido herido; cfr. *Il.* XI 377 (Diomedes) y XI 437 (Odiseo). Uno y otro
aparecen ya heridos en *Il.* XIV 27-9.

Agamenón, de hombres soberano,
de una herida afectado, pues también
a él le había herido
en la feroz refriega
Coón, hijo de Anténor[3]
con su lanza en bronce rematada.
Y luego ya que todos los aqueos
se habían agrupado, entre ellos   55
levantándose Aquiles,
el de los pies ligeros, así dijo:
«Atrida, ¿realmente ha resultado
en algo esto mejor para nosotros,
para los dos entrambos,
para ti y para mí, cuando uno y otro,
afligidos en nuestro corazón,
nos irritamos por una muchacha
en reyerta devoradora de alma?
¡A ella ojalá Artemis la hubiera
matado con su flecha,   60
aún entre las naves,
aquél día en que yo me la escogí
después de haber destruido Lirneso![4];
en ese caso no hubieran mordido
tantos aqueos el inmenso suelo
bajo las manos de los enemigos
por estar yo muy encolerizado.
Para Héctor y para los troyanos
fue esto, en verdad, más provechoso;
opino, empero, que habrán de acordarse
los aqueos de esta nuestra reyerta,
tuya y mía, durante largo tiempo.
Pero dejemos eso que ha sido   65
concluido definitivamente,
aunque nos pese, nuestro corazón
por la fuerza domando en nuestro pecho;
ahora, de verdad, voy yo aplacando

---

[3] Cfr. *Il.* XI 248-53.
[4] Cfr. *Il.* II 690-1. En Lirneso, ciudad de la Tróade, se había hecho
prisionera a Briseida.

mi cólera, pues a mí no me es
preciso, en absoluto,
siempre estar furioso
con seca obstinación;
mas, ¡ea!, a toda prisa
a la guerra incita a los aqueos
de intensa cabellera en sus cabezas,
para que aún, como antes también,   70
pruebe yo a los teucros,
llegando frente a ellos,
a ver si tienen ganas todavía
de pernoctar cabe nuestros bajeles;
más bien creo que alguno que otro de ellos
ha de doblar con gusto la rodilla
si logra escapar de la feroz
batalla perseguido por mi lanza.»
Así dijo, y ellos se alegraron,
los aqueos de hermosas canilleras,
de que hubiera su cólera depuesto   75
el hijo del magnánimo Peleo.
Y entre ellos, asimismo, la palabra
tomó Agamenón, de hombres caudillo,
desde su propio asiento, sin siquiera
haberse puesto en pie en pleno centro
de la asamblea, y así les dijo:
«¡Amigos, héroes dánaos,
servidores de Ares!,
es decoroso al que está de pie
prestar oído, y no conviene, en cambio,
interrumpirle; pues es bien molesta   80
la interrupción para el orador,
incluso para quien sea un experto.
Y en un gran alboroto producido
por varones, ¿cómo podría alguien
escuchar o hablar?; entorpecido
resulta el orador
aun dotado de voz bien sonorosa.
Yo me voy a aclarar con el Pelida;
y vosotros, los restantes argivos,
atended y apreciad debidamente
mis palabras, cada uno de vosotros.

Muchas veces, es cierto, esas palabras   85
a mí me las dijeron los aqueos
y, además, solían reprenderme;
mas yo no soy culpable,
sino Zeus y el Hado y la Erinia
que va y viene entre las tinieblas [5],
los que en aquella junta me infundieron
una feroz ceguera, aquel día
en que yo a mi arbitrio [6] intentaba [7]
quitarle a Aquiles su botín de guerra.   90
¿Más qué habría podido yo hacer?
Todo lo lleva a cabo algún dios.
La Ceguera, hija augusta de Zeus,
que a todos, que mal haya, nos obceca;
son sus pies delicados,
puesto que no se mueve sobre el suelo,
sino que, justamente, ella, al menos,
caminando desciende a las cabezas
de los varones, trastornando hombres,
y, seguro, a uno de entre dos
consigue encadenarlo cabalmente.
Pues ya, incluso, en efecto, una vez   95
a Zeus obcecó, de quien afirman
que es, precisamente, el más cumplido
ser de entre los varones y los dioses;
no obstante, justamente, a él también
lo engañó Hera, que era mujer,
valiéndose de embustes, aquel día

---

[5] Las Erinias son, en principio, divinidades encargadas de castigar los delitos cometidos contra miembros de la propia familia (cfr. *Il*. XV 204); pero luego adquieren otras funciones, como la de hacer expiar su culpa a los perjuros (cfr. *Il*. XIX 259).

[6] Agamenón es víctima de la ceguera *(átē)* que le envía Zeus, pues no se entiende en la mentalidad homérica que un hombre sea capaz de perjudicarse a sí mismo con una acción que ponga en práctica él personalmente.

[7] En una fase antigua se leía sin duda en este punto del texto el aoristo *apéúrā*. Pero fue entendido por los aedos o rapsodos jonios como imperfecto del verbo *apauráō*. Muchos versos homéricos son susceptibles de una doble lectura. Nosotros, respetuosos con el texto, nos ceñimos a la más moderna, que es la que nos ofrece el «Homero» puesto en letras de imprenta que ha llegado a nuestras manos.

en que iba a dar a luz Alcmena en Tebas,
de muros cabalmente coronada,
a la heráclea fuerza agresiva.
En efecto, ufanándose, él   100
entre todos los dioses así dijo:
«¡Escuchadme, dioses y diosas todos,
para que decir pueda
lo que en mi pecho el ánimo me ordena!
Hoy Ilitia, la que trae del parto
los dolores, a la luz sacará,
a un hombre que ha de reinar soberano
en todos sus vecinos, de la casta   105
de aquellos varones
que por su sangre descienden de mí»[8].
Pero a él, artimañas meditando,
la augusta Hera dijo:
«Resultarás mendaz y una vez más
no has de poner remate a tus palabras;
pues, ¡venga!, ahora, hazme un juramento
firme, dios del Olimpo,
de que habrá de reinar
soberano entre todos sus vecinos
aquel de entre los hombres descendientes   110
de tu casta en virtud de su sangre,
que hoy caiga entre las piernas de mujer.»
Así dijo, y Zeus no se dio
cuenta en absoluto
de que estuviera ella maquinando
artimañas; antes bien, al contrario,
juró con un solemne juramento
e incurrió luego en grande obcecación.
Y de un salto Hera abandonó
la cumbre del Olimpo y ágilmente   115
llegó a la aquea Argos[9],
donde, precisamente, ella sabía

---

[8] En efecto, los ascendientes de Alcmena, los Pérsidas (Perseo, Electrión), son, a su vez, descendientes de Zeus.
[9] Es decir, a la del Peloponeso, donde Esténelo reinaba en Micenas y Tirinto.

se encontraba la esforzada esposa
de Esténelo el hijo de Perseo;
y aquella se encontraba embarazada
de un querido hijo,
y el séptimo mes había empezado;
y lo sacó a la luz pese a que estaba
para el nacimiento inmaduro,
y el parto de Alcmena impidió,
pues tuvo a las Ilitias retenidas.
Y ella misma en persona,   120
con el fin de anunciárselo,
dirigió la palabra
a Zeus, el Cronida:
«¡Padre Zeus el del fúlgido rayo!,
unas palabras pondré en tus mientes.
Ya está en el mundo el noble varón
que como soberano
reinará en los argivos,
Euristeo, el hijo
de Esténelo el Perseida,
retoño tuyo: no es inapropiado
para él mismo reinar en los aqueos.»
Así dijo, y una aflicción punzante   125
le hirió en lo profundo de su alma.
Y, al punto, en sus mientes irritado,
a Ceguera asió por la cabeza
de untuosas trenzas,
e hizo un bien firme juramento:
que nunca una vez más en el Olimpo
ni tampoco en el cielo estrellado
a entrar volvería la Ceguera
que a todos obceca.
Dijo así y con su mano la volteó   130
y la arrojó [10] desde el cielo estrellado
y presto a las labores fue a dar
de los seres humanos.
Por esta su ceguera, de continuo
gemía, cada vez que contemplaba

---

[10] El tema de un dios precipitado desde el Olimpo reaparece en otras
ocasiones en la *Ilíada*: cfr. *Il.* XIV 258; XV 23; XVIII 395.

a su hijo el peso soportando
de una labor impropia, a consecuencia
de los trabajos que ordenó Euristeo[11].
De esa manera, asimismo yo,
cuando ya una vez más el grande Héctor,
el de brillante yelmo,
sin tregua exteminaba a los argivos   135
junto a las popas mismas de las naves,
no podía olvidarme
de la ceguera aquella
con la que en un principio me obcequé.
Pero, pues me obcequé
y las mientes Zeus me arrebató,
quiero volver atrás y reparar
la falta cometida y obsequiarte
con infinitas indemnizaciones.
Pero, ¡venga!, ¡en marcha!, a la guerra,
y pon en marcha a la restante tropa;
que aquí estoy yo dispuesto a procurarte   140
cuantos regalos ayer en tu tienda,
a la que en persona se llegó,
te prometiera el divino Odiseo.
O si quieres, opta por esperar,
aunque ansioso estés de la lid de Ares;
que los regalos te los cogerán
de mi nave mis propios escuderos
y aquí te los traerán para que veas
que te he de dar conforme a tu deseo.»
A él Aquiles, el de pies ligeros,   145
respondiendo, le dijo de esta guisa:
«¡Gloriosísimo Atrida, Agamenón,
caudillo soberano de guerreros!,
procúrame, si quieres, esos dones,
como es equitativo, o bien retenlos;
ello está en tus manos, pero ahora,
la furia del combate recordemos
al punto, sin retraso, pues no es cosa

---

[11] El tema de Heracles realizando trabajos por orden de Euristeo el
soberano de Micenas lo encontramos también en *Il.* VIII 362-9; XV
639-40.

de, estando aquí, entretejer discursos
y, así, perder el tiempo; que está aún   150
sin realizar una importante hazaña;
como vea cualquiera que de nuevo
Aquiles hace estragos en las líneas
de las huestes troyanas con su lanza
de bronce, combatiendo entre guerreros
de vanguardia, de la misma manera
cada uno de vosotros, recordando
el ardor del combate,
luche contra un guerrero enemigo.»
Y a él dando respuesta, así le dijo
Odiseo el de muchos ardides:
«Por valiente que seas, no exhortes,   155
Aquiles a los dioses parecido,
así, estando en ayunas, a los hijos
de los aqueos contra Ilión,
para que allí se batan con los teucros,
dado que la refriega ha de extenderse
por no escaso tiempo,
desde el primer momento en que se encuentren
metidas en la brega las falanges
de guerreros y en uno y otro bando
insufle un dios coraje;
por el contrario, ordena que a la vera   160
de las rápidas naves los aqueos
se alimenten con pan y con vino,
pues ellos son coraje
y vigor defensivo. Pues un hombre,
a lo largo de un día todo entero
hasta que el sol se meta, no podrá,
ayuno, hacer frente al enemigo.
Pues aunque, en su alma enardecido,
desee combatir, pese a todo,   165
sin él notarlo se le van los miembros
entorpeciendo por la pesadez,
y la sed le alcanza y el hambre,
y sus rodillas sufren menoscabo
según va caminando.
En cambio, el varón que, saciado
de vino y de comida, todo el día

combate con guerreros enemigos,
intrépido está su corazón
dentro del pecho y ningún cansancio
siente él en sus miembros
antes de que se hayan retirado   170
ya todos de la lucha.
Pero, ¡venga!, dispersa a las tropas
y manda que comida se aparejen,
y los regalos esos aquí traiga,
al medio de la junta, Agamenón,
soberano caudillo de guerreros,
para que puedan verlos con sus ojos,
de este modo, todos los aqueos,
y en tus entrañas tú te regocijes.
Y que se ponga en pie entre los argivos   175
y que a ti te preste juramento
de que él nunca se subió al lecho
de Briseida ni se unió con ella,
lo cual, señor, es cosa permitida
tanto a los hombres como a las mujeres;
y, así, también tú mismo el corazón
dentro del pecho lo tengas alegre.
Pero luego, que a ti te satisfaga
con festín abundante en su tienda,   180
para que en absoluto eches en falta
lo que es conforme a regla y a ley.
Y tú, Atrida, luego habrás de ser
más justo ya también con los demás.
Pues no es en absoluto censurable
que un rey se reconcilie
con un varón cualquiera,
cuando uno ha sido el primero
en dar muestras de un violento enojo.»
A él, a su vez, repuso Agamenón,
soberano caudillo de guerreros:
«Me alegro, Laertiada, al escucharte   185
decir esas palabras, pues que todo,
como es obligatoria conveniencia,
lo has puntualmente referido
y expuesto con muchísimo detalle.
Y eso estoy dispuesto a jurarlo

[796]

y el corazón me ordena que lo haga,
pues con ello no he de ser perjuro
a los ojos de la divinidad.
Pero Aquiles, que aquí mismo aguarde
mientras tanto, aunque esté muy ansioso
de intervenir en las lides de Ares,
y aguardad los demás todos bien juntos,   190
hasta que de mi tienda hayan llegado
los presentes y con un sacrificio
hayamos concertado
leales juramentos.
Pero a ti mismo esto yo te encargo
y aun te ordeno: que, seleccionando
jóvenes distinguidos
de entre los panaqueos,
de mi nave aquí traigan los regalos,
cuantos ayer a Aquiles prometimos   195
que le íbamos a dar,
y que vengan trayendo las mujeres.
Y que Taltibio a mí rápidamente,
recorriendo el ancho campamento
de los aqueos, me apreste un verraco
que a Zeus y al Sol[12] sacrifiquemos.»
Y en respuesta así le dijo Aquiles,
el de los pies ligeros:
«¡Gloriosísimo Átrida, Agamenón,
soberano caudillo de guerreros!,
en otras circunstancias aun mejor   200
ocuparos debéis de tales cosas,
cuando tenga lugar un intervalo
en esta guerra y dentro de mi pecho
un ardor tan violento yo no sienta.
Pero ahora ellos yacen desgarrados,
aquellos a los que Héctor Priamida
domó cuando le dio Zeus la gloria,
y vosotros instáis a la comida[13].

---

[12] Zeus y Helios (el Sol), dioses del cielo, serán testigos del juramento
que Agamenón se dispone a prestar. Cfr. *Il.* III 276-7.
[13] En el texto original, el sujeto de esta frase aparece en plural y el verbo
en dual (*huméis* y *otrúneton* respectivamente). En realidad el «vosotros» se
refiere a dos personas, Agamenón y Odiseo.

A fe que yo ahora mandaría   205
a los hijos de los hombres aqueos
que ayunos combatieran
y sin haber probado aún bocado,
y que luego, cuando el sol declinara,
se preparasen una grande cena,
una vez ya vengada nuestra afrenta.
Antes, de ningún modo la comida   210
ni la bebida pasarme podría
por mi garganta, al menos,
porque muerto está mi compañero,
que yace en mi tienda desgarrado
por el agudo bronce, con sus pies
a la puerta de afuera dirigidos,
mientras los otros compañeros lloran
a uno y otro lado del cadáver;
por lo cual no me importa en absoluto
entre mis mientes eso que tú dices,
sino la mortandad y, a más, la sangre
y el penoso gemir de los guerreros.»
Y a él dando respuesta, así le dijo   215
Odiseo el de muchos ardides:
«Aquiles, de Peleo
el hijo, tú, con mucho
el más aventajado
de entre los aqueos,
más fuerte eres que yo y me aventajas
no poco, ciertamente, con la lanza,
pero yo, en cambio, a ti en inteligencia
tal vez te lleve mucha delantera,
toda vez que nací antes que tú
y tengo más cuantiosas experiencias.
Por eso, que tu corazón aguante   220
mis palabras. Llega rápidamente
a los hombres la hartura del combate
en el que el bronce derramó por tierra
paja muy abundante y, en cambio,
se produce escasísima cosecha,
una vez que inclina la balanza
Zeus, que ser resulta cabalmente
despensero de guerra entre los hombres.

Y con el vientre no es en modo alguno   225
posible que a sus muertos
les lloren afligidos los aqueos;
pues en exceso muchos y en cadena
van cada día sin cesar cayendo;
¿cuándo podría uno reponerse
del duelo? Al contrario, es preciso
enterrar al que muere, conservando
los aqueos el ánimo implacable,
tras haberle llorado por un día;
pero todos aquellos   230
que sobreviven a la odiosa guerra,
preciso es que se sigan acordando
de la comida y de la bebida,
para que con más celo todavía,
encarnizadamente y sin tregua,
una vez nos hayamos recubierto
el cuerpo con el bronce indestructible,
luchemos contra hombres enemigos.
Y que nadie de entre los combatientes
se detenga, otra orden esperando,
pues la orden es ésta: 235
recibirá un castigo
aquel que atrás se quede
al lado de las naos de los argivos;
antes bien, todos juntos al ataque
lanzados, despertemos
al incisivo Ares,
para lanzarlo sobre los troyanos,
domadores de potros.»

[Tiene lugar la reconciliación]

Dijo así y tomó por compañeros
a los hijos del renombrado Néstor [14],
y a Meges el Filida [15]

---

[14] Los hijos de Néstor aquí aludidos son Antíloco y Trasimedes.
[15] Meges es caudillo de los contingentes de Duliquio y las Equínadas.
Cfr. *Il.* II 627; XV 520; 535.

y a Toante[16] y Meríones[17]
y a Licomedes, hijo de Creonte,   240
y a Melanipo, en fin, y se pusieron
en marcha para ir hasta la tienda
de Agamenón el hijo de Atreo.
Al punto, luego, al tiempo que se hacía
el encargo, la obra era cumplida[18].
Sacaban de la tienda
trípodes que en número de siete
le había prometido,
veinte calderos de flamante brillo,
doce corceles, y rápidamente
fuera iban llevando   245
siete mujeres diestras
en labores sin tacha,
y, el grupo de ocho completando,
a Briseida, la de hermosas mejillas.
Y habiendo pesado un total
de diez talentos de oro,
iba Odiseo abriendo la marcha
y otros detrás de él iban llevando,
los jóvenes aqueos, los regalos.
Y en medio los dejaron colocados
de la junta, y Agamenón se alzaba;   250
y Taltibio, parecido a un dios
por su voz, y teniendo entre sus manos
el verraco, se iba colocando,
de pie, al lado del pastor de gentes.
Y el hijo de Atreo con sus manos
desenvainó el cuchillo que llevaba
siempre colgado al lado
de la enorme vaina de su espada
y cortó del verraco unas cerdas
a modo de primicia, y a Zeus

---

[16] Toante es caudillo de los cretenses; cfr. *Il.* II 638; X 270.

[17] Meríones es asistente *(therápōn)* de Idomeno: cfr. *Il.* XIII 246. Acerca de Licomedes, cfr. *Il.* IX 84. Melanipo sólo aparece nombrado en este pasaje.

[18] Es Odiseo quien encomienda los encargos a los siete jóvenes caudillos que acaban de ser mencionados.

levantando sus manos, le rezaba;   255
y ellos, todos, como correspondía,
cada uno sentado en su sitio
y en silencio, como es debido,
estaban los argivos,
prestándole oído a su rey.
Y una vez oró, al vasto cielo
sus ojos dirigiendo, así dijo:
«Sépalo ahora, en primer lugar,
Zeus, el dios sublime
de entre los dioses y el más cumplido,
y la Tierra y el Sol y las Erinias
que se toman venganza de los hombres   260
debajo de la tierra, de quienquiera
que haya en falso jurado;
yo, en verdad, encima de la joven
Briseida no llegué a poner la mano
porque de ella necesidad tuviera
bien por causa de compartir su lecho
bien por cualquier otro motivo alguno;
por el contrario, permaneció intacta
en mi tienda; y si algo de esto
es un perjurio, que me den los dioses
muchísimos dolores, cuantos dan   265
a quienquiera que con su juramento
les ha ofendido.» Dijo,
y al verraco cortóle la garganta
con el bronce implacable, y Taltibio,
después de voltearlo, lo lanzó
al gran abismo de la mar canosa,
a comida de peces destinado [19],
por su parte, Aquiles, puesto en pie,
habló entre los argivos belicosos:
«¡Padre Zeus!, cegueras, ciertamente,   270
grandes sueles dar tú a los varones;
nunca, en efecto, el hijo de Atreo

---

[19] La víctima de un sacrificio de juramentos actúa de «chivo expiatorio»
ejemplar y recibe la maldición que se lanza sobre el perjuro. Por ello ni se
entierra ni se quema, sino que se lanza a las profundidades del mar.

me habría turbado el corazón
dentro del pecho de una parte a otra
ni se habría llevado, inexorable,
la muchacha contra mi voluntad;
pero probablemente Zeus quería
que les sobreviniera, de este modo,
la muerte a muchísimos aqueos.
Pero ahora marchad a la comida   275
para podernos carear con Ares.»
Dijo así, justamente, en alta voz
y disolvió la junta sin retraso.
Y las huestes entonces, justamente,
se iban dispersando, cada uno
encaminándose a su propia nave.
De los regalos se iban ocupando,
a su vez, los mirmídones altivos,
que llevándolos fueron a la nave
del divino Aquiles, y en la tienda   280
pusieron los objetos, y asiento
hicieron que tomaran las mujeres;
los caballos, empero, los llevaron
los nobles servidores al rebaño [20].

[Duelo de Briseida ante el cadáver de Patroclo]

Pero después, justamente, Briseida,
a la aúrea Afrodita semejante,
nada más vio a Patroclo desgarrado
por el punzante bronce, derramóse
sobre uno y otro flanco de su cuerpo
y prorrumpió en agudos gemidos,
y desgarró sus pechos con sus manos,   285
y, asimismo, su cuello delicado
y su hermoso rostro.
Y entonces, llorando, la mujer,
parecida a las diosas, así dijo:
«¡Patroclo, para mí, infortunada,

---

[20] Entiéndase: al rebaño formado por los potros que hasta ese momento habían sido capturados como botín de guerra.

y para mi alma, grato en sumo grado!,
vivo yo te dejaba al salir
de esta tienda y muerto te hallo ahora,
comandante de tropas, al volver   290
de regreso; ¡cómo un mal tras otro
contra mí de continuo se sucede!
Al hombre a quien me dieron como esposa
mi padre y también mi augusta madre,
desgarrado lo vi ante mi ciudad
por el agudo bronce,
y a mis tres hermanos, tan queridos,
que engendrara también mi misma madre;
ellos todos se fueron al encuentro
del fatal día de su perdición.
Pero a mí ni siquiera, de verdad,   295
ni siquiera me dejabas llorar,
cuando el rápido Aquiles a mi esposo
mató y destruyó la ciudadela
de Mines el divino [21]; al contrario,
de continuo afirmabas que me harías
la legítima esposa del divino
Aquiles y que a Ftía
me llevaría a bordo de sus naves
y entre los mirmídones
un banquete nupcial celebraría.
Por eso yo te lloro intensamente   300
muerto como ahora estás, a ti que siempre
fuiste para conmigo bondadoso
con bien melosa afabilidad.»
Así dijo llorando, y después de ella
exhalaban gemidos las mujeres,
en apariencia, por Patroclo muerto,
pero, en verdad, cada una de ellas
por sus propias luctuosas aflicciones.

[Duelo de Aquiles por Patroclo]

Y a ambos lados de Aquiles en persona
los ancianos aqueos se juntaban

---

[21] Es decir: Lirneso. Cfr. *Il.* II 692.

suplicándole tomara comida,
pero él entre gemidos se negaba:
«Os suplico, si me hace caso a mí   305
alguno de mis caros compañeros,
que, antes que el sol se ponga,
no me incitéis a que en mi corazón
me sacie de comida y bebida,
toda vez que una aflicción tremenda,
tras darme alcance, me está afectando;
hasta que el sol se ponga aguardaré
y aguantaré de todas las maneras.»
Así dijo, y a los demás reyes
los dispersó, pero los dos Atridas   310
y el divino Odiseo se quedaron,
y Néstor, así como Idomeneo,
y el viejo Fénix conductor de carros,
intentando alegrarle, afligido
intensamente como se encontraba;
mas no sentía regocijo alguno
dentro del corazón antes de entrar
en la boca de la sangrienta guerra.
Y, acordándose de él, volvió en sí,
exhalando un profundo suspiro,
y habló con clara voz de esta manera:
«Pues, a fe que hubo un tiempo, infortunado,   315
¡tú, el más querido de mis compañeros!,
en que también tú mismo en esta tienda
comida apetecible me serviste
enseguida y diligentemente,
cuando se apresuraban los aqueos
por llevarles el Ares lacrimoso
a los teucros domadores de potros.
Pero ahora tú yaces desgarrado
y ayuno está mi corazón   320
de comida y bebida,
aunque hay dentro [22] de lo uno y de lo otro,
por la añoranza que siento de ti.
Pues, en verdad, ninguna otra cosa

---

[22] *Sc.:* dentro de la tienda.

más desgraciada que ésta
podría yo sufrir, ni aun en el caso
de que a saber llegara que mi padre
hubiese perecido (él que en Ftía
ahora está tiernas lágrimas vertiendo
por la falta de un hijo como yo,
y mientras tanto yo en país extraño   325
por la espantosa Helena
estoy con los troyanos guerreando),
o a enterarme llegara de la muerte
de aquel querido hijo que en Esciro
se me cría, si es que vive aún,
Neoptólemo [23], de apariencia divina.
Porque antes en mi pecho esperaba
mi corazón que yo perecería
solo, lejos de Argos [24],
tierra que nutre yeguas,
aquí mismo en Troya, y que tú, en cambio,   330
volverías a Ftía,
de forma que pudieras sacar fuera
de Esciros a mi hijo con tu negra
nave ligera y que le mostraras
todas mis propiedades una a una,
mis posesiones, siervos y, además,
mi gran palacio de elevados techos.
Pues de Peleo, al menos, imagino
que o bien está ya muerto
de todas todas, o que, a lo sumo,
apenas aún vivo, está aquejado
por la odiosa vejez y por la espera,   335
a que está de continuo sometido,
del lúgubre mensaje referente
a mí, cuando por fin llegue a enterarse
de que haya perecido yo a la postre.»
Así dijo llorando, y después de él
gemían los ancianos recordando

---

[23] Neoptólemo era hijo de Aquiles y de Deidamia, hija de Licomedes, rey de Esciro. Este pasaje es el único de la *Ilíada* en que se menciona por su nombre a Neoptólemo. Se alude a él, sin embargo, en *Il.* XXIV 467.

[24] *Sc.:* Tesalia.

lo que en sus palacios
iban dejando cada uno de ellos.

[Por encargo de Zeus, Atenea
robustece a Aquiles con ambrosía y néctar]

Y, justamente, al verlos llorando,
compasión tuvo de ellos el Cronida,
y, al punto, a Atenea
le dirigía aladas palabras:
«Hija mía, ya estás completamente
alejada de este tu guerrero;
¿es que, entonces, ya no es en absoluto
en tus mientes objeto de cuidado
Aquiles? Allí está,
inactivo, delante de sus naves
de cuernos rectos, llorando al amigo   345
y caro compañero; y los demás
ya se han ido hasta ahora retirando
para participar de la comida;
él, en cambio, está ayuno
y sin probar bocado.
Pero, vete e instílale en el pecho
néctar y ambrosía encantadora
para que el hambre no le dé alcance.»
Diciendo así, alentaba a Atenea,
que ya anteriormente
estaba anhelando intervenir.
Y ella, parecida   350
a un halcón de anchas alas
y de sonora voz,
hacia abajo lanzóse desde el cielo,
yendo a través del éter;
por otra parte, al punto los aqueos
se iban armando por el campamento;
y ella le instiló
a Aquiles en el pecho
néctar y deliciosa ambrosía
para que no llegase a sus rodillas
el hambre fastidiosa.
Y ella en persona se marchaba   355

a la sólida casa
de su padre poderoso en extremo.
Y ellos lejos de las rápidas naves
se iban derramando.
Como cuando de Zeus[25] procedentes,
van revoloteando, apretados,
copos de fría nieve al impulso
de Bóreas en el éter nacido,
así entonces, apretados, los yelmos
con resplandor radiante refulgían
al ser portados[26] fuera de las naves,   360
y los escudos de bollón provistos
y las corazas de sólidas chapas
y las lanzas de maderfa de fresno.
Y el fulgor hasta el cielo iba llegando
y la tierra entera en derredor
rió por obra del fulgor del bronce;
y desde abajo se iba levantando
estrépito por los pies de los hombres;
y en medio de ellos el divino Aquiles
se iba calando el yelmo;
de sus dientes también se iba elevando   365
la resonancia del rechinamiento,
y sus ojos brillantes cual si fueran
destellos de una hoguera despedidos,
y penetraba en su corazón
aflicción imposible de sufrir;
y él, entonces, lleno de furor
contra los teucros, se ciñó las armas[27],
regalo de un dios,
que para él Hefesto con esmero
había fabricado.
Las canilleras púsose primero[28],
bien hermosas, en torno a sus canillas,   370

---

[25] Sc.: del cielo.
[26] Sc.: por los combatientes, que los llevaban puestos.
[27] Observamos aquí una flagrante incoherencia: Aquiles armándose en medio de un ejército en marcha que se va diseminando en riadas desde las naves.
[28] Cfr. Il. III 330-332; 334, 335.

con argénteas hebillas ajustadas;
en segundo lugar, él se ceñía
al pecho la coraza.
Y se terció al bies de sus espaldas
una espada de bronce,
de empuñadura con clavos de plata,
y luego un grande y robusto escudo
embrazó y de él surgió a lo lejos
un destello como desde la luna.
Como cuando aparece a los marinos   375
desde alta mar el fulgor de una hoguera,
la cual arde en lo alto, en los montes,
en un señero aprisco, cuando a ellos
huracanados vientos los transportan,
contra su voluntad,
por encima del mar rico en peces,
bien lejos de los suyos,
así el fulgor del escudo de Aquiles,
hermoso y bien labrado,   380
hasta el éter llegaba.
Y levantando el yelmo poderoso,
se lo puso en redor de la cabeza,
y al igual brillaba que una estrella
el yelmo con su cola de caballo,
en derredor del cual se agitaban
las crines de oro que bien numerosas
caer dejaba Hefesto a los dos lados
de la cimera. Y se probó a sí mismo
dentro de la armadura
Aquiles el divino, para ver
si a su cuerpo la había ajustado   385
y dentro de ella sus brillantes miembros
se le movían con facilidad;
y venían a serle como alas
que al pastor de gentes
en alto levantaban.
Y entonces sacó de su estuche
la lanza de su padre, tan pesada,
grande y fornida, que otro ninguno
de los aqueos podía blandir,
sino tan sólo Aquiles

estaba en condiciones de blandirla,
lanza que era un fresno   390
del monte Pelio, la cual a su padre
se la había procurado Quirón,
arrancada de la cumbre del Pelio,
para ser instrumento homicida
de los héroes. Y a sus caballos,
de uncirlos al carro se ocupaban
Automedonte y Álcimo [29], los cuales
hermosos correajes les echaron
a uno y otro lado de sus cuellos
y en sus grandes quijadas les metieron
los frenos y tiraron para atrás
las riendas hacia el carro bien soldado.   395
Y habiendo cogido
la refulgente tralla,
ajustada a su mano, Automedonte
de un salto subió al tronco de caballos,
y detrás subió Aquiles,
ya con el yelmo puesto,
por sus armas brillando grandemente
como el resplandeciente Hiperión,
y lanzando un espantoso grito,
exhortó a los caballos de su padre:

*[El caballo Janto profetiza a Aquiles su
inminente muerte]*

«Janto y Balio, hijos muy afamados   400
de Podagra, ya de otra manera
haceos cargo de devolver salvo
al auriga al grueso de los dánaos,
luego que del combate estemos hartos,
y no como dejasteis a Patroclo,
muerto en el mismo punto en que cayera.»
Y a él, justamente, respondió,
de debajo del yugo,
Janto el caballo de movidos pies,   405

---

[29] Álcimo es forma abreviada de Alcimedonte. Cfr. *Il.* XVI 197; XVII
467.

que enseguida agachó la cabeza [30],
y sus crines, cayendo
del collar, todas ellas, a lo largo
del yugo, hasta el suelo iban llegando;
pues de humana voz habíale dotado
Hera, la diosa, la de los blancos brazos:
«¡Y tanto, fuerte Aquiles, que, ahora al menos,
te traeremos aún sano y salvo!;
pero de ti está cerca
el fatal día de tu perdición;
y nosotros no somos los culpables   410
de tu suerte, sino un alto dios
y el destino imperioso; pues tampoco
por nuestra lentitud y flojedad
los troyanos lograron la armadura
a Patroclo quitarle de los hombros;
antes bien, al contario,
de entre los dioses el más distinguido,
al que parió Letó,
la diosa de hermosa cabellera,
en medio lo mató de los guerreros
que combaten en las primeras filas,
y de ello a Héctor dio la gloria;
pues nosotros podríamos correr   415
con el soplo de Céfiro a porfía,
del que se afirma que es el más ligero;
pero para ti mismo está fijado
por el destino que domado seas
con fuerza por un dios y por un hombre.»
Después de hablar así, precisamente,
con claridad y fuerza,
las Erinias la voz le retuvieron,
y a él dirigióle la palabra,
sumamente irritado,
el héroe Aquiles de los pies veloces:

---

[30] Cfr. *Il.* XVII 437-40, donde estos mismos caballos lloran la muerte de
Patroclo: «/... y pegando al suelo sus testuces;/ y lágrimas calientes les
caían, /fluyendo, de sus párpados a tierra,/ según lloraban al echar de
menos/ al auriga; y sus crines, lozanas,/ se iban manchando, pues por los
dos lados/ del collar rebosando,/ se habían caído/ a lo largo del yugo.»/

«¿Por qué, Janto, la muerte me predices,
si eso no te es preciso en absoluto?
Pues con certeza aun yo mismo sé
que mi destino es perecer aquí,
bien lejos de mi padre y de mi madre;
pero, no obstante, no voy a cejar
hasta que de hostigar a los troyanos
en la guerra llegue a estar saciado.»
Así dijo, y entre los combatientes
de vanguardia, gritando,
iba él dirigiendo
los caballos de sólidas pezuñas.

CANTO XX

La batalla de los dioses *

[Asamblea de los dioses]

Así, junto a las encorvadas naves,
se armaban los aqueos, a un lado

---

* En realidad, el título de «Teomaquia» que se lee en el encabezamiento de este canto sólo responde al contenido de los versos comprendidos entre el 54 y el 74, en los que se nos refiere cómo se prepara la batalla entre los dioses, la auténtica teomaquia, que tendrá lugar en el siguiente canto. En éste contemplamos cómo en el Olimpo los dioses asisten a una asamblea convocada por el propio Zeus y en ella toman decididamente partido a favor de unos de un bando otro y otros de otro (asamblea de los dioses: 1-31). Luego los dioses se trasladan al campo de batalla (32-75), donde Apolo incita a Eneas a combatir contra Aquiles (74-111) y Hera intenta que Posidón intervenga en la lucha a favor, naturalmente, de Aquiles (112-115). Seguidamente, tiene lugar el diálogo entre Eneas y Aquiles (156-258) previo al combate singular de ambos adalides que se produce a continuación (259-287). Entre los versos 288 y 352 se nos cuenta cómo Eneas resultó salvado por Posidón. A partir del verso 353 y hasta el 380 asistimos a las arengas que los caudillos Aquiles y Héctor dirigen a sus tropas respectivas y comprobamos (vs. 375 y siguientes) cómo Febo Apolo aconseja a Héctor que no se acerque a Aquiles. La batalla continúa y el de los pies ligeros hace estragos y se cobra innumerables víctimas entre los troyanos; finalmente, liquida, incluso, a Polidoro, hijo de Príamo (381-418). Cuando el valiente Héctor ve a su hermano a punto de morir, no duda de enfrentarse a Aquiles, autor de aquella muerte, y de la singular batalla resulta salvado gracias a la intervención de Apolo (419-454). El héroe tesalio continúa diezmando las tropas troyanas (459-489). Finalmente, asistimos al vesánico furor de Aquiles que origina la huida despavorida de los teucros (490-503). Todo este canto es como una *aristeía,* una «principalía», o «narración de las proezas y heroicidades», de Aquiles.

y al otro de ti, ¡hijo de Peleo!,
insaciable de lucha; y los troyanos,
lo mismo hacían, en el otro bando,
sobre una elevación de la llanura.
Y Zeus, desde la cumbre   5
del monte Olimpo de muchos repliegues,
ordenó a Temis que a junta llamara
a los dioses, y ella, naturalemente,
corriendo por doquier les ordenó
que al palacio de Zeus acudieran.
Ni uno solo, en efecto, de los ríos,
aparte de Océano, faltó,
ni de las ninfas, como es natural,
que las bellas florestas y las fuentes
de los ríos habitan
y los herbosos prados.
Y una vez llegaron al palacio   10
de Zeus, el que las nubes reúne,
en los pulidos porches se sentaban
que había Hefesto construido
con sus sabias entrañas
para el padre Zeus.
Así ellos se habían reunido
en la casa de Zeus, y a la diosa
ni tan siquiera el que bate la tierra
había desoído, antes bien,
salió fuera del mar
para ir a ponerse en medio de ellos.
Y en medio, entonces, de ellos se sentaba   15
y el designio de Zeus inquiría:
«¿Por qué, de nuevo, tú, el del blanco rayo,
a los dioses a junta has convocado?
¿Acaso algún plan estás tramando
repecto de troyanos y aqueos?
Pues ahora la lucha y la guerra
muy cerca de ellos están encendidas.»
Y a él, respondiendo, la palabra
Zeus le dirigó,
el que reúne nubes: 20
«Batidor de la tierra, bien captaste
el designio que albergo en mi pecho,

[813]

la causa por la que os reuní:
sí me preocupan, aunque estén a punto
de perecer. Pero yo, sin embargo,
me quedaré en un pliegue sentado
del Olimpo, y, de allí contemplando,
en mi alma me voy a deleitar;
y los demás, vosotros, ya marchaos
para que entre troyanos y entre aqueos
os metáis, y a los unos y a los otros   25
prestadles vuestra ayuda
conforme a la intención de cada uno.
Pues si Aquiles solo va a luchar
contra los teucros, ni por un instante
resistirán al hijo de Peleo,
el de los pies veloces.
Pues, incluso, ante él, ya anteriormente,
solían temblorosos retirarse
cada vez que a verle acertaban.
Pero ahora, cuando ya, además,
en su alma está terriblemente
lleno de enojo por su compañero,
temo no llegue incluso a derruir,   30
sobrepasando al hado[1], la muralla.»
Así dijo el Cronida, y, a la par,
una incesante guerra despertó.

[Los dioses en el campo de batalla]

Y a caminar los dioses se pusieron
hacia el combate,
ánimos discrepantes albergando:
Hacia el grupo de naves reunidas
fueron Hera y Palas Atenea
y Posidón el que ciñe la tierra
y el benéfico Hermes   35
que destaca por sus sutiles mientes.
Y Hefesto iba con ellos, juntamente,
ufano de su fuerza, cojeando,

---

[1] El Hado dispone que no sea Aquiles quien devaste Troya (cfr. *Il.* XVI
707-9).

pues por debajo raudas se movían
sus delicadas piernas;
empero, a los troyanos dirigióse
Ares el de yelmo tornasolado,
y con él, por su parte, Febo Apolo
de intonsa cabellera,
y Ártemis la que dispara flechas
y Leto y Janto el río   40
y Afrodita que ama la sonrisa.
En tanto lejos los dioses estaban
de los hombres mortales, entretanto
estaban sumamente confiados
los aqueos porque Aquiles había
hecho aparición
después de haber estado largo tiempo
ausente de la dolorosa lucha.
En cambio, a los troyanos
un terrible temblor a cada uno
les subió por sus miembros,
cuajados de temor cuando veían   45
al hijo de Peleo,
el de los pies veloces,
esplendente con sus armas, parecido
a Ares, perdición de los mortales.
Mas luego que en el medio de la turba
de los hombres, los dioses del Olimpo
se metieron, entonces la Discordia
poderosa que a las huestes excita
se levantó, y gritaba Atenea,
de pie unas veces al borde del foso
excavado fuera de la muralla,
y otras veces sobre las resonantes   50
y escarpadas costas daba gritos
hacia lo lejos. Y, en el otro lado,
gritaba Ares, totalmente igual
a un huracán sombrío,
con voz aguda, desde lo más alto
de la ciudad de Troya, exhortando
a los teucros; otras veces, corriendo
a lo largo del río Simoente
en dirección a la Bella Colina.

Así, los dioses bienaventurados,
instigando a los unos y a los otros,
los llevaron a la confrontación   55
y entre ellos abrían una brecha
profunda de contienda. Y tronó
desde lo alto con espantoso trueno
el padre de los hombres y los dioses;
y luego, por debajo, Posidón
la ilimitada tierra sacudió
y las cumbres de montes escarpadas.
Y los pies todos y también las cimas   60
del Ida de mil fuentes
se conmovían y la ciudadela
de los troyanos y las naos aqueas.
Y se asustó, debajo de la tierra,
Aïdoneo[2], el señor de los muertos,
y, asustado, saltó de su trono
y lanzó un grito, no fuera a ocurrir
que Posidón, el batidor del suelo[3],
por encima la tierra le hendiera
y a la vista quedaran
de los mortales y los inmortales
las moradas mohosas y horrendas   65
que hasta los mismos dioses aborrecen;
tan grande, justamente, fue el estruendo
que surgió al ir los dioses a encontrarse
en contienda, unos contra los otros.
Pues, ciertamente, frente al soberano
Posidón, Febo Apolo se apostaba,
pertrechado de saetas aladas;
y enfrente de Enialio,
la diosa Atena de ojos de lechuza;
y enfrente de Hera se plantó   70
Ármenis, la de las flechas de oro,
la bulliciosa, hermana del arquero[4].
Y enfrente de Leto se plantó

---

[2] Hades, dios del mundo subterráneo.
[3] Así como Zeus es dios de los cielos, Posidón lo es del mar y de los
terremotos.
[4] *Sc.*: de Apolo.

el fuerte y benéfico dios Hermes;
y enfrente de Hefesto, un gran río,
naturalmente[5], de hondos remolinos,
al que Janto los dioses denominan
y Escamandro los hombres.

*[Apolo incita a Eneas a luchar contra
Aquiles]*

Así iban ellos, dioses contra dioses;   75
mas Aquiles sobre todo anhelaba
meterse entre la turba frente a Héctor,
de Príamo el hijo;
pues era especialmente con su sangre
con la que a él su alma le ordenaba
saciar a Ares, guerrero
portador de escudo.
Pero a Eneas, al punto, en movimiento
lo puso Apolo, el que instiga a las huestes,
directamente enfrente del Pelida   80
y en él infundió bravo arrojo;
y por la voz se hizo parecido
a Licaón, de Príamo el hijo;
y parecido a él, dirigió a Eneas
la palabra Apolo, hijo de Zeus:
«Eneas, consejero de troyanos,
¿dónde idas son ya tus amenazas,
las que, bebiendo vino en los banquetes,
tú cumplir prometías a los reyes
de los troyanos con cierta frecuencia,
a saber: que habrías de batirte,
frente a frente y fuerza contra fuerza,   85
con Aquiles el hijo de Peleo?»
Y a él, respondiendo, a su vez,
dirigióle Eneas la palabra:
«Priámida, ¿por qué tú me diriges,
a mí, que a ello me niego sin embargo,
esas exhortaciones: que yo luche

---

[5] Obsérvese la oposición entre el fuego (Hefesto) y el agua (el río
llamado Janto por los dioses y Escamandro por los humanos).

enfrente del magnánimo Pelida?»
Pues, en efecto, ésta no será
la primera ocasión en que me ponga   90
enfrente de Aquiles,
el de los pies veloces; antes bien,
ya en otra ocasión [6] me persiguió
con su lanza desde el monte Ida,
cuando atacó mis vacas
y destruyó Lirneso
y Pédaso; pero me salvó Zeus,
pues suscitó en mí
arrojo y unas ágiles rodillas;
ciertamente, yo hubiera resultado
domado bajo las manos de Aquiles
y las de Atena que, de él por delante   95
marchando, le brindaba
la luz de la victoria [7] y le ordenaba
con su lanza de bronce aniquilar
a guerreros léleges [8] y troyanos.
Por eso no es posible que un varón
mortal se enfrente a Aquiles en combate,
pues siempre está a su lado, cuando menos,
un dios que le aparta el desastre.
Y, aun de otro modo, siempre va volando
su dardo bien derecho, y no decae
hasta traspasar carne varonil.   100
Pero si un dios tensara el resultado [9]
de la guerra con ecuanimidad,
no habría de vencerme
con gran facilidad, ni aunque se jacte
de ser todo él bronce.»
Le respondió, a su vez, el soberano
Apolo, hijo de Zeus:
«Pues, ¡venga!, entonces, héroe, haz votos   105

---

[6] Cfr. *Il.* XX 187-194, donde es Aquiles quien recuerda este episodio.
Eneas había huido del monte Ida hacia Lirneso.

[7] Cfr. *Il.* VI 6.

[8] La capital de los léleges era Pédaso. Cfr. *Il.* XXI 86-7.

[9] Zeus tensa la soga del combate; cada bando tira por un extremo de
ella. Cfr. *Il.* XI 336 y XIII 358-360.

también tú a los dioses sempiternos,
pues se afirma asimismo de ti
que eres nacido de la hija de Zeus,
de Afrodita, y que aquél procede
de una diosa inferior, pues es la una
hija de Zeus, mientras que la otra
lo es del Viejo del mar; pero, ¡anda!, blande
en derechura el inflexible bronce,
y que a ti no te arredre en absoluto
con lúgubres palabras ni amenazas.»
Así dijo, e infundió gran arrojo   110
en el pastor de gentes, que se puso
a caminar entre los combatientes
de las primeras filas,
de chispeante bronce guarnecido.

[Hera intenta hacer intervenir a Posidón
en favor de Aquiles]

Pero no le pasó inadvertido
a Hera, diosa de los blancos brazos,
el hijo de Anquises según iba
a enfrentarse al hijo de Peleo
por entre el tumulto de guerreros;
y ella, luego que hubo reunido
a los dioses, les dijo estas palabras:
«Vosotros dos, Posidón y Atenea,   115
haceos cargo en vuestras propias mientes
de la forma en que estas empresas
habrán de resultar.
Aquí está Eneas que se ha puesto en marcha,
de chispeante bronce guarnecido,
para enfrentarse al hijo de Peleo,
contra quien lo ha lanzado Febo Apolo.
Pero, ¡venga!, hagámosle nosotros,
por lo menos, y desde aquí mismo,   120
retroceder; o bien, si no, que luego
vaya incluso alguno de nosotros
a asistir a Aquiles, y le dé
un gran varlor, y que nada le falte
dentro del corazón, para que sepa

[819]

que a él le quieren los más señalados
de entre los inmortales, y los otros
son inútiles, los que ya de antes
a los troyanos vienen defendiendo
de la guerra y de la carnicería.
Pues todos del Olimpo descendimos   125
para en esta batalla tomar parte,
con el fin de que nada le suceda
hoy, por lo menos, entre los troyanos;
más tarde, sin embargo, ha de sufrir,
cuanto le haya hilado el destino
en el momento mismo de nacer,
cuando su madre le hubo dado a luz.
Pero si Aquiles no llega a enterarse
de esto por una voz de los dioses,
tendrá miedo después, cuando algún dios   130
le salga al paso en medio del combate
para hacerle frente, pues son duros
los dioses cuando a la vista aparecen.»
Y a ella, después, le respondía
Posidón el que sacude la tierra:
«No sigas, Hera, fuera de razón
irritándote, pues ni te es preciso
en absoluto. No quisiera yo,
por lo que a mí respecta, cuando menos,
que nosotros, ya que somos más fuertes,   135
con mucha diferencia, que los otros,
empujásemos a los demás dioses
a contienda recíproca entre sí;
más bien, por consiguiente,
salgamos de esta senda y vayamos
a sentarnos en una atalaya,
que de la guerra se ocuparán
los hombres. Mas si Ares da comienzo
a la batalla, o bien Febo Apolo,
o retienen a Aquiles
y seguir combatiendo no le dejan,
entonces, al instante, se alzará   140
también para nosotros la contienda
guerrera aquí mismo, y muy deprisa,
me imagino que, ya eliminados,

de vuelta se han de ir hacia el Olimpo,
a la asamblea de los demás dioses,
a la fuerza domados bajo el peso
de nuestros brazos.» Así, justamente,
con clara voz habló, y los condujo
el dios de la azulada cabellera [10]
al terraplén de Heracles el divino,   145
elevado, el que precisamente
le habían levantado los troyanos
y Palas Atenea
para que se salvara
escapando de aquel monstruo marino [11]
cada vez que a él le perseguía
desde la playa hasta la llanura.
Allí precisamente se sentaban
Posidón y también los demás dioses,
que de uno y otro lado de sus hombros   150
se revistieron de irrompible nube.
Pero los otros dioses [12] se sentaban,
en la otra banda, sobre las terrazas
de la Hermosa Colina,
a uno y otro lado
de ti, Febo, y de Ares destructor
de ciudades. Así precisamente,
por una y otra banda, estaban ellos
sentados, sus proyectos meditando;
pero en dar comienzo a la guerra
de acerbos dolores vacilaban   155

---

[10] Posidón.

[11] Posidón había sido engañado por Laomedonte, que le negó el salario
que le prometiera en pago de la construcción de las murallas troyanas (cfr.
Il. XXI 441-457). Es venganza, el dios del mar envió al litoral de la Tróade
un monstruo marino al que debían aplacar los troyanos entregándole como
víctima de sacrificio a la hija del propio Laomedonte, Hesíone. Heracles
ofreció sus servicios para acabar con el monstruo a condición de que el rey
de Troya le regalase sus inmortales corceles; y, efectivamente, como
Laomedonte aceptó al trato, el héroe venció al monstruo con la ayuda de
Atenea (cfr. Apolodoro, *Biblioteca* II 5,9), pero fue engañado por el rey
troyano, que no cumplió su promesa (*Il.* V 640).

[12] Es decir: los dioses favorables a los troyanos.

a la par tanto un bando como el otro,
si bien Zeus, sentado en lo alto,
así lo ordenaba.

[Diálogo entre Eneas y Aquiles]

Y de ellos, de hombres y caballos,
se llenó por entero la llanura
y brillaba con el brillo del bronce,
y resonaba la tierra por causa
de los pies de los que se dirigían
con ímpetu al encuentro. Y dos guerreros,
de forma señalada los más bravos,
en medio de ambos bandos coincidieron,
de luchar afanosos uno y otro,
Eneas que de Anquises era el hijo,   160
y Aquiles descendiente de Zeus.
Y Eneas, el primero, dio un paso
con ademanes amenazadores,
la cabeza con su pesado yelmo
inclinando; y el violento escudo
empuñaba delante de su pecho
mientras blandía su lanza de bronce.
Y el Pelida, por la otra banda,
se lanzó a ponérsele enfrente,
como león dañino al que, por cierto,   165
se afanan por matarlo los varones
reunidos, un pueblo todo entero;
y él, primeramente, va andando
despreciativo, pero, cuando uno
de lo mozos ágiles en la lucha
le alcanza con la lanza, se contrae,
sus fauces bien abiertas, y la espuma
le va surgiendo en torno de los dientes,
y dentro de su pecho el corazón [13]
valeroso le gime, y con la cola   170
en los costados y ancas se azota

---

[13] Literalmente, lo que dice el texto es: «y dentro del corazón la sede de sus sensaciones.» Pero en español se dice «el corazón dentro del pecho» para distinguir lo material de lo sensible.

por uno y otro lado, y a sí mismo
se incita a combatir, y con los ojos
chispeantes se lanza en línea recta,
por su ardor guerrero impulsado,
por si matar consigue a algún varón
o bien perece él mismo combatiendo
en la primera línea de batalla;
así le incitó a Aquiles su ardor
y su ánimo esforzado a salir   175
al encuentro del magnánimo Eneas.
Y cuando ellos, uno contra otro
avanzando, ya cerca se encontraban,
el de los pies ligeros, el divino
Aquiles, el primero, dirigió
al otro la palabra de este modo:
«¿Por qué, Eneas, tú en trecho tan enorme
de la turba te has adelantado
hasta venir aquí mismo a plantarte?
¿Acaso a ti el corazón te ordena
conmigo combatir porque esperas   180
reinar en los troyanos domadores
de potros, poseyendo, soberano,
el honor que en Príamo recae?
Pero, aunque consiguieras darme muerte,
nunca por ello Príamo en tu mano
pondrá tal dignidad,
puesto que él tiene hijos
y está en sus cabales,
que no tiene sus mientes al oreo.
¿Acaso un terreno los troyanos
para ti acotaron destacado
entre los demás todos,
destinado a vergel y labrantío,
bien hermoso, para que lo cultives,   185
si consigues matarme? Mas difícil
te será realizarlo, creo yo.
Afirmo que a ti ya, ciertamente,
te hice huir antaño con mi lanza;
¡ya no te acuerdas de cuando te hice
correr, estando solo,
monte abajo en el Ida,

lejos de tu vacada con pies raudos,
ágilmente? En absoluto, entonces,   190
volvías la cabeza para atrás,
según ibas huyendo. Y desde allí
a Lirneso conseguiste escaparte;
mas yo, lanzado en tu persecución
la devasté con la ayuda de Atena
y de Zeus padre, y de ella llevaba
cautivas sus mujeres, a las cuales
los días les quité de libertad.
A ti, empero, te salvaron Zeus
y los restantes dioses. Sin embargo,   195
no creo que ahora te protejan,
como tú en tu ánimo supones;
antes bien, yo te exhorto a que te vayas,
retrocediendo, al grueso de tus huestes;
¡y no te pongas enfrente de mí!,
antes de que algo malo te suceda,
pues un necio conoce lo ya hecho.»
A él le respondía, a su vez,
Eneas y le habló con voz bien clara:
«No esperes, a fe mía, asustarme,   200
Pelida, con palabras, como a un niño;
que sé también yo mismo a ciencia cierta
decir injurias y fanfarronadas.
De entrambos conocemos los linajes,
y los padres de entrambos conocemos,
por ser oyentes de famosas gestas
que van de boca en boca entre mortales,
aunque ni hasta ahora, justamente,   205
con la vista tú a los míos viste,
ni, recíprocamente, yo a los tuyos.
Afirman que tú eres descendiente
de Peleo intachable, y de Tetis,
en calidad de madre,
de agua marina y de hermosas trenzas;
yo, por mi parte, me jacto de haber,
como hijo, nacido de Anquises
el magnánimo, y mi madre es
Afrodita. Pero de ellos ahora   210
bien unos o bien otros llorarán

aun hoy mismo a su querido hijo;
pues no será así, lo aseguro,
con pueriles palabras, la manera
en que a nuestras filas volveremos
del combate, después de separarnos.
Mas si quieres también de eso enterarte,
para que bien conozcas mi ascendencia,
que ya muchos varones la conocen:
A Dárdano, el primero, por su parte,   215
engendró Zeus que amontona nubes,
y Dardania [14] fundó, pues todavía
la sacra Ilio no estaba fundada
en la llanura como una ciudad
habitada por humanos mortales,
sino que todavía habitaban
al pie del monte Ida de mil fuentes.
Dárdano, a su vez, a Erictonio,
soberano, como hijo engendró,
que, sin duda, llegó a ser el más rico   220
de los hombres mortales: suyas eran
tres mil yeguas que en el prado pacían
ufanas de sus potras retozonas.
De ellas incluso llegó a enamorarse,
en tanto que paciendo se encontraban,
el Bóreas, que, bajo la apariencia
de caballo de azuladas crines,
acostado tendióse junto a ellas;
y ellas, embarazadas, doce potros   225
luego parieron que, cuando a galope
iban sobre fecundo labrantío,
corrían por encima de la punta
del fruto de la espiga sin romperla;
otras veces, cuando ya galopaban
sobre los anchos lomos de la mar,
corrían por encima de la punta
del rompiente de la grisácea ola.
Y Erictonio a Tros engendró,   230

---

[14] Dardania era una ciudad asentada en las estribaciones del Ida, por encima de Troya, que estaba situada en la llanura, como se dirá más adelante.

que mandó, soberano, en los troyanos.
Y de Tros, a su vez, fueron nacidos
tres hijos intachables:
Ilo y Asáraco y Ganimedes,
a un dios equiparable,
que llegó a ser, sin duda, el más bello
de los hombres mortales, pues incluso
lo arrebataron hacia las alturas
los dioses[15], para que fuera copero
de Zeus, a causa de su belleza,   235
y en medio de los dioses estuviera.
Y, por su parte, Ilo engendró
como hijo suyo al irreprochable
Laomedonte[16], y luego Laomedonte
a Titono[17] y a Príamo engendró
y a Lampo y a Clitio y a Icetaon,
compañero de Ares.
Y Asáraco a Capis, y éste luego
a Anquises engendró como hijo suyo,
y, a su vez, a mí   240
Anquises me engendró
y Príamo engendró al divino Héctor.
De ese linaje y sangre, en consecuencia,
proclamo con jactancia proceder.
Mas Zeus el valor a los varones
se lo incrementa o se lo disminuye
según le viene en gana, pues él es
de entre todos el más poderoso.
Pero, ¡venga!, no hablemos más así,
como niños, aquí ociosos plantados,   245
en medio del combate y la refriega.
Pues podemos entrambos dirigirnos
injurias en verdad muy numerosas
con cuyo peso cargar no podría

---

[15] Como se ve, en esta versión de la leyenda de Ganimedes, no es Zeus quien se enamora de él, como contará más tarde Lesques, poeta del ciclo épico autor de una «Pequeña Ilíada» *(Ilias mikrá)*.

[16] Laomedonte edificó la ciudad de Pérgamo. Cfr. *Il.* XII 451.

[17] Titono es el esposo de Eos (Aurora) al que ella misma arrebató para convertirlo en su cónyuge (cfr. *Il.* XI 1).

ni una nave provista de cien bancos
de remeros; pues es bien movediza
la lengua de los mortales humanos,
y en ella hay muchos dichos y variados,
pues enorme es el pastizal de dichos [18]
tanto a lo largo como a lo ancho.
Un dicho como el que hayas expresado,   250
tal cual, tú lo podrías escuchar.
Pero por qué en disputas y denuestos
estamos obligados a enzarzarnos
frente a frente, como las mujeres,
que, irritadas por mor de la porfía
que el alma devora, entre sí riñen,
yendo a ponerse en medio de la calle,
con denuestos que muchos son verdad   255
mas otros no lo son en absoluto;
que la cólera dicta éstos también.
Del vigor que me anima a defenderme
no podrás apartarme con palabras,
a mí que estoy ansioso por luchar,
antes que con mi bronce yo combata
contigo frente a frente. Pero, ¡venga!,
gustémonos los dos a toda prisa,
el uno al otro, empuñando ambos
nuestras lanzas guarnecidas de bronce.»

[Combate entre Eneas y Aquiles]

Así dijo, en efecto, y su lanza
fornida impulsó contra el escudo
terrible y espantoso, que sonó,   260
con agudo mugido, a los dos lados
de la punta del asta. Y el Pelida,
espantado, de sí mismo apartó
el escudo con su robusta mano;
pues se dijo que habría de pasarlo
fácilmente al través
la lanza del magnánimo Eneas,

---

[18] Cfr. Hesíodo, *Trabajos y días* 403, quien emplea la misma metáfora del
«pastizal de dichos».

que una larga sombra proyectaba;
¡infeliz!, que en sus mientes y en su alma
no se había parado a pensar
que, al menos para hombres mortales,   265
fáciles no resultan de domar
ni doblegados ceden fácilmente
los muy gloriosos dones de los dioses.
Ni tampoco entonces la fornida
lanza del bravo Eneas consiguió
romperle el escudo, pues el oro,
regalo de un dios, la rechazó;
sin embargo, sí traspasó dos capas,
pero las otras eran, justamente,   270
tres todavía, puesto que el Cojo
había echado cinco: dos de bronce,
dos, por dentro, de estaño, y una de oro,
en la que detenida se quedó,
precisamente, la lanza de fresno.
Por su parte, en segundo lugar,
Aquiles disparaba hacia adelante
su azagaya que una larga sombra
proyectaba, y acertó en el escudo,
proporcionado en todas direcciones,
de Eneas, al pie del cerco extremo,   275
por donde más delgado
corría el bronce y por encima de él
más delgada era la piel de buey;
y a través del escudo penetró
la lanza hecha de un fresno
del monte Pelio, y crujió el escudo
a su paso. Y Eneas se contrajo
y de sí lejos levantó el escudo,
asustado, y la lanza, en su marcha,
volando por encima de su hombro,
justamente, fue a clavarse en tierra   280
tras haber separado a su paso
una y otra capa circular
del escudo que cubre al hombre entero;
y Eneas, después de que esquivó
la larga lanza, se quedó parado
(pues de arriba abajo de sus ojos

aflicción infinita derramóse),
de pie y espantado por el hecho
de que cerca de él mismo el proyectil
se hubiera clavado. Pero Aquiles,
por su parte, lleno de ardor guerrero,
desenvainando su aguda espada,
dando horrísonos gritos,   285
se lanzó sobre él;
y entonces él, Eneas,
una piedra en su mano cogió,
una labor enorme, que ni incluso
un par de hombres aguantar podría,
tal como son hoy día los mortales;
él, en cambio, aun solo, la blandía.

[Eneas salvado por Posidón]

Y en ese punto Eneas le habría
acertado con la piedra al Pelida
en plena acometida, en el yelmo
o el escudo, que de la luctuosa
perdición le habría protegido;
y a él el Pelida le habría   290
con su espada el resuello arrebatado
de un golpe descargado de cerca,
si no lo hubiera visto agudamente
Posidón el que conmueve la tierra,
que al punto entre los dioses inmortales
pronunció estas palabras: «¡Ay de mí!,
en verdad siento yo gran aflicción
por Eneas magnánimo que pronto,
domado por el hijo de Peleo,
descenderá al Hades,   295
porque, obediente, está haciendo caso
a las palabras del flechero Apolo,
¡infeliz!, pues en nada ha de valerle
a la hora de su triste ruina.
Pero ¿por qué ahora ese inocente
sin motivo sufriendo está dolores
por causa de ajenas aflicciones,
mientras continuamente él ofrenda
agradables presentes a los dioses

que habitan el anchuroso cielo.
Pero, ¡venga!, nosotros, cuando menos,   300
en secreto llevémonoslo fuera
del reino de la muerte, no ocurra,
de algún modo, que hasta el hijo de Crono
airado esté si a éste Aquiles mata,
pues para él es decreto del hado
zafarse de la muerte,
para que no perezca
sin semilla y sin rastro el linaje
de Dárdano, a quien el Cronida amó
más que a nadie de entre todos sus hijos
que nacieron de él y de mujeres   305
mortales. Pues de Príamo a la estirpe
la ha aborrecido ya el hijo de Crono;
y ahora ya el vigoroso Eneas[19]
reinará, soberano, en los troyanos,
así como los hijos de sus hijos
que en el futuro nazcan después de él.»
Y a él le respondía después
la augusta Hera de ojos de novilla:
«Batidor de la tierra,   310
toma tú mismo en consideración
entre tus mientes qué va a a ser de Eneas,
si vas a rescatarlo sano y salvo
o vas a permitir que, aun siendo bravo,
como lo es, perezca domeñado

---

[19] Cfr. Virgilio, *Eneida* III 97 y ss. Eneas debía sobrevivir a la guerra de
Troya, ya que sus descendientes, en virtud de una extraordinaria profecía,
deberían reinar sobre los supervivientes troyanos. Como en el *Himno a
Afrodita* reaparecen ecos de esa misma profecía, K. Reinhardt (*Die Ilias und
ihr Dichter,* Göttingen 1961, 5-7-21 y K. Reinhardt, «Zum homerischen
Aphroditenhymnus», *Festschrift B. Snell* 1-14) supuso que un mismo autor
compuso el *Himno a Afrodita* y el *Canto XX* de la *Ilíada,* y E. Heitsch (E.
Heitsch, *Aphroditenhymnos, Aeneas und Homer,* Götingen 1965) que un
rapsoda tardío, autor del *Himno a Afrodita,* interpoló en el *Canto vigésimo* de
la *Ilíada* el episodio de Eneas. Por su parte, a partir de este episodio se ha
puesto en relación a Homero con la dinastía real de los Eneidas de Tróade,
que en Escepsis compartió el poder con los Priámidas, que, a su vez, se
jactaban de proceder genealógicamente del rey Príamo (Demetrio de
Escepsis *apud* Estrabón, 607). Cfr. a favor, U.v. Wilamowtz, *Die Ilias und
Homer,* Berlín 1914, 83-84 y, en contra, G. Scheibner, *Der Aufbau des 20 und
21. Buches der Ilias,* tesis doctoral, Leipzig 1939, 8-18; 81; 129-34.

por Aquiles el hijo de Peleo.
Pues, en verdad, nosotras dos juramos,
tanto yo como Palas Atenea,
mediante numerosos juramentos,
en medio de todos los inmortales,
no apartar jamás de los troyanos   315
el día de su propia perdición,
ni siquiera cuando arda Troya entera,
quemándose con devastador fuego,
y la hagan arder[20] los belicosos
hijos de los aqueos.»
Por su parte, luego que esto oyó
el batidor del suelo, Posidón,
se puso a caminar entre la liza
y el tumulto agitado de las lanzas,
y llegó al lugar en el que estaban   320
Eneas y el ínclito Aquiles.
Al punto, derramaba sobre aquél,
sobre Aquiles el hijo de Peleo,
niebla de arriba a abajo de sus ojos;
y luego Posidón le arrancó,
al escudo del magnánimo Eneas,
la lanza hecha de fresno y guarnecida
de bronce, y delante de los pies
de Aquiles la puso, y a Eneas,   325
en alto levantándolo del suelo,
le dio impulso y lo puso en movimiento.
Y alzándose en el aire, impulsado
desde la propia mano
del dios, Eneas saltó por encima
de numerosas filas de adalides
y por encima de muchas de carros,
y al extremo[21] llegó del combate
impetuoso, donde los caucones[22]

---

[20] La repetición del verbo «arder» está también en el texto original (*daîo*).

[21] Es decir: a la retaguardia.

[22] Al igual que los léleges, los caucones no figuran en la lista de aliados de los troyanos incluida en el Canto II de la *Ilíada,* pero sí, en cambio, aparecen mencionados como tales en la que proporciona Dolón en *Il.* X 429.

se armaban para ir a la guerra.
Y de él, entonces, se llegó muy cerca   330
el batidor del suelo, Posidón,
y hablando con clara voz y fuerte,
le dirigía aladas palabras:
«Eneas, ¿quién a ti de entre los dioses,
estando, como estás, tan alocado,
combatir, te ordena frente a frente
con Aquiles el hijo de Peleo,
que es más fuerte que tú
y más querido por los inmortales?
Al contrario, cada vez que te encuentres   335
con aquél para llegar a las manos,
retírate hacia atrás, no vaya a ser
que, por encima de tu propio hado,
llegues a entrar en la mansión de Hades.
Pero una vez que Aquiles al encuentro
de su muerte y su hado haya ido,
combate ya animoso entre adalides
que se baten en las primeras filas,
que, de verdad, a ti otro ninguno
de los aqueos habrá de matarte.»
Así dijo, y lo dejó allí mismo,   340
después que le hubo explicado todo.
Y luego, al punto, dispersó la niebla
divinal de los ojos de Aquiles,
y él, seguidamente, con sus ojos,
a lo grande echó una mirada,
y, apesadumbrado,
claro está, le dijo
a su gran corazón de esta manera:
«¡Ay de mí!, en verdad un gran prodigio
aquí estoy viendo con mis propios ojos:
aquí está la lanza, en el suelo,   345
pero al varón no veo en absoluto
contra quien, anheloso de matarlo,
la disparé. De modo que, es cierto,
también Eneas caro es a los dioses
inmortales, mientras que yo afirmaba
que él sólo así, en vano, se jactaba.
¡Váyase en hora mala a su ruina!

No tendrá corazón para tentarme
una vez más, él que incluso ahora
contento debe estar porque ha logrado   350
escapar de la muerte.
Mas, ¡venga ya!, a los dánaos belicosos
voy a exhortar y luego a probar
el valor de los restantes troyanos,
yendo a ellos de frente.»

*[Aquiles y Héctor exhortan cada uno
a los suyos]*

Así dijo, y de un salto se llegó
a las filas, e iba exhortando,
uno por uno, a todos los guerreros:
«¡No os mantengáis ahora alejados
de los troyanos, divinos aqueos!,
antes bien, ¡ea!, un hombre frente a un hombre 355
vaya y con ansia se lance a la lucha.
Pues para mí es penoso,
aunque soy esforzado, a tantos hombres
ir persiguiendo y con todos luchar.
Ni Ares siquiera, que es dios inmortal,
ni tampoco Atenea atacarían
el frente de un combate tan extenso
ni podrían bregar en tal contienda.
Pero en cuanto yo puedo con mis manos   360
y con mis pies e incluso con mi fuerza,
afirmo que yo no he de aflojar
en absoluto, ni por un instante,
antes bien por las filas correré
de un extremo a otro, y bien creo
que no habrá de alegrarse el troyano
que a estar venga cerca de mi lanza.»
Así dijo en su exhortación.
Y a los troyanos el ilustre Héctor
los exhortó a gritos y les dijo   365
que a enfrentarse iría con Aquiles:
«Magnánimos troyanos!, no temáis
al hijo de Peleo. Yo también
con palabras podría combatir

incluso con los dioses inmortales;
pero, con lanza, penoso sería,
puesto que, de verdad,
nos llevan largo trecho de ventaja.
Ni Aquiles, tan siquiera, ha de poner
un remate a todas sus palabras,
antes bien, lo uno cumple, mas lo otro   370
lo deja a medias, aún incumplido.
Y yo iré a ponerme frente a él,
aunque al fuego sus manos se parezcan,
aunque al fuego sus manos se parezcan [23],
y su coraje al refulgente hierro.»
Así dijo en su exhortación,
y frente a él alzaron los troyanos
sus lanzas, y de uno y otro bando
los bélicos ardores se trabaron
y levantóse una gritería.
Y entonces, justamente, dijo a Héctor,   375
plantándosele al lado, Febo Apolo:
«No sigas ya intentando, en absoluto,
Héctor, luchar en las primeras líneas
con Aquiles en singular combate;
por el contrario, espérale entre el grueso
y desde el estruendo de las tropas;
no vaya a ser, tal vez, que o bien te alcance
con su lanza, o bien con su espada
un golpe desde cerca en ti descargue.»
Así dijo, y Héctor, por su parte,
se metió, amedrentado, entre la turba   380
de sus guerreros cuando oyó la voz
del dios que claro y alto le hablara.
Y en medio se plantó de los troyanos,
dando un salto, Aquiles, revestido
en sus mientes de vigor defensivo
y profiriendo gritos espantosos;

---

[23] Hay tres casos de *epanalepsis* (repetición a comienzo de verso de la
última parte del verso anterior) en la *Ilíada: Il.* XX 371-372 (éste es el
ejemplo que comentamos) e *Il.* XXII 127-8 y XXIII 641-2.

y, primero, dio caza a Ifitión[24],
el valeroso hijo de Otrinteo,
de huestes numerosas el caudillo,
al que una ninfa[25] había parido,
una náyade, para Otrinteo,
devastador de villas,
al pie del Tmolo de nivosa cumbre,   385
en el feraz territorio de Hida[26].
A él, cuando derecho se lanzaba
lleno de ardor guerrero, le acertó
el divino Aquiles con su lanza
justo en la mitad de la cabeza,
que entera en dos partes se le hendió.
Y resonó con estruendo al caer,
y así el divino Aquiles se glorió:
«Tendido yaces, hijo de Otrinteo,
el más tremendo de todos los hombres.
Aquí tienes el lugar de tu muerte;   390
el de tu nacimiento
en la ribera está de la laguna
Gigea, donde tienes un recinto
heredado de tus antepasados,
a la orilla del Hilo rico en peces
y del Hermo abundante en remolinos»[27].
Así dijo, gloriándose, Aquiles,
y al otro las tinieblas
le cubrieron los ojos. Y a él
los carros de los guerreros aqueos
le iban despedazando con sus llantas
en la primera línea del combate.   395
Y Aquiles hirió, a continuación,

---

[24] Ifitión era caudillo de los «meones» *(meíones)*. Los «meones» (o mejor, «meonios») habitaban al pie del Tmolo, y los había parido la laguna Gigea, según leemos en el «Catálogo de los aliados de los troyanos», en *Il.* II 864-66.
[25] Era la ninfa o náyade de la laguna Gigea. Cfr. *Il.* XX 390.
[26] Según los antiguos, se trata de Sardes.
[27] En Idia, el río Hilo desemboca en el Hermo, que es un río mucho mayor. Cfr. Heródoto I 80.

a Demoleonte, hijo de Anténor[28],
un bravo defensor en las batallas,
con la lanza en la sien,
pasándosela a través de su yelmo
provisto de broncíneas carrilleras;
y el casco de bronce no logró,
claro está, contenerla; al contrario,
pasó de un lado al otro, en derechura,
la broncínea punta y rompió el hueso,
y por dentro entero su cerebro   400
habiásele ya desparramado,
pues le había domado en pleno impulso.
Y luego a Hipodamante, que había
de un salto bajado de su carro
e iba huyendo por delante de él,
le golpeó la espalda con la lanza;
y él exhalaba el alma entre mugidos,
como cuando el toro la exhala
mientras es arrastrado a un lado y otro
del ara del soberano Heliconio[29]
y arrastrándole van unos mancebos;   405
y con ellos radiante de alegría
se siente el dios conmovedor del suelo;
así le abandonó, precisamente,
su ánimo altanero
a él, tras un mugido,
y también a los huesos de su cuerpo.
Pero Aquiles con su lanza marchó
detrás de Polidoro el Priamida,
a un dios equiparable, a quien su padre
no permitía, repetidamente,
en absoluto entrar en el combate,
pues era entre sus hijos el más joven
de la posteridad de su linaje

---

[28] Después de los miembros de la familia real troyana, Anténor es el
guerrero troyano más señalado (cfr. *Il.* III 148, 203 ss). En el campo de
batalla bregan muchos hijos suyos (cfr. *Il.* XII 93), de los que el más
distinguido es Agénor (cfr. *Il.* XXI 545).
[29] Es decir: Posidón de Hélice (en Acaya), advocación bajo la que
también le veneraban los jonios en Mícala. Cfr. Heródoto I 148.

y era para él el más querido;   410
y a todos por sus pies[30] aventajaba;
precisamente entonces, por pueriles
insensateces, haciendo alarde
del vigor excelente de sus pies,
con ardor se lanzaba
entre los combatientes de vanguardia
hasta que su hálito vital perdió.
El divino y ágil de pies Aquiles
le acertó con su lanza arrojadiza
por el medio, en la espalda, según iba
velozmente pasando ante él,
en el punto en que las hebillas de oro   415
del cinturón unidos mantenían
cinturón y jubón,
y un doble jubón hacía frente.
Y se abrió camino en derechura
la punta de la lanza
hasta llegar al lado del ombligo.
Y calló de rodillas Polidoro
entre gemidos, y una oscura nube
lo envolvió por un lado y por el otro,
y, al venirse abajo, apretó
contra sí mismo sus propias entrañas
que cogidas tenía con sus manos.

[Lucha de Héctor con Aquiles]

Y Héctor cuando vio a Polidoro,
su hermano, intentando sujetar   420
con sus dos manos sus propias entrañas
y cayéndose a tierra, una niebla,
bajando, por sus ojos se virtió,
y ya no tuvo arrestos, claro está,
para seguir dando vueltas nás tiempo
a distancia de Aquiles, antes bien,
a su encuentro marchó a hacerle frente,
blandiendo aguda lanza, y él mismo
comparable a una llama. Y Aquiles,

---

[30] Es decir: en la carrera.

nada más verlo, dio un salto en el aire,
y jactancioso, dijo estas palabras:
«Cerca está el varón que me afectó   425
más hondamente el alma, el que a mí
me mató a mi preciado compañero;
ya no habremos de huir uno del otro
por más tiempo, asustados, a lo largo
de los espacios libres[31] de la guerra.»
Así dijo, y con torva mirada
vociferaba al divino Héctor:
«Vente aquí, más cerca,
para que tanto más rápidamente
a los confines llegues
de tu propia ruina.»
Y a él sin espanto respondía   430
Héctor el del yelmo tornasolado:
«No esperes, a fe mía, asustarme,
Pelida, con palabras, como a un niño;
que sé también yo mismo a ciencia cierta
decir injurias y fanfarronadas.
Y sé que tú eres bravo y yo, en cambio,
muy inferior a ti; pero, de cierto,   435
eso está en las rodillas de los dioses:
si, aun siendo yo inferior,
con mi lanza acertándote, consigo
arrebatarte el hálito vital,
toda vez que mi lanza arrojadiza
es, asimismo, aguda por delante.»
Dijo así, justamente, y, después
de blandirla, la lanza disparaba;
no obstante, con un soplo, Atenea
la hizo dar la vuelta para atrás,
alejándola del glorioso Aquiles;
y eso que sopló muy levemente;   440
y así la lanza llegó de regreso,
hasta el divino Héctor, y allí mismo
vino a caer, delante de sus pies.
Y Aquiles, lleno de ardor guerrero,

---

[31] Literalmente, el texto original dice: «los puentes.»

anhelando matarle, se arrojó,
dando espantosos gritos, sobre él;
mas Febo Apolo se lo [32] arrebató
con gran facilidad,
como un dios que es, y en densa nube
lo envolvió, como era de esperar.
Por tres veces después   445
se lanzó impetuoso el divino
Aquiles de pies ágiles, blandiendo
su broncínea lanza, y tres veces
sobre la bruma espesa golpeó.
Más cuando ya atacó por cuarta vez,
igual a un dios, dando terribles gritos
le dirigía aladas palabras:
«Una vez más, ahora escapaste,
perro, a tu muerte; en verdad, bien cerca
de ti llegó el desastre, pero ahora   450
te salvó Febo Apolo,
al que seguramente
haces votos cuando a entrar te dispones
en medio del fragor de los venablos.
Bien seguro que acabaré contigo,
aunque más tarde sea,
saliéndote al encuentro,
si es que también yo cuento entre los dioses
con uno que me sea valedor.
Pero ahora contra el resto iré
de los troyanos, quienquiera que sea
aquél al que yo encuentre.»
Dijo así, y con la lanza golpeó   455
a Dríope en la mitad del cuello,
y aquel cayó delante de sus pies.
Y Aquiles le dejó, y a Demuco,
el hijo de Filétor, noble y alto,
le acertó en la rodilla con la lanza,
con lo que le retuvo,
y luego, descargándole un golpe
desde cerca con su enorme espada,

---

[32] *Sc.:* a Héctor. A Apolo se lo arrebató Aquiles.

el hálito vital le arrebataba.
Y luego se lanzó   460
contra Láogono y Dárdano, los hijos
de Biante, y a entrambos derribó
del carro [33] a tierra, y de ellos a uno
lo acertó con la lanza, y al otro
le dio un tajo de cerca con la espada.
Y, asimismo, a Tros, hijo de Alástor,
que a ponerse frente a sus rodillas
se había llegado, por si acaso
le trataba con consideración
y, después de cogerle prisionero,
sano y salvo le dejaba irse
sin darle muerte, a compasión movido   465
por ser aquél de su misma edad...
¡infeliz!, que ni siquiera sabía
que no iba a convencerle en absoluto;
pues no era, en modo alguno, un varón
de blando corazón ni de amables
sentimientos, sino muy vehemente.
El intentaba tocar sus rodillas,
con ansia deseando suplicarle;
pero Aquiles con su espada corta
en su hígado desde cerca un golpe
le descargó, y su hígado salió,   470
resbalando, de dentro de su cuerpo,
y de él mismo se iba derramando
negra sangre que consiguió llenar
el pliegue de su coraza de cuero;
y las tinieblas cubrieron sus ojos
mientras iba perdiendo el aliento.
Y luego a Mulio, plantándose al lado
de él, le asestó un golpe desde cerca
con la lanza a la altura de la oreja,
y, enseguida, la punta de bronce   475
por la otra oreja fue a salir.
Y al hijo de Agénor, a Equeclo,
le hirió en mitad de la cabeza

---

[33] Los dos hermanos iban montados en el mismo carro.

con su espada de gran empuñadura;
con la sangre, la espada, toda ella,
se calentó una pizca;
y de aquél, en la zona de sus ojos,
se apoderaron la purpúrea muerte
y el imperioso hado.
Y luego, a Deucalión, donde se unen
los tendones del codo, por ahí
le atravesó el brazo
con la broncínea punta de su lanza;   480
y aquél, aun con el brazo pesado,
a Aquiles aguardando se quedaba,
contemplando la muerte ante sí.
Y Aquiles con su espada le dio un golpe
en el cuello y arrojó de él lejos
la cabeza con el yelmo inclusive;
y entonces, de sus vértebras brotó
la médula, y en tierra él yacía
tendido. Y después, se encaminó
al encuentro de Rigmo,   485
el hijo intachable de Pireo,
que había venido
de la Tracia de fértiles terruños.
Y a él le acertó en mitad del cuerpo
con su venablo, y en el bajo vientre
se le clavó el bronce;
y, entonces, aquel se vino abajo
y fue a caer, así, fuera del carro.
Y a Areítoo, que era su escudero,
y que había hecho
dar vuelta a sus caballos,
Aquiles le clavó su aguda lanza
en la espalda y lo tiró del carro,
y a él los caballos,
alborotados, se le revolvieron.

*[Vehemente acometida de Aquiles y huida
de los troyanos]*

Como furiosamente un incendio   490
violento estalla en los profundos valles

[841]

de un agostado monte cuyo bosque
arde en profundidad, y por doquier
el viento que las llamas alborota
las va haciendo dar vueltas y más vueltas,
así Aquiles por doquier corría
con ardor, lanza en mano, parecido
a un dios, acosando y dando muerte
a sus víctimas, y negra fluía
la tierra al ir mezclada con la sangre.
Como cuando se unce un par de bueyes   495
de ancha testuz y machos, con el fin
de que en la era bien dispuesta trillen
blanca cebada, de la cual los granos
rápidamente pelados resultan
bajo los pies de los mugientes bueyes,
así, espoleados por Aquiles
magnánimo, los solípedos potros
cadáveres y escudos a la par
iban hollando; y, por debajo, el eje   500
del carro estaba todo salpicado
de sangre, y también los barandales
que en torno van del carro,
a los que, justamente, alcanzaban
gotas de sangre, unas procedentes
de los cascos equinos
y otras de las llantas de las ruedas.
Pero Aquiles, el hijo de Peleo,
que ansiaba conquistarse la gloria,
se iba manchando con sangre y con polvo
sus intangibles manos.

CANTO XXI

La batalla a orillas del río *

*[Aquiles da muerte a troyanos que habían huido
hasta el río Escamandro]*

Mas cuando hubieron ya llegado al vado
del río Janto[1] de hermosas corrientes,

---

* En este canto continúa la principalía o *aristeía* de Aquiles, por lo que
no es sino la continuación del canto anterior. Pero, por otro lado, el poeta,
que, al componer este canto, realiza esfuerzos poco disimulables por
retardar la decisiva acción, o sea: el encuentro y definitiva batalla de
Héctor y Aquiles, añade a los estragos del héroe de los pies ligeros que
tiene lugar al borde mismo del río Escamandro, un *tour de force,* un más
difícil todavía que se convierte en emblema del empeño que hasta el
momento ha puesto el aedo en retrasar al máximo el desenlace del poema.
En efecto, Aquiles lucha con el propio río Escamandro. Llega, pues, un
momento en que en el campo de batalla se entremezclan los dioses con los
hombres, los mortales con las divinidades, las aguas del Escamandro con el
fuego del divino Hefesto; y, al final de tan ominosa y amenazadora
confusión, contemplamos cómo los troyanos huyen a refugiarse en Troya,
a donde también se dirige Apolo, y cómo este dios se esfuerza por conjurar
la amenaza de la toma de Troya por los aqueos.

En este canto distinguimos las partes siguientes: 1. Aquiles da muerte a
los troyanos que huyeron hasta el río Escamandro (1-33); 2. el Pelida mata
al Priámida Licaón (34-138); 3. da muerte Aquiles al peonio Arteropeo
(139-210); 4. el río Escamandro ruega a Aquiles que ponga fin a la
carnicería que está realizando y dirige reproches a Apolo (211-232); 5. el
río Escamandro amenaza a Aquiles (233-271); 6. Aquiles lanza un grito de
dolor lamentando que los dioses no le ayuden, y, seguidamente, le apoyan
Posidón y Atenea (272-304); 7. el río Escamandro, por su parte, pide ayuda
al río Simoente y amenaza a Aquiles en términos aún más vehementes, y
Hera, mientras tanto, envía a Hefesto a combatir con su fuego contra las

voraginoso, al que engendrara
el dios inmortal Zeus,
allí Aquiles los[2] cortó en dos grupos,
y a los unos hacía correr
en dirección al llano, hacia la villa,
por donde, justamente, los aqueos
espantados se daban a la fuga
el día anterior[3], cuando el ilustre   5
Héctor, enloquecido, se lanzaba
tras ellos; por ahí, precisamente,
ellos, en medio de confusa fuga,
se iban derramando, en tanto Hera
iba esparciendo para detenerlos
densa neblina por delante de ellos;
y la otra mitad se amontonaba,
acorralada, entrando en el río
de profundas corrientes y argentados
remolinos, pues que en él cayeron
con gran estruendo, y sus hondas aguas
resonaron, y en una y otra banda,
en derredor, con grandes alaridos
las dos riberas juntas retumbaron;   10
y ellos iban nadando entre gritos
de aquí para allá,
girando en torno de los remolinos.
Como cuando ante el embate del fuego
alzando van el vuelo las langostas
huyendo hacia el río,
pues el fuego incansable, de repente
encrespado, alcanza ya a quemarlas
y ellas se agazapan en el agua,

---

aguas del Escamandro, al que los dioses llaman Janto (305-341); 8. el
divino río, por fin, domeñado por Hefeso, abandona la lucha (342-382); 9.
tiene lugar la batalla de los dioses (383-520); 10. los toyanos huyen de
Troya, donde por orden de Príamo se ha abierto la puerta (521-543); 11.
Apolo ordena a Agénor enfrentarse a Aquiles; luego lo hace desaparecer,
lo suplanta él mismo, y, así, engaña al Pelida (544-611).

[1] El vado del río Janto o Escamandro reaparece mencionado en otros
puntos del poema. Cfr; por ejemplo, *Il.* XIV 133-4; XXIV 692-3.

[2] *Sc.:* a los troyanos.

[3] Es decir: el tercer día de la batalla que comenzó a narrarse en el canto
XI.

así mismo ante el ímpetu de Aquiles
la corriente del Janto de profundos
torbellinos se llenó, resonante,
de caballos y también de guerreros
confundidos los unos con los otros.
Y él, entonces, Aquiles,
el adalid de la estirpe de Zeus,
allí mismo la lanza, en la ribera,
apoyada dejó
contra unos tamariscos
y, parecido a un dios, entró de un salto,
empuñando la espada solamente,
en el río, y a la vez maquinaba
en sus mientes hechos devastadores;
y con constantes giros a un lado
y a otro, los golpes asestaba,
en tanto de sus víctimas se iba
alzando un gemir indecoroso
al ir siendo golpeados por la espada,
y de sangre el agua enrojecía.
Como los peces que huyendo van
del enorme delfín, muy asustados,
los recovecos llenan de un puerto
provisto de un buen fondeadero,
pues devora aquel con avidez
a cualquier pez que consigue atrapar,
así se agazapaban los troyanos
en las corrientes del terrible río
y bajo sus escarpadas orillas.
Pero Aquiles, cuando fatigados
a fuerza de matar sintió los brazos,
reunió para sí doce mancebos
que vivos capturó y sacó del río,
para que fueran la compensación
debida por la muerte de Patroclo
el hijo de Menetio. Y los sacó
de las aguas afuera
sobrecogidos como cervatillos
y les ató las manos a la espalda
usando las correas bien cortadas
que ellos mismos ajustadas llevaban

a sus túnicas de hilo bien trenzado,
y se los entregó a sus compañeros
para que los llevaran a la playa,
junto a las huecas naves.
Él, empero, se lanzó al ataque
de nuevo, deseando ardientemente
seguir haciendo gran carnicería.

[*Aquiles da muerte a Licaón*]

Allí se encontraba con el hijo
de Príamo el Dardánida, Licaon,
que saliendo del río escapaba,   35
a quien, precisamente, una vez,
no hacía mucho, llevaba cautivo
contra su voluntad, tras aprehenderle,
del vergel de su padre, al que llegó
por la noche en una correría,
mientras en él Licaón se hallaba
ocupado en cortarle al cabrahigo
los renuevos con afilado bronce,
para que fueran barandal de carro;
a él, pues, justamente, le había
llegado Aquiles, de Zeus descendiente,
en calidad de desastre imprevisto.
Y entonces lo había transportado   40
en sus naves a Lemnos, la ciudad
de hermosas construcciones, y vendido;
y el precio de esta venta se lo había
a él pagado el hijo de Jasón [4];
pero de allí lo había rescatado
un huésped suyo, el imbrio Eetión [5],
que pagó fuerte suma de dinero
y lo escoltó hasta Arisba [6] la divina.

---

[4] Lemnos es una gran isla situada cerca de Troya. Su rey Euneo, hijo de Jasón, aparece mencionado en la *Ilíada* en dos ocasiones (*Il.* VII 467-75 y XXIII 746). El padre de Euneo, Jasón, es el famoso héroe protagonista del ciclo de los Argonautas.

[5] Eetión era un amigo de la familia de Licaón, con la que estaba unido mediante el sacrosanto lazo de la hospitalidad.

[6] Arisba estaba situada en el Helesponto. Cfr. *Il.* II 836.

Y de allí se escapó secretamente
y al fin llegó a la mansión paterna.
Y en su corazón se deleitaba   45
con sus seres queridos a lo largo
de once días desde que llegara
de Lemnos; pero en el que la docena
de días completaba, otra vez
un dios lo echó en las manos de Aquiles,
quien debía al Hades enviarlo
para que allí se fuera aun de mal grado.
Así que, en cuanto el divino Aquiles
de ágiles pies a él lo vio sin armas,   50
sin yelmo e, incluso, sin escudo
(ni una lanza tenía, antes bien,
todo esto, justamente, lo había
tirado al suelo porque le agobiada
el sudor al tratar de huir del río
y el cansancio le iba, por debajo,
domando las rodillas), irritado,
a su gran corazón así le dijo:
«¡Ay, ay!, he aquí, de cierto, un gran prodigio
que con mis ojos estoy contemplando:
Así que, de verdad, sin duda alguna,   55
los troyanos magnánimos que yo
he matado, de nuevo se han de erguir
de debajo de las brumosas sombras,
tal cual ya, realmente, incluso éste
aquí ha regresado escapando
al implacable día,
después de haber ya sido transportado
a Lemnos muy divina y vendido;
y las aguas de la grisácea mar
que a muchos retiene a pesar suyo,
a él no le lograron detener.
Mas, ¡venga ya!, la punta de mi lanza   60
también la va a probar, para que yo
llegue a ver en mis mientes y a saber
si igualmente de allí va a regresar
o bien si retenerle logrará
la tierra que procrea seres vivos
y que incluso a los fuertes los retiene.»

De este modo, aguardando, daba vueltas
a estos pensamientos en su mente,
cuando aquél se llegó cerca de él,
estupefacto y ardiente en deseos
de atarse a sus rodillas, pues quería   65
sobremanera en su corazón
escapar de la muerte perniciosa
y de la negra Parca. Sin embargo,
el divino Aquiles levantó
su larga lanza, ansioso de herirle,
mas él corrió a echarse a sus pies
y, gacha la cabeza,
le asió de las rodillas,
en tanto que, justamente, la lanza,
pasando por encima de su espalda,
enhiesta se quedó plantada en tierra,   70
por más que ardientemente deseara
saciarse con la carne de varones.
Pero él le tomó con una mano
las rodillas y, así, le suplicaba,
y agarraba con la otra la lanza
aguzada que soltar no quería;
y, hablándole con clara y alta voz,
le dirigía aladas palabras:
«Aquiles, yo te imploro de rodillas,
tú de mí ten respeto y ten piedad.
Soy como un suplicante para ti,   75
(¡oh tú que eres de Zeus descendiente!),
merecedor del debido respeto,
pues tú fuiste el primero en cuya mesa
degusté la molienda de Deméter
el día en que tú me capturaste
en mi jardín labrado con esmero.
Y lejos de mi padre y mis amigos
llevándome, a la divina Lemnos[7],
para venderme allí, me transportaste,
y te valí un precio de cien bueyes[8].

---

[7] Lemnos es la isla de Hefesto. Cfr. *Il.* I 593.
[8] Cien bueyes le costó a Glauco la armadura de oro que insensatamente
cambió por la de Diomedes, menos valiosa. Cfr. *Il.* VI 236.

Ahora, empero, he sido rescatado   80
procurando tres veces esa suma,
y ésta es la duodécima aurora
para mí desde que llegué a Ilión
después de padecer muchos trabajos;
de nuevo ahora el funesto destino
en tus manos me ha puesto;
debo de haber, sin duda, resultado
odioso a Zeus padre, quien a ti
me ha entregado por segunda vez.
Para una corta vida me engendró   85
Laótoa mi madre,
la hija del anciano
Altes que en los léleges, amigos
de las guerras, impera soberano,
y en la escarpada Pédaso tenía,
al borde del Satnioente, sus dominios.
A su hija tenía por esposa
Príamo⁹ en el grupo numeroso
de sus mujeres; y de ella nacimos
dos hermanos, y tu degollarás
al uno y al otro. En efecto,   90
al uno, al divino Polidoro,
en medio de los infantes situados
en las primeras filas, lo domaste,
acertándole con tu aguda lanza;
y ahora ya aquí tú vas a ser
para mí la desgracia, pues no creo
que logre yo escaparme de tus manos,
toda vez que un dios, precisamente,
a ellas (¡sí, por cierto!) me ha acercado.
Y otra cosa a ti voy a decirte

---

⁹ Príamo tenía otras mujeres además de Hécabe. A Laótoa la hizo madre de Polidoro y Licaón. La muerte del primero de ellos se nos refiere patéticamente en *Il.* XX 407-418. También se nos dice en ese vigésimo canto que Laótoa era la hija del soberano de los léleges que habitaba en Pédaso (*Il.* XX 90-33). Laótoa no era una más entre las concubinas del harén de Príamo, pues en *Il.* XXII 48 aparece como «soberana entre todas las mujeres», y en *Il.* XXII 51 se nos dice que «el viejo Altes de ilustre nombre / mucha dote a su hija le diera». Príamo se refiere a sus dos hijos nacidos de Laótoa en *Il.* XXII 46-51.

y tú métela dentro de tus mientes:
«No te mates, puesto que no nací   95
del mismo vientre del que nació Héctor,
el que para mal tuyo ha dado muerte
a tu amable y fuerte compañero.»
Así le dirigía la palabra
el ilustre Priámida a Aquiles,
con palabras en tono suplicante,
quien, en cambio, escuchó voz insuave:
«¡Infeliz!, no me propongas rescates
ni me sueltes discursos sobre ello;
pues antes de que Patroclo se fuera   100
al encuentro de su día fatal,
hasta entonces me era más bien grato
en mis mientes perdonarles la vida
a los troyanos, y a muchos de ellos
vivos los capturé y los vendí.
Pero ahora, en cambio, es imposible
que escape de la muerte
quienquiera al que un dios, ante Ilión,
arroje a mis manos,
perteneciente al grupo
de los troyanos, aun de todos ellos,   105
si bien, especialmente
de entre los hijos de Príamo el rey.
Así, que ¡amigo!, muere tú también.
¿Por qué de esa manera te lamentas?
También murió Patroclo, quien con mucho
era mejor que tú. ¿No estás viendo
cómo soy yo también
de apuesto y de alto?
Y yo procedo de un padre ilustre
y, por madre, una diosa me parió;
pero pueden sobre ti y sobre mí   110
la muerte y el imperioso destino.
Habrá de ser o bien de madrugada
o por la tarde o al mediodía,
cuando alguien en la refriega de Ares
incluso a mí consiga arrebatarme
el hálito vital, cuando me alcance
o bien con un disparo

certero de su lanza
o bien con una flecha disparada
desde la cuerda misma de su arco.»
Así dijo, y se le desataron
al instante a Licaon las rodillas
y el propio corazón. Soltó, entonces,   115
la lanza y se sentaba
tras haber extendido ambos brazos.
Pero Aquiles desenvainó su aguda
espada y un golpe le descargó
en la clavícula, al lado del cuello,
y entera la espada de dos filos
penetró dentro de él; y boca abajo,
naturalmente, quedaba tendido,
y negra sangre fluía de él
que la tierra empapaba.
Y Aquiles, asiéndole de un pie,   120
al río lo arrojó para que él
se lo llevara, y, ufano de ello,
pronunciaba estas aladas palabras:
«Yace aquí ahora en medio de los peces
que sin cuita te habrán de lamer
la sangre de la herida; y tu madre
no ha de llorarte muerto,
echándose en tu lecho funerario;
antes bien, a ti el río Escamandro
voraginoso te ha de llevar   125
voraginoso te ha de llevar
dentro del ancho seno de la mar.
Y algún pez saltando entre las olas
subirá hasta la negra superficie
de la rizada mar
y llegará a comerse
quizá la blanca grasa de Licaon.
Seguid vosotros así pereciendo
hasta que alcancemos la ciudad
sagrada de Ilión,
vosotros escapando y yo detrás
de vosotros tratando de mataros.
Pero ni el mismo río de hermosas   130
corrientes y vorágines de plata

os será valedor, al que vosotros
venís sacrificando hace ya tiempo
muchos toros, y a sus remolinos
arrojando caballos, aún vivos,
de compactas pezuñas. Sin embargo,
incluso así, habréis de perecer
con desastroso sino hasta que todos
la muerte hayáis pagado de Patroclo
y el destrozo infligido a los aqueos
que, estando yo de ellos apartado,   135
al pie matasteis de las raudas naves.»
Dijo así, justamente, y el río
aún más se irritó en su corazón,
y revolvió en su alma el pensamiento
de en qué manera al divino Aquiles
le haría poner fin a su bregar
y el estrago apartara de los treucros.

[*Aquiles mata a Asteropeo*]

Y, entretanto, el hijo de Peleo,
empuñando su lanza
de alargada sombra, dio un salto,   140
deseoso de matarle,
sobre Asteropeo,
el hijo de Pelegon,
al que, a su vez, habían engendrado
Asio de ancha corriente y Peribea,
la mayor de las hijas
de Acesámeno, pues se había unido,
justamente, con ella
el río de profundos torbellinos.
Contra él se lanzó, precisamente,
Aquiles; y aquel se le plantó,
una vez que hubo salido del río
enfrente, un par de lanzas empuñando;   145
y en sus mientes depositó vigor
el río Janto, toda vez que estaba
irritado por los floridos mozos
matados en combate, que Aquiles
corriente abajo iba degollando

sin sentir, al hacerlo, compasión.
Y cuando ya aquellos, avanzando
el uno contra el otro, cerca estaban,
el divino y ágil de pies Aquiles
le dirigió, el primero, la palabra:
«¿Quién eres y de dónde de los hombres,   150
tú que el coraje tienes de venir
a hacerme frente? Pues sólo se enfrentan
a mi arrojo los hijos de infelices.»
A él, a su vez, le habló con clara voz
y fuerte el hijo ilustre de Pelegon:
«Magnánimo Pelida, ¿por qué causa
me haces preguntas sobre mi linaje?
Yo vengo de Peonia,
la de fecundas glebas,
tierra que se halla lejos, conduciendo
a péones guerreros pertrechados   155
de largas lanzas; y ésta es para mí
ahora mismo la undécima aurora
desde que he llegado a Ilión.
Mas mi linaje procede del Axio
que va fluyendo con ancho caudal
y derrama las más hermosas aguas
sobre la superficie de la tierra
y que engendró a Pelegon,
ilustre por la lanza; y de él dicen
que me engendró. Pero ahora luchemos,   160
ilustre Aquiles.» Así él habló
en tono de amenaza, y su lanza
de fresno del Pelión
levantó el divino
Aquiles, pero el héroe Asteropeo,
dado que era ambidextro,
a un lado y otro de él
levantó entrambas lanzas a la vez.
Y, justamente, con una de ellas
le acertó en el escudo, mas no pudo
el susodicho escudo traspasar   165
hacia adelante, porque la detuvo
la lámina de oro, don de un dios;
y con la otra la acertó en el codo

de su brazo derecho,
haciéndole un rasguño;
y nebulosa sangre de él brotó;
y la lanza, luego que por encima
de él pasó, a pesar de sus ansias
de hartarse de su carne,
en el suelo clavada se quedó.
Aquiles, por su parte, en segundo
lugar, a Asteropeo disparó,   170
anhelando matarle,
su lanza hecha de fresno,
que vuela en línea recta,
y a él, ciertamente, no le dio,
pero aquel atinó a la alta orilla,
donde clavada hasta la mitad
dejó en el ribazo,
precisamente, la lanza de fresno.
Y entonces el hijo de Peleo,
sacando de al lado de su muslo
su aguda espada, saltó sobre él,
henchido de furioso ensañamiento,
en tanto, justamente, Asteropeo
con su robusta mano no lograba   175
arracar del cantil de la ribera
la lanza, hecha de fresno, de Aquiles.
Vivamente deseoso de arrancarla,
la sacudió tres veces y en su esfuerzo
violento otras tres veces remitió,
y, al cuarto intento,
en su ánimo quería,
doblándola, quebrar
la lanza, hecha de fresno,
del Eácida Aquiles; pero antes
Aquiles desde cerca con la espada
le arrancó el hálito vital.
Pues le hirió en el vientre,   180
al lado del ombligo,
y se le derramaron, claro está,
los intestinos todos por el suelo;
y aún anhelante, las tinieblas
sus ojos le cubrieron. Y Aquiles

le puso, entonces, el pie sobre el pecho,
después le despojó de su armadura
y, ufano, decía estas palabras:
«Yace tendido ahí;
que es difícil, para que lo sepas,
competir en contienda con los hijos   185
del todopoderoso hijo de Crono,
aunque de un río tú hayas nacido.
Decías tú que, en cuanto a tu linaje,
procedías de un río que fluía
anchuroso. Pero yo, por mi parte,
en cuanto a mi estirpe,
de proceder me jacto del gran Zeus.
Mi padre era un varón que, soberano,
reinaba sobre muchos mirmidones,
Peleo, hijo de Éaco, el cual,
justamente, de Zeus procedía;
en cuanto a Zeus es más poderoso   190
que los ríos que fluyen
a la mar rumorosos,
así es, a su vez, más poderosa,
por su constitución, la descendencia
de Zeus que la de un río.
También hay, en efecto, a tu lado
un gran río, por si en algo puede
servirte de ayuda; pero no,
no es posible enzarzarse en una lucha
contra el Cronida Zeus,
con el que ni siquiera se compara
ni el fuerte Aqueloo [10]
ni la enorme fuerza   195
de Océano de corrientes profundas,
de quien precisamente
manan los ríos todos y la mar
entera y todos los manantiales
y los profundos pozos;
pero aun así, él teme del gran Zeus

---

[10] El Aqueloo era el río más grande de Grecia, que corría desde el pie
del monte Pindo, entre Tesalia y Epiro, hasta desembocar formando
frontera entre Etolia y Acarnania.

el rayo y el trueno espantoso
cada vez que retumba desde el cielo.»
Dijo así, justamente, y arrancó   200
de la escarpada ribera del río
la lanza hecha de bronce,
y allí mismo dejaba abandonado
a Asteropeo, tendido en la arena,
luego que la vida le arrebatara,
y en tanto lo bañaba el agua negra.
De él, sí, justamente, las anguilas
y los peces se estaban ocupando,
a mordiscos comiéndole la grasa
que cubre los riñones,
que ya ellos se la iban royendo.
Y luego él, se puso, justamente,   205
a caminar con la intención de ir
tras los péones, que en carro combaten,
los cuales todavía, claro está,
huyendo se encontraban a la orilla
del río de abundantes torbellinos,
desde que vieran al más señalado
de ellos en la refriega brutal
debajo de las manos y la espada
del hijo de Peleo, domeñado
por la fuerza. Y entonces dio Aquiles
a Tersíloco caza y a Midón
y a Astípilo y a Mneso y a Trasio   210
y, asimismo, a Enio y Ofelesta.

[Aquiles frente a Escamandro]

Y a un número de péones mayor
hubiera dado muerte al raudo Aquiles,
si el río de profundos torbellinos,
irritado y bajo la apariencia
de un varón, no hubiera dirigido
la palabra a Aquiles,
y desde una vorágine profunda,
hablando a gritos, no le hubiese dicho:
«Entre los hombres descuellas, Aquiles,   215
por tu poder violento y entre ellos

[856]

descuellas realizando desmesuras,
porque siempre te defienden los dioses
en persona. Si el hijo de Crono
te concedió aniquilar a todos
los troyanos, empújalos al llano,
fuera, al menos, del cauce de mis aguas,
y ya ejecuta tus atroces obras;
pues llenas de cadáveres están
ya mis amables ondas, y no puedo
por ningún sitio derramar mis aguas
a la divina mar, que con los muertos
me voy volviendo estrecho, pues tú matas   220
con gran violencia exterminadora.
Mas, ¡venga ya!, acaba de una vez;
preso el horror me tiene,
caudillo de guerreros.»
Respondiéndole, Aquiles
el de los pies ligeros, la palabra
le dirigió, diciendo de este modo:
«Así será, Escamandro,
criatura de Zeus, como ordenas.
Pero no cesaré en la matanza
de troyanos altivos,
hasta haberlos encerrado en su villa   225
y haber medido mis fuerzas con Héctor,
luchando frente a frente yo con él:
a ver si o bien él logra domeñarme
o bien soy yo quien lo domeño a él.»
Una vez así dijo, a los troyanos
se lanzó, parecido a un dios.
Y entonces dirigió
a Apolo la palabra
el río de profundos torbellinos:
«¡Ay, ay!, arquero del arco de plata,
hijo de Zeus, tú no has observado   230
los designios de Zeus el Cronida,
que encarecidamente te encargaba
defender y asistir a los troyanos
hasta que el sol llegara verpertino,
por la tarde, en su ocaso, y cubriera
con sus sombras las tierras de labor

de fértiles terruños.»
Dijo, y Aquiles, por su asta ilustre,
lanzándose desde el cantil abrupto,
de un salto se metió en medio del río;
y aquél[11] le atacó desenfrenado
echándose sobre él
con la hinchazón de olas de sus aguas,
y todas sus corrientes agitó   235
haciéndolas girar en remolinos,
e innumerables muertos echó fuera
de su cauce, los que, precisamente,
en número excesivo, se encontraban
todo a lo largo de él, a los que Aquiles
había dado muerte.
A ellos fuera los iba arrojando,
mugiendo como un toro, a tierra firme,
en tanto que a los vivos los salvaba
entre sus bellas aguas,
ocultándolos dentro de sus hondos
y grandes remolinos.
A ambos lados de Aquiles se alzaba,
revolviéndose espantosamente,   240
el oleaje, y sobre su escudo
cayendo la corriente, lo empujaba,
y Aquiles no podía fijarse
sólidamente sobre sus dos pies;
y, entonces, con sus manos se agarró
a un olmo corpulento y bien crecido
que, al venirse abajo descuajado,
consigo arrancó la orilla entera
y detuvo las hermosas corrientes
al cubrilas con sus espesas ramas,   245
y como cayó entero derribado
dentro de él, un puente le echó encima
al propio río; y, entonces, Aquiles,
justamente, de un salto se lanzó
desde lo hondo de un remolino,
asustado, a volar

---

[11] El río Escamandro.

[858]

con sus ágiles pies por la llanura.
Pero no desistía el gran dios
de su empeño, sino que contra él,
la cresta de la ola oscureciendo,
se levantó, dispuesto a poner fin
al ajetreo del divino Aquiles   250
y apartar de los teucros el desastre.
Pero el Pelida se alejó, de un salto,
un trecho como un tiro de lanza,
el ímpetu del águila albergando,
la negra y cazadora, que es a un tiempo
la más fuerte y veloz entre las aves;
a ella parecido, dio el salto,
y espantoso el bronce resonaba   255
sobre su pecho en tanto que huía
haciéndose a un lado y, de esta guisa,
substrayéndose al río,
y éste por detrás le iba siguiendo
fluyendo con descomunal estruendo.
Como cuando un varón que abre canales
encauza entre plantíos y jardines
la corriente de las aguas que manan
de un negro manantial, y, entre sus manos
llevando el azadón, va echando fuera
del canal los obstáculos y todos
los guijarros van siendo removidos   260
por debajo, en el fondo de la acequia,
al ir fluyendo el agua hacia adelante,
y ésta rápidamente se derrama
y corre haciendo ruido cuando se halla
sobre porción de terreno en declive,
e incluso al que la guía se adelanta,
así continuamente alcanzó
a Aquiles la oleada
de las aguas del río, a pesar
de que aquél era ágil; ¡que los dioses
sobre hombres mortales prevalecen!
Cuantas veces Aquiles el divino,   265
que con sus pies se basta, se aprestaba
a plantarse ante el río frente a frente
y a comprobar si le estaban haciendo

huir a él todos los inmortales
que ocupan el anchuroso cielo,
tantas veces a él la enorme ola
del río que de Zeus ha caído [12],
al desplomarse sobre él desde arriba,
los hombros le golpeaba; y aquél,
afligido en el fondo de su alma,   270
saltaba con sus pies a las alturas;
pero el río le iba por debajo,
fluyendo impetuoso bajo él,
domando sus rodillas y a la vez
el polvoriento suelo socavando
debajo de las plantas de sus pies.
Y el hijo de Peleo profirió
un gemido, mirando al ancho cielo:
«¡Padre Zeus!, ¡que nadie entre los dioses
a cargo suyo se haya tomado
salvarme de este río
a mí que digno soy de compasión!
¡Luego ya, que cualquier cosa me ocurra!
Mas ningún otro de los Celestiales   275
para mí es tan culpable,
sino [13] mi madre que con sus mentiras
me hechizaba, ella que me decía
que había de morir al pie del muro
de los troyanos que usan coraza,
víctima de las ágiles saetas
de Apolo. ¡Así Héctor me hubiera
matado, el más valiente
de cuantos aquí al menos se criaron!
En tal caso, un valiente me habría   280
matado y a un valiente despojado.
En cambio, es ahora mi destino
ser atrapado por luctuosa muerte,
encerrado en las aguas de un gran río,
como a un niño porquero al que un torrente
consigo se llevó cuando intentaba

---

[12] Este debe de ser, tal vez, el significado del adjetivo compuesto *dīīpetḗs*
(diweipetḗs).
[13] Esperaríamos más bien «como».

atraversarlo en tiempo de lluvias.»
Así dijo, y muy pronto Posidón
y Atenea fueron a plantarse   285
cerca de él, en talla parecidos
a varones, y habiendo tomado
con sus manos la mano de aquél,
ganaron con palabras su confianza.
Y a hablar entre ellos empezaba
Posidón, el que sacude la tierra:
«Ni en absoluto tiembles en exceso
ni te espantes, Pelida, en absoluto,
que aquí estamos nosotros dos, dos dioses,
tanto yo como Palas Atenea,   290
que bien podemos ser tus valedores,
si a ello el beneplácito da Zeus.
Como que no es de ninguna manera,
sábelo, tu destino ser domado,
al menos por un río, sino que éste
pronto remitirá y tú en persona
lo vas a ver. Mas te aconsejaremos
encarecidamente, por si acaso
te dejas persuadir, que en la guerra
que a todos iguala
no des tregua a tus manos
antes de haber encerrado en los muros   295
famosos, en Ilión, a los guerreros
troyanos que consigan escapar;
y tú, luego que hayas arrebatado
a Héctor el aliento, de regreso
vuélvete a las naves, pues nosotros
te concedemos conquistar la gloria» [14].
Ellos dos, justamente,
después que así hablaron, se marcharon
donde estaban los otros inmortales,
mientras que Aquiles se encaminó
a la llanura, pues, precisamente,

---

[14] Este verso ha de entenderse del modo siguiente: Aquiles una vez haya dado muerte a Héctor, no ha de pensar por su cuenta en conquistar la gloria tomando Troya, porque *son los dioses* (Atena y Posidón) quienes se encargan de hacerle glorioso.

a hacerlo le incitaba en gran medida
la orden de los dioses;   300
y la llanura toda rebosaba
de agua fuera del río derramada,
y en ella muchas hermosas armas
de robustos guerreros en combate
caídos y cadáveres flotaban.
Y en alto él levantaba sus rodillas
al ir saltando contra la corriente
derechamente, y no le retenía
el río de corrientes anchurosas,
pues gran fuerza Atenea le infudiera.

Mas tampoco Escamandro desistía   305
de su ímpetu, sino que aún más
contra el Pelida se iba irritando,
y, en alto levantándose, una ola
de su propia corriente encrespaba,
y llamó, dando un grito, al Simoente:
«Querido hermano, detengamos ambos,
por lo menos, la fuerza de este hombre,
puesto que pronto va a devastar
de Príamo la villa, y los troyanos   310
no podrán resistirle en la refriega.
¡Venga!, asístenos ya a toda prisa
y llena tus corrientes con las aguas
que manan de tus fuentes, y encrespa
todas tus torrenteras, y levanta
una ola bien grande y suscita
un estruendo enorme
de maderos y piedras,
para que así logremos detener
a ese varón salvaje que ya ahora   315
campea con dominio tan violento
y su ímpetu es igual al de los dioses.
Pues te aseguro que no han de valerle
ni su violenta fuerza para nada
ni su hermosura ni sus bellas armas
que, creo yo, quedarán enterradas,

cubiertas por el légamo,
muy en el fondo de esta marisma.
Y a él mismo yo le voy a envolver
entre la arena y le echaré encima
en abundancia una inmensa masa   320
de arenillas mezcladas con guijarros,
de manera que no serán capaces
los aqueos de recoger sus huesos;
con tanto limo habré de cubrirle.
Ahí mismo a su disposición
ha de tener también él su sepulcro,
y no será preciso en absoluto
un túmulo elevarle echando tierra,
el día en que a él los aqueos
le honren con los ritos funerales.»
Dijo y, revolviéndose furioso
hacia arriba, se lanzó contra Aquiles,
borbotando con espuma y también   325
con sangre y con cadáveres; y en alto
se erguía la ola, borbotante,
en efecto, del río
que de Zeus ha caído, y a punto
estaba de abatirse sobre el hijo
de Peleo; pero lanzó un gran grito
Hera, muy temerosa por Aquiles,
no fuera a arrastrarle el gran río
de hondos remolinos en sus aguas.

[Escamandro contra Hefesto]

Y al punto a Hefesto, su querido hijo,   330
con voz clara y fuerte le decía:
«Venga, Cojo, levántate, hijo mío,
pues pensábamos que frente a ti
Janto el de abundantes remolinos
era un adversario equiparable
para medirse contigo en la lucha;
¡Venga!, asístenos ya a toda prisa
y haz brillar una inmensa hoguera.
Yo, por mi parte, iré a suscitar   335
desde el mar un violento huracán

[863]

del Zéfiro y del blanqueador
Noto; un huracán
que, el incendio funesto propagando,
abrase las cabezas y las armas
de los troyanos. Y tú, mientras tanto,
ve quemando los árboles que hay
a lo largo de entrambas orillas
del Janto y echa fuego dentro de él.
Y que, de ningún modo, con palabras
suaves ni con una imprecación
trate de apartarte de tu intento.
Y tu ímpetu no hagas cesar   340
sino cuando yo a voces, con un grito,
te lo diga; entonces sí, detén
el fuego infatigable.» Así dijo,
y Hefesto preparaba
el fuego prodigioso.
Primero, el fuego ardía en la llanura,
donde iba quemando numerosos
cadáveres que estaban esparcidos,
justamente, por ella en abundancia,
de aquellos a los que matara Aquiles.
Y toda la llanura se secó   345
y el agua cristalina se detuvo.
Como cuando el Bóreas otoñal
seca de inmediato una viña
recién regada, por lo cual se alegra
quien la cultiva, quienquiera que sea,
así secóse toda la llanura,
y el fuego, como era de esperar,
abrasó los cadáveres. Y Hefesto
desvió la resplandeciente llama
hacia dentro del río, y ardían   350
los olmos, sauces, y los tamariscos,
y ardían el loto y el junco
y la juncia que abundantes crecían
alrededor de las bellas corrientes
del río. Y las anguilas y los peces
que se revuelven por los remolinos
estaban agobiados por la angustia;
ellos que acostumbraban zambullirse

aquí y allá, por las bellas corrientes,
ahora angustia sentían agobiante,
por el soplo del muy hábil Hefesto.   355
Y ardiendo estaba la fuerza del río,
que a Hefesto decía unas palabras
y le llamaba por todos sus nombres:
«Hefesto, ningún dios contigo puede
compararse, ni tan siquiera yo
me atrevería a luchar contigo,
ardiendo como estás así con fuego.
Por fin a la reyerta, y que, al punto,
Aquiles, el descendiente de Zeus,
de la villa expulse a los troyanos
enhorabuena; ¿a mí qué se me da   360
de altercados ni de asistencias? [15]»
Dijo así, abrasado por el fuego,
y sus bellas corrientes borbotaban.
Como hierve por dentro un caldero
por abundante fuego acelerado,
en tanto va la grasa derritiendo
de un cerdo cebado con blandura,
a borbollones por todos los lados,
pues por debajo está amontonada
la leña seca, de igual manera,   365
bajo la acción del fuego, las hermosas
corrientes de aquel río
ardían mientras sus aguas bullían;
y no quería ya hacia adelante
seguir fluyendo, sino que, al contrario,
se quedaba parado, pues el soplo
de Hefesto, muy hábil en recursos,
violentamente lo atormentaba.
Y, por su parte, a Hera con mil ruegos
le diría aladas palabras:
«¿Por qué, Hera, tu hijo acometió
mi corriente, y no la de otro alguno,   370
para causarle daño? Realmente

---

[15] Entiéndase: ¿por qué tengo yo ni que luchar contra los aqueos ni que
defender a los troyanos?

yo no soy tan culpable como todos
los demás protectores de los teuctros.
Pero, a pesar de todo, por mi parte,
yo ya desistiré, si tú lo ordenas,
de protegerlos, pero que él también
desista; y yo, además,
te haré con juramento esta promesa:
nunca he de defender a los troyanos
de su funesto día, ni siquiera   375
cuando arda Troya entera devorada
por el fuego voraz
que prendan los marciales
hijos de los aqueos.»
Por su parte, luego que esto oyó
la diosa, Hera la de blancos brazos,
naturalmente, al punto le decía,
con clara y fuerte voz,
a su querido hijo
Hefesto estas palabras:
«Detente, Hefesto, ya, ínclito hijo,
que no es decente maltratar así   380
a un dios inmortal
por causa de mortales.»
Así dijo, y Hefesto extinguió al punto
el fuego prodigioso, y, entonces,
la ola, claro está, retrocediendo,
se lanzó, impetuosa, en seguimiento
de las hermosas corrientes del río.

[La batalla de los dioses]

Y luego que el ímpetu de Janto
fue domado, entonces ya dejaron
de luchar entre sí Janto y Hefesto,
pues Hera, aunque irritada, los contuvo;
pero fue a recaer en otros dioses   385
la reyerta pesada y dolorosa,
pues con dos opiniones diferentes
sus almas en sus pechos animaban.
Y entre sí con gran fragor chocaron
y crujió con el choque la ancha tierra

y el alto cielo por un lado y otro
retumbó con los sones del clarín
que bien oía Zeus,
sentado en el Olimpo;
y rompió a reír su corazón
de contento, en tanto contemplaba   390
a los dioses yendo unos contra otros
a enfrentarse por una reyerta.
Allí ellos ya no por largo tiempo
estaban unos de otros separados,
pues Ares el perforador de escudos
comenzaba la acción, y, el primero,
se lanzó contra Atena empuñando
lanza de bronce, y estas palabras
cargadas de injurias le decía:
«¿Por qué una vez más, mosca de perro,
nos empujas a chocar en reyerta,
albergando una audacia impetuosa,   395
pues tu gran corazón a ello te impulsa?
¿No te acuerdas de cuando a Diomedes
el hijo de Tideo le incitaste
a que me hiriera, y tú misma, tomando
la lanza bien visible para todos,
contra mí en derechura la empujaste
y, así, rasgaste mi hermosa piel?
Por eso ahora, creo, a tu vez
vas a pagar todo lo que me has hecho.»
Así dijo, y un golpe le asestó   400
en la égida provista de franjas,
horrible, que ni tan siquiera el rayo
de Zeus domar logra;
en ella le asestó el golpe Ares,
el asesino manchado de sangre,
con su ingente lanza; pero Atena
retrocedió y con su gruesa mano
una piedra cogió que por el suelo
estaba en la llanura,
negra piedra y áspera y grande
que los hombres de antaño colocaran   405
para que mojón fuera
de tierra de labor;

con ella en el cuello le acertó
al impetuoso Ares
y desató sus miembros.
Y ocupó, caído, siete pletros [16],
y se llenó de polvo los cabellos,
y retumbó por un lado y por otro
su armadura; y Palas Atenea
rompió a reír y, gloriándose de ello [17],
le dirigía aladas palabras:
«¡Insensato!, ¿así que todavía   410
ni has parado mientes tan siquiera
en cómo yo me jacto
de ser, con mucho, más fuerte que tú,
de modo que intentas compararte
en ímpetu conmigo?
Así podrías tú pagar la deuda
por las imprecaciones de tu madre
que, enojada contigo, contra ti
máquina daños porque a los aqueos
abandonaste y estás ayudando,
en cambio, a los troyanos arrogantes.»
Así habló, justamente, con voz clara,   415
y apartaba de allí,
volviéndolos atrás,
sus dos brillantes ojos.
Y, tomando a Ares de la mano,
Afrodita, la diosa hija de Zeus,
mientras él exhalaba
gemidos sobremanera abundantes,
intentaba llevárselo consigo;
mas él a duras penas
recobraba su hálito vital.
De ella, pues, cuando se hubo percatado
la diosa, Hera la de blancos brazos,
al punto a Atenea

---

[16] El pletro en época clásica equivalía a cien pies, es decir: unos treinta
metros.

[17] En realidad, la fórmula *hoi epeukhómenos,* que ya hemos encontrado en
otros cantos (cfr., por ejemplo, *Il.* XVI 829) significa literalmente «gloriándose por *él*», «unfanándose por él (ella)».

le dirigía aladas palabras:
«¡Ay, ay, ay, hija de Zeus   420
portador de la égida, incansable!;
otra vez, ya de nuevo, va llevando
esa mosca de perro
a Ares, azote de los mortales,
fuera de la refriega encarnizada,
por entre el tumulto;
pero, ¡venga!, vete tú tras de ella.»
Así dijo, y Atena se lanzó
en su persecución, y se alegraba
en su alma, y, así, acometiéndola,
con su robusta mano la golpeó   425
en el pecho; y entonces, al instante
su propio corazón y sus rodillas
se desataron. Y ambos yacían
sobre la tierra que a muchos nutre;
y Atenea, ufana, justamente,
por ello, estas palabras
aladas pronunciaba:
«¡Ojalá así ahora estuvieran
todos los protectores de troyanos,
cuando lucharan contra los aqueos
provistos de coraza!, así de audaces   430
y de atrevidos como Afrodita
que vino para socorrer a Ares,
enfrentándose a mi agresividad.
En tal caso, hace tiempo que nosotros
habríamos terminado la guerra
después de destruir la ciudadela
de Ilión tan bien edificada.»
Así dijo, y sonrió la diosa,
Hera de blancos brazos.
Y a Apolo dirigía la palabra,   435
por otra parte, el señor poderoso
que conmueve la tierra:
«¿Por qué, Febo, nosotros dos estamos
distantes uno de otro? No está bien,
cuando los otros ya han empezado;
en verdad más vergonzoso será
que sin luchar volvamos al Olimpo,

la mansión de los umbrales de bronce
que es morada de Zeus.
Empieza, puesto que de nacimiento
más joven eres tú; que no sería   440
decente hacerlo yo,
toda vez que nací antes que tú
y sé más cosas. ¡Oh, tú, insensato!
¡qué corazón tan necio el que tenías,
al ponerte del lado de los teucros!;
así pues, ¿no te acuerdas de aquellos
trabajos tantos que ya padecimos
a ambos lados de Ilio
solos nosotros dos de entre los dioses,
cuando al arrogante Laomedonte,
enviados por Zeus, le servimos
por todo un año a cambio de un salario
convenido, y él nos ordenaba
las labores que nos iba encargando [18]?
Ciertamente, yo en torno a su ciudad   445
les construí un muro a los troyanos
ancho y muy hermoso, con el fin
de que la ciudad fuese indestructible;
y tú, Febo, apacentabas bueyes
de paso tortuoso y corvos cuernos
en las quebradas del boscoso Ida
en el que abundan los desfiladeros.
Mas cuando las gozosas estaciones   450
iban ya el cumplimiento del salario
sacando a la luz,
entonces Laomedonte, horripilante,
nos retuvo el salario todo entero,
tratándonos con violencia a los dos,
y a ambos despedía profiriendo
amenazas. Él nos amenazó
con atarnos de pies, y, más arriba,
de manos, y en unas islas vendernos
en remotos confines situadas;

---

[18] Cfr. *Il.* VII 452-53, donde, contrariamente a lo que ahora vamos a leer, se nos informa de que Posidón y Apolo habían estado, al servicio de Laomedonte, trabajando en la construcción de las murallas de Troya.

y amagaba cortarnos las orejas   455
con el bronce al uno y al otro.
Y nosotros volvimos de regreso
con el ánimo bien reconcomido,
irritados por causa del salario
que había prometido y no pagado.
Y a las gentes de ése, precisamente,
les estás procurando beneficio,
y no intentas, en cambio, con nosotros,
que perezcan los teucros arrogantes
cayendo de rodillas,   460
de mala muerte, ellos juntamente
con sus hijos y sus dignas esposas.»
Y a él, a su vez, le replicó
Apolo el soberano oomnipotente:
«¡Batidor de la tierra!, no dirías
que estoy en mis cabales, si, en efecto,
contigo me pusiera a guerrear
por causa de los míseros mortales
que, a hojas semejantes, unas veces,
comiendo el fruto de los labrantíos,   465
florecen inflamados en vigor,
y, otras veces, en cambio, se consumen
exánimes. Mas, ¡ea!, cuanto antes,
desistamos nosotros de la lucha
y que entre sí ellos solos se peleen.»
Así habló, justamente, con voz clara
y fuerte, y se volvió en sentido inverso,
pues sentía respeto, claro está,
por quien era el hermano de su padre,
y, por ello, vergüenza de enzarzarse
los dos en una lucha mano a mano.
Mas su hermana, señora de las fieras,   470
le dirigió una fuerte reprimenda,
Ártemis la silvestre, y le dijo
palabras injuriosas:
«¿Huyes, entonces, tú, omnipotente
y a Posidón le dejas
la victoria entera
y le das una gloria inmerecida?
¡Insensato!, ¿para qué, pues, el arco

[871]

llevas tú, sólo así, inúltimente?
Que yo ahora no te vuelva a oír   475
ya más, en el palacio de mi padre,
afirmar jactancioso, como otrora,
en medio de los dioses inmortales,
que cara a cara contra Posidón
habrías de luchar frente por frente.»
Así dijo, y a ella nada Apolo,
el dios omnipotente, respondió;
pero, en cambio, irritada,
la venerable esposa de Zeus
increpó con palabras injuriosas   480
a Ártemis, la diosa flechadora:
«¿Cómo ahora tú, perra desvergonzada,
estás ansiosa por ponerte enfrente
de mí? Dura contigo
he de ser yo si tratas
de competir en ímpetu conmigo,
aunque seas de arco portadora,
ya que leona a ti Zeus te hizo
para mujeres, y te concedió
de ellas dar muerte a la que tú quieras.
Mejor es para ti, sin duda alguna,   485
andar matando fieras montaraces
por las montañas, así como ciervos,
que enzarzarte violentamente en lucha
con contrincantes más fuertes que tú.
Mas si quieres de la guerra enterarte,
para que sepas bien cuánta ventaja
te llevo yo a ti, puesto que intentas
compararte en ímpetu conmigo...»
Dijo así, justamente, y le cogía
por la muñeca, con su mano izquierda,   490
las dos manos de ella, y, con la diestra,
naturalmente, Hera le quitaba
de los hombros el arco y las flechas,
y, sonriendo, con estas dos armas
precisamente le asestaba golpes
cerca de las orejas, mientras ella
de un lado para otro se volvía;
e iban cayendo las raudas saetas

al suelo desde dentro del carcaj.
Y apartándose, en lágrimas bañada,
huyó la diosa como una paloma
que, perseguida por el gavilán,
se echa a volar para encontrar refugio
en el hueco de una cóncava roca,   495
pues, sin duda, no era su destino,
precisamente, el ser atrapada;
así, bañada en lágrimas, huyó
la diosa, y dejó abandonados
allí mismo el arco y las flechas.
Y a Leto la palabra dirigió
el mensajero Hermes Argifontes [19]:
«Contigo, Leto, yo, de ningún modo
voy a batirme, pues es peligroso
a golpes pelear con las esposas
de Zeus el que nubes amontona;
antes bien, sumamente jubilosa,   500
jáctate entre los dioses inmortales
de haberme derrotado empleando
la violencia de tu aplastante fuerza.»
Dijo así, justamente, y Leto el arco
recurvado y las flechas que habían
caído a un sitio cada una
en medio de un torbellino de polvo,
al recogerlas las iba juntando.
Luego que hubo arco y flechas recogido
de su hija, se marchó de regreso.
Y ésta, justamente, iba llegando   505
al palacio de Zeus, de umbrales
de bronce, y, en lágrimas bañada,
encima se sentaba, como hija,
de las rodillas de su padre Zeus,
y su inmortal vestido se agitaba
tembloroso por entrambos costados;

---

[19] Es difícil penetrar en el significado primitivo de las voces *diáktoros* («guía», tal vez) y *argeiphóntēs* que quizás ya Homero entendía como «el matador de Argo». Pues bien, estas voces aparecen en el original del verso que comentamos. Preferimos soslayar el problema.

y contra sí su padre la estrechó,
el Cronida, y con una sonrisa
dulce le preguntaba: «¿Quién te hizo,
pues, querida hija mía, tales daños,
de entre los dioses que hijos son del cielo,
sin fundamento, como si estuvieras   510
cometiendo algún crimen a la vista?»
Y a él, por su parte, respondióle
Ártemis, la de hermosa diadema,
la ruidosa: «¡Padre!, me sacudió
tu esposa, Hera la de blancos brazos,
de quien dependen siempre la disputa
y la querella entre los inmortales.»
Así, tales discursos entre ellos
se dirigían, cuando Febo Apolo   515
se metió, por su parte, en la sagrada
Ilión, pues el muro de aquella
ciudad bien construida era objeto
de su preocupación, no ocurriera
que los dánaos aquel mismo día,
por encima de la disposición
del hado, la asolaran.
Y los restantes dioses sempiternos
volvieron al Olimpo, irritados
los unos, y gloriándose los otros
en alto grado, y se iban sentando   520
junto a su padre el de la nube oscura.

[*Huyen a Ilio los troyanos*]

Aquiles, por su parte, a los troyanos
los diezmaba, tanto a ellos mismos
como, a la vez, también a los caballos
solípedos de éstos. Como cuando,
subiendo, al ancho cielo llega el humo
de una villa que se encuentra ardiendo,
cuyo fuego lo desencadenó
el enojo de los dioses airados,
y a todos les impuso fatigas
y a muchos les acarreó lutos,
así Aquiles les impuso fatigas   525

[874]

a los troyanos, y, asimismo, lutos [20].
En pie estaba Príamo el anciano
en lo alto del divino baluarte
y desde él al gigantesco Aquiles
advirtió, y también, por otra parte,
cómo, en medio de confusa fuga,
al punto por él eran perseguidos,
formando un gran tumulto, los troyanos,
sin que surgiera resistencia alguna.
Y prorrumpió en gemidos y bajaba
de lo alto del bastión al suelo raso,
apremiando a los muy renombrados   530
guardianes de las puertas
apostados a lo largo del muro:
«Abiertas mantened en vuestras manos
las puertas hasta que lleguen las tropas,
en su confusa fuga, a la villa;
pues, en verdad, Aquiles, helo ahí,
las viene persiguiendo bien de cerca;
ahora yo presiento
que el resultado nos va a ser infausto.
Pero luego que, dentro de los muros
encerrados, respiren con alivio,
de nuevo echad encima del umbral   535
los batientes reciamente ajustados;
pues tengo miedo no vaya a ocurrir
que ese varón funesto se nos meta,
dando un salto, dentro de las murallas.»
Dijo así, y los guardianes de las puertas
hacia atrás las echaron y, a la vez,
corrieron los cerrojos y, así,
de par en par abiertas, procuraron
la luz de salvación a los que huían.
Por otro lado, Apolo saltó fuera
para hacer frente a Aquiles, con el fin
de apartar de los teucros el desastre.
Y ellos iban huyendo en derechura
a la ciudad y sus altas murallas,

---

[20] La rima de los tres versos del original (*Il.* XXI 523-525) la intentamos
mantener nosotros en la traducción.

con las gargantas secas por la sed   540
y cubiertos del polvo levantado
del llano; y tras ellos iba Aquiles,
la lanza en ristre, impetuosamente,
pues rabia vehemente le llenaba
el corazón de manera continua
y anhelaba conquistarse la gloria.
En ese punto Troya de anchas puertas
hubieran conquistado
los hijos de los guerreros aqueos,
de no haber sido porque Febo Apolo   545
dio rienda suelta al divino Agénor,
guerrero hijo de Anténor,
a la vez intachable y vigoroso.
Audacia le infundió en el corazón,
y a su lado él mismo se plantó,
de manera que pudiera apartarle
las Parcas de la muerte, abrumadoras,
contra una encina reclinado,
si bien, naturalmente,
cubierto estaba por espesa bruma.
Pero en cuanto Agénor percibió   550
al destructor de ciudades Aquiles,
parado se quedó, y su corazón
con numerosos estremecimientos
se agitaba mientras se mantenía
firme aguardando; pero, disgustado,
como esperar cabía, así dijo
a su muy animoso corazón:
«¡Ay de mí!, si ahora huyo, perseguido
por el fuerte Aquiles, justamente
por allí por donde huyen espantados
y tumultuosamente los demás,
me cogerá aun así, de todos modos,   555
y me degollará sin que yo pueda
ofrecerle la menor resistencia.
En cambio, si yo dejo a todos esos
huir alborotados, perseguidos
por Aquiles el hijo de Peleo,
y, con mis pies corriendo, me desvío,
en mi fuga, del muro, a otro sitio,

[876]

a la llanura de Ilio, hasta que llegue
a las laderas boscosas del Ida
entre cuyos ramajes yo me esconda,
luego ya, por la tarde, bien podría,   560
habiéndome bañado en el río
y ya fresco, enjugado mi sudor,
regresar a Ilión... ¿Pero por qué
mi corazón me expone esas razones?
¡Con tal de que Aquiles no advierta
que me voy alejando
de la ciudad en dirección al llano
y no se lance en mi persecución
y con sus raudos pies me dé alcance...!;
luego ya no resultará posible   565
escapar a la muerte y a las Parcas;
pues es violento excesivamente,
bien por encima de los hombres todos.
Pero ¿y si acudo a enfrentarme con él
ante los muros de nuestra ciudad?
También, de cierto, es su piel vulnerable
para el bronce afilado, y dentro de ella
tan sólo un alma tiene, y mortal
lo declaran los hombres, aunque Zeus,   570
hijo de Crono, le concede la gloria.»
Así dijo, y, tensando su cuerpo,
haciéndose un ovillo, aguardaba
a pie firme a Aquiles, y por dentro
se lanzaba su corazón valiente
a guerrear y entablar batalla.
Al igual que una pantera sale
de un frondoso bosque a enfrentarse
a un cazador, y ésta, sin embargo,
no se espanta ni se atemoriza   575
dentro del corazón, en absoluto,
como para escapar apenas oiga
a sus perros ladrar, porque aunque él
a ella se adelante y la hiera
de cerca, o bien de lejos con un dardo,
no obstante ella, traspasada incluso
por la lanza, no ceja en la lucha
por defenderse, hasta o bien trabarse

en contienda librada cuerpo a cuerpo,
o bien caer domada, así el hijo
del noble Anténor, el divino Agénor,
no quería huir
antes de haber a Aquiles tanteado;
antes bien, justamente, él su escudo
bien redondo en todas direcciones,
lo tendió por delante de sí
y con su lanza a Aquiles apuntaba
y daba grandes gritos:
«Sin duda, ilustre Aquiles, en tus mientes
albergas la esperanza de saquear
en el día de hoy
la ciudad de los altivos troyanos,
¡infeliz!, mil dolores todavía   585
te aguardarán, por cierto, preparados
junto a ella, porque dentro de ella
guerreros somos muchos y valientes
los que, precisamente, defendemos,
a Ilión, poniéndonos delante
de nuestros padres, de nuestras esposas
y también de nuestros hijos queridos.
Mas tú aquí irás
en pos de tu destino,
aunque en verdad tú seas un guerrero
tan sumamente intrépido y temible.»
Dijo así, justamente, y disparó   590
de su pesada mano el dardo agudo
y le acertó, en efecto, en la pierna,
pues no erró el tiro, bajo la rodilla,
y a los dos lados, la greba de estaño
poco ha trabajada resonó
horriblemente, en tanto que el bronce
saltó hacia atrás al chocar, repelido
de la zona alcanzada,
que no la atravesó,
pues los dones de un dios lo contuvieron.
Y el hijo de Peleo se lanzó,   595
después de esa acción de su adversario,
contra Agénor, comparable a los dioses,
pero Apolo no le permitió

[878]

la gloria conquistarse para sí,
sino que arrebató de allí al troyano
y lo envolvió en muy espesa niebla,
naturalmente, y luego, ya tranquilo,
le acompañaba para que, del campo
de batalla saliendo, regresara.
Y, a la vez, intentaba tener lejos
del ejército al hijo de Peleo
mediante un engaño:
en efecto, el dios omnipotente,   600
al propio Agénor parecido en todo,
ante los pies de Aquiles se plantó
y éste, entonces, a correr con los suyos
persiguiendo al troyano arrojóse.
Y mientras iba el uno persiguiendo
al otro a través de la llanura
productora de trigo, ya que a Aquiles,
que corría detrás a corto trecho,
lo había desviado
a lo largo del río
Escamandro de hondos remolinos
(pues, en efecto, Apolo con su engaño
lo hechizaba para que a cada instante   605
tuviera la esperanza de que al punto
alcance le daría con sus pies),
mientras tanto los restantes troyanos,
huyendo amedrentados, en tropel
bien contentos a la ciudad llegaron,
y la ciudad llenóse de guerreros
que dentro de ella se agazaparon.
Pues ellos, lo que es ellos, no osaron,
naturalmente, quedarse esperando,
fuera de la ciudad y de sus muros,
los unos a los otros, ni enterarse
de quién había huido y quién muriera   610
en la guerra; antes bien, impetuosos
dentro de la ciudad se derramaron
todos aquéllos, al menos, a quienes,
a todos y cada uno de ellos,
los pies y las rodillas les habían
conservado con vida y a salvo.

Canto XXII

*La muerte de Héctor**

Ellos, así, escapados por la villa
como ciervos[1], el sudor se enjugaban
y bebieron y la sed remediaban,
en las bellas almenas apoyados.

---

* El canto XXII, en el que continúa la narracción que aparece en la
parte final del anterior canto (cómo los troyanos todos, salvo Héctor, se
refugian de los aqueos, entrando en la ciudad, al amparo de las murallas, y
cómo Aquiles persigue tenazmente al dios Apolo creyendo que es el
guerrero Agénor, *Il.* XXI 599-605), es, no obstante, la culminación de una
más larga acción que arranca del momento en que se anuncia la muerte de
Patroclo y a raíz de ella Aquiles (al comienzo del canto XVIII) se decide a
vengar al amigo muerto. La lucha singular y definitiva que se ha venido
retardando una y otra vez, la que va a decidir la captura de Troya, ahora
resulta ya inaplazable. Ésta enfrentará al héroe de los pies ligeros con el
defensor de la patria, a Aquiles con Héctor, cuando ya las huestes troyanas
no pueden resistir el enfurecido ataque de los argivos que cuentan con el
inestimable apoyo del enojado hijo de Tetis. Los troyanos se apoyan en las
almenas de las torres que flanquean las puertas Esceas; los argivos, por el
contrario, apoyan en sus hombros los escudos. Los troyanos se apiñan
dentro de los muros como ciervos asustados, poseídos de miedo cerval.
Sólo Héctor da la cara a Aquiles, sin hacer caso a los ruegos de sus padres
que le suplican que no se enfrente al enfurecido guerrero aqueo sino que
entre en la ciudad. Tras el singular combate muere Héctor, y Príamo,
Hécabe y Andrómaca lloran lastimosamente la trágica muerte del patriótico
héroe. Este definitivo episodio acontece el cuarto día de combate, el día
vigésimo séptimo de la acción narrada en la *Ilíada,* un día que iba a ser
aciago para los troyanos, un día cuyo amanecer se pinta en el canto XIX.

[1] Cfr. *Il.* IV 243 y ss.

[880]

En cambio, los aqueos se acercaban
más y más cada vez a la muralla,
sobre el hombro[2] apoyando los escudos.
Pero a Héctor la funesta Parca   5
obligóle, trabándole los pies[3],
a quedarse allí mismo, de Ilión
y las puertas Esceas[4] por delante.
Y al Pelida hablóle Febo Apolo:
«¿Por qué, hijo de Peleo, me persigues
con tus veloces pies,
tú que eres un mortal,
a mí inmortal dios?
Pues aún no me has reconocido   10
como el dios que soy, mas sigues tú
con ardor incesante tras mí yendo.
¿Acaso no te importa en absoluto
la fatiga de acabar con los teucros
que en fuga pusiste y que ya ahora
dentro de la ciudad se han recogido,
en tanto tú hasta aquí te desviaste?
Ciertamente, a mí no has de matarme,
pues no estoy, que lo sepas,
destinado a la muerte.»
A él repuso con gran irritación
Aquiles, héroe de los pies ligeros:
«Me estorbaste, poderosa deidad,   15
el más funesto de todos los dioses,
habiéndome del muro desviado
y traído hasta aquí en este momento;
que, por cierto, de no haber sido así,
aún muchos la tierra con sus dientes
mordido habrían[5] antes de llegar
a entrar en Ilión. Mas me has quitado

---

[2] Con el brazo izquierdo doblado, hacen recaer el borde del escudo
sobre el hombro. Obsérvese el contraste, muy bien logrado con una sola
palabra, entre los troyanos «apoyados» *(keekliménoi)* y los aqueos «apoyando» *(klínantes)*.
[3] Cfr. *Il.* IV 517.
[4] Las puertas Esceas, que se abrían a la llanura troyana, eran las más
importantes de la ciudad.
[5] Cfr. *Il.* II 418.

ahora una gran gloria
y a ellos los salvaste fácilmente,
pues en nada temiste una venganza
que sobre ti más tarde recayera.
En verdad que yo habría de vengarme   20
si con fuerza contara para hacerlo.»
Habiendo dicho así,
a la ciudad se había encaminado,
albergando altaneros pensamientos,
habiéndose lanzado a la carrera
como caballo ganador de premio
en el certamen, de carro provisto,
que, a galope tendido,
por la llanura fácilmente corre.
Así Aquiles movía expeditos
sus pies y sus rodillas.

[Príamo y Hécabe suplican a su hijo Héctor que entre
en Troya]

Y lo vio el viejo Príamo, el primero,   25
con sus ojos, lanzado a la carrera
por la llanura y resplandeciente
cual la estrella que sale en el otoño[6],
cuyos rayos muy claros se perciben,
aun en medio de estrellas numerosas,
a la hora del ordeño en plena noche;
a ella por nombre llaman
«el perro de Orión»[7].
Y ella es la más brillante,   30
pero es, a la vez, funesto signo,
porque fiebre produce
abundante a los míseros mortales[8].
Así de Aquiles el bronce fulgía,

---

[6] Sirio, griego *Seirios,* adjetivo derivado de la voz **seirós* «ardiente».

[7] Orión era el cazador, poderoso y bello (*Il.* XVIII 486; *Od.* XI 310) que
continuaba cazando en el mundo de ultratumba (*Od.* XI 572); amado de
Aurora *(Eós) (Od.* V 121) y convertido en constelación (*Il.* XVIII 488 y
Od. V 274).

[8] Cfr. Virgilio, *Eneida* X 273 y ss.

según corría, en torno de su pecho.
Y el viejo gimió, y con sus manos,
que en alto levantara,
golpeóse la cabeza,
y profundos gemidos exhalando,
dando gritos a su hijo suplicaba;   35
él estaba a pie firme
delante de las puertas,
anhelando de forma vehemente
con Aquiles en la lucha enzarzarse;
a él el viejo, tendiéndole las manos,
le dirigía lastimeras voces:
«¡Héctor, hijo querido, no aguardes,
por favor te lo pido, a ese hombre,
tú solo, alejado de tu gente,
para que no te vayas al encuentro
del destino bien pronto,
domado por el hijo de Peleo,   40
pues de verdad él mucho te aventaja,
ese hombre inabordable!; ¡ojalá fuera
tan querido a los dioses como a mí! [9];
bien pronto, entonces, a él le comerían,
tendido por el suelo,
los perros y los buitres;
y una aflicción horrible
se me habría de ir de mis entrañas;
que falto me ha dejado
de numerosos y valientes hijos,
matándolos a unos,   45
y exportando a los otros y vendiendo
en islas bien remotas.
Pues incluso ahora a mis dos hijos
Licaon y Polidoro [10] ver no logro
entre cuantos troyanos
en la ciudad entraron apiñados:
los que a mí Laótoa me pariera,

---

[9] Deseo irónico.
[10] Cfr. *Il.* III 333; Licaón muere a manos de Aquiles en *Il.* XXI 114 ss.,
y Polidoro —el más joven de los dos hijos de Príamo y Laótoa— muere,
también domado por el Pelida, en *Il.* XX 407.

soberana entre todas las mujeres.
Pero si vivos en el campamento
se encuentran, en tal caso
podremos luego ir a rescatarlos
a precio de oro y bronce,   50
pues hay de ello dentro del palacio;
que el viejo Altes [11] de ilustre nombre
mucha dote a su hija le diera.
Pero si muertos ya y en las moradas
están de Hades, dolor sentiremos
en nuestros corazones
su madre y yo que la vida les dimos;
de menos duración será el dolor   55
del resto de las gentes,
a no ser que tú mueras asimismo,
bajo Aquiles domado.
Mas éntrate en el muro, hijo mío,
para que a los troyanos y troyanas
los salves y al hijo de Peleo
no le des grande gloria
a cambio de perder tu propia vida.
Y, además, compadécete de mí,
de este desventurado,
en tanto aún estoy en mis cabales,
a quien Zeus padre, el hijo de Crono,   60
¡desgraciado de mí!,
en el umbral de la vejez [12] estando,
con cruel destino acabará conmigo,
tras haber contemplado
cuantiosos infortunios:
mis hijos pereciendo,
mis hijas arrastradas,
las cámaras nupciales destrozadas,
y mis nietos chiquitos arrojados,

---

[11] Altes era el rey de los léleges y padre de Laótoa. Cfr. *Il.* XXI 85. De
este verso se deduce que Laótoa no era simple concubina del viejo rey
Príamo, sino una de sus legítimas esposas, al igual que Hécabe, la madre de
Héctor.

[12] Cfr. *Il.* XXIV 487; *Od.* XV 348.

en fiera hostilidad, contra el suelo[13],
y arrastradas mis nueras, sometidas   65
a las funestas manos
de guerreros aqueos.
Y a mí mismo, por último, los perros
carniceros, en las primeras puertas[14],
me harán pedazos dándome tirones,
desde el momento en que con bronce agudo
o espada o dardo me haya herido alguien
y me haya arrebatado
de dentro de mis miembros
el hálito vital;
esos perros que había yo criado
a los pies de mi mesa en el palacio,
para ser vigilantes de las puertas,
y tal vez ellos, tras haber bebido   70
mi sangre, en su alma muy enloquecidos[15],
echados en el suelo
del pórtico estarán;
ahora bien, a un joven guerrero[16]
que en las lides de Ares muerto ha sido,
por el agudo bronce desgarrado,
todo le sienta bien
cuando se halla tendido por el suelo.
Pues todo es bello en él aunque esté muerto,
cualquiera cosa de él que esté a la vista.
Mas cuando ya los perros   70
ultrajan de un anciano muerto en guerra
la barba cana y la cana cabeza,

---

[13] Ese fue el destino cruel, según la época posterior, de Astianacte, hijo
de Héctor y de Andrómaca. Cfr. *Il.* XXIV 735.

[14] Es decir (cfr. v. 71), en los pórticos que dan entrada al palacio.

[15] Borrachos de sangre humana.

[16] Cfr. la elegía, inspirada en este pasaje (*Il.* XXII 71-6), del poeta
espartano Tirteo (Tyrtaeus fr. 10 West, 21-30). W. Schadewaldt, *Von
Homers Welt und Werk,* Stuttgart 1965, 464; 300 n. 1; P. von der Mühll,
Kritisches Hypomnema zur Ilias, Basilea 1952, 333, y D. Lohmann, *Die
Komposition der Reden in der Ilias,* Berlín 1970, 168, piensan que la versión
original es la de Tirteo y que la que tenemos ante nuestros ojos es un
añadido que hizo un rapsodo al verso 69 en que Príamo se imagina a sí
mismo devorado por sus propios perros.

y sus vergüenzas, eso sí que es ya
la más penosa y lamentable suerte
que acaece a los míseros mortales.»
Así decía el viejo, y con sus manos,
por el dolor tirándose del pelo,
sus canosos cabellos se arrancaba;
pero ni así persuadir conseguía
el corazón a Héctor.
Y por el otro lado,
su madre, por su parte,
se lamentaba, lágrimas virtiendo,
y el pliegue de su túnica soltando,   80
con la otra mano el pecho
cogido en alto tuvo,
y, lágrimas virtiendo,
le dirigía aladas palabras:
«Respeta, hijo mío, esto que ves,
y de mí misma, Héctor, ten piedad,
si un día yo a ti te di el pecho
que hace olvidar las cuitas;
acuérdate de ello, hijo querido,
y rechaza a ese feroz guerrero,
estando tú dentro de la muralla,   85
y no quieras alzarte contra él
para luchar en la primera fila,
¡tú, hombre inflexible!,
porque si te matara,
ya yo misma no he de poder llorarte,
mi querido retoño, en el lecho,
a ti, a quien yo misma
parí, ni tu esposa
que fue adquirida con muchos regalos,
sino que, de nosotras dos muy lejos,
junto a las naos de las huestes argivas
veloces perros te devorarán.»
Así los dos, llorando,   90
a su querido hijo le hablaban,
con súplicas rogándole insistentes;
pero no conseguían
el corazón de Héctor persuadir;
antes bien, al contrario, él aguantaba

a pie firme el ataque de Aquiles,
gigantesco guerrero,
que ya cada vez más se le acercaba.
Y como una serpiente que aguarda,
a la entrada de su madriguera,
a algún hombre, allá en la montaña,
una vez que ha comido [17]
perniciosos venenos
y cólera terrible
se ha introducido en ella,
y fijamente mira   95
con terribles miradas y se enrosca
a la entrada de su madriguera;
de esa manera Héctor, revestido
de arrojo inextinguible,
no daba un paso atrás,
apoyando su escudo refulgente
en una torre que sobresalía [18],
e irritado, a su corazón
magnánimo le dijo:

[Soliloquio de Héctor]

«¡Ay de mí!, si las puertas
y los muros traspaso,
me cubrirá de oprobio, antes que nadie,   100
Polidamante [19], pues me aconsejaba
que a la ciudad guiara a los troyanos
a la entrada de aquella noche infausta [20],
cuando se levantó [21] el divino Aquiles.
Mas yo no le hice caso,
y eso que hubiera, ciertamente, sido
mucho más provechoso.
Pero ahora que por mis inconsciencias

---

[17] Cfr. Virgilio, *Eneida* II 471 *mala gramina pastus.*
[18] En el muro de una de las torres que sobresalía junto a las puertas
Esceas.
[19] Hijo de Pántoo; cfr. *Il.* XIV 449; 453; XV 339; 518; 521; XVI 535;
XVIII 249.
[20] Cfr. *Il.* XVIII 241.
[21] Cfr. *Il.* XIV 397.

he hecho perecer a tanta gente,
siento vergüenza ante los troyanos   105
y las troyanas que arrastran el peplo,
no vaya a ser que un día diga alguien,
un individuo inferior a mí:
"Héctor, confiando en su propia fuerza,
a sus huestes perdió." Así dirán,
y entonces para mí
mucho más provechoso me sería,
cara a cara enfrentándome, o a Aquiles
haber matado y luego regresar,
o perecer yo mismo a manos suyas,   110
honrosamente, ante la ciudad.
Mas si ahora²² depusiera el escudo
abombado y mi potente yelmo,
y la pica en el muro apoyando,
yo en persona me fuera al encuentro
de Aquiles, el héroe irreprochable,
y a él le prometiera
que a Helena y sus joyas con ella
y todas las riquezas al completo   115
que Alejandro en sus cóncavas naves
se trajo a Troya (lo que culminó
en el origen de esta discordia),
se las voy a entregar a los Atridas
para que se las lleven,
y, al mismo tiempo, y por separado,
voy a dar una parte a los aqueos
de todo lo que esconde esta ciudad,
y si luego tomara a los troyanos
solemne juramento en sus ancianos
de que nada ocultaran y que todo,   120
al contrario, por mitad repartieran
de cuantas posesiones
la amable ciudad encierra dentro...
Pero ¿por qué mi caro corazón
sostiene esas pláticas conmigo?
No vaya yo a llegarme junto a él

---

²² Comienza aquí una larga oración condicional sin apódosis.

y él no me compadezca
ni me tenga respeto en absoluto
y me mate estando desarmado
del mismo modo que a una mujer,   125
en cuanto yo me quite la armadura.
Ya no es posible ahora en modo alguno
con aquél entablar conversación
de la roca y la encina[23], como charlan
la doncella y el mozo, como charlan
la doncella y el mozo entre sí[24].
Mejor, por otra parte, es cuanto antes
confrontarnos entrambos en la lucha;
veamos, pues, a quién ofrecerá   130
de los dos el Olímpico la gloria.»

[*Héctor, perseguido por Aquiles*]

De este modo, aguardando, daba vueltas
a estos pensamientos en su mente,
cuando cerca de él llegóse Aquiles,
igual a Enialio, el guerrero
que agita el penacho de su yelmo,
a la altura blandiendo
de su hombro derecho
el espantoso fresno del Pelión[25];
y a ambos lados de su cuerpo brillaba
el bronce comparable al resplandor

---

[23] Esta locución se origina en un refrán o *gnốmē* que quiere decir «hablar de los orígenes del hombre a partir de las rocas y las encinas», tema, obviamente, muy alejado de los asuntos o acontecimientos inmediatos o del entorno. Equivale a remontarse a los cerros de Úbeda, contar historias inútiles, como suelen hacer los enamorados que gozan más en contemplarse y estar juntos que en el contenido de lo que se dicen.
[24] Obsérvese la emocional *epanalepsis,* figura empleada también en *Il.* XX 371-2.
[25] La espantosa lanza de fresno cortado en el monte Pelión (montaña de Tesalia). La lanza en cuestión se la había regalado a Peleo el centauro Quirón. Cfr. *Il.* XVI 143 y ss.; XIX 390. Alusiones al monte Pelión encontramos en *Il.* II 744; 757; XVI 144 y *Od.* XI 316.

de fuego ardiendo o del sol naciente.   135
De Héctor, nada más verlo, apoderóse
un estremecimiento;
y ya ánimo no tuvo, justamente,
para aguardarlo allí mismo a pie firme,
sino que tras de sí dejó las puertas
y horrorizado emprendió la huida [26];
y el Pelida se lanzó tras él,
en sus pies impetuosos confiado.
Cual se lanza con ímpetu en los montes
el gavilán, el ave más ligera,
fácilmente abatiéndose en pos   140
de tímida paloma, que hacia abajo,
horrorizada, emprende la huida,
y él de cerca, con agudos piídos,
frecuentemente salta sobre ella,
pues su ánimo le manda atraparla;
así, precisamente, aquel volaba
derecho y anhelante,
y Héctor escapó lleno de miedo
al pie de la muralla de los teucros
y expeditas movía sus rodillas.
Ellos iban corriendo apresurados
bordeando la atalaya   145
y la higuera silvestre
por el viento azotada [27],
continuamente al pie de la muralla,
siguiendo el camino para carros,
y se iban acercando
a los dos manantiales de aguas bellas,
do saltan las dos fuentes de Escamandro,
voraginoso río,
y de la una mana agua caliente

---

[26] Héctor es el héroe humano que a veces siente miedo. Cfr.
W. Schadewaldt, *Von Homers Welt und Werk,* Stuttgart 1965, 303-6; cfr.
Ilíada XVI versos 363 y 367.

[27] Cfr. *Il.* II 792, donde aparece Polites atalayando, en calidad de vigía,
los movimientos de las tropas argivas, apostado sobre el túmulo del viejo
Aisietes. La higuera silvestre, por otro lado, se menciona en *Il.* VI 433.

y, a los dos lados, de ella brota humo [28]   150
como de un fuego que estuviera ardiendo;
de la otra hacia adelante fluye
el agua a granizo parecida
o fría nieve o cristal de hielo.
Allí cerca, al pie de ellas,
se encuentran unos amplios lavaderos,
hermosos y de piedra, en que solían   155
las esposas y las hermosas hijas
de los troyanos lavar los vestidos
resplandecientes, en el tiempo de antes,
en los tiempos de paz,
antes de que llegaran
los hijos de los varones aqueos.
Por allí justamente ambos pasaron
a la carrera, huyendo uno de ellos,
y el otro, persiguiéndole, tras él.
Por delante un valiente iba huyendo,
y otro le perseguía,
más valiente con mucho,
ágilmente los dos, pues no trataban   160
de obtener como premio un animal
para el sacrificio ni un escudo
hecho de piel de buey, cosas las dos
que suelen ser los premios entre hombres
que en la carrera con sus pies compiten,
sino que allí corrían por el alma
del héroe Héctor, domador de potros.
Como cuando solípedos corceles
ganadores de premio en las carreras
en torno de la meta dan la vuelta
con mucha rapidez, cuando allí
el gran premio está depositado,
o un trípode o bien una mujer,
en juegos funerales celebrados
en honor de un difunto,
así ellos dos giraron por tres veces,   165
con sus ágiles pies,

---

[28] Vapor.

de la ciudad de Príamo en torno;
y a ellos los dioses todos
les estaban mirando.

[*Los dioses deliberan sobre el destino de
Héctor*]

Y entre ellos empezaba el parlamento
el padre de los hombres y los dioses:
«¡Ay, ay, ay!, con mis ojos estoy viendo
a un hombre que me es caro
en derredor del muro perseguido,
y mi alma por Héctor se lamenta   170
que en mi obsequio quemara muchos muslos
de bueyes en las cimas
del muy abrupto Ida
y otras veces en su alta ciudadela;
ahora, en cambio, el divino Aquiles
con sus veloces pies le va siguiendo
de la villa de Príamo en torno.
Mas, ¡venga!, dioses, a tomar consejo
y decidir si acaso le salvamos
de la muerte o bien ya le domamos,   175
aunque valiente sea, doblegado
ante Aquiles el hijo de Peleo.»
A él, a su vez, la diosa respondióle,
Atena, la de ojos de lechuza:
«¡Padre del blanco y fúlgido rayo
y de la nube oscura!,
¡qué palabras has dicho!
A un hombre que es mortal,
desde antiguo a su muerte destinado,
¿quieres una vez más dejarle libre   180
de la muerte de sones lastimeros?;
hazlo; no obstante, los restantes dioses
no todos te aplaudimos, ciertamente.»
A ella respondiendo, así le dijo
Zeus el dios que nubes amontona:
«Tranquila, Tritogenia, hija querida;
que ahora no estoy hablando
con ánimo resuelto, en absoluto;

que quiero ser contigo complaciente;
obra siguiendo el curso de tu mente   185
y ya no te detengas.»
Habiendo dicho así, más incitó
a la ya antes ansiosa Atenea,
y ella, dando un salto,
descendió de las cumbres del Olimpo.

[Intervención de Atena]

Y a Héctor sin tregua perseguía
acosándole el veloz Aquiles.
Como cuando un perro en los montes
persigue a un cervatillo,
una cría de ciervo
que del cubil había levantado,   190
a través de cañadas y barrancos,
y, si acaso bajo un matorral
acurrucándose, el cervatillo
despista al perro, éste, no obstante, corre,
inconmoviblemente, rastreando,
hasta que logra hallarle;
de esa manera Héctor
no logró despistar
al hijo de Peleo,
el de los pies veloces.
Cuantas veces intentaba lanzarse
de frente hacia las puertas Dardanias,   195
por saltar y al abrigo colocarse
de los bien construidos torreones,
por si acaso pudieran desde arriba
con dardos defenderle, tantas veces
previamente saliéndole al encuentro
por un costado, le hacía dar vuelta
en dirección al llano,
mientras que él mismo iba volando siempre
de la ciudad pegado a la muralla [29].
Y al igual que en un sueño no es posible

---

[29] Aquiles va corriendo por el flanco del camino adosado al muro de la
ciudad para impedirle la entrada a Héctor.

darle alcance a aquel que va huyendo:
justamente ni huir el uno puede   200
ni el otro, tampoco, darle alcance,
así ni con sus pies le alcanzó Aquiles
ni tampoco logró Héctor zafarse.
¿Mas cómo Héctor hubiera escapado
de las diosas del hado y de la muerte
si a él, ya por vez última y postrera,
no se acercara Apolo que en él
excitó su coraje
y sus rodillas le volvió expeditas?
Y a sus huestes Aquiles el divino   205
con su cabeza iba haciendo señas
de no intervenir, ni permitía
que nadie contra Héctor
amargos proyectiles disparara,
no fuera a ser que alguien con su tiro
la gloria se ganara
y él llegara el segundo.
Mas cuando ya, al dar la cuarta vuelta,
junto a los manantiales se llegaron,
ya entonces, justamente, su balanza
de oro el padre tendía
y en ella colocaba   210
dos genios de la muerte dolorosa,
el uno, de Aquiles, y el otro,
del héroe Héctor, domador de potros;
y habiéndola cogido por el medio,
alzábala; y tendía hacia abajo
el día fatal de Héctor,
que al Hades se iba,
pues Apolo le había abandonado.
Pero Atena, la de ojos de lechuza,
al hijo de Peleo se acercaba,
y, parándose cerca,   215
le dirigía aladas palabras:
«Ahora sí ya tengo la esperanza,
tú, caro a Zeus, Aquiles ilustre,
de que los dos habremos de llevarnos
hasta las naves mismas
una gran gloria para los aqueos,

después de haber con Héctor acabado,
por insaciable de lucha que sea.
Ya no le es posible verse libre
habiendo huido de nosotros dos,
ni siquiera aunque Apolo soberano   220
muchísimo sufriera
y ante el padre Zeus,
portador de la égida,
se revolcara una y otra vez.
¡Pero venga!, tú ahora para quieto
y recobra aliento,
que yo, en verdad, marchándome, a ése
le voy a convencer
de que entable combate cara a cara.»
Así dijo Atenea,
y aquel obedecía
y en su ánimo se regocijaba.
Y entonces se paró y apoyóse   225
en su lanza de fresno,
en lengüeta de bronce rematada;
y ella, justo luego, le dejaba
y llegóse hasta el divino Héctor,
a Deífobo en talle parecida
así como en la voz inquebrantable,
y, parándose cerca,
le dirigía aladas palabras:
«¡Amigo!, ya muchísimo, en verdad,
te está acosando el veloz Aquiles,
persiguiéndote con sus raudos pies,   230
de la villa de Príamo en torno,
¡mas venga ya!, parémonos y firmes
intentemos su ataque rechazar.»
A ella, a su vez, le respondió,
el gran Héctor del yelmo refulgente:
¡«Deífobo!, ya antes, ciertamente,
para mí eras con mucho el más querido
de entre los hermanos [30]

---

[30] La voz griega *gnōtós*, «conocido», significa en este pasaje y en *Il.*
XVIII 35 «hermano».

que Hécabe y Príamo engendraran,
pero ahora estoy viendo en mis entrañas   235
que mucho más aún he de estimarte,
tú que valor tuviste,
una vez que me viste con tus ojos,
para salir del muro a causa mía,
mientras los otros siguen dentro de él.»
A él, a su vez, respondióle la diosa,
Atenea, la de ojos de lechuza:
«¡Amigo!, en verdad, mucho me rogaban   240
tu padre y tu venerable madre
poniéndose de hinojos,
el uno tras el otro,
y asiendo mis rodillas,
y, a ambos lados, también mis compañeros,
que me quedara allí; que hasta tal punto
tiemblan todos de miedo.
Pero mi corazón dentro del pecho
se agotaba con triste sufrimiento.
Ahora los dos vayamos a la lucha
derechamente y enardecidos,
y no haya con la lanzas
ningún comedimiento en absoluto,
para que ver podamos si Aquiles,
matándonos a entrambos,   245
nuestros despojos manchados de sangre
a las cóncavas naves se los lleva,
o domado resulta por tu lanza.»
Así habiendo dicho,
y empleando asimismo astucia,
guióle Atenea.

*[Héctor procuca en vano llegar a un acuerdo
con Aquiles respecto del cadáver del vencido]*

Y cuando, avanzando frente a frente,
estaban cerca ya el uno del otro,
a Aquiles el primero dirigióse
el gran Héctor del refulgente yelmo:
«No voy ya huir de ti,   250

[896]

¡oh hijo de Peleo!
como antes huía
de la ciudad de Príamo en torno
por tres veces, sin atreverme nunca
a aguantar tu ataque a pie firme;
ahora, en cambio, mi ánimo me manda
manteniéndome en pie, plantarte cara,
a ver si es que llego yo a amtarte
o bien soy yo el que resulta muerto.
Más, ¡ven aquí!, invoquemos
como testigos nuestros a los dioses;
pues ello han de ser
los mejores testigos e inspectores   255
de estos ajustes nuestros;
pues yo no me propongo
desfigurarte horripilantemente
si Zeus me concede resistencia
y el alma consigo arrebatarte;
mas después de que te haya despojado,
Aquiles, de tu famosa armadura,
devolveré tu cuerpo a los aqueos;
de esa misma manera obra tú.»
Echándole una torva mirada,   260
le dijo Aquiles, el de pies ligeros:
«No me vengas ahora, Héctor malvado,
hablando de contratos;
como no hay leales juramentos
entre hombres y leones,
ni lobos y corderos
tiene el corazón
unido en los mismos sentimientos;
al contrario, los unos a los otros
continuamente se tienen inquina,
de la misma manera no es posible
que tú y yo amor nos profesemos,   265
ni habrá entre los dos, en absoluto,
juramentos antes de que uno caiga
de entre nosotros dos y con su sangre
sacie a Ares, guerrero portador
de un escudo de cuero.
Recuerda toda suerte de valor;

[897]

ahora sí que te es, más bien, preciso
ser lancero intrépido guerrero.
No hay ya para ti escapatoria,   270
y ya inmediatamente con mi lanza
va a domarte Palas Atenea;
y ahora todas juntas pagarás
mis aflicciones por los compañeros
que furioso mataste con tu lanza.»
Así dijo y, la lanza blandiendo
de alargada sombra, la arrojaba
hacia adelante, y, mirando de frente,
logró esquivarla el ilustre Héctor,
pues, al verla ante sí, se agachaba,   275
y la lanza de bronce
pasó volando por encima de él
y se clavó en tierra; mas al punto
arrebatóla Palas Atenea
y de vuelta a Aquiles se le daba,
y pasó inadvertida
a Héctor, pastor de gentes.
Y Héctor la palabra dirigió
al hijo irreprochable de Peleo:
«Fallaste y, justamente, en modo alguno,
Aquiles a los dioses parecido,
nada sabías tú de mi destino,   280
que te hubiera Zeus revelado;
sin embargo, ¡bien seguro que hablabas!
Pero un charlatán has resultado
y de palabras mixtificador,
para que yo, ante ti, lleno de miedo,
de mi coraje y fuerza me olvidara.
No has de clavar, por cierto, en mi espalda,
mientras huyo, tu lanza;
pásamela, al contrario, por el pecho,
según derechamente al ataque
me lanzo enardecido,
si un dios te lo concede;
pero ahora, a tu vez, esquiva tú   285
mi broncínea lanza; ¡ojalá
toda ella en tu cuerpo la recibas!
También la guerra para los troyanos

se haría más ligera, muerto tú;
pues tú eres su más tremenda plaga.»
Así dijo, y la lanza blandiendo
de alargada sombra,
luego se la arrojaba
hacia adelante y acertó en el centro   290
del escudo del hijo de Peleo
y no falló el disparo;
pero se fue la lanza, rechazada,
bien lejos del escudo.
Y Héctor irritóse porque vano
huyera de su mano el raudo tiro,
y parado quedóse y abatido,
pues no tenía otra lanza de fresno.
Y a Deífobo, el del escudo blanco
llamaba profiriendo grandes voces;
su larga lanza intentaba pedirle,   295
pero de él no se hallaba nada cerca.
Y Héctor en sus mientes se dio cuenta
y en voces prorrumpió:
«¡Ay de mí!, ya me llaman, muy de cierto,
los dioses a la muerte,
pues yo a mí mismo me aseguraba
que el héroe Deífobo aquí
se encontraba a mi lado;
él, empero, se encuentra en la muralla
y a mi Atenea me engañó del todo.
Pero ahora ya la miserable muerte   300
está cerca de mí y no aparte,
y ya no hay escape;
pues, en verdad, ya hace mucho tiempo
ello era más que antes grato a Zeus
y al hijo de Zeus, el Arquero,
que propicios, al menos hasta ahora,
me habían protegido;
ahora, en cambio, me alcanza el destino.
¡Ojalá yo, empero, no perezca
sin esfuerzo o sin gloria; antes bien,   305
una excelsa proeza realice
para que de ella lleguen a enterarse
aun las generaciones venideras!»

Así precisamente habiendo hablado
con clara y fuerte voz, desenvainó
la aguda espada que bajo el costado
larga y poderosa le pendía
y con ardor lanzóse, contraído
como el águila, ave de alto vuelo,
que a través de las nubes tenebrosas
se cierne sobre el llano
a arrebatar bien una oveja tierna   310
o quizás una liebre asustadiza;
así Héctor cargó, impetuoso,
agitando su espada puntiaguda.
Pero Aquiles lanzóse al ataque
y se llenó el alma
de salvaje ardimiento y su pecho
por delante cubrió con el escudo,
hermoso y bien labrado,
y movía hacia abajo la cabeza
con el yelmo brillante
y de cuatro penachos, cuyas crines   315
hermosas, de oro hechas, ondulaban,
que Hefesto fijara, numerosas,
de la cimera a uno y otro lado [31].
Cual en medio de estrellas va saliendo,
a la hora del ordeño en plena noche,
la estrella de la tarde, que es la estrella
más hermosa que en el cielo se alza,
así resplandecía de Aquiles
la aguzada punta de la lanza
que, justamente, Aquiles
iba blandiendo en su diestra mano,   320
pensando en dañar a Héctor divino,
observando dónde su hermoso cuerpo
lo más posible el paso dejaría.
Pero a él también el cuerpo le cubría
la hermosa armadura que a Patroclo
por la fuerza habíale quitado

---

[31] Cfr. *Il.* XIX 383.

después que lo matara;
pero el cuerpo a la vista se ofrecía
por donde las clavículas separan
el cuello de los hombros,
en la garganta, donde es más pronta 325
la destrucción del aliento vital;
por allí, justamente, traspasóle,
cuando le acometía enardecido,
con su lanza Aquiles el divino,
y, de frente, la punta de su lanza
atravesóle el delicado cuello.
Mas la lanza de fresno,
pesada por el bronce,
no consiguió cortarle el garguero,
para que, al héroe Aquiles respondiendo,
con palabras pudiera algo decirle.
Se vino abajo en medio del polvo[32], 330
y de ello se glorió el divino Aquiles:
«¡Héctor!, cuando a Patroclo despojabas,
sin duda te decías con firmeza
que ibas a estar a salvo, pues a mí,
que estaba apartado,
no me tenías respeto ninguno,
¡infeliz!; vengador mucho mejor
que tú, aun apartado,
en las cóncavas naves,
para lo sucesivo yo quedaba,
yo que ahora desato tus rodillas. 335
A ti perros y aves de rapiña
te van a lacerar
de forma afrentosa,
mientras que a aquél habrán de tributarle
los últimos honores los aqueos.»

---

[32] Comienza aquí un pasaje (330-367) en que los dos héroes, Aquiles y Héctor, intercambian discursos, que estructuralmente. ofrece notables semejanzas con el de la muerte de Patroclo (*Il.* XVI 829-863). El vencedor da por sentado que el vencido, su rival, alberga determinados propósitos o intenciones o bien mantiene ciertas expectativas. Luego, el vencido profetiza la muerte del vencedor. A continuación muere el héroe derrotado, y el vencedor responde con altanería a las que fueron últimas palabras del héroe finado.

A él, con poca presteza para obrar,
Héctor le dijo, el del brillante yelmo:
«Por tu vida te ruego y tus rodillas
y tus progenitores,
no permitas que al lado de las naves
de los aqueos, canes me devoren;
antes bien, tú acepta   340
bronce y oro abundantemente,
regalos que te habrán de hacer mi padre
y mi augusta madre,
y mi cuerpo devuélvelo a mi casa,
para que los troyanos
y esposas de troyanos
parte me den del fuego
que como muerto a mí me corresponde.»
Echándole una torva mirada,
le dijo Aquiles, el de pies ligeros:
«No me supliques, ¡perro!,   345
ni por mis padres ni por mis rodillas;
¡Ojalá de algún modo a mí mismo
corazón y coraje me indujeran
a cortarte en pedazos y tus carnes
comérmelas yo crudas!,
(¡qué grave daño el que tú me has hecho!),
como es cierto que no hay quien pudiera
los perros apartar de tu cabeza [33],
ni aunque diez veces o, incluso, veinte,
ni aunque incontables los rescates,
trayéndolos aquí, me los pesaran,
y prometieran otros además,   350
ni aunque pesar tu propio cuerpo en oro
el Dardánida Príamo ordenara,
ni aun así a ti tu augusta madre
ha de llorarte muerto,
a ti a quien ella misma pariera,
echándose en el lecho funerario;
antes bien, todo entero
repartirán tu cuerpo entre sí

---

[33] Es decir: «de tu persona.»

los perros y las aves de rapiña.»
Y estando ya a punto de morir,   355
Héctor le dijo, el del brillante yelmo:
«Dirigiendo a tu rostro la mirada,
bien, de verdad, te voy yo conociendo,
pues, justamente, yo no esperaba
llegar a persuadirte;
bien cierto es que tú tienes
un corazón de hierro en tus entrañas.
Tal como están las cosas, date cata
que para ti no llegue a convertirme
en un motivo de la ira divina
el día aquel en que acaben contigo
Paris y Febo Apolo, aunque eres bravo,   360
a la entrada de las puertas Esceas.»
A él que justamente así dijera,
el término envolvióle de la muerte,
y, su alma, volando de sus miembros,
se fue al Hades su suerte lamentando,
pues juventud y hombría
había abandonado tras de sí.
A él, aun muerto, el divino Aquiles
así le dirigía la palabra:
«Muerto quédate ahí, que yo el destino   365
de mi muerte habré de recibir
cuando dispongan darle cumplimiento
Zeus y los demás eternos dioses.»

[El cadáver de Héctor es afrentado]

Dijo así, y del cadáver arrancó
la broncínea lanza y colócola
aparte, y de sus hombros la armadura
llena de sangre íbale quitando;
y los demás hijos de los aqueos
acudieron, corriendo, en derredor,
los cuales asimismo contemplaron   370
la talla y el aspecto admirable
de Héctor, sin que nadie en absoluto
se parara a su lado sin herirle.
Y así iba diciendo cada uno

[903]

mirando a quien de él cerca se encontraba:
«¡Caramba!, de verdad mucho más blando
es Héctor de tocar por ambos lados
que cuando incendiara nuestras naves
con el ardiente fuego.»
Así iba diciendo cada un   375
y, parándose al lado, le golpeaban.
Y el divino Aquiles
que con los pies a sí mismo se basta,
luego que de las armas
le hubo despojado,
de pie entre los aqueos,
con palabras aladas les hablaba:
«¡Amigos, que de los argivos sois
jefes y consejeros!,
toda vez ya que los dioses nos dieron
domar a este hombre
que tantos males nos había hecho   380
cuantos los demás todos no hicieran,
¡venga ya!, pues, con nuestras armas puestas
hagamos un intento
de tomar la ciudad,
atacándola por sus dos costados,
para que ya sepamos la intención
que tienen los troyanos, la que sea,
si, una vez que éste ha caído,
abandonar proyectan
la alta ciudadela
o a resistir están determinados
aunque Héctor ya no exista.
Pero ¿por qué mi caro corazón   385
sostiene esas pláticas conmigo?
Cabe las naves yace un cadáver
no llorado aún, no inhumado,
Patroclo a quien yo no olvidaré
en tanto yo me encuentre entre los vivos
y mis rodillas se puedan mover;
y aunque en el Hades [34]

---

[34] En el Hades la vida no es propiamente vida.

los muertos no recuerden, no obstante,   390
yo incluso allí he de acordarme
de mi querido amigo y compañero.
Pero ahora, cantando un peán[35],
regresemos, hijos de los aqueos,
a las cóncavas naves,
y a éste llevémosle a ellas.
Una alta gloria nos hemos ganado:
dimos muerte a Héctor el divino,
a quien en su ciudad
como a un dios los troyanos suplicaban.»
Así dijo, y acciones ultrajantes   395
contra el divino Héctor maquinaba.
De ambos pies, por la parte de atrás,
taladró sus tendones
desde el tobillo hasta el talón,
e íbalos con correas amarrando
hechas de piel de buey,
y al carró las ató, mas su cabeza
dejó que se arrastrara;
y subido al carro
y recogiendo las ínclitas armas,
fustigó sus caballos   440
para que arrancaran,
y ellos, no obligados,
emprendieron el vuelo.
Y una polvareda
se iba levantando del cadáver
de Héctor que iba a rastras,
y a uno y otro lado de su cara
sus muy negros cabellos se esparcían
y su cabeza entera,
otrora agradable,
ahora yacía en medio del polvo;
pues Zeus entonces la había entregado
del propio Héctor a los enemigos
para ser ultrajada
allí mismo, en su propia tierra patria.

---

[35] Es una canción de acción de gracias, un himno para agradecer la victoria, que, por lo general, se dedica a Apolo.

Así de Héctor la cabeza entera   405
llena de polvo estaba; y su madre
cabellos se arrancaba, y arrojó
lejos de sí el espléndido velo,
y, al ver a su hijo, prorrumpió
en agudos sollozos. Y el padre
estalló en gemidos lastimeros
y las gentes del pueblo, a los dos lados,
de la villa a lo largo, eran presas
de plañidos y de lamentaciones.
Lo que estaba ocurriendo parecía   410
sobremanera y, justamente era,
como si Ilio entera,
sobre un altozano situada,
se consumiera a fuego desde lo alto.
Y las gentes del pueblo, justamente,
al viejo a duras penas retenían,
en su aflicción ansioso por salir
por las puertas Dardánidas afuera.
Y revolcándose en el estiércol,
a todos suplicaba, a cada hombre   415
llamando por su nombre:
«¡Amigos míos!, teneos aparte,
y dejadme a mí solo, aunque afligidos,
salir de la ciudad y hasta las naves
llegar de los aqueos,
que quiero suplicar a ese hombre
orgulloso y violento,
por si de algún modo ante mi edad
siente respeto, y se compadece
de mi vejez. También él tiene un padre   420
tan viejo como yo,
Peleo, que le daba
la vida y lo criaba
para que a ser llegara
plaga de los troyanos;
pero a mí más que a nadie
me acarreó dolores;
pues tantos hijos me mató floridos.

Mas de ellos todos, aunque afligido,
no me lamento tanto
como por un solo,   425
cuyo punzante duelo
me va a precipitar dentro del Hades;
a Héctor me refiero;
¡ojalá hubiera muerto entre mis brazos!;
entonces nos hubiéramos saciado
con lloros y lamentos uno y otro,
su madre infortunada
que la vida le dio, y yo con ella.»
Así dijo llorando, y sollozaban
los ciudadanos al compás del duelo.
Y Hécabe daba pie a las troyanas,
el apretado planto dirigiendo:
«¡Hijo mío, desgraciada de mí!   430
¿Qué va a ser mi vida desde ahora,
después de haber sufrido esta desdicha,
estando muerto tú, que para mí
eras noches y días mi orgullo
a lo ancho de la villa, y para todos,
troyanos y troyanas, una ayuda
por toda la ciudad?;
ellos como a un dios te saludaban;   435
pues en verdad tú, estando vivo, eras
para ellos también muy grande gloria;
mas ahora ya te han dado alcance
la muerte y el destino.»

[Andrómaca intuye el motivo del duelo]

Así dijo llorando; mas la esposa
de Héctor todavía
no se había enterado de nada,
pues ningún mensajero fidedigno
se le había llegado a anunciarle
que su esposo aún aguantaba firme
por fuerza de las puertas,
antes bien, ella en un recoveco   440
del palacio de elevada techumbre
una pieza tejía que iba a ser

[907]

purpúreo doble manto,
en la que salpicaba
flores bordadas de varios colores.
Y había ordenado a las sirvientas
de hermosas trenzas, por toda la casa,
que un gran trípode al fuego colocaran
para que dispusiera
de agua caliente Héctor para el baño,
cuando de la batalla regresara;
¡infeliz!, que no había percibido   445
que a él ya bien lejos
de las aguas del baño
Atenea, la de ojos de lechuza,
a manos de Aquiles le domara[36].
Pero el planto oyó y los gemidos
que venían del lado de la torre;
y sus miembros a temblar se pusieron
y al suelo le cayó la lanzadera.
Y ella de nuevo se iba dirigiendo
a sus esclavas de hermosas trenzas:
«Aquí seguidme dos de entre vosotras,   450
que quiero ver qué es lo que ocurre.
De mi augusta suegra
la voz yo estaba oyendo
y en mí misma, dentro de mi pecho,
el corazón me salta hasta la boca
y, por debajo, se me han quedado
rígidas las rodillas;
cerca ya una desgracia
a los hijos de Príamo sucede.
¡Ojalá esa palabra
de mis oídos estuviera lejos!
Pero ahora tengo un terrible miedo,   455
no sea que ya a mi animoso Héctor,
habiéndole cortado el acceso
a la ciudad, el divino Aquiles
a él solo hacia el llano le persiga
y acabe ya con la funesta hombría

---

[36] Cfr. *Il.* XXII 270 y ss.

que le llenaba en todo momento,
pues jamás se quedaba
entre la muchedumbre de guerreros,
sino que acostumbraba
correr hacia adelante mucho trecho
sin ceder en su arrojo ante nadie.»
Habiendo hablado así, precipitóse   460
a través del palacio, a la carrera,
a una ménade igual,
su corazón latiéndole con fuerza;
y con ella marchaban las criadas.
Pero cuando llegaron
a la torre y el grueso de los hombres,
se acodó sobre el muro de la torre
y una inquieta mirada dirigiendo,
arrastrado lo vio ante la ciudad,
pues rápidos corceles sin cuidado   465
a las cóncavas naves lo arrastraban
de los aqueos. Tenebrosa noche,
descendiendo a sus ojos, la envolvió,
y hacia atrás se cayó
y el alma exhalaba.
Y lejos arrojó de su cabeza
los brillantes adornos del tocado:
diadema, redecilla,
y trenzada felpilla y el velo   470
que le diera la áurea Afrodita
aquel día en que Héctor,
el del yelmo brillante,
del palacio de Eetión se la llevara,
luego que mil regalos
él como pretendiente procurara [37].
Y de ella a los dos lados se plantaron
sus cuñadas y esposas de cuñados,
en bien nutrido grupo, en cuyo centro
ellas la recogían desmayada,
de perecer a punto.
Mas luego ya que ella tomó aliento   475

---

[37] Cfr. *Il.* VI 395-7.

y concentróse su ánimo vital
dentro de su conciencia,
deshaciéndose en llanto a borbotones,
dijo entre las troyanas:
«¡Héctor, triste de mí! Por consiguiente,
para un mismo destino hemos nacido
entrambos, tú en Troya,
de Príamo tu padre en el palacio,
y yo en Tebas, al pie del monte Placo,
cubierto de floresta,
de mi padre Eetión en el palacio,   480
que, siendo chica yo, me alimentaba,
él, desgraciado, a mí, malhadada;
¡no debiera haberme dado el ser!
Mas tú ahora a la mansión de Hades
te vas, bajo las grutas de la tierra,
y a mí me dejas en odioso duelo,
viuda en tu palacio,
y el niño, así de tierno todavía,
que tú y yo engendramos, desdichados[38];   485
ni tú para él, Héctor,
pues has muerto, habrás de ser ayuda,
ni él habrá de serlo para ti,
pues, suponiendo que escape a la guerra
de los aqueos abundante en llanto,
siempre habrá de contar en el futuro
con aflicciones y padecimientos;
pues gentes extranjeras
le arrebatarán sus labrantíos.
Y el día que a mi niño   490
en huérfano convierte,
le deja totalmente sin amigos:
está abatido absolutamente,
y en lágrimas bañadas sus mejillas.
Menesteroso, acude a los amigos
de su padre, el niño,
y al uno le tira de la capa,
de la túnica al otro;

---

[38] Cfr. *Il.* XXIV 725-727.

y de aquéllos que de él se compadecen
alguno le alcanza una escudilla
por un instante y él en ella moja   495
sus labios, mas no moja el paladar.
Y a ese mismo niño, el retoño
por una y otra rama floreciente[39]
le expulsa del banquete
a fuerza de golpearle con sus manos
y de reconvenirle con denuestos:
"Lárgate por ahí,
que tu padre, por cierto,
no participa de nuestro banquete."
Y el niño, en lágrimas bañado,
acudirá, Astianacte,
junto a su madre viuda, él que antes,   500
sentado en las rodillas de su padre,
solía comer médula tan sólo
y grasienta gordura de ovejas,
y cada vez que el sueño le cogía
y de jugar dejaba como un niño,
se dormía en el lecho, entre los brazos
de su nodriza, en una blanda cama,
el corazón colmado de delicias.
Ahora, en cambio, de su padre falto,   505
habrá él de sufrir mucho, "Astianacte":
el sobrenombre que le dan los teucros[40],
pues tú[41] solo sus puertas protegías
y sus altas murallas; ahora, en cambio,
junto a las corvas naves
y alejado de tus progenitores,
te comerán gusanos ondulantes,
una vez que los canes estén hartos,
desnudo, aunque en tu casa, colocados   510
en armarios roperos
vestidos tienes finos y graciosos,
por manos de mujeres producidos.

---

[39] Es decir: el niño al que le viven padre y madre.
[40] Astianacte significa (en la extensión en que los nombres propios
significan) «soberano de la villa». Cfr. *Il.* VI 402 y ss.
[41] Héctor.

Mas todos ellos, de cualquier manera,
los quemaré con fuego abrasador,
para ti sin provecho en absoluto,
puesto que nunca yacerás sobre ellos,
sino para que en gloria se te tornen
por parte de troyanos y troyanas.»
Así dijo llorando
y en respuesta gemían las mujeres.

Canto XXIII

Los funerales de Patroclo *

Así en su ciudad ellos gemían [1];
en cambio, los aqueos [2],

---

* Este canto XXIII consta de dos partes bien claramente diferenciadas: *Los funerales* y *Los juegos,* que se unen en el verso 275.

En la primera nos topamos con una descripción emocionante y al mismo tiempo rigurosa de la ceremonia fúnebre: los mirmídones, montados a caballo, dan vueltas en torno del cadáver de Patroclo. Luego, Aquiles inicia las rituales lamentaciones, impone sus manos sobre el pecho del muerto y le da cuenta de la venganza que piensa cobrarse del cadáver de Héctor. Seguidamente, tiene lugar el banquete funeral. Aquiles participa en él, pero no en compañía de sus mirmídones, sino con los caudillos aquos. Más tarde, dormida la orilla del mar, se le aparece el alma de Patroclo, que le ruega se dé a su cuerpo sepultura. Al día siguiente se le prepara la pira. Aquiles ofrenda su cabellera al difunto Patroclo, e invoca a los vientos, que, por mediación de Iris, acuden a avivar el fuego de la hoguera mortuoria. Luego se apaga la pira, se recogen los huesos del héroe muerto, que se guardan en urna de oro, y se construye su tumba.

En toda esta primera parte del canto XXIII, el dolor violento de Aquiles, sus salvajes ansias de venganza y los bárbaros ritos funerarios que dedica a su amigo, se mezclan con la melancolía, la aflicción del héroe por la muerte del fiel compañero de armas y la suave tristeza que en su alma provoca saber que también su fin está próximo.

La segunda parte —*Los juegos*— sirve de contraste a tanto funeral, luto y abatimiento de ánimo. En Grecia arcaica los juegos funerales en honor de los difuntos señalados eran parte fundamental de los ritos funerarios. En la propia *Ilíada* se mencionan los de Edipo (XXIII 679) y Amarinceo (XXIII 629-631). La carrera de carros, el pugilato, la lucha, la carrera pedestre, el combate con armas, el lanzamiento del disco (o del *sólos* o bloque de hierro), el tiro del arco y el lanzamiento de jabalina, son las pruebas que se suceden en esta segunda parte del canto, muchas de las cuales constituirán ejercicios indefectibles en los Juegos panhelénicos, porque habían sido

una vez que ya habían alcanzado
las naos y el Helesponto,
unos se dispersaban,
cada uno a su nave caminando,
pero a los mirmídones
el héroe Aquiles no les permitía
dispersarse; antes bien, al contrario,
él a sus compañeros,
amantes de la guerra,
así se dirigía: 5
«¡Mirmídones de rápidos corceles,
mis fieles camaradas de combate,
los caballos de sólidas pezuñas,
ahora todavía, de debajo
de nuestros carros no los desunzamos;
al contrario, más bien nosotros mismos
con carros y caballos incluidos,
vayamos acercándonos al sitio
en que yace el cadáver,
y a Patroclo lloremos;
pues ése es el honor de los que mueren [3].
Más adelante, empero,   10
una vez que del lúgubre gemido
nos hayamos saciado con alivio [4],

---

establecidos nada menos que por Heracles, según refiere Píndaro en su
Olímpica X. Toda esta segunda parte, pues, nos distrae con su acumula-
ción de abigarrados lances y la sucesión de incidentes de varia suerte.
Dominan en ella los rasgos de humor, simpatía y benevolencia, y en
consonancia con este nuevo tono distendido y blando, se nos presenta en
ella un inesperado e insospechado Aquiles, complaciente, conciliador,
generoso, comprensivo, que se acuerda con frecuencia de su difunto amigo
Patroclo, y está siempre dispuesto a la reconciliación, muy distinto del
Aquiles vengativo que prometiera a su compañero de armas muerto echar
a los perros el cadáver de Héctor, y muy próximo ya, en cambio, al Aquiles
que con lágrimas en los ojos devolverá a Príamo el cuerpo sin vida de su
hijo, el gran héroe troyano.

[1] Enlaza, así, este canto con el final del anterior, en el que aparecen los
troyanos llorando la muerte de Héctor (XXII, últimos versos).

[2] Vuelven los aqueos junto a sus naves, a su campamento.

[3] Cfr. *Od.* XXIV 190. A los muertos se les debe llorar durante varios
días. Cfr. *Il.* XIX 229; *Il.* XXIV 664, etc.

[4] Cfr. *Il.* XXIII 10; 98; *Il.* XXIV 513, lugares en que reaparece la
fórmula en cuestión : *epeí k'olooîo tetarpómetha góoio.*

soltaremos del yugo a los caballos
y aquí todos la cena tomaremos.»
Así dijo, y gimieron
en masa congregados los aqueos,
y Aquiles dirigía la salmodia;
y tres veces en torno del cadáver
condujeron, llorando, sus caballos,
de hermosas crines; pues entre ellos Tetis
de gemir excitóles el deseo,
y se iban empapando las arenas,   15
y se iban las armas empapando [5]
que portan los varones, con su llanto,
pues echaban de menos
a tan buen consejero de la fuga.
Y el Pelida entre ellos
el gemido vehemente
entonaba el primero [6]
colocando sus manos asesinas
sobre el pecho de su buen compañero:
«¡Salud, mi buen, Patroclo,
incluso en el palacio del dios Hades!;
que todo he de cumplirte   20
cuanto antes te había prometido [7],
arrastrar hasta aquí al héroe Héctor
y dárselo a los perros,
para que crudas sus carnes se coman,
y luego degollar ante tu pira
a doce hijos ilustres de troyanos,
pues estoy irritado por tu muerte.»
Así dijo, y contra Héctor el divino
acciones ultrajantes meditaba,
y extendió su cadáver boca abajo   25
en el polvo, junto al lecho mortuorio
del hijo de Menetio;
y cada uno de ellos
las armas relucientes

---

[5] Obsérvese la anáfora en el texto original, que intentamos salvar
nosotros en la traducción. Estos versos los imita Virgilio en *Eneida* XI 191.
[6] Cfr. *Il.* 606; *Il.* XXIV 721.
[7] *Il.* XVIII 334 y ss.

de bronce se quitaba,
y, además, desuncían
los caballos de relinchos sonoros,
e iban tomando asiento
al lado de la nave del Eácida
el de los pies ligeros,
en masa innumerable [8];
y él, por su parte, a ellos ofrecía
el fúnebre banquete
que al deseo que se alberga responde;
muchos bueyes de blanca piel mugían,   30
en torno al doble filo de la espada,
también muchas ovejas
y cabras baladoras;
y, además, muchos cerdos
de blancos dientes, lozanos de grasa,
se asaban tendidos
entre las llamas del divino Hefesto;
y por doquier en torno del cadáver
sangre tan abundante iba corriendo
que por vasos podía recogerse [9].
Luego a Aquiles, el hijo de Peleo,   35
el rey de los mirmídones,
el de los pies ligeros, a la tienda
de Agamenón divino lo llevaron
los caudillos reyes de los aqueos,
pues a él con gran trabajo persuadieron,
cuando en su corazón aún estaba
por su buen compañero enfurecido.
Y cuando ya a la tienda
de Agamenón llegaron,
a la que ellos sus pasos dirigían,
al punto a los heraldos ordenaron,
los de sonoras voces [10],

---

[8] En el «Catálogo de las naves» (*Il*. II 685) aparece Aquiles al mando de cincuenta navíos; en el catálogo del canto XVI de la *Ilíada* (*Il*. XVI 168 ss.), los mirmídones son dos mil quinientos.

[9] La sangre se destinaba al muerto. Los vivos comían las viandas.

[10] A pesar de ello («de sonoras voces»: *lingúphthongoi* es un *epithetum constans*) aquí los heraldos realizan trabajos propios de los compañeros de armas o escuderos, de los *therápontes*.

poner al fuego un trípode bien grande,   40
por si acaso al Pelida le persuadían a
que se lavara
cumplidamente sus manchas de sangre;
él, empero, rehusaba con firmeza
y aun encima selló su negativa
mediante un juramento:
«¡No, por Zeus, de los dioses
el más alto y mejor precisamente!,
no es lícito que cerca
de mi cabeza lleguen chorros de agua,
antes de que a Patroclo   45
sobre el fuego coloque
y un túmulo le erija,
arena derramando,
y mis propios cabellos me recorte,
porque nunca ya más por vez segunda
un dolor semejante
alcanzará mi corazón, sin duda,
en tanto que entre vivos yo me cuente.
Pero, ¡venga!, ahora hagamos caso
del lúgubre banquete;
y desde el punto en que la aurora salga,
manda tú, Agamenón,
príncipe de guerreros,
que traigan leña y aparejen todo   50
cuanto es apropiado
que el muerto tenga cuando se dirige
al oscuro poniente, descendiendo,
para que a éste le queme por completo
el incansable fuego y lo arrebate
a nuestros ojos bien rápidamente
y la gente se vuelva a sus quehaceres.»
Así dijo y ellos, naturalmente,
con interés oyeron sus palabras
y, así, le hicieron caso;
luego, con diligencia prepararon   55
la cena todos ellos,
cada uno por su parte,
y a cenar se aprestaban,
y nada el apetito

echaba en falta en aquel banquete
por igual repartido.

[La aparición de Patroclo]

Mas después que la gana
de bebida y comida
fuera de sí echaron,
los demás se marcharon a las tiendas,
a·acostarse en la suya cada uno,
pero, en cambio, el Pelida, a la orilla
del mar multibramante
yacía extendido sobre el suelo,
gimiendo hondamente,   60
rodeado de muchos mirmidones,
en lugar descubierto en que las ondas
una tras otra, en la costa rompían;
y cuando en él el sueño ya hacía presa,
las cuitas de su alma desatando [11],
dulce sueño vertido de él en torno
(pues sus miembros ilustres muy cansados
habíalos dejado
al lanzarse al asalto sobre Héctor
en dirección a Ilio la ventosa),
entonces de improviso sobre él vino   65
el alma de Patroclo el muy cuitado,
parecida a él del todo
en la talla y en los hermosos ojos,
y en la voz asimismo,
y su cuerpo cubría con vestidos
tales cuales aquellos
que antes vistiera en vida [12].
Encima se posó de su cabeza
y a él diririgióse con estas palabras [13]:
«Duermes, Áquiles; y, por otra parte,

---

[11] Cfr. *Od.* XX 56.
[12] Cfr. *Od.* XVII 203;338; XIX 218; XXIV 158.
[13] Verso formular que sirve para introducir los parlamentos de los
espectros que se aparecen; cfr. *Il.* II 59; XXIV 682; *Od.* IV 803; VI 21; XX
32; XXIII 4.

de mí te has olvidado;
nunca de mí vivo te descuidabas;   70
te descuidas, en cambio, de mí muerto.
Entiérrame cuanto antes,
pues que quiero pasar las puertas de Hades,
y las ánimas lejos me rechazan
que los espectros son de los difuntos,
y con ellas mezclarme allende el río[14],
hasta el momento no me lo permiten;
antes bien, ando errante vanamente
alrededor del Hades,
morada de anchas puertas[15].
Dame tu mano, te pido llorando;   75
que ya nunca de nuevo
he de volver del Hades,
una vez que del fuego
la parte me hayáis dado.
De seguro que ya, estando con vida,
no habremos de sentarnos,
apartados de nuestros compañeros,
a trazar planes; antes, al contrario,
me ha tragado ya a mí la Parca odiosa[16],
la que me tocó en suerte justamente
el mismo día en que yo nacía.
También tú mismo tienes tu destino,   80
Aquiles a los dioses semejante,
el perecer al pie de la muralla
de los troyanos, hombres opulentos.
Y otra cosa también he de decirte
y te he de encarecer,
por si caso me haces:

---

[14] No precisa el texto de qué río se trata, si del Aqueronte (cfr. *Od.* X
513), del Estige (*Il.* VIII 369), o del Océano (*Od.* XI 13-23).
[15] Cfr. *Od.* X 571.
[16] La palabra *Kéer*, que aparece en el original, designa, unas veces, la
divinización del destino, *(moîra, aîsa)* personal de cada hombre (cfr. *Il.*
XVIII 535) y, otras, el *daîmōn* de cada individuo (*Il.*, II 302), como en
el pasaje de la pesada de las *kêres* de Aquiles y Héctor (Cfr. D. J. Lee,
Glotta 39 (1960) 191 ss.).

Mis huesos, buen Aquiles, no coloques[17]
de los tuyos aparte, sino juntos,
pues juntos nos criamos en tus lares,
cuando aún pequeño me llevó de Opunte[18]   85
a vuestro hogar Menetio,
a causa de homicidio luctuoso,
aquel día en que al hijo yo matara
de Anfidamante sin querer hacerlo,
¡infeliz que soy yo!,
por cuestión de las tabas irritado.
Allí Peleo, conductor de carros,   90
me recibió en su casa
y con gran gentileza me criaba
y me nombró tu compañero de armas[19];
¡ojalá, pues, también del mismo modo
cubra una misma urna funeraria
los huesos de ambos,
esa urna de oro[20] y doble asa
que a ti te procuró tu augusta madre.»
Respondiéndole, así le dijo Aquiles,
el de los pies ligeros:
«¿Por qué, cabeza de buen camarada,

---

[17] En época micénica los muertos eran, por lo regular, inhumados. En la
Ilíada, en cambio, los cadáveres son sometidos a cremación. Esto no
implica una contradicción entre los usos funerales micénicos y los refleja-
dos en la *Ilíada.* Pues no hay que olvidar que en nuestro poema los aqueos,
alejados de su patria, carecen de mausoleos o tumbas familiares. Sin
embargo, estos guerreros expedicionarios siguen edificando un *túmbos*
como monumento funerario.

[18] Patroclo procede de Opunte, en Lócride (*Il.* XVIII, 326, 327), adonde
Aquiles había prometido a Menetio, padre de su camarada, que habría de
llevar a éste con vida después de la campaña y la toma de Troya. Siendo
niño, Patroclo, enfurecido por un litigio baladí surgido en torno al juego
de las tabas, mató a su compañero de juego, y su padre, Menetio, lo llevó,
a raíz del homicidio, a Ftía, patria de Aquiles, y allí permanecieron padre e
hijo hasta el momento de la expedición a Troya. Entonces se separaron
Menetio y Patroclo; el primero volvió a Opunte y Patroclo acompañó a
Aquiles. Por eso también Ftía es país de origen de Patroclo (cfr. *Il.* XI 765-
66); XVI 13-15).

[19] La palabra del texto original, *therápōn,* significa «escudero», «compañero de armas».

[20] Este verso es un eco de la *Etiópida,* poema en que Tetis recogía las
cenizas de su hijo Aquiles en una urna de oro.

aquí has venido a darme esos encargos 95
por separado expuestos?
Yo, por mi parte, he de cumplirlos todos
en tu favor y muy exactamente,
y te haré caso, tal como tú mandas.
Pero, ¡venga!, ponte de mí más cerca;
abracémonos ambos,
aunque por poco tiempo,
y consigamos hartazgo y consuelo
mediante nuestro lúgubre lamento.»
Así le habló con voz clara, y tendióle
sus manos, pero no consiguió asirle; 100
pues su alma, como el humo, tierra abajo
marchóse entre chillidos[21];
atónito quedose al verlo Aquiles
y hacia atrás dio un salto
y entrechocó las palmas de sus manos
y estas palabras gemebundas dijo:
«¡Oh, dioses!, es, pues, cierto
que algo existe incluso
en las moradas de Hades[22],
alma o espectro; sin embargo, mientes
no existen dentro de ello en absoluto[23].
Porque toda la noche 105
el alma de Patroclo infortunado
sobre mí gravitaba
en medio de gemidos y lamentos
y uno a uno me iba encomendando
sus encargos y a él se parecía
extraordinariamente.»

---

[21] El alma carece de consistencia y lanza chillidos como un pájaro: cfr.
Od. XXIV 5-9.
[22] Es creencia popular griega que los muertos no sólo siguen existiendo
tras la muerte, sino que además se enteran desde el Hades de lo que hacen
y dicen los vivos. cfr. Píndaro, *Olímpidas* XVI 20-4; *Píticas* V 101; Isócrates
XIX 42; Platón, *Leyes* 927 b; Aristóteles, *Etica Nicomaquea* 1100 a 29-30;
1101 a 22-4; K.J. Dover, *Greek popular morality,* Oxford 1974, 243-5.
[23] Cfr. J. Böhme, *Die Seele und das Ich im homerischen Epos,* Leipzig 1931.
En la *Odisea* (*Od.* XI 476) a los muertos se les llama *aphradées,* es decir:
«Privados de mientes.»

Así dijo, y anhelo de gemir
suscitó en todos ellos,
y cuando ellos gimiendo se encontraban
les rayó el Alba de rosados dedos[24]
en torno del cadáver   110
que a compasión incita.
Y Agamenón, entonces, poderoso,
ordenó que los mulos y guerreros
de doquiera saliendo de las tiendas
madera allí trajeran;
y un varón noble al frente se encontraba
de esta empresa, Meríones[25],
de Idomeneo afable el escudero;
y hachas de leñadores en sus manos
y bien trenzadas sogas empuñando,   115
pusiéronse en camino,
y, como es natural, iban delante
de ellos los mulos, y muy largos trechos
cuesta arriba y abajo recorrieron,
e iban o bien bordeando la montaña
o por sesgadas trochas acortando.
Mas cuando a las quebradas se acercaron
del Ida de mil fuentes[26],
al punto ellos cortaban presurosos
encinas de alta copa
con el bronce de delicado filo,
y con un gran estruendo
iban ellas cayendo,   120
y luego los aqueos las hendían
y las ataban detrás de las mulas,
y con sus cascos éstas
en terrones el suelo iban partiendo
deseosas de llegar a la llanura
matorrales espesos traspasando;

---

[24] Cfr. *Od.* XXIII 241.
[25] Meríones es caudillo de cretenses. Cfr. *Il.* XIII, XVII, XXIII 351-615, 894-897.
[26] Cfr. *Il.* XIV 157; XX 59, 218.

e iban los leñadores
llevando todos ellos
leños sobre sus hombros,
pues que así lo mandaba Meriones,
de Idomeneo afable el escudero,
e ïbanlos arrojando,   125
dispuestos en hilera,
sobre el lugar preciso de la costa
en que Aquiles había pensado
levantar una tumba
para Patroclo y para sí mismo.
Mas luego ya que ellos depositaron
por doquiera la leña innumerable,
allí mismo sentados todos juntos
quedaban esperando.
Pero Aquiles, al punto, dio la orden
a todos sus mirmídones,
amantes de la guerra,
de que el bronce ciñeran   130
todos y cada uno,
y uncieran a los carros los caballos;
y entonces ellos en pie se ponían
y se iban las armas ajustando,
y a los carros subieron los aurigas
y los guerreros que a su lado montan;
delante iban los hombres
que montan en los carros
y una nube seguíales de infantes,
incontables, y en medio
llevaban a Patroclo
sus compañeros de armas;
por entero al cadáver revestían   135
con cabellos que ellos se cortaban
y por encima arrojaban del muerto;
y detrás iba Aquiles el divino,
bien apesadumbrado,
sosteniéndole al muerto la cabeza,
pues que al Hades él acompañaba
a su intachable amigo y compañero.
Y ellos, cuando alcanzaban
el lugar que Aquiles les indicara,

el féretro pusieron en el suelo
y amontonaban abundante leña.
Entonces, a su vez, otro proyecto[27]   140
forjó en su mente Aquiles el divino,
el de los pies ligeros:
de pie, plantado lejos de la pira,
cortóse él su rubia cabellera
que, florida, cuidaba como ofrenda
para el río Esperqueo;
luego, irritado y a la mar mirando
de vinosos reflejos, así dijo:
«Esperqueo[28], en vano
Peleo, mi padre, promesa te hizo
de cortarme en tu honor la cabellera
y ofrecerte una sagrada hecatombe
cuando yo allí volviera de regreso,
a la querida tierra de mis padres,
y allí mismo a la vera de tus fuentes,
donde un recinto tienes consagrado
y un perfumado altar,
sacrificarte cincuenta moruecos
de atributos de macho bien provistos;
así el viejo hacía el voto,
mas tú no le cumpliste su deseo;
y ahora ya que a la tierra   150
querida de mis padres
yo ya no he de volver de ningún modo[29],
yo quisiera otorgar mi cabellera
al héroe Patroclo,
para que se la lleve.»
Dijo así y en las manos de su amigo
y compañero de armas

---

[27] Este comienzo de verso, en el original griego, es formular y muy frecuente en la *Odisea*.

[28] Platón consideraba impías estas palabras que Aquiles dirige al río Esperqueo; cfr. Platón, *República* III, 391 b.

[29] Que el héroe Aquiles es consciente de su destino, aparece claro en muchos pasajes de la *Ilíada;* Cfr. *Il.* I 352, 416; IX 410-416; XIX 408-410; XVIII, 98-126. Cfr. también, por otra parte, vv. 80-81 *supra:* el espíritu del difunto Patroclo recuerda al héroe Aquiles su destino fatal.

puso su cabellera
y anhelo de gemidos
suscitó en todos ellos;
y el resplandor del sol
se les habría puesto, ciertamente,
entre lamentaciones [30],
si Aquiles de inmediato a Agamenón   155
no se hubiera acercado
y no le hubiese hablado de este modo:
«Atrida, pues a ti sobremanera
habrán de obedecerte los aqueos
en lo que les ordenes y les digas,
de gemidos posible es aún saciarse,
pero ahora a la gente dispersa
de la pira y ordena
la cena preparar;
que habremos de ocuparnos
de estas fúnebres honras
aquéllos para quienes el cadáver   160
es objeto de duelo especialmente;
y que aquí a nuestro lado
tan sólo permanezcan los caudillos.»
Y en cuanto que oyó eso,
Agamenón, príncipe de guerreros,
dispersó de inmediato
sus huestes por las naves
muy bien equilibradas.
Permanecían allí mismo, en cambio,
quienes del duelo se cuidaban, e iban
madera amontonando, y una pira
hicieron de cien pies de un lado y otro,
y en lo más alto de ella colocaron,   165
en su pecho afligidos, el cadáver.
Muchas grasas ovejas, muchos bueyes
de curvos cuernos y andares torcidos
delante de la pira desollaban
y además preparaban;

---

[30] Es decir: sus gemidos habrían durado hasta el anochecer. Cfr. *Od.*
XVI 220.

y el magnánimo Aquiles
de las víctimas todas extrayendo
la grasa que tenían,
el cadáver con ella
recubrió de los pies a la cabeza,
y en torno amontonaba
los cuerpos desollados;
y de miel y de aceite   170
ánforas colocaba
que apoyaba en el lecho mortuorio;
y cuatro potros de enhiesto cuello,
dando grandes gemidos, arrojaba
con ímpetu a la pira.
Nueve perros el soberano Aquiles,
nutridos a su mesa, poseía;
de ellos dos degolló y echó a la pira,
y asimismo a doce nobles hijos   175
degolló de magnánimos troyanos
con el bronce, y en sus mientes tramaba
mortíferas acciones,
y al férreo ardor del fuego
arrojólos para que los paciera.
Un gemido exhaló seguidamente
y llamó por su nombre
a su querido amigo y compañero [31]:
«¡Salud, Patroclo!, éste es mi deseo,
aunque te encuentres en los lares de Hades;
porque ya he de cumplirte todo aquello   180
que anteriormente yo te prometiera;
a doce nobles hijos de troyanos
magnánimos, el fuego los consume
contigo a todos ellos juntamente;
a Héctor, sin embargo, el Priámida
no he de entregarle al fuego, en absoluto,
para que lo devore,
sino a los perros habré de entregarle.»
Así dijo en tono amenazante,
mas los perros sobre el cadáver de Héctor

---

[31] Cfr. *Il.* X 522; XXIV 591.

sus fauces no empleaban,
antes bien, a los perros Afrodita,   185
la diosa hija de Zeus, había apartado
a lo largo de días y de noches,
y su cuerpo lo ungía con aceite
de rosas perfumado,
del que los inmortales hacen uso,
con el fin de que Aquiles,
al arrastrarlo, no lo desollara.
Y encima, Febo Apolo
hizo bajar del cielo a la llanura
una azulada nube,
y con ella cubrió todo el terreno   190
que ocupaba el cadáver,
con el fin de evitar que los ardores
del sol pudieran prematuramente
desecarle, por uno y otro lado
y en torno de la piel, nervios y miembros.

[Por fin arde la pira de Patroclo]

Mas no ardía la pira
debajo del cadáver de Patroclo;
entonces, por su parte,
Aquiles el divino,
el de los pies ligeros,
concibió otro proyecto:
de pie plantado aparte de la pira,
al Bóreas y al Zéfiro, dos vientos,   195
hacía votos y les prometía
ofrecerles hermosos sacrificios;
y, asimismo, en una copa de oro
haciendo libaciones,
les dirigía múltiples plegarias,
rogando que vinieran
para que cuanto antes los cadáveres
con fuego se abrasaran
y la madera a arder se apresurara;
y, sus ruegos oyendo,
se fue Iris velozmente
junto a los vientos como mensajera.

Ellos se hallaban dentro, reunidos,   200
de la mansión de Zéfiro,
el de soplo indeseable³²,
y en ella celebraban un banquete;
y a la carrera Iris el trayecto
habiendo recorrido,
posó sus pies sobre el umbral de piedra;
y ellos, cuando la vieron con sus ojos,
se levantaron todos dando un salto,
y la iban llamando uno tras otro
para que junto a él se colocara;
mas ella, por su parte,
a sentarse negóse
y de este modo hablóles:
«No es un asiento lo que yo requiero³³;   205
que de nuevo he de irme a las corrientes
de Océano y la tierra
de los etíopes³⁴, en la que oficien,
en honor de los dioses inmortales,
sacrificios en forma de hecatombes,
para que, de ese modo, también yo
de esos sacrificios participe.
Mas Aquiles os está deprecando,
a ti, Bóreas y a Zéfiro estruendoso,
para que allí vayáis y él os promete   210
ofrendaros hermosos sacrificios
para que hagáis arder
la pira en la que yace
Patroclo, por quien gimen
constantemente todos los aqueos.»
Una vez así dijo, ella marchóse,
mas los vientos, con prodigioso estruendo,
se encrespaban entrambos,
las nubes empujando por delante;

---

³² El Zéfiro es, para el poeta, un viento del norte que, como el Bóreas,
vive en Tracia. Sólo en los Campos Elíseos, morada de los bienaventurados (*Od.* IV 567), y entre los beatíficos feacios, habitantes de la *Utopía*
homérica (*Od.* VII 119), el Zéfiro es un viento suave y favorable.

³³ Cfr. *Il.* XI 648.

³⁴ Cfr. *Il.* I 423-425; *Od.* I 22-26.

y al instante llegaban a la mar
para, una vez allí, soplar sobre ella,
y al impulso de su sonoro soplo   215
las olas se elevaron.
Y la Troya de muy fértiles tierras
alcanzaron y en la pira cayeron,
y el fuego crepitaba, poderoso,
de forma prodigiosa.
Y ellos toda la noche golpeaban
juntamente la llama de la pira
con su soplar sonoro; y durante
toda la noche el veloz Aquiles,
con una doble copa que cogiera,
de una cratera de oro iba escanciando   220
vino que en el suelo derramaba,
de este modo la tierra humedeciendo,
y una y otra vez iba invocando
el alma de Patroclo desgraciado.
Y en la forma en que un padre se lamenta
cuando quema los huesos de su hijo
que hace poco casara [35] y que, muriendo,
a sus cuitados padres afligiera,
de esa misma manera
se lamentaba Aquiles
por su buen compañero
cuando sus huesos estaba quemando,
y al borde se arrastraba [36] de la pira   225
y exhalaba gemidos abundantes.
Mas cuando se levanta [37]
el lucero del alba [38]
para anunciar la luz sobre la tierra,
y de él en pos la Aurora

---

[35] Cfr. *Od.* VII 65.

[36] Como hacen Laertes en *Od.* I 193 y Odiseo en *Od.* XIII 200. El dolor
y la desesperación mueven a los héroes homéricos a adoptar tales actitudes.

[37] La voz del texto original es *eîsi* que se emplea en Homero para aludir
a la levada o salida de los astros. Cfr. *Il.* XXII 27.

[38] En la voz del texto original, *heōsphóros* («que porta el alba») hay un
rasgo, la aspiración, propia del dialecto ático, no jónico, por tanto. Es,
pues, esta palabra un aticismo.

de azafranado velo
por encima del mar se va esparciendo,
entonces ya la pira se extinguía
y al fin cesó la llama.
Y los vientos de nuevo se pusieron
en marcha para regresar a casa
pasando por encima del mar tracio;   230
y éste entonces gemía
por la hinchazón de su ola embravecido [39];
y el Pelida apartóse de la pira
y a otro lado marchóse,
y se acostó rendido de fatiga
y un dulce sueño sobre él se abatió [40];
mas los otros en masa se reunían
alrededor del hijo de Atreo;
y el ruido y alboroto producido
al ir llegando éstos despertóle,
y levantado, luego se sentaba   235
y a ellos estas palabras dirigióles:
«¡Atrida y demás próceres aqueos!,
antes de nada, apagad la pira
con refulgente vino [41], toda entera,
por doquiera que se haya extendido
el ímpetu del fuego;
y luego recojamos
los huesos de Patroclo el Menetiada,
distinguiéndolos bien,   240
pues de reconocer
bien fáciles resultan,
que en el medio yacía de la pira
y los demás, en cambio, se quemaban,
bien alejados de él, en los extremos,
caballos con varones confundidos.
Y en una urna de oro,
y de una doble capa
de grasa recubiertos estos huesos,

[39] Cfr. *Il.* XXI 234.
[40] Cfr. la misma expresión en *Od.* XXIII 343.
[41] El vino es frecuente ofrenda funeraria ya desde la época micénica.
Cfr. V. Karageorgis, *Stasimos I* (1963), 37.

dejemos colocados,
hasta el momento
en que en el Hades [42] yo mismo me oculte,
y no muy grande mando se le haga   245
un túmulo, sino como convenga
y únicamente como sea preciso [43].
Pero que también luego los aqueos
que tras de mí quedéis en vuestras naves
de numerosos bancos de remeros,
ancho y alto lo hagáis.»
Así dijo, y ellos obedecieron   250
al hijo de Peleo,
el de los pies ligeros;
y extinguieron la pira, lo primero,
con refulgente vino,
por toda la extensión
que alcanzara la llama,
y cayó capa espesa de ceniza;
y ellos, llorando, luego recogían
los huesos blancos del buen compañero
en una urna de oro y recubiertos
con una dúplice capa de grasa,
y en la tienda después los colocaron
en un paño de suave lino envueltos.
Y un círculo trazaron a la tumba   255
y echaron los cimientos
a uno y otro lado de la pira
y ya luego virtieron tierra encima,
y una vez la virtieron,
el túmulo erigiendo de este modo,
íbanse [44] ya de vuelta.
Aquiles, sin embargo, retenía

---

[42] Del conjunto de los poemas homéricos, sólo este pasaje nos ofrece la palabra Hades designando un lugar y no una divinidad.
[43] Este significado de *toîon* «como sea preciso» sólo aparece en este lugar de entre toda la *Ilíada*. Pero es frecuente en la *Odisea;* cfr., por ejemplo, *Od.* III 321; XI 135; XXIII 282, etc.
[44] Aquí la forma *kíon* del texto original tiene más trazas de ser imperfecto de *kíō* que antiguo tema de aoristo como en otras ocasiones. Cfr. *Il.* XXIV 801, etc.

allí mismo a sus gentes
y en amplia reunión [45] los asentaba,
y de sus naves iba aquél sacando
premios: calderos, trípodes, caballos,   260
y mulos, y de bueyes
vigorosas testuces,
y hasta mujeres de hermosa cintura [46],
así como gris hierro.

[Los Juegos: la carrera de carros]

Y aquel premios magníficos propuso,
en un primer momento,
a los raudos [47] aurigas destinados:
llevarse una mujer conocedora
de impecables labores
y un trípode de asas [48] bien provisto
de veintidós medidas,
para quien el primero resultara;   265
a su vez, para el segundo dispuso
yegua aún sin domar y de seis años,
y de un mulo potrillo embarazada;
luego depositó para el tercero
un hermoso caldero
nunca al fuego puesto todavía,
cuya capacidad cuatro medidas
alcanzaba, y brillante aún.
Para el cuarto propuso
dos talentos de oro;
y para el quinto ofreció un caldero [49]   270
provisto de asa a uno y otro lado
y aún intacto del fuego,

---

[45] Se trata de la asamblea que va a ser espectadora de los Juegos.

[46] Cfr. *Il.* IX 366.

[47] En realidad, el texto original dice: «de pies veloces», epíteto que, obviamente, más conviene a los caballos que a los aurigas de los carros. Es, pues, una imposición de la métrica.

[48] Cfr. *Il.* XVIII 378.

[49] Este parece ser el significado en micénico de *phiálā* [piara, pijera]. En griego posterior esta voz significa «copa». Y en este canto (*Il.* XXIII 243) la hemos encontrado ya designando una urna.

tal cual como fue hecho;
y poniéndose en pie entre los argivos [50]
les dijo estas palabras:
«¡Hijo de Atreo y demás aqueos
de hermosas grebas!, éstos son los premios
aquí depositados,
entre la concurrencia,
que están a los aurigas esperando.
Si ahora mismo nosotros los aqueos
celebráramos juegos funerales
en honor de algún otro,
sin duda alguna entonces   275
yo obtendría los primeros premios
y a mi tienda yo me los llevaría,
pues que todos sabéis en valor cuánto
a los demás exceden mis corceles,
porque son inmortales [51],
que se los procurara
Posidón a mi padre, a Peleo,
y él, a su vez, a mí me los cedió.
Pero, por cierto, aquí hemos de quedarnos
quietos a un tiempo yo y mis caballos
de sólidas pezuñas, pues perdieron
la noble gloria de tan dulce auriga,   280
que bien de veces aceite untuoso
de arriba abajo en sus crines vertía
con agua clara habiéndolas lavado;
y ellos dos, a pie firme, por él lloran,
sus crines apoyadas en el suelo,
y los dos se están quietos,
de corazón bien apesadumbrados.
Pero equipaos vosotros, los restantes,   285
a lo largo de todo el campamento,
el que de los aqueos confianza

---

[50] Cfr. XXIII 456, 657, 706, 752, 801, 830.
[51] Janto («alazán») y Balio («tordo») son hijos de la arpía Podarga («pies ligeros») y de Zéfiro (Cfr. *Il.* XVI 149-154). Posidón, como es sabido, es el dios de los caballos; cfr. *Il.* XXIII 307, 584. Estos caballos se los regaló Posidón como presente de bodas a Peleo cuando este último se casó con Tetis.

en sus corceles y en sus carros tenga
de piezas entre sí bien ensambladas».
Así dijo el Pelida,
y los raudos aurigas se reunieron.
Eumelo [52] fue el primero en levantarse,
de varones señor e hijo de Admeto,
que en las artes ecuestres descollaba.
Y tras él el Tidida levantóse,   290
el fuerte Diomedes [53],
que al yugo sometía los caballos
de Tros [54], de los que un día
a Eneas había despojado [55],
cuando a este héroe en persona
salvara, sin embargo, el dios Apolo.
Y luego, después de éste,
púsose en pie el Atrida
el rubio Menelao, de Zeus linaje [56],
que al yugo unció sus rápidos caballos,
Eta [57] que a Agamenón pertenecía   295
y Podargo [58] que propio suyo era;
a Agamenón la una se la diera
el hijo de Anquises, Equepolo [59],
por regalo, para no acompañarle
a Ilión la ventosa,
sino quedarse bien a gusto en casa;
pues Zeus le concediera gran riqueza
y él en Sición [60] moraba la anchurosa;
y él a la yegua al yugo sometía   300

---

[52] Eumelo, aparte de este pasaje, sólo aparece citado en el «Catálogo de las naves»; cfr. *Il.* II 714; 764. Es hijo de Admeto y Alcestis y procede de Feras, ciudad de Tesalia.

[53] Ya está curada la herida de Diomedes (cfr. *Il.* XI 377 y ss.).

[54] Cfr. *Il.* V 260-273 y ss. XX 221 y ss.

[55] Cfr. *Il.* V 319-330.

[56] Todos los reyes proceden de Zeus, pues de él les viene la realeza.

[57] «Alazán», «de color encendido», «flavo».

[58] «De pies rápidos».

[59] De nuevo un nombre parlante: «rico en potros.»

[60] Sición era una ciudad situada en medio de una fértil llanura, rica en pastos, «anchurosa», donde abundaba el ganado caballar (cfr. *Ekhepōlos*: «rico en potros.»)

que ya mucho anhelaba la carrera.
Y Antíloco, el cuarto,
preparó sus caballos
de hermosas crines, el ilustre hijo
de Néstor, arrogante soberano,
que era hijo de Neleo;
y caballos que en Pilo habían nacido
con raudos pies tiraban de su carro;
y su padre, plantándose a su lado,
le aconsejaba por su bien mirando,   305
a él que por sí mismo era discreto:
«Antíloco, sin duda, aunque eres joven,
Zeus y Posidón te han amado,
ya que te han enseñado toda suerte
de habilidades para guiar carros,
por lo cual, justamente,
no es en absoluto muy preciso
que yo a ti te enseñe [61];
pues bien sabes dar vuelta
en torno de la meta;
tus caballos, empero,
para correr son sumamente lentos,   310
razón por la que yo para mí tengo
que el resultado te va a ser infausto [62].
Sin duda, los caballos de los otros
son más veloces, pero sin embargo,
ellos mismos no saben, ciertamente,
emplear más astucias que tú mismo.
¡venga, pues, ya, tú, mi querido hijo!,
¡imbuye en tu alma
ardides variados,
porque los galardones, de soslayo
a tu lado pasando,
no se te escapen yéndose adelante [63]!

---

[61] Néstor es florido orador y habilidoso conductor de carros. Antíloco, su hijo, es, sobre todo, buen auriga. El dios de los caballos, Posidón, es padre de Neleo; abuelo, por tanto, de Néstor y bisabuelo de Antíloco.

[62] Cfr. *Il.* XXI 533.

[63] Con «de soslayo a tu lado pasando, no se te escapen yéndose adelante» traducimos la voz del texto original *parekprophúgēisin,* que procede del léxico de las carreras deportivas.

Mira que un leñador mucho más vale   315
por maña [64] que por la fuerza que tenga;
y que, a su vez, por maña rauda nave
endereza el piloto
en el mar de vinosos tornasoles
cuando ésta es agitada por los vientos;
y que por maña un conductor de carro
a un conductor de carro sobrepuja.
Aquél, empero, que está confiado
en sus propios caballos y en su carro
da, de forma insensata, holgadamente   320
vuelta a la meta por entrambos lados,
y vagan sus caballos por la pista
y ya no acierta él a retenerlos;
aquél, en cambio, experto
en astutos recursos,
aunque aguije caballos inferiores,
la meta de continuo escudriñando,
el giro realiza bien de cerca,
y desapercibido no le pasa
cómo, en primer lugar, debe apretarles
el tiro a los caballos con las riendas
hechas de piel de bueyes; antes bien,   325
él con firmeza las riendas sujeta
y a aquél que le aventaja va acechando.
El mojón cuál será voy a decirte,
aunque fácil de ser reconocido,
e inadvertido no habrá de pasarte:
Un leño seco de encina o de pino,
que es tan alto como de una braza
por encima del suelo,
bien plantado y derecho se mantiene;
no está podrido a causa de la lluvia
y dos piedras bien blancas lo apuntalan,
una por cada lado,
en pleno estrechamiento del camino,   330
y de una y otra parte

---

[64] El orador consumado que es Néstor se recrea en la suerte, repitiendo
una y otra vez, a modo de variaciones, en estilo netamente oratorio, la voz
mēti- «astucia», «maña».

corre lisa la pista para carros;
o tumba es de un mortal ha tiempo muerto
o, al menos, un hito era, en los tiempos
de hombres que antes vivieron, fabricado,
y ahora el divino Aquiles,
el de los pies ligeros,
lo ha puesto como meta.
Cíñete mucho a él y de él muy cerca
haz que pasen el carro y los caballos,   335
y dentro de la caja bien trenzada,
inclínate tú mismo levemente
hacia la izquierda de los dos caballos;
y al caballo derecho
aguija y dale voces
y con tus manos suéltale las riendas
y tú procura que el caballo izquierdo
roce la meta tan estrechamente
que el cubo de tu rueda elaborada   340
parezca haber llegado
a alcanzar del mojón la superficie;
pero evita chocarte con la piedra,
no vaya a ser, tal vez, que a tus caballos
causes heridas y el carro destroces;
pues para los demás eso sería
motivo de contento,
para ti mismo, en cambio, una vergüenza;
mas, ¡venga, amigo!, prudencia y en guardia.
Porque si en tu carrera
te adelantaras al doblar la meta,
nadie habrá que en pos de ti lanzándose,   345
llegue a cogerte o que te rebase
ni aunque desde atrás él aguijara
a Arión, corcel divino,
que fue de Adrasto[65] el veloz caballo
y que por su linaje
de dioses procedía,

---

[65] Adrastro, rey de Argos, fue un caudillo de los «Siete contra Tebas»
que con Polinices asediaron la mencionada ciudad. Logró escapar gracias a
su caballo inmortal Arión, que era hijo del dios Posidón y de una arpía.

o a los de Laomedonte[66],
que excelentes aquí se le criaron».
Dijo así Néstor, hijo de Neleo,
y en su sitio de nuevo se sentaba,   350
una vez que a su hijo le explicara
el extremo esencial de cada cosa.
Meríones, entonces, justamente,
fue el quinto que equipó sus caballos
de hermosas crines. Y montaron ellos
en los carros y echaron en los yelmos
las suertes; agitábalas Aquiles
y saltó, la primera,
la de Antíloco, el hijo de Néstor;
luego obtuvo la suerte
el poderoso Eumelo,
y después de éste la alcanzó el Atrida   355
Menelao, famoso por su lanza;
detrás de él a Meríones[67]
tocóle cabalgar;
y en el último puesto, por su parte,
estar tocóle al hijo de Tideo,
que era el mejor con mucho de ellos todos
para poner al trote los caballos.
Se pusieron en línea
y la meta Aquiles señalóles
a lo lejos, en la lisa llanura,
y como observador a Fénix puso,
parecido a los dioses,
compañero de armas de su padre,   360
para que las carreras
bien presentes en su ánimo tuviera
y refiriera la verdad de ellas.
Y a la vez ellos todos levantaron
las trallas sobre el tiro de caballos
y con las riendas diéronles de golpes
y a gritos con gran ímpetu excitáronlos,
y ellos velozmente la llanura

---

[66] Laomedonte era nieto de Tros. Cfr. *Il.* XXIII 291.
[67] Cfr. *Il.* XXIII 113: «Meríones,/ de Idomeneo afable el escudero.»

al punto recorrían alejados   365
de las naves; y debajo del pecho,
cual si fuera una nube o una tromba,
íbase el polvo alzando y elevando
y sus crines ondeaban
entre los soplos del viento metidas.
Y unas veces los carros se acercaban
a la tierra que a muchos alimenta,
otras veces saltaban en el aire;
mas los aurigas dentro de sus cajas
derechos se tenían, y, anhelando   370
alcanzar la victoria todos ellos,
latíales el corazón a cada uno.
Exhortó cada cual a sus caballos
y ellos volaban a todo lo largo
de la llanura, levantando polvo.
Mas cuando ya la última carrera
los veloces corceles completaban,
de vuelta en dirección al mar canoso,
entonces ya el valor de cada uno   375
se iba haciendo patente y enseguida
la marcha se tensó de los caballos,
y luego velozmente se lanzaban
las raudas yeguas del hijo de Feres;
mas detrás de ellas también se lanzaban
los sementales (que antes de Tros fueran)
de Diomedes; no estaban muy lejos,
antes bien, ya muy cerca,
pues a cada momento parecían
a punto de montarse sobre el carro;
y con su aliento se iban calentando   380
las espaldas de Eumelo
y sus dos anchos hombros;
que ellos iban volando
la testuz reclinando en aquel hombre.
Y entonces ya le hubiera adelantado
o reñida le hiciera la carrera,
si no hubira estado Febo Apolo
con el hijo de Tideo irritado,
el cual a él de las manos caer le hizo
el látigo brillante.   385

[939]

Y de los ojos de él, lleno de enojo,
lágrimas se virtieron,
pues veía a las yeguas
avanzar más y más ya mucho trecho,
mientras que sus caballos,
que ya le iban sin látigo corriendo,
atrás se le quedaron detenidos.
Mas no pasó la treta inadvertida,
con que Apolo al Tidida había burlado,
a la diosa Atenea [68],
la cual lanzóse muy rápidamente
hacia el pastor de hombres
y un látigo le dio   390
e insufló vigor en sus caballos;
y ella, entonces, la diosa, resentida,
tras el hijo de Admeto se marchó
y el yugo le rompió de los caballos,
y las yeguas, entonces, separadas
corriendo fueron ya por el camino,
y el timón fue rodando a dar en tierra,
y el propio héroe se cayó del carro,
dando vueltas, al lado de una rueda,
y se despellejó   395
los codos y la boca y las narices
y se aplastó la frente
encima de las cejas; y los ojos
de lágrimas a él se le llenaron
y su voz vigorosa
quedósele suspensa [69];
y el hijo de Tideo, dando un giro,
los caballos de sólidas pezuñas
conducía y, de un salto,
adelantó a los otros largo trecho,
pues la diosa Atenea a sus caballos   400
les había infundido vigor
y al héroe mismo adjudicado gloria.
Y tras él el Atrida conducía,

---

[68] La diosa Atenea protege con frecuencia a Diomedes. Cfr. *Il.* V 1-34;
114-133.

[69] Cfr. *Il.* XVII 696.

el rubio Menelao.
Y Antíloco animó a los caballos
de su padre diciendo estas palabras:
«También vosotros id hacia adelante,
alargad el galope
lo más rápidamente que podáis.
En verdad, yo no os mando en absoluto
que compitáis con aquellos caballos
del valeroso hijo de Tideo,
a los que acaba de otorgar Atena
velocidad ahora y al auriga
adjudicó la gloria;
alcanzad los caballos del Atrida
rápidamente y no os quedéis atrás,
no sea que os cubra de vergüenza
a entrambos Eta, aun siendo una yegua;
¿por qué, excelentes potros,
quedaros a la zaga?
Pues he aquí ahora lo que he de deciros,   410
y en verdad que habrá ello de cumplirse:
«En la casa de Néstor, pastor de hombres,
no habrá para vosotros buen cuidado,
sino que al punto con agudo bronce
os matará si por vuestra desidia
un inferior regalo nos llevamos.
Mas, ¡venga ya!, lanzaos a la carrera
y apresuraos con cuanta presteza
os sea posible, que yo por mi parte
me las he de ingeniar y veré el modo   415
para, así, de rondón poder colarme
en un lugar estrecho del camino
y no habrá de escapárseme este lance.»
Así él dijo, y aquéllos, temiendo
de su amo el reproche, se lanzaron
a la carrera por un corto tiempo,
pero luego enseguida divisó
Antíloco el intrépido
una estrechez en el hondo camino.
Una hendidura era de la tierra   420
donde el agua invernal,
después de haber quedado comprimida,

rompió a la postre un trozo del camino
e hizo una zanja en todo ese trecho;
por ahí conducía Menelao
tratando de evitar choque de ruedas;
Antíloco, empero, desviando
sus caballos de sólidas pezuñas
por fuera los guiaba del camino,
e, inclinándose un poco hacia un costado,
·a darle alcance ya se disponía.
Tuvo miedo el Atrida, y a gritos   425
de este modo a Antíloco decía:
«¡Antíloco, conduces los caballos
como un loco; detén, pues, tus corceles!,
que el camino es estrecho,
pero bien pronto será ya más ancho,
para que tú me pases;
no vaya a suceder que de algún modo,
chocando con mi carro,
a ti y a mí a la vez tú perjudiques.»
Así él dijo; Antíloco, empero,
aún, incluso, impulsaba su carrera
con mucho más ahínco,
con aguijón urgiendo a sus caballos,   430
igual que si no oyera;
y cuanta es la distancia que alcanza
un disco bajo el hombro disparado
por varón esforzado que probase
de su edad juvenil la lozanía,
tanta fue la del trecho que avanzaron
los caballos del héroe a la carrera;
por su parte, las yeguas del Atrida
se quedaron atrás bien rezagadas,
que él mismo renunció espontáneamente
a impulsarlas hacia adelante,
no fueran a chocar en el camino   435
los caballos de sólidas pezuñas
y volcaran los carros bien trenzados [70]
y los hombres cayeran en el polvo

---

[70] Cfr. *Il.* XXIII 335: «y dentro de la caja bien trenzada.» La caja del
carro era una especie de cesta de cuero trenzado.

por su premura en torno a la victoria.
A él, justamente, el rubio Menalao
le increpaba y decía estas palabras:
«¡Antíloco!, no hay hombre más funesto
que tú entre los mortales;
vete ya en mala hora,
puesto que no es cierto   440
lo que decir solíamos nosotros
los aqueos: que eras hombre sensato;
mas ni aun así tú has de llevarte el premio
sin haberme prestado juramento.»
Así dijo, y arengó a sus corceles
a voces pronunciando estas palabras:
«No os quedéis rezagados ni parados,
afligidos en vuestros corazones,
que de aquellos los pies y las rodillas
han de cansarse antes que las vuestras,
porque los dos de juventud carecen.» [71]
Así dijo, y ellos, amedrentados
ligeramente ante la voz del amo,
pusiéronse a correr con más presteza,
y pronto a estar llegaron
bien cerca de los otros [72].
Y en la junta sentados, los argivos
los caballos estaban contemplando;
y ellos volando iban
por la llanura, levantando polvo;
e Idomeneo, el primero, jefe   450
de las huestes cretenses se dio cuenta
del carro que venía;
pues se hallaba sentado, bien arriba,
aparte de la junta,
en una atalaya;
y oyó al auriga, que, estando aún bien lejos,

---

[71] En el texto griego aparece en este lugar el verbo *atémbomai*, que significa «carecer», «estar privado de algo», y sólo aparece en tres ocasiones en la *Ilíada* (*Il.* XXIII 445; 834 y XI 705); en cambio, es frecuente en la *Odisea*.

[72] En realidad, el texto dice: «de ellos (los caballos de Antíloco).»

lanzaba un grito, y lo reconoció,
y columbró el caballo que venía
en cabeza, un corcel excelente,
que en todo lo demás era bermejo,
mas en la frente una blanca señal   455
tenía circular como una luna.
Y derecho se alzó entre los argivos
y hablóles de esta guisa:
«¡Amigos, caudillos y consejeros
de los argivos!, ¿acaso yo solo
los caballos distingo claramente
o es que también los discernís vosotros?
Me parecen ser otros los caballos
que delante de todos van corriendo
y otro el auriga a mí se me figura.   460
Y las yeguas, quizás,
que las mejores fueran a la ida
tropezaron ahí mismo en la llanura;
pues en verdad las vi yo las primeras
dar la vuelta a la meta; en cambio, ahora
no las puedo encontrar por parte alguna,
y eso que por doquiera mis dos ojos,
según estoy mirando la llanura
de los troyanos de una parte a otra,
afanosos están por atisbarlas;
o bien se le escaparon al auriga   465
las riendas y no pudo [73]
las yeguas detener
en torno de la meta firmemente,
y entonces no acertó él a dar la vuelta;
allí yo me imagino habrá caído
del carro abajo y éste habráse roto,
y las yeguas habránse desbocado,
luego ya que la furia
hubo hecho presa en sus corazones.
Miradlo, pues, de pie también vosotros,

---

[73] Otro *hápax* en este canto: el aoristo *dunásthē* sólo aparece, dentro de la
Ilíada, en este verso; la forma usual es *dunḗsato;* en cambio, en la *Odisea* está
garantizado en varios pasajes.

que yo, al menos, no logro distinguirlo
con precisión, pero a mí me parece   470
que es un varón etolio por la casta
y que él reina entre los argivos,
el hijo de Tideo,
domador de caballos,
el fuerte Diomedes»[74].
A él increpóle injuriosamente
el veloz Áyax, hijo de Oileo:
«Idomeneo, ¿por qué de antemano
te expresas con pasión?;
que las yeguas aún están corriendo,
bien lejos con sus patas al galope,
por la vasta llanura; que no eres   475
de los argivos tampoco el más joven[75]
ni desde tu cabeza ven tus ojos
con tal penetración, pero tu siempre
en tus dichos has sido impetuoso;
sin embargo, no es menester que seas,
en absoluto, tú
orador desmedido,
que otros hay aun mejores.
Y avanzadas están las mismas yeguas   480
que lo estuvieran antes, las de Eumelo,
y él de pie va en el carro, rienda en mano.»
A él le replicó luego, enojado,
el comandante de huestes cretenses:
«¡Oh Áyax, en disputas excelente,
y malintencionado!
en todo lo demás vas a la zaga
de los demás argivos,
porque es tu corazón inexorable.
Ven aquí, pues, y entrambos apostemos   485
un trípode o caldero
y de árbitro pongamos al Atrida
Agamenón, a ver qué par de yeguas

---

[74] Cfr. *Il.* XIV 113 ss. Eneo, que vivía en Etolia (más concretamente, en Calidón), era el padre de Tideo, el cual, instalado en Argos, engendró a Diomedes.
[75] Cfr. *Il.* XIII 361.

van por delante, para que te enteres
cuando pagues la apuesta.»
Así dijo, y al punto el veloz Áyax,
hijo de Oileo, airado levantóse
a responderle con duras palabras;
y entonces aún más lejos ya   490
habría la disputa
entre los dos llegado,
si Aquiles en persona no hubiera,
levantándose, hablado de este modo:
«No os repliquéis ya más desde ahora mismo
con ásperas palabras e injuriosas,
Áyax e Idomeneo,
puesto que no es decente tan siquiera.
Y aun con otro cualquiera que así obrara
habríais de enfadaros uno y otro.
Mas vosotros, sentados en la junta,   495
contemplad los caballos; que muy pronto
aquí habrán de llegar dándose prisa
por lograr la victoria,
y entonces sabrá pronto cada uno
de vosotros cuáles son los caballos
de los argivos, que van los primeros
y cuáles los segundos.»
Dijo así, y el hijo de Tideo
muy cerca se llegó en su carrera
y, el látigo blandiendo   500
a la altura del hombro,
iba aguijoneando sus caballos;
y éstos en alto alzábanse ágilmente
haciéndose el camino por completo.
Y granitos de polvo salpicaban
de manera incesante al auriga,
y el carro, recubierto
de espesa capa de oro y de estaño [76],

_____

[76] Los carros micénicos están chapados de distintos metales y poseen
incrustaciones de marfil. De estos verdaderos carros micénicos de las
tablillas son trasunto y fiel imagen el de Diomedes que contemplamos en
este preciso pasaje, el de Hera (_Il._ V 722 ss.) y el de Reso (_Il._ X 438).

iba corriendo en pos de los caballos
de raudos pies; y nada pronunciada
era la huella que tras sí dejaban   505
las llantas de las ruedas
en el ligero polvo;
y ellos iban volando presurosos [77].
Y se paró en el medio de la junta [78]
y copioso sudor iba brotando
a los caballos, que al suelo caía,
de sus cuellos y pechos.
Y del fúlgido carro él en persona
de un salto bajó a tierra
y luego apoyó inmediatamente
su látigo en el yugo;
y Esténelo el valiente
tampoco actuó en vano; al contrario,   510
de forma apresurada cogió el premio
y dio a sus compañeros ardorosos
a mujer, para que se la llevaran,
y el trípode orejudo,
para que ellos también lo transportaran;
y él, mientras, desuncía los caballos.
Y después de él llegó guiando su carro
Antíloco [79] el nieto de Neleo,
que a Menelao había adelantado
por astucia, que no por ligereza.   515
Aun así, sin embargo, Menelao
de cerca le seguía, conduciendo
sus veloces corceles.
Cuanto el corcel se aparta de la rueda,
que a galope tendido va tirando
de su señor en el carro montado,
cuando va la llanura recorriendo,
y las crines extremas de su cola
van tocando las llantas de la rueda,

---

[77] El texto original emplea un dual («y ellos dos») para referirse a los caballos que forman el tronco o tiro del carro de Diomedes.
[78] Cfr. *Il.* XXIII 531 y 847.
[79] Antíloco es hijo de Néstor y nieto de Neleo.

y ella, entonces, muy cerca va corriendo   520
sin que mucho espacio quede en medio,
en tanto el corcel va a un dedo de ella
por el inmenso llano galopando,
tan corto era el trecho en que quedaba
entonces ya Menelao rezagado
de Antíloco sin tacha;
al principio, empero,
aun a distancia de tiro de disco
de él a la zaga habíase quedado;
mas alcance le daba en un momento;
pues se le iba acreciendo el noble aliento
a la yegua de bellas crines Eta   525
que al héroe Agamenón pertenecía.
Y si aún más larga hubiera sido
para el uno y el otro la carrera,
a Antíloco le habría rebasado
y el galardón no habría puesto en duda.
Mas Meríones, de Idomeneo
el noble escudero,
de Menelao glorioso a la zaga
se quedaba en un tiro de lanza
pues eran sus caballos,
potros de hermosas crines, los más lentos,   530
y él mismo era el auriga más premioso
para guiar su carro en el certamen.
Y el último de todos los demás
llegó el hijo de Admeto,
tirando de su carro bien hermoso,
llevando por delante sus caballos.
Le vio el divino Aquiles
de ágiles pies, y de él lástima tuvo,
y, plantándose entre los argivos,
con aladas palabras les hablaba: 535
«Postrero va guiando sus caballos
de sólidas pezuñas
el auriga mejor;
mas, ¡venga ya!, y el galardón segundo
démosle, como es justo y razonable;
el primer premio, empero, se lo lleve
el hijo de Tideo.»

Dijo así, y ellos todos aprobaban
lo que hacer les mandaba.
Y la yegua le hubieran procurado,   540
pues así lo aprobaran los aqueos,
si justamente el hijo
del magnánimo Néstor,
Antíloco, poniéndose de pie,
y su justo derecho defendiendo,
a Aquiles el Pelida
no dijera en respuesta:
«Aquiles, enojado en extremo
he de quedar contigo,
si esa palabra cumples;
a quitarme el premio te dispones
en tal cosa pensando: 545
porque a él mismo, aunque era valioso,
le sufrieron percance
el carro y sus dos rápidos corceles;
mas hubiera debido él a los dioses
inmortales sus ruegos dirigirles,
y llegado no hubiera en absoluto,
en tal caso, el último de todos
con su carro corriendo en la carrera.
Pero si tú de él te compadeces
y él a tu corazón grato resulta,
en tu tienda tú tienes
en abundancia oro y también bronce,
así como cabezas de ganado;   550
y tienes tú cautivas, y caballos
de sólidas pezuñas;
de ello toma tú luego
y dale incluso un más grande premio,
o bien aun ahora mismo,
para que así te alaben los aqueos.
Pero esta yegua yo no he de darle;
que por ella, aquel varón que quiera,
se someta a la prueba
de pelear conmigo mano a mano».
Así dijo, y Aquiles el divino,   555
de pies infatigables, sonrióse,
gozándose de Antíloco, pues era

para él un querido compañero [80].
Y, dándole respuesta,
le dirigía palabras aladas:
«Antíloco, si pues ahora me ordenas
que otro premio agregado dé yo a Eumelo
sacándolo de mi propia hacienda,
también esa demanda he de cumplirte;
le daré la coraza [81]   560
de la que despojé yo a Asteropeo [82],
de bronce, en cuyo derredor discurre
franja [83] de estaño fúlgido fundido;
y la habrá de tener en alto precio.»
Dijo, pues, y ordenó a Automedonte,
su caro compañero, de la tienda
traerla; y él se iba y se la trajo
y en las manos de Eumelo la ponía   565
y él recibióla lleno de contento.
Y entre ellos Menelao se levantaba
en su ánimo afligido e irritado
contra Antíloco implacablemente;
y, justamente, entonces, en su mano
puso el heraldo el cetro
y callar ordenó a los argivos;
y él luego les hablaba,
un varón a los dioses parecido:
«Antíloco, tú antes tan discreto,   570
¿qué cosa has hecho? Mi valor, primero,
has afrentado y mis corceles, luego,
hiciste tropezar cuando lanzaste
los tuyos por delante, que a las claras

---

[80] Antíloco es especialmente querido por Aquiles debido a su carácter
impetuoso propio de la juventud. Recuérdese que es Antíloco quien
anuncia al Pelida la muerte de Patroclo (*Il.* XVII 685-699; XVIII 1-21).

[81] En torno a la coraza homérica, cfr. A.J.B. Wace-F. H. Stubbings,
(eds.) *A Companion to Homer,* Londres 1950, 506-510 y H.L. Lorimer,
Homer and the Monuments, Londres, 1950 196-219.

[82] Asteropeo era un guerrero peonio al que Aquiles dio muerte; cfr. *Il.*
XXI 139-183.

[83] También el escudo de Agamenón está ornado de franjas de esmalte,
oro y estaño; cfr. *Il.* XI 24.

(¡deja que te lo diga!) se veía
que eran mucho peores.
Mas, ¡venga!, caudillos y consejeros
de las huestes argivas,
pronunciad la sentencia
para uno y otro delante de todos,
sin ayuda a ninguna de las partes,
no vaya a ser que con el tiempo alguno   575
de los aqueos de broncíneas cotas [84]
llegue a decir un día:
«Habiendo hecho violencia Menelao
con mentiras a Antíloco, se lleva
la yegua al retirarse porque eran
inferiores con mucho sus caballos,
él en persona, en cambio, superior
por su elevado rango y por su fuerza.»
Pues bien, seré yo mismo quien pronuncie
la sentencia, y afirmo
que ni un dánao habrá de reprocharme,   580
porque será derecha.
Ven, pues, aquí, Antíloco, de Zeus
retoño, como es reglamentario,
de pie ante tus caballos y tu carro
y ten entre tus manos bien sujeto,
por otro lado, el látigo flexible
con que antes, justamente, los guiabas,
y, poniendo la mano en tus caballos,
por quien la tierra sacude y conmueve
jura que no es verdad que tú adrede   585
mi carro entorpecieras con engaño.»
A él, a su vez, Antíloco, prudente,
mirándole a la cara respondía:
«Ten paciencia, pues yo mucho más joven
soy que tú, soberano Menelao,
y tú de más edad y más valía.
Sabes cuáles ser suelen los extremos

---

[84] El texto dice literalmente «de túnica de bronce», es decir: «de cota o cubierta de mallas de bronce.» Cfr. D.L. Page, *History and the Homeric Iliad*, Berkeley 1959, 245-248. H.L. Lorimer, *Homer and the Monuments* 196-219.

que retoñan de un varón aún mozuelo,
porque su mente es más arrebatada   590
y tenue es su juicio.
Tu corazón, por ello, tenga aguante,
que yo mismo he de darte
la yegua que he ganado;
pues aunque me pidieras
un regalo mayor
de entre los de mi hacienda,
yo habría de preferir en ese instante
a ti dártelo al punto,
¡oh vástago de Zeus!,
antes que apartarme de tu afecto
para todos los días de mi vida
y con los dioses resultar culpable» [85].   595
Dijo así, y el hijo
del magnánimo Néstor, conduciendo
la yegua, la ponía
en las manos del héroe Menelao,
y el corazón de éste
se le refociló
como el rocío en torno a las espigas
de mies que va creciendo poco a poco,
cuando se van los campos erizando;
así a ti, justamente, Menelao [86],   600
el corazón dentro de tus entrañas
se te refociló.
Y, hablándole en voz alta,
le dirigía palabras aladas:
«Antíloco, ahora justamente
he de ceder yo mismo
en mi enojo contigo,
puesto que en absoluto eras antes
ni insensato ni descarriado;
ahora, por el contrario,

---

[85] Es decir: ser perjuro.
[86] No es frecuente que el poeta se dirija, él directamente, a sus personajes. De todos modos, sí existen algunos ejemplos de este procedimiento (*Il.*
IV 146; XV 582; *Od.* XIV 55, etc.), que es particularmente frecuente en el
canto XVI de la *Ilíada*.

tu juventud venció a tu buen sentido.
Para otra vez evita, sin embargo,   605
de quienes valen más que tú burlarte.
Porque no fácilmente consiguiera
otro varón aqueo persuadirme;
pero, pues tú has sufrido hasta el momento
muchos trabajos, y muchas molestias
has padecido ya por culpa mía[87],
como tu noble padre y tu hermano[88],
por eso he de hacer caso yo a tu ruego
y, además, he de darte hasta la yegua,   610
aunque es mía, para que también éstos
lleguen a comprender que nunca ha sido
mi ánimo arrogante ni implacable[89].»
Dijo así, y a Noemón[90], el compañero
de Antíloco, la yegua entrególe,
para que la llevara; y él entonces
el caldero cogió resplandeciente.
Y Meríones, que resultó cuarto   615
conduciendo su carro,
dos talentos de oro levantó;
y el quinto galardón aun quedaba,
la copa de dos asas;
se la llevaba Aquiles,
a través de la junta de argivos,
y entregósela a Néstor;
y junto a él plantándose,
le dijo estas palabras:
«Toma ahora, anciano, que también tú tengas
la joya esta a modo de recuerdo
de las fúnebres honras de Patroclo,
pues a él no has de verle

---

[87] Cfr. *Il.* V 565; XIII 545 ss.; y XV 569 ss.

[88] Su «noble padre» es Néstor, y su hermano, Trasimedes. Sobre este último, cfr. *Il.* IX 80-88; X 255-259; XVI 317-329; XVII 705.

[89] Cfr. *Il.* XV 94.

[90] Este personaje, Noemón, aparece en este lugar del canto XXIII únicamente. Pero hay otros que se llaman del mismo modo, es decir: provistos del mismo nombre parlante (cfr. *nóēma,* «pensamiento», «cordura»), a lo largo de la *Ilíada* y la *Odisea;* por ejemplo: *Il.* V 678; *Od.* II 386; IV 630.

nunca jamás ya entre los argivos;   620
este premio sin más yo a ti te entrego;
pues no vas a luchar
con tus puños, al menos,
ni cuerpo a cuerpo, ni entrarás tampoco
en lanzamiento de la jabalina,
ni tus pies empleando
habrás de tomar parte en la carrera;
pues la vejez molesta ya te agobia[91].»
Diciendo así, poníala en sus manos,
y él la recibió con alegría[92],
y, hablándole en voz alta,
le dirigía palabras aladas: 625
«Pues sí, todo eso, justamente, hijo,
lo has dicho en su porción debida,
pues ya firmes mis miembros, caro amigo,
no están, estas mis piernas, ni mis brazos,
partiendo de ambos hombros, se me lanzan
en absoluto ya con ligereza.
¡Ojalá fuera yo así de mozo
y tan firmes aún fuesen mis fuerzas[93]
como cuando en Buprasio[94] los epeos[95]   630
las honras funerales celebraban
en honor del caudillo Amarinceo[96]
y los hijos del rey establecieron
galardones; allí varón ninguno

---

[91] Cfr. *Il.* VIII 103.

[92] En el original, estos dos versos no son más que uno y, además, formular: cfr. *Il.* I 441; XXIII 565; *Od.* XV 130.

[93] Es éste un nostálgico deseo que en boca del longevo Néstor se convierte en fórmula a lo largo del poema y aparece en cuanto el héroe pilio rememora sus pasadas hazañas: Cfr. *Il.* VII 133; 157; XI 670.

[94] Buprasio era una ciudad próxima a Pilo (cfr. *Il.* XI 756). Su nombre significa «Mercado de bueyes».

[95] Los epeos eran, probablemente, en principio un pueblo de la Élide; pero luego Homero emplea esta denominación para designar a todos los eleos (*Il.* II 619; XI 671; 688; *Od.* XIII 275).

[96] Amarinceo, hijo de un tesalio, ayudó a Augias en su enfrentamiento con Heracles. Augias lo puso al frente del gobierno de la Élide (cfr. Pausanias V, 1,8). Su hijo Diores es uno de los caudillos eleos que aparecen mencionados en la *Ilíada* (cfr. *Il.* II 622; IV 517).

hubo a mí semejante
ni de entre los epeos, justamente,
ni entre los propios pilios,
ni de entre los magnánimos etolios.
Vencí en el pugilato a Clitomedes,
de Énope hijo, y en la lucha a Anceo [97],   635
el de Pleurón [98], que contra mí se alzara;
y con mis pies yo rebasé corriendo
a Íficlo [99], aunque era distinguido,
y con la lanza aventajé a Fileo [100]
y a Polidoro [101]. Y sólo con los carros
los dos hijos de Áctor [102] me pasaron,
pues me aventajaron por el número,
lanzando sus caballos por delante,
anhelantes entrambos de victoria,
puesto que ya quedaban allí mismo   640
restantes los más altos galardones.
Y ellos eran mellizos y las riendas
las empuñaba el uno con firmeza,
con firmeza las riendas empuñaba [103],
y con el látigo aguijaba el otro [104].

---

[97] Anceo es un nombre parlante que significa «el que aprieta o apresa en sus brazos».

[98] Pleurón es una ciudad del sur de Etolia, situada cerca de la desembocadura del río Aqueloo (cfr. *Il.* II 639; XIII 217; XIV 116).

[99] Íficlo, cuyos pies eran tan ligeros que podía correr por encima de las espigas de un campo de trigo sin que éstas se doblegaran o tan siquiera se curvasen (cfr. Calímaco, *Acontio y Cidipe;* Fr. 75 Pf.), es el caudillo tesalio que aparece citado en *Il.* II 705, XIII 698. Cfr. asimismo *Od.* XI 290 e *Il.* XX 227.

[100] Fileo era hijo de Augias y padre de Meges, que aparece mencionado en *Il.* II 625 y ss.

[101] Este Polidoro no aparece mencionado más que en este lugar.

[102] Áctor era el hermano de Augias. Los hijos de Áctor son Ctéato y Eurito, que aparecen nombrados en *Il.* II 621 como caudillos de los habitantes de Buprasio («Mercado de bueyes») —una ciudad o un distrito— y de la Élide.

[103] Repeticiones expresivas del mismo tipo pueden verse en *Il.* II 673 y XX 371. El pobre Néstor quiere dejar bien claro que su derrota se debe a haber competido, en lucha desigual, contra dos aurigas.

[104] Tal vez se refleje en este pasaje una antigua forma de carrera de carros conducidos por dos aurigas. Cfr. G.S. Kirk, *The songs of Homer,*

Así antaño yo era, pero ahora
empresas tales intenten los mozos;
porque preciso es que yo obedezca   645
a la vejez luctuosa; pero entonces
yo, al contrario, entre héroes destacaba.
Mas, ¡venga!, con los juegos funerales
tributa honores a tu compañero.
Yo ese presente acepto de buen grado,
y se me pone el corazón gozoso
al ver cómo de mí te acuerdas siempre
como de un buen amigo y no te olvidas,
en lo que a mi concierne, de la honra
con que me corresponde ser honrado
entre la gente aquea. ¡Así los dioses   650
te den en pago sus dulces favores!»

[El pugilato]

Dijo así, y el Pelida se marchaba
a través de la vasta muchedumbre
de los aqueos después de que oyera
todo entero el ejemplo del Neleida.
Luego él del pugilato doloroso
estableció los premios:
una mula en trabajos resistente,
a la junta llevando, dejó atada,
de seis años de edad y no domada,
aquélla que es de más penosa doma.   655
Y copa de dos cuerpos
para el vencido allí depositaba,
y, poniéndose en pie, entre los argivos
estas palabras dijo:
«Hijo de Atreo y demás aqueos
que vais calzados con hermosas grebas,
a dos hombres, que sean los mejores,
a que se den puñadas invitamos

Cambridge 1962, lámina 5 c. y E. Norman Gardiner, *Greek Athelic Sports and Festivals*, 1913, 17. En la citada lámina del libro de Kirk vemos un dibujo de un vaso ático del museo del Ágora, en el que aparecen dos aurigas siameses.

levantando los puños bien en alto;   660
y a quien Apolo resistencia otorgue
y así lo reconozcan los aqueos
en su totalidad,
de regreso a su tienda con él lleve
esta mula entrabajos resistente;
por su parte, el vencido
se llevará esta copa de dos cuerpos.»
Así dijo, y al punto se iba alzando
un varón de linaje y de alta talla,
que experto era en el pugilato,   665
Epeo [105], el hijo de Panopeo,
y pasando su mano por el lomo
de la mula tenaz en los trabajos,
en alta voz habló de esta manera:
«Más cerca venga quien llevarse quiera
la copa de dos cuerpos,
pues la mula yo afirmo
que ningún otro aqueo ha de llevarse
después de haber vencido con sus puños
combatiendo, puesto que yo me precio
de ser el más cumplido en esas lides.
¿Acaso no es bastante que en batalla   670
yo a la zaga les vaya a los demás?

---

[105] Epeo aparecerá además, dentro de los poemas homéricos, lanzando el
disco (*Il.* XXIII 838-849) y construyendo el caballo de Troya (*Od.* VIII
493; XI 523). Su padre fue el héroe epónimo que fundó la ciudad de
Panopeo en le Fócide oriental (*Il.* II 520) y colaboró con Anfitrión en la
expedición contra los telebeos. Según Licofrón (*Alejandra* 930; 946-50) en
aquella ocasión juró por Atenea y Ares que no sustraería nada del botín,
pero cometió perjurio y fue castigado por ello en la persona de su hijo
Epeo, quien resultó, aunque animoso guerrero, un mal soldado. Se
distinguió Epeo, ciertamente, en el pugilato que se está preparando en este
punto del canto XXIII que comentamos, pero fracasó (ya lo veremos más
adelante) en el lanzamiento del disco. Durante su viaje de regreso desde
Troya *(nóstos)*, se separó de Néstor, que era quien dirigía la escuadra, y fue
a abordar en Italia meridional, donde fundó la ciudad de Lagaria, próxima
a Metaponto. Lagaria era también el nombre de la madre de Epeo, una
cautiva que capturara su padre Panopeo cuando intervino en la expedición
contra los telebeos. Sobre el carácter poco valeroso de Epeo, cfr. Calímaco,
Yambos, III, donde el poeta de Cirene llama *phugaíkhmas* («que rehúye las
lanzas») al hijo de Panopeo.

Pues tampoco es posible, tal parece,
que un varón sea experto
en todas las labores.
En efecto, yo quiero decir esto,
y tal como lo digo ha de cumplirse [106]:
Con un golpe directo
la piel desgarraré de mi adversario
y los huesos habré de machacarle;
sus cuidadores quédense aquí mismo
bien apiñados, para que lo saquen
cuando abatido quede por mis manos.»
Dijo así, y ellos todos   675
quedáronse callados y en silencio [107].
Euríalo [108], el único, a los dioses
comparable, frente a él se levantaba,
hijo de Mecisteo [109], el soberano
Talayónida que antaño acudiera
a Tebas, a los juegos funerales
por el finado [110] Edipo celebrados;   680

---

[106] Este verso y el anterior constituyen un verso formular en el original
(v. 672), que se encuentra con frecuencia. Con muy pequeña variante, cfr.
v. 410: «Pues he aquí ahora lo que he de deciros, y en verdad *(mén)* que
habrá ello de cumplirse.»

[107] Estos dos versos de nuestra traducción corresponden, de nuevo, a un
verso formular en el original. Cfr. *Il.* VII 92; IX 29; 430; 694.

[108] Euríalo aparece en el «Catálogo de las naves». Figura allí como
caudillo o comandante de los argivos después de Diomedes y Esténelo (cfr.
Il. II 565-566). Era hijo de Mecisteo, como más adelante nos informa el
poeta, y hermano de Adrasto. Estaba emparentado con Diomedes, si bien
no por vía de consanguineidad sino por afinidad. En efecto, Diomedes se
había casado con la hija de Adrasto. Este hecho explica el gran interés que
tiene Diomedes porque obtenga la victoria Euríalo; cfr. *Il.* XXIII 681.

[109] Mecisteo formaba parte de los famosos «Siete contra Tebas». La
leyenda tebana la conoce perfectamente el poeta (o los poetas) que compuso (o compusieron) la *Ilíada;* cfr. *Il.* IV 378-406; V 804; VI 223; X 286.

[110] En el original, la forma que encontramos es *dedoupótos,* que es un
participio de perfecto, en genitivo masculino singular, del verbo *doupéō,*
que significa «sonar sordamente». Era muy frecuente este verbo en la
fórmula *doúpēse dè pesṓn* (por ejemplo: *Il.* IV 504, etc.): «y sonó sordamente
al caer»; y a partir de ahí el verbo *deupéō* se entendió como sinónimo de
«caer en combate») (*Il.* XIII 426). Por último, y toda vez que, según
Homero, Edipo murió en Tebas y no en el campo de batalla precisamente,
hay que deducir que el verbo *doupéō* significaba ya, en la última fase de la

y allí iba venciendo
a todos los cadmeos.
A él el Tidida, ilustre por su lanza,
atendía y buen ánimo le daba
con palabras, pues con afán deseaba
para él la victoria.
Y el cinturón alargóle [111], primero,
y luego, al punto, le dio las correas [112]
de piel de agreste buey muy bien cortadas.
Y una vez que los dos ya se ciñeron,   685
al medio de la junta se llegaron
y alzándose de frente el uno al otro [113]
se acometieron con robustos brazos
y sus manos pesadas se mezclaron.
Terrible fue el crujir [114] de sus quijadas
y por doquier a chorros les fluía
el sudor que brotaba de sus miembros;
pero el divino Epeo arremetía,
y a Euríalo, que estaba distraído
y a un lado y al otro avizorando,   690
asestóle un golpe en la mejilla,
y entonces ya más tiempo no podía
aquél en pie tenerse;
allí mismo, en efecto,

---

elaboración de la *Ilíada,* sencilla y exclusivamente, «morir», como en
Apolonio Rodio (Cfr. Apolonio Rodio, *Argonáuticas* I, 1304: *áthlŏn gàr
Pelíāo dedoupótos áps aníontas:* «Pues al regresar de los juegos por la
muerte de Pelias».

[111] Diomedes le echó a los pies *(parakatabállŏ)* el cinturón o calzón de
que se servían los contendientes para practicar el pugilato (Cfr. Tucídides,
Historia de la Guerra del Peloponeso I, 6), y que fue usado regularmente en
Olimpia hasta el año 720 a. J.C. (Cfr. Pausanias, *Descripción de Grecia* I,
44, 1).

[112] Los púgiles homéricos no emplean guantes sino correas de cuero que
se atan alrededor de los dedos de las manos para proteger sus articulaciones. Se pasaban las susodichas tiras de cuero por la palma y la cara externa
de la mano de forma que las falanges de los dedos todos, excepto el pulgar,
quedasen enrolladas dentro de ellas mediante nudo corredizo. Cfr. Pausanias, *Descripción de Grecia* VIII 40,3. Virgilio, *Eneida* V 405.

[113] Cfr. *Od.* XVIII 15 y ss. Teócrito, *Idilios* XXII 80 y ss. Apolonio
Rodio, *Argonáuticas* II 25-97; Virgilio, *Eneida* V 427 y ss.

[114] Cfr. Apolonio Rodio, *Argonáuticas* II ʾ80ss.; Virgilio, *Eneida* V 436.

se derrumbaron sus gloriosos miembros.
Y como cuando un pez salta al aire
en la orilla del mar, cubierta de algas,
por un encrespamiento de las aguas
provocado por Bóreas,
y ola negra [115] la cubre estremecido,
así saltó en el aire golpeado;
mas Epeo, magnánimo, tomólo
con sus manos y lo puso derecho,   695
y en torno se plantaron
de Euríalo sus caros compañeros,
que por los pies a rastras lo llevaban
a través de la junta y escupiendo
espesa sangre y su cabeza vuelta
hacia un lado; y sin conocimiento
en medio de ellos, quienes lo llevaban,
lo sentaron, y ellos mismos se fueron
y se hicieron cargo de la copa
de doble cuenco y se la llevaron.

[La lucha]

Y enseguida otros premios el Pelida   700
depositó para el tercer certamen
y a los dánaos se los enseñaba;
eran los de la lucha dolorosa:
al vencedor un trípode bien grande
apto para montarse sobre el fuego,
que entre sí los aqueos valoraban
en doce bueyes [116], y para el vencido
varón una mujer en medio puso,
en labores innúmeras impuesta,   705
a la que en cuatro bueyes estimaban;
y en pie púsose luego y de este modo

---

[115] Sobre la ola negra del mar, Cfr. *Il.* VII 63; *Od.* IV 402.
[116] Recuérdese cómo en el canto VI la armadura de Glauco se valoraba en cien bueyes y la de Diomedes en nueve (cfr. *Il.* VI 235-236). En la *Odisea* Laertes pagó veinte bueyes por Euriclea, la nodriza de Odiseo (cfr. *Od.* I 431). En el Canto XXI de la *Ilíada* nos enteramos de que Licaón había sido vendido por cien bueyes y rescatado por trescientos (cfr. *Il.* XXI 79).

habló entre los argivos:
«Levantaos los que hayáis de probar
vuestra suerte también en esta prueba.»
Así dijo, y al punto levantóse
el grande Ayante, de Telamón hijo,
y Odiseo el astuto se ponía
también de pie, conocedor de ardides.
Y ceñidos los dos, se encaminaron
al medio de la junta,
y uno y otro, trabados en abrazo,   710
con sus robustas manos se agarraron
como las vigas que artífice ilustre
ajustara entre sí en la alta casa
las violencias de vientos rehuyendo.
De uno y otro chirriaban las espaldas
por sus brazos osados [117] comprimidas
cuando de ellas tiraban tenazmente,   715
y el húmedo sudor iba corriendo
al suelo y abundantes hinchazones
por los flancos y hombros les brotaban
de púrpura teñidas por la sangre;
pero obstinadamente ellos ansiaban
la victoria luchando por ganar
el trípode labrado.
Ni Odiseo a Ayante
podía derribar
ni al suelo echarle,   720
ni Ayante a Odiseo.
Firme aguantaba el vigor de Odiseo.
Mas cuando ya aburrían
a los aqueos de grebas hermosas,
ya entonces de este modo el gran Ayante
Telamonio le dijo:
«¡Oh vástago de Zeus, Laertíada,
de innúmeros ardides, Odiseo!,
levántame tú en alto o bien, si no,
he de ser yo quien a ti te levante;
y todo lo demás

---

[117] Cfr. *Il.* XI 571; XIII 134; XV 314; XVII 662; *Od.* V 434.

competerá a Zeus.»
Dijo así, e intentaba levantarle,   725
mas no olvidó Odiseo
sus tretas habituales
y le acertó, al golpearle,
por detrás en la corva, y sus miembros
se le soltaron y cayó de espaldas,
y Odiseo cayó sobre su pecho,
y las gentes pasmadas se quedaron
al contemplar el hecho [118].
En segundo lugar, luego, Odiseo,
muy paciente y divino, intentaba,
a su vez, levantar al gran Ayante,
y un poco lo movió sobre el suelo,   730
pero aún en el aire no lo alzaba,
mas dobló la rodilla entre sus piernas
y cayeron entrambos en el suelo,
cerca el uno del otro, y ambos héroes
manchados por el polvo resultaron.
Y, por tercera vez [119], de nuevo entonces,
saltando ambos arriba, pelearan,
si Aquiles en persona no hubiera,
levantándose, a ambos retenido:
«No porfiéis ya en la lucha más   735
ni os desgastéis con daños mutuamente;
que la victoria a entrambos corresponde;
recoged, pues, los dos, premios iguales
e idos en buenhora,
para que otros aqueos también puedan
competir en los juegos.»
Así dijo, y ellos muy diligentes
le escucharon y le obedecieron [120],
y el polvo se limpiaron de sus cuerpos
y de sus túnicas se revistieron.

---

[118] Cfr. *Il.* XXIII 708: «el grande Ayante, de Telamón hijo.» Sorprende, pues, que Odiseo haga caer en tierra a Ayante, tan fornido y alto. Cfr. asimismo *Il.* III 227.

[119] En época clásica para ser proclamado campeón en lucha libre era menester haber derribado por tres veces consecutivas al adversario. Cfr. Esquilo, *Euménides* 589; *Agamenón* 170.

[120] Cfr. *Il.* VII 379; XIV 133.

Y el hijo de Peleo sin demora 740
nuevos premios iba depositando
para recompensar la ligereza:
una cratera de plata labrada
en la que bien cabían seis medidas
y en belleza vencía con exceso
a cualquier otra por la tierra toda,
puesto que bien la habían labrado
muy expertos artífices sidonios [121],
y varones fenicios, transportándola   745
por sobre el mar brumoso [122],
habíanla expuesto en los puertos
y a Toante de regalo
habíansela dado;
y en precio del rescate
de Licaón, el hijo del rey Príamo,
diola al héroe Patroclo
el Jasónida Euneo;
y Aquiles la propuso como premio
de homenaje a su amigo y compañero,
para aquél que, con pies impetuosos
corriendo, el más ligero resultara;
depositó, a su vez, para el segundo   750
un corpulento buey y rico en grasa,
y consignó medio talento de oro [123]
para aquel que el último llegara.
Y en pie se puso y entre los argivos
estas palabras dijo:

---

[121] Los sidonios, palabra con que Homero, al igual que la Biblia,
designa a los fenicios en su totalidad (cfr. *Il.* VI 291; *Od.* XIII 272; 285),
eran muy famosos por su extremada destreza labrando metales. En los
poemas homéricos, los fenicios aparecen como hábiles artesanos (*poludáida-
loi,* cfr. *Il.* VI 290; *Od.* IV 618; XV 118), como marinos de prestigio
(*nausíklutoi,* cfr. *Od.* XV 415) y comerciantes muy taimados (*polupaípaloi,*
cfr. *Od.* XV 419). Cfr. *Il.* XXIII 744; *Od.* XIII 272; XIV 288; XV 473.
[122] Fórmula («por sobre el mar brumoso») que encontramos con gran
frecuencia en la *Odisea;* cfr. *Od.* II 263; III 105; IV 482; V 164.
[123] Cfr. *Il.* XXIII 269: «Para el cuarto propuso/ dos talentos de oro.»

«Levantaos los que hayáis de probar
vuestra suerte también en esta prueba.»
Así dijo, y ya al punto se alzaba
el rápido Ayante, hijo de Oileo,
y Odiseo el de muchos ardides,   755
y luego Antíloco, hijo de Néstor,
pues que él, por su parte, en la carrera
pedestre compitiendo,
a los jóvenes todos los vencía.
En línea se pusieron, y Aquiles
a todos ellos señaló la meta.
Y a partir del mojón de la salida
muy tensa se había vuelto la carrera;
y luego velozmente se lanzaba
a la carrera el hijo de Oileo,
mas tras él, muy de cerca,   760
el divino Odiseo,
como la caña cerca está del pecho
de una mujer de hermosa cintura
que con suma destreza, con sus manos
hacia sí tira de ella
y cerca de su pecho la retiene
tratando de arrastrar, todo a lo largo
de la urdimbre, el hilo de la trama [124].
Así Odiseo corría de cerca
y con sus pies, detrás, iba pisando
las huellas que Ayante imprimía,
antes que las cubriera
el polvo en torno de ellas derramado;
y el divino Odiseo,

---

[124] El telar antiguo es vertical. Consta de un marco cruzado por un travesaño (*zugón*) al cual van sujetos los hilos de la urdimbre (*mítos* del v. 762 de nuestro texto). Los hilos pares van sujetos a una «caña» (*kanón*) (en realidad, en español castizo tendríamos que hablar de «contralizo» y de los «lizos», pero estas voces pocos las conocen), y los impares a otra, y de ellos «tira hacia sí» (*tanússēi*) la «mujer de cintura hermosa» para dejar pasar la lanzadera (*kerkís*) y el «hilo de la trama» (*pēnion*) a lo largo de la urdimbre (*míton*) toda. Véase, para más detalles, T. D. Seymour, *Life in the Homeric Age* (New York 1965 [2]), p. 135, y G. Wickert-Micknat, *Die Frau* en *Archaeologia Homerica* Band III, Göttingen 1982, pp. 1242-43, esp. n. 186, con explicación de los términos *kerkís, kanón* y *pēnion*.

ágilmente corriendo y sin respiro,
su propio aliento echaba en la cabeza
de su predecesor en la carrera,   765
y los aqueos todos daban gritos
secundando su anhelo de victoria,
y, cuando muy de prisa iba corriendo,
con sus exhortaciones le animaban.
Mas cuando ya cumplían
de la carrera el último tramo,
al instante Odiseo suplicaba
en el fondo de su alma a Atenea [125],
la de ojos de lechuza:
«Escúchame, ¡oh diosa!, y ven benigna   770
a serme de los pies socorredora.»
Dijo así en su plegaria,
y escuchóle Palas Atenea,
y sus miembros le puso bien ligeros:
sus pies, y aún sus manos por encima;
mas cuando ya a punto se encontraban
de saltar sobre el premio de la prueba,
en ese punto Ayante resbalóse,
según iba corriendo (pues Atena
a sus pies una traba había puesto),
donde estaba esparcido por el suelo
estiércol de los bueyes mugidores   775
que en honor de Patroclo había matado
el héroe Aquiles de los pies veloces;
y se llenó la boca y las narices
del bovino excremento;
el divino Odiseo, el muy paciente,
al contrario, levantó la cratera,
porque a la meta él llegó primero;
el ilustre Ayante, sin embargo,
el buey tomó. Y enhiesto, con sus manos   780
del buey agreste un cuerno sujetando,
a la par que el estiércol escupía,

---

[125] Esta diosa siente especial predilección por Odiseo, a quien protege e
inspira oportunos pensamientos a lo largo de los poemas homéricos. Cfr.
Il. II 169 ss., V 676, X 245; *Od.* I 48; V 5; VIII 9; XIII 189, 301, 331, etc.

de esta manera habló entre los argivos:
«¡Ay, ay!, los pies, seguro, me ha trabado
la diosa, justamente, que ya de antes
como madre asiste a Odiseo
y aun le presta ayuda.»
Así dijo, y todos se rieron
con risa placentera [126],
como era natural, a costa suya.

Y Antíloco ya, al fin, precisamente,   785
el postrer premio íbase llevando
con gesto sonriente en el semblante,
y de este modo habló entre los argivos:
«A todos os diré, ¡amigos míos!,
algo que ya sabéis: que a los más viejos
de entre los hombres siguen dando honra
los inmortales aún incluso ahora;
pues Ayante un poco me precede
en edad; ése, en cambio, forma parte
de la generación antecedente,   790
de los que son nuestros antepasados;
pero afirman que él es un viejo ágil
y que resulta arduo a los aqueos
ser rival suyo en pedestre carrera,
a no ser para Aquiles.»
Así dijo, y al hijo de Peleo,
el de los pies veloces, él dio gloria;
y Aquiles con palabras, respondiéndole,
le replicó: «Antíloco, no en vano   795
por ti habrá sido dicha esa alabanza,
sino que yo añadiré a tu premio
medio talento de oro.»
Dijo así y en sus manos lo ponía
y él recibiólo lleno de alegría.

                        [El combate]

        Luego después, el hijo de Peleo,
        una lanza llevando

---

[126] En el original leemos *hēdù gélassan;* cfr. *Il.* II 270; *Od.* XX 358; XXI 376.

de larga sombra, en medio de la junta
depositóla, y escudo y yelmo,
armas que a Sarpedón [127] pertenecieran,   800
de las que a él Patroclo despojara;
y se puso de pie y a los argivos
les dijo estas palabras:
«Ahora a dos varones invitamos,
que los mejores sean,
a que vistan sus armas
y el bronce empuñen que la piel traspasa
y uno al otro se midan,
tratando de ganar estos presentes,
ante los ojos de esta muchedumbre.
Cualquiera de los dos que se adelante   805
en alcanzar al contrario en ataque
y a su bella piel llegue, y le toque,
a través de armadura y negra sangre,
por dentro del arnés sus intestinos,
a ése yo he de darle esta espada
de tachones de plata claveteada [128],
hermosa y de Tracia procedente,
de la que a Asteropeo [129] despojé;
estas armas, empero, se las lleven
ambos a guisa de común regalo,
y un buen banquete les ofreceremos   810
a ellos dos luego dentro de mi tienda.»
Así dijo, y al punto levantóse
el grande Ayante, de Telamón hijo,
y enseguida se levantó el Tidida,
el esforzado héroe Diomedes.
Y una vez, pues, que ellos se pusieron
la coraza al uno y otro lado

---

[127] Sarpedón, caudillo de los licios, es hijo de Zeus y Laodamia; cfr. *Il.*
XV 67; VI 199; acerca de la muerte de Sarpedón, cfr. *Il.* XVI 462 y ss. y
663-665.
[128] En esta espada la hoja estaba sujeta a la empuñadura por remaches de
plata. Clavos de cabeza de plata se han encontrado en las sepulturas
micénicas, aunque no tantos como los chapados en oro. Obsérvese que en
el canto XIII (cfr. *Il.* XIII 577) se menciona una espada tracia tan grande
como las espadas de los aqueos (*Il.* XXIII 824).
[129] Cfr. *Il.* XXI 139-199; *Il.* XXIII 560-562.

del gentío, al medio se lanzaban
el uno contra el otro
por el afán de lucha enardecidos,
mirándose los dos terriblemente,   815
y el estupor en todos los aqueos
hacía presa y los sobrecogía.
Mas cuando ya los dos cerca se hallaban,
tras haber avanzado frente a frente,
por tres veces entrambos se atacaron
lanzándose el uno contra el otro
y tres veces entrambos se pusieron
a combatir en lucha cuerpo a cuerpo;
luego Ayante el escudo bien redondo [130]
traspasó del Tidida Diomedes,
dando en él un pinchazo,
mas la piel no alcanzaba del guerrero,
porque le protegía
la coraza por dentro.
Y el hijo de Tideo luego, al punto,   820
por encima del imponente escudo
intentaba sin cesar a Ayante
en el cuello alcanzarle
con la punta de su fúlgida lanza.
Y entonces los aqueos ya temiendo
por la vida de Ayante [131], justamente,
mandaron que cesara
el combate y que ambos se llevaran
parejos galardones de su esfuerzo.
Pero al Tidida dio la gran espada
el héroe Aquiles, que se la llevaba
con su vaina y con su talabarte   825
de bien cortado cuero.

---

[130] Es decir: el escudo más común o, en época postmicénica, el conven-
cional, redondo, bien distinto del *sákos,* un escudo enorme, rectangular o
en forma de ocho (8). Sobre estos dos tipos diferentes de escudos, cfr. H.L.
Lorimer, *Homer and the Monuments,* Londres 1950, 187 y láminas VII y
VIII; A. J. B. Wace-F. H. Stubbings (eds.), *A Companion to Homer,*
Londres 1962, 510 y lámina 27, en la página 498.
[131] Píndaro, en cambio, recoge otra leyenda según la cual Ayante era
invulnerable; cfr. Píndaro, *Ístmicas* VI 40 y ss.

[El lanzamiento de disco]

Sacó luego el Pelida
de hierro un bloque de crisol salido,
que otro tiempo de Eetión [132] la grande fuerza [133]
lanzar solía, pero ciertamente
a él ya le matara
Aquiles el divino,
el de pies resistentes, y, así, el bloque
lo llevaba con él en sus bajeles
junto con sus restantes posesiones.
Y en pie se puso y entre los argivos   830
estas palabras dijo [134]:
«Levantaos los que hayáis de probar
vuestra suerte también en esta prueba.
Aunque sus pingües campos
de la ciudad muy lejos se encuentren,
por cinco años, incluso, sucesivos
podrá usar de este hierro;
porque ni su pastor ni su labriego,   835
de hierro careciendo [135] irá a la villa,
pues se lo habrá de procurar el bloque».
Así dijo, y al punto levantóse
Polipetes, de pie firme en la guerra,
y también levantóse el esforzado
ardimiento del divino Leonteo [136]
y levantóse Ayante Telamonio
y el divino Epeo [137].

---

[132] Eetión era el padre de Andrómaca, rey de los cilicios de Tebas, ciudad situada en la falda del Placo. Cuando esta ciudad fue saqueada, obtuvieron de ella los aqueos importante botín: la esclava Criseida (*Il.* I 366), el caballo Pegaso de Aquiles (*Il.* XVI 153) y la cítara con que el Pelida se nos presenta en el canto noveno de la *Ilíada* (cfr. *Il.* IX 188)

[133] Esta expresión («la gran fuerza de», «la fuerza de», «la sagrada fuerza de») es muy frecuente en los poemas homéricos: *bíe, hieré is, méga sthénos,* etc; cfr. por ejemplo, *Il.* XVIII 607; XXI 195; XXI 895; *Od.* II 409, etc.

[134] Cfr. *Il.* XXIII 801.

[135] Cfr. nota 71 *supra*.

[136] Polipetes es hijo de Pirítoo el lapita, y Leonteo es nieto de Ceneo. En el canto XII de la *Ilíada* se les compara a una cordillera tan bien arraigada en el suelo que ni la lluvia ni el viento consiguen abatirla.

[137] Cfr. *Il.* XXIII 665: «Epeo, hijo del héroe Panopeo.»

En línea se ponían, y el divino
Epeo cogió el disco
y, haciéndolo dar vueltas,
lo disparó y riéronse por ello,   840
sin faltar uno, los aqueos todos.
Luego, el segundo, disparó Leonteo,
compañero de Ares,
y, en el tercer turno,
lo lanzó el gran Ayante Telamonio
de su robusta mano,
y rebasó de todos las señales.
Mas cuando ya el disco Polipetes,
de pie firme en la guerra,
en sus manos tomó,
cuanta es la distancia a la que llega   845
el cayado que un pastor arrojara
y que volando va dando mil vueltas
por encima de bueyes en manada,
tanta fue la medida en que a la junta
entera sobrepasó Polipetes,
y todos los aqueos le aclamaron.
Y, poniéndose en pie, los compañeros
del fuerte Polipetes le llevaban
a las cóncavas naves
el premio que su rey ganado había.

[El disparo del arco]

Luego él proponía hierro oscuro   850
para ser galardón de los arqueros,
y diez hachas allí depositaba
y otras diez medias hachas, y bien lejos
hincó en la arena el mástil de una nave
de cerúlea proa,
y a él con una delgada cuerda
de la pata ató tímida paloma,
y manda que a ella tiren con sus arcos: 855
«El que atine a la tímida paloma
que las hachas recoja y se las lleve
todas ellas a casa,
y el que acierte en la cuerda,

[970]

aunque el tiro fallara sobre el ave,
puesto que es inferior en ese caso,
habráse de llevar las medias hachas [138].
Así dijo, y luego levantóse
la gran fuerza del soberano Teucro,
y después de él se levantó Meríones [139],   860
noble escudero de Idomeneo;
y en un casco de bronce
las suertes agitaban,
y las tomaron luego,
y a Teucro le tocó ser el primero
y al punto lanzó el dardo con potencia,
pero no hizo voto al soberano
Apolo de inmolarle
hecatombe gloriosa de corderos
nacidos todos en primeros partos;   865
no acertó al ave
pues negóselo Apolo, envidioso;
mas atinó a la cuerda
por la que estaba la paloma asida,
al lado de la pata;
y la cuerda rompió derechamente
la amarga flecha, y la paloma, luego,
de un salto hacia el cielo remontóse
y la cuerda, ya suelta, se abatió
en dirección a tierra,
y un clamor levantaron los aqueos.
Y, al instante, Meríones el arco   870
arrancó a toda prisa de la mano
de Teucro, pues ya el dardo
hacía tiempo lo tenía a punto,
mientras aquél estaba apuntando,
y al instante hizo voto
al soberano Apolo,
el flechador certero, de inmolarle
hecatombe gloriosa de corderos

---

[138] Cfr. Virgilio, *Eneida* V 485-544.
[139] Exceptuamos los locrios (Cfr. *Il*. XIII 712-716), Teucro, Meríones y Filoctetes son los arqueros del ejército aqueo (cfr. *Il*. XIII 313-314; 650-652.

nacidos todos en primeros partos.
Arriba vio, debajo de las nubes,
Meríones la tímida paloma,
y allí, mientras ella remolinaba,   875
la alcanzó en pleno cuerpo bajo el ala;
y el dardo traspasóla en derechura
y volvió para atrás, a hincarse en tierra,
de los pies de Meríones delante;
el ave, por su parte,
posándose en el mástil de la nave
de cerúlea proa,
dejó colgar su cuello
y sus alas tupidas se abatieron,
y veloz emanando de sus miembros,   880
su hálito vital salió volando,
y ella del mástil fue a caer bien lejos.
Por otro lado, las gentes de armas,
admiradas, el hecho contemplaban.
Meríones, entonces, recogía
las hachas, que diez eran
en total, y Teucro las medias hachas
a las cóncavas naves transportaba.

[El lanzamiento de jabalina]

Luego el Pelida llevaba a la junta
lanza de larga sombra,
y un caldero que el fuego aún no tocara
del valor de un buey   885
y adornado con flores cinceladas, [140]
y en el suelo los puso,
y hombres avezados
en el disparo de la jabalina
allí se levantaron:
Agamenón el hijo de Atreo
que en extensos dominios imperaba,
y, asimismo, Meríones,
noble escudero de Idomeneo,

---

[140] La misma decoración, típica de época micénica, aparece en otros
calderos y crateras (cfr. *Od.* III 440; *Od.* XXIV 275).

y a ellos les habló el divino Aquiles,
el de pies resistentes, de este modo:
«Hijo de Atreo, puesto que sabemos 890
en cuánto trecho a todos aventajas
y en cuánto por tu fuerza el mejor eres,
así como también en lanzamientos,
toma tú este premio y vete yendo
a las cóncavas naves,
y procuremos al héroe Meríones
la lanza, si tú en tu ánimo quisieras;
porque yo, al menos, a hacerlo te invito.»
Así dijo, y no desoyó el ruego
Agamenón, de hombres soberano,
y diole a Meríones
la lanza hecha de bronce,
y él, el héroe, el magnífico premio
a Taltibio [141] el heraldo lo entregaba.

---

[141] Taltibio es el heraldo de Agamenón (cfr. *Il.* I 329; III 118-120; IV 192-207; VII 273-284; XIX 196-268).

Canto XXIV

El rescate de Héctor*

[Aquiles ultraja el cadáver de Héctor]

Se disolvió la junta[1], y las huestes
por separado se iban dispersando,

---

* El canto XXIV de la *Ilíada* es por antonomasia el canto de la
compasión y la piedad. En efecto, el sufrimiento y la piedad y la conmiseración que suscita recorren esta rapsodia verso a verso. Y justamente por
ello este canto encaja pefectamente en el conjunto de la obra, pues en él
culmina esa tragedia heroica que es la *Ilíada* (recordemos que según Platón
—*República* 598 d— Homero descubrió el sendero de la tragedia) en que se
nos representa magníficamente a la humanidad soportando el duro peso de
la guerra y sufriendo el irremediable trance de la muerte.

El canto XXIV está íntimamente unido al canto VI, uno de los más
importantes dentro del conjunto estructural del poema. En él Héctor y
Andrómaca se encuentran, dialogan y prevén la catástrofe que les amenaza:
la muerte del «pilar» de Troya —que es lo que la voz *héctor* significa en
griego—, la destrucción de la ciudad y el triste destino de la mujer y del
hijo del héroe troyano. Pero a pesar de estos ciertos aunque tristes
presentimientos, y del amor a su esposa y a su hijo, el gran héroe troyano
afronta virilmente su destino. Y, así, en el canto XXII decide enfrentarse a
Aquiles en combate singular, pues según su código de honor, que cumple
puntual y aun puntillosamente, nada vale la propia vida en comparación
con la honra del guerrero que combate noblemente por su ciudad. Esto,
del lado troyano.

Entre las filas aqueas, también Aquiles conoce cabalmente su trágico y
heroico futuro. En el canto XIX se dirige en tono de reproche a su caballo
Janto, que prodigiosamente profetiza la muerte del Pelida, y le dice (XIX
420-1) que ya él mismo sabe muy bien el destino que le espera, a saber: el
de morir en tierra troyana y no regresar a su querida patria. He ahí, pues,

encaminándose a las raudas naves;
en la cena pensaban y el deleite
que brinda el dulce sueño;
mas Aquiles lloraba
recordando al querido compañero,

---

otra tragedia heroica, o la misma, si se quiere, sólo que gestándose en el otro bando de los combatientes: un guerrero es consciente de que sobre él pende la muerte y, no obstante, rechaza de su pensamiento esa amenaza.

Por eso Aquiles y Héctor, Héctor y Aquiles, son los héroes, los seres humanos que afrontan la tragedia (la guerra y la muerte) que se cierne constantemente sobre la humanidad, y lo hacen con dignidad y valentía. Héctor dejó bien claras esas prendas de su alma al acudir valientemente a enfrentarse con Aquiles pese a sus negros y desperanzadores presentimientos. Pero también el hijo de Peleo se encamina valerosamente hacia su inevitable destino de mortal: la muerte, que sabe le encontrará pronto en suelo enemigo. Y precisamente por ese temple heroico, por esa entereza de su irritable carácter, es capaz de sentir piedad de Príamo y llegar incluso a consolarle en este canto XXIV que nos ocupa. Los hombres deben ser — nos dice el poeta en este canto— heroicos y a la vez compasivos; lo uno por lo otro. El héroe desafía la muerte y acepta con gallardía y brío su destino, y, de este modo, al conocer mejor que nadie su miseria y su incapacidad ante el hado, siente piedad de sus semejantes cuando los ve convertidos en presas del infortunio o en víctimas de su humana impotencia.

En el canto XXIV los dioses otorgan honor por igual a Aquiles y a Héctor. Este último ha muerto, pero quien lo mató tampoco tardará en morir. Y caerá Troya. Y de toda esta tragedia desoladora que entregó a Hades millares de guerreros bravos sólo se salvarán el heroísmo y la piedad, virtudes esencialmente humanas, que hunden sus raíces en la condición propia de los hombres.

En el canto XXIV, canto de la compasión, la conmiseración y la piedad, los dioses se compadecen de Héctor, del mal trato que Aquiles está infligiendo a su cadáver, ultrajes que el cuerpo de un héroe y piadoso mortal no merece; Aquiles depone su cólera y acepta piadosamente la súplica emocionada de un padre (Príamo) que solicita se le entregue el cadáver de su hijo (Héctor) y hace esta petición arrodillado ante quien se lo matara (Aquiles); y, finalmente, se celebran las honras fúnebres en honor de Héctor. Y así, «la cólera de Aquiles» del primer verso de la *Ilíada* se convierte en el funeral del mejor de los troyanos en el último verso del poema. («Así ellos celebraban/ con sumo celo las exequias de Héctor,/ domador de caballos.») Pero previamente, en el canto XXIV, se nos ha hecho ver que, en medio del sufrimiento y de la muerte, lacras inevitables del género humano, miserias consubstanciales al ser del hombre, la condición humana no puede disimular dos rasgos también propios de su esencia dotados de innegable grandeza: la piedad y el heroísmo.

¹ Este significado de la voz *agón* aparece en otros pasajes. Cfr. *Il.* XXIII 617. Hes. *Teogonía* 91.

y ni el sueño que todo lo domeña
hacía en él presa,
sino que aquí y allá se revolvía 5
añorando la hombría de Patroclo
y su noble ardor
y la larga madeja de dolores
que con él devanara y padeciera,
las guerras con varones y las olas
causantes de dolor, atravesando.
Acordándose de ello,
lágrimas muy lozanas derramaba,
unas veces yaciendo de costado,
otras veces, empero, boca arriba, 10
y otras veces echado boca abajo.
Por fin se puso en pie
y angustiado, andaba dando vueltas
por la orilla del mar;
y no se le pasaba inadvertida
la aurora a él, cuando sobre las costas
y el mar aparecía;
antes bien, al contrario,
una vez que él uncía
a su carro los rápidos corceles,
por detrás de la caja ataba a Héctor 15
con el fin de arrastrarle por el suelo
y después que tres veces[2]
en torno de la tumba
del difunto Patroclo el Menetíada
a rastras lo llevara,
en la tienda de nuevo descansaba,
y el cadáver dejaba
extendido en el polvo boca abajo[3];
mas Apolo, del varón apiadado,
aunque muerto estuviera,

---

[2] Cfr. *Il.* XXIII 13-14, en que se nos refiere que también *tres vueltas*
daban los aqueos en torno a la pira de Patroclo. En cuanto al ritual, cfr.
Beovulfo 3169-3172; Jordanes, *Getica* capítulo 49 (respecto del funeral de
Atila, rey de los hunos).

[3] Es decir, de forma ultrajante. Pues la norma es colocar boca arriba, en
posición de decúbito, el cadáver al que se va a rendir el homenaje de las
exequias funerales.

de su cuerpo apartaba todo ultraje
y con su égida de oro [4]   20
entero le cubría,
para que al arrastrarle
su piel no desgarrara.
Así aquél ultrajaba,
lleno de enojo, al divino Héctor.

[*Asamblea de los dioses*]

Pero, al verlo, los dioses bienhadados
de él piedad habían
y a que el cuerpo robase incitaban
a Argifontes [5], el buen escrutador.
Y he aquí que a todos los demás,   25
complacía el acuerdo,
pero jamás a Hera
ni a Posidón tampoco,
ni a la doncella de ojos de lechuza,
que en su sentir de antes persistían:
les resultaba odiosa
la sagrada Ilión,
y Príamo y su pueblo [6],
por mor de la ceguera de Alejandro
que afrentara a las diosas [7]

---

[4] La «égida» o pellejo de cabra la llevan los dioses alrededor de los hombros; cfr. *Il.* V 738; XVIII 200-4. Apolo, concretamente, envuelve con ella sus hombros en *Il.* XV 318 y 361. En torno a la égida, esa piel de cabra protectora que ha dado lugar en español a la expresión «bajo la égida de», cfr. N. Prins, *De oorsprokelijke beteekenis van de aegis* («El significado originario de la égida»), tes. doct., Utrecht 1931.

[5] «El matador de Argos», o sea: Hermes, que había matado a Argos, a quien Hera, celosa, había mandado vigilar a Io, una de la mortales que fue amada por Zeus.

[6] Por culpa de un solo ciudadano, Paris (o Alejandro, si se prefiere), la ciudad de Troya incurrió en la ira divina. Del mismo modo, por culpa del yerro de Agamenón, sufrió castigo divino todo el ejército aqueo (*Il.* I 43-52); y el hijo de Crono convirtió en piedras a todas las gentes del pueblo en que habitaba Níobe por culpa de esta última (cfr. *Il.* XXIV 611). Acerca de esta idea, cfr. Esquilo, *Agamenón* 390-6; 532-7; 823-4; y Eurípides, *Hécuba* 641-9.

[7] Es decir: a las otras dos diosas que no eran Afrodita y formaban el grupo de las tres, o sea: Hera y Atenea.

cuando hasta su majada se llegaron
y elogiara a aquélla
que lascivo placer y doloroso
le había procurado [8].   30
Pero cuando, a partir ya de aquel día [9],
la duodécima aurora hubo llegado,
entonces, justamente, Febo Apolo
así habló entre los dioses inmortales:
«Crueles sois, ¡oh dioses!, sois dañinos;
¿Héctor en vuestro honor no quemó acaso
muslos de bueyes y cabras sin tacha?
Y a él, que ahora es un cadáver,   35
no tuvisteis valor para salvarle,
para que su mujer le viera
y su madre y su hijo
y Príamo su padre,
así como su pueblo,
los cuales muy de prisa
en pira lo quemaran
y aun honras funerales le rindieran.
En cambio, a ese funesto Aquiles,
queréis vosotros, ¡dioses!, asistir,
que ni las mientes tiene bien dispuestas   40
ni ánimo doblegable [10]

---

[8] Paris poseía, en efecto, un especial encanto que seducía a las damas.
Cfr. *Il.* III 39-55; 437-47. «El juicio de Paris», tal como nos lo refiere
Proclo extrayéndolo de los *Cypria* o *Cantos ciprios* de la épica posthomérica,
fue un concurso de belleza entre las tres diosas, Hera, Atenea y Afrodita,
juzgado por el seductor varón troyano, el cual otorgó el premio a la última
porque ella le había prometido, como diosa del amor, convertirlo en
esposo de Helena. Paris es en la *Ilíada* el polo opuesto de Héctor. Así pues,
aparece como hombre lujurioso y lascivo frente a la honestidad, valentía y
generoso desprendimiento que caracterizan a su hermano, el héroe de
Troya por antonomasia.

[9] Es decir, del día en que fue muerto Héctor. A partir de aquel
momento, los funerales de Patroclo y los Juegos fúnebres en su honor
consumieron dos días y la disputa entre los dioses duró nueve. Cfr. *Il.*
XXIV 107-8: «Hace ya nueve días/ que entre los inmortales/ ha surgido un
litigio/ acerca del cadáver/ de Héctor y de Aquiles/ destructor de
ciudades...»

[10] El ánimo de los varones nobles y buenos es doblegable (cfr. *Il.* XV
203). La testarudez, obcecación e inflexibilidad de ánimo de Aquiles están
bien patentes en el canto IX de la *Ilíada*.

tiene dentro del pecho,
y que, como un león[11],
en su alma alberga
feroces sentimientos,
como el león que a impulso de su fuerza
enorme, y al coraje
altanero cediendo,
salta y se lanza sobre las ovejas
de los hombres mortales
para darse con ellas un banquete;
así Aquiles perdió completamente
la piedad, y pudor en él no brota,   45
ese respeto que a los hombres mucho
o daña o aprovecha[12].
Puede quizás un hombre
perder un ser querido especialmente,
o un hermano uterino
o tal vez hasta un hijo,
pero una vez que ya lo ha llorado
y por él ha gemido,
él en su duelo cesa, ciertamente,
pues las Moiras[13] hicieron
sufrido el corazón de los humanos.

---

[11] Las comparaciones de héroes con leones son frecuentes en la *Ilíada* y
ofrecen una enorme variedad, desde la expresión más simple (cfr. *Il.* XI
129, etc.), hasta los más hermosos y extensos símiles desarrollados (cfr. *Il.*
XV 630-636, etc.). Han recibido interpretaciones muy diversas por parte de
la crítica. Véase a este respecto, recientemente, A. Schnapp-Gourbeillon,
Lions, héros, masques, París 1981, con bibliografía.

[12] La «piedad» y el «respeto» son dos conceptos que vuelven a aparecer
juntos en este canto, cfr. *Il.* XXIV 206 y ss.: «Pues si llega a apresarte/ y a
verte con sus ojos,/ aquel varón desleal y sanguinario/ de ti no ha de tener/
ni *piedad* ni *respeto* en absoluto.»

[13] La palabra *Moîrai* aparece solamente en este lugar. Son las Parcas, que
con las Erinias, imponen el bien y la justicia en el mundo. Son la
personificación del destino de cada cual, de la suerte que le corresponde en
esta vida. Son inflexibles como el propio destino que personifican, y ni los
mismos dioses pueden transgredir las leyes que ellas encarnan. Si lo
hicieran, alterarían perligrosamente el orden por el que se rige el universo.
En el mito, las tres Moiras, Átropo, Cloto y Láquesis, eran tres hilanderas,
hijas de Zeus y de Temis, que con su labor regulaban la vida de los
hombres y determinaban su duración: la primera hilaba, la segunda
enrollaba el hilo vital y la tercera cortaba.

Pero Aquiles al divino Héctor,   50
cuando ya el corazón le ha arrebatado,
le ata al carro y le arrastra
en torno de la tumba
del compañero amigo;
en verdad que este hecho para él
ni honra es especial ni excelencia.
No vaya a ser que, aunque muy bravo sea,
nosotros contra él nos irritemos,
porque con su furor
la tierra sorda ultraja» [14].
A él, irritada, respondióle Hera,   55
la de los blancos brazos:
«Así podría ser, como tú dices,
dios del arco de plata,
si, en efecto, igualmente vais a honrar
a Aquiles y a Héctor.
Héctor es un mortal
y a una mujer mortal mamó los pechos;
en cambio, Aquiles hijo es de una diosa
que yo misma crié   60
y mimé con esmero,
y se la di a un hombre por esposa [15],
a Peleo, que fue, de corazón,
amado por los dioses inmortales
a cuya boda, ¡dioses!, acudíais
todos, y tú entre ellos,
la cítara en tu mano,
en el mismo banquete parte habías,
¡oh tú, pérfido siempre,
compañero de malos! [16]»

---

[14] Es decir: el cadáver, que se compone de agua y tierra. Cfr. *Il.* VII 99
y Sófocles, *Electra* 244. Un eco de los versos 53-54 del original, resuena en
el fragmento esquileo 266 Nauck, justamente de su obra dramática titulada
El rescate de Héctor.
[15] Esta misma leyenda la refieren Apolonio Rodio y Apolodoro (cfr.
Apolonio Rodio, *Argonáuticas* IV 790-8; Apolodoro, *Biblioteca* III 13,5), y,
al parecer, figuraba ya en los *Cantos ciprios* o *Cypria* (cfr. fragmento 2).
[16] No olvidemos que Apolo será el causante de la muerte de Aquiles
(cfr. *Il.* XXI 277-8; XXII 359); es amigo de los troyanos y, en especial, de

A ella, respondiendo, replicó
Zeus, el que las nubes amontona:
«No te pongas ya, Hera, en absoluto   65
a gruñir a los dioses
con radical enfado,
porque bien es verdad
que no habrá de ser
la honra una y la misma[17];
no obstante, también Héctor
era para los dioses
el mortal más querido
de aquellos todos que en Ilión habitan;
pues así fue para mí cuando menos,
ya que nunca fallaba en absoluto
respecto de los dones que me agradan.
Porque jamás mi altar estaba falto
de comida abundante
por igual repartida,
de libación o grasa desprovisto;   70
que tal es el honor que por destino
nos ha correspondido[18].
Pero, por lo demás,
dejémonos ahora
de robar el cadáver
(pues tampoco hay manera)
del intrépido Héctor
a escondidas de Aquiles;
pues realmente su madre,
por el día igual que por las noches,

_____

Paris, que es un cobarde, cuya flecha —según ciertas leyendas tardías—
guió Apolo hacia el único plunto vulnerable del cuerpo del gran héroe hijo
de Tetis: su talón, causándole, de este modo, la muerte.

[17] En efecto, primeramente, Aquiles tendrá la honra resultante de
devolver a Príamo el cadáver de su hijo; cfr. *Il.* XXIV 110: «mas yo esta
gloria a Aquiles le adjudico.» Luego, según sabemos por la *Odisea,* en el
funeral del héroe de Ftía lloraron por él las Nereidas y las Musas, y sus
huesos fueron introducidos en una ánfora de oro, regalo que fuera de
Dioniso a Tetis y obra espléndida del divino artesano Hefesto; cfr. *Od.*
XXIV 36-92.

[18] Estos versos coinciden con aquéllos en que Zeus se refiere a la piedad
y religiosidad de Príamo en el canto IV; cfr. *Il.* IV 48-49.

siempre acude a su lado[19].
¿Mas y si acaso alguno de los dioses
a Tetis convocara a mi presencia
para que yo con discreción le hablara
unas palabras, a fin de que Aquiles
de Príamo reciba los regalos   75
y, así, libere a Héctor?»
Así dijo y se puso en movimiento
Iris la de los pies huracanados,
dispuesta a oficiar de mensajera,
y entre Samos[20] y la escarpada Imbros
se zambulló de un salto en el mar negro
y, al chocar, resonó con un gemido
la tersa superficie de las aguas.
Lanzóse ella al abismo   80
de igual modo que el plomo
sobre el cuerno montado[21]
de un agreste toro,
a modo de plomada,
que, según va llegando,
lleva la muerte a los voraces peces.
Y a Tetis la encontró
en cóncava caverna,
y a un lado y otro de ella
hallábanse sentadas otras diosas
de la mar, todas ellas reunidas,
y en medio de ellas Tetis
el destino lloraba[22]   85
de su intachable hijo,
que, lejos de su patria[23],
en Troya, la de las feraces glebas,
debía perecer para mal de ella.

---

[19] Tetis visita con frecuencia a Aquiles; cfr. Il. XVII 408.

[20] Es decir: Samotracia.

[21] Cfr. Od. XII 253. Otras metáforas de la pesca las encontramos en Il. XVI 406-8 y Od. 251-254.

[22] Ya anteriormente lloraba Tetis el destino de su hijo Aquiles, cfr. Il. XVIII 35-64.

[23] Cfr. Il. XXIV 541: «pues en Troya inactivo yo me encuentro,/ bien lejos de mi patria.» Sobre el cruel destino que las Parcas impusieron a Peleo, padre de Aquiles, cfr. Il. XXIV 538-542.

Y entonces Iris, la de pies ligeros,
plantándose a su lado, así le dijo:
«Arriba, Tetis, que Zeus te convoca,
el dios conocedor
de los consejos imperecederos» [24].
Y entonces Tetis, la de pies de plata,
así le respondía:
«¿Por qué a mí aquel   90
gran dios me da esa orden?
Pues yo vergüenza siento de inmiscuirme
entre los inmortales, pues que tengo
en mi ánimo dolores infinitos.
No obstante iré, y en vano su palabra,
la que me diga, no habrá sido dicha [25].»
Así habló, pues, divina entre las diosas,
y mano echó de un azulado velo,
la más oscura veste [26] que tenía,
y a andar se puso; y por delante de ella   95
Iris veloz, la de los pies de viento,
la guiaba, y a ambos lados de ellas
las olas de la mar se iban abriendo.
Y una vez que arribaron al rompiente
desde el fondo subiendo de los mares,
se remontaron, dando un salto, al cielo,
y allí encontraron al hijo de Crono,
de fuerte voz; y en torno a él estaban
sentados y en asamblea reunidos

---

[24] Esta expresión, «Zeus conocedor de los consejos imperecederos», no
aparece más que en este lugar del *corpus* homérico. Sin embargo, la
empleará más tarde de Hesíodo, y nada menos que tres veces, para poner
en evidencia y dejar patente la superioridad del padre de los dioses, Zeus,
sobre Prometeo, el gigante y héroe de la humanidad que engañó al señor
del Olimpo. Cfr. Hesíodo *Teogonía* 545; 550; 560.

[25] Cfr. una fórmula similar en *Od.* II 318, en medio de unas palabras con
que Telémaco se dirige a los pretendientes en tono desafiante.

[26] De acuerdo con su prematuro luto y su estado de ánimo, Tetis, que
ya en el canto XVIII (cfr. XVIII 35-64) gemía, acompañada por sus
acompañantes, lamentándose del cruel destino de Aquiles, y que sigue
llorando, como acabamos de ver (*Il.* XXIV 84-86: «...el destino lloraba de
su intachable hijo...»), elige un vestido de color negro en consonancia con
su aflicción. Sobre el negro como color de luto y del pesar, cfr. Hesíodo,
Teogonía 406.

todos los otros dioses bienhadados,
que para siempre existen [27].
Y ella entonces, como correspondía,   100
al lado de Zeus padre se sentaba,
que Atenea el asiento le cediera,
mientras Hera en la mano un vaso de oro,
bello, le puso y con sus palabras
la solazó; y, una vez que Tetis
lo hubo bebido, se lo tendió a ella,
y entre ellos iniciaba el parlamento
el padre de los dioses y los hombres:
«Al Olimpo viniste, diosa Tetis,
a pesar de que estabas apenada,
con duelo inolvidable en tus entrañas;   105
bien lo sé aun yo mismo,
mas, aunque así sea,
te diré por qué aquí te he llamado
Hace ya nueve días
que entre los inmortales
ha surgido un litigio
a propósito del cadáver de Héctor
y de Aquiles destructor de ciudades.
A Argifonte instigaban, buen vigía,
a que el cuerpo robase,
mas yo esta gloria [28] a Aquiles le adjudico,   110
porque quiero guardar para adelante
tu respeto y tu amor.
Vete ya muy de prisa al campamento
y transmite esta orden a tu hijo:
dile que están los dioses
enfadados con él,
y que yo por encima de ellos todos,

---

[27] Esta expresión, «los dioses bienhadados que para siempre existen», aparece solamente aquí dentro de la *Ilíada;* en cambio, en la *Odisea* la encontramos cuatro veces.

[28] La gloria la obtendrá por ceder en su ira y comportarse magnánimamente. Así se expone en *Il.* IX 257-8 (donde se nos dice que Aquiles recibirá mayor honra si cede en su enfado) y en *Od.* XIV 402-5 y XXI 331-33 (donde se afirma que quien maltrata a un extranjero pierde su buena reputación).

los inmortales, estoy irritado,
pues con furiosas mientes
junto a las naves cóncavas retiene
a Héctor sin haberlo aún liberado.   115
A ver si a mí me teme
y a cambio de un rescate suelta a Héctor.
Por lo que a mí respecta,
a Iris me dispongo a enviarla
a Príamo el magnánimo
para darle el encargo de que acuda
a las naos de las gentes aqueas
y que rescate, una vez allí,
a su querido hijo, y para Aquiles
regalos lleve que aplaquen su enojo.»

[Tetis y Aquiles]

Así dijo, y no desobedeció   120
Tetis, la diosa de los pies de plata,
y, dando un salto
desde las altas cumbres del Olimpo,
a la tienda de su hijo llegó;
hallólo allí, por cierto, exhalando
abundantes gemidos,
y de él en torno estaban con ahínco
sus compañeros de armas trabajando,
pues ellos el almuerzo aderezaban;
que, en su tienda, lanuda y grande oveja   125
acababa de ser sacrificada;
y de él la augusta madre
sentábase muy cerca y con la mano
le acarició y llamaba por su nombre
al tiempo que le dijo estas palabras:
«Hijo mío, ¿hasta cuándo entre lamentos
y dolores te reconcomerás
el corazón sin pensar ni un instante
ni en comida ni en lecho amoroso?   130
Que es cosa buena con mujer unirse
en amor, pues que no has de vivir
por mucho tiempo, sino que a ti ya
de cerca muerte y hado poderoso

te andan rondando. Mas, ¡ea!, ahora
presto entiéndeme, que soy de Zeus
para ti portadora de mensaje:
afirma que contigo están los dioses
enfadados, pero él está irritado
por encima de todas las deidades
inmortales, pues con furiosas mientes   135
a Héctor tú retienes
junto a las curvas naves
y a cambio de rescate no lo sueltas;
mas, ¡venga ya!, libéralo y acepta
a cambio del cadáver los rescates.»
A ella, respondiendo, dijo Aquiles
el de los pies ligeros: «así sea;
que quien traiga el rescate
se lleve el cadáver,   140
si así lo ordena el Olímpico mismo
con voluntad resuelta.»
Así dijo, y en el real de las naves
madre e hijo, con aladas palabras,
entre sí extensamente conversaban.

[Iris y Príamo]

Pero a Iris el Cronida apremiaba
a ir a Ilión la sagrada: «¡Anda, vete,
veloz Iris, abandona tu asiento
del Olimpo, y, en Ilión entrando,
a Príamo, el de gran corazón,
anuncia este mensaje: que a las naves   145
de los aqueos vaya y que a Aquiles
regalos lleve que aplaquen su enojo.
Vaya solo y que con él no vaya
varón alguno de entre los troyanos.
Un heraldo bien viejo le acompañe
que las mulas y el carro le conduzca   150
de hermosas ruedas y lleve, a la vuelta,
a la ciudad el cadáver de aquél,
al que el divino Aquiles diera muerte.
Y que ni de la muerte se preocupe
para nada en sus mientes ni tenga

temor alguno, pues le otorgaremos
tan excelente guía, Argifonte,
que habrá de conducirle hasta el momento
en que le acerque a Aquiles.
Mas luego ya que dentro de la tienda   155
de Aquiles lo haya aquél conducido,
ni en persona él le dará muerte
ni habrá de consentir
que lo haga cualquier otro,
porque no es insensato ni imprudente
ni impío, antes bien, con cuidado
exquisito habrá de contenerse
y respetar al varón suplicante.»
Así dijo, e Iris mensajera,
la de pies de tormenta,
se puso en movimiento
y llegó a las moradas de Príamo   160
y allí alcanzó los gritos y gemidos.
Los hijos de él, sentados en el patio
a ambos lados del padre,
de lágrimas sus ropas empapaban,
y allí en medio el anciano se encontraba,
de un apretado manto revestido.
Y a ambos lados de la cabeza y cuello
del anciano había mucho cieno
que él con sus propias manos,   165
revolcándose en tierra, recogiera[29].
Y sus hijas y nueras a lo largo
de las estancias todas del palacio
lamentándose iban y venían
a aquellos recordando
que muchos ya y bravos
yacían muertos luego que perdieron
sus vidas a manos de los de Argos.
Y ella al lado de Príamo paróse,
de Zeus la mensajera, y dirigióle

---

[29] Príamo cubriéndose de cieno ha aparecido ya en *Il.* XXII 414. Es ésta
una forma o muestra de duelo o luto. Cfr. *Il.* XVIII 23-7, pasaje en que
Aquiles recurre a la misma demostración de pesar, movido por la aflicción
que le ha producido la muerte de su amigo Patroclo.

la palabra, hablándole en voz baja,   170
mientras que de los miembros del anciano
apoderóse un estremecimiento [30]:
«Ten valor en tus mientes,
tú, Príamo Dardánida,
y de nada te espantes,
que aquí no vengo yo en este viaje
para anunciarte un mal,
sino en tu bien pensando,
porque para ti soy la mensajera
de Zeus, que, a pesar de estar bien lejos,
mucho de ti se cuida y compadece.
El Olímpico ordena   175
que tú rescates al divino Héctor
y que lleves regalos
a Aquiles que su ánimo le aplaquen.
Vete sólo y que no vaya contigo
ningún otro varón de los troyanos;
un heraldo bien viejo te acompañe
que las mulas conduzca y el carro
de ruedas bien hermosas,
y que, a la vuelta, a la ciudad transporte   180
el cadáver de aquél, a quien matara
Aquiles el divino.
Y que no te preocupe en absoluto
en tus mientes la muerte
ni tengas miedo alguno,
pues ha de acompañarte
un excelente guía,
Argifontes, que habrá de conducirte
hasta que cerca de Aquiles te deje.
Mas luego ya que dentro de la tienda
de Aquiles él te haya conducido,
él en persona no habrá de matarte   185
y ha de impedir que lo haga cualquier otro,
porque no es insensato ni imprudente

---

[30] Cfr. *Il.* XX 130; *Od.* XVI 179; XXIV 533, pasajes en que se nos
muestra el estremecimiento que experimenta un mortal ante la portentosa
presencia de la divinidad.

ni impío, antes bien, con cuidado
exquisito habrá de contenerse
y respetar al varón suplicante [31].

[*Príamo se prepara para partir*]

Así dijo, y marchóse
Iris de pies ligeros.
Príamo, por su parte,
ordenaba a sus hijos   190
que aprestaran el carro
de mulas, provisto de hermosas ruedas,
y una cesta de mimbre
encima de él ataran.
Y él personalmente
descendió a la cámara olorosa
de madera de cedro y altos techos
y que muchas alhajas contenía,
y junto a sí a Hécabe, su esposa,
llamó y le habló con clara voz:
«¡Infeliz!, me ha llegado,
procedente de Zeus, un mensajero
olímpico a decirme
que vaya yo a las naos de los aqueos
a rescatar a mi querido hijo
y dones lleve a Aquiles
que su ánimo apacigüen.
Mas, ¡ea!, dime esto: 195
¿qué te parece dentro de tus mientes?
Porque, lo que es a mí, mi corazón
me instiga fuertemente, y mi ánimo
a que en persona vaya yo a las naves,
dentro del amplio campamento aqueo.»
Dijo así, y la mujer rompió en gemidos   200
y con estas palabras respondía:
«¡Ay, ay de mí!, ¿adónde se te han ido
aquellas mientes tuyas

---

[31] Desde el verso 175 al 187 nos encontramos con la actualización que
hace Iris de las instrucciones que ha recibido de Zeus entre los versos 146 y
158; cfr. *Il.* XXIV 113-115, por un lado, y 134-136, por otro.

por las cuales, precisamente, antaño
eras famoso entre los extranjeros
y asimismo entre aquellos
sobre los que tú reinas?
¿Cómo quieres ir solo
a las naves aqueas,
y ante los ojos de un varón ponerte
que muchos bravos hijos te mató? [32]   205
Férreo es tu corazón en ese caso.
Pues si llega a apresarte
y a verte con sus ojos [33],
aquel varón desleal y sanguinario
de ti no ha de tener
ni piedad ni respeto en absoluto [34].
No hagas tal; antes bien,
lloremos en palacio
sentados y apartados;
que así quizás un Hado poderoso
le hiló el destino cuando iba naciendo,   210
cuando a luz yo misma le hube dado:
el de saciar a los veloces perros
bien lejos de sus padres
junto a un varón violento,
cuyo hígado ojalá pudiera
yo hasta su centro a él adherirme
fuertemente y comérmelo crudo [35].
Entonces sí que habría
un desquite de hecho por mi hijo
pues no le mató, no, como a un cobarde,   215
sino firme plantado y en defensa
de los troyanos y de las troyanas

---

[32] Cfr. *Il.* XXIV 519-521: «¿Cómo te has atrevido a venir solo/ aquí, cabe las naos de los aqueos,/ ante los ojos del varón aquel/ que hijos muchos y nobles te matara?» Cfr. asimismo *Il.* XXIV 751-753: «Porque a otros hijos míos/ Aquiles los vendía,/ el de los pies ligeros,/ según los capturaba,/ del otro lado de la mar estéril,/ llevándolos a Samos/ o bien a Imbros o Lemnos la humeante...»

[33] *Hýsteron próteron;* pues el orden temporal, y no de intensidad, sería: «pues si llega a verte con sus ojos y a apresarte.»

[34] Cfr. *Il.* XXIV 44.

[35] Cfr. *Il.* XXII 346-347, palabras que Aquiles dirige a Héctor.

de pronunciado seno,
sin traer a su mente
la huida o el escape»[36].
Y a ella, a su vez, el viejo Príamo
parecido a los dioses,
respondióle diciendo:
«No me retengas cuando yo irme quiero,
y en mi palacio no me seas tú misma
ave de mal agüero,
que no habrás ni aun así de persuadirme.
Pues si algún otro a mí me lo ordenara   220
de los que viven pisando la tierra,
ya fueran adivinos o arúspices
o sacrificadores,
diríamos que es falsa la noticia
y de obrar más bien nos retraeríamos;
mas la verdad es que ahora yo mismo
a una diosa escuché y miré a la cara;
así que yo allí iré
y entonces sus palabras
no habrán sido en vano.
Si mi suerte es morir junto a las naves   225
de los aqueos de broncíneas cotas,
así lo quiero yo;
¡Que ya, al punto, Aquiles me mate
después de haber cogido yo en mis brazos
a mi querido hijo
y una vez que yo haya desechado
de mí todo deseo de lamento!»
Dijo así, y de sus arcas iba abriendo
las bellas tapas y extrajo de dentro
doce peplos hermosos en extremo,
doce mantos sencillos   230
y otros tantos tapices,
y de piezas de lino relucientes
pareja cantidad, y, además de eso,
número igual de mantos,

---

[36] Sin embargo, Héctor huye en el libro XXII, si bien esperó valientemente a Aquiles (cfr. XXII 92-96).

y oro iba sacando
que, puesto en la balanza,
dio un peso todo él de diez talentos [37],
y dos fúlgidos trípodes sacaba,
cuatro calderos y, a más, una copa
de extremada belleza,
soberbia adquisición
que a él le procuraran
los hombres de la Tracia
cuando allí se llegara en embajada;   235
así que ni siquiera
esta preciosa pieza
el viejo escatimó
dejándola en palacio;
que con toda su alma
a su querido hijo
rescatar deseaba.
Y, así, él de los pórticos
a todos los troyanos apartaba [38]
diciéndoles palabras injuriosas
con que les censuraba y reprendía:
«¡Idos en hora mala [39], gentes viles
y cubiertas de oprobio!,
¿no hay acaso también en vuestras casas   240
motivo para el llanto,
para que hayáis venido a mi palacio
a darme a mí congoja,
o acaso os parece poca cosa
que Zeus Cronida dolores me diera
al hacerme perder mi mejor hijo?;
pero también vosotros
os habréis de enterar:
pues estando aquél muerto,

---

[37] Los versos que van desde «y oro iba sacando...» hasta «...de diez talentos» son traducción del verso 232 del original, que, a decir verdad, plantea algún que otro problema lingüístico, razón por la cual Christ lo excluyó.

[38] Recuérdese que en *Il.* XXII 421-13 los troyanos contenían a Príamo, deseoso de ir al campamento aqueo a presencia de Aquiles.

[39] Cfr. *Il.* VIII 164; IX 377; XX 349; XXII 498; XXIII 440.

más fácil ya ha de ser a los aqueos
mataros a vosotros.
Pero antes que yo, al menos,
ante mis ojos vea la ciudadela   245
saqueada y destruida,
¡ojalá yo me vaya
a la morada de Hades tierra adentro!»
Así decía, e iba dispersando,
blandiendo su bastón, a los varones,
que fuera se iban yendo
ante el apremio que imponía el anciano,
y luego él a sus hijos,
Héleno y Paris y Agatón divino,
y Pamón y Antífono y Polites,   250
por su grito de guerra distinguido,
Deífobo, Hipótoo
y el magnífico Dío [40],
a todos reprendía e increpaba,
y, a los nueve colmando de reproches,
el anciano estás órdenes les daba:
«¡Daos prisa, cobardes, malos hijos,
que yo os lo mando!
¡Ojalá a un tiempo todos
hubierais sido muertos en vez de Héctor
junto a las raudas naves!
¡Ay de mí, en extremo infortunado [41],   255
que engendré en la ancha Troya
hijos sobremanera valerosos
y afirmo que de ellos
ninguno ya me queda!;
Méstor, aquél que a un dios se asemejaba,

---

[40] De todos estos nombres de los hijos de Príamo, aparecen sólo en este
lugar de la *Ilíada* los siguientes: Agatón, Antífono y Pamón. Por otro lado,
en el texto original, al final del verso 251 leemos *dîon agauón* y no sabemos a
ciencia cierta si *dîon* es el nombre propio y *agauón* el epíteto o al contrario.
No obstante, somos más bien conservadores al respetar *dîon* como nombre
propio, tal como hiciera ya antaño Ferécides (cfr. Jacoby *FGrH* 3, fr. 137).
[41] Cfr. *Il.* XXIV 493-95: «...pero yo soy del todo infortunado,/ puesto
que padre he sido/ de hijos excelentes/ que me nacieron en la ancha Troya/
y de ellos afirmo que ninguno/ ahora ya me queda.»

Troilo, que disfrutaba con corceles,
y Héctor, que un dios entre los hombres era
en todos los momentos de su vida
y que no parecía
ser hijo de un mortal sino de un dios.
A ésos Ares dio muerte   260
y me quedan, en cambio,
todos estos dechados de ignominia,
pérfidos, bailarines,
excelentes al sacudir el suelo
en danzas de corro, depredadores
que en territorio comunal ejercen[42]
rapiña de cabritos y corderos.
¿No me aparejaréis ya a toda prisa[43]
el carro, y esto todo
colocaréis en él
para que de esa guisa
el camino emprendamos?»
Así dijo y, al punto,   265
temiendo ellos la riña de su padre,
un carro[44] levantaron y sacaron
de hermosas ruedas, propio para mulas,
que bello era y recién ensamblado,
y encima de él ataron
una cesta de mimbre,
y luego el mular yugo
del clavo descolgaban,

---

[42] Cuando están en el territorio comunal, en el *da-mo* de las tablillas micénicas.

[43] Cfr. *Od.* VI 57, pasaje en que Nausícaa pide un carro a Alcínoo.

[44] El carro aquí descrito, destinado al transporte, consta de las siguientes partes: el bastidor o armazón con sus ruedas, que además tiene lanza (no varas), que es la pieza o vara de madera que va unida por uno de sus extremos al juego delantero del coche para darle la dirección; luego, encima de la plataforma va una cesta de mimbre adaptada al carro y formando su caja; a continuación, encima del extremo anterior de la lanza va colocado el yugo, provisto de anillas y de una correa que pasa por ellas, mide unos nueve codos, y sirve de riendas. El yugo tiene en su centro un bollón. Detrás del yugo va una anilla que se engancha a una clavija situada en la parte delantera de la lanza. Ya sólo queda atar bien el yugo a la lanza, lo cual se hace con la correa, dándole unas cuantas vueltas alrededor del bollón y luego haciendo un nudo con la correa y recogiéndola por debajo.

un yugo de boj hecho
con bollón en el centro,
bien provisto de anillas,
y, a la vez que el yugo,   270
sacaban también afuera
una correa que lo sujetaba
y era de nueve codos.
Y el yugo con buen tino colocaron
encima de la lanza bien pulida,
por encima de su anterior extremo,
y a la clavija echábanle una anilla,
y tres veces por una y otra parte
lo ataron al bollón;
luego, seguidamente, lo ataron,
y anudaron el cabo por debajo.
Y ellos del aposento iban trayendo   275
a montones rescates infinitos
para darlos a cambio
de la cabeza de Héctor,
e íbanlos colocando
sobre el carro de bien pulido leño,
y le uncieron las mulas
de poderoso casco,
que hacen su trabajo
revestidas de arreos,
mulas que otrora habían regalado
a Príamo los misios,
espléndido presente.
Y a Príamo le uncían los caballos,
que el anciano en persona mantenía   280
con gran mimo y cuidado en el pesebre
de leño bien pulido.
Y ellos dos, el heraldo y Príamo,
albergando en sus mientes
discretos pensamientos, [45] se hacían
ambos uncir el carro
en el palacio de elevados techos;

---

[45] Cfr. *Il.* XXIV 674: «Príamo y el heraldo,/ albergando en sus mientes/
discretos pensamientos.»

y Hécabe, con el ánimo angustiado,
a ellos acercóse
llevando vino dulce cual la miel
en un vaso de oro   285
que traía en su derecha mano,
para que entrambos antes de marcharse [46]
hicieran libaciones;
y se detuvo ante los caballos,
y a Príamo llamando
por su nombre, así dijo:
«Toma, haz libación a Zeus padre,
y votos por volver de nuevo a casa
a salvo de varones enemigos,
ya que a ti el ánimo a marchar te empuja
hacia las naves, aunque yo no quiero.
Luego suplica a Zeus, hijo de Crono,   290
el de la negra nube,
el dios del monte Ida,
desde el cual atalaya Troya entera [47],
y pídele un presagio,
su veloz mensajero,
la que es para él mismo
la más querida de las aves todas,
cuya fuerza es inmensa,
y que venga volando a la derecha,
para que tú en persona
la veas con tus ojos
y, en ella confiado,   295
hacia las naves vayas de los dánaos
de veloces corceles.
Pero si Zeus el de voz potente
no llegara a otorgarte
su propio mensajero, yo, al menos,
ya a ti, luego no te exhortaría

---

[46] Es frecuente hacer libaciones antes de emprender un viaje; cfr. *Od.*
XIII 54-56; XV 147-150. *Il.* XVI 220-252.

[47] Zeus, desde el monte Ida, protege la ciudad de Troya. En dicho
monte el dios tiene su atalaya desde la que contempla las luchas que se
narran en diferentes cantos de la *Ilíada;* cfr., por ejemplo, XI 337; XIII
157, etc.

ni habría de empujarte
a que a las naos de los argivos fueras,
aunque con ansia lo estés deseando.»
Y a ella en respuesta así dijo
Príamo que a los dioses se parece:
«¡Mujer!, si es esto lo que tú deseas,   300
en verdad que no habré de contrariarte,
que es cosa saludable
hacia Zeus suplicantes
levantar nuestras manos[48]
por si se compadece de nosotros.»
Así dijo el anciano
y mandó que su sierva despensera
le virtiera en sus manos agua pura[49];
allí, pues, presentóse la sirvienta
en sus manos trayendo
aguamanil y, a un tiempo, una jofaina,
y, ya lavado, recibió la copa   305
de manos de su esposa,
y de pie, luego, y en medio del patio
vino libaba mirando hacia el cielo
y en voz alta decía estas palabras:
«Padre Zeus que desde el Ida ejerces
tus cuidados, muy glorioso y supremo,
concédeme que amigo y compasivo
halle a Aquiles cuando a su casa llegue,
y mándame un presagio,   310
la veloz mensajera,
el ave que entre todas
para ti mismo es la más querida
y por su fuerza a todas sobrepuja,
y que venga volando a la derecha,
para que así yo mismo la perciba
con mis ojos y, en ella confiado,

---

[48] Entiéndase: para dirigirle una plegaria. Levantar las manos es, en efecto, el gesto normal de quien dirige súplicas a los dioses. Cfr. *Il.* I 450; III 257; XVIII 75.

[49] Antes de hacer una libación es normal que el suplicante lave sus propias manos y la copa que se va a emplear en la ceremonia. Cfr. *Il.* VI 266; XVI 228-230; *Od.* II 261; XII 336.

vaya yo hasta las naves de los dánaos
de rápidos corceles.»
Así dijo en su ruego,
y su súplica oyó el prudente Zeus,
y en el mismo momento
un águila lanzó,   315
la más cumplida de las aves todas, [50],
negruzco cazador,
a la que también llaman «moteada» [51].
Y cuan grande es la puerta de la estancia
de paredes muy altas hasta el techo,
puerta muy bien provista de cerrojos,
que a un varón opulento pertenece,
así eran sus dos alas, justamente,
por un lado y por el otro;
y ella aparecióseles lanzada,
volando a la derecha,   320
y la ciudad cruzando,
y ellos al verla se regocijaron,
y el corazón a todos,
dentro de sus entrañas,
se les reconfortó.

[*Príamo se dirige al campamento aqueo*]

A prisa el viejo se montó en su carro,
y del atrio y del pórtico sonoro
arrancó, y tiraban por delante
del carro, que tenía cuatro ruedas,
dos mulas que el discreto Ideo guiaba,   325
y por detrás seguían los caballos
que el anciano acuciaba y dirigía
ciudad abajo impetuosamente
y a golpe de látigo.
Y con él iban todos sus amigos

---

[50] Cfr. *Od.* VIII 247, donde aparece el mismo verso 315 del original («y
en el mismo momento/ un águila lanzó,/ la más cumplida de las aves
todas»).

[51] Se trata del «águila real», de color oscuro; cfr. *Il.* XXI 252; Esquilo,
Agamenón 115.

al mismo tiempo,
exhalando mil quejas y lamentos,
como si a su muerte
él se encaminara.
Mas una vez que de la ciudadela
descendieron y entraron en el llano,
se daban ya la vuelta y se volvían   330
a la sacra Ilión hijos y yernos,
mas ellos dos, empero, no escaparon
a los ojos de Zeus de voz potente,
según se les vio entrar en la llanura.
Y en cuanto vio al anciano
tuvo de él compasión [52],
y al punto a Hermes, su querido hijo,
de frente estas palabras dirigía:
«Hermes, pues que a ti
es lo que más te gusta
servirle a un varón de compañero   335
y los ruegos escuchas de quien quieres,
ponte ya a andar y vete,
y a Príamo conduce
a las cóncavas naos de los aqueos,
para que, de este modo,
nadie de los demás dánaos lo vea
ni de él se percate
antes de que aquél llegue ante el Pelida.»
Dijo así, y el mensajero Argifontes
no desobedeció la orden tampoco.
Luego, al instante, él los pies calzóse   340
con hermosas sandalias,
divinas, de oro puro,
que a él le transportaban
tanto por sobre el húmedo elemento
como por sobre la infinita tierra,
volando en compañía
de los soplos del viento;
y tomó la varita

---

[52] Cfr. XXIV 174: «...de Zeus, quien, a pesar de estar bien lejos, mucho de ti se apiada y *compadece*.»

con que hechiza los ojos de los hombres
que quiere y a otros que más tarde,
cuando en medio del sueño ellos se encuentran,
de nuevo los despierta;
teniendo esa varita entre sus manos,   345
Argifontes volaba, el poderoso,
y, justo al instante,
Troya él alcanzaba,
así como también el Helesponto,
y en camino se puso, semejante
a un príncipe muchacho a quien el bozo
por vez primera apunta
y cuya juventud es toda gracia
en el máximo grado.
Los otros, mientras tanto,
una vez que, bordeándola, pasaron
la gran tumba de Ilo,
entonces, justamente,
las mulas y caballos detuvieron,   350
para que a beber entraran en el río
pues ya sobre la tierra
el crepúsculo había llegado.
Y el heraldo, al ver a Hermes de cerca,
se percató de él,
y en alta voz a Príamo le dijo:
«Presta atención, tú, de Dárdano el hijo,
que un hecho ha acontecido que requiere
una mente atenta [53].
Un varón veo, y me imagino   355
que pronto seremos despedazados.
Mas, ¡venga ya!, huyamos a caballo,
o bien luego, abrazando sus rodillas,
supliquémosle, por ver si se apiada.»
Así dijo, y al viejo
turbósele la mente,
y estaba temeroso

---

[53] Hay en el verso 354 del original una repetición: *phrázdeo...phradéos*
típica de la lengua de los refranes. Nosotros intentamos conservar la
repetición en la traducción: «presta atención... atenta.»

con espantoso miedo,
y enhiestos se pusieron sus cabellos
en sus flexibles miembros,
y atónito paróse,   360
mas en persona el buen corredor[54] Hermes
se le acercó y tomándole la mano
al viejo, preguntándole, le dijo:
«¡A dónde, padre[55], de esta guisa tú
los caballos diriges y las mulas
a lo largo de la divina noche,
cuando precisamente
están durmiendo los demás mortales?
¿Es que acaso no temes tú siquiera
a los aqueos que furor respiran
y se encuentran cerca
y son tus enemigos implacables?   365
Si uno de ellos te viera
a través de la negra y veloz noche[56]
tantas cosas valiosas conduciendo,
¿en qué estado tu mente se hallaría
en ese caso?[57] Pues no eres joven
y un viejo es ése que te acompaña,
para en defensa propia
repeler al varón
que contigo el primero se propase.
Pero yo no te haré daño ninguno   370
e, incluso, de ti apartar podría
a cualquier otro que tal intentara;
pues a mi propio padre te comparo.»
A él luego contestaba el anciano
Príamo, parecido a los dioses:
«Así viene a ser ello,
hijo mío querido,

---

[54] Según K. Latte, *erioúnios,* que es la palabra que aparece en el texto
original, significa «buen corredor». Cfr. K. Latte, «Zur griechischen
Wortforschung II» *Gl.* 34 (1955) 192 y ss.

[55] La voz *páter,* «padre», vocativo, se emplea para dirigirse respetuosa-
mente a un hombre de edad; cfr. *Od.* VII 28.

[56] Cfr. *Il.* XXIV 653; X 394; 698.

[57] Cfr. Virgilio, *Eneida* IV 408: *quis tibi tum, Dido, cernenti talia sensus...?*

tal como tú lo dices.
Sin embargo, algún dios todavía
incluso sobre mí
su mano extendió, que a mi encuentro   375
envió tan propicio viajero
como eres tú, admirable
por tu talla y tu aspecto,
tú que en tu mente discreción rebosas
y que desciendes de felices padres.»
Y a él, a su vez, le respondió
Argifontes, el mensajero, así:
«Sí que, en verdad, anciano, todo eso
a propósito has dicho;
mas, ¡ea!, dime esto   380
y refiéremelo punto por punto
y con exactitud:
¿Acaso fuera envías,
a varones que habitan
en extranjeras tierras,
tesoros tan inmensos y preciosos,
a un precioso lugar en que estos bienes
en tu provecho intactos se conserven,
o es que acaso ya todos
la sacra Ilio estáis abandonando
porque estáis asustados,
al haber perecido
varón tan singular,
que era el más destacado,
tu hijo, que, en efecto,   385
a la zaga no iba, en absoluto,
a las huestes aqueas en la lucha?»
Después le respondía el anciano
Príamo, semejante a los dioses:
«¿Quién eres tu, ¡oh joven excelente!,
y quiénes son los padres
de los que tú desciendes?;
¡tú me has contado tan hermosamente
el destino de mi hijo infortunado!»
Y, a su vez, Argifontes
el mensajero así le contestó:
«Me estás probando, anciano,   390

pues por Héctor divino me preguntas.
Yo a él le tengo visto muchas veces,
ante mis propios ojos,
en la batalla que es prez de varones,
y cuando fue avanzando hasta las naves
e iba matando argivos sin descanso,
y con su agudo bronce
los iba desgarrando;
y a él lo admirábamos nosotros
plantados a pie firme,
pues Aquiles, que estaba
con el hijo de Atreo irritado,   395
entrar en liza no nos permitía.
Pues yo soy su escudero,
que una y la misma nave,
que muy bien hecha estaba,
nos trajo hasta aquí, que yo soy uno
de entre los mirmídones,
y es mi padre Políctor,
el cual, por cierto, es hombre opulento,
pero tan viejo ya como tú eres.
Tiene seis hijos, y, conmigo, siete;
y, yo con ellos echándolo a suertes,   400
me fue a tocar a mí por el sorteo
hasta aquí acompañarle.
Y ahora desde las naves he venido
a la llanura, porque con la aurora,
los aqueos de bien vivaces ojos
entablarán batalla
de la ciudad en torno;
pues es que éstos aguantar no pueden
estarse allí sentados inactivos,
y los reyes de las huestes aqueas
tampoco son capaces
de retener sus tropas
que a la guerra se aprestan impetuosas.»
Y luego Príamo le respondía,   405
el anciano a los dioses parecido:
«Si es cierto que tú eres escudero
de Aquiles el Pelida,
¡venga ya!, cuéntame puntualmente

la verdad por entero:
¿mi hijo acaso se encuentra todavía
junto a las naves o es que ya a sus perras [58]
Aquiles se lo ha puesto de comida,
habiéndolo troceado miembro a miembro?»
A su vez, respondióle el mensajero,   410
el divino Argifontes:
«Ni las perras, anciano ni los buitres
se lo han comido, al menos hasta ahora,
antes bien, al contrario, todavía
cabe la nao de Aquiles aquél yace
de igual manera, dentro de su tienda;
y han pasado por él ya doce [59] auroras
estando allí tendido,
pero su cuerpo no se le corrompe
ni se lo van comiendo los gusanos   415
que suelen devorar a los guerreros
que víctimas de Ares van cayendo.
Bien cierto es que en torno de la tumba
de su querido amigo y compañero
lo arrastra sin cuidado
cada vez que aparece
la divina aurora, mas con ello
desfigurar su cuerpo no consigue;
tú mismo, si allí fueras, lo verías,
cómo yace cubierto de rocío
y cómo él en torno de su cuerpo
de las manchas de sangre está lavado,
y en ningún punto tiene mancha alguna,   420
porque todas sus llagas se han cerrado,
cuantas a él los golpes le causaran;
pues que muchos en él su bronce hincaron.
Sábete que es así como a tu hijo,
aunque ya es un cadáver, bien le cuidan

---

[58] En XXIII 182-3 Aquiles promete a Patroclo que dará a sus perras el cadáver de Héctor para que lo devoren.
[59] Cfr. *Il.* XXIV 765: «Porque ya han transcurrido veinte años,/ contando el ahora en curso...» Igualmente, en este pasaje que ahora comentamos, se dice: «ésta es la duodécima aurora...», es decir: han pasado por él ya doce auroras, contando la de hoy. Cfr. asimismo *Il.* XXIV 665-7; *Od.* II 374.

los dioses bienhadados,
ya que de corazón les es querido.»
Así dijo, y el anciano alegróse
y con éstas palabras respondía:
«¡Hijo mío!, de cierto es buena cosa   425
ofrecer a los dioses inmortales
presentes propiamente a ellos debidos,
ya que nunca mi hijo,
si es que una vez un hijo yo tenía,
se olvidó en su palacio de los dioses
que habitan el Olimpo;
por eso ellos ahora,
a él reconocidos, de él se acuerdan [60]
aun en la suerte dura de la muerte.
Mas, ¡venga ya!, recibe de mi parte
esta copa tan bella
y tú a mí protégeme   430
y acompáñame ahora
(¡sea ello con los dioses [61]!)
hasta tanto a la tienda haya llegado
del hijo de Peleo.»
A su vez respondióle el mensajero
Argifontes: «Me estás probando, viejo [62],
porque soy más bien joven,
mas no has de persuadirme,
tú que me invitas a aceptar regalos
de tu parte sin que lo sepa Aquiles.
Yo le temo y de todo corazón   435
siento vergüenza [63] de quitarle algo,
no vaya a suceder que en el futuro
en un daño revierta que me afecte.

---

[60] Los dioses, en el canto XXIV de la *Ilíada,* son hasta cierto punto justos y reconocidos.

[61] Príamo no sabe (ironía trágica) que está hablando a un dios.

[62] Cfr. *Il.* XXIV 390, verso cuya estructura se reproduce en éste que comentamos. Entendemos que *kaí* en 390 es explicativo («Me esás probando, anciano,/ *pues* por Héctor divino me preguntas»).

[63] Esta mezcla de pudor y respeto, por un lado, y de temor y miedo al castigo, por otro, aparece en muchos lugares de la *Ilíada* y la *Odisea.* Cfr., por ejemplo: *Il.* I 331; III 172; XV 657-8; XVIII 394; *Od.* VII 305; VIII 22; XIV 234; XVII 188-189, etc.

Pero yo bien podría ser tu guía
y contigo llegarme
a la famosa Argos [64],
dándote cariñosa compañía,
en rauda nave yendo
o caminando a pie;
nadie se atrevería,
por despreciar al guía,
a enfrentarse contigo
en singular combate.»
Así dijo, y el buen corredor Hermes   440
saltó al carro tirado por caballos
y en sus manos muy rápidamente
el látigo y las riendas empuñaba
e infundió a los caballos y a las mulas
ímpetu vigoroso.
Mas cuando ya a las torres y a la fosa
que guardaban las naves se llegaron,
hacía poco que los centinelas
estaban preparándose la cena
y sobre todos ellos somnolencia   445
derramó el mensajero Argifontes
y las puertas abrió inmediatamente [65]
y descorrió de ellas los cerrojos
y a Príamo introdujo y los lustrosos
regalos que en el carro transportaba.

[*Príamo ante Aquiles*]

Más cuando ya a la tienda se llegaron
de Aquiles el Pelida [66],

---

[64] Es decir: a Grecia. Se usa la voz *Argos* en sinécdoque.

[65] Las acciones de los dioses son rapidísimas, instantáneas. Cfr. *Il.*
XXIV 346: «...y como es natural, *en un instante,/* hasta Troya llegaba/ y
además alcanzaba el Helesponto.» *Il.* XXIV 691: «...y entonces velozmen-
te/ él mismo los (*sc.* mulas y caballos) hacía avanzar a lo largo/ de todo el
campamento/ sin que ningún aqueo lo notara.» Cfr., asimismo, *Il.* XIII 18;
62-5; *Od.* I 410.

[66] La tienda de Aquiles es una verdadera casa (v. 572 *oîkos;* v. 512
dõmata) que consta de todas sus partes esenciales: el *pródomos* (v. 673 «en el
zaguán durmiendo de la casa»), la *aíthousa* (v. 644: «...que debajo *del porche*
dispusieron...») y el *mégaron* (v. 647: «y ellas luego salieron de *las estancia.*»)

bien alta, que a su rey
le habían construido los mirmídones
con maderos de abeto que cortaron,   450
y por encima cubrieron con techo
de cañas sin mondar que recogieran
en la pradera; y en derredor
de la tienda a su rey
le habían abierto un gran patio
con un cerco de estacas bordeado
que apretadas estaban una a otra;
y la puerta cerrada mantenía
un solo abeto a modo de cerrojo
que echaban tres aqueos
del montón cada vez
que querían cerrarla,
y otros tres retiraban para abrirla,   455
mas Aquiles, en cambio, incluso él solo,
como era de esperar,
a echar ese cerrojo se bastaba [67].
Abrióle, pues, entonces al anciano
la puerta aquella el gran corredor Hermes,
e introdujo en la tienda los famosos
regalos para el hijo de Peleo,
el de los pies veloces,
y del carro a tierra descendía
e hizo sonar su voz de esta manera:
«Anciano, ciertamente,   460
soy yo un dios inmortal
Hermes, que a ti he venido,
porque mi padre a ti me encomendó
para ser yo tu guía y compañero [68].
mas ahora yo ya me iré de vuelta,

---

[67] He aquí, sencillamente expresada, la superioridad de los héroes sobre
los demás mortales de su generación y de las sucesivas. Cfr. *Il.* V 303-4; XI
636-7; XII 447-449; XVI 141-142; XIX 388-89; XX 286-87.
[68] Hermes tiene especial interés en mostrar a Príamo que la ayuda que
Zeus le prometiera no ha quedado en meras palabras. Así pues, le revela su
condición de dios hijo del padre Zeus, obrando contrariamente a su
proceder en otras ocasiones (cfr., por ejemplo, *Il.* XIII 62-75; XVII 322-41;
XXII 294-99; *Od.* I 319-23; III 371-9).

que ponerme no quiero ante los ojos
de Aquiles, pues sería reprochable
que tan abiertamente
ame un dios inmortal a los mortales;
pero tú, en cuanto entres,   465
abraza las rodillas del Pelida
y suplícale en nombre de su padre
y su madre de hermosa cabellera
y su hijo, por ver si sus entrañas
lograras conmoverle.»

[Príamo y Aquiles]

Así en voz alta dijo,
y el dios Hermes marchóse al alto Olimpo,
y Príamo, de un salto,
bajó a tierra del carro,
y en aquel mismo sitio dejó a Ideo,   470
que allí quieto aguardaba
reteniendo las mulas y caballos,
y el viejo iba derecho
a la casa en que Aquiles,
de Zeus querido, su asiento tenía.
Dentro encontróle a él personalmente,
y, de él apartados,
sus compañeros sentados se hallaban;
tan sólo dos de entre ellos,
el héroe Automedonte
y Álcimo [69], compañero de Ares,
andábanse afanando en su presencia;   475
justamente, acababa la comida,
de comer y beber ya terminaba,
y estaba aún la mesa allí delante.
Y a ellos les pasó inadvertido,
al entrar en la tienda, el gran Príamo,
el cual de Aquiles cerca se detuvo,
rodeóle las rodillas con sus brazos

---

[69] Álcimo es forma acortada del nombre propio Alcimedonte. Cfr. *Il.*
XXIV 574; XIX 392.

y le besó las manos,
las espantosas y asesinas manos [70]
que le habían matado muchos hijos.
Y al igual que se mira   480
a aquel varón al que ceguera espesa
un día arrebatara,
y él entonces hubiera dado muerte
a un hombre en los confines de su patria
y luego a territorio se llegara
de extraños, a la casa
de un varón opulento,
y el estupor se adueña, en ese caso,
de quienes le dirigen la mirada,
así mismo quedóse estupefacto
Aquiles cuando vio
a Príamo a los dioses parecido.
Y los demás también estupefactos
se quedaron y entre ellos se miraron.
Asimismo a él   485
Príamo suplicándole le dijo:
«A tu padre recuerda,
Aquiles a los dioses semejantes,
que como yo es de viejo y ya se encuentra
en el umbral de la vejez funesta;
quizás también a él
le estén atenazando
vecinas gentes que alrededor moran [71],
sin que nadie allí haya que le aparte
la perdición y ruina que le causan.
Mas la verdad es que aquél, en escuchando   490
que tú sigues con vida,
se alegra en sus entrañas
y espera día a día
volver a ver al hijo muy querido
de Troya regresando:
yo, en cambio, soy del todo infortunado,
puesto que padre he sido

---

[70] Cfr. *Il.* XVIII 317; XXIII 18.
[71] Mantenemos el pleonasmo del texto original.

de hijos excelentes
que me nacieron en la ancha Troya,
y de ellos afirmo que ninguno
ahora ya me queda[72].
Cincuenta yo tenía   495
cuando hasta aquí llegaron
los hijos de los varones aqueos;
diecinueve de un solo vientre eran
que a mí me los pariera,
los demás mis mujeres[73] en palacio
me los iban pariendo uno tras otro.
A muchos de ellos[74] Ares impetuoso
la fuerza desató de las rodillas;
y al que ya sólo para mí quedaba,
aquél que defendía
la ciudad y a sus propios moradores,
tú anteayer lo mataste   500
cuando estaba luchando por su patria,
Héctor, por quien ahora yo me llego
junto a las naos aqueas,
para, así, de tus manos rescatarlo,
y por eso aquí traigo yo conmigo
infinitos rescates.
Mas, ¡ea!, a los dioses ten respeto,
Aquiles, y piedad de mi persona,
recordando a tu padre,
si bien de compasión soy yo más digno,
porque yo soporté lo que hasta ahora   505
ningún otro mortal sobre la tierra:
a mis labios llevarme yo la mano[75]
del varón asesino de mi hijo.»
Así dijo, y en él suscitó entonces

---

[72] Cfr. *Il.* XXIV 255-6.
[73] Dos de ellas son mencionadas en la *Ilíada:* Laótoa (XXI 85; XX 48) y
Castianira (VIII 305). Hécabe como favorita, ostenta rango superior.
Asimismo, se mencionan en la *Ilíada* hijos bastardos de Príamo, por
ejemplo: *Il.* IV 499, etc.
[74] Hijos de Príamo muertos en los combates de la *Ilíada: Il.* IV 498-500;
V 159-60; VIII 302-308; XI 101-109; 490; XVI 737-43; XX 407-18; XXI
116-119; XXIV 257 (Troilo y Méstor).
[75] Cfr. *Il.* XXIV 478-9: «...y le besó las manos...»

de gemir por su padre[76] fuerte anhelo,
y, tomándole entonces de la mano,
dulcemente de sí apartó al anciano.
Y entrambos, recordando, bien lloraban,
uno por Héctor, matador de hombres,
lágrimas abundantes derramaba   510
hecho un ovillo ante los pies de Aquiles,
y éste a veces lloraba por su padre,
otras veces, en cambio, por Patroclo;
de entrambos el gemido se elevaba
por las estancias todas resonando.
Mas cuando ya se sació de su llanto
Aquiles el divino,
y ya de sus entrañas y sus miembros
su vehemente deseo se alejó,
al punto levantóse de su asiento   515
y, asiéndole la mano,
al anciano ayudaba a levantarse,
pues le compadecía
por su cabeza cana
y por su cana barba[77],
y, entonces, en voz alta
a él aladas palabras dirigía:
«¡Ay infeliz[78], cuántas calamidades
tú, efectivamente,
has soportado dentro de tu pecho!
¿Cómo te has atrevido a venir solo
aquí, cabe las naos de los aqueos,
ante los ojos del varón aquel   520
que hijos muchos y nobles te mató?[79]

---

[76] Cfr. *Od.* IV 113.

[77] Obsérvese la repetición enfática. Cfr.*Il.* XXII 74.

[78] La misma expresión *(à deíl')* de fuerte conmiseración aparece en *Il.* XVII 201; 443.

[79] Cfr. *Il.* 203-5. Obsérvese, de paso, cómo Aquiles corrige a Príamo, que en el verso 498 había dicho: «A muchos de ellos (*sc.* hijos) Ares impetuoso/ la fuerza desató de las rodillas.» Son muchos los hijos que el propio Aquiles le ha matado. De este modo, el héroe aqueo cumple con lo que más adelante ha de ser el primer requisito de una *consolatio:* Séneca *Ad Helviam* 2.2: *animum in omnium aerumnarum suarum conspectu collocare,* poner el ánimo a contemplar de forma total todas las miserias y sufrimientos.

Férreo es tu corazón, a buen seguro.
Mas, ¡venga ya!, siéntate en esta silla
y dejemos que de una vez por todas,
aun estando entrambos afligidos,
nuestro dolor se asiente[80] en nuestro pecho;
nada resulta del helado llanto[81],
que así hilaron los dioses el destino[82]   525
propio de los mortales infelices:
es su hado vivir acongojados;
ellos mismos, en cambio,
libres están de cuitas y pesares.
Porque hay asentados a la entrada
del palacio de Zeus[83], dos toneles
que los dones contienen que él reparte;
es el uno de bienes recipiente
y el otro lo es de males.
Y aquel a quien le conceda Zeus,
el dios que con el rayo se deleita,
dones mezclados del uno y del otro,
unas veces con el mal se tropieza   530
y otras, en cambio, con el bien se topa.
Pero a aquel a quien de los luctuosos
una parte le dé,
lo convierte en dechado de ignominia
y a él una mala
hambre canina[84] le va empujando

[80] Obsérvese cómo esta metáfora («asentarse un dolor» *katakeîsthai)*
sigue al ofrecimiento de asiento que ha hecho Aquiles a Príamo (522 *kat
hézdeu).*

[81] Otro manido tópico de toda *consolatio* en regla; cfr. Sófocles, *Electra*
137; Cicerón, *Tusculanas* III 64 *nihil profici maerendo.*

[82] Comienza aquí el segundo requisito de toda *consolatio:* mostrar que las
desgracias y sufrimientos no son exclusivos de una sola persona, sino
común patrionio de la humanidad, cfr. Cicerón, *Tusculanas* III 79 *non tibi hoc
soli;* III 34 *humana humane ferenda.* Cfr. *Od.* IV 236-7; VI 188-190; *Il.* V
383-4.

[83] Delante de la puerta de los palacios micénicos se asentaban los *píthoi* o
toneles. En los *Trabajos y Días* de Hesíodo (cfr. *Trabajos* 94) aparece de
nuevo el *píthos* empleado como recipiente simbólico. Píndaro entendió a su
modo este mito, cfr. Píndaro, *Píticas* III 80-2. El mito reaparece en Platón
(*República* 379 d) y Plutarco (*Moralia* 24 a).

[84] En realidad, el texto original dice *boúbrōstis,* que vendría a significar
«hambre como para devorar un buey».

por la tierra divina, y la recorre
no honrado ni por hombres ni por dioses.
Así mismo a Peleo
hiciéronle los dioses,
desde su nacimiento,   535
espléndidos regalos;
pues por encima de todos los hombres
en fortuna y riquezas descollaba
y entre los mirmídones reinaba,
y, pese a ser mortal,
por mujer a una diosa le otorgaron [85].
A él también, sin embargo,
un mal le impuso la divinidad:
que en absoluto tuvo en su palacio
generación de hijos abundante
que el poder ejercieran,
antes bien, sólo un hijo   540
engendró destinado
a muerte en todo punto prematura [86];
y aunque él va envejeciendo,
ni siquiera le cuido,
pues en Troya inactivo yo me encuentro,
bien lejos de mi patria,
procurando a ti cuitas y a tus hijos.
También tú, anciano, según se nos cuenta,
eras dichoso antaño [87];
todos los territorios que comprenden
Lesbos, de Mácar el asentamiento,
por arriba y mar adentro, y Frigia   545

Estamos, por otra parte, ante el tercer requisito de una *consolatio*: mostrar que aún hay peores infortunios que el que se trata de consolar; cfr. Plutarco, *Consolación a Apolonio* 9.

[85] El matrimonio de Peleo con una diosa, Tetis, es considerado signo inequívoco de especial afecto de los inmortales hacia él. Cfr. *Il.* XXIV 60-1: «...y se la (*sc.* Tetis) di (*sc.* Hera) a un hombre (*sc.* Peleo) por esposa,/ a Peleo, que fue de corazón/ amado por los imortales.»

[86] Cfr. *Il.* XXIV 490 y ss.: «...puesto que padre he sido (*sc.* Príamo)/ de hijos excelentes/ que me nacieron en la ancha Troya,/ y de ellos afirmo que ninguno/ ahora ya me queda.

[87] Aquiles establece claramente ya la ecuación entre su padre Peleo y el anciano Príamo: dos padres ancianos que sufren el mismo infortunio.

por la parte interior del continente,
y el Helesponto inmenso y sin confines[88],
en todos ellos dicen, noble anciano,
por tu riqueza e hijos descollabas[89].
Mas una vez que los celestes dioses
esta calamidad te acarrearon,
vienes siempre contando
con luchas y matanzas de varones,
de tu ciudad por uno y otro lado.
Aguántate[90] y no vayas en tu pecho
a lamentarte excesivamente;
pues, por muy afligido
que te halles por tu hijo,
nada vas a lograr,   550
ni habrás de conseguir que resucite[91]
antes que tú, más bien,
aun otro daño sufras[92].
Luego le respondía
el anciano a los dioses parecido,
Príamo, de esta guisa:
«No me ruegues aún que yo me siente
en esta silla, tú, de Zeus retoño,
mientras Héctor aún yazga sin cuidado
en tu tienda; antes bien,
lo antes posible dámelo en rescate,   555
para que yo lo vea con mis ojos;
y tú acéptame a cambio los presentes
que cuantiosos te traemos;

---

[88] La zona de influencia de Príamo limitaba al sur con Lesbos (cuyo colonizador más antiguo fue Mácar, según la leyenda), al este con Frigia, y al norte y al oeste con el Helesponto; el Helesponto inmenso, es decir: no sólo el estrecho de los Dardanelos, sino todo el mar que se extiende ante Troya y Tracia. Cfr. *Il.* VII 86; XVII 432.

[89] Cfr. *Il.* XXIV 535: «... pues (*sc.* Peleo) por encima de todos los hombres/ en fortuna y riquezas descollaba...»

[90] Se cierra así, en composición cíclica, el parlamento iniciado en el verso 518.

[91] Cfr. Sófocles, *Electra* 137-8; Horacio, *Odas* I, 24, 11-18.

[92] Alusión velada de Aquiles a la toma de Troya. Cfr. las palabras de Andrómaca en *Il. XXIV* 728: «...porque antes de eso esta ciudadela/ devastada será desde su cumbre...».

¡y ojalá que tú éstos los disfrutes
y que regreses a tu tierra patria!,
toda vez que con vida me has dejado[93]
[a mí mismo y ver la luz del sol[94]].»
A él Aquiles miróle torvamente,
el de los pies ligeros,
y estas palabras dirigió en respuesta:
«Ahora ya más, anciano, no me irrites,   560
que aun yo mismo tengo en el pensamiento
a Héctor darte en rescate;
pues de parte de Zeus
como su mensajera para hablarme
vino mi madre, la que me pariera,
la hija del anciano de los mares.
Y, además, en mis mientes me doy cuenta,
Príamo, y por alto no me escapa,
que algún dios hasta aquí te conducía,
hasta las raudas naos de los aqueos;
que un mortal a venir no se atreviera   565
ni aunque muy vigoroso y joven fuese,
hasta aquí, al campamento,
pues hurtar no podría su presencia
a nuestros centinelas
ni, con facilidad[95], de nuestras puertas
de su sitio el cerrojo movería.
Por eso, pues, no excites más, anciano,
mi pecho dolorido,
no ocurra que, aunque seas suplicante,   570
con vida aquí, en mi tienda, no te deje,
y de Zeus[96] incumpla los mandatos».
Así dijo, y el viejo tuvo miedo
y caso hacía a sus indicaciones.

---

[93] Este valor del verbo *eáō* aparece también en otros lugares. Cfr. *Il.*
XXIV 569; 684; XVI. 731; *Od.* IV 744.

[94] Este verso, que en algunos manuscritos y papiros no aparece, responde únicamente al deseo de aclarar el significado del verbo *eáō* que hemos
mencionado en la nota anterior.

[95] Los dioses, como hemos visto, todo lo hacen con facilidad y rápidamente. Cfr. *Il.* XV 362; *Od.* III 231; X 574. Hesíodo, *Trabajos* 5-8.

[96] Cfr. la composición anular: v. 561 «... de parte de Zeus...» v. 96 «... y
de Zeus...».

Y el Pelida, cual si un león fuera[97],
dando un salto, llegóse hasta la puerta
saliendo de la estancia; no iba solo,
dos servidores junto con él iban,
el héroe Automedonte
y Álcimo asimismo,
a quienes más Aquiles estimaba   575
de entre sus compañeros
después de que Patroclo hubiera muerto;
y ellos, entonces, caballos y mulas
del yugo desuncían
y al heraldo vocero del anciano
adentro condujeron
y le hicieron sentarse en un asiento;
y del carro de tablas bien pulidas
los rescates tomaban incontables,
que eran el precio con que se pagaba
la cabeza de Héctor.
Mas dos piezas de lino allí dejaron   580
y una túnica de hilo bien tejida[98],
para envolver al muerto
y dárselo al anciano,
para que a casa él se lo llevara.
Llamó afuera a sus siervas y mandólas
que el cadáver lavaran y lo ungieran
por uno y otro lado,
después de que lo que hubieran levantado
y colocado aparte, para que,
así, a su hijo Príamo no viera,
no siendo que, a su hijo contemplando[99],
él en su corazón atribulado
contener no lograra su arrebato,
y el corazón de Aquiles se agitara

---

[97] De nuevo el símil del león. Cfr. *Il.* XXIV 41-43: «...como el león que a impulso de su fuerza...» Es frecuente comparar a los guerreros con leones; cfr. *Il.* XI 129; XX 164.

[98] Al cadáver se le viste con la túnica *(khitón)*. Una vez vestido, se le envuelve con una de las piezas de lino *(pháros)*, y la otra se le coloca por debajo. Cfr. *Il.* XVIII 352-353.

[99] Cfr. *Il.* XXIV 555.

y al anciano matara,
los mandatos de Zeus quebrantando [100].
Luego ya que, en efecto, las sirvientas
le lavaron y ungieron con aceite,
en torno de él echaron
bella pieza de lino
además de la túnica,
y el propio Aquiles [101] lo tomó en volandas
y lo puso en el féretro
que, con él juntamente, levantaron   590
sus compañeros de armas y encima
del bien pulido carro lo pusieron.
Y gimió, acto seguido,
y nombró a su querido compañero [102]:
«No te irrites conmigo si te enteras [103],
aun estando en el Hades, Patroclo,
de que yo he devuelto
a su padre a Héctor el divino
a cambio de rescates,
que no me los dio indignos.
Pues a ti también de ellos
te he de dar una parte,
la que te corresponde justamente.»   595
Dijo así y a su tienda se volvía
Aquiles el divino,
Y en el sillón ornado de labores
se sentaba, del cual anteriormene
se había levantado,
que a la pared de enfrente se adosaba,
y a Príamo le habló de esta manera:
«Tu hijo ya está, anciano, cual mandabas,
rescatado, y en el féretro yace;   600

---

[100] Cfr. *Il.* XXIV 570.
[101] Es el propio Aquiles (con sus propias manos) el que devuelve el cuerpo de Héctor.
[102] Aquiles había prometido a Patroclo entregar a sus perros el cadáver de quien a él le había matado, es decir, de Héctor. Cfr. *Il.* XXIII 21; 182-3.
[103] Los muertos pueden oír y enterarse de lo que dicen o hacen los vivos. Cfr. Píndaro *Olímpicas* XIV 20-4; *Píticas* V 101; Platón, *Leyes* 927 b; Aristóteles, *Ética Nicomaquea* 1100 a 29-30; 1101 a 22-24.

y a la vez que mañana rompa el alba
lo has de ver cuando a casa te lo lleves;
ahora, empero, pensemos en la cena,
pues también se acordó de la comida
Níobe la de bella cabellera,
de la que en su palacio doce hijos
le perdieron la vida;
de ellos seis eran hijas
y otros seis eran hijos bien lozanos.
A los hijos matóselos Apolo   605
lanzando flechas de su arco de plata,
con Níobe irritado;
y sus hijas matóle
Ártemis flechadora,
porque aquella solía compararse
a la diosa Letó,
la de hermosas mejillas;
decía que la diosa
parió dos hijos, y ella misma, en cambio,
a muchos engendrara;
mas ellos, justamente,
aunque sólo dos eran,
todos los hijos de ella le mataron.
Y ellos precisamente   610
durante nueve días
empapados yacían en su sangre
y nadie había que los enterrara,
pues el hijo de Crono
en piedras a las gentes convirtiera [104];
pero el décimo día
los enterraron los celestes dioses.
Y ella, entonces, de comer acordóse,
cuando ya se cansó de verter llanto;
y ahora en algún lugar entre las rocas,
en medio de montañas solitarias,
en Sípilo, allí donde se afirma   615

---

[104] La falsa etimología que relaciona la voz *lāós*, «pueblo», «gentes», con
la palabra *lâas* «piedra» (igual que *líthos*, término que se emplea en el verso
que comentamos) constituye la base del juego de palabras que sin duda en
este punto del texto se sugiere.

que se encuentran los lechos de las ninfas
que en las riberas del Aqueloo[105] danzan
allí mismo, aunque en piedra convertida,
penosamente digiere[106] las cuitas
que en su ánimo los dioses provocaron.
¡Venga, pues, ya!, también nosotros dos,
divino anciano, en el yantar pensemos;
luego, más tarde, has de poder llorar
a tu querido hijo,
cuando ya dentro de Ilión lo tengas;   620
pues habrá de costarte mucho llanto.»
Así dijo y, de un salto,
degolló el raudo Aquiles
una oveja de cándidos vellones;
luego, sus compañeros
quitábanle el pellejo
y bien la aderezaban,
como se debe en virtud de las reglas,
e íbanla troceando con destreza
y en asadores la iban espetando
y la asaron al fuego hábilmente
y luego todos ellos retiraron[107].
Y enseguida después, Automedonte,   625
el pan cogiendo, en hermosas cestillas
por la mesa lo fue distribuyendo[108];
pero la carne repartióla Aquiles.
E iban ellos sus manos alargando
a los manjares prestos y servidos.
Mas luego que de sí fuera arrojaron[109]
de comida y bebida los deseos,
en verdad, sí, el Dardánida Príamo

---

[105] El Aqueloo, el río más caudaloso de Grecia, es «el Río» por
antonomasia. Junto a los ríos moran y danzan las ninfas.
[106] El uso de esta palabra *(péssei)* aquí implica, una vez se ha dicho (v.
613) «[Níobe] de comer acordóse», que tan humano es digerir los infortunios como los alimentos.
[107] Cfr. *Il.* VII 317-18.
[108] Cfr. *Il.* IX 216-7.
[109] Cfr. *Il.* IX 91-2; 221-2.

a Aquiles admiraba
por lo alto que era y por su aspecto;   630
pues, de frente, a los dioses semejaba.
Mas, Aquiles, a su vez, admiraba
a Príamo el Dardánida,
su rostro bondadoso contemplando
y oyendo sus palabras.
Mas después que los dos se recrearon
sus rostros mutuamente contemplando,
el anciano Príamo, parecido
a los dioses, se dirigió, el primero,
al héroe Aquiles:
«Dame ahora ya un lecho cuanto antes,   635
para que ya, al punto,
¡descendiente de Zeus!,
nos gocemos, echados en la cama,
por el sueño agradable dominados;
pues que no se cerraron todavía
por bajo de los párpados mis ojos
desde el momento aquel en que a tus manos
mi hijo perdió la vida,
antes bien, de continuo estoy gimiendo
y mil cuitas digiero con trabajos,
del patio en el recinto,   640
en el estercolero revolcado [110].
Ahora ya, incluso alimento
he llegado a probar
y vino de fulgor arrebolado,
haciéndolo correr garganta abajo,
que antes, lo que es antes, ciertamente,
nada había en absoluto probado.»
Así dijo, y Aquiles a sus siervas
y a sus compañeros [111] ordenó

---

[110] Cfr. *Il*. XXIV 162-164. Obsérvese que Aquiles, cuando pierde a
Patroclo, se comporta como Príamo. En *Il*. XXIII 44 rehúsa lavarse; pasa,
además, las noches en vela (Cfr. *Il*. XXIV 1-5) y, por último, se niega a
comer, beber y a saciar otros apetitos (cfr. *Il*. XXIV 128-130: «Hijo mío
[habla Tetis], ¿hasta cuando entre lamentos/ y dolores te reconcomerás el
corazón sin pensar para nada/ ni en comida ni en lecho amoroso?»

[111] Cfr. *Il*. IX 658 (en éste verso, empero, en vez de Aquiles, el sujeto es
Patroclo).

que debajo del porche dispusieran
las yacijas y en ellas asentaran
hermosos y purpúreos cobertores,   645
y que las recubrieran con tapetes,
y túnicas de lana
colocaran encima de los lechos,
para que así de ellas se revistieran [112].
Y ellas, luego, salieron de la estancia,
antorchas en sus manos empuñando,
y enseguida dos lechos prepararon
poniendo en su quehacer gran dililgencia.
Y Aquiles, chanceando,
el de los pies ligeros,
al anciano hablóle de esta guisa:
«Acuéstate, pues, fuera, viejo amigo,   650
no sea que aquí venga algún aqueo
de aquellos que voz tienen en consejos
y aquí suelen sentarse de ordinario
consultando conmigo sus proyectos,
como es de ley y propio [113];
Si uno de ellos te viera
a través de la rauda y negra noche [114],
al punto a Agamenón, pastor de pueblos,
podría revelárselo;
y, en tal caso, es posible que sufriera   655
dilación el rescate del cadáver [115].
Pero, ¡venga!, dime esto
y refiéremelo puntualmente:
¿Cuántos días deseas
celebrarle las honras funerales
a Héctor el divino?

---

[112] Los versos del original 644-7, en que se describe el apresto y aderezo
de los lechos, reaparecen en otros lugares del *corpus* homérico; cfr. *Od.* VI
297-300; VII 336-9; el 647 lo reencontramos en *Od.* XXII 497.
[113] La expresión del original *(hē thémis estí)* es frecuente en los poemas;
cfr., a título de ejemplo, *Il.* II 73; IX, 33; XXIII 581.
[114] Cfr. *Il.* XXIV 366; X 394; 698.
[115] Eufemismo reforzado con el empleo (en el original) de dos palabras
acabadas en —*sis*, terminación ésta típica de abstractos: *análisis lúsios,* y de
un subjuntivo prospectivo— potencial con la partícula *ken.*

Para que yo durante el mismo tiempo
me tenga quieto y contenga a las huestes.»
A él, luego, respondía el anciano
Príamo, parecido a los dioses:
«Si quieres, de verdad, que yo celebre   660
las exequias de Héctor el divino [116],
así conmigo obrando, ¡oh Aquiles!,
un favor agradable tú me harías.
Pues sabes que encerrados
estamos en la villa
y está lejos la leña, en la montaña,
allí de donde hay que transportarla,
y mucho miedo tienen los troyanos.
Durante nueve días
podríamos llorarle en el palacio;
luego, al décimo, habremos de enterrarlo   665
y, así, podría celebrar el pueblo
el fúnebre banquete;
y, al undécimo día,
un túmulo podríamos hacerle
por sobre su cadáver erigido;
y, al duodécimo día,
si fuera menester,
habremos de batirnos en combate.»
A su vez, respondióle
Aquiles el divino,
el de los pies ligeros [117]:
«También te será esto concedido,
como tú, anciano Príamo, lo ordenas,
pues el combate habré de contener
durante todo el tiempo que tu mandas.»
Pronunció estas palabras,   670
con fuerte y clara voz,
y la mano derecha del anciano

---

[116] Cfr. *Il.* XXIV 782 y ss.

[117] En realidad, el adjetivo *podárkēs*, que aparece en el original, significa
«que se vale de sus pies» o «que se protege con ellos»; ahora bien, desde
antiguo se ha entendido este epíteto como equivalente del más transparente
podōkēs (pódas ōkús), o sea: «de pies ligeros.» Cfr. M. Treu, *Von Homer zur
Lyrik, Zetemata* 12, Munich 1955, 6 y Bergson, *Eranos* 54, 69.

asió por la muñeca [118],
no fuera que en su alma
algún temor sintiera.
Ellos, pues, allí mismo,
en el zaguán durmieron de la casa,
Príamo y el heraldo,
albergando en sus mientes
discretos pensamientos
Aquiles, sin embargo,   675
en el fondo dormía de la tienda
con bien trabadas piezas construida,
y a su lado Briseida,
la de hermosas mejillas,
en el lecho tendióse.

[Príamo regresa a Troya]

Los demás dioses, luego, y los varones
que sus yelmos adornan
con crines de caballo
dormían de un tirón la noche entera [119],
del dulce sueño al yugo sometidos;
mas en Hermes, corredor señalado,
el sueño no hacía presa
según él se encontraba
dando en su ánimo vueltas a la forma   680
de sacar de las naos al rey Príamo
sin que se dieran cuenta
los sagrados guardianes [120].
Paróse, pues, de su cabeza encima
y le habló de este modo [121]:
«A ti, al menos, anciano,
ningún mal, por lo visto, te preocupa

---

[118] Es un gesto destinado a inspirar confianza. Cfr. *Il.* XXIV 361: «...se le acercó (*sc.* Hermes a Príamo) y tomándole la mano...» Cfr. asimismo *Il.* XIV 137; *Od.* XVIII 258 (Odiseo al despedirse de Penélope).

[119] Cfr. *Il.* II 1-2; X 2.

[120] Cfr. *Il.* X 56. Personas, animales, cosas y lugares son, en la épica, con gran frecuencia «sagrados». Cfr. P. Wülfing von Martizt, *Gl.* 38 (1960) 272-307.

[121] Cfr. *Il.* XXIII 68.

(a juzgar por la forma en que aún duermes,
estando como estás entre enemigos)
desde el mismo momento en que Aquiles
te perdonó la vida.   685
Y ahora, en verdad, a tu hijo
rescataste, si bien a cambio de ello
has dado mil presentes.
Mas por ti aún vivo un rescate
tres veces superior
pagarían tus hijos,
aquellos que detrás se te han quedado [122],
si llegan a enterarse
de tu presencia Agamenón Atrida
y todos los aqueos.»
Así dijo, y el viejo tuvo miedo
y a su heraldo le hacía levantarse.
Y Hermes el yugo puso a sus caballos,   690
así como a sus mulas,
y, entonces, vivamente,
como era natural,
él mismo lo hacía
avanzar a lo largo
de todo el campamento
sin que ningún aqueo lo notara.
Pero cuando ya al vado se llegaron
del río Janto de hermosas corrientes
y abundantes yorágines,
al que el inmortal Zeus engendrara,
volvióse entonces Hermes
al elevado Olimpo,
y la Aurora de peplo azafranado   695
sobre la tierra toda se esparcía [123],
y. ellos hacia la villa sus caballos
con plantos y lamentos aguijaban,
y las mulas llevaban el cadáver.
Nadie entre los varones se dio cuenta
ni de entre las mujeres

---

[122] Cfr. Il. XXII 334.
[123] Cfr. Il. VIII 1; XIX 1-2.

bellamente ceñidas,
antes de que Casandra,
a la áurea Afrodita semejante [124],
que había subido
a la alta Ciudadela [125],   700
viendo a su padre, lo reconociera
de pie sobre su carro,
y al heraldo vocero de la villa;
luego vio sobre el carro de las mulas
a Héctor [126] yacente en lecho mortuorio
y un gemido exhaló después y un grito
profirió y se marchó vociferando
por la ciudad entera
desde la ciudadela hasta la villa:
«Venid aquí, troyanos y troyanas,
a contemplar a Héctor,
si alguna vez otrora os alegrabais   705
al verle regresar de la batalla
vivo, puesto que él era la alegría
de la ciudad y de su pueblo todo.»
Así dijo, y ni un hombre
ni ninguna mujer allí quedóse,
que a todos alcanzó
incontenible duelo;
y cerca de las puertas se encontraron
con el rey, que el cadáver conducía.
Su esposa y madre augusta, las primeras,   710
llorándole, mesaban sus cabellos,
y de un salto se echaron
sobre el carro de hermosas ruedas,

---

[124] Casandra es la más hermosa de las hijas de Príamo (cfr. *Il.* XIII 365-6).

[125] La palabra del texto original, *Pérgamos,* significa «ciudadela»,y ha dado lugar a numerosos topónimos, como Pérgamo (en Misa) y al gentilicio *pergamēnós*, «de Pérgamo», del que procede nuestra voz «pergamino». Etimológicamente parece estar relacionada con el término *púrgos,* «torre», que asimismo ha generado abundantes topónimos (*Púrgos, Púrgoi,* etc.), así como antropónimos. Ambas palabras se relacionan etimológicamente con las alemanas *Burg,* «castillo», y *Berg,* «montaña».

[126] El texto dice, con gran expresividad y fuerza poética, «él», es decir: la única persona a la que cabe referirse; a saber: Héctor.

y entrambas la cabeza le tocaban [127],
y en torno de ellas lloraba el gentío.
Y entonces ya aquel día todo entero [128]
hasta ponerse el sol a Héctor lloraran,
lágrimas derramando ante las puertas,
si desde el carro el viejo   715
a sus gentes no hablara: «Abrid paso,
por favor, que yo pase con mis mulas,
que más tarde de llanto habréis de hartaros
una vez que a mi casa le conduzca.»
Así dijo, y las gentes se apartaron,
de esta manera abriendo paso al carro.

[El duelo por Héctor]

Y aquéllos, una vez lo introdujeron
en el palacio espléndido,
en lecho perforado [129] le pusieron   720
y a su lado sentaron
a los aedos, que son los que entonan
los preludios de los fúnebres cantos,
los cuales un cantar bien gemebundo
en muy lúgubre tono salmodiaban,
y luego a esas salmodias respondían
llorando las mujeres [130].

---

[127] El que los parientes más allegados o amigos íntimos tocaran la
cabeza del difunto era costumbre normal dentro del ritual funerario; cfr. *Il.*
XXIV 724: «... [Andrómaca] teniendo entre sus manos la cabeza/ de
Héctor, asesino de guerreros.»

[128] Cfr. *Il.* XXIII 154-5. *Od.* XXI 226-7.

[129] Cfr. *Od.* XXIII 198, verso en que Odiseo cuenta cómo hizo su cama
perforando la plancha que habría de servir de jergón.

[130] La ceremonia de las lamentaciones constaba de una canción fúnebre
cantada por aedos, a la que respondían las mujeres en coro. A veces se
separaban del lamento general del coro los cantos fúnebres a cargo de los
seres queridos más íntimos, a fuer de lamentos individuales. Una estructura
similar encontramos en otras lamentaciones; cfr., por ejemplo: *Od.* XXIV
58-61 (el funeral de Aquiles, en el que gimen las Nereidas y las Musas se
encargan de cantar lamentaciones). En la tragedia, cfr. Eurípides, *Las
Suplicantes* 798-836; *Las Troyanas* 1209-59. Sobre este tema cfr. E. Reiner,
Die rituelle Totenklage der Griechen, Tübingen 1938 y M. Alexion, *The ritual
lament in Greek tradition,* Cambridge 1974.

Y Andrómaca entre ellas,
la de los blancos brazos,
empezaba la serie de lamentos,
teniendo entre sus manos
la cabeza de Héctor,
matador de varones:
«¡Ay marido, qué joven   725
la vida abandonaste
y a mí viuda me dejas en palacio,
y el niño así de tierno todavía,
al que tú y yo engendramos, desdichados,
de quien para mí tengo
que no habrá de llegar a edad de mozo,
porque antes de eso esta ciudadela
devastada será desde su cumbre;
puesto que ciertamente has perecido
tú que eras su guardián,
tú que la protegías
y eras el baluarte[131] día a día   730
de sus fieles esposas
y de sus tiernos niños,
las cuales ya muy pronto
han de ser transportadas
en las cóncavas naves
y yo misma entre ellas;
y también tú, ¡hijo mío!, por tu parte,
o habrás de seguirme al cautiverio,
donde indignas labores ejercites,
padeciendo trabajos
a la vista de un inclemente amo,
o quizá algún aqueo[132],
de la mano tomándote,
te arrojará de lo alto de la torre,   735
—¡qué muerte ciertamente deplorable!—,
obrando así irritado,

---

[131] Se emplea en el original el verbo *ékhō*, que está etimológicamente emparentado con el nombre de Héctor, que significa en griego «el que sustenta» o «el que protege». Cfr. *Il.* VI 403; XXII 507.
[132] En la épica posthmérica, a Astíonacte lo mata Odiseo (*Ilíou Pérsis:* «Destrucción de Ilión»), o Neoptólemo (*Mikrà Iliás:* «Pequeña Ilíada»).

pues tal vez Héctor a un hermano suyo,
o a su padre o bien hasta a su hijo
matara, pues muchísimos aqueos,
a merced de las duras manos de Héctor,
hubieron de morder el vasto suelo!
Porque tu padre no era compasivo
en medio de la lucha deplorable;
por eso, por la villa,   740
a él precisamente
le está el pueblo llorando
y a tus padres has procurado, Héctor,
lamentación y duelo abominables;
pero a mí, sobre todo,
me quedarán dolores luctuosos.
Porque al morir tus manos no tendiste
hacia mí desde el lecho,
ni palabra discreta me dijiste
que hubiera recordado yo por siempre,   745
las noches y los días,
lágrimas derramando.»
Así dijo entre lloros,
y en respuesta gemían las mujeres [133].
Y, a su vez, entre ellas
Hécabe daba inicio
a su llanto vehemente:
«Hector, con mucho el más querido hijo,
de entre todos los que hube,
para mi corazón;
bien cierto es, pues me consta,
que, al menos cuando aún estabas vivo,
querido eras por parte de los dioses,
los cuales, justamente,   750
incluso en este inevitable trance
de la muerte, de ti se preocupaban.
Porque a otros hijos míos
Aquiles los vendía,
el de los pies ligeros,
según los capturaba,

_____
[133] Cfr. *Il.* XX 515.

[1028]

del otro lado de' la mar estéril,
llevándolos a Samos
o a Imbros o Lemnos la humeante;
a ti, por el contrario,
luego que con el bronce
de aguda punta el alma te arrancó,
muchas veces solía él arrastrarte   755
en torno de la tumba de su amigo
Patroclo, a quien mataste;
mas ni aun así logró resucitarlo [134].
Ahora, sin embargo,
bien fresco e impregnado de rocío
aquí estás junto a mí,
yaciendo en el palacio, semejante
a aquél a quien Apolo,
el del arco de plata,
con sus suaves saetas apuntando,
matóle de un disparo» [135].
Así dijo llorando,   760
y el gemir incesante provocaba.
Y entre ellas, luego, Helena,
la tercera, iniciaba los lamentos:
«¡Héctor, que, de entre todos mis cuñados,
para mi corazón, sin duda, eres
con mucho el más querido [136]!
Mi esposo es, ciertamente,
Alejandro a los dioses parecido,
que aquí, a Troya, me trajo,
¡ojalá yo antes de eso
hubiera perecido [137]!
Porque ya han transcurrido veinte años,   765
contando el ahora en curso,

---

[134] Cfr. *Il.* XXIV 551: «ni habrás de conseguir que resucite.»
[135] Cfr. *Il.* XXIV 416-423 y 749-750. Por otro lado, el disparo de flecha que hacen Apolo o Ártemis contra alguien es en la concepción mítico-religiosa, la muerte instantánea que hoy llamaríamos ataque cardíaco, una muerte que no deja huellas de dolor ni ninguna desfiguración de rostro en el cadáver de quien la sufre. Cfr. *Il.* VI 428.
[136] Cfr. las palabras de Hécabe; *Il.* XXIV 725.
[137] Cfr. *Il.* VI 345-6.

desde aquel en que yo de allí me vine
y salí de mi patria;
pero jamás he oído de tu boca
una palabra mala o ultrajante;
antes bien, cada vez que cualquier otro
me increpaba en palacio,
uno de mis cuñados o cuñadas,
o bien de las mujeres
de mis cuñados, las de hermosos peplos,
o bien mi suegra (pusto que mi suegro   770
ha sido siempre como un dulce padre),
tú, por tu parte, con buenas palabras
dándoles tu consejo,
lograbas contenerlos,
con ese tu carácter apacible
y tus dulces palabras.
Por eso a ti te lloro al mismo tiempo
que lloro yo por mí, desventurada,
y tengo el corazón acongojado:
porque ya en la ancha Troya no me queda
ningún otro que amable sea conmigo
o bien mi amigo sea,
pues todos a mi vista se horrorizan» [138].   775
Así dijo entre lloros,
y el pueblo innumerable,
respondiendo, gemía.
Y Príamo el anciano
a sus gentes hablóles de este modo:
«Traed ahora leña,
troyanos, a la villa,
y miedo no tengáis en absoluto,
dentro de vuestro pechos, de que os tiendan
una astuta emboscada los argivos;
pues, en verda, me aseguraba Aquiles,
al despedirme de las negras naves,   780
que antes de que viniera
la duodécima aurora,
no nos haría daño.»

---

[138] Cfr. *Il.* XIX 325.

Así dijo, y aquellos
a los carros uncían
los bueyes y las mulas,
y luego, de inmediato,
delante de la villa
se iban reuniendo.
Y ellos acarreaban
durante nueve días
masa ingente de leña;
mas cuando aparecióse   785
de la jornada décima la aurora,
que alumbra con su luz a los mortales,
precisamente entonces, justamente,
lágrimas derramando,
sacaron de su casa el audaz Héctor,
y en la parte más alta de la pira
colocaron su cuerpo
y le pegaron fuego.
Y cuando aparecióse
la Aurora que hija es de la mañana,
con sus rosados dedos,
entonces, justamente,
el pueblo reunióse
en torno de la pira
del afamado Héctor.
[Luego, cuando, por fin, se reunieron   790
y llegaron a estar bien concentrados [139]],
lo primero de todo,
apagaron con vino chispeante
la hoguera totalmente,
por todos los lugares
por cuantos había señoreado
la furia de la llama.
Luego, después de eso,
los blancos huesos iban recogiendo,
lágrimas derramando, sus hermanos,

---

[139] Este verso (790 del original) tal vez es una interpolación, pues falta
en los papiros y en algunos manuscritos.

y así hacían también sus compañeros,
pues se iban deslizando
por las mejillas de unos y otros
lágrimas bien lozanas.
Y una vez que cogido los hubieron,   795
los colocaron en un cofre de oro [140],
habiéndolos envuelto previamente [141]
entre suaves y purpúreos lienzos;
y luego, de inmediato,
en la cóncava fosa los pusieron,
y, a modo de cubierta de una cama,
extendieron después encima de ella
muchas piedras y grandes de tamaño.
Y a toda prisa un túmulo erigieron,
y por doquier vigías
estaban asentados,
no ocurriera que antes los aqueos   800
de hermosas canilleras atacaran.
Y, arena derramando,
el túmulo erigieron;
después de eso volvíanse a sus casas;
Y luego, reunidos, celebraban
un glorioso banquete [142], cual conviene [143],
en la morada de Príamo, el rey
que de la estirpe del dios Zeus procede.
Así ellos las exequias celebraban,
de Héctor el domador de caballos.

---

[140] Cfr. *Il.* XXIII 253: los huesos de Patroclo se colocan también en una urna de oro.

[141] Cfr. *Il.* XXIII 254.

[142] Cfr. *Il.* XXIII 28-9 y *Od.* III 309, por lo que se refiere al banquete funerario, que aquí sólo se menciona globalmente sin pormenorización ninguna de sus partes ni peculiaridades.

[143] Es decir: «en conformidad con el ritual establecido.» El adverbio *eu* que aquí aparece (v. 802) tiene este mismo significado en varios lugares de los poemas homéricos; cfr. por ejemplo: *Il.* II 382-4; *Od.* XX 161; XXIII 197, etc.

ÍNDICE

Colección Letras Universales

DE PRÓXIMA APARICIÓN